新潮文庫

ぼんち

山崎豊子著

ぼんち

第一章

月の朔日《ついたち》、十五日になると、きまって、着物の上から下まで、すっぽり新《さら》に着替える。大島紬《おおしまつむぎ》に羽二重《はぶたえ》の長襦袢《ながじゅばん》はむろんのこと、肌襦袢《はだじゅばん》、下履きまでである。このために、三人の針女《おはり》が、小暗い六畳の縫物部屋で一日中、針を運んでいる。

喜久治《きくじ》は、眼の前の乱《みだ》れ籠《かご》に重ねられた仕立おろしの大島紬を見ながら、生ぬくい欠《あく》伸《び》をした。宿酔《ふつかよい》のせいである。五尺六寸の大柄な体を、怠《だる》そうにだらりと支え、上女中のするままに任せている。上女中のお時は、出戻りの年嵩《としかさ》女中だけあって、喜久治が風呂上がりの素っ裸のままでいても、瞬《まばた》き一つしない。手馴《てな》れた具合に前へ廻って、一番下のものを履かせ、次に晒《さらし》の肌襦袢を着せ、蟬羽《せみのは》のように軽い絹の長襦袢を、ふわっと肩にかけると、ここで一服、煙草《たばこ》を差し出す。喜久治は、唇の端へ煙草をくわえ、

「どうやねん、店の方は」

「へえ、相変らずの繁昌でござりまっけど——」

どうせ本気で聞いていないことを知って、お時もいい加減に調子を合わせた返事をし

ておく。喜久治はそれ以上、聞きもせず、硝子《ガラス》障子越しに薄い春陽《はるび》の射《さ》している奥前栽《おくせんざい》を見た。上半分を障子紙、下半分を硝子で仕切った硝子障子の向うに、陰気な前栽が広がっている。庭木は、槙《まき》、樫《かし》、松など常磐木《ときわぎ》に限られ、色花は下品なものとされているから、庭全体が黒ずんだ緑一色になっている。僅《わず》かに御影石《みかげいし》の燈籠《とうろう》と緋鯉《ひごい》を放った池が、目がわりな彩《いろど》りになる。

広縁づたいに、白い絹足袋が四つ、もつれ合いながら、音もたてずに歩いて来る。どちらも九文足らずの、小さい華奢《きやしや》な足もとである。祖母のきのと、母の勢以《せい》であった。離れの隠居部屋から、喜久治の部屋へ連れそって来るのであることは、その足もとからして、一目で解《わか》った。

お時が、うしろにまわって大島紬の着物を着せかけ、腰骨の上のあたりでしゅっと、しごくように細帯を締め、手早く博多《はかた》独鈷《どっこ》の角帯を結びにかかった。その手早さで、お時も、きのと勢以の気配を見て取っているらしい。ちょうど角帯を貝口《かいのくち》に、ぴしっと結び終えた時、喜久治の背後で、硝子障子が開いた。

「あ、お家《え》はん、御寮人《ごりようん》はんもお揃《そろ》いで――」

と云い、お時は、座敷の隅《すみ》に重ねた八端織《はったんおり》の座蒲団《ざぶとん》を三枚並べて、敷居際《ぎわ》へ退《ひ》き下がった。座蒲団の敷き方は間違いなく、二枚は、上手《かみて》に、一枚は下手《しもて》に並べて敷いたが、上手の右側の方を一寸下げた。喜久治は黙って、下手の一枚に坐り、お家はん（女隠居）

の祖母は、上手の左側、御寮人はん（奥さん）の母は、右側の一寸下がった座蒲団へ坐った。祖母のきのは、敷居際のお時に、お退《さが》りぃと云い、お時が、障子を閉《し》めて退ってしまうと、

「喜久ぼん、あんた、この頃、ちょっと遊びが過ぎるのやおまへんか」

六十近くになっても、家風呂で毎朝、赤い糠袋《ぬかぶくろ》を使う祖母は、艶《つや》を失わない額の下から、探るような眼つきで云った。母の勢以も、その言葉尻《じり》をつないで、

「そら、あんたも、もう一人前の大人やけど、世間体には、まだぼんぼんの部屋住みの身分でっせぇ」

喜久治は、返事をせず、素知らぬ体《てい》で着物の衿《えり》の重ね具合を直した。衿もとから背筋へかけての線が、女のように色白で豊かな肉附きであった。面長な顔の中で、濃い眉《まゆ》と切れ長の眼がきつい感じであったが、やや受け口の唇は、男にしては紅味《あかみ》がかちすぎていた。

「内々《うちうち》でならともかく、こない店の者の耳にも入るように、おおっぴらになったら、いきまへん」

勢以が重ねて云ったが、喜久治は、ちょっと口もとを動かしかけただけで、やはり答えなかった。

「それも、料理屋やお茶屋の金使いが手荒い云うのならともかく、体裁の悪い女遊びや

いうことやおまへんか、うちの店の信用にもかかわるさかい、恰好《かっこう》の悪い女遊びをぷっつり止《や》めるか、嫁はん貰《もら》うか、どっちかに決めなはれ、もう、これ以上は、堪忍《かんにん》なりまへん」

止《とど》めを刺すように、祖母はぬきさしならぬ理由をあげた。それでも、喜久治は、押し黙っていた。祖母と母の顔を見詰めるでもなく、かといってよそ見をするでもなく、くわえ煙草で、のほほんと坐っていた。

「喜久ぼん、わてらの云うてること、まともに聞いてなはんのか」

母が苛《いら》だたしい声を出した。喜久治は軽く頷《うなず》いた。

「ほんなら、なんかあんたの意見も云いはったら、どうだす」

「わいの意見でっか」

喜久治は、はじめて、ぼそりと口を開いた。

「云うたかて、云わんかて、一緒でっしゃろ」

二十二歳にしては、やや肉の乗り過ぎた大柄な体を、ものぐさげに、ゆっくり動かした。

「それ、不服で云うてはりまんのでっか」

祖母のきのが、袖口《そでぐち》から、細身の煙管《きせる》を取り出しながら、気色ばむと、母の勢以が、

「お母はん、そない気短かに云いはらんかて、喜久ぼんは、あんじょう云うたら、納得

してくれはりますわ」

「そうやろ、あんじょう云うたらな、あんたらが、間怠《まだる》うに育てるよって、おとなしいのやら、ふてぶてしいのやら解らん人間になったんだす、わてはあんたを、こんな具合には躾《しつ》けへんかったわ、な」

祖母の掌《て》の中で、金細工の煙管がきらりと光った。

「すんまへん、お母はん、さあ、喜久ぼん、お祖母《ばあ》ちゃんに堪忍しておもらいやす――」

勢以が肩を揉《も》むようにして、とりなしたが、それが芝居であることは喜久治に、ちゃんと読み取れた。

腹の中で、喜久治はフンとせせら笑った。世間の嫁姑《よめしゅうと》じゃあるまいし、血の繋《つな》がった親子同士で、芝居がかった気兼ねをしているのが見えすいている。しかし、こんなことは今日に限ったことではなかった。河内屋《かわちや》の家内《いえうち》では、始終、繰り返されていることだった。

河内屋は、四代を経ていたが、初代からあと三代はずっと跡継ぎ娘に養子婿《むこ》を取る母系家族であった。初代の河内屋喜兵衛《きへえ》は明和年間に河内長野から行商しながら大阪へ出て来、本町《もとまち》の足袋問屋へ奉公し、暖簾《のれん》分けをしてもらって、西横堀に一軒の店を構えたのであった。それから三代続いて、一人娘ばかりであった。老舗《しにせ》のしきたり通り、番頭の中から婿を選んで暖簾を継いで来た。祖母のきのも、母の勢以も、そうであった。喜久治の父である四代目、河内屋喜兵衛は、四十八歳の今になっても、母にはもちろん、祖母にも頭が上がらなかった。

祖父の三代目、河内屋喜兵衛が生きている時は、喜久治の父は、自分の奉公名である伊助と呼ばれていた。祖父自身も番頭上がりの養子旦那であったが、自分と同じ経歴である伊助に同情がなかった。

考えようによっては、伊助を見る度《たび》に、思い出したくない丁稚《でっち》や手代時代の自分の姿に出くわすからかも知れなかった。

喜久治は、五つ、六つのものごころつく頃から、祖父が、自分を『喜久ぼん』と呼ぶくせに、父に向かっては『伊助』と呼び捨てにするのを知っていた。小学校へ入って、友達の家へ遊びに行くようになってから、俄《にわ》かに自分の家の異常さが気になった。母の勢以に、聞くと、

「そら、私家《うち》は、他家《よそ》さんと違いますねん、わても、お祖母ちゃんも、御先祖はんのほんまの血筋やけど、お父はんは、他家《よそ》からうちのお店へ働きに来はって、それから私家《うち》のお婿はんになりはったからだす、そやから、お祖父《じい》ちゃんは、あんたに喜久ぼん云いはるけど、お父はんには、昔、番頭はんやった時と同じように伊助云いはりまっしゃ

の板の間には、箱膳が、大番頭から手代、丁稚の順に並べられ、大番頭から順に入って来て、板の間の次に一段高い畳敷きになった茶の間の方へ手をつき、

「ごはん戴《いただ》かせてもらいます」

とお上《かみ》たち（主人一家）に挨拶して食事にかかる。番頭が済むと手代、手代の次に丁稚という順繰りに、食事をすますと一人、一人が自分の箱膳を水屋《みずや》に納めて退って行く。茶の間の方では、奉公人たちのおばんざい（惣菜《そうざい》）と異なり、五品揃いの贅沢《ぜいたく》な配膳になっている。喜久治は四日つづきの刺身に口の中が生ぐさくなるような思いで箸《はし》を動かしていた。時々、ちらっと祖母のきのの方を見た。祖母は何時もより高い音をたてて入れ歯を、最後のお茶ですすぎながら、時々、小意地の悪い眼を祖父に向けた。祖父がわざと素知らぬ振りをしたのが、祖母の癇《かん》に障ったらしい。

「あんさん、今日もまた兄さんが、喜久ぼんを膝もとへおいて、漁師の話を得々と、しはったらしいでっせぇ」

「ううん」

祖父は曖昧《あいまい》に頷いた。

「ううんやおまへん、勢以が、呼びたてに行っても、放しはれへんかったそうだす、喜久ぼんは商人になるのでっさかい、鰯《いわし》や蛸《たこ》の話は要りまへん」

祖父は当惑しきっていた。祖父の横に坐っている父は、それ以上低くできないほど頭

を俯《うつむ》けて、祖父から視線をそらしていた。

「わては、あんさんが、うちの番頭はんから旦那はんになおりはる時に、ちゃんとお願いしておきましたやろ、あんさんのお実家《さと》とは、できるだけつき合わんといておくれやすと——、まあ、あんさんが一年に一回、お墓参りに帰りはる程度にしてほしい申しましたやろ」

ぐいと相手の胸を小突くような祖母の語調であったが、祖父は気弱に眼を瞬《しばた》かせた。

「お祖母ちゃんの阿呆《あほ》たれ！」

喜久治は、いきなり箸をお膳の上へ投げ出した。祖父は体を前屈《まえかが》みにしたかと思うと、

「そら悪かったたな、和歌山の兄さんも悪気やないけど、ついあの人の善《よ》さで、漁師は浜のことしか知らんさかい、それぱっかり話し込んでしもうたんや、まあ、そない本気で怒らんといてやってほしいな、勢以、あんたもな——」

自分の娘の勢以を、『あんた』と呼び、父と娘というよりは、番頭と主家の娘に近い妙に遠慮したものの云い方であった。

「お父はんが、そない云うてくれはるのやったら、わてもお母はんも、これ以上何も云うことおまへんわ」

母の勢以は、半ば甘えるように祖母の方へ首をかしげたかと思うと、急に夫の方へ向き直り、「あんさんも、よう聞いといておくれやす、あんさんとこのお実家とも同じこ

とだすさかい――」

と云った。父は、祖父以上に狼狽《ろうばい》した表情で、頷いた。

これが喜久治の少年期の記憶にある河内屋の家族関係であった。家附き娘の祖母、そして、母も同じ養子取りの娘、このような母系家族が、曾祖母《そうそぼ》から三代も重ねられていた。三代の間に何時の間にか、河内屋の跡継ぎ娘たちは、夫を種馬同様の扱いにすることを、不思議に思わなくなっていた。

喜久治が商業学校を卒業する年に、祖父が卒中で倒れ、父が四十三歳で四代目、河内屋喜兵衛を継いだが、やはりこの家族関係は変らなかった。かえって、家附き女二人と、番頭上がりの養子旦那一人という、人数の上からも、さらに女性支配の奇妙な家族が出来上がってしまった。

父の喜兵衛は、店の間に坐って商いする時だけが旦那《だん》はんで、一歩、くぐり暖簾《のれん》をくぐって奥内《おくうち》に入って来ると、番頭上がりの節度をわきまえて、旦那はんの座についていた。

祖父が亡《な》くなると、急に祖母と母が派手になった。祖母は五十三歳であったが、鼻筋がつんと通り、切れ長な眼がよく光り、権高《けんだか》であったが、隠居風に鬢《びん》をつめた顔は臈《ろう》たけていた。母の勢以も、祖母に似た器量よしであったが、祖母より丸顔で、受け口の口もとが甘かった。三十五歳になっても、気性者の実母の袖のかげから、したいこと、云いたいこと三昧《ざんまい》にして来た人間の甘さが、顔にも出ているようだった。

この頃、欧州大戦が始まり好景気のさなかであったが、呉服屋の出入りが激しくなると、さすがに父の喜兵衛も、その支払いが苦労になってきたらしい。節季（月末の支払い、集金日）になるときまって、祖母のきのが、何時にない遠慮がちな声で、

「あんさん、小大丸《こだいまる》はんのお払い頼んまっせぇ」

と云うと、結界《けっかい》（帳場格子《ちょうばごうし》）の中の父の喜兵衛は、

「へい」

と答え、云われた額だけ支払った。

「あんさん、ちょっと――」

今度は、母の勢以が愛想笑いを泛《うか》べながら、

「奥内料（うちらの賄《まかな》い料《りょう》）、ちょっと足りまへんねん」

「へい」

また喜兵衛は、不足分だけ黙って手渡す。その間、女二人は、ちょっと取ってつけたような間の悪い笑い方をするが、喜兵衛はへいと答えるだけで、鉛で塗り固めたような無表情な顔をしていた。

これが、二十二歳になるまで喜久治が見て来た父の姿であった。暖簾と財力が、一切

を支配する船場《せんば》のことであるから、家附き娘の権力が、養子旦那を凌《しの》ぐ場合は他家にもある。しかし、三代も母系を重ねた河内屋の場合は、何か異様な気配に包まれているようだった。喜久治は、父の喜兵衛を腑甲斐《ふがい》なく思うとともに、この船場の母系家族を代表するような二人の女に、燃え殻のような煙臭《けむくさ》い反感と警戒心を持った。

陽が翳《かげ》り、急に座敷の中が陰気な暗さに包まれた。きのと勢以は、小意地の悪い根気の良さで、先程から喜久治の返事を待っている。

「ところで、要はどないせえと云いはりますねん」

痺《しびれ》を切らして、今度は喜久治の方から、口を切った。

「おとなしいに嫁はんをおもらいやす」

勢以が、急に優しい語調で云った。

「嫁はん？　早すぎますがな、これ以上――」

と云いかけ、喜久治は口ごもった。これ以上、一家《ひとつや》に女《おなご》三人はご免やと、云いたいところであった。祖母のきのが、わざとらしい笑《わら》い皺《じわ》をみせ、

「そない云わんと、あんたは大事なぼんぼんやさかい、妙な傷もんにならんうちに、ええ女雛《おんなびな》はん探したげまっさ、ほんなら、みっともない女遊びせんとすむよってにな」

と云い、眼がキラリと光った。お家《え》はんの光り眼と、女中や、丁稚の間で怖《おそ》れられている気強い眼であった。喜久治も、ふと気圧《けお》されがちになり、一体、誰が、わいの女遊

びを告げ口したのやろと、腹の中で舌打ちした。

喜久治が遊び始めたのは、二年前の高商を卒業する頃であった。学校を出ても、河内屋足袋問屋の五代目になることに定まっているから、別に改まって勉強する必要もなかった。最終序列から十四、五番内の辺《あた》りをうろうろし、わいがええ成績を取れへんのは、就職せんならん奴のための犠牲打やなどと、勝手な理屈をこじつけて遊んでいた。

遊び仲間は、自然と老舗《しにせ》のぼんぼんばかりが寄り集まり、はじめのうちは千日前《せんにちまえ》や道頓堀の活動や喫茶店を遊び廻っていたが、何時の間にか、飛田《とびた》へ出入りし、卒業する頃には、女をちゃんと知っていた。材木屋の笹川繁三に連れられて、始めて、飛田へ上がった時、喜久治はそのことより、女が下婢《かひ》のような仕え方をするのに驚いた。定まった金額の倍を支払った。女は、泣くようにして喜び、喜久治に体ごとを尽した。

これは喜久治の思いがけない発見であった。家の中で、お家はんと奉《たてまつ》られる祖母と、御寮人《ごりょうん》はんと気を使われ、奉公人はもちろん、自分の夫や父までも下目《しため》に見て過している女の間に育てられた喜久治は、はじめて異なった仕種《しぐさ》をもった女に出会った。しかも金さえ与えれば、下婢のように尽す——。喜久治は、快い解放感を味わった。

家で、祖母と母が、何かのことで、我意を通すことがあると、その日は必ず、喜久治は女のところへ遊びに行った。そして、さんざん女に仕えさせて、気分なおしが出来てから、素知らぬ顔をして家へ帰った。

この喜久治の娯《たの》しみは、その後もずっと、きのにも、勢以の耳にも入らなかったのに、今時になって、なぜ気附かれたのか解《わか》らなかった。喜久治は、ふと、笹川繁三の背の低い肥《ふと》った体を思い出した。近頃、馴染《なじ》みの女が出来てから、急に膨れるように肥り出し、だれ彼なしに、女のことを吹聴《ふいちょう》して廻っていることに思い当った。

「なんでも、わいのこと承知の上で云うてはりまんのやろ」

喜久治は、先手を打つように云った。

「そうだす、そやさかい、まあ、わてらに任しはることや」

すかさず、こう引き取って、祖母のきのは、もう一度、例のよく光る眼を、喜久治の顔に当てた。

その翌日から、きのと勢以が気忙《きぜわ》しげに外へ出かけたり、来客と話し込んだり、人の出入りが多くなった。その中で、一見して、世話好きに見える五十そこその色の黒い女の出入りが目だって激しかった。それが、仲人《なこうど》の内田まさで、高麗橋《こうらいばし》に砂糖問屋を構えている高野市蔵の長女を縁談に持ち込んで来ていた。

高野市蔵は丁稚《でっち》から砂糖株でのしあげた成上がりの船場商人で、三年前の大正五年から、大阪の長者番附の中へ入っていた。財力は持ってるが暖簾がなかったから、五人兄妹の二人の娘は、内輪の苦しいへたり暖簾でもいいから暖簾のある老舗をと、望んでいた。

高野市蔵から、どれほど仲人料が払われる約束になっているのかと疑うほど、内田まさは根《こん》を詰めて河内屋へ足を運んだ。堀江の小さな小間物問屋の隠居である内田まさは、二言目にはお家はん、御寮人はんと、まるで一段上目《うわめ》な人を扱うように奉ったから、きのも勢以も調子附いてしまった。

内田まさから見れば、きのと勢以は、船場の老舗に生まれ、恒産があり、そのうえ家附き娘で、器量よしと来ている。しかも三代も重ねた母系家族で気随気儘《きまま》に増長している女であることは百も承知であった。縁談の最中でも、きのと勢以は、二言目に、船場のしきたりは、船場の奥内はと、気分が悪くなるほど高飛車であったが、内田まさは、相手がつけ上がるほど、へり下り、つけ上がり尽した頃を見計らって、

「何なりと、こちらさんのおっしゃる通り、高野さんではさして戴きたい云うてはります、なんし、銭金にかえられん暖簾内《うち》へ入れて戴きますねんよって」

と揉《も》み手《で》で機嫌を伺うと、きのも勢以も、もう云うこともなく、

「ほんなら、見合や、あとの運びは仲人はんに任せることにでもしまひょか、うちの暖簾との縁組やさかい、向うさんにも、えらい結構に思うてもらわんならんわ」

と恩きせがましく云った。

喜久治は、雨の降る日に、客足の少ない道頓堀の中座《なかざ》で、振袖《ふりそで》を着た高野弘子と一回見合をしただけであった。色がぬけるほど白いという印象だけで、あとは人形のように

印象のうすい顔の整い方であった。喜久治より二つ齢下《としした》の二十歳であった。この時も、きのと勢以は、店主である喜兵衛には下相談もせず、殆《ほと》んど決まりかけてから、縁組の内容と入費を知らせたが、喜兵衛は別に文句をさしはさまなかった。

この年の十月、難波《なんば》神社で神前結婚を挙げ、北浜《きたはま》の料亭、芝卯《しばう》で披露をした。この五、六年来、こんな豪勢な結婚披露は始めてだすと、芝卯の仲居が昂《たかぶ》った溜息《ためいき》をつくほど派手にした。招待客は二百人、一人二十円の会席膳《ぜん》であった。当時、大阪、新橋間の普通汽車賃が六円四銭であった。この費用は、船場の慣例にしたがって、男の側が六分、女の側が四分という支払いであった。もともと、砂糖問屋の高野の方から云い出した大げさな披露宴であったから、河内屋喜兵衛は二の足を踏んだが、きのと勢以は、

「あんな、一代かぎりの船場商人に、うちが負けられまへん、五蔵《いつぐら》の一つを売ったかて、向う以上に振舞わなあかん、養子入りの結婚式やおまへんで」

と嶮《けわ》しい表情をしたので、喜兵衛は、例の重苦しい顔で、黙ってそれだけの費用を調達した。

高野市蔵にしてみれば、格別の成上がり根性があったのではなかった。由緒《ゆいしょ》ある暖簾との縁組に有頂天になってのはずみであったが、これが、嫁入りした弘子の躓《つまず》きのはじめになった。

箪笥《たんす》、長持で十一荷、長襦袢《ながじゅばん》だけでも三十六枚も揃《そろ》えた弘子の荷飾りの日、きのと勢

以と二人がかりで、仔細《しさい》に嫁入り荷物を見て廻ったあげくに、勢以が改まった調子で、

「弘子はん、あんたのお荷物これだけだっか」

「へえ」

怪訝《けげん》そうに弘子は低く答えた。

「それやったら困りますなぁ」

弘子はさっと顔色を青ざめた。

「なるほど、えらいお金かけて、たんと着物《べべ》持って来てくれはったわ、そやけど、夏の帷子《かたびら》と紗《しゃ》の羽織が足りまへん、ご承知やろけど、船場では更衣《ころもがえ》のしきたりいうのがおます、季節ごとにちゃんと着るものがきまってまんねん、あんたの荷の中に六月一日から要る帷子と、七月一日から要る紗の羽織がおまへん」

「すんまへん、早速、あとでうちから持って寄こさしてもらいます」

素直に手をついてあやまったが、きのは許さなかった。

「追加ものというのは気に入りまへん、今晩、店閉めてから、この衣裳《いしょう》簞笥、あんたとこへ持って帰り、みなきちんと間違いのない目録にしてもらってから、改めて荷入れしておくなはれ」

弘子のまる味をもった大きな眼に、見る間に涙がふくれ上がり、膝《ひざ》もとへぽたりと落ちたが、きのも勢以も気振《けぶり》一つ変えず、さっと席をたった。

喜久治は、この時、結婚祝いに来た高商時代の友人と客間で喋《しやべ》っていて、その場に居合わせなかったが、床に入ってから聞き知った。二十歳になったばかりの弘子は、怖ろしそうに肩を震わせ、掛蒲団《かけぶとん》の端を噛《か》んで忍び泣きした。喜久治は、おとなしそうに見えた弘子が案外、気強い性格であるのに驚いた。夜中にも二、三度、

「あ、更衣、更衣!」

と歯ぎしりした。喜久治は弘子の寝汗をべっとり肌に感じながら、妙なうそ寒さが体に来た。祖母と母と妻、陰湿な船場の奥内で、これから、この三人の眼に見えぬ縺《もつ》れがはじまるのかと思うと、仕立おろしの寝巻の下で鳥肌だった。

この予感は、喜久治の大げさな被害妄想《もうそう》ではなく、実際に小さな縺れが、重なって来た。結婚してから二ヵ月目の、十二月のはじめのことであった。三日ほど乾いた風が吹き続いた日、弘子は台所で女中を采配《さはい》しておばんざいの用意をしていた。その日のおばんざいは、大根とお揚《あげ》のごった煮であった。一斗鍋《いっとなべ》に盛り上がるほどの量の大根に味つけしていると、うしろで香料の匂《にお》いがした。はっとして振りむくと、御寮人はんの勢以であった。

「あ、お姑《かあ》はん、存じませぇで、お尻向《いどむ》けのまま、賄《まかな》いしてまして、すんまへん」

前垂れで手を拭《ふ》きながら、弘子は小腰を屈《かが》めた。勢以は、結いたての丸髷《まるまげ》から、高価な鬢《びん》つけの香《にお》いを撒《ま》き散らしながら、一斗鍋の中の大根をのぞき込んだ。

「誰だす、こないお大根をまるっぽに切ったんは——」

下女中のお松が、鸚鵡《おうむ》返《がえ》しに、

「へい、お大根まるっぽに切ったんは、わてだす」

「なんでや、うちは賽《さい》の目《め》に切ることになってるやないか」

「へえ、そいでも、若御寮人《わかごりょうん》はんが、この方がええ味になる云いはりましたんで——」

十六歳になったばかりのお松は、真面目《まじめ》な顔をして説明した。勢以の表情が嶮しくなった。

「若御寮人はんが云いはった？　弘子はん、あんた、ほんとにまるっぽに切らしたんでっか」

「へえ、さよう申しましてんけど——」

「なんで、まるっぽにしなはったんや」

「まるっぽの方が美味《おい》しおますし、食べでがおますさかい」

「奉公人のおばんざいは味より見場《みば》だす、まるっぽで、二つ三つお皿によそってあるより、同じ量でも賽の目でたんと盛りあげてある方が、見場に満足するやないか、そないせんと、成金ならともかく、代々の分限者《ぶげんしゃ》にはなれまへん」

成金という言葉が、どぎつく弘子をあてこすった。

「弘子はん、船場には食べものにまで家のしきたり云うもんがおますねん、お芋のきり方、大根の刻み方一つにしても、うちへ来たら、わてとこの家風を守りなはれ、そやないと若御寮人はんとは云われまへん」

平手打ちを喰わすように云いきるなり、勢以は紋綸子《もんりんず》の袘《ふき》の厚い裾《すそ》を翻した。勢以の姿が襖《ふすま》越しに見えなくなると、弘子は、大きな菜切り庖丁《ぼうちょう》を煮え上がっている一斗鍋の中へ突っ込み、まるっぽの大根を、ぶつぶつ賽の目に切り刻んだ。お松が、

「あ、若御寮人はん、火傷《やけど》しはりまっせ」

と止めにかかっても、弘子は顔中を汗と涙だらけにして刻んだ。

夕食の膳の前に、弘子は店の間にいる喜久治を、そっと眼につかぬように若旦那部屋へ呼んだ。

「お舅《しゅうと》はんは、気の毒なほどおとなしいええお人やけど、お家《え》はんとお姑《かあ》はんには辛抱でけまへん、お大根の切り方にまで家風のしきたりのと云われたら、わての身が持ちまへん、今晩は、もう、ご飯も咽喉《のど》へ通りまへん、ほんまに帰《い》に……」

と云いかけて、弘子は、はっとしたように自分の言葉を呑《の》んだ。

このことがあってから二カ月目ぐらいから、弘子は奇妙なことに気附いた。弘子がはばかりへ行ったあと、必ずきのか勢以か、どちらかが、はばかりへ入る。

注意深く気を附けていると、きのも勢以も、弘子のあとにはばかりへ入ると、きまって小用にしては長い時間がかかった。弘子は、心の奥底で、はっと体が引き千切れそう

な恥ずかしい想像をした。そして、思いきって、一つの企《たく》みをした。

二月の底冷えのする日であったが、弘子は異様に熱っぽい眼で、お家はんのきのがいる離れ座敷の方へ注意を向けていた。昼前になって、きのが炭火の籠《こも》った匂いを外へ出すために、ちょっと硝子《ガラス》障子を開けたのを見すまし、弘子はわざと苦しげな様子をして、はばかりへ入り、何時《いつ》もより長い時間をかけ、出しなには、パタンと音をたてて戸を閉めた。それからゆっくり歩いて、若御寮人部屋へ入る振りをして、広縁の廻り角の凹《くぼ》んだところへ、さっと体を貼《は》りつけた。

暫《しばら》く息を殺して、そのままにしていると、廊下を辷《すべ》るような足音がした。そっと覗《のぞ》き見《み》すると、きのが猫のような忍び足ではばかりへ向かって歩いていた。廻り縁の凹んだところで、体を斜めにずらせば、はばかりがうまく見通せた。きのは、はばかりの前まで来ると、急に辺りを見廻し、人気のないのを確かめ、つと手を延ばして庭先の棕櫚竹《しゅろちく》の細い枝を一本折り、それを持ってはばかりへ入った。

弘子は身をひるがえすようにして、足音を忍ばせてはばかりの前まで引き返した。息を殺して、そっと戸の手を引いてみた。僅《わず》かな隙間《すきま》からきのの背中が見えた。きのは背をまるめて、便器の縁に屈み込み、袖口で鼻先を押えながら、竹の枝で糞壺《くそつぼ》の中をぐるぐる掻《か》き廻している。弘子は思いきって、戸を引き開けた。

「うっ」きのは、振り返って、一瞬、驚愕《きょうがく》したが、すぐ何時もの気性に返り、

「いきなり、おはばかりを開ける阿呆がおますかいな、おはばかりを開けるにも作法が――」

と云いかけた途端、弘子は、

「まあ、えらいすんまへん、こんなところで、なんぞ、ご用でも――」

と聞いた。きのは、ちょっと云い澱《よど》むようだったが、

「わてな、齢《とし》いってから小用が近うなって、それに今日はえらい冷える日やな、さいぜんも用を足しに来て、つい財布《さいふ》を落してしもうたさかい、探してるねん」

と云った。弘子は、わざと大げさに顔をくもらせ、

「まあ、それやったら、わてがお探し申しますのに、寒いでっさかい、お家はんは、どうぞ、お部屋へ」

「ほんなら、よう探してや」

落ちつき払って、こう云うなり、きのはうしろも見ずに、はばかりを出た。

弘子は、きのが便器の縁へたてかけて行った竹の枝をとって引き上げてみた。枝先に、先刻、弘子が使ったばかりの紅《あか》く染まった塵紙《ちりがみ》が巻きついていた。やはり、弘子の推測通りであった。弘子が嫁して来た夜、仲人《なこうど》を通して、きのと勢以から、女の毎月のものの、日を聞かれた。この間から、きのと勢以が、弘子のその頃になると、きまったようにはばかりへ行くのが頻繁《ひんぱん》になり、入れ代り、たち代り、はばかりでごそごそしていた

のは、弘子のそれが止まったか、止まらないかを調べるためであった。しかも、上便所は、女三人と喜兵衛と喜久治の五人だけが使うものであったから、それを調べるには、もっけの幸いであった。

弘子は、広縁伝いに若旦那部屋の方へ歩きながら、恥ずかしさに眼が暗みそうだった。部屋の中に、喜久治が居た。弘子は、襖を閉めるなり、どっと喜久治の前に、横倒しに倒れ伏した。

「どないしてん、病気か」

喜久治は、驚いて弘子を抱え起した。弘子は涙を噴き出し、跡絶《とだ》えがちに、今あったことを話した。喜久治は、

「そんないやらしい――」

と云ったまま絶句した。贅沢《ぜいたく》な絹物を着、高価な香料を身につけ、器量の整った二人の女が、薄暗い便所へ交互に入り、糞壺の中に竹の先を入れて、若い女のしるしを搔き探す――喜久治は凍りついたように息を詰めた。

＊

梅雨明《つゆあ》けというのに、三日も降りみ降らずみの長雨が続き、植込みの奥深い土の上に、

糠雨《ぬかあめ》のまばらな斑点《はんてん》がついている。濡《ぬ》れるとかえって庭土に熱気をもち蒸し暑い。家の中まで、じめじめと湿《しっ》け、熱気がこもるようだった。

弘子は、妙に気怠《けだる》い体で、木の葉一枚動かず、風のない薄暗い庭先を、ぼんやり見ていた。この半月ほど、特に粘っこい唾液《だえき》が口の中に籠《こも》り、吐き気を催した。

喜久治は、食事の時間以外は、ずっと店に出て商いを手伝っていたが、手空きにさえなれば、内《うちら》へ入って来て、お茶を飲んだ。

『鶴屋《つるや》八幡《はちまん》』の夜の梅を、お茶うけにすると、酒量の多い喜久治であったが、甘いものにも手を出した。弘子は、一切れ、羊羹《ようかん》を口に入れかけて、止《や》めた。お茶だけ飲んで、息をひそめるような低い声で、

「あんさん、わて、赤子《やや》ができるらしいでっけど——」

こう云って、耳朶《みみたぶ》をあからめた。喜久治は、

「赤子がな」

ぽつりと、弘子の顔を見詰めた。弘子は、初々《ういうい》しい首筋を上気したように染めながら、眼だけは怯《おび》えたように落ちつきがなかった。

「もし、そうやったら、実家《さと》へ帰ってお産さしておくれやす」

「え、実家で——」

「ここでは、どんな目に遭わされるか解《わか》りまへん、広縁に蠟《ろう》でも塗られて転《ころ》んだら、お

腹《なか》の子もろとも、わても流産で殺されてしまいますわ」

「そら、あんまりの被害妄想や、この間の便所のことも、考えようによっては、大姑《おおじゅうと》、姑の女らしい嫉妬《へんねし》やったかもわかれへん」

　こうなだめてみても、弘子は、

「あんなえげつない嫉妬がおますやろか、どない云いはっても、わては、二、三カ月だけ帯をうまい具合にしめて、目だたさずにすませ、六カ月になったら、腎臓《じんぞう》が出たいうて、実家へ帰《い》なしてもらいまっさ」

　と顔色を変えて云い張った。

　翌日、きのと勢以には芝居見物と偽って、喜久治は弘子を医者に連れて行った。弘子がそれらしい日を繰った通り、三カ月を経ていた。そうと定まると、喜久治は、例のはばかりのことがあったあとだけに、強いことも云えず、弘子の意見通り、実家に帰ってお産をすまさせることにした。

　きのと勢以は、弘子にはばかりの出来事を見咎《みとが》められてからは、枕探《まくらさが》しのようなみっともないことをしなくなった。その上、弘子が装《なり》をうまくつくろっていたから、六カ月になっても見破られずにすんだ。

　十二月になると、弘子は、わざと床についた。医者と喜久治がしめし合わせ、腎臓の長患《ながわずら》いで、実家へ帰って療養した方がいいという運びにした。弘子が病気と知ると、急にきのと勢以は親切になり、何度も、廻り廊下を伝って若御寮人部屋へ見舞に出向いた。見舞に来る時も、するすると、辷《すべ》るようにして廊下を歩き、いきなり、さっと硝子障子を引き開けるから油断がならない。弘子は、耳を針先のように研ぎすまし、二人の足音が聞えると、掛蒲団をいかにも病人らしく、こんもりと顎《あご》までひきあげた。二週間、そうして寝ついた上で、弘子は実家へ帰った。

弘子が帰ってから、喜久治は、きのと勢以に、実は妊娠による腎臓だと切り出し、弘子の妊娠を始めて告げた。そう聞いた途端、きのは、

「うまい騙《だま》しようやな、いつからの芝居だすねん」

と入歯を鳴らした。勢以も、

「うちのしきたりは、ご先祖さんをお祀《まつ》りしてある次の間で、お産することになってます、その時、実家の女親は前垂《まえだ》れがけで、手伝いに来るのが作法やおまへんか、それに、ようも、そんな——」

と云ったきり、恰好《かっこう》のよい唇を血の滲《にじ》むほど嚙みしめた。そんな二人であったから、ありあまる到来物《とうらいもの》があっても、ただの一度も弘子の実家には持って遣《や》らず、実家の方から十日目ごとに報告してくる丁稚《でっち》の使いにも、お為《ため》（駄賃）の一つ包まなかった。家の中でも、赤子のことなど、口の端《は》にものぼせなかった。上女中のお時が、二人の機嫌のいい時を見計らい、

「あの針女《おはり》の手が空《す》いてまっさかい、赤子《やや》さんのもの、なんぞ、縫わして貰《もら》いまひょか」

と気を配ると、勢以は、

「そんなことは、わてらが采配《さはい》することだす、あんたらのでしゃばることやおまへん」

お時の立つ瀬がなくなるほど、にべなく云った。

三月の女節句の日に、子供が生まれた。男の子であった。喜久治は店の間で、高野屋からの電話で男と聞くなり、

「女節句の日柄にも負けんと、男の子でっか、ええなあ、弘子にしんどかったやろ、云うてやっておくなはれ」

と電話を切り、結界《けっかい》の中で帳尻《ちょうじり》を見ている父の喜兵衛に、

「お父はん、男の子でっせぇ」

と云った。喜兵衛は、帳面の端を摑《つか》むようにして手を止め、五十にしては老《ふ》け過ぎた眼もとを皺《しわ》にして、

「そうか、やっと男の代継ぎになるなぁ」

と云い、眼顔で、くぐり暖簾《のれん》の奥を指した。

すぐ奥の間へ行ったが、勢以の姿が見あたらない。中前栽《なかせんざい》を通って、離れの隠居部屋の前まで行き、喜久治は、足を止めた。部屋中に真紅《しんく》の毛氈《もうせん》を敷きつめ、床の間に雛壇《ひなだん》

を飾り、きのと勢以が雛遊びをしているのが硝子障子越しに見えた。
きのは、白髪染めした髪を鬢《びん》の詰った丸髷《まるまげ》に結い、鼈甲《べっこう》の笄《こうがい》をさし、勢以は鬢の張った丸髷の根挿《ねざ》しに、大粒の珊瑚《さんご》を挿している。揃《そろ》って新調の紋綸子《もんりんず》の袷《あわせ》であった。赤い雛膳《ひなぜん》に、五品の菜《さい》を盛り、小さな紅盃《べにさかずき》に甘酒を注《つ》いでいる。互いに甘酒を注いで、口元へもって行っては、ちゅっと吸い、顔を見合わせては、くっくっと忍び笑いした。赤い毛氈の上に春の陽ざしが日溜《ひだま》りになり、六十歳の老女と、四十二歳の中年女が、無心に戯《たわむ》れていた。

　喜久治は、躊躇《ためら》いがちになり、硝子障子を開け兼ねたが、うちらから、

「どなたはん？　喜久ぼんでっか――」

　やんわりした声が、かかった。

「わいだす」

　と障子を引き開け、敷居際《ぎわ》にたったまま、

「赤子《やや》が生まれましてん、今、向うから電話があって――」

　と云うと、きのと勢以は、はっと衝《つ》かれたように眼を見合わせた。そして、気の乱れを隠すように、わざと落ち着き払い、

「ほんで、どっちや云うねん？」

「男だんねん」

「男の子――、ふうん、女節句の日やいうのに」

きのが、いや味な口ぶりをすると、

「逆《さか》らい子《ご》というわけだすなぁ」

勢以が口を合わせ、まともに不機嫌な顔をした。

喜久治は、この時、激しい鮮明さで、自分の抱き乳母のおうしのことを思い出した。おうしは、乳を飲ます『ちち乳母』ではなく、『抱き乳母』であったが、ちち乳母のような気持で、喜久治を育ててくれた。

幼稚園に通うようになっても、喜久治の傍《そば》を離れなかった。喜久治が幼稚園の小さな机に向かって千代紙を折っている時も、机の傍へ背中を低くまるめて、踞《うずくま》っていた。先生が何度、お供は部屋の外へ出て待つようにと注意しても、おうしは平気で喜久治の横へ、べったり坐り込んで附き添った。

鋏《はさみ》で手を切ったり、大きな積木で爪《つめ》を剝《は》がしたりしたら、申し訳がたたんと云うのである。そのために、喜久治は友達から、お乳母子《うばっこ》！　と笑われて、何度も恥ずかしい思いをした。

小学校へ入った年の夏祭りに、祭提燈《まつりちょうちん》に灯を入れながら、喜久ぼんはお可哀《かわい》そうやと、泣き出したことがある。喜久治は、着せて貰ったばかりの暴《あば》れ御輿《みこし》を染め出した四《よ》つ身《み》浴衣《ゆかた》の模様を見ながら、

「お乳母《うば》、なんで泣くねん」

と不足そうにいうと、

「せっかく、ぼんぼんに生まれはったのに、お祭りになっても飾提燈一つ出してもらわれしまへん、お家《え》はんも、御寮人《ごりようん》はんもこわいお心のお方や」

と、かきくどくように、また泣いた。

飾提燈というのは、青貝塗りの長柄《ながえ》の尖端《せんたん》に金色の飾り彫刻をつけ、細長い提燈の下に、紫の房紐《ふさひも》で銀鈴を結えた提燈であった。この提燈を表へ出すのは、男の子のある家に限られ、家紋を染めぬいた幔幕《まんまく》の中央にこれを並べた。男の子一人に一本というきまりであったから、男の子が多いほど、飾提燈が店の表口にずらりと並んだ。

喜久治は祭りになっても、殆《ほと》んど家の中にいて、宵宮詣《よいみやまい》りの時に、きのと勢以、それに女中たちに囲まれて氏神詣りをするぐらいであったから、おうしに云われるまでは、気がつかなかった。そう云われてみれば、近所の男の子たちは、煌《きらび》やかな飾提燈の下をくぐりながら、一本、二本と数え合いしているようだった。

おうしは、この飾提燈の話のあとで、急に声をひそめ、喜久治の耳もとへ、煙草《たばこ》くさい口をひっつけて、

「ぼんぼん、あんさんがお生まれになった時、男のお子やというので、御寮人はんは泣いて口惜《くや》しがりはったそうだす、お家では何でも世間と逆さまでんなぁ」

と囁《ささや》いた。そのおうしは、どうしたことか、その翌年の春に、河内屋を去り、代りに、おうしの出戻り娘であるお時が上女中に来た。

何気なく子供心に聞いていたおうしの言葉が、今になってみれば、みな真実だったようだ。喜久治は、敷居際にへたり込みそうになる膝《ひざ》を、やっと支え、廊下へ出て、うしろ手に硝子《ガラス》障子を締めた。

店の間へ帰ると、父の喜兵衛は、相変らず、結界の中で算盤《そろばん》を弾いていた。喜久治の気配に顔をあげ、どうやった？という風に顎をしゃくった。

「男の子か――それだけだすわ」

「え？」

喜兵衛は、算盤の手を止めて、怪訝《けげん》な顔をした。

「男の子より家附き娘の方が、欲しかったらしいでんなぁ」

喜兵衛は、じいっと喜久治の顔を見詰めていたが、黙って頷《うなず》き、算盤の桁《けた》をパチリと揃えた。そして、

「行って来たりぃ、早い方がええ」

と云った。喜久治は、突然、胸の中が煮えつまるような熱さを感じた。丁稚《でっち》に履物を揃えさせ、俥《くるま》を呼んだ。

西横堀から、まっすぐ東へぬけ、今橋に向かう道筋は、四間《けん》の道幅をはさんで平家建

の商家が、庇《ひさし》を並べている。表口に大阪格子《ごうし》の揚戸がはまり、奥深い店の間には商品がうず高く積まれ、気忙《きぜわ》しくたち働いている気配が、俥の上の喜久治にも手にとるようだった。この家々の奥内《おくうち》にも、河内屋と同じ日常が繰り返されているのだろうか。船場と呼ばれる長堀川、西横堀川、堂島川、東横堀川の四つの川に囲まれた富豪の街の、どの家にも、重苦しいしきたりや因習が積み重なっているのだろうか――。喜久治は暗澹《あんたん》とした頼りない思いで俥に揺られていた。

高野屋の奥座敷に寝かされている赤子《やや》は、真黒な髪と眉《まゆ》が、皺《しわ》だらけの中でめだった。弘子は、子供の傍で、潤《うる》んだような湿っぽい皮膚をして、寝ていた。喜久治と眼を合わせると、どっと涙を噴き出し、

「あんさん、男の子だっせぇ」

と自分で感動した。夏祭りに男の子の数だけ飾提燈を並べたてる船場であるから、初《うい》産《ざん》に男の子をあげることは、他の家なら、明日からでも若御寮人はんの座が固まるのが常識だった。喜久治は、大げさな作り笑いをし、

「おおきに、きつかったやろ、そいで具合はどうやねん」

と蒲団《ふとん》の中へ手を入れ、弘子の掌をさすった。

子供の名前は、久次郎《ひさじろう》にした。成年になって、河内屋を継ぐ時は、喜兵衛を襲名するのにきまっていたから、喜久治は子供の名前に凝らなかった。弘子は、初めての子供だ

から、もっと凝った名前をつけてほしいと云ったが、喜久治は一生名乗る名前でもなし、幼名だけのことだからと納得させた。

出産してから一カ月目に、久次郎は抱き乳母にかかえられ、弘子と一緒に河内屋へ帰って来た。実家方《さとかた》でつけた奈良県生まれのとめという抱き乳母は河内屋の奥座敷へ坐るなり、人のいい顔を柔らげ、

「久《ひさ》ぼん、あんさんのお家ですわ、お祖母《ばぁ》ちゃんにご挨拶《あいさつ》だっせぇ」

と、くるみ蒲団を勢以の方へ傾けたが、勢以はにこりともせず、久次郎の顔つきをなめ廻すように見たあげく、

「お母さん似やな」

一言、云ったきり、抱きもしなかった。きのは隠居部屋へ閉じ籠《こも》ったまま、出て来なかった。そのくせ、喜久治と弘子の眼を盗んでは、久次郎の顔を見に来て、

「久ぼん、男の子のくせに女みたい優しい顔してはるなぁ」

とまだ開ききらない小さい手をいじっていることが、とめの口から喜久治に伝わった。

弘子が帰って来てから、三カ月目に離縁話が持ち上がった。この日、弘子は、七月の朔日詣《ついたちまい》りに、久次郎を抱き乳母のとめに抱かせて難波神社へ出かけた。きのと勢以は、早詣りして、とっくに帰って来ていて、弘子が出かけるのを見すまし、喜久治を奥座敷

へ呼んだ。きのも勢以も、七月の更衣《ころもがえ》をして、さっぱりした薄物を着ていた。

「喜久ぼん、あのなぁ、今日云おう、明日云おうと思《おも》てたのやけど、七月の更衣をきっしょ（区切り）に云いまっさ、実は弘子はんに帰《い》んで貰《もら》いたいねん」

きのが、きっぱり切り出した。

「帰《い》ぬ？」

喜久治は、わざと意味のつかめぬ顔をしたが、とっさに、この間から弘子に、とても長い辛抱はようしまへんと、云い出されていたことを思いうかべた。

「あんたにも、いろいろ考えはあるやろけど、あない船場のしきたりができんようでは、どないにもなりまへん」

きのは押っ被《かぶ》せるように云った。勢以も、

「それがな、気ィきかんとか、性分がどないやいうのやおまへん、一昨日の節季に、掛取りに行かした丁稚のお為着《しきせ》が間違《まちご》うてたんや、同じ丁稚でも、前丁稚《まえでっち》は木綿縞《もめんじま》やけど、十六歳以上の元服済みの丁稚だけが、糸入縞貫《いといりしまぬき》の着物を着てもええことになってるやろ、それを前丁稚に糸入縞貫を着せて使いに出してしもうたんだす、お顧客先《とくいさき》でえらいもの笑いや、お為着の作法を間違うたら、店の信用にまでかかわるやおまへんか」

詰将棋の駒運《こまはこ》びのように、ぬきさしならぬ理詰めをして来た。そのことなら喜久治も一昨夜、弘子の口から聞いたばかりであった。しかし、弘子の言い分では、節季の前夜、わざわざ勢以に節季廻りのお為着のことを尋ねたが、丁稚は木綿縞と云っただけで、普通縞と糸入縞貫の区別まで教えてくれなかったのが間違いのもとだったらしい。

「そのことやったら、弘子が前の晩、聞いた時に、細かい区別まで、ちゃんと教えてやれへんお母はんにも責任あるやおまへんか」

「へえ、そんなぬけ口上みたいなこと、あんたに云いつけてるのんか」

「いや、別にそうやおまへんけど——」

　と濁したが、もう遅かった。

「そんな料簡《りょうけん》やさかい、四代も続いている老舗《しにせ》の若御寮人はんになられへんのや、跡取りの久ぼんもでけてることやし、この際、帰《い》んで貰いまひょ」

「跡取り？　ほんなら、もうご用済みやと云いなはんのか、それやったら、まるで——」

「そんでええやおまへんか、河内屋の血筋やない人は、みなその為に来て貰うてますねん、そのくらい酷にならんと暖簾《のれん》は守れまへん、この暖簾のおかげで、わてら、一生も、二生も食べられるだけのお金がおますねん、お金さえあったら、何もこわいもんおまへんわ」

　家の中は妙に静まりかえっていた。店の商いも、この奥深い座敷にまでは聞えて来ない。がらんとした静けさの中で、きのの声高《こわだか》な声が硬く通った。毎朝おからで拭《ふ》き込み、黒光りしている座敷の柱には、百五十年を経た家の重味がついている。時々、柱が軋《きし》み、家鳴りすることがある。その百五十年の間、初代だけが男で、あとの三代は、母系を重ねて来た女の濃い血の匂《にお》いが、染《し》みついているようだった。

喜久治は、妙に生臭い息苦しさを感じた。女の髪の毛が、べとべとと、体に纏《まつ》わりつき、洗っても、洗っても、纏わりつくいやらしさと煩《わずら》わしさが、喜久治を押し包んだ。

「ほんなら、帰なしまひょ」

ぽつりと、低い声で云った。

*

八月初めの暑い日であったが、高野市蔵は、肥満した体に汗一つ噴き出さず、青白んだ顔で、麻の座蒲団の上に坐っていた。仲人《なこうど》の内田まさも、頬骨《ほおぼね》の張った顔を硬《こわ》ばらせて、団扇《うちわ》も使わず押し黙っていた。河内屋から持ち出された離縁話を承諾して、弘子を引取りに来たのであった。

二人に向かい合って、きの、勢以、喜久治の順に坐った。喜兵衛は、縁組の時に何の相談も受けず、結末だけを聞かしてもらったのだから、今度もそれだけで結構やといって、業界の集まりの方へ出かけて行った。

きのと勢以は、高野屋の方から何を申し入れられるものかと、表面では大様《おおよう》につくろっているものの、内心は用心深かった。

「本日は、お暑いところをご苦労はんでおます、まあ、どうぞ、お団扇を――」

と紋切型に勧めたきりで、あとは口を噤《つぐ》んだ。喜久治は、坐った時から、顔を俯《うつむ》け加減にして、視線を中前栽《なかせんざい》の方へ向けていた。誰もが口を切らず、輝割《ひびわ》れたような乾いた暑苦しさが客間に籠《こも》った。

夏の強い光が、前栽一面にじりじり照りつけ、植込みの古葉《ふるは》が力なく葉裏を見せている。奥前栽とのつづき目にある池水が眩《まぶ》しく反射して、街のもの音、もの売りの声まで一時に跡絶《とだ》えたような真昼の静けさである。

高野市蔵の大きな体が窮屈そうに動いた。膝を組み直すと、ゆっくり口を開いた。

「もう、お話は仲人の内田はんからよう聞かして貰うてます、ほかの事情でしたら、手前どもにも云い分がおますのやけど、商人同士の縁組で、お宅の暖簾《のれん》に傷をつけたから引き取ってくれ云われたら、何も云うことおまへん」

こう云ってから、高野市蔵は、にわかに体中を汗にし、扇子をばたつかせた。それを見てとり、急に余裕を取り戻したらしく、きのは、妙な具合に落ち着き払い、

「そない云うておくれやしたら、こちらも話がしようおます、何しろ、商人の大事な節季のお為着《しきせ》のしきたりを間違えられたんでは、店の信用にもかかわります、きついこと云うようやけど、姑《しゅうとめ》の嫁いびりやないことだけ解《わか》っておくれやす、そやないとこれが

可哀そうでっさかいにな」

一息に云いきって、隣に坐っている勢以の方へ眼を遣《や》った。すかさず、勢以は、

「ほんまに、わてもそう思われるのが辛《つら》さに、今日まで何も云いまへんでしたけど、今度のことは、お顧客先《とくいさき》や取引先で出来てしもうた粗相やよって――」

わざと眉頭《まゆがしら》に皺《しわ》をよせて、辛そうに云った。

弘子を罠《わな》に仕かけるようにして陥《おとし》いれながら、臆面《おくめん》もなく白《しら》をきり、その上離縁の責めをすべて弘子に押しつけようとしていた。喜久治は、咎《とが》めるように、きのと勢以の方を見た。

朝、昼、晩と一日に三回入浴するせいか、二人とも小汗一つかかず、畳み皺のたった帷子《かたびら》を着て、博多の単帯《ひとえおび》を結んでいる。ぬき衣紋《えもん》ぎみにざっくりかき合わせた衿《えり》もとから、さらさらした白い肌がのぞいていた。涼しげで、何一つ傷つかず、身ぎれいな二人であった。

「それはもう暖簾のない商人の手前どもにも、よう解っとります」

慇懃《いんぎん》ではあるが皮肉るように云い、冷たい宇治茶を、ごくりと一口で呑《の》み干した。

黙り込んでいた内田まさが、急に膝を前ににじり出すと、

「何遍聞かして貰うても、お家《え》はんと御寮人《ごりようん》はんの云いはることは、ごもっともなことばかりでおます、要は船場《せんば》たらいう、えらいお難しい御大家の家風に合わんということ

だすわな、それだけに船場生まれやない高野屋の弘子はんには、あんじょう教えたげておくれなはれ云うて、最初からお願いしておましたやろ、それを按配《あんばい》教えもせんと……」

と畳みかけたが、勢以は、次を云わせず、

「人聞きの悪い、誰がそんなこと云いましてん、それ、弘子はんのじゅんさいごと（いい加減な云いぐさ）でっか」

団扇で蚊を叩《たた》きつぶすような高飛車に出た。

「それはでんなぁ」

畳を擦《こす》るようにして詰め寄りかける内田まさに、喜久治が、

「わかってます、内田はん、そやけどな、もう、話が定《き》まってしもうたんだす、わてと弘子のために、もう何も云わんといておくれやす、弘子についてるわてが至らんかっただけだす」

謝ると、

「ご当人の喜久ぼんが、そない云いはるのやったら——」

と、言葉を引っ込めかけ、

「もう、金輪際、船場のご縁談には口を出しまへん、船場の人間同士なら無条件に通ることが、そうやない人の場合は、箸《はし》がこけたほどのことも、無理難題にされますわ、ほ

んまにこりごりでおますわ」

内田まさは、きのと勢以の方に、まともに開き直って云った。

「さよか」

きのは、金作《きんづく》りの細身の煙管《きせる》を掌《て》で弄《もてあそ》びながら、鼻であしらうように受け答えした。

「さよか、とは何ですねん、女一人がえらい目に遭《あ》わされている時に、二人揃《そろ》ってそんな涼しい顔して、さよかとは、えげつな過ぎるやおまへんか、ほんまに根性悪《こんじょうわる》や」

「根性悪?」

弄んでいた煙管を、はたと止めて、きのが気色ばんだ。

「まあ、まあ、女の人同士の話いうのは、癇《かん》が昂《たかぶ》っていきまへん、もう、話が終ってるのやさかい、これで弘子を連れて帰《い》なして貰いまひょか」

高野市蔵は、慌《あわ》てて、割って入った。喜久治は、いきなり起《た》ち上がって、

「わいが、弘子を呼んで来《け》まっさかい」

と云うなり、座蒲団を蹴るようにして奥座敷へ行った。

弘子は、乳色の渋い平絽《ひらろ》の着物を着て、奥前栽に向かって、放心したように坐っていた。縁先の南天の古葉の緑が映えて、体全体が緑色に染められていた。座敷へ入って来た喜久治をみとめると、眩しそうに瞳《ひとみ》を細め、

「向うのお座敷のお話は済んだようでんなぁ、ほんなら、これで帰《い》なして貰います」

夏瘦《なつや》せした薄い肩を前屈《まえかが》みにして、手をついた。喜久治は思わず、抱き取りそうになって、はっと自分を抑えた。

昨夜の弘子が、喜久治の眼先を掠《かす》めた。風のない蒸し暑い蚊帳《かや》の中で、弘子は話し草臥《くたび》れたように言葉を切り、暫《しば》らくすると、

「男の二十四いうたら、もう一人前の大人やのに、あんたは、やっぱり、ぼんぼん育ち――、気根性《きこんじょう》があってしっかりしてはるくせに、どこか脆《もろ》いところのある船場のぼんぼん――」

浅葱色《あさぎいろ》の蚊帳の天井を喘《あえ》ぐように見上げて、云った。

船場のぼんぼん――、反芻《はんすう》するように喜久治は胸の中で繰り返した。考えてみれば、帰《い》なしたがるきのと勢以、一方、大姑と姑の異様な女臭さを怖《おそ》れて帰《い》にたがる弘子との間にはさまって、煮えきらぬままに双方の意志まかせになったようなものだった。弘子には、可哀そうな奴という不憫《ふびん》な思いがしたが、二年に充《み》たぬ夫婦生活であったし、それも、もめごとの多い奥内《おくうち》で、絡《から》みつくような結ばれ方をしなかったせいか、激しい未練のないままに、結末をつけてしまったようであった。

「どないにも、仕様があれへんやないか――」

喜久治は誰にともなく、低い声で云った。向い側の部屋から、弘子が残して帰る生後五カ月の久次郎の泣声がした。弘子は、一瞬、息を詰めるようにして、聞き耳をたてた

が、明日から弘子に変わってちち乳母になるとめの低くあやす声がすると、そのまま何も云わなかった。

「堪忍《かんにん》やでぇ」

喜久治は、弘子の方へ体を寄せ、弱々しく詫《わ》びた。弘子は、空《うつ》ろな眼で、こくりと頷《うなず》いたきり、もう、喜久治に触れて来なかった。

喜久治は、眼の前に俯いている弘子の硬《こわ》ばった肩つきに、昨夜の弘子の冷たさを再び感じとった。恨んでいるのか、怒っているのか、泣いているのか、捉《とら》えようもなかったが、最後の夜にも自分に触れて来なかった弘子であった。

「わいには、お祖母はんとお母はんとお前の、女三人の縺《もつ》れを、どうにも解《ほぐ》しようがないのや、これは理屈や努力で割りきれることやない、女の血の縺れみたいなもんや、煩《わずら》わしいいうたら薄情なようやけど、そんな女の血の中におったら、わい自身が喰い潰《つぶ》されてしまいそうやねん」

喜久治は、自分自身の心に納得させるように云った。弘子は頷いた。

「あんさんやわての力では、どないにもなりまへん、この家の在《あ》る限り続くことだす――」

ぽつんと言葉を切ってから、客間にいる人たちに気を遣《つか》って、たち上がりかけた。

広縁を辿《すべ》って来るような足音がした。勢以であった。簾障子《すだれしょうじ》越しに、じろりと中を見

て、

「お迎えが、お待ちかねでっせぇ」

「お母はん！」

喜久治が怒気を含んだ声をあげた途端、勢以はくるりと背中を向けて、また美しい素足を辷るように客間へ引っ返した。

弘子は、客間の敷居際《ぎわ》に坐ったが、迎えの父や仲人の方には視線を当てず、真っすぐきのと勢以の方に向かって、

「いろいろ至らんことばかりでおました、久次郎をどうぞお願い申します」

と短かく挨拶《あいさつ》して、額を畳に擦《す》りつけたが、上げ際に、ちらと喜久治の方を見た。昨夜から一度も涙を見せなかった弘子の眼に涙が膨れ上がっていた。できることなら一雫《しずく》の涙も見せず、帰って行きたかったらしい。それが、ついに堪えられず堰《せき》を切った。喜久治の胸奥で、ごとりと桟《さん》が落ちるような音がした。しかし、弘子は、溢《あふ》れ出る涙を吸い取るように大きく瞬《まばた》きしたかと思うと、爪先《つまさき》を揃えて、きちんとたち上がった。

高野市蔵と内田まさも、膝を改め、

「では、これで、事終《ことおわ》りさして戴《いただ》きます、何かとお大へんでおました」

と型通りの挨拶をして、席をたった。弘子は、長い廊下を俯き加減に歩き、上《あが》り框《がまち》へ出るまで、一度も、うしろを振り返らなかった。

上り框の際まで来て、弘子は、足を止めた。そこに父と仲人の履物が揃えられてあったが、弘子の履物がなかった。上女中のお時が、上り框の漆喰《しっくい》（たたき）の隅に控えていた。

「お時どん、わての履物が――」

お時は、弘子の傍へ寄り、低い早口で、

「若御寮人《わかごりょうん》はんのお履物は、勝手口の方だす」

「え、勝手口？」

「すんまへん、お家はんが、表口から離《さ》り嫁《よめ》が出たら、不縁が二度重なるいう縁起をかつぎはって若御寮人はんのは勝手口にと云いはりましたんで――」

弘子は、みるみる顔色を変えた。唇が微《かす》かに痙攣《けいれん》して、体の重心を失いかけた。背後から、喜久治が裸足《はだし》で、漆喰の庭へ飛び下りた。

「喜久治！」

きのと勢以が、同時に叫んだ。喜久治は、上り框の端にあった自分の男下駄を取って、弘子の前へ揃えた。

弘子は、小きざみに震えながら、男下駄の上に足を載せた。喜久治は、しっかり弘子の蹠《あしうら》をつかまえ、その指先に鼻緒を通してやった。弘子は、父に抱えられるようにして、足に合わぬ大きな男下駄を履いて、河内屋の表口から出て行った。きのと勢以は上り框の上から、顔色一つ変えず、それを見ていた。

それから三日目の夜、仲人の内田まさが、弘子の嫁入り荷物を引き取りに来た。きのは仮病を使って隠居部屋から顔を出さず、勢以と喜久治が、客間で内田まさに応対した。勢以は夕食の膳部を出して、仲人の労を犒《ねぎら》ったが、内田まさは、

「わても、お家はんと同じように俄《にわ》かに病《やま》い気《け》になって、せっかくのお膳だすけど戴けまへん」

と断わり、頑《かたく》なに一口も箸《はし》をつけない。そうなると勢以も意地になって、

「そうでっか、ほんなら御随意に」

と強いて勧めもせず、お時に膳部を下げさした上で、

「ほんなら、早速、荷物を引取りにかかってもらいまひょか」

小意地悪く催促にかかると、今度は内田まさが、いやに腰を落ち着けて、

「ちゃんと目録と引き合わさしてもろうて、長持一つ、簞笥《たんす》一本、傷つかんように持って帰らして貰《もら》いまっさ、そない思うて高野屋はんの男衆《おとこし》を五人連れて来てまんねん」

と店の方へ大げさに体をねじ向けた。勢以は気勢を削《そ》がれたように鼻白みながら、わざと作り笑いをして、

「どうぞ、納得いきはるように引き取っておくなはれ、荷物の引渡しは、わてに代って

喜久ぼんがしまっさかいな」

と云うなり、草木染の浴衣《ゆかた》の香をぱっとたてて、席をたった。喜久治は気まずい思いになりながら、

「すんまへん、一昨日といい、今晩といい、ご気分に障《さわ》るようなことばっかりで、何分、世間知らずの二人でっさかい」

と詫びたが、内田まさは、むうっと顎《あご》を張って、返事もしなかった。

若御寮人部屋へ入ると、内田まさは、帯の間から嫁入り荷物の目録を取り出し、老眼鏡をかけて、目録と部屋の中にある荷物とを引合わせにかかった。

一年十カ月の間のことであるから、簞笥も、長持も、真新しい桐《きり》の柾目《まさめ》が通り、漆絵《うるしえ》の鏡台も曇りがない。内田まさは、長持の中に入っている夜具、座蒲団、次に簞笥の中の着物、長襦袢《ながじゅばん》などを順番に引き合わせた。しまいには、小引出しの細紐《ほそひも》の本数から、鏡台の中のタオルの枚数まで、数え出した。喜久治は、部屋の中ほどに坐って、内田まさの丹念な手つきを見詰めていた。

お時が茶を運んで来て、

「なんぞ、お手伝いさせて貰いまひょか」

と遠慮がちに云うと、

「いや、これはわて一人に限りますわ、大事なことでっさかいな」

と断わり、老眼鏡の眼で、目録の頁《ページ》をめくり返して、さらに丹念に調べた。

引合わせが済むと、作法通り、嫁入りして来る時に引き廻していた定紋《じようもん》附きの嫁入幔《よめいりまん》幕《まく》を裏返しにして、荷物を勝手口から運び出しにかかった。

喜久治は、細い路地のようになった勝手口のわきに立って、三日前に帰ったばかりの弘子の荷物が、運び出されて行くのを見ていた。既に店の表戸が閉まり、軒燈の明かりが減って暗くなった中を、男衆の肩に載った荷物が、次々に担《かつ》ぎ出されて来る。荷物を持って嫁に来、荷物を持って、また女中のように出て行かねばならぬ女の運命《さだめ》が、喜久治の胸に酷薄なものに思えた。

鼻先に汗くさい匂《にお》いがして、男衆が最後の荷物を担ぎ出して来た。

「あ、ちょっと待ってんか、あいつの忘れものがあるねん」

喜久治は、横合いから声をかけ、手早く長持の蓋《ふた》を開けて、薄い包みを押し込んだ。ぎっしり積まった絹夜具が纏《まと》いつくように、喜久治の掌《て》に触れた。

「喜久ぼん、ご苦労なことでんなぁ」

突然、背後から、嗄《しわが》れた女の声がした。仲人の内田まさであった。

「今のは、弘子はんの当座のお小遣でっしゃろ、あんさんは、こない優しい気配りしはるお方やのに、あの奥の二人の女《おなご》はんときたら――」

と内田まさは、顎で奥を指し、声をたてず意地の悪い笑い方をした。内田まさが、目《め》敏く察した通り、縮緬の風呂敷包みの中は、弘子の二、三年分の生活費にもなる二千円を入れてやったのだった。しかし、喜久治の甲斐性で、作れた金ではなかった。

一昨日、父の喜兵衛に向かって、

「お父はん、まとまったお金貸しておくなはれ」

「なんぼや」

「二千円だす」

「えらい大金やな、大きな一商いがでける金目《かねめ》やないか、ちょっとええ月給で五十円やぜぇ」

喜兵衛は、用心深くしぶい顔をした。

「どないしても、明後日《あさって》、要りまんねん」

「明後日――」

暫く考え込んでいたが、急に顔附きを柔らげ、

「よっしゃ、明日《あした》出しといたるわ、その代り、大金やさかい、親子の間でも借り貸しやぜぇ、生銭《いきがね》に使いや」

と云った。いくら家附き娘でも、店の商いには、一切、口出しできぬしきたりになっているから、金庫の中の銭勘定は、喜兵衛次第であった。

喜久治は、最後の長持が静かに表へ消えて行くのを見送りながら、妻の夜具へ、金包

みを押し入れた時の、異様な感触を確かめるように、右手の掌を握りしめた。

荷積みが終ったらしく、急に男衆の声が低くなり、荷車が重い軋《きし》みをたてて、河内屋の門口から去って行った。

第二章

秋になると、喜久治が店の間に出て商いする日が多くなった。

西横堀の河内《かわち》足袋問屋は、十間の間口を構えている。表口は大阪格子《ごうし》がはまり、店の間の次に控《ひかえ》の間、中の間、庭竈《にわかまど》と続き、小格子で仕切られた中前栽《なかせんざい》をぬけると、客間、御寮人部屋、旦那部屋など二十間余りの奥行《おくゆき》になり、この片側を一本の通庭《とおりにわ》がずいと通っている。通庭をはさんで、男衆《おとこし》部屋、女中《おなごし》部屋、茶の間、納戸《なんど》、若御寮人部屋、若旦那部屋と並び、隠居部屋は、奥前栽の植込みの陰にある。

奥前栽の裏には西横堀川が流れている。地方送りは、この川を利用して荷出しすることがあった。喜久治は、朝のうちに小売店への一日の荷出し数を、定《き》めにかかる。もう何十年来の定まった取引先で、予《あらかじ》め、何足出るか、一日の商い高の目安がついているから、それだけの数を、別々に四手紐《しでひも》をかけ包装をして、なんどきでも荷出しできる段取りにする。

喜久治は、上《あが》り框《がまち》に坐りきって荷出しから、通《かよ》い櫃《びつ》の手配までしたが、高商を卒業してから一年目に結婚し、そのあとずっと、奥内《おくうち》のもめごとに巻きこまれ、ろくに商いを見習う暇もなかったのだから、いわば商いはじめのようなものであった。店に出る時は、絹ものの着物を木綿の平常着に替え、その上から厚司《あつし》を重ねて、前垂れを締めたが、下着だけはどうしても木綿にできず、羽二重《はぶたえ》の長襦袢《ながじゅばん》の袖口《そでぐち》と裾《すそ》にだけ木綿の布をはりつけて、ことを済ました。お顧客《とくい》や取引先は、そんなこととは知らず、手代や番頭並の商い着を身につけている喜久治を見て、ようできた若旦那《わか》はんやと評判し、店の者たちも喜久治をたてた。

店は、四代目、喜兵衛を中心に、大番頭の和助、中番頭の秀助をはじめ、手代や丁稚《でっち》が、三十人いる。女中や針女《おはり》の多い奥内《おくうち》で育って来た喜久治には、この店の間は男気ばかりのごわついた感じがした。特に瘦《や》せぎすで縁なし眼鏡をかけ、商いぎれのする若い中番頭の秀助は、油断のならぬ思いがした。

納品遅れした時の秀助のことわり上手は、ほかに真似手《まねて》のないほど巧妙であった。商いの中で、一番信用を失うのは商品の納期遅れであった。足袋問屋である河内屋は、下請工場に足袋を作らせ、それを小売店へ卸すのであるから、自分の方で責任をもって納期の約束をしておいても、下請の職人の都合次第でくるって来ることもある。日銭稼ぎの職人気質《かたぎ》で、金が失《な》くなれば五晩でも、六晩でも働き徹《とお》し、金を持つと、底を竭《つ》いて遊ぶのが常であったから、問屋の方も、そこのところは日をあまく見積って、納期を定めておく。それでもなお約束した期日に品上《しなあが》りしないことが、たまに起る。たいていの者なら、前垂れを巻きあげて、言葉に詰まるものであるが、秀助は、

「とんだご迷惑をおかけ致します、粗相を致しました手前どもの下請工場は、お詫《わ》びのしるしに、以後きっぱり、発注止めにする所存だす、ほんまに近頃の職人気質というものは――」

と云いはじめると、一時間はかかり、とどのつまりが、河内屋の粗相でなく、下請工場の無責任という結着に持って廻る。取引先の方は、こうなると、それ以上、怒れず、

「ほんなら、今後、按配《あんばい》しておくなはれや」

と曖昧《あいまい》ながらも、納得して帰って行く。この巧《うま》さが、喜久治の気に喰わなかった。しかし、実直一方であがって来た喜兵衛には、こんな秀助が重宝なのか、融通のきかない、もの固い大番頭の和助より重んじているようだった。

秀助が店にいる時は、喜久治はわざと大口取引などにはかかわらない。下手をして、秀助に見縊《みくび》られるのがいやだったから、足袋の仕上げ改めの方に廻ることにしていた。河内屋の足袋は、「親指で履かす河内屋足袋」といわれ、親指の仕上げに念が通っていた。足袋の履き心地も、恰好《かっこう》も、親指の先附《さきつけ》一つにかかっていたから、ここのところの仕上げが何より肝要であった。初代、河内屋喜兵衛も、足袋の脇腹《わきばら》の廻り縫いも、網《あ》代《じろ》縫いも大切だが、履いて綻《ほころ》びず、洗濯しても型崩れしないようにするには、親指の仕

上げが秘訣《ひけつ》だと云い遺《のこ》している。

下請工場でも、この点をよく教え込んで、喧《やかま》しく云っていたが、それでも店出しする前に点検してみると、落ち（不合格）が出て来た。喜久治は前垂れの上に、足袋を置いて、最初に足袋の型を見る。次に側《がわ》と底の縫方を調べ、返し竹を足袋中へ突っ込んで、親指の具合を確かめてみる。糸縫いがぴーんと張って、しかも妙な縫い縮みのないのがうまい仕上げ、縫いほぐれや、糸縫いの弱いのは、力の入る親指の持ちにならないし、履き心地が悪い。これが出て来ると、左横の落ち箱に捨て、もう一度、下請工場へ戻す。合格した足袋は、右左折り重ねて二つ折にし、イソ（日本紙の細いテープ）でくって、右側へ積み上げて行く。

三十足ほど改め終った時、うしろから、低い男の声がした。

「若旦那《わか》はん、これも、落ちだすけど」

と秀助が、合格品の足袋の中から、三足抜き出して、そっと喜久治の膝元《ひざもと》へ置いた。喜久治は、はっと虚をつかれたような姿勢で秀助の方を見た。秀助は、縁なし眼鏡の下の眼を如才なくくずして、

「馴《な》れんうちは、誰でも多少の見落しするもんだす、気にしはることはおまへん、あとはわてがお代り致しまっさかい、お遊びにでも出かけはったらどうだす」

喜久治に阿《おもね》るように云った。三十足の中で、三足も見落すとあっては、見落しが過ぎ、

明らかに喜久治の不手際《ふてぎわ》である。それにつけ込むような秀助のお為《ため》ごかしのかまい方がいやらしい。喜久治は、むうっとしたが、咄嗟《とっさ》のことで、気のきいた言葉も出ず、腹の中で舌うちして、そっぽを向いた。このことがあって以来、喜久治は前にもまして、秀助を油断ならぬ男と思った。

　年が明けても、飽きずに、根をつめて、商いする喜久治を見て、きのと勢以は俄《にわ》かに機嫌を取りはじめた。最初のうちは、弘子を帰《い》なした面《つら》あてで、長続きのする筈《はず》がないと高《たか》を括《くく》っていたが、五カ月も尋常な喜久治の商いが続くと、妙に落ち着かない気持になり、男ものの衣裳《いしょう》を新調したり、芝居見物に誘ったりした。

　喜久治は、一向に気がすすまなかったが、断わってばかりいると、いまだに弘子のことで拘《こだわ》っているように勘ぐられそうだったから、四月の上方歌舞伎の相伴をすることにした。

　芝居行きの日が定まると、急に女中部屋は削《そげ》がたつようなとげとげしい気配になる。年に二回の休日と藪入《やぶい》りとしかないきつい勤めの中で、いま評判の役者の顔を見に行けることは、浅ましいほどの昂《たかぶ》りであった。上女中二人、下女中四人、針女《おはり》三人の中で、何時《いつ》もお伴《とも》に定まっている女中頭のお時は別として、ほか二人は誰が行くかが問題であった。前の晩に、奥からお伴の二人を名指して来ると、その二人は、台所を片附けてしまってから、銭湯へ行き、その足で髪結いへ行かせてもらう。結いたてたおちょぼ髷《まげ》（こぢんまりした女中髷）を寝くずれにするのがいやさに、その晩は床《とこ》の上に横にならず、蒲団を嵩高《うずたか》く重ね、その上に靠《もた》れかかって、うとうとと居眠りをする。

翌朝、五時になると、お家《え》はんや御寮人《ごりょうん》はんのために朝風呂をたて、一日、留守をする仕事の仕越しをしておき、それから女中部屋へ入って、自分たちも一張羅のお為着《しきせ》の用意をする。

御寮人部屋では、出入りの髪結いが、昨日、結い上げた勢以の頭の毛筋直しをして、着物の着附を手伝っている。その着附も一度ではおさまらず、若い娘の外出《そとで》のように、さんざん、あれこれと肩にかけて鏡に映したあげく、やっと定まる。着物が定まり、帯を結び終えた頃になると、きのが座敷へ顔を出し、今度は帯の結び様に口を出すから、これにも少し時間がかかる。

喜久治は、そんな女たちの騒ぎに眠りを覚まされ、鬱陶《うっとう》しい顔で朝食をすませ、小一服していると、もう芝居茶屋から屋形船が迎えに来た。俥《くるま》で行けば、手軽にしかも早く着くものを、きのは、芝居行きとなると、昔通りに船で行きたがった。もう、そろそろ、道頓堀《どうとんぼり》の浜筋の芝居茶屋にも屋形船が少なくなっていたが、きのは馴染《なじ》みの無理をきかせて、大げさな船迎えをさせた。

川に面した奥前栽の木戸を開け、五、六段の石段を降りると、船板続きになる。女たちは、着物の裾を短か目に端折《はしょ》り、きゃっ、きゃっと騒ぎながら、船板を渡り、赤い毛氈《もうせん》を敷き詰めた船座敷へ乗り込んだ。留守番役の女中たちは、きのと勢以の衣裳箱を船へ積み入れ、情けなそうな顔をして送り出した。

屋形船は西横堀川をゆっくり南へ漕《こ》ぎ上った。浜沿いに商家の奥前栽が見え、二階の物干に蒲団《ふとん》を干す女中の姿も見かけられた。賑橋《にぎわいばし》のあたりから道頓堀川へ入り、中座前の芝居茶屋『丸亀』の川岸へ着いた。印半纏《しるしばんてん》を着た船頭が、櫓《ろ》をおきながら、

「河内屋はん、お着きでおまっせぇ」

と声を張り上げると、赤い茶屋前垂れをしたお茶子《ちゃこ》（案内人）が、石段下へ出迎える。

「毎度おいでやす、おおけにお待ち申しとりました」

と、一人、一人手を取って岸へ上げ、川べりの小座敷へ案内する。ここで茶菓を口にしたり、化粧直しなどして休憩し、開幕時間になると、三間幅の道を渡って向いの中座へ入る。

桟敷《さじき》は舞台に向かって左側の花道寄りの六人桝《ます》であった。桟敷のへりに芝居茶屋の屋号を入れた暖簾《のれん》を張っている。これは、一見客《いちげん》扱いの本家茶屋（興行主直営）の桟敷と区別するためで、名の通った芝居茶屋は馴染客しか扱わない。

成駒屋《なりこまや》の紙治《かみじ》の演《だ》しものだけあって、本家茶屋通しの桟敷など見当らず、筋の通った芝居茶屋の暖簾が連なっていた。一幕すむと、お茶子は、朱塗りの棚物（手提げ式の三

段の食器棚）を提げ、

「ごめんやす、ごめんやっしゃ」

と客の膝《ひざ》の間を器用に縫って来ては、注文の酒や料理を桟敷の中の長台の上に手早く並べる。二幕目からは、箸《はし》を動かしながら、舞台を見る客が多くなった。


喜久治は、前隣りの桟敷の騒がしさが気になった。六十近い隠居風の大旦那が、朝っぱらから、四人の芸者を連れておさまっている。芸者たちは、舞台を見ながら、膳部のものに箸をつけていたが、大旦那は、突然、くるりと舞台へお尻《いど》を向けて、飲みはじめた。年増らしい姐芸者《あねげいしゃ》が、「そらいけまへんわ、次が成駒屋はんでっさかい、お尻向けにせんといておくれやす」

と頼み込んだ。大旦那はじろりとその方へ眼をあてたかと思うと、

「成駒屋やったら、なんで遠慮せんならんねん、ちゃんと芝居茶屋を通して、御贔屓《ごひいき》が観《み》に来たってるのや」

癇《かん》に障《さわ》った調子で、撥《は》ねつけた。芸者たちは、顔を見合わせ、白《しら》けかえった気配になった。その途端、何と思ったのか齢若《としわか》な芸者が、つとたち上がった。

「ほんなら、わてが旦《だん》那はんのお尻の前に坐って、お尻隠しさして貰《もら》いまっさ」

と云い、狭い桟敷の中で席を変りかけた時、裾を踏んだのか、ぐらりと小柄な体が蹌《よろ》踉《め》き、その袖端が、勢以の頬に触れた。

「まあ、いやらしい、芸者のくせに！」

勢以は、ぱっと片手で袖をはたき返した。きのも、きめつけるように隣り栈敷へ向き直った。一瞬のことで、舞台を見惚《みと》れていた伴《とも》の女中たちは、呆然《ぼうぜん》とした。芸者は振り向きざまに、切れ長の眼を吊《つ》り上げ、何か云おうとしたが、相手が町方の女と心得たらしい。ふんと鼻先で一笑しただけで、そのまま舞台の方へ向き直って、ゆっくり坐った。生《は》え下《さ》がりのくっきり長い小粋《こいき》な横顔であった。気色ばみかけたほかの芸者たちも硬《こわ》ばった顔を舞台へ向けた。大旦那は始終、素知らぬ顔で盃《さかずき》を口へあてていた。

これが、勢以の腹にこたえたのか、これという用もないのに、急にお茶子を呼びつけて、料理を追加したり、用事を云いつけたりしては、祝儀《しゅうぎ》をやった。よほど勢《はず》むのか、お茶子は、喜久治が気恥ずかしくなるほど、勢以に世辞《べんちゃら》をした。何か一言云う度に、『お家はん』『御寮人はん』と声高《こわだか》に前置きしてから、用を承った。隣り栈敷の芸者たちは、頼りにする旦那には、成駒屋のことで機嫌を損ね、一方、気分の悪い相手は、花街の御贔屓筋とおぼしい老舗《しにせ》の御寮人はんと解《わか》っては、萎《しぼ》んだように押し黙った。

喜久治は、もう舞台を見る気もなくなり、薄暗い栈敷の中で、独り酒を飲みながら、隣り栈敷の大旦那の方を見た。芸者に酌をさせて、盃を口もとへ運んでいたが、白髪を混えた眉《まゆ》の下に、鋭い眼が据わり、衿《えり》の辺りから懐《ふところ》へかけての線がゆるやかで粋が通っていた。きのと勢以は、調子づいたように役柄や所作事をとやかく喋《しゃべ》り、お時も他の女中たちも、浮わついた相槌《あいづち》を打った。

昼の部が終ると、一旦、芝居茶屋へ帰り、きのと勢以は、船に積み込んで来た夜の着物に衣裳替えして、開幕、五分前まで休憩してから、もとの桟敷へ帰った。

隣の桟敷は、通しで取っておいたのを、急に引きあげたらしい。さっきの大旦那と芸者たちの姿は見えず、ずっと空いたままであった。それだけに、揃《そろ》いの着物をきせた女中を引き連れ、芝居茶屋から、桟敷にあがっているお家はんと御寮人はんの贅沢《ぜいたく》な芝居見物が、際《きわ》だって人目についた。喜久治は、わざと背中をまるめ、顔を俯《うつむ》けて、目だたぬようにしたが、まわりの桟敷の平場《ひらば》から、興味深げな視線が、きのと勢以の方へ向けられていた。

芝居がはね、芝居茶屋から戻り船に乗ると、もう十一時を過ぎていた。女たちは、朝の十時から、夜の十一時過ぎまで遊び暮した昂奮《こうふん》から、まだ醒《さ》めやらぬらしく船座敷の奥で喋り続けている。暗い川の中を、舳先《さき》にほのかな灯《あか》りを入れた船がゆっくり漕ぎ下って行った。急に、勢以の白い顔が、喜久治の方へ近寄り、

「喜久ぼん、どないしはったん、一向に、ものも云わんと、桟敷でかて、黙って、お酒ばっかり飲んでて、酔いはったんでっか」

生温かい掌を、喜久治の背に当てた。喜久治は、それらしく頷《うなず》いたが、少しも酔っていなかった。芝居がはねてから、芝居茶屋へ戻って、女たちが牡蠣《かき》雑炊《ぞうすい》を食べてい

る間にも飲み足したが、それでも頭の中は妙に冴《さ》えていた。

今日の芝居見物は、もちろん、節季勘定であったが、ざっと見つもって、五百円ぐらいであった。河内屋の一日の商い高が五千円であるから、その十分の一の金が、一日の芝居見物に費やされている。たとえ代続きの家附き娘であっても、店へは表だって出られぬ鬱憤《うつぷん》を、女中の供揃えで芝居茶屋遊びすることで、晴らしているらしい。それは家附き娘だけができる特権であった。きのと勢以は、この高価な特権を、他家から入《い》って来る血のつながらない若御寮人はんに分けてやるのは、金輪際、いやだったらしい。帰んだ弘子が、河内屋にいる間は、ただの一度も、この芝居見物には連れて行かれなかったはずと、喜久治は今さらのように気附いた。

「ああ、眠う――」

喜久治と反対側の舳先の方へ坐っているきのの欠伸《あくび》まじりの眠そうな声だった。早起き、早寝のきのは、何時もなら、もう床についている時間であった。四つ橋《よつばし》と新町橋をくぐりぬけると、もうすぐ、河内屋の店裏であった。奥座敷の明かりが、川面にまで落ちこぼれているのが、二丁ほど先からも見えた。店じまいをして、一日の商いの勘定を、もう一度、奥座敷で改めている喜兵衛の姿が、喜久治の眼に浮かぶようだった。

一体、お父はんはどんなつもりで商いしてはるのやろ、使いきれんほどの金を算盤《そろばん》で弾《はじ》きながら、自分はこれという贅沢一つせず、二人の家附き娘に辛抱している。それやったら、お父はんの顔の真ン中に、河内屋の(河)印《まるかわじるし》の暖簾を貼《は》りつけて、世間を通っているだけのことやないか。いうてみたら、餡《あん》のない最中《もなか》みたいなもんやないか、わいはそんな情けない屁《へ》ェ垂れみたいな人生はいやや——。

戻り船は、新町橋の低い橋桁《はしげた》の下をくぐった。急に川岸の家並の灯りがかき消され、眼先が真っ暗になった。ギィーと鳴る櫓の音が、暗闇《くらやみ》の中に吸い込まれた。

店じまいの十時になると、喜久治は座をたった。父の喜兵衛は、きのや勢以に要り用の金を渡す時と同じように、喜久治が毎晩出かけて行くのにも、無表情であった。大番頭の和助は、薄く禿《は》げあがった四角な額を下げて送り出した。中番頭の秀助は、例の縁なし眼鏡の奥から、よく光る眼を素早く動かして、

「へえ、どうぞ、行っておいでやす」

喜久治のうしろ背を、なでるような調子で云った。

表通りへ出た途端、喜久治は、五尺六寸の背が、ずいと延びたような快さを感じ、自分は親父の二の舞を踏まないという満足感に充《み》たされ、西横堀川に沿って南へ向かった。川筋の材木問屋も、店じまいをして、軒灯《のきあか》りの数を少なくしている。薄暗い軒のあたりに、驚くほどの白さをむき出しているのは、荷揚げしたばかりの新材のたて置きであ

った。つんと鼻を衝《つ》くような木の香が、十月の湿っぽい夜気の中できつかった。この材木のたて置きの間から、時々、ぬうっと黒い人影が現われては、出会いがしらに、喜久治に向かって頭を下げる。石鹸《せっけん》をくるんだ手拭《てぬぐい》を片手に、銭湯へ行く材木問屋の手代や丁稚たちだった。ここ半年ほど、毎晩のようにこの往来を通って、新町へ遊びに行く喜久治に対する馴《な》れ馴《な》れしい挨拶《あいさつ》であった。

喜久治は、懐手《ふところで》のままで、ひょいと首を振るような曖昧《あいまい》な頷《うなず》き方《かた》をして、新町橋を西へ渡って行った。

新町の富乃家《とみのや》は、河内屋の地方の取引先を招待する待合であった。こぢんまりとした構えであったが、普請《ふしん》が通り、庭木に丹念な手が入っていた。

今年の春、取引先の店主を招待して、父の喜兵衛と一緒に来たのが最初であったが、母親を助けて、二十そこそこの娘が切り廻している甲斐甲斐しさが、喜久治に気安く感じられた。二度目に十五、六人のお客を招待して帰り際になった時、娘の幾子が、仲居にまじって三和土《たたき》の上へ降り、履物の具合を確かめもせず、喜久治の畳表の草履を揃え、爪先《つまさき》についた土汚れを、袂《たもと》の端ですうっと拭《ぬぐ》った。

十五、六人もが、一度に帰り足になっている時に、たった二度しか来たことのない自分の履物を、それと見極めて揃え、履物の汚れまで拭ってくれた幾子の心遣いが、喜久治の胸に残った。

幾子は、世間でいう器量よしではなかったが、ひっそりとしたおとなしい顔だちの中で、張りのある一重瞼《ひとえまぶた》と鼻筋がきりっと締まっていた。短か目に着附けた着物の裾《すそ》で、廊下を足早に歩き、仲居や芸者を忙しく取り仕切っていた。富乃家の娘ということで、芸者や仲居の間も無理なく通り、お客からは、よく気のつく娘仲居と重宝がられていた。

その履物のことがあってから、喜久治は、客の接待といえば、殆《ほと》んど富乃家にきめていた。幾子は、どんなに座敷のたて混んでいる時でも、喜久治の席へ挨拶に出て、お通しものと芸者の計らいを仲居に任せず、自分で取り仕切った。何度も顔を合わせているうちに、喜久治は晩ごはんでも食べるような気安さで、客を連れず、一人で来ることが多くなった。

今日も、一人で上がると、幾子は座敷へ入って来るなり、

「こない毎晩、遊びはんのやったら、あたり前のやりようではあきまへん、芸妓《げいと》はんのことは、わてに任しておくなはれ」

と云い、仲居に何か耳うちした。仲居は心得た風に頷き、気忙《きぜわ》しく起《た》ち上がった。錆朱《さびしゅ》の小紋縮緬《こもんちりめん》に、繻子《しゅす》の名古屋帯を無造作にしめた幾子は、遠慮気味に、

「こう詰めてお越し戴《いただ》いたら、お店の方は、おいといおまへんでっしゃろけど、お家《え》はんや御寮人《ごりようん》はんは、おむつかしいのやおまへんか」

「そうすると、この辺でもうちの噂《うわさ》が出てるわけやな」

幾子は、はっと戸惑ったが、喜久治は、川一つ距《へだ》てた新町の花街にまで、むつかしいお家はん、御寮人はんで聞えている二人の女を相手にして、黙々と商いを続けている父の喜兵衛に、腹だたしさを感じた。

利口か馬鹿か、大物か小物か、喜久治には見当がつかなかった。きのと勢以の贅沢《ぜいたく》な芝居茶屋遊びを知ってから、頻繁《ひんぱん》に遊びに出かけるようになった喜久治にも、意見がましい小言も、素振りもみせない。無頓着な顔で算盤をはじき、着実に商い高を積み重ねていた。

「今晩は、ごめんやす」

襖《ふすま》が開き、お座敷着の裾をひいた芸者が入って来た。見馴れない顔であったが、裾さばきのきれいな二十二、三の芸者であった。さっと裾を翻《ひるがえ》すようにして傍《そば》へ寄り、銚子をとって、お酌をしかけると、また襖の外から、

「今晩は、おおきに」

京なまりの挨拶をして、十五、六歳の舞妓《まいこ》が敷居際に手をついた。これも、見馴れない新顔で、喜久治が呼んだ覚えのない妓《こ》であった。

「幾子はん、これ――」

喜久治は訝《いぶか》しげに問いかけると、幾子は、わてに任しておくれやすという風に眼合図をした。

最初に入って来た芸者は、

「まあ、河内屋の若旦那はんでっか、福助はんや桃子はんばっかり贔屓《ひいき》にせんと、わても宜《よろ》しゅうお頼み申します、大分、お飲みやすか」

踊り手のような巧みな手つきで、お酌をした。盃《さかずき》を返してやると、戴くように盃を額のところへ捧《ささ》げた上で、礼儀正しい受け方をした。舞妓の方は、まだ座敷に馴れないのか、姐さん芸者に遠慮しているのか、口数少なく控え目にしていたが、喜久治が、

「生まれは、どこやねん」

と聞いてやると、

「京は中京《なかぎょう》、大阪は船場、東京は日本橋の老舗《しにせ》の嬢《いと》はん云いたいとこだすが、埼玉の練馬大根でんねん、そやさかい色が白うて、こりこりしてまっしゃろ」

けろりとして、云ってのけた。喜久治は、座敷へ坐ってから、はじめて声を出して笑った。

「この豆千代はんは、口数少ないけど、云わしたら、けろっとしたこと云うて、ほんまに面白い妓《こ》だす」

幾子も傍から口を挟んで相手になっていると、音もなく襖が開き、渋い紫縮緬の衣裳《いしょう》を着た芸者が、敷居際に坐ってつつましいお辞儀をした。

「あ、君香《きみか》はん、よう来ておくれやした」

幾子は、ほかの芸者と異なった気の遣《つか》い方をして、中へ招じ入れた。敷居際の芸者は、伏し眼がちに顔をあげた。三十四、五の年増であったが、小作りで平凡な顔だちの中で、控え目なつましさが目にたった。先の二人の芸妓が君香に上座を譲っても、

「よろしおます、わてはこの方が気楽だす」

と云い、下座の方へひっそり坐った。幾子は、無理に上座をすすめず、

「君香はん、なんぞ、弾いて、豆千代ちゃんを踊らしてやってぇ」

と云うと、入って来たばかりであったが、君香は三味線の音〆《ねじめ》を直し、膝《ひざ》の上に構えた。豆千代は遠慮がちに、

「ほんなら、姐さん、お願い申します」

と挨拶して、『夕立』を踊った。舞妓の夕立では、色気も風情《ふぜい》もなかったが、豆千代は一手一手を几帳面《きちょうめん》に踊った。踊り終って、畳へ手をついた途端、襖が大きく開き、

「今晩は、遅うなりましてすんまへん」

新顔の芸者がまた三人、連れだって入って来た。喜久治は、わい一人に六人前の花代かと、ちょっと気弱になりかけたが、気をつけてみると、最初に来た若い芸者が、手洗いへ行くような振りをして席をたったまま、帰って来ない。暫《しばら》くすると、豆千代も何となく席をたち、地方《じかた》の君香と、新顔の芸者三人になった。

幾子は、その間に、たったり、坐ったりして、こまめに席のとりもちをしていた。

時々、はばかるように仲居が耳うちをしに来ると、目にたたぬようにして廊下へ出たが、すぐ席へ戻って来た。一時間ほどすると、呼びもしないのに、また新しい芸者が三人、喜久治の席へ加わったが、何時《いつ》の間にか、それと入れ代るようにして、ほかの芸者が席をたった。変らないのは地方の君香だけで、あとは、始終、五、六人の芸者が入れ代り、たち代り、賑《にぎ》やかに喜久治の座敷を出入りした。十二時近くになると、喜久治は何時《いつ》もより疲れ気味になり、

「今晩は、芸者のお目見《めみえ》みたいやったなぁ」

あくびを噛《か》み殺すように云うと、

「もう、お帰りやす、お時間だす、またお早いうちに、どうぞ」

幾子は、せきたてるように喜久治を送り出しにかかり、自分の店に泊めようとしなかった。

喜久治は、頼りない足もとで広縁を伝いながら、急に尿意を催した。

小用を足して、手洗鉢へ両手をのばしかけると、横合いから、さっと温かい湯がかかり、白い日本手拭が喜久治の掌《て》を包んだ。

幾子であった。癇性《かんしょう》らしく丹念に喜久治の手を拭いながら、

「若旦那《わか》はん、今晩のが、お金のかかれへん裏遊びだす、ええお座敷の花代を間引いて来ましてん、あんさんは、阿呆な無茶をせんといておくれやす」

耳もとで早口に囁いた。今まで座敷で喋っていた声と全く異なる世帯くさい女の声だった。喜久治は、その大きな体を退《ひ》くようにして、幾子の顔を見た。二十二歳とは思えぬ老《ふ》けた顔つきであった。

玄関の式台には、座敷にいた芸者と仲居が坐っていた。喜久治が履物に足を載せかけると、背後から太い女の声がした。

「まあ、若旦那《わか》はん、毎度ご贔屓になりまして、またお近いうちにお運びを、大旦那はんにもお陰を戴けますように、まあ、これ、幾子、お羽織のお衿《えり》がかえってるやおまへんか、お袖口の袘《ふき》も——」

母親の女将《おかみ》が、毀《こわ》れかけの蓄音機のような喧《やかま》しさで喋り出した。喜久治は、この肥満した女将が、嫌いであった。

喜久治は、肥えた大柄の女を好まなかった。祖母のきのも、母の勢以も傲慢《ごうまん》ではあったが、体つきは痩《や》せ気味《ぎみ》で華奢《きやしゃ》であった。女将は、下腹の張った腹部に、ぎらっと眼につくような金目の袋帯をしていた。その帯の好みも、ぐさっとだらしなく締めた感じも、いやらしかった。喜久治は振り返りもせず、仲居の開けた表戸を出かかると、

「あ、幾子、あんた若旦那《わか》はんをお送りさせておもらい、ほんまに気のきかん娘《こ》や」

また毀れかけの蓄音機のような声がした。喜久治はたいてい俥《くるま》を使わなかった。俥に乗るほどの距離もなく、花街の夜更《よふ》けを独り、ゆっくり歩いて帰るのが常であった。

何時《いつ》ものように、新町の表通りを東へ三丁ほど歩き、そこから新町橋を渡って、西横堀の家へ道筋を選んだ。半丁ほど歩いて行った時、うしろから追って来る女の足音がした。幾子であった。

「けったいなお人、お母はんがあない云うてはるのに、さっさと先に行きはって――、わては若旦那《わか》はんと、お母はんの間にたって辛《つろ》うおますわ」

幾子はよほど急いだらしく、息をせいていた。

「何にも辛いことあらへん、芸者や仲居やあるまいし、あんたはちゃんとした富乃家の娘はんや、わいは、あんたが人から娘仲居云われるほど座敷へ出て、取り仕切っているのからして、おかしい思うてるのや」

喜久治は、幾子の方に、ちらっと視線を当てた。幾子は、喜久治の顔を見詰めたかと思うと、

「わては養女の娘分ですねん、そいで……、今のお母はんに……」

言葉を跡絶《とだ》えさせた。

「養女――」

喜久治は、黙り込んでしまった。

「さっき、お手洗いのところで、えらい出しゃ張ったこと云うてすんまへん、わて、ちいさい時から貧乏で育って来ましたよって、つい苦労性になって、あんな勝手なこと計

らいまして、もし、気分悪うしてはんのやったら、堪忍《かんにん》しておくれやす」

と、気弱に詫《わ》びた。

「そら、河内屋の若旦那いうても、まだ部屋住みの身分を考えてしてくれたことやと思うてる、けどなぁ――」

と云いかけ、喜久治は、

「幾子はん、あんたは節約《しまつ》な女やな」

とだけ云った。

「へえ、苦労性で節約《しまつ》で、損な性《たち》だすわ」

若い女に似合わぬ言葉であった。

喜久治は、切れ長い眼尻《めじり》をかすかに柔らげ、幾子の方へ体を寄せて歩いた。

「あ、もう、新町橋やわ、ほんなら、ここで――」

幾子は、そっと、喜久治から体を離して、腰を屈《かが》めた。新町橋を渡ると、もう、そこからは厳しい作法のある船場であった。たとえ深夜であっても、色街の女の派手な送り迎えは許されない。俥で門口へ乗りつけて、さっと家内《いえうち》へ入ってしまうならともかく、女と連れ歩きで、ぞろりと送って貰《もら》うことなどは出来なかった。遊びは遊び、商いは商いの、厳しい折目があった。四つの川に、額縁のように囲まれた船場という旧《ふる》い商いの街は、こうしたことにまでけじめがついていた。

「さいなら、気ィつけはって――」

暗い橋燈の下で、幾子と別れ、喜久治は、背中を向けて、新町橋を急ぎ足に渡って行った。

川筋に沿って、ゆっくり歩き、河内屋のあたりまで来ると、軒燈が妙な明るさに輝いている。足を早めて、店の前まで帰りつくと、丁稚《でっち》の清吉がくぐり戸から顔を出し、

「若旦那はん、えらいことで、久《ひさ》ぼんさんが、ひきつけで――」

「え！」

「今、お医者はん来てはりまっけど――」

みなまで聞かず、喜久治は、通庭《とおりにわ》を伝って前栽《せんざい》から、奥座敷へ走った。あかあかと点《つ》けられた電燈の下で、二歳になる久次郎が、女の子の着るような淡い水色の寝巻を着て、自分の体の厚味ほどある蒲団《ふとん》の上に寝かされていた。ひきつけの発作がすんだあとか、血の気のない幼い顔から、息づかいも聞き取れない。

医者の斜め向いに、きのと勢以が、顔を硬《こわ》ばらせて坐っていた。そのうしろに久次郎のちち乳母のとめが、おろおろして度を失っていた。医者は、久次郎のか細い腕を握って、慎重に脈をとっていた。

久次郎は、この八畳の奥座敷で、乳筋のいいとめに育てられていたが、二歳になってから、急にきのと勢以に似て来て、色白につぶらな眼をし、女の子のような顔だちにな

った。そのせいか、きのも勢以も、久次郎が生まれた時は、お母はん似やなと憎らしげに云ったことなど忘れ、時々、思い出したように久次郎を可愛《かわい》がった。着せる着物も、天井に吊《つ》るガラガラも、手にもたせるおしゃぶりも、みな女の子のようなものばかり買って与えた。我儘《わがまま》な可愛がり方であった。それが、喜久治にとっては、気に喰わなかったが、激しく云い争うほど、子煩悩《こぼんのう》でもなかったし、ちゃんと乳母が附いていたから、気になりながら、任せきりであった。

そっと敷居際《ぎわ》に坐って、女たちのうしろから、久次郎を見詰めていた時、がらっと手荒く硝子《ガラス》障子が開いた。足袋問屋の懇親会へ出かけていた父の喜兵衛であった。

「どないしてん、久ぼんが！」

きのと勢以の間へ割り込み、久次郎の顔を覗《のぞ》き込んだ。医者が慌《あわ》てて、喜兵衛の肩先を叩《たた》いた。それでも、喜兵衛は、久次郎に顔を近附け、動かなかった。

「あんさん！」

勢以が、きつく制すように云ったが、喜兵衛は、そのまま、久次郎の幼い顔の上に、自分の顔を合わせるようにした。医者が、両腕を延ばし、

「河内屋さん、いま、やっとひきつけがおさまったところですから、安静が一番大事なんですよ」

喜兵衛の肩をひき戻すようにすると、

「先生、大丈夫でっしゃろか」

喜兵衛は、泣くような声で聞いた。医者は頷《うなず》いた。

「先生、おおきに――」

喜兵衛は暫く、鼻を詰らせ、いきなり、

「男の子は、大事や！」

と怒鳴った。

「男の子は、ほんまに、大事にせなあかん！」

再び喜兵衛は、平常の辛抱強さを失い、取り乱したように怒鳴った。深夜の広い奥内《おくうち》に喜兵衛の声が撥《は》ね返るように高く響いた。


久次郎のひきつけが、あとにも残らず癒《なお》り、内輪で祝った日から、喜兵衛が風邪《かぜ》を引いて寝ついた。はじめは軽い風邪ぐらいに考えて、うどん屋の風邪薬を飲んでいたのが間違いで、歳末になっても、床を離れられず、奥まった旦那部屋で年を越した。

十五歳で河内屋へ丁稚奉公《でっちぼうこう》に来て、五十三になるまで三日と寝ついたことのない喜兵衛にとっては、はじめての長患《ながわずら》いであった。毎日、店に出て働いている時と異なって、硝子障子越しに見える前栽を眺めて、終日、過すことは退屈だった。喜兵衛の臥《ふ》せっている旦那部屋は、御寮人部屋と隣り合っていた。四代前の初代の時からの建物であるから、旦那部屋は十畳、御寮人部屋は八畳で、旦那はんの権威が保たれ、本床《ほんどこ》の造りも桜の一枚板である。夜の夫婦の営みのある時だけ、御寮人はんが、旦那部屋へ入ってくるしきたりになっている。

このしきたりは、今も守られているが、変っていることといえば、旦那はんの意向ではなく、御寮人はんの方のつもりで、ことが定まる。喜兵衛が二十八歳、勢以が二十歳の齢《とし》に結婚してから、二十五年間、そうであった。夕食がすむと、勢以は、きのと一緒に奥座敷へ入り、世間話をしたり、女中相手の花合わせなどして遊び、十時頃になると御寮人部屋の床へ入る。喜兵衛は、夕食をすませてから、商いのしまりをつけ、十時半頃になると、旦那部屋へ入ってほっとする。

この時、隣の御寮人部屋の明かりが消えておれば、それまでであるが、襖《ふすま》の間から明かりが洩《も》れていると、喜兵衛は落ちつかない。寝巻に着替えて床へ入っても、眼は覚ましている。隣の部屋でかすかに人の動く気配がしたかと思うと、声もなく境目の襖が引き開けられ、枕《まくら》もとに絹擦れの音がして、するりと勢以の体が入って来る。

あとは、これといった睦言《むつごと》も交わさず、体で示す勢以の要求通りに応じる。気に入らねば、足で内股《うちまた》を蹴《け》るようにして苛立《いらだ》ち、満足するとしなやかに体を押しつける。そのことを定める時も、終る時も、勢以次第であった。そんなことが不自然でなく、当り前のように行なわれて来たのは何であったのか、喜兵衛にも解らない。それでも、喜兵衛は、少しも不満ではなかった。

河内屋へ丁稚に来た時から、喜兵衛の頭にあったのは、たとえ間口半間でも、一人前の船場商人になりたいということであった。それが、奉公している間に、容易ならぬ難事であることが身に沁《し》みた時期に、四代目、河内屋喜兵衛を約束される養子縁組の話が起った。小糠《こぬか》三合あったら養子に行くななどという下世話《げせわ》な諺《ことわざ》は、長屋連中に通じることであった。船場の暖簾《のれん》の内では、養子旦那になることは、商人としての実力で認められたという一種の証左であった。家附き娘の婿《むこ》というより、暖簾を継ぎ得る実力者という意味合いがあったからである。

喜兵衛も、そうした実力の証左という養子旦那の意気込みで、勢以と結婚したのであったが、三代続きの母系家族という点を、誤算した。それでも、世間でいう家庭の団らんに固執せず、仕事一本に生きる気になれば、商いのことに女が口出しできぬしきたりになっているから、生き甲斐があった。しかし、そんな考えを持てたのは、新婚の一、二年で、三年目からは、お家はんのきのと勢以の二人がかりで、女の我意を通し、頼りにした先代も、同じ養子旦那のせいで、きのに頭があがらず、喜兵衛は、単なる種馬か、金儲《かねもう》けの商品並に動かされて来たようだった。

広縁に面した方で、人の気配がした。着飾った勢以であった。

「あんさん、お具合どうでっか」

「うん、まあ、な」

喜兵衛は、しっかりしない容態を、曖昧《あいまい》な言葉で濁した。これという苦しみも、高熱もなかったが、何となく背中がだるく、畳にへばりつくような頼りなさであった。特に夕方になると、熱っぽく気分がすぐれなかった。

「あの、今日も、十河屋《そがわや》はんのおつきあいで、芝居へ参じんなりまへんねん」

勢以は、迷惑そうに眉《まゆ》をひそめたが、それが嘘《うそ》であることは、喜兵衛に解《わか》っていた。昨夜から何となくはしゃぐ女中の気配と、今朝、商い方の采配《さはい》を受けに来た中番頭の秀助が、

「旦那はんが臥せはってから、二カ月ほどのことだすのに、もう、ご辛抱ができず、今日は通しのお芝居だっせぇ」

と喜兵衛の耳もとへ囁《ささや》いた。

「かまへん、わいは早ようなって、金蔵《かなぐら》へ銭を増やすことだけや、四代目、喜兵衛は養子旦那で、こんだけ増やしはった云われたらええやないか、それがわいの張り合いや」

喜兵衛は、自らを慰めるように云った。

そんなあとだけに、勢以の嘘が、ぐうっと胸につかえたが、

「十河屋はんなら、大事なお顧客《とくい》や、あんばいお相伴して来てや」

堪《こら》えるように云った。さすがに、勢以はうしろめたく、すぐ席をたち兼ね、

「今日はお時を連れず、こちらへお世話に寄こしまっけど、退屈してはんのやったら、久ぼんを抱かして来まひょか」

何時《いつ》になく、こまかく気を配った。

「そら、いかんわ、長患いの風邪は性《しょう》が悪いよって、うつりでもしたらえらいことや、それから、お姑《かあ》はんにも来て戴《いただ》かんことや」

「そら、そうだす、年寄りは、子供と同じことでっさかいな」

と勢以は相槌《あいづち》を打ったが、腹の中では、ここ一カ月あまり、離れの隠居部屋から、喜兵衛の部屋を見舞わぬ母のことを、皮肉られていると思った。事実、きのは、風邪ひきのぐずつきは肺病のはじまりやと、勢以にも喜兵衛の部屋へなるべく行かぬよう云いつけた。そのうえ、台所では、喜兵衛の食器を別にし、一つ一つを熱湯消毒させた。

「ほんなら、気ィつけておくれやす、わてとお母はんは通しでっさかい、大分、遅うなりまっけど——」

こう云って、勢以は喜兵衛の部屋を出るなり、先程から待ち構えているきのの部屋へ行った。障子を開きかけると、

「消毒して来なはったか？」

癇性《かんしょう》なきのの声がした。

「ちょっと、出がけの挨拶《あいさつ》に行っただけやさかい――」

「あかん、あかん、ちょっとでも、よう、手ェ洗うといで」

きのは頑《かたく》なに譲らない。馬鹿らしいほど癇性病みと思ったが、きのの甲高い声が、喜兵衛の部屋に聞えそうになった。

「ほんなら、すぐ、洗うて来まっさ」

勢以は、慌てて台所へ走り、お時に湯をかけさせて、両手を洗い浄《きよ》めた。

芝居茶屋へは、さすがに病人のある家の世間へのはばかりで、船乗込みを遠慮して、ひっそり俥《くるま》で出かけた。

喜久治は、きのと勢以が出かけた頃を見計らい、蔵の中から、店の間へ戻って来た。

中番頭の秀助が、

「もうお出かけやしたけど、若旦那はんのお姿が見えしまへんよって、探してはるみたいなご様子でおました」

喜久治の胸のうちを、そっくり見すかすように云った。

「そうか、わいも用があってんけどな」

軽くいなすように云い、喜久治は、病床の父に代って結界《けっかい》の中へ入り、売掛帳を記入しはじめたが、妙に気が入らない。

喜兵衛が寝ついてからは、取引先の接待以外は遊びを止《や》めて、家の中ばかりに引き籠《こも》っている喜久治には、昨夜からのきのと勢以の芝居行きのうわついた気配が気に障《さわ》った。長患いの責任を医者に押しつけ、上女中のお時を病人に附けておき、看病もろくにせず、呉服屋の新柄陳列会や、文楽や芝居に出かける二人を今さらながら、心こわい女だと思った。

喜久治は、売掛帳の整理が一区切りつくと、喜兵衛の部屋へ行った。

「お父はん、大分、よろしおますか」

低い声で、問いかけると、

「あ、喜久ぼんか、今日は気分がええさかい、あんたも今晩は、久しぶりに遊びに行って来ぃな」

喜兵衛は、弱々しく笑った。二カ月余りの間に、ひどい病《やま》い窶《やつ》れになっている。もと、もと、瘦《や》せて骨張った顔だちであったが、窶れ出すと貧相《ひんそ》になり、十畳の旦那部屋が、急に不似合いな恰好《かっこう》だった。

「なに云うてはりまんねん、今晩は、お祖母《ばあ》はんも、お母はんもいはれんことやし、わいでもおらんと淋《さび》しおますでぇ」

「そやさかい、遊びに行きぃ云うてるのや、あの二人が居《お》ったら、お父はんの代りやいうて、何時も結界の中へ縛りつけにされてるやないか」

寝ていても、喜兵衛には、二人の女の動きが手にとるように解っているようだった。

「ほんまに、二言目に、お父はんの代りやさかいしっかりしぃと、云われ通しだすわ」

喜久治は、きのと勢以のねっちりした口ぶりを真似《まね》た。

その晩、喜久治は、新町の富乃家へ行った。幾子は、待ちあぐねていたように喜久治を迎え、座敷へ入ると、すぐ、

「大旦那はんのご様子は、どないだす」

と聞いた。

「それが、はっきりせえへんのやがな」

重苦しい調子で云うと、幾子は、胸を衝《つ》かれたような表情になり、

「それで、お願いがおますねん、もし、大旦那はんにお加減の悪うなるようなことがおましたら、ご看病さしてほしい云うて、お大師さんへ願かけてはる人がおますねん」

「え？ うちのお父はんに——」

「そうだす、この間、若旦那《わか》はんが来はった時、豆千代はんの踊りの地方《じかた》を勤めはった年増の芸者だす」

「あの、舞妓《まいこ》の地方をやった？」

「覚えてはりまっか」

「いいや、別に——」

「君香はん云いまんねん、八年越しに大旦那はんのお世話になってはります」

「八年越し——」

八年前からといえば、祖父の三代目、喜兵衛が死んだ翌々年で、喜久治が高商に入った年からであった。喜久治は体の中で、大きな引戸がガタッと開くような音がした。八年間も気振りにも見せず、女のあることを隠して来た喜兵衛の用心深さが、きのと勢以に対する嘲《あざけ》りのようにみえた。そうとすれば、これほど二人の傲慢《ごうまん》さに対する嘲りはないだろう。舞妓の地方をした年増芸者は、はっきり喜久治の印象に残っていなかったが、地味な芸者が最後まで控え目に地方を勤めていたような気もした。

「呼んだげまひょうな、あの人を、よろしおますやろ」

幾子は、喜久治に念を押すように聞き、仲居に君香の屋形（芸者の置屋）へ電話をするように云いつけ、

「河内屋の若旦那はんやいうて、すぐ来て貰《もろ》うてや、それから、ほかのお座敷見て廻って、うまい具合に、間引ける妓あったら、二、三人計ろうて来ておくれやす」

と付け加えると、喜久治が、さっとにがい顔になり、

「それは止めてんか、なんぼ若旦那の裏遊びでも、よその座敷の花代さばきだけはしとうない、この間もそれを云おう思うてたのや」

「すんまへん、つい要らんお金使わしとうない思うて——」

幾子は、ふと、思い詰めた眼をした。

「幾子はんの計らいを喜ぶのがほんまやろ、そやけどわいは吝嗇《しぶちん》な真似ようせん人間や、せっかく安うしたる云うてくれるのに、いや高もの買うねん云うて気張ってるのと同じやけど、それが金輪際ぬけられんぼんぼん根性いうもんやろ、難儀なこっちゃ」

と云い、幾子の視線をはずしかけたが、幾子の眼は、喜久治の上に固く止まって離れない。喜久治は、はっとした。——まるで町方の女房の眼やないか、帰《い》んだ弘子みたいな眼、色街の女の眼やあらへん——。

廊下に小走りな急ぎ足がして、襖《ふすま》が開いた。鶯色《うぐいすいろ》のお座敷着を着た君香であった。三十四、五らしいから、芸者の齢《とし》でいえば大年増であった。面長の小作りで十人並の顔だちであったが、体全体に苦労に流されて来たような、世帯じみた哀れさのある女であった。それだけに、芸者に珍しいつましさが目にたった。

「君香でおます、大旦那はんには、ご贔屓《ひいき》に預かっておりましたが、若旦那はんには、ついご遠慮して、ご無礼しておりました」

喜久治に向かって、喜兵衛から世話を受けている女としての折目正しい挨拶をした。

「今、はじめて幾子はんから聞いたところだす、お父はん、あんじょうしてまっしゃろか」

「へえ、それは、もう十分に」

と云い、深く頭を下げたが、喜久治は女の繕った表情を、目敏《めざと》く見て取った。お座敷着も、君香のそれは、仕立おろしの地合《じあい》ではなかった。水をくぐった艶《つや》の無さがあり、帯やまにも、かすかな糸擦れがあった。

「あの、大旦那はんのお具合は、どないなことでっしゃろか――」

君香は遠慮がちに、聞いた。

「どこいうて悪いことおまへんけど、お医者はんも首をひねってはりまんねん」

「長びきはりまんのんでっか」

こう聞いて、君香は暗い眼つきになった。解りきった嘘も云えず、喜久治がその返事のしように困っていると、別に呼んだ芸者が三人揃《そろ》って入って来、急に座敷が賑《にぎ》やかになった。

喜久治はこの二カ月の気疲れと、突然、知った父の女のことで考え込みがちになった。そんな気分を察したらしく、君香も、賑やかな地方を勧めて、三人の芸者は、入れかわり、たちかわって踊ったが、気が晴れない。それでも、四時間ばかり、花代をつけてやって、十時過ぎに喜久治は席をたった。

玄関先まで来ると、また何時ものように、女将《おかみ》が、見送りに出ていた。肥《ふと》った体を式台一杯に広げ、

「大旦那はんには、えらいご心配なことでおまして、若旦那はんもおたいていやおまへ

んでっしゃろ、ほんまにお大事にしておくれやす」

病気見舞にしては、明るすぎる声だった。喜久治は黙って頷《うなず》き、次の言葉を云い出されないうちに、

「君香、送って来てんか」

玄関先にいた芸者や仲居は、気詰りになった。女将が幾子に送って行かせたがっているのを、知りぬいていたからである。君香も、戸惑った様子であったが、つと着物の褄《つま》を端折《はしょ》ると、喜久治のうしろに随《つ》いて出た。

一丁ほど歩くと、喜久治は急に、足を緩めた。羅紗《らしゃ》のあずまコートの下にまで、睦月《むつき》の風が冷え込んで来た。

「風邪ひけしまへんか」

喜久治は、肩掛もせず、ぬき衣紋《えもん》になっている君香をいたわった。

「わてらは、こんな首ぬきに馴《な》れてまっさかい、寒いことおまへん」

「達者にしておくなはれ、お父はんを、看《み》て貰わんならんこともありまっしゃろ」

と云ってから、自分の不吉な言葉に慌てて首を振り、

「そんなことになるはずが、おまへんけどな」

と打ち消した。君香は受け答えもせず、息を詰めるように黙り込んでしまった。接穂《つぎほ》もなく喜久治は、コートの前ポケットに両手を入れた。

幌音《ほろおと》をたてて、空俥が走って来た。喜久治は、それを呼び止めて、君香を無理に乗せた。俥が動きかけると、喜久治は、

「今、持ち合わせがないさかい、富乃家のたて替え払いで、余分の金を屋形へ届けさすようにしてあるからな」

と早口に云った。

「若旦那はん、そんな――」

君香は、一瞬、ためらったが、俥の上で、二つ折れになるほど上体を深く折った。

喜兵衛の容態が悪くなったのは、その年の七月であった。梅雨越しをして、一旦、よくなりかけていたのが、二十年ぶりの酷暑に出会って、急に体中の水分がひいて行くように痩せほそった。医者も安心したあとだっただけに慌てたが、原因が酷暑とあっては手の尽しようもなく、十畳の部屋の隅々に八貫目の氷柱をたてた。それでも、喜兵衛の体から滲《にじ》み出る脂汗《あぶらあせ》のために、数時間おきに、浴衣《ゆかた》の寝巻をとり替えた。

夏場は、どの商いもそうだったが、特に足袋問屋は夏枯れであったから、喜久治は、暇さえあれば、喜兵衛の部屋へ附き添っていた。弱りきっているから、話すことは出来

なかったが、傍で雑誌を読んだり、時々、団扇《うちわ》で風を送ったりした。

死んだ祖父から、旦那はんになっても、奉公名の伊助、伊助と呼びつけられ、きのと勢以の我儘《わがまま》に対しても、栄螺《さざえ》のように口を閉じて耐えている父の姿をみて、お父はんの人生は餡《あん》のない最中《もなか》みたいなもんやと呟《つぶや》いたことがあった。

しかし、こうして、健康なものでさえ、煎《い》り殺されそうな暑さの中で、痩せほそって来ても、ただの一度も、しんどいと云わない喜兵衛を見て、喜久治は心に堪《こた》えるものがあった。喜兵衛の十五歳から五十三歳までの人生の間に、辛抱ということが、その人の性格にまで成り固まっているような思いがした。

急に、喜兵衛が激しく咳《せ》き込んだ。喜久治は、うしろに廻って骨張った背中をなでた。

「うう」

咽喉《のど》が詰ったような呻《うめ》きがして、喜兵衛の体が蝦《えび》のように曲がり、真っ白な敷布が赤く染まった。驚いて前へ廻りかけると、また、枕《まくら》の上に喀血《かっけつ》した。喜久治はお時を呼んで、すぐ医者へ走らせた。

医者が止血剤を打ち、安静にするように注意して席をたつと、電燈に覆《おお》いをして、部屋内を蠟燭《ろうそく》の明りぐらいの暗さにした。夜になっても、夜風一つたたず、蒸せる一方であった。今となっては、涼しい山手へ喜兵衛を移すことも出来なかった。喜久治は、ただ団扇を動かし続けていた。きのと勢以は、医者が来た時だけ、蒼《あお》い顔をして敷居際に

坐っていたが、喀血を怖《おそ》れて、喜兵衛の傍へは近寄らなかった。きのは、帰りかけの医者を通庭《とおりにわ》のところでつかまえ、

「肺病いうのは、遺伝でっしゃろ、あの人の田舎の身もとはよう調べて、そんな肺病筋の係累《けいるい》は一人も無かったはずでおますけどな」

探るような眼つきで、医者の顔を見た。

「いや、この病気は遺伝でなくて、伝染なんですよ」

「へえ、ほんなら、もう、娘に染《うつ》ってしもうてまっしゃろか」

「それは、改めて診察しないことには、解《わか》りませんが、ともかく染るものですから、早急に看護婦と附添婦をつけることです」

と云った。きのは、その足で、喜兵衛の枕もとにいる喜久治を廊下へ呼び出し、

「染る病気やさかい、あんたも勢以も、傍へ寄ったらあきまへん、すぐ看護婦と附添婦を置くよってな」

念を押すようにして云った。

「そんなあこぎな(冷酷な)……」

喜久治は気色ばみかけて、ふと頷《うなず》いた。

「ほんなら、わいがすぐに段取りしまっさかい、心配しなはんな」

「ほんなら、あんたに任せまっさ」

と云い置くなり、きのは勢以を連れて、さっと、自分たちの部屋へ引き取った。

最初に看護婦会へ電話して、明朝から一人来てもらうように頼み、次に君香の屋形へ電話した。座敷のかかる時間であったが、君香はいた。河内屋の喜久治と云っただけで、君香の気配が変ったようだったが、喜久治は落ち着いた声で話した。

「お父はんが、ちょっと悪なったさかい、明日うちへ来ておくなはれ、ただし、附添婦としてだす、誰がみても附添婦にみえるような身装《みなり》にして来ておくなはれ、もう一人、専門の看護婦を呼んでますさかい、それによう気をつけて」

「へえ……」

消え入るような弱々しい声だった。

「いやな云い方をするようやけど、家には、ご承知のように祖母と母がいまっさかい、まともでは、とてもあきまへん」

「へえ、よう解ってます、若旦那はんにご迷惑のかからんように附添いさして戴《いただ》きます、わては……」

と言葉を跡切《とぎ》らせたが、急にしゃんとした声で、

「ほんなら、明日から、参じさせていただきます」

と云い、電話が切れた。病室へ帰って来ると、薄暗い中で、喜兵衛が眼を開いていた。

「お父はん、どうだす、大分、落ち着きはりましたでっか」

「ふん、大分な――」

まだ胸苦しいらしく、あまり話したがらなかったが、明日、突然、君香を見て、驚愕《きようがく》させてはいけないと思った。

「お父はん、びっくりせんといておくれやす、明日な、君香が来まっせぇ、ここへ」

「え、君香が――」

喜兵衛は、頭を擡《もた》げる力を失っていたが、小さい眼を力一杯に見開き、自分の耳を疑うように喜久治を見た。

「お父はん、ほんまだす、附添婦に化けて」

「喜久ぼん、そんな無茶な……、とても出来ることやない」

詰《なじ》るように云った。

「それが、さっき、お医者はんから看護婦と附添婦をつけてくれと云われて、とっさに思いつきましてん、もう明日から来てもらうことになってまんねん」

「大丈夫やろか……」

「心配おまへん、お時の眼さえ胡麻化《ごまか》したら、あのお祖母はんとお母はんは、あんまりここへ来えしまへんし」

喜兵衛は、はじめて、こくりと首を動かした。翌日、看護婦の方は、早朝から来たが、君香は昼過ぎになって来た。店先で荷造りしていた丁稚が、

「若旦那はん、大旦那はんの附添婦はんいう人が、来てはりまっけど」

納品帳を調べていた喜久治の動悸《どうき》が打った。すぐ顔をあげず、動悸を整えてから、ゆっくり店先の方へ向き直った。

あっと、声をあげそうになった。もともと芸者にしては世帯じみて見える君香であったが、色褪《いろあ》せた夏銘仙《なつめいせん》を着て、大きな木綿縞《もめんじま》の風呂敷を抱えた恰好《かっこう》は、人の病気を世話して暮して行く附添婦らしい身形《みなり》であった。頭も鬢《びん》つけの残り一筋なく、洗い髪をひっ詰めに束ねていた。

喜久治は、思わず笑顔《えがお》になりかけるのを、わざと素っ気ない声で、

「昨日、頼んどいた附添婦か」

「へえ、えらい遅うなりまして――」

君香は、頭の下げ方にまで気を配り、不体裁にうろたえるように頭を下げた。

「通庭から入って上女中のお時に奥へ取り次いで貰《もら》いなはれ」

「へえ、ごめんやす、ごめんやす」

君香は、膝節《ひざぶし》に顔をこすりつけるようにして、店の間の隅々にまで頭を下げた。

大番頭の和助は、商いの手をやすめて、

「暑いとこ御苦労はん」

と犒《ねぎら》ったが、中番頭の秀助は、縁なし眼鏡の底から鋭い視線を、じろりと君香の衿《えり》も

とへ走らせた。

大きな風呂敷包みを抱え直し、くぐり抜けるようにして店の間を通って、君香が奥へ入ったのを見すましてから、喜久治は、何気なく座をたって、喜兵衛の部屋へ先廻りした。看護婦は、遅い昼食に台所へたって、そこにいなかった。

「お父はん、来ましたで、君香が――」

「来よったか」

喜兵衛は待ち構えていた風に、何時《いつ》もの力ない乾いた眼を潤《うる》ませた。喜久治は、肋骨《あばらぼね》の見えている喜兵衛の浴衣の胸もとを、そっと直した。

開け放たれた簾障子《すだれしょうじ》の間から、勢以の涼しそうな絽《ろ》の単衣《ひとえ》ものが見えた。そのうしろにお時が、お時のかげに君香が前屈《まえかが》みになって従っている。病室へ入ると勢以は、喜兵衛の枕もとから一尺、離れたところへ坐り、

「あんさん、附添婦《つきそい》はん来て貰いましたでぇ、お医者はんがその方がええ云いはりましたんで――」

ちょっと首を前に突き出すようにして云ったが、絶対、枕もとへは近寄らない。

「そうか、ご苦労はん、その方があんたに染《うつ》らんでええさかいな」

喜兵衛は、眼を閉じたままで云った。

「いえ、別にそんな意味やおまへんけど」

勢以は、言葉を濁し、敷居際《ぎわ》に控えている君香の方を向き、

「うちの旦那はんだす、あんたは、そうやった、本橋なにいはる人やったなぁ」

「へえ、本橋米子と申します」

やや嗄《かす》れた声で答えた。本橋米子というのは、君香の本姓であった。

喜兵衛は、一瞬、閉じた瞼《まぶた》を動かしたが、眼をあけなかった。

「喜久ぼん、あんたが、昨夜《ゆうべ》電話しといてくれた人が、この附添婦はんや」

「すぐ間に合うて、よろしおましたな」

喜久治は、滑《なめ》らかに云った。君香は、喜久治に向かって深く頭を下げた。

「ほかの病いと違うさかい、ことさら按配《あんばい》頼みまっせぇ」

喜久治が事務的な声で云うと、勢以は、

「そうや、難しい病気やさかい、看護婦はんに教えて貰うて看病してや、なんぞことがあったら、お時に相談しておくなはれ」

と、うしろに坐っている上女中のお時を眼で指《さ》した。

「へえ、至りまへんけど、どうぞ、宜《よろ》しゅうに――」

君香は、お時にも手をついて、お目見えの挨拶《あいさつ》をした。お時は、質素な身形《みなり》に似合わず、どことなく小ぎれいで、自分より整った顔だちをした君香に気詰りらしい様子であったが、

「何かご用あったら、何でも奥へ云うて来ておくれやす」

と軽く会釈《えしやく》した。勢以は、附添婦のお目見えが終るなり、

「ほんなら、頼みまっせぇ」

お座なりな言葉を云い置いて、また気忙《きぜわ》しく席をたった。お時は、喜兵衛の方へ膝《ひざ》を寄せ、

「旦那はん、なんぞご用でも――」

と聞いたが、喜兵衛は、眼を瞑《つぶ》ったまま、首を振った。お時は、静かに病室を退《さが》って、勢以のあとへついて奥座敷の方へ行った。

「旦那はん……」

君香は、喜久治の前という嗜《たしなみ》も忘れて、嗚咽《おえつ》した。

「わいも心配してた」

喜兵衛は、はじめて君香を見た。

「達者でいてくれたんやな、喜久ぼんが――」

と喜久治の方へ向きかけると、看護婦の足音がした。

「あ、あんた附添婦のおばはん」

二十二、三の背の低い看護婦が、じろじろ君香を眺め廻したあげくに、

「早速やけど、これ洗うて来てんか」

次の間の隅に重ねてあった肌着の洗いものをまとめて、君香へ突きつけた。
喜兵衛は、はっとしたように君香の顔を見たが、君香は、洗いものを抱えて、たって行った。喜久治も、眼をそらせた。年増芸者といっても、昨夜まではお座敷着の裾《すそ》をひいていた君香が、色褪せた夏銘仙を着て、病人の洗いものを抱えて、洗い場の方へ追いたてられていた。

「喜久ぼん、手拭《てぬぐい》、汗が……」

と喜兵衛が云った。看護婦が白い手拭を手渡しかけたが、それを遮《さえぎ》るように、喜久治は自分の手拭で喜兵衛の顔を拭った。

汗ではなかった。痩《や》せ衰えた両頰に、大粒の涙が落ちていた。

八月になっても、二十年ぶりの酷暑は去らず、氷代は、貫目につき三銭も値上がりした。喜兵衛の病室にたてられる氷柱も、毎日、女中と氷屋の丁稚とが喧嘩《けんか》腰《ごし》になり、お時がそっと氷屋に煙草《たばこ》代を握らせて確保することが出来た。それでも、病人は暑さに喘《あえ》ぎながら、夏越しの力を振りしぼった。

君香が附添いに来てから、喜兵衛に病い勝ちの気力が出て来たのが、喜久治の眼にもよく解った。

しかし、その気力にもかかわらず、喜兵衛の病状は、一向にはっきりせず、医者は硬くなった喜兵衛の腕に葡萄糖《ぶどうとう》の注射をしては、帰って行った。

きのと勢以は、久次郎の汗疹《あせも》を口実にして、有馬《ありま》へ出かけることにした。二歳の久次郎は汗疹性《あせもしよう》で、一日に三度、行水させても、ちょっと暑い日が、二、三日続くと、もう背中を汗疹だらけにして泣いた。この久次郎の泣声が病人に障《さわ》るからというのが有馬行きの理由であったが、事実は、八月の末になっても、一向にはっきりしない喜兵衛の病気に倦《う》み、有馬温泉へ暑さを避けかたがた、さっと気晴らしをしたかったのである。さすがに、病人と喜久治に遠慮し、三、四日だけと断わった。

きのと勢以が出かけると、河内屋の奥内《おくうち》は急に横着になり、女中も、針女《おはり》も、何かと怠《なま》けがちになった。看護婦さえも、針女部屋へ入って、縫いかけの、きのや勢以の着物を、ねそべりながらもの珍しそうに眺めた。

出戻りで三十歳になっているお時は、平生から口数が少なく、根気よく働いていたが、きのと勢以が留守になっても、独《ひと》り気忙しくたち働き、重箱の隅にまで眼が行き届いた。それだけに怠け者の下女中たちは、お時の眼先をうまく繕いにかかったが、お時は、それを知って知らぬ顔をするだけの器量があった。

そんなお時を、素直に受け取っていいのか、一くせのある女と見て取ればいいのか、君香は測り兼ねていた。御寮人《ごりようん》はんに代って、君香を采配《さはい》する立場にあっても、お時は、君香からものを尋ねるまでは、何一つ差しはさまない。聞けば丁寧にきちんと教えたが、要らぬ干渉はしなかった。何事につけても、ほどを心得、出来過ぎているだけに、かえって君香は油断なく、気を遣《つか》った。

喜兵衛は、きのと勢以が不在になると、大胆になり、三度の食事は、君香に調《ととの》えさせた。看護婦が調えにかかっても、

「附添婦《つきそい》はん呼んでぇな」

と云った。君香が、看護婦に遠慮がちに部屋へ入って来ると、

「食事の用意は、附添婦はんがするもんや」

と云い附けた。食事の用意といっても、小さな飯茶碗《ぢゃわん》に半杯と、白身の魚、リンゴのしぼり汁ぐらいであったが、若い看護婦はそれだけ、手がぬけるので、君香に食事の用意を押し附けた。

「あんさん、そんなこと云いはって、ぐつ悪い（首尾の悪い）ことおまへんか」

君香が気を遣うと、喜兵衛は、

「せめて、お家《え》はんや勢以のいえへん時ぐらいは、わいの気《き》儘《まま》の気養生もしたいやないか」

気弱く笑いながら、細く皺《しわ》がれた手で箸箱《はしばこ》を指した。君香が箸箱から黒塗りの箸を取り出し、喜兵衛の掌《て》に添えるようにして握らせた。お膳の上の鱸《すずき》の塩焼も君香が、皿の上で小骨を取り、白身をせせり取った。喜兵衛は、それを少しずつ箸先で挟み、舌の上

へ運んだ。リンゴ汁も、布目の細かい晒布《さらし》で搾《しぼ》ってあるから、滓《かす》が溜《たま》らず、ストローで少量ずつ咽喉《のど》へ通せばよかった。食後のお茶も病人の刺激にならぬよう、せん茶のゆるい目を入れた。そうした君香の一つ、一つの心遣いが、喜兵衛がまだ健康で、君香と交わっていた頃の細やかな体の尽し方と、同じ肌目合《きめあい》であった。

夜は、看護婦と君香が、喜兵衛の病室の隣の御寮人部屋へ一晩交代で詰めた。喜兵衛の病気から、勢以がずっと、離れの隠居部屋へ移っていたから、御寮人部屋が看護人用に当てられていた。

君香が詰める夜になると、遅じまいの風呂に入って目だたぬように薄く化粧し、糊《のり》のきいた浴衣《ゆかた》を着た。女中や看護婦が寝込んでしまうまでは、その上から白い前かけをして、病人に風を送っていたが、寝静まってしまうと、君香は附添婦の前かけをはずした。

「よう、こんな辛抱してくれるな、辛《つら》いことやろ」

君香の洗濯荒れした手を撫《な》でるようにすると、君香は、喜兵衛の傍へすり寄り、自分の体を添わせ、

「何を云いはります、旦《だん》那はんが長患《ながわずら》いの時、お顔も見られへん、看病もでけへん方が、どんな辛いことでっしゃろ――」

「たいしたことも、ようしてやってへんのに――」

「八年も変らず、お世話いただいとります……」

君香は顔を濡《ぬ》らし、もう皮張りになってしまっている喜兵衛の痩《や》せ衰えた体を、柔らかく麻の夏蒲団《ぶとん》の上から抱いた。

有馬温泉から電話がかかって来て、手代に足らずの金を届けさせてから、もう三日になる。

久次郎の汗疹なおしに三、四日だけと云って出かけたきのと勢以であったが、五日目になって、出銭《でがね》が多くなったから、足らずの金さえ届けてくれたら、すぐ勘定をすませて帰ると云って来た。

使いに行って来た手代の話では、久次郎の汗疹はすっかりなおっていたが、風呂場で顔見知りになった長唄の師匠を部屋へ呼んで、浴衣がけで長唄の稽古《けいこ》をしていたというのである。それでも、不足の金さえ届けてやれば、すぐ戻って来ると思っていたが、三日経《た》っても帰って来ない様子をみると、長唄の師匠や宿屋の女中に祝儀《しゅうぎ》をきって、お家はん風《かぜ》、御寮人はん風を吹かしているらしい。

喜久治は、広い奥座敷の真ン中で、扇風機をゆるくかけながら、大分、前から、有馬のきのと勢以のことを考えていた。長患いの病人を看護婦と附添婦に任せ、夏場の商いを喜久治にさせて、温泉で長唄の稽古をしている二人の女の気持を測り兼ねた。嬢《いと》はん育ちの不遠慮というのか、血に染《し》みついた傲慢《ごうまん》な冷酷さなのか、いくら命に別条ないといっても、父の喜兵衛を看取《みと》らずにおれる情の強《こわ》さが胸に来た。そして、血を分けた喜久治まで、養子旦那の祖父や父と同じように河内屋の商い道具として扱っているようだった。

　喜久治は、飲み残した冷たい麦茶を一呑《の》みして、中前栽《なかせんざい》越しに病室の方を見て、喜兵衛と君香の二人きりであるのを確かめてから、たち上がった。

　喜兵衛は、眼を覚ましていた。病室へ入って来た喜久治を見ると、喜兵衛の方から、

「勢以は、何時《いつ》帰って来るねん」

「今日で、一週間目だす、ちょっと度が過ぎまんなあ」

　喜久治は、父を労《いたわ》るように云った。

「かまへん、ゆっくりして来て貰うたら、ええやないか、その方が、わいも、君香も――」

　喜兵衛は、気弱く口ごもるように云った。喜久治は、そんな父の顔から、わざと視線を逸《そ》らしながら、

「お父はん、君香のことでっけどな、昨夜も、富乃家の女将《おかみ》を通して、屋形の方へは十分な手当してまっさかい、その点は案じんとおくれやす」

「おおきに、よう、そこまで気ぃつけてくれた、そやけど、奥内《おくうち》の方は大丈夫か」

「大丈夫だす、お祖母はんとお母はんはあの通りやし、直接《じか》に関係あるのは、お時だけやけど、それも気附いたような気配おまへん」

　喜兵衛は、薄く削《そ》げた口もとを、膨らますようにして頷《うなず》いた。そして、やや暫《しばら》く、口もとをゆるめていたが、ふと眼を瞑《つむ》り、

「喜久ぼん、わい、一体、なんぼぐらい増《ふ》やしてんやろ」

「え？」

「あのな、わいの代にどれぐらい身上《しんしょう》増やしたんか、知りたいねん」

　喜兵衛は、長患いの病人とも思えぬほど、しっかりした口調で云った。

「何を阿呆なこと、お父はん、病気の時、そんなこと考える人おまへんわ、それこそ……」

　養子旦那の根性やおまへんかと、口に出そうなのを、やっとこらえた。

「そやけど、一回、勘定してみて欲しいねん」

　喜兵衛は、執拗《しつよう》に云った。

「勘定？　本気で、算盤《そろばん》入れまんのか」

「暑い日に気の毒やけど、頼むわ」

　喜久治は、暫く探るような眼で、病《やま》い窶《やつ》れした父の顔を見ていたが、

「よろしおます、明日、勘定したげまひょ、今日は、これから、店の用事を片附け、町

内の花火大会に附き合って来まっさ」

早口に云って、席をたった。

喜久治は、店の間へ出たが、父の喜兵衛の云った言葉が耳について離れなかった。

「わい、なんぼ身上増やしたんやろか、算盤入れてんか――」

十五歳から三十八年間、働き詰めたあげく、長患いの黄ばんだ眼をして、なお父の喜兵衛は、自分の稼いだ商い高を勘定したがっている。それが、暖簾《のれん》を継いだ代償に、家附き娘の傲慢さに耐えて、種馬のように働き、算盤玉がはぜるように金高を増やし、養子旦那に終始した生き方だろうか――。身代をいくら増やしたかだけが、四代目、喜兵衛の価値になっている。喜久治は鳥肌だつ思いで足袋原布の仕入帳を繰っていた。

「若旦那はん、今日は、大旦那はんのお加減いかがでござりまっか」

中番頭の秀助が、汗でずり落ちそうになっている縁なし眼鏡を押し上げながら、聞いた。

「まあ、ぼちぼちや」

「まめな附添婦さん来はってから、ちょっとお元気が出はったようやおまへんか」

喜久治は、物差を背筋に差し込まれたような思いがした。顔に出るのを押え込んで、

「そうやな、ほんまにまめな附添婦で助かるわ」

軽く受け流し、続けて帳簿を繰ったが、もう仕入先も、仕入高も、明確に喜久治の頭

へ入って来ない。それでも、一時間程は、同じ姿勢でいたが、四時になると、
「秀助どん、あと頼むぜぇ、わいは町内の花火大会や」
こう云い置いて、店を出た。

花火の消えた暗い道を横堀づたいにゆっくり歩いて帰り、喜久治が表のくぐり戸を開けると、風呂場の方で湯音がした。今夜は、手代や丁稚《でっち》達も、花火大会に行っているから、風呂は女中か、針女《おはり》が入って、しまい風呂をしているようだった。隠居部屋も奥座敷も明かりが入っていないから、今晩もきのと勢以、久次郎達は帰って来ていない様子であった。

喜久治は、女中を呼ばず、自分の部屋へ入った。夏蒲団の枕《まくら》もとに、毎晩着替える寝巻が、お時の手によって、きちんと整えられている。蒲団の上に、ごろりと仰向けになった。父の喜兵衛の長患い、有馬温泉のきのと勢以、夏枯れの商い、君香のこと、蒸し暑さの中で、糸がからみ合うような解《ほぐ》れなさで、喜久治の胸にわだかまり、べっとりした溜息《ためいき》をついた。

表の方で人の出入りする気配がし、女中部屋の方が急にざわめいたようだった。突然、きのと勢以が帰って来たらしい。喜久治は、眠った振りをすることにきめ、寝巻に着替え、片はずしになっている蚊帳《かや》の取っ手を吊《つ》って、中へ入った。

「若旦那はん、若旦那はん！」

慌《あわただ》しいお時の声が、簾障子《すだれしようじ》の外でした。眠った振りをして答えないでいると、いきなり手荒く引き開けられた。

「喜久ぼん！」

母の勢以の声であった。

「すぐ起きておくれやす、帰り早々だすけど、あんたに用おますねん」

まるで、喜久治の狸寝入《たぬきねい》りを、見すかすように云った。喜久治は、わざと寝返りを打ち、

「ああ、しんどう」

寝呆《ねぼ》けた声を出して、薄眼を開けた。喜久治の顔の真上に、勢以の白い顔があった。夏大島に絽《ろ》の帯を締めて、外から帰って来たままの姿で突ったってる。

「ああ、お帰り、こんな遅うに――」

喜久治は、大げさに驚いた顔つきをした。

「まさか、今晩は、もう帰って来えへん思うてたんでっしゃろ」

「なんだすねん、帰り早々、ケンケンと」

「まあ、隠居部屋へ来ておくなはれ」

勢以は、妙に昂《たかぶ》った顔をして、喜久治の袖《そで》を引っ張った。喜久治は、寝巻の細帯の上

に兵児帯《へこおび》を巻いて、離れの隠居部屋へ行った。

「お帰りやす、久ぼんの汗疹、ようなったそうでおおきに」

喜久治は、きのと顔を合わせるなり、久次郎の礼を云った。

「何がお帰りやす、おおきにだすねん、ぬけぬけしゅうに――」

きのは、切って捨てるような剣幕だった。喜久治は、むうっとした。

「一体、どないしましてん、一週間も涼しいとこで遊んで来はって、わいらは暑い街中《まちなか》で働いてましてんでぇ」

「そら、ご苦労はん、そやけど、あの附添婦は何やねん」

「何やねんて――」

喜久治は、思わず、声が嗄《かす》れそうになったが、吐き出すような思いで、やっと言葉を継いだ。

「お父はんの附添婦にきまってるやおまへんか」

「ふうん、湯上がりに襟白粉《おしろい》刷《は》いて、こざっぱりした浴衣着て、病室へ行く附添婦があるやろか」

「それ、何時《いつ》のことだすねん」

とぼけながら、喜久治は、自分でも思いがけないほどの落着きを取り戻した。

「わてが、今この眼でみましてん、表口から入って来て、お風呂場のとこまで来たら、目だたんようにやけど、薄《う》っすら襟白粉を刷いて、浴衣帯を巻いた女が、すうっと廊下を、喜兵衛はんの病室の方へ行くやおまへんか」

「そら、附添婦かて一日の仕事終って、風呂へ入ったら、白粉の一つも、糊《のり》のきいた浴衣の一枚も着て寛《くつろ》ぎまっしゃろ、何やったら、附添にも店のお為着《しきせ》きせまひょか」

「喜久ぼん、あんたわてらに逆らいなはる気か！」

解《ほど》きかけの、きのの夏帯が、宙に大きく輪を描いて、喜久治の鼻先をかすり、帯の間から綴《つづ》れの札入れが、ぱさりと畳の上に落ちた。三日前に、手代に届けさせたばかりの金嵩《かねがさ》が、ごっそり薄くなって、二人の使った金高が知れた。

「あんた、その口答えでわてらを騙《だま》せる思うてはりまんのか、勢以もわても世間知らずの箱入り娘やけど、わては齢《とし》の功だけ騙されへん、あの女の湯上がり姿を見た途端に、プーンと妾肌《てかけはだ》の匂《にお》いがおましたわ」

「それは、えげつない女の邪推というもんでっしゃろ」

取り合わぬ風をして、喜久治は、軽く突っ放した。

「邪推？　阿呆らしい、前にちょっと小耳にはさんだことがあったけど、まさかと思うてましたんや、そやけど、今晩は、ちゃんと……」

喜久治の頭の中に、昼間、店先で、君香のことをそれとなく口にした秀助の顔が、浮んだ。三日前、有馬温泉まで追加の小遣を持たせてやった手代に、秀助が告げ口上の書状でも託したのではなかろうか——。喜久治は用心深く身構えて、口を噤《つぐ》んだ。

「喜久ぼん、あんたこんなことしてくれて、お家《え》はんのわてと、勢以の世間体はどないしてくれはんねん」

「世間体——」

喜久治は、その言葉を弄《もてあそ》ぶように、暫くきのと勢以の顔を見ていたが、突然、体を前《まえ》屈《かが》みにして、不逞《ふてい》な笑い方をした。

「世間体云いはりまんのんか」

喜久治は、もう一度、白い歯を出して皮肉な笑いを泛《うか》べた。

「それやったら心配おまへん、よう船場《せんば》にあることやおまへんか、旦那はんが大病になったら、妾としてはあかんけど、女中か看護人ということにしてなら、本宅へ上がってもええしきたりになってるはずだす、つまり、筋だけ通して、見て見ん振り、公然の秘密という粋《すい》な計らいも、昔からあるやおまへんか」

「あんた、そんなこと、どこで教えて貰《もら》いなはってん、新町へ遊びに行ってる間に妾くずれの仲居にでも聞きなはったんか、喜兵衛も養子旦那のくせに！」

きのは、病室へ聞えるような声で云った。

「ちょっと待っておくなはれ、今のは、譬《たと》え話《ばなし》で云うただけで、誰もお父はんの附添婦はそうやとは云うてしまへんでぇ」

水を浴びせかけるような冷たさで、喜久治は云い返した。

「あんた、まるで一通りの女の苦労でもしはったようやな」

横合いから、母の勢以がねっちり絡《から》んだ。

「しても別に宜《よろ》しおますやろ、弘子みたいに嫁はんにして、家へさえ入れへんかったら」

「そんな気でいるさかい、あんたは何を企《たくら》んでるや解《わか》らへん」

こう云うなり、勢以は急に敷居際《ぎわ》に坐っているお時の方へ向き直った。

「附添婦のことどない思うねん」

「へえ」

と答えたまま、お時は身じろぎもせず俯《うつむ》いていた。

「病室の采配をさしたよって、知らんことはないやろ」

勢以はきつく問い詰めた。お時は、やはり、低く頭を下げたまま、黙っていた。

「お時、知らんでは、すみまへん！」

勢以の語気が荒くなった。

「へえ、すみまへん、まことに鈍《どん》なことでっけど、わては何も知りまへん」

突然、勢以がたち上がった。敷居際へ近寄ったかと思うと、ぴしゃりっと音が鳴った。

お時がうつ伏せるように倒れ、首筋に赤い手型が残った。

「お母はん、そんな手荒な」

喜久治は、勢以の褄先《つまさき》を摑《つか》んだ。

廊下に乱れた足音がした。君香が息を切らすようにして、

「ご病人さんが、えらいことに――」

と叫んだ。喜久治は、君香を押しのけて、喜兵衛の病室へ走った。

看護婦が喜兵衛に酸素吸入をさせていた。医者に電話をかけたが、他家へ往診中で、すみ次第すぐ駆けつけることになっている。喜兵衛は苦しそうに酸素吸入をしていたが、暫くすると、大きく手を振って、酸素吸入の吸口から、口をはずした。

看護婦が慌てて、もう一度、口に当てかけると、また手を振って中止させた。

ぜいぜい激しい呼吸をしながら、喜久治の方へ首を振り向けた。

「喜久ぼん、気根性《きこんじょう》のあるぼんちになってや、ぼんぼんはあかん……男に騙されても、女に騙されたらあかんでぇ……」

唇が苦しそうに痙攣《けいれん》しているが、意識はまだはっきりしている。

「お父はん、喋《しゃべ》ったらあきまへん」

喜久治は怒鳴るように云った。喜兵衛は、合点したように大きく頷《うなず》いた。だが、また、

「喜久ぼん、あんたには、たんとおおきに……店のこと、久次郎のこと、内《うち》のこと頼むぜぇ……それに……」

「お父はん、みなよう解ってまぁ、黙って楽にしておくれやす」

頷き返したが、もう意識が混濁して来たのか、喜兵衛は空《うつ》ろな瞳《ひとみ》になり、息切れがさらに激しくなった。看護婦は再び酸素吸入器を当てがった。今度はそれを振り切る力もなく、弱々しい呼吸で酸素を吸った。

きのと勢以が、息を殺すように、静かに枕もとへ坐った。君香は二人の背後から、のぞき込むようにして、喜兵衛を見た。喜兵衛は、断続的に酸素を吸った。次第に、その間隔が遠くなり、酸素の泡だちが少なくなって来た。看護婦の顔から、大粒の汗が流れ落ちた。突然、ぽろっと、吸口から、喜兵衛の口がはずれた。

「お父はん！」

喜久治は、引き戻すように怒鳴った。喜兵衛は、一度、薄く眼を開き、唇を動かしかけたが、そのまま動かなくなった。

「あんさん！　こない急に――」

突然勢以が、激しく泣いた。きのは、じっと喜兵衛の死顔を見ていた。君香は、泣くことも出来ず、席をたつことも出来ず、両手を畳の上につかえ、這《は》うように頭を低く下げた。勢以の泣声は次第に高くなり、子供のように人目を憚《はばか》らず、泣いた。

喜兵衛は、看護婦と君香の手で北枕に寝かされ、蒲団の上に、生存中の紋附の羽織が置かれた。きのは、取り乱して泣く勢以を、離れ座敷へ連れて行き、障子を固く閉ざした。喜久治は、父の枕もとに坐って、何度も、死水を取りかえたり、線香の火を絶やさぬように点《つ》けていた。大番頭の和助と中番頭の秀助も、喜久治のうしろに坐っている。喜久治はさいぜんから、君香と出合う機会を待っていたが、容易にその機会がない。

ふと、前栽の植込みを横切る人の気配がした。喜久治は、小用に起《た》つような振りをして、席をたった。庭下駄を履いて、蔵横のあたりへ行くと、君香がそこに踞《うずくま》っていた。そこからは植込み越しに北枕に寝た喜兵衛の姿が見えた。

「ここでしたんか、探してましてん、むごいこと云うようやけど、もう、お父はんは死にはったさかい、あんたは、このまますぐ帰っておくなはれ」

「若旦那はん、そんなきつい……」

薄暗い蔵陰《くらかげ》で、君香の声が針先のように細く鋭かった。

「そや、きついこと云うけど、これが船場のしきたりだす、妾は旦那はんの死に目と葬式には出られんもののときまってます、お父はんの附添婦として来て貰うたんやから、仏になったら、もう帰っておくなはれ」

「それ、ようわかってまっけど……」

「弔問客の出入りが激しなったら、あんたを見抜く人もおるかもわかれしまへん、このまま、黙って引き取っておくなはれ」

「へえ」

糸をひいて消え入るような細い声だった。喜久治は、脆《もろ》くなる気持を抑えて、

「この蔵横から、まっすぐ前栽をぬけて、通庭《とおりにわ》づたいに行ったら、表口だす」

「あの、もう一度だけ、仏さんに……」

あとを云わせず、喜久治は、

「未練になるだけだす、これはわいの気持だけのものや」

財布ぐち、君香の手へ持たせた。君香はその手を振りほどきかけた時、人影がした。

「大旦那はんの、ご納棺のお時間でおます」

あたりを憚るようなお時の声だった。君香は、さっと暗い蔵陰に姿を隠したが、お時は、振り向きもせず、もと来た方へ引っ返した。

「ほんなら、帰っておくなはれ」

喜久治は、追うように云った。君香はよろよろと頼りなく立ち上がり、黙って背中を向けた。二、三歩行きかけた時、喜久治は、

「君香はん、百カ日の墓供養《くよう》がすむまで、お座敷へ出んようにしておくなはれ」

君香は、はっとしたように、たち止まったが、後向きのまま、深く頷いて前栽の植込みの間へ消えて行った。

喪服を着た人々が、一丁ほどの列を、小止《こや》みなくつくっている。焼香をすませて帰る弔問客に向かって、喪主の喜久治は、白羽二重《しろはぶたえ》の紋附と袴《はかま》をつけた白無垢《しろむく》の喪服姿で、黙礼を続けていた。

下寺町《したでらまち》の藤次寺は、河内屋の取引先の商店主、取引銀行から出入りの呉服屋、お茶屋、料亭の女将《おかみ》たちの広範囲な会葬者で埋まった。本堂の中では、住職の恵明導師の読経《どきょう》で葬儀が行なわれている。きのと勢以は、喪服の膝《ひざ》に女持の朱数珠《しゅじゅず》を置いて、喜兵衛の寝棺に近い位置に坐り、そのうしろに親類一族、河内屋から別家した暖簾《のれん》一族が、丸に片《かた》喰《ばみ》の家紋を列《つら》ねて、読経を勤めている。白木の焼香台は、本堂の階段を上がった正面中央に設けられ、会葬者は樒《しきみ》に囲まれた藤次寺の山門を入り、石畳を半丁ほど歩いて、焼香をして帰って行く。

九月の三日目であったが、残暑がぶり返し、喜久治の白い喪服の背中に汗が沁《し》み通っていた。喜久治は、本堂の階段下にたって、何人目かの会葬者を送り出しながら、父の喜兵衛が死に際に云った言葉を、もう一度思い返した。

――ぼんぼんになったらあかん、ぼんちになりや、そして、男に騙されても、女に騙されたらあかん――、含蓄のある言葉だった。ぼんぼんは、いわゆる良家の坊っちゃんに過ぎなかったが、ぼんちといえば、同じぼんぼんでも、根性がすわり、地に足がついたような坊っちゃんである。たとえ道楽しても、どこか根性の通った遊びをする奴である。

喜久治は、口の中で、ぼ、ん、ち、と、区切るように呟《つぶや》いた。平仮名でたった三字の簡単な言葉であったが、複雑な重味と、軽妙な飄逸《ひょういつ》さを持っていた。これが、丁稚《でっち》上《あ》がりの喜兵衛が、ぼんぼん育ちの喜久治に遺《のこ》した言葉であった。

黒い平絽《ひらろ》の喪服が、喜久治の前に、静かに止まった。離縁した弘子であった。

「とうとう、お家の中で、男はんは、あんさんと久次郎だけにおなりやして——」

二年ぶりに見る弘子は、小肥《こぶと》りになり、場所柄、会釈《えしゃく》を控えていたが、眼だけがふくよかに潤《うるお》っていた。

「弘子……」

と云いかけた時、高野市蔵の肥満した体が立ち塞《ふさ》がり、

「喜久治はん、これからがおたいていやおまへん、どうぞお疲れ出まへんように、いずれ改めてご挨拶《あいさつ》しますけど、弘子は今度……」

と云いかけると、弘子はそれを遮《さえぎ》るように、

「久次郎を、よろしゅう頼みます」

と云い、乳母の膝に抱かれて本堂に坐っている久次郎の方へ、ちらっと眼を向け、そのままたち去った。

山門のあたりの人垣が、やや騒《ざわ》めき、施餓鬼《せがき》が始まったようだった。浅葱《あさぎ》色《いろ》に河内屋

の㊌印《まるかわじるし》の綿紋附を着た手代たちが、盛菓子を黒盆に載せ、門前に集まった子供や老婆《ろうば》たちに、菓子をまき出した。死者の成仏《じょうぶつ》を念じる儀式の一つで、この盛菓子が、多くの人の手に渡るほど、仏供養になると云われている。

「只今、四代、河内喜兵衛の葬礼《そうれん》を終えまして、手前ども仏供養に、施餓鬼をさして戴《いただ》きとうおます」

と挨拶を述べながら、盆の上の『津の清』の粟《あわ》おこしを、一つ一つ配って廻る。子供たちは、これを楽しみに大きな葬式へ集まって来て、施餓鬼がはじまると、面白がって、わっとそこへたかる。

「おっさん、吝嗇《しぶちん》せんと、沢山《たんと》おくれんか」

ひねた子供が大声を上げ、黒盆を持った手代の角七たちのまわりへ集まった。

「へえ、沢山《たんと》出しまっせぇ」

角七は、顔中を汗だらけにして盛菓子をまいた。子供だけでなく、面皰面《にきびづら》の近所の丁稚まで混っている。粟おこしを山盛りにした黒盆は忽ち《たちま》、空《から》になった。盆の取替えに退《さが》ると、子供や丁稚達も随《つ》いて退り、人垣が崩れた。

門前の騒がしさに、喜久治は眼を向け、あっと声を出しかけた。人垣の割れ目から、君香の姿が見えた。電信柱の陰へさっと体をかわしたが間に合わなかった。君香は、喜久治の視線に狼狽《ろうばい》して、町方《まちかた》の女房のように目だたぬ形《なり》をした顔を俯《うつむ》けた。

河内屋出入りの料亭とお茶屋の女将は、焼香に参列出来たが、芸者と妾《てかけ》は遠慮しなければならなかった。あないに云うておいたのに——と、喜久治は、汗に濡《ぬ》れた背中を熱くした。その時、子供たちが、またわっと声をあげた。角七が新しい盛菓子を持って出て来たからだった。争って両手を出しかけると、角七は、

「あかん、あんたらもう、前かけのポケットに沢山《たんと》入ってるやおまへんか、今度はお婆《ばあ》ちゃんらや」

子供たちを押し退《の》け、うしろで低くなっている老婆の手に、

「お婆ちゃん、河内屋の盛菓子だす、仏はんのために喰《た》べておくれやす」

「おおきに、南無阿弥陀仏《なむあみだぶつ》、南無……」

と老婆は念仏を唱えた。老婆の真横にいた君香は、慌てて顔をそむけたが、

「あ、附添婦《つきそい》のおばはんか、三つやるわ」

角七は、大きな手で粟おこしを三枚摑《つか》んで突き出した。一瞬、君香は戸惑ったが、

「へえ、おおきに」

両手を出しておし戴くように受け取った。

喜久治の方から、人の肩越しに、それが見え、身じろぎした時、二、三人の会葬者が通り過ぎた。喜久治は、もとの姿勢にかえって、深々と黙礼した。頭をあげると、もう、君香の姿は、そこに見当らなかった。

本堂の方で、読経の声が止《や》み、焼香の列が跡切《とぎ》れた。出棺であった。喜久治は、白い袴の襞《ひだ》をまっすぐに整え、本堂へ足を向けた。本堂へ上がって、もう一度、家族と親族の最後の焼香をすませると、恵明導師の引導で、寝棺の蓋《ふた》が掩《おお》われ、四隅《よすみ》に釘《くぎ》が打たれた。

母の勢以が、突然、朱数珠を取り落し、両袖《りようそで》を顔に当てて泣いた。慎みのない泣き方だった。きのが、袖下から白い麻のハンカチを手渡そうとしても、気附かずに泣いた。喜久治は、勢以の気持が、測り兼ねた。喜兵衛の生前中にはあれほど、喜兵衛を無視し、傲慢《ごうまん》に振舞いながら、その死と同時に激しく泣き悲しむのは、死なれてみて始めて夫婦の愛執を悟ったのか、それとも、失った持物を地団太《じだんだ》踏んでもの惜しみする我儘《わがまま》なのか、――喜久治は、薄物の喪服に包まれ、青竹のように涼しく臈《ろう》たけて見える四十五歳の勢以の姿を、他人のような眼で見詰めていた。

寝棺の蓋は、完全に釘打たれてしまった。四人の頭《かしら》だった別家《べつけ》衆《し》が肩に担《かつ》ぎ、若い男衆《し》がその脇を勤め、石畳の上を静かに運ばれ、白木の霊柩車《れいきゆうしや》の中へ納め込まれた。黒塗りの葬礼車《そうれんしや》の先頭の車には、位牌《いはい》を捧げた喪主の喜久治と、きの、乳母に抱かれた久次郎が乗った。勢以は、山門前に残って、霊柩車が動き出す時、送り火を焚《た》き、死者が生前に使用していた茶碗を割る。それは、死者の妻がしなければならぬ役目だった。

勢以は、低い髷《まげ》に黒元結《くろもとゆい》を結わえた忌髷《きまげ》（忌中の髪型）を俯け、藁稭《わらしべ》を束ね、火を点《つ》けた。ぽっと小さく燃え上がった焔《ほのお》の中へ、飯茶碗を投げ込んだ。茶碗は乾いた音をたてて、こなごなに割れ、死者と生者の結縁《けちえん》は、そこで切れた。霊柩車が、かすかな軋《きし》みをたてて動き出した。勢以は、よろよろと地面に膝をついて、そこへ踞《うずくま》った。お時が抱えるように勢以の体を支えた。

「あ！　勢以が」

きのは、車の中で腰を浮かせかけたが、道の両側に並んで霊柩車を見送る人々の視線に気附くと、気強く体を前向きにして、そのまま勢以の前を通り過ぎた。

第三章

四十九日の忌をすませると、すぐ吉日を選んで、襲名挨拶《あいさつ》をしなければ、もの笑いになる。

喜久治の、五代目、河内屋喜兵衛の襲名挨拶は、十月二十八日に白髪橋《しらがばし》の料亭『岸松館』で行なわれた。招待先は、河内屋の主だった取引先と町内の老舗《しにせ》の店主たち八十人であった。

百畳敷の座敷の両側に、朱塗りの会席膳《ぜん》が置かれ、暖簾《のれん》の格式順によって、店主たちが重々しく並んだ。

喜久治は、上下羽二重の黒紋附に仙台平《せんだいひら》の袴《はかま》をつけ、きのと勢以は、綸子《りんず》の江戸褄《えどづま》に錦織《にしきおり》の丸帯を締めて、喜久治をはさんで正面に坐った。店の者では、大番頭の和助と中番頭の秀助だけが、紋附を着て、敷居際《ぎわ》の末席に控えている。

祝儀《しゅうぎ》の席は、定刻に遅れると、後れを取ると商人の間で縁起担《かつ》ぎされていたから、定刻三十分前には、顔ぶれが揃《そろ》った。大番頭の和助は、下座の中央に坐って形を改めるな

り、

「本日は、手前ども、五代目、河内屋喜兵衛の代継ぎのため、お定《き》まりの時刻より早々《はやばや》とお越し戴《いただ》き、もったいないことでございます、只今、当人、じきじき商い口上をさせて戴きたく、この段、御店主方に御許しを頂戴《ちようだい》致します」

張り詰めた切出しの挨拶をし、畳に上半身を伏せたまま敷居際まであとずさりした。喜久治は、座蒲団《ざぶとん》から辷《すべ》り降り、黒骨の扇子を畳の縁《へり》から一寸下がった位置に置いて伏《ふし》礼《れい》をした。両脇《りようわき》のきのと勢以も同様に畳に手をつき、喜久治だけが顔を中ほどまで上げ、

「お集まりの御店主の方々のお力を得て本日より五代目、河内屋喜兵衛を襲名、河内屋の暖簾を継がせていただきます、まだ三十歳に足りませぬ商い知らずの身分でございますが、先代、喜兵衛と相変りませず、御贔屓《ごひいき》を得まして、商い繁昌とさせて戴きます」

一瞬、打水をしたような清々《すがすが》しい静けさが座敷を包んだ。両側に並んだ老舗の人々も、かすかに上気し、固唾《かたず》を呑《の》むように喜久治を見詰めていた。喜久治は、きまりの商い口上を述べ終り、もう一度、

「どちらさんにも、日々《にちにち》のおひきたてを――」

と、額を畳に擦りつけると、左側上座の佐野屋六右衛門が、会席膳をずいと横に退《さ》げ、両手を膝前《ひざまえ》についた。

「ご鄭重《ていちよう》な御挨拶おおきに有難うさんでござります、御祝儀席の一同になり代りまして、

先代さんご同様のお店ご繁昌を祈らしていただきます」

と迎え口上を述べると、それを受けるように、両側から、

「商い繁昌！　お目出度《めでた》く！」

大きな声がかかり、誰からともなく、

「お手を拝借——、商売繁昌でシャシャンのシャン、もう一つ打ちまして、シャシャンのシャン、もう一つまけとこ、シャシャンのシャン、へい、お目出度うさんだす！」

と襲名祝いの手を打つと、ぱっと座が沸く。

「ご縁起有難うさんだす、どうぞ、お平らに、お平らに——」

すかさず喜久治が、掌《てのひら》を上向け、差し上げるようにして戴くと、下座の襖《ふすま》が両側から大きく開き、芸者が一列になって、祝儀酒を運んだ。

最初の一献《いっこん》は、揃ってあけたが、あとは銘々、隣り合わせの相手と汲《く》み交わしたり、芸者に盃《さかずき》をやりはじめた。小一時間も経《た》つと、祝い席らしい騒めきになり、十月の下旬であったが、百畳敷の広さが、むうっと酒を含んだ人肌で温《ぬく》もり、汗ばむほどであった。

喜久治の前へ、入れかわり、たちかわり、盃を持った客が坐った。その度に、形を改めて、盃を受けた。今日のために、喜久治は五日前から、一滴も酒を飲まず、この席の一時間前には、『美々卯《みみう》』の蕎麦《そば》を一斤《きん》食べて悪酔にならぬよう体を整えていた。そし

て、頭の中で、八十人の客から一杯ずつ、滞りなく盃を受ける計算をしていた。祝儀の盃のことで、献盃《けんぱい》する方でも心得て注ぐから、十二、三盃で一合の酒量になる。八十盃なら約一升弱になる勘定である。しかし、そんな勘定など、噯《おくび》にも出さず、手放しの振りをして、盃を受けていた。

喜久治の両横で、きのと勢以が、膳部の器に手をつけていたが、殆《ほと》んどの客は、喜久治と盃を交わしたあと、二人に向かって、

「本日はお目出度なお席で――」

とお祝い口上しただけで、献盃しなかったが、別に他意はなかった。普通の商家の習慣から見れば、奥内《おくうち》の女がこうした表だった席へ出るのもおかしかったし、女の酒と煙草《たばこ》は禁じられていたから、自分たちの家風通りに振舞っただけに過ぎなかったが、きのと勢以にとっては、その一つ一つが意外な侮辱に思えた。

きのの白髪染めの顳顬《こめかみ》が癇性《かんしょう》に震え、勢以の胸高に締めた帯揚げのあたりが激しく上下しているようだった。来客たちは気附かなかったが、喜久治には、客の挨拶に対して、

「へえ、おおきに有難うさんだす」

「はばかりさんでおます」

と返すきのと勢以の声が、妙に権高《けんだか》なのを感じ取っていた。

父の喜兵衛の葬礼《そうれん》を出してから、暫《しばら》くは、勢以は人前もなく子供のように泣き悲しん

でいたが、二週間ほどすると、憑《つ》きものがおりたように、けろっと泣かなくなった。きのも、その当座、毎晩のように勤めていた念仏が、何時《いつ》の間にか間遠くなって、忌明《きあけ》の頃には、二人とも、もと通りの性分にかえった。

突然、喜久治の前へ、大きな体がたち塞《ふさ》がった。先刻、来客を代表して挨拶した佐野屋であった。大分、酩酊《めいてい》しているらしく、白髪頭の赭《あか》ら顔《がお》を首筋まで紅《あか》く染め、

「喜久ぼん、あ、ご無礼、五代目、喜兵衛はん、今日はおりっぱなお振舞でおおきに――、これからが、えらいことだっせぇ、商いから、つきあいから、女遊びから――、ぼんぼん旦那はんだけに苦労なことだす、まあ、一杯、いきまひょ」

勢いよく、喜久治に盃を突きつけた。空《から》に見えた盃の底から、ぱっと酒がこぼれ、勢以の膝上へ飛んだ。

「あ！」

甲走《かんばし》った声をあげ、酒滴《さけしずく》をはたき返すように膝を払うなり、座をたちかけた。喜久治は勢以の左脇から、その袖《そで》を摑《つか》んだ。

「お母はん、ご無礼やおまへんか」

強い語気で引き止め、たたせまいとした。佐野屋は、酩酊しながらも、鼻白み、

「えらいすんまへん、全くの粗相で――」

慌《あわ》てて懐《ふところ》から、手拭《てぬぐい》を取り出しかけた。

「ご心配は、ご無用でおます」

勢以は、ぴしゃりと断わり、右袖の袂《たもと》から真っ白なハンカチをつまみ出し、膝上の汚れを拭い、たち上がりざま、皺《しわ》になったハンカチを、佐野屋に向かって投げた。一瞬、小さな落下傘のように白いハンカチは、ひらりと宙に舞い、佐野屋の鼻先に触れそうになるのを、喜久治の手が摑《つか》み取った。

「佐野屋はん、女《おなご》の取り乱しだす、堪忍《かんにん》しておくれやす」

と詫《わ》びると、

「喜久ぼん、ええ加減にしなはれ、こないわてらが阿呆《あほ》にされてんのに」

こう云い捨てるなり、きのも気色ばんで、席をたった。さっと座が白けかけたが、佐野屋は、

「いや、これはわいの粗相だす、河内屋はんのお家《え》はんと御寮人《ごりょうん》はんは、うちの女房などとは、どだい違いますのや、酔うたはずみに、つい世間なみの女《おなご》にしてしもうたわいの失敗や、アハハハ……」

と大声で笑い、自分のでぼちん（額）をぴしゃりと、叩《たた》いた。

「あ、痛ぁ！」

艶《つや》っぽい声が、横合いから飛び出し、白い手が佐野屋のでぼちんに巻きついた。若い芸者であった。

「わての方が、もっとおえらい女《おなご》だっせぇ、これ見ておくなはれ」

と云うなり、両手を頭の上に振り翳《かざ》した。両手の十本の指に指輪がぎっしり、はまっている。虹色《にじいろ》に光るダイヤ、真っ赤なルビーから、濃緑の翡翠《ひすい》、変り色の猫目石《ねこめいし》など、極彩色であった。

「春団治《はるだんじ》はんの後家殺しやないけど、わては、生きのええ男殺しですねん、この指輪の数だけ男はんがおまっせぇ」

と云ってのけたから、どっと席が笑いほぐれた。

「どう致しまして、まだまだおますわ」

今度は、片足の白足袋を脱いでみせた。足の小指にも、一本、小粒のルビーの指輪がはまっている。

「うわあっ」

寄席《よせ》の高座に羽織を投げるように、そこここの席から羽織や日本手拭が、指輪芸者に飛んだ。

喜久治は、そっと脂汗《あぶらあせ》を拭った。やっと白けかけた座が、持ち直った。喜久治は、いま脱いだばかりの足袋を、もと通りにはき直しているその芸者に眼を向けた。生え際の長い小鼻のつんと通った若い芸者であった。どこかで以前に、見たような気がしたが、思い出せない。五枚小鉤《こはぜ》の縫いの通った足袋を履いているところを見ると、たち（踊り手）の芸者らしい。足袋をきちんと履き終えると、喜久治の方へ寄って来た。

「河内屋の旦那はんでっか、なんぼ足袋屋はんやいうても、そない、人の足袋見んといておくれやす、わて、ぽん太申しますねん、よろしゅうご贔屓に――」

ひらりと掌を返すようにしおらしくなり、改まってお銚子を取り、お酌をした。

「どこぞで見たような気がするねんけど――」

「そんなことおまへんでっしゃろ、まだ旦那はんのお座敷へ伺うたことおまへんし」

「そら、そうやけど、けったいやな」

喜久治はやはり、どこかで会った印象が、頭に残っていた。

襲名挨拶の宴席は、六時からはじまって十時過ぎに終った。

帰《かえ》り退《び》けには、喜久治は、衣紋《えもん》をきちんと直し、大番頭の和助と中番頭の秀助と共に『岸松館』の玄関先に坐って、

「今晩は、おおきに有難うさんで――、この方は、河内屋の内祝いのおしるしの足袋でございます、お手持になりますが、どうぞ」

河内屋の包装紙に包んだ足袋を一足ずつ手渡して、送り出した。来客たちは、恐縮しながら受け取ったが、足袋一足の内祝いを、一様に腹の中でせせら笑った。

最後に送り出された佐野屋も、酒の酔いが醒《さ》めかけて来ると、今夜の席の、きのと勢以の傲慢《ごうまん》な不愉快さに加えて、足袋一足の土産物という、しみったれ加減が胸に支《つか》えた。

なんぼ、ぼんぼん育ちの旦那やいうても、丁稚《でっち》上がりの親父に仕込まれただけ、することが貧相《ひんそ》やないか、暖簾と図体だけは、一人前以上やけど、やっぱり、腑《ふ》ぬけのぼんぼんか――と、腹の底から見くびった。

うすっぺたい貧弱な土産物を持って、家へ帰るなり、女中に向かって、

「河内屋の土産は、店先の足袋一足や、誰ぞ、履きぃ！」

畳の上へ投げつけるようにほうった。その拍子に包みの角が柱にあたり、不様に破けて、きらりと金具が光った。足袋の小鉤であった。佐野屋は、ちらっとその方を見ながら、妙な顔をした。いきなり包装紙を引き破り、足袋を手に取って見た。

男ものの白足袋であったが、小鉤が純金作りであった。あっと声をあげ、小鉤をつまみあげながら、

「大嘘《おおうそ》つきのぼんち奴《め》！　大人なぶりとは、このことや」

佐野屋は、青くなって怒った。

＊

襲名披露から四十五日目に、先代、喜兵衛の百カ日の墓供養《くよう》をすませ、その足で、喜久治は、新町の『富乃家《とみのや》』へ寄った。

玄関を上がるなり、控えの間で、黒紋附を脱ぎ、家から届けさせた結城紬《ゆうきつむぎ》に七子《ななこ》羽織《ばおり》

に着替えていると、女将《おかみ》が顔を出した。

「まあ、よう、お越しやす、御供養のお帰りでっか、それは、それは、お越しにくいところを、お召し替えは、わてが――」

肥《ふと》った体で、口喧《くちやかま》しく愛想を振り撒《ま》き、仲居に代って、喜久治の着替えを手伝いにかかった。

「幾子は、ちょっと京都まで出かけてまっけど、もう、帰って来まっしゃろ、ほんで、芸妓《げいこ》はんの方は、どないに計らいまひょ」

うしろへ廻って角帯を結ぶ間も、口をやすめない。

「二、三人、何時《いつ》ものようにしといて、それから、芸妓の来る前に、君香に用があるさかい、すぐ呼んでんか」

「君香はんとお二人きりのご用でんな、よろしおます、河内屋はんのことでっさかい、すぐ来はりまっしゃろ」

女将は心得た風に云い、仲居にすぐ君香を呼ばせる手配をした。

着替えが終ると、喜久治を奥座敷へ案内し、女将が、仲居の運んで来る銚子を受け取って酌をした。

「もう、襲名しはりましたさかい、喜久ぼんさんではおまへんのに、つい若旦那《わかだんな》はんと口に出そうで、ほんまにお若い旦那はんやこと、ふふふ……」

「いや、喜久ぼんで結構、商いする時の商い名は、河内屋喜兵衛やけど、このご時世に、喜兵衛みたいな爺《じじ》くさい名前嫌いやさかい、通称、喜久治にしとくわ」

「そやけど、やっぱり、喜兵衛さんいう方が、でーんとした貫禄《かんろく》がおまっせぇ」

「貫禄か、なんの貫禄やねん、古暖簾《ふるのれん》に箔《はく》つけるのんか」

喜久治は、半ば本気に、半ば自嘲《じちょう》気味に云った。事実、喜久治は、この間の襲名披露以来、次々の挨拶や宴会で疲れ果てていた。

今日も、父の喜兵衛の百カ日のために、藤次寺へ、重だった取引先、老舗《しにせ》の店主、暖簾下一族を招《よ》んで、墓供養を勤めた。普通なら、家の中で、内輪だけですませるものを、仏寺を借りきって、供養膳を出し、それぞれに、黄熨斗《きのし》のついた供養の品を用意しなければならなかった。葬礼《そうれん》以来、一七日《ひとなぬか》、二七日《ふたなぬか》、三七日《みなぬか》、四七日《よなぬか》、四十九日の忌をすませ、襲名披露、そして、百カ日の墓供養と、喜久治は、そのことにだけ神経を使い、段取りをし、心の憩《やす》まる時がなかった。店の方は、大番頭の和助と、中番頭の秀助が、取りしきっていてくれるからいいものの、喜久治は、この三カ月ばかりは、そうした儀礼にばかり追われていた。

「ちょっと、お疲れのご様子だすけど」

喜久治の口重さに、気を兼ねて、饒舌《じょうぜつ》な女将も、急に口数を少なくした。

「うん、なんや、えらい疲れてしもうて」

こう云って、言葉を切った。重苦しい座敷の気分をとりなすように、女将は、喜久治に酒をすすめた。以前から飲める方であったが、最近、目だって酒量をあげた喜久治は、たて続けに盃《さかずき》をあけた。

低い挨拶《あいさつ》の声がして、襖《ふすま》が開いた。君香であった。

「さあ、旦那はんがお待ちかねや、こっちへおいなはれ」

女将は、喜久治の近くの席をすすめたが、君香は敷居際《ぎわ》へ坐り、へえと小さく答えたまま、動かない。女将はもう一度、

「遠慮せんと、早う、お通りやす」

と促したが、やはり動かない。女将は、やや当惑した態《てい》で、

「ほんなら、あとお座敷、頼んまっせぇ」

と云い置き、席をたっていった。女将が襖を閉め終えるなり、君香は、額を畳に捺《お》しつけた。

「葬礼《そうれん》の時は、ご無礼致しました、あない云われてましたのに、ついお棺を拝みたいと思いまして……、堪忍しておくれやす」

かぼそい声であった。急に呼ばれたせいか、油気のない髪を揚巻に解きあげて、根締めのところに簪《かんざし》を一本だけ挿《さ》している。素人《しろうと》が見ても、それとわかる俄《にわ》かな髪の結い方であった。百カ日間、お座敷と離れていたことが、喜久治によみ取れた。

「勝手な云い分通り、今日まで、お座敷へ出んとすましてくれたんやな」

「へえ、百カ日の墓供養がすむまでと、云いはりましたんで、検番の方へは、病気と断わって、休んでました」

「検番やお茶屋に辛《つら》かったやろ」

「――――」

君香は黙って俯《うつむ》いた。もともと、小作りで十人並の顔だちであったが、僅《わず》かな間に窶《やつ》れが見え、皮膚の乾きが眼にたった。

「おおきに、なかなか出来んことやのに」

喜久治は盃をおいて、静かに頭を下げた。君香は細かく首を振った。

「ところで、まだこの上、あんたに頼みがあるねん」

「なんでござりまっしゃろ、わてで出来ることでおましたら」

君香は、訝《いぶか》しげに顔をあげた。喜久治は、一瞬、躊躇《ためら》うようであったが、

「死んだ者に代って、あんたの浮気封じをしたいねん」

「死人に代って浮気封じ？」

「お父はんの一周忌がすむまで、ほかの男と一緒にならんといてほしいのや」

唐突な云い方であった。君香は、瞳《ひとみ》を凝らして、喜久治の顔を見た。

「こっちの勝手ばかりを云うけど、あのもの固い、何の楽しみもなかったお父はんが、

一生のうちに八年だけ、あんたとの楽しみがあったんや、しかも、おおっぴらで無うて、用心に、用心を重ねて、死ぬまで包み隠して来はるには、えらい気苦労なことやったと思うねん、そないまでして来はったお父はんに代ってあんたの浮気封じをしたいのや」

喜久治は、ここまで一気に喋《しゃべ》った。そして、急に気弱な表情になり、

「君香はん、これが、一年間の手当だす、何でも金でことをすますと云われるやろけど、これしか仕様がおまへん、三千六百円入ってます、何にも云わんと受け取っておくなはれ」

君香の窶れた頰の上を、涙が筋になって落ちた。喜久治は、座敷机の上に、袱紗《ふくさ》につつんだ金包みを置いた。

「あんたが泣いて怒る気、泣いて情けながる気、よう解《わか》りまぁ、そやけど、わいは、こないせんと気がすみまへん――」

こう云うと、喜久治は、手酌でぐいと一杯、飲んだ。君香は、座敷机へにじり寄り、端に置いた銚子を手に取った。盃に酒をみたすと、君香は控え目に、喜久治の顔を見詰めた。

「若旦那はん、わては、怒ったり、情けながってるのやおまへん、死んだ人にまで浮気封じをして戴《いただ》いて、結構過ぎる思うて泣いてますねん、亡《な》くなりはった大旦那はんに代ってのお手当は、喜んで戴かしてもらいます」

「そない云うてくれたら、わいも辛う無うてすむわ」

「辛いやなんか、云わんといておくれやす、実は前々から、わての看板譲って欲しい云うてる人がおますさかい、この際、看板を譲って、四国へ帰り、田舎で小ぢんまりした商いでもさして貰《もら》います、わてには、もともと今の商売は性《しよう》に合いまへん」

千円あれば、家一軒が建つ時代であるから、三千六百円もあれば、田舎で商売を始められる金額であった。

「そら、何より、死んだお父はんの喜ぶことや、そないして一周忌がすんで、適当な人があったら、結婚して堅気におさまってもらうことだす」

喜久治は、自分より十以上も齢上《としうえ》の女を慰《いた》わるように云い、ほっと息をついた。

君香のことは、父の葬礼《そうれん》の時から喜久治の気にかかっていた。十五歳で丁稚《でっち》に入り、二十八歳で養子旦那になり、五十三歳の死に際まで、気苦労の中に生きて来たような父に、せめて死んでからの気養生《きようじよう》を贈りたいと思っていた。

「気軽に納めておくなはれ」

座敷机の上の袱紗を、喜久治は、君香の方へ押しやった。

「ほんなら、大事に戴かして貰います」

君香は前屈《まえかが》みになって、紫縮緬《むらさきちりめん》の袱紗をおし戴き、帯の間へ入れかけて、ふと手を停《と》めた。ご免やすと云うなり、くるりと後ろ向きになって、内懐《うちふところ》を露《あら》わに広げ、その肌へ喜兵衛の遺品を蔵《しま》い込むように奥深く納めた。

衿《えり》もとをなおして、向き直ると、君香の眼尻《めじり》が薄く濡《ぬ》れていたが、ぱあっと明るい表情をつくり、

「なんぞ、弾かして貰いまひょか」

「そやなあ、『夜桜』でも、弾いて貰おか」

と喜久治も、わざと軽い調子になった。君香は、廊下に向かって、

「すんまへんけど、三味線おくれやす」

と手をたたいた。

「へえ、ただいま――」

幾子が、三味線を斜めに抱えて入って来た。

「まあ、嬢《とう》はん、お人の悪い、仲居はんや思うて、堪忍《かんにん》だっせぇ」

「わては、みんなに娘仲居云われてるのやさかい、仲居はんに違いおまへん」

こう云いながら、幾子は、ちらっと喜久治の方へ眼をあてた。大分前、喜久治が、

(わいは、あんたが、ようお座敷を取り仕切って、みなに娘仲居いわれてるのが嫌いや)

と云った言葉を、まだ幾子は気にしているようだった。

「えらい、きついなぁ、うっかり憎まれ口も云われへんな」

「そら、云いはったお人によって、すぐ忘れてしもうたり、怒ったり、怨《うら》んだりするも

のだす、なぁ、君香はん」

「そら、そうだす、女《おなご》というもんは、相手次第で、言葉の貫目《かんめ》が違うて来ます」

「貫目がなぁ、ほんなら、男は何時も女に量られてるようなもんか」

喜久治は、両手を広げて、秤《はかり》の恰好《かっこう》をし、

「幾子はんやったら、男の何を量るつもりや」

「わて? わてだしたら、その男の持ってはる気根性を量りますわ、これほど確かなものおまへんでっしゃろ」

妙に熱っぽい眼を、喜久治に向けた。

「気根性か、えらい難しいことというねんな、そんなもの銭になれへんぜぇ」

「わての云うことは、何でも茶化しはりますねんなぁ」

幾子は、表情を固くし、眼を伏せた。君香は、

「まあ、嬢はん、そないすぐ本気に怒りはったら、男はんの苦労はでけまへん」

と取りなしていると、芸者が三人、揃《そろ》って、座敷へ顔を見せた。君香の地方《じかた》で、若い芸者がたち（踊り手）を勤めた。

十一時過ぎになって、喜久治が席をたちかけると、女将が、座敷へ入って来た。

「旦那はん、ちょっと、折り入ってお頼みしたいことがおます、ご都合よろしかったら、このあとお席を戴きとうおまんねんけど——」

「用て、なんだすねん」

「へえ、それが、ちょっと……」

言葉を濁しながら、君香たちの方へ眼配せした。君香は、すぐ察して、

「ほんなら、また改めてご挨拶さして戴きますけど、本日は、ご念の入ったお心を戴きまして、おおきに」

と今夜の喜久治の志にそれとなく礼を述べ、若い芸者たちを連れて、座敷を引き退《さが》った。

「幾子、あんたも、席はずしなはれ」

「へえ」

幾子は、怪訝《けげん》な眼をして、養母の顔を見た。女将は、肥満した胸先で、幾子を押し出すように、

「旦那はんとわての二人のお話やよって、あんたは席たってほしいのや」

と重ねて促した。幾子は、頑《かたく》なな姿勢をして、部屋を出て行った。

二人きりになると、女将は、俄かに改まった形になり、

「この度は、ほんとに大旦那はんには、えらいご不幸でございました、お達者な間は、御贔屓《ごひいき》に預かりまして、思うてみましたら、先々代から、三代もの御贔屓ということになり、商い冥利《みょうり》とはこのことでおます」

重々しく頭を下げた。

「今さら、そない改まって鄭重《ていちょう》な挨拶を——、それに、葬礼の時もちゃんと来てくれはったのに——」

喜久治は、百カ日も過ぎて、急に改まった大袈裟《おおげさ》な挨拶をする女将の心のうちが測りかねた。

「実は、今日、百カ日の墓供養《くよう》をご無事におすましになり、そのお帰りにおたち寄り戴いたことが、一つの御縁かと思いまして、折り入ってお頼みが」

「何だっしゃろ」

「へえ、娘のことだす」

「え？　幾子はん」

「さよだす、幾子のことでおます」

女将の分厚な膝《ひざ》が、一膝、喜久治の方へ寄った。

「ほかでもおまへん、前々から幾子のことお願いしとうおましたけど、まだお部屋住《へやずみ》のご身分でご不自由のあることと遠慮致しとりました、そこで、旦那はんになりはったこの際というのは、けったいな云い方だすけど、これをきっしょ（機会）に幾子の面倒をみてやっておくれやす」

「わいが、幾子はんの世話を——」

と云ったきり、喜久治は、女将の顔に眼をあてた。五十過ぎには見えぬ桜色の皮膚をしているが、眼尻に寄っている小皺《こじわ》が、この女の狡猾《こうかつ》な計算を折り畳んでいるようだった。

「幾子はほかの芸者や仲居と違うて、うちの娘だす、この世界の欲得で云うてるのやおまへん、幾子のことはよう知ってはるはず、わては今まで、見て見ん振りしてただけだす」

黙り込んでいる喜久治に、おっかぶせるように、女将が云った。喜久治は、いきなり、席をたった。

「あ！」

女将は、顔色を変えた。喜久治は、硬《こわ》ばった顔を、冷たく綻《ほころ》ばせ、

「女将はん、あんたの云いはることは、一々、わいの虫に好きまへんわ、第一、お父はんの死ぬのを待ってたみたいな云い草が気に喰いまへん、それに、幾子はんのこと、見て見ん振りとは何だすねん、二人きりで送ったり、送られたりしたことはあるけど、見て見ん振りなどと云われるような仲やおまへんでぇ、わいは、お茶屋の女将から、折り入ってと頭を下げられたら、見栄一方で、云いなりになるような、そこらのぼんぼんやない、もう、明日からは、よう来まへん」

と云うなり、襖《ふすま》を手荒く押し開けた。

「喜久ぼん！」

そこに幾子がたっていた。

「わては知らんことだす、お養母《かあ》はんが、勝手に……」

縋《すが》りつくように喜久治の前にたちはだかった。

「幾子はん、わいは、こんなことで泣いたり、怒ったりするのは面倒くさいねん」

こう吐いて捨てるなり、幾子の肩を押しのけた。幾子は思わず喜久治の背中に縋りついた。揉《も》み合うようにしながら、廊下の曲り角まで来た時、出合《であ》い頭《がしら》に、お座敷着の裾《すそ》を踏んだ。

「あ、危なぁ！」

艶《つや》っぽい悲鳴がして、喜久治は躓《つまず》きかけた。

「まあ、河内屋の旦那はん」

聞き覚えのある声であった。裾を踏みつけた芸者は、喜久治の襲名披露の席で、白けかけた座を取りなしてくれたぽん太であった。鴇色《ときいろ》のはんなりしたお座敷着の裾を廊下一杯にひいて、やや酩酊《めいてい》しているようだった。ぽん太のうしろに、六十そこそこの老人が、五、六人の芸者を賑《にぎ》やかに引き連れていた。酒気を含んだ顔の中で、白髪混りの眉《まゆ》と鋭い眼が際だち、琉球紬《りゅうきゅうつむぎ》を対《つい》に重ねた着流しの衿から懐の辺りへかけて、粋が通っていた。

喜久治は、やっと思い当った。一昨年、祖母のきのや母の勢以と、芝居を観《み》に行った時、隣桟敷《さじき》にいた豪勢な遊び隠居であった。そして、その時、着物の袖を勢以の顔に振り当てて、勢以を怒らせた若い芸者が、ぽん太であったらしい。そういえばあの生《は》え下《さ》がりの長い美しさは、どこかで見覚えがあると思ったのは、あの芝居の時だった。

「ぽん太、不粋者は罰金やでぇ」

遊び隠居は、喜久治の背から離れた幾子の方をちらっと見ながら、うそぶくように笑った。

「罰金、よっしゃ、なんぼ払いまひょ」

ぽん太は、わざとおどけるように喜久治の鼻先へ両手を突き出した。幾子は、それを引き取って、喜久治のうしろから、

「この罰金は、高うおますから、ぽん太ちゃん、今度までお預けしたげまっさ」

とその場をつくろった。喜久治は、見えすいたことも云えず、不愛想にすうっと行き過ぎ、履物をはいて、足早に門口を出た。

「待っておくれやす」

幾子の足音が追って来た。喜久治は、足を止めて、くるっと幾子の方へ振り向き、

「みっともないことしなはんな、わいは、みっともないこと大嫌いや」

と云うなり、もう一度、くるっと背中を向けて、歩き出した。

喜久治が家をあけて、遊ぶ日が多くなった。きのと勢以は、落ちつかぬ風であったが、ちゃんと商いの段取りをつけ、要《かなめ》を取り仕切って出かけているから、文句をつけるわけにもいかなかった。

しかし、喪中の年が明けると、思いきったように口を切った。

「喜久ぼん、あんた、お父はんが死にはってから、表だって女遊びするようになりはったけど、けったいなことしはれへんやろな」

母の勢以が、きのの露払いをして、やんわり切り出した。祖母のきのは、疑い深い眼をして、喜久治の額のあたりを見ていた。

「けったいて、なんですねん」

「素姓無しのいけずな（根性悪な）女《おなご》を家へ引っぱり込んだりせえへんやろなと、いうことだす」

「へえ——、そんな気《け》ぇわいにおますか」

「あの附添婦《つきそい》のことかて、お父はんの臨終にかこつけて、うやむやにすましてしもたあんたのことやさかい、油断ならへん」

喜久治は、やや気色の変りかけるのを、ぬらりと逃げて、

「お母はん、うちは、手広い商家の嬢《いと》はんでも勤まれへんのに、けったいな女が家へはいれますかいな」

「そうや、その通りだす」

きのが、勢以の横合いから口をはさみ、喜久治の方へ膝をにじり寄せた。

「あのな、そいで、今日は、ちょっと大事な話がおますのやけど――」

と前おきして、急に声をひそめた。

「実はな、よう卦《け》を観《み》はる先生に、うちの家相を占うて貰《もろ》うたんや、ほんなら、先生の云いはるにはな、邸内《やしきうち》に女のお狐《きつね》さまがいてはるそうや、ほいで、わてと勢以みたいに河内屋の血筋の女以外は、この家に住まれへんそうだす、この女狐《めぎつね》さまを奥前栽《おくせんざい》にお社《やしろ》を建てて祀《まつ》らなんだら、商いにまで障《さわ》る云いはるさかい、早速、お祀りせなあかん」

きのは、年寄りと思えぬ熱っぽさで云った。

「ついでに遡《さかのぼ》って、観てもろうたら、帰《い》んだ弘子はんも、この女稲荷《おんないなり》はんのお祟《たた》りやったそうや」

「そんな、阿呆《あほ》な話が」

「喜久ぼん、あんた、そんなこと云うたら、罰《ばち》があたるやないか、あ、こわっ」

勢以は、まるで縁先に女狐でもいるように、奥前栽の方をうかがいながら、顔色を変えた。きのも、まともに真っ青になって、

「お祟りおまへんように、お祓《はら》い、お祓い」

前栽に向かって、ぱっぱっと柏手《かしわで》を打った。喜久治は、改めて、二人の顔を見直した。最初のうちは、喜久治が外の女を家へ入れたり、二度目の結婚をしたりなどさせぬために二人で企《たくら》んだ芝居かと勘ぐったが、どうも本気で女稲荷を信じているらしい。

「それ正気でっか、お祖母はんも、お母はんも」

「頼むさかい、そんなもったいないことを云わんといて、聞えるさかいな、喜久ぼん」

震え声で、勢以が云った。きのも、

「もう、何も云わんといて、明日《あした》から棟梁《とうりょう》に来て貰うて、お社建てる手筈《てはず》になってるさかい、黙っててや、ほんまに頼むわ、ええなぁ」

くどいほど、念を押すなり、こわい者を避けるように、勢以と慌《あわ》てて座をたった。

「あかん、そんな阿呆くさい——」

と引き止める喜久治の声を、両手で耳を塞《ふさ》ぎ、うしろを見ずに、きのと勢以は縺《もつ》れ合いながら、離れ座敷の方へ小走りして行った。

翌日になると、早朝から、出入りの棟梁が、大工三人を連れて、奥前栽へ入った。

喜久治が手水《ちょうず》に行くと、もう、大振《おおぶり》の注連縄《しめなわ》を張って、お社を建てにかかっていた。

庭下駄を履いて、その方へ近寄りかけると、いきなり植込みから、ぬうっと女の顔が重なった。きのと勢以であった。口をきかず、憑《つ》きものしたように喜久治を睨《にら》み据えた。

白眼《しろめ》の中で、黒い瞳《ひとみ》が奇妙に吊《つ》り上がっている。喜久治は、思わず、たじたじと後退《あとずさ》りして、庭下駄を脱ぎ、もとの広縁へ上がった。縁側まで退ったことを見届けると、きのと勢以は、くるっとうしろ向きになり、華奢《きやしや》な背中をひらひらさせて、植込みの間を縫い、普請場《ふしんば》の方へ行った。家の中の女狐さまとは、ほかならぬあの二人やないか――と喜久治はゆすいだばかりの舌先を苦くして笑った。

五日目には、二坪ほどのお社が出来上がった。奥前栽の西南隅《すみ》に、檜造《ひのきづく》りに銅《あか》の屋根のお社がおさまり、本尊前に石像の女狐が一対、これらを檜柱の稲荷垣《いなりがき》が取り囲んだ。きのと勢以は、御霊《みたま》の入った女稲荷梅千代大明神《おんないなりうめちよ》のお社開きをした。

塗りたての赤い鳥居の前で、白衣をまとった総髪の祈禱《きとう》師が身を揉《も》むようにして祝詞《のりと》をあげると、きのは、大笊《おおざる》一杯のお揚《あげ》を捧《ささ》げて、お社前に進み出で、畏《かしこ》まって神旨を受けた。続いて勢以が、三誕生を迎えたばかりの久次郎を抱いて、祈禱師のお祓いを受けた。白衣の広袖を、ぱっ、ぱっと振りあげ、悪寒《おかん》を催したように震える祈禱師の声に、久次郎は、火がついたように泣き出した。

丁稚《でつち》や手代、女中たちも、揃《そろ》いのお為着《しきせ》を着て参列させられていた。大番頭の和助、中番頭の秀助から順に、赤い鳥居をくぐり、大笊の中のお揚を一枚ずつつまんでは、石像の女狐さまの前へ供え、謹《つつし》んで拝んだ。

最後になっても、拝みにたたない喜久治に向かって祈禱師は、さらに身を揉んで、祝詞をあげた。

「喜久ぼん！」

母の勢以が、促した。お水取りの季節というのに、縫い取りの衿《えり》もとから額にかけて汗を滲《にじ》ませている。喜久治は、それをゆっくり見極めてから、拝みにたった。残り少なくなった大笊の中から厚揚げを一枚つまみあげた。指の間がべっとり油じみ、生温かいぬるりとした気味の悪さが胸に来た。きのと勢以の感触に似ていた。

三代母系を重ねた家附き娘二人が、正気で女狐の祟りを信じ込んでいる。笑ってしまえばすむことだったが、これでさらに、女二人の異様な我意と執念が奥内《おくうち》に住みつき、外からの女など入り込むことも出来なくなる。喜久治は腥《なまぐさ》い息苦しさに襲われた。しかし、それも考えようによっては、便利ということかもしれなかった。女を家内《いえうち》に入れさえしなければ、外で何をしてもいいという黙契を得たことにもなりそうであった。喜久治は、油くさい手を合わせ、神妙な顔をして、真新しい女稲荷を拝んだ。

このことがあってから、喜久治は、おおっぴらな表《おもて》遊びをすることが多くなった。ぽん太とは、新町の富乃家で出会ってから、ここ四カ月ほど、殆《ほと》んど毎晩のように新町の『金柳《きんりゅう》』で会っていた。富乃家の方は、父の墓供養がすむなり、女将から幾子の面倒を見てくれと云われた一件があってからは、それきりになっていた。

金柳も、富乃家と同じように小ぢんまりとして客筋のいい待合で、富乃家の一つ南の通りであったから、気まずく顔を合わせる懸念《けねん》もなかった。

はじめのうちは、ぽん太だけでなく、四、五人呼んで賑やかに遊んでいたが、何時《いつ》の間にか、ぽん太と差し向かいで会うことが多くなって来た。金柳へあがると、仲居の方から心得て、

「お越しやす、ぽん太はんお呼びしまひょか」

と気をきかした。

「おるやろか」

「今時分、でけへんことがおますかいな、ちょっとお待ちやしておくれやす」

廊下を出て、電話をかける気配がした。

「新町の一〇四番……、もし、もし、はる本はんでっか、こちらは金柳だす、ぽん太はんを……、ああ、そうでっか、ほんなら急いでおくなはれ」

仲居の声が切れると、時間が早いためか、いやに家中がしんとした。喜久治は、座敷机の上のお通しのおまん（饅頭《まんじゆう》）を、ちょっと口にし、お茶を飲みかけていると、仲居が銚子を運んで来た。

「ぽん太はん、今、お湯《ぶう》へ行ってはりまっけど、すぐ参じはります、あの人は、気散じで、はっさい（お転婆）な人でんなぁ、江戸前でいうたら、お俠《きやん》というところでんなぁ」

ぽん太の噂《うわさ》をして、座敷をとり持っていると、すうっと襖《ふすま》があいた。

「お待っとおさん、お湯入《ぶう》ったついでに指輪の洗濯もしてたさかい、遅うなりましてん」

こう挨拶《あいさつ》するなり、喜久治の膝に、自分の膝頭《ひざがしら》を突き合わせるようにした。ぽん太の風呂上がりの指に、指輪が五本はまっている。

右手に三本、左手に二本、ダイヤ、翡翠《ひすい》、ルビー、エメラルド、オパール、ざっと見積って、四百七、八十円位のものであった。その中でも、つい一週間ほど前に、喜久治が買ってやった三カラットのダイヤが、群を抜いて光っている。

「指輪は、わいが買《こ》うたの一つだけにしぃ、なんや、それ、両手にギラギラ、ピカピカ、成金みたいに、下司《げす》やないか」

「そない云いはったかて、ほかのお客はんに悪いやおまへんか、みなご自分が買うてくれはったのを、さしてんとご機嫌が悪いもん、今さしてる五本の指輪が、わての横綱五人のお客はんだす」

「大関、小結という順番もあるのんか」

「へえ、それはこれだす」

ぽん太は、胸から綴織《つづれおり》の財布を出し、口を開けてみせた。財布の中に、指輪が七つ八つ、小銭と一緒になって入っている。

「そんなもん、持ち歩いてどないするねん」

「大関はん、小結はんからお座敷かかったら、すぐさま、ぱっとはめ替えまんねん」

「この間のわいの襲名挨拶の時、両手にぎっちりはめて、足指にまではめたんは、その財布の中から出したんか」

「へえ、あれは、あんさんが、困ってはったさかい、とっさのことで、あんな真似《まね》しましてん」

ぽん太は、けろりとして答えた。色の白いまる顔の中で、眉《まゆ》と生え下がりが際《きわ》だって濃く、鬢《びん》の生え下がりから頸筋《くびすじ》へかけての線が、人の眼をとらえた。それを意識しているのか、ぽん太は、へえとか、そうだすとか、相槌《あいづち》を打つ時は、必ず、くくり顎《あご》を、きゅっと衿もとにひくようにして頷《うなず》いた。その度に、長い生え下がりから首筋に向かって、なまめいた艶《つや》っぽさがこぼれた。

「一番、上等の指輪だけ、一本してる方がええなぁ」

「さいだすか」

ちょっとおどけた恰好《かっこう》をし、両手を天井に向けて振りかざした。電燈の下で、五つの宝石が煌《きらび》やかに交錯し、虹色《にじいろ》に輝いた。ぽん太は、なおも両手をキラキラ振りかざした。七色の光の帯が、輪になって、ぐるぐる廻った。

「ぽん太、わいが今日から指輪一本にしたるでぇ」

光の輪を見ながら、喜久治は、ぼそっとこう云った。

「え、指輪一本に……」

ぽん太は、はっと手を停《と》めた。それ以上、聞かなくても解《わか》っていた。喜久治がぽん太の面倒を見ようというのであった。たいてい若い妓《こ》なら、そんな話がじかにあっても、お母はんに相談してからとか、姐《ねえ》さんに云うてからと言葉を濁すものであったが、ぽん太は、

「おおきに、宜《よろ》しゅうしておくれやす」

向い側の家から隣へ引っ越して来るような気易《きやす》さで挨拶すると、いきなり、両手を広げて、四本の指から宝石をぬいた。喜久治の買ってやったダイヤの指輪だけが、一本残った。

「これで、よろしおますやろ」

ぽん太は、その手を、喜久治の胸もとへ、やんわり押しつけた。

襖を細目に開いて、仲居が遠慮がちに顔を出し、

「すんまへん、ぽん太はんお電話が――」

とあと口の座敷をつけて来た。

「あんじょう、断わっておくなはれ」

「あの、豊島屋はんのお座敷で、遅うなってもええさかい、廻ってほしい云うてはりまんのでっけど――」

仲居は新町で五つ指の中に入る一流のお茶屋だけに気を兼ねるように云った。

「ほいでも、わては――」

ぽん太が折り返すのを、喜久治が、

「わいから云うよって、ちょっと女将《おかみ》はんを呼んで来てんか」

と引き取った。


金柳で、宵のうちから十時頃まで時間をつぶし、喜久治から女将に話を通した上で、十時過ぎから京都へ遠出した。

鴨川《かもがわ》べりの『京富《きょうとみ》』は、河内屋の取引先を京都に案内した時には、必ず使うお茶屋であった。金柳からの電話で、車を乗りつけると、女将が玄関まで出迎え、二階の六畳の部屋は、火桶《ひおけ》を置いて温められていた。すぐ下を流れている鴨川も、昼なら真向いに見える大文字山《だいもんじやま》も、暗い闇《やみ》の中へ塗りつぶされ、川水の音だけが、ひたひたと耳を撫《な》でた。四月中旬といっても、夜になると寒さが湧《わ》いて冷たかった。

ぽん太は湯殿で襟白粉《おしろい》を落し、薄化粧になって部屋へ戻って来た。素顔になった方が、かえって若いぽん太の齢《とし》に似つかわしく生き生きとして来た。女中が運んで来た風呂上がりの一杯と簡単な食卓に向かい合って、ぽん太は切れ長の二重瞼《ふたえまぶた》を、瞬《まばた》かせた。張りの強い勝気な眼であった。

「ずっと前に、中座の芝居の時、ぽん太らと一緒やったご隠居はんな、そう、そう、新町の富乃家でも会うたあの年寄りは、どなたやねん」
「ああ、あのお方やったら、雑魚場《ざこば》大尽《だいじん》と云われてはる靱浜《うつぼ》通りの魚問屋の大旦那はんだす、お店の方は、もう若旦那はんが代継ぎしてはりまっさかい、あないして朝から遊んではりまんねん」
「おもしろそうな年寄りやな」
「六十を過ぎても、お寺詣《てらまい》りより、お茶屋詣りの方が養生になる云いはる大旦那はんだす、ご自分が遊びはるより、わてらが遊んでもろうてるみたいなもんやわ」
「ぽん太も、えらいご贔屓《ひいき》になったんか」
「わてらはこまんじゃこで、姐さんたちの添えもんだすけど、ようお花代つけてくれはりましたわ、お座敷は姐さんらがちゃんと勤めてくれはるさかい、こまんじゃこは、きゃあ、きゃあ、云うてたらよろしいねん」
「そやけど、あの中座の芝居の時は、ご隠居はんの機嫌えらい悪かったなぁ」
「何時《いつ》も気楽に遊ばしてくれはるだけに、何か気障《きざわ》りになったら最後、きつう旋毛《つむじ》曲げてしまいはりまんねん、そのかわり、帰りに心斎橋の白梅《はくばい》へ寄って、さあ気直しや云うて、みなに指輪を一つずつ買うてくれはりましたわ」
「五人ともにか」

「へえ、わても買うてくれはったわ」

懐《ふところ》から例の綴織の財布を出して、青味がかった指輪をつまみ出した。エメラルドの小さな角切りであった。

「それ、ぽん太の指輪の格にしたら、横綱か、それとも」

「これでっか――」

ぽん太は、しなやかな肩をちょっとすくめるようにして、

「そうや、行司みたいなもんやわ」

「行司？」

「指輪買うてくれはるだけで、しっかり、どこぞのええ男と取り組め、取り組め云うて、軍配を振ってはるご隠居はんやさかい」

喜久治は、思わず、噴き出した。

「ぽん太、お前、齢なんぼやねん」

「わて――」

薄い小さな唇を閉じて、やや口ごもったが、

「二十《はたち》いうことになってますけど、ほんまは今、十八」

「なんで、二つも齢上に云うてるねん」

「やっぱり、ええ旦那はんいうのは、あんまりこまんじゃこは、阿呆《あほ》くさい云うて相手

にしてくれはれへんもの」

「そんなことあらへん、年寄りはかえって子供みたいのを喜ぶやないか」

「まあ、いけすかん！」

ぽん太はわざと色っぽい声をあげ、暫《しばら》くげたげたと笑っていたが、急に生まじめな顔になり、

「なんぼ芸者やいうても、お爺《じい》旦那はいやや、やっぱり、程よう若うて、銭甲斐性《ぜにがいしょう》があって、そのうえ男前も通る旦那を持ちとおます、つまり、あんさんみたいなお人が芸者冥利《みょうり》に尽きる男はん」

ぽんと、ぶっつけるように云った。喜久治は、ゆるみかける口もとを抑えた。自称二十歳、その実、十八歳のぽん太が、一人前の芸者の料見を持っているのが、気がかりになった。金柳の女将や仲居から、ぽん太はまだ旦那持ちやないと、聞いていたが、こんな気走った芸者の才覚が腑《ふ》に落ちない。

「ぽん太は、何処《どこ》の生まれやねん」

「生まれは、神戸の新開地だすけど、四つの時、お母はんと堀江へ出て来て、それからずっと大阪だす」

「堀江、ほんならお母はんも芸者か」

「へえ、親子二代芸者だすねん」

快活に自信を持った答え方をした。喜久治は、妙な自信にふくらんでいるぽん太の丸い顔に眼をやりながら、それなら、これぐらいの芸者才覚はあるやろと納得した。

枕行燈《まくらあんどん》を薄くし、床へ入りかけてぽん太は忘れものをしたように起き上がった。三重《みかさね》の敷蒲団《ぶとん》の上に、男物の坊主枕と女物の箱枕を二つ並べられていたが、ぽん太は箱枕のくくり紐《ひも》をいきなり、きゅっとしごいた。赤いくくり紐がゆるむと、手早く蕎麦殻《そばがら》入りの枕台を取りはずし、箱上の舟底型の窪《くぼ》みへ、指輪のはいった綴織の財布と札入れを入れ込み、再び蕎麦殻の枕台を置いて、もと通りに結わえ直した。毎晩、そうしているらしく、たかだか一、二分程の間に、それだけのことをし終える。そして、絞り染めの長《なが》襦袢《じゅばん》の衿《えり》もとを直して横になり、その箱枕の上にふくよかな頬を載せて、にっと笑窪《えくぼ》をくぼませた。

喜久治は奇妙な気がした。箱枕の中に札と指輪を入れて、男と寝る女——、芸者らしい愚かさ、齢若な無邪気さといえば、それまでだったが、親子二代芸者という言葉が、耳に残った。

ぽん太の方から、体を寄せて来た。単衣《ひとえ》の長襦袢を通して、驚くほど熱い体温であった。色白で丸顔の女は、みなこうして体が温《ぬく》いものかと、喜久治はふと、帰《い》なした弘子のことを思い出しながら、ぽん太の体を自分の顎《あご》の下へ引き入れた。

川べりの水音に馴れないせいか、喜久治は障子が乳色に白みかけると、もう眼を覚ました。昨夜の底冷えにくらべて、朝の陽ざしは暖かい。

ぽん太を起さぬように腹這《はらば》いながら、煙草《たばこ》に火をつけた。枕もとの水差しを置いた畳のあたりが、まだ湿っぽい。昨夜、水差しを倒した水あとが、畳に汚点《しみ》になっている。喜久治は、女中に悟られぬよう浴衣《ゆかた》の寝巻の袖口で、湿り気を拭《ぬぐ》った。二、三度、そうすると、袖口がじっとり濡れた。左袖に替えかけると、耳朶《みみたぶ》のあたりになまぬくい女の口臭がした。何時《いつ》の間にか、ぽん太が床の中で眼を開け、喜久治の所作を見詰めていた。

「そない気にしはらんかて、ええわ」

「うん、そやけどな」

生返事しながら、喜久治がもう一度、袖口を畳の上へ押しつけかけると、

「女中はんのしはること無うなりまっせ、それよか」

声を細め、ぽん太は陰湿な笑いをした。

「阿呆かいな、もう明るいでぇ」

ぽん太の小柄な背中を、勢いよくポン、ポンと叩《たた》くなり、喜久治は床から起き上がった。その勢《はずみ》に、ぽん太の箱枕を蹴《け》飛《と》ばした。赤いくくり紐がゆるみ、箱台から財布が飛び出し、畳の上へ指輪が散らばった。

「殺生《せっしょう》やわ、わての大事な合財袋《がっさいぶくろ》やのに」

ぽん太は、慌《あわ》てて、手早く畳の上の指輪をかき集め、内懐へ押し込むと、急に甲斐甲斐しく、喜久治の着替えから手水《ちょうず》のかかりまで手伝った。ぽん太の替えの衣裳《いしょう》は、屋形から男衆《おとこし》が届けて来ることになっている。朝っぱらからの京都までの使いであったから、喜久治は男衆の祝儀《しゅうぎ》分として、懐紙に五円包んで、ぽん太に手渡した。

「すんまへん、男衆のお祝儀までしてもろうて」

掌《て》の上で戴《いただ》くようにして、伊達巻《だてまき》の間へはさみ込んだ。

男衆は、早い時間にやって来た。八時頃にと云っておいたが、七時過ぎであった。

「玄関で待って貰《もろ》うておくれやす」

ぽん太は女中にそう云い、喜久治と朝食をすませてから、席をたった。

喜久治は、窓際《ぎわ》に肘《ひじ》をついて煙草を喫《す》いかけたが、すぐ腰を浮かせた。どうせ、ぽん太の着替えは男衆に手伝わせて長くなるから、庭下駄を履いて、川べりに出ることにした。狭い階段を降り、玄関脇《わき》を通り過ぎようとすると、締めあとの悪い玄関の襖《ふすま》の間から、ぽん太のうしろ姿が見えた。

「ご苦労はん、これお祝儀や」

喜久治の包んでやった懐紙から、五円札をつまみ出して男衆の掌へ握らした。

「へえ、おおきに、こないたんと」

男衆は、大袈裟《おおげさ》に頭をさげた。それがぽん太の肩越しに、喜久治の方からも見える。

「違うねん、五円札しかあらへんさかい、すまんけど、半分おつりおくなはれ」

「へえ？　おつり——」

「そうだす、二円五十銭おつりや」

男衆は、勝手の違った様子で、大きなガマ口を取り出した。つり銭が見つからぬらしく、もそもそ手間取っている。

「あ、ほんなら、五十銭はまけとくわ」

「すんまへん、おおきに、ほんなら、早速、お手伝いしまひょか」

覗《のぞ》き見《み》していた喜久治は、さっと裏庭の方へ踵《きびす》を返した。

庭下駄で河原の礫《こいし》を踏むと、足もとから爆《は》ぜるように礫が散り、黒く湿った土の地肌がそこから見えた。川水の少ない鴨川は、白い朝の陽の下で、せせらぎのように小さく波だち、時々、銀色に輝いた。川下の方で、布を晒《さら》す人影がしたが、人声は一向に聞えて来ず、あたりは静まりかえっていた。喜久治は、寝足りない眼を眩《まぶ》しそうに細めて、河原に腰をおろした。

——面白い女《おなご》や、男と寝る時も、箱枕へ指輪入りの財布をしまい込み、男衆の祝儀にまでつり銭をとりよる。あないに指輪や金に執着があるのやったら、わいからも仰山取りよるやろ、そやけど、取った金も無駄金にせんとちゃんと蓄《た》め込みよるやろ。石垣の上に石を積むみたいにな——、喜久治は、独り笑いした。そして、足もとの礫を拾い、二つ、三つ、川中に投げた。浅瀬のせいか、小さい水音をたて、深い波紋は描かなかった。

ぽん太の自前披露《じまえひろめ》をしたのは、それから二カ月を経た六月十五日であった。ぽん太は、金柳や京富で噂《うわさ》にされないうちにと焦《あせ》ったが、喜久治の方で六月になってからと、譲らなかった。

船場、島の内の商家では、六月に入ると、一せいに単衣《ひとえ》に更衣《ころもがえ》し、特に十五日からは、帷子絽《かたびらろ》の薄物が着られ、急に街中が夏めく。

この日、ぽん太は朝から新湯《さらゆ》を使い、二時になると、平絽藤紫《ひらろふじむらさき》の紋附の裾《すそ》模様を着て、屋形の奥座敷に坐っていた。屋形の女将も、紋附を着て改まった型になり、赤い本膳をぽん太の前に置いた。

「今日から、あんたも自前芸者だす、結構にいきなはれや」

と、祝いの盃《さかずき》をさした。

「おおきに、おかげさんで、自前にさして貰います」

額際に戴くようにして盃を受け、すぐさま、戴いた盃を返すと、女将は、四十前の艶《あで》やかな口もとに、祝い酒を一口、含んで飲み、二口目は口に含んだまま飲み干さず、そのまま、口をぷっと膨らませ、ぽん太の前髪へ吹きつけた。

一滴のこぼれもなく、黄金色《こがねいろ》の霧しぶきになって、自前祝いのふくみ酒が、ぽん太の前髪から鬢《びん》へかけて、散り落ちた。女将は、すぐ懐から鼈甲《べっこう》の櫛《くし》を出し、ふくみ酒の湿りを利用して、ぼん太の前髪を撫《な》でつけた。鬢つけでべたつき加減の髪も、かえって、ふくみ酒ですっきり梳《す》き上がり、『白鶴《はくつる》』の酒の香がほんのり匂《にお》いたった。梳き終ると、女将は鼈甲の櫛を懐紙にくるみ、

「鶴は千年、亀《かめ》は万年、末ふくらみに行きなはれや」

と花街の縁起をかついで、ぼん太に手渡した。

三時を過ぎると、ぼん太は、もう一度、化粧直しをし、女将に連れられて、新町通筋の米田屋へ行った。自前披露のために、喜久治の名で、日ごろぼん太が世話になっているお茶屋の女将や姐《ねえ》さん芸者たちを招《よ》んでいた。

喜久治は白っぽい薩摩絣《さつまがすり》の上に絽羽織を重ねて、床柱の前に座を占め、ぼん太は晴れがましい紋附の褄先《つまさき》を末席の畳の縁へ揃《そろ》えた。姐さんたちも、今日はお振舞の席とあって、着飾ったお座敷着で、髪のかざりから持物まで派手にして、賑《にぎ》やかに騒いだ。花代も一、二時間で昼夜花《ちゅうやばな》（午後六時から翌日の午前一時までの花代）をつけて貰《もら》い、ほかのお座敷がかかれば、ご自由にということになっているから、この席は姐さんたちへのお祝儀席であった。

ぼん太は、絶え間なく姐さんたちに挨拶《あいさつ》したり、お酌に廻ったりしながら、上目遣いに座敷の頭数を数えていた。二十三人の席にお茶屋の女将が六人、あとは姐さんたち十

七人。花代一本、十六銭であるが、昼夜花にしているから、一人七十本になり、十一円二十銭の花代になる。それが十七人分で百九十円四十銭。それに女将さんには二十円、姐さんには十五円の引祝《ひきいわい》をつけるから、計五百六十五円四十銭の勘定になる。そのうえ、この席の払いを入れると、ざっと見積って千円近いかかり、家の一軒も買える金高であった。縫取りの夏帯の下で、ぽん太の鳩尾《みぞおち》がことんと鳴った。

喜久治は、屋形の女将や金柳の女将らに取り囲まれ、詰碁のように群がった盃を前にして、白い大振《おおぶり》な顔を桜色に染めていた。何か女将たちに云われる度に、女のように白いしなやかな手を口にあて、太い声で笑った。その豪放な笑い声と、白い女のような手が、奇妙な対照であった。ぽん太は、自分より九歳齢上《としうえ》の喜久治が、急に手の届かぬほどの年寄りに見えた。河内屋の五代目で、銭甲斐性《ぜにがいしょう》があって、齢若《としわか》で、男前がようてなどと、簡単に倚《よ》りかかってしまったことが、とんでもない勘定違いのようにも思えた。

「ぽん太はん、これ以上、何を思案することがありますねん、さ、一緒に踊りまひょ」

叶家《かのうや》の羽振りのいい菊葉姐さんが、はずんだ声をかけた。

「すいまへん、つい、鈍《どん》なことで」

ぽん太は、すぐさま、舞扇を取って、控えの間に入った。地方《じかた》が揃って、ツン、シャンと出《で》の三味線が入ると、さっと広間の襖が両側から押し開かれた。喜久治の眼が、二間先から熱っぽく、ぽん太に注がれている。ぱっと火照《ほて》りながら、ぽん太は舞扇を構えた。

菊葉姐さんのさす手に合わせて、ぽん太は、きれいな手振で相舞《あいまい》した。小柄でまるぽちゃな姿であったが、『松の緑』にふさわしく、合いの手をきっちり構えて、重々しく舞った。扇の陰に顔を隠しても、喜久治の視線を感じるほど、喜久治はまともにぽん太の踊り方を見詰めていた。舞い終えて、扇を畳におくなり、

「かなわんかったでっせぇ、えらい相方《あいかた》させられて——」

相方の菊葉姐さんが派手な悲鳴をあげ、喜久治を軽く睨《にら》み据えたうえ、

「御馳走《ごっとう》さん、今晩はたんとのお振舞い、おおきに、また、どうぞ御贔屓《ごひいき》に」

と退《さが》りの挨拶をしかけると、女将さんやほかの姐さんたちも、これをきっしょ（機会）に賑やかな挨拶をした。

「はばかりさん、よう集まってくれはった」

と犒《ねぎら》いながら、喜久治は仲居に眼合図した。仲居は春慶塗《しゅんけいぬり》の広盆に自前披露の引祝を重ねて、運んで来た。ぽん太は盆の上の包みを見るなり、はっとした。熨斗《のし》のかかった引祝袋と別に、河内屋の包装紙につつんだ足袋の包みが、堆《うずたか》く積まれている。昂《たかぶ》りがちになるのを抑《おさ》えて、ぽん太は、

「おおきに、今席《こんせき》は晴《はれ》さして貰いました、今後もおかげを蒙《こうむ》らしておくれやす」

一人、一人に鄭重《ていちょう》な言葉を尽して、引祝袋の下へ、足袋の包みを添えた。

女将さんや姐さんたちは、気にしているのかいないのか、そこは商売柄の心得た様子で、

「重ね重ね、有難うはんだす」

と気振《けぶり》一つ見せず、帰って行った。

二人になるなり、ぽん太は、興奮しきった表情で、

「あの足袋、金の小鉤《こはぜ》でっか」

「金の小鉤？　違うでぇ」

「え！」

さっと、ぽん太は顔色を変えた。喜久治は落ち着き払ったまま、

「それで、いかんかったんか」

「いいえ、いかんことおまへんけど……ただ前に、金の小鉤の足袋あげはったことおますさかい……それで……」

「あれは、わいの商いの襲名披露や、今日は、芸者の自前披露やないか、同《おん》なじことする筈《はず》があらへん」

「ほんなら、今、わてが履いてるみたいな足袋でっか」

「そうや、普通の足袋一足や」

「さよか……へえ」

ぽん太は、落胆したように萎《しな》えた声で云った。

「ハハハ、女将や、姐さん芸者らに足袋一足やと、いけず（意地悪）されるのが、こわいのやろ」

喜久治は面白そうに声をあげたが、すぐ言葉を継いで、

「引祝は、ちゃんと金でしたある、あとはお志のお土産程度で結構や、それやったら羊《よう》羹《かん》一竿《ひとさお》が、よかったと思うやろ、そやけど、羊羹一竿では変りばえがあれへん、ところが、今日の足袋は足袋でも、どこにも売ってへん代《しろ》ものや、いま、わいの履いてるこれや」

喜久治は、いきなり、仰向けに寝転び、脇息《きょうそく》の上へ両足を載せた。何の変哲もない新《さら》の白足袋であった。

「裏を見いや、絹寒冷紗《きぬかんれいしゃ》をつけた夏足袋や、足が蒸さんと涼しいでぇ」

夏足袋は、これまでも地《じ》薄《うす》の単《ひとえ》であったが、絹綾《きぬあや》の表地に、絹寒冷紗の裏をつけた足袋は、はじめてのものだった。

ぽん太は、脇息の上の喜久治の足袋裏を、そっと撫でた。さらさらと青簾《あおすだれ》のように涼しげな感触であった。そして、絹綾の表地は、冴《さ》えたひややかな光沢をもっていた。

「どうや、ちょっと小《こ》粋《いき》なもんやろ、今晩、土産にしたのが、これの出来たての見本や」

「これやったら、女将さんや姐さんたちも、きっと喜びはりますわ」

「そうやろ、そう来《こ》んといかん」

喜久治は、脇息の上の両足を、勢いよく、ぴょん、ぴょん、跳《は》ねあげ、いきなり、ぽん太の手をさらった。倒れ込んで来るぽん太の小肥《こぶと》りな体を抱き取りながら、『涼しい絹寒冷紗の河内屋足袋、お値段は均一の一足一円』という打出しの文句を考え、ここ二カ月ほどかかって造りあげた新奇な足袋裏を、もう一度、抱きかかえたぽん太の肩越しに、ちらっと見た。

その夜、米田屋に泊って、何時ものように翌朝の八時には、お茶屋を出た。

店の前まで来ると、帚《ほうき》の掃き目、打ち水のあとまで、際だって清々《すがすが》しい。まるで婚礼か、葬礼《そうれん》でもありそうな掃き浄《きよ》め方である。表戸のあたりには塵《ちり》一つなく、店内が見通せる大阪格子《ごうし》も隅々まで拭《ふ》き込まれている。喜久治は、怪訝《けげん》な気持になりながら、店先に入ると、

「お帰りやす、お履きものを」

中番頭の秀助が待ちかまえたように、上《あが》り框《がまち》に脱ぎすてた喜久治の履物を取って、すぐ内庭《うちにわ》へ入れた。丁稚《でっち》、手代どもまで、妙にちりちりと緊張している。

「どなたか、大事なお顧客《とくい》さんをお待たせしてるのやないか」

「いいえ、そうやおまへん、変ったことは別に」

秀助は、落ち着き払った口調で答えた。喜久治はつまらんことを聞く自分に舌打ちし、足早にくぐり暖簾《のれん》を通った。

奥内《おくうち》へ入ると、一層、ひっそりして、女中たちのひそひそ声のお喋《しゃべ》りも、久次郎をあやす乳母の声も、今朝は聞えない。旦那部屋の襖をあけかけると、平常は人気のない隣室の仏間に人の気配がして、内側から、襖が開いた。母の勢以が、そこにたっていた。薄暗い仏壇の中に燈明が灯《とも》り、祖母のきのが、その前に坐っている。

「あ、お揃いで、お父はんのお勤めでっか」

喜久治は、改まった型になって云った。

「いま、朝帰りでっか」

勢以は、冷たく撥《は》ね返した。

「へえ、昨夜《ゆうべ》は遊ばして貰いました」

喜久治が家をあけて遊ぶのは、今日や昨日に始まったことではなかったから、素直にそう云った。

「相変らず、新町でっか」

「なんし、橋向うでっさかい、つい新町へばっかり足が向きますねん」

「そのことで、折り入った話がおます、さっきからお祖母《かあ》はんと待ってましてん、お入りやす」

もの静かだが、眼と口もとにきつい険がある。喜久治はとっさに、きれい過ぎた店先の掃除と奉公人たちのちりちりしたわけが、この二人の不機嫌にあったことに気附いた。仏間へ入ると、祖母のきのは、仏壇へ向かったまま、振り向かない。口の中で唱えている念仏だけが、いやに高くなった。

「お母はん、喜久ぼんが帰って来はりましたけど――」

こう云われてから、はじめて、きのはゆっくり向き直った。

「喜久ぼん、昨夜は、えらいご散財やったそうでおますな」

喜久治は、突然、頰へ剃刀《かみそり》をあてられたような冷たさを感じた。虚を衝《つ》かれながら、何気なく装《よそお》い、

「この節は、わいも派手に気養生さして貰うてます」

「あ、そう、結構やけど、久次郎もあることやさかい、めったなことは、せんといてや」

六十三歳になっても、蠟《ろう》塗《ぬ》りのような白い艶《つや》やかさを失わないきのの皮膚が、赤く癇《かん》ばしっている。

「そんなこと、わいも心得てますがな」

喜久治は、軽く笑い返した。

「喜久ぼん！　じゅんさいな（いい加減な）云《い》い方しなはんな、昨夜の米田屋のは、何

時《つ》もの遊びやおまへん、あんたが世話をみる芸者の自前披露《じまえひろめ》やったそうやないか」

蠟塗りの顔の中で、白眼がかった瞳《ひとみ》が、ぴたりと、止まった。

「ほんなら、知ってはりましたんか」

　こう受け止めながら、喜久治は、今日に限って、気のつき過ぎた秀助の出迎えが、ちらっと頭に来た。

「あんな派手なことしたら、すぐ知れ渡るの当り前や、なんぼ身自由な旦那はんになったかて、まだ三十前のあんたや、ちょっとは、世間をはばかっておくなはれ」

「世間体？　ほんなら、ちゃんと、二回目の嫁はん貰いまひょか」

「嫁はんを、貰いはる——」

　叫ぶように母の勢以が、口をはさんだ。

「外に女持って、恰好《かっこう》悪いのやったら、家へ嫁はん貰わんと仕様おまへんやないか」

　喜久治は重ねて、こう云った。きのは、喜久治の真意を探り当てるように執拗《しつよう》な視線を絡《から》ませて来た。

「嫁はんは、いやでっしゃろ、わいもいやですさかいにな」

　ついと、喜久治は突き放しておいてから、

「また、あんな女のねちねちした縺《もつ》れ合《あ》いに巻き込まれるのは懲《こ》り懲《ご》りや、その点、外の女は、お互いにええやおまへんか、要は、河内屋の血筋以外の女が、お祖母はんやお母はん並に、若御寮人はんと云われるのが、承知出来まへんのやろ。外の女は、金輪際《こんりんざい》、若御寮人はんなどになれる気遣いないさかい、ご安心やおまへんか」

喜久治は、二人の腹の底を見すかすように云った。母の勢以は、やや狼狽《ろうばい》したように眼を瞬《しばた》かせたが、きのは顔を糊《のり》で貼《は》り固めたように表情を崩さない。口だけを動かし、

「へ理屈つけたら、そんなことにもなりまっしゃろ、それに、それに――」

と云いかけ、言葉を切った。――それに、ここでうっかり反対しきって、死んだ喜兵衛はんみたいに、ほんまの附添婦《つきそい》か、妾《てかけ》か解《わか》らずじまいの隠《かく》し女《おなご》をつくられでもしたらかないまへん――と、云いたいところを、腹の内に呑《の》み込み、きのは、ねっちり黙り込んだ。

廊下に足音がして、襖《ふすま》が開いた。

「旦那はん、縫製場の方からお電話が」

縁なし眼鏡の底から、秀助は室内を窺《うかが》うような眼をして、取り次いだ。喜久治は返事もせず、座をたった。

電話をすませて、もとの座へ帰ると、

「船場の旦那が外へ女を持った時は、その女の方から本宅へ、折り目だった挨拶《あいさつ》をしに来るしきたりがおますやろ、もちろん、それを知ってのうえのことでっしゃろな」

きのは、入歯の口もとに小意地の悪い笑いを泛《うか》べた。

ここ半月ほどの間、祖母のきのと母の勢以は、妙に上機嫌であった。例年なら、有馬か、城《き》の崎《さき》へ早目の避暑に出かける時期であったが、今年に限って、出かける様子もなく、ひっそり奥内へ籠《こも》り、前栽《せんざい》の植木に打水をさせていた。

喜久治の方から、避暑をすすめてみても、

「かましまへん、あんたが、暑い目ぇして商いしてはんねんさかい」

と犒《ねぎら》うように云ったが、喜久治は奥歯にものがはさまるような気支えがした。

この二人の機嫌の良さは、喜久治に向かって、「外の女は、船場のしきたり通り、本宅のお家《え》はんと御寮人《ごりょうん》はんに挨拶に寄こさせるもんや、それを知ってのうえのことでっしゃろな」と云った日からであった。喜久治は、それを承知しておきながら、ぽん太を、挨拶に寄こすのを、三日延ばし、四日延ばしにしていた。それでも二人は、一度も催促がましいことを云い出さなかった。日を延引するだけ、喜久治は、気がかりで、苛《いら》だち加《か》減《げん》になり、逆にきのと勢以は、喜久治の困惑を確かめているような意地の悪い優しさがあった。

喜久治は、かけ通しにしてあった扇風機を止め、結界《けっかい》からたち上がった。店の柱時計は、五時を過ぎていた。上女中のお時に湯加減を見させ、さっと夕方の風呂をすませ、

着替えをしていると、

「お出かけでっか」

　思いがけず、きのが顔を出した。

「うん、ちょっと遊びに」

「さよか、よう、行っておいでやす」

　別に止めだてもせず、送り出したが、その丁寧さに、何となくいや味があった。

　喜久治は、西横堀川に沿って南へ下り、新町橋を渡ったが、何時《いつ》ものように新町通筋から九軒町の方へは行かず、越後町の方へ向かって歩いた。喜久治が、ぽん太の屋形へ出かけて行くのは、今日が始めてであった。ぽん太を自前にして、『小はる本』の看板をかかげた屋形を持たせてやってからも、屋形へ出入りするのを嫌って、お茶屋へ呼び出し、泊る時も定《き》まったお茶屋を宿にしていた。

　越後町のあたりになると、急に小粋《こいき》な仕舞屋《しもたや》風の家が多くなり、両鬢《りようびん》を櫛《くし》で張り上げ、大柄な浴衣《ゆかた》で金盥《かなだらい》を抱えて銭湯へ出かける女の姿が目だつ。喜久治は、帷子《かたびら》の着流しで、やや急ぎ足に歩いていた。時々、白い襟あしをぬいた女が、

「今晩は、いつも御贔屓《ごひいき》、おおきに」

　と挨拶して行った。顔見知りの芸者たちであった。その度に、喜久治は、間の悪い苦笑いをした。芸者屋の旦那然として、やに下がるほどの齢《とし》の功でもなかったし、そんな

やに下がり方は、喜久治の性に合わなかった。

磨き込んだ簀子《すのこ》格子《ごうし》を引き開けると、チリリンと、涼しい用心鈴が頭の上で鳴り、ぽん太が、湯上がりの浴衣姿で迎えに出た。

「お昼にお電話戴《いただ》いてからずっと、心待ちしてましてん、差し向かいの屋形へ来てくれはるのは始めてやもの、ここ買う時、ちょっと見てくれはっただけで、一回も、寛《くつろ》ぎに来てくれはれへん、さ、早よ、お上がりやす」

浮わついた調子で、たて続けに喋り、喜久治の手を取るようにして、玄関からすぐ箱《はこ》段梯子《だんばしご》（階段の横が物入れ用の引出しになった大阪特有の階段）になった二階へ案内した。

裏庭に面した二階の小座敷には、ちゃんとお膳《ぜん》が整えられ、夕風を招《よ》びやすく、軒簾《のきすだれ》を細く巻き上げている。

「さ、どうぞ、浴衣とお着替えやす」

仕附糸を切ったばかりの浴衣を広げにかかると、

「いや、出がけに風呂へ入って、着替えて来たばっかしやさかい、これでええ」

「まあ、いやらしい、わてとこへ来はるのに、お湯《ぶう》へ入って来はりましたん」

ぶうっと頬を膨らませ、軽く睨《にら》み殺しながら、

「ほんなら、すぐおビールに」

階下へ向かって、手を叩《たた》いた。女中は、箱段梯子の踊場まで、ビールを運び、そこへ

置いて、すぐ降りて行った。傭《やと》い人《にん》は、中年の女中と若い妓《こ》二人がいたが、屋形を持つ時から、喜久治は芸妓を沢山抱えると煩《わずら》わしいと云い、ぽん太が三、四人抱えたいというのを、二人に減らした。そんな喜久治であったから、ぽん太は階下にいる若い妓も、女中も、わざと挨拶に出さなかった。階下から、料理を運んで来る度に、ぽん太は踊場までたって行って、座敷へ運んだ。

「これからは、ずっと、屋形《ここ》へ来てくれはりますのん？」

張りのある眼もとを、桜色に染めて、色っぽく聞いた。

「いいや、今日だけや」

「ほんなら、なんぞ変ったご用でも」

やんわりと受けながら、ぽん太は、胸の中では（突然の屋形入りには、やっぱり、わけがあったんやな）と、油断なく身構えた。

「あのな、お茶屋で、ちょっと云えんような話があるねん」

「へえ？　芸者のわてにお茶屋で云えんようなことて、何でっしゃろ」

気走りするのを抑えて、ぽん太は、わざと何気なく、団扇《うちわ》を取って、喜久治の背中を煽《あお》いだ。喜久治は、口につけたコップのビールを飲み干すと、

「あのな、うちのお祖母《ばあ》はん、お母はんがな、ぽん太に、うちまで挨拶に来《き》い云うてるねん」

ぽん太は、団扇の手を止めた。喜久治は、すぐおっかぶせて、

「それが、船場の奥内の妙なしきたりになってて……、わいとぽん太みたいに表だった間柄になったら、きちんと挨拶にいかんならんねん、嫌やろけど……」

慰めるように云うと、ぽん太は、一旦、止めた右手の団扇をくるくる廻し、

「本宅へのお目見えのご挨拶ですかいな、おやすいことだすわ、どんなお難しいことやと思うたら」

ケタケタと声をたてて、笑い出した。

「ところがな、それに、ちゃんとした作法がいるねんでぇ、ただ、はじめまして、宜《よろ》しくでは、あかんねん」

「そら、諸事、お難しゅうて、格式の高い船場の奥内のことでっさかいな」

ぽん太は、さらにケタケタと笑い崩れた。

「笑いごとやあらへん、どないしたらええやろか、それに芝居で袖《そで》を振り当てた芸者がぽん太やったと解ったら、えらいことや」

喜久治が心配すると、

「その心配はいりまへん、わては、袖を当てた途端、お二人にお尻向《いどむ》けになって坐ってましたし、気がつきはんのやったら、あんさんの襲名披露の席で、気附きはる筈《はず》だす、わては、ずっと御寮人はんの斜め向いに坐ってましてん、それに、あんさんでも、金柳

でわてに問うてみて、はじめて解りはったんやおまへんか」

と勝気に云ってのけた。

「ほんまに、大丈夫かいな」

「わてに任しておくなはれ、わての死んだお母はんも、船場の旦那衆の二号はんやったから、わても、いささかのことはわきまえとりまっさかい――」

急にぽん太の顔が老《ふ》け込み、十八歳の若い女に見えぬ分別臭さが顔に出た。

「すまんなあ、早々から、こんないやなことを聞かして」

喜久治は、ごろりと仰向けに寝転んだ。頭の下に、柔らかいぽん太の膝《ひざ》が入った。喜久治は、両手を延ばして、その柔らかい厚味を触った。

「怒ってるのんか」

「いいえ、ちっとも」

ぽん太は、小首を振り、顎《あご》をきゅっと咽喉《のど》もとへ引いた。まるい顎が二重にくくれ、そこにふっくらとした肉附きが出来た。思わず、ぬるりとした情感に煽《あお》られ、喜久治は、下から、ぐいとぽん太の肩を引っ張った。

「いやあっ」

小さな声をあげ、前屈《まえかが》みになると、糊《のり》のたった浴衣の襟もとが大きく割れ、白い素肌がずっと下まで見通せた。単帯《ひとえおび》が、ずり落ちそうな低い位置で、ゆるんでいた。喜久治は、畳の上へ頭をずらせ、ぽん太の膝を抱えるようにして、横倒しにした。窓際《ぎわ》の簾の外は、墨色に暮れ、部屋の中も暗かった。

　喜久治は、何時もより疲れた。行き馴《な》れたお茶屋と違った場所であったせいか、ぽん太の尽し方が異《ちが》っていたせいか、喜久治の方が異様に昂《たかぶ》ったようだった。畳の上に、ごろりと、両足を投げ出して、風を入れた。ぽん太は、暗闇《くらやみ》の中で身じまいし、足音をしのばせるようにして、階下へ降りて行き、すぐ氷を入れた金盥《かなだらい》を持って上がり、そこへタオルを漬けて、喜久治の胸を拭《ふ》き始めた。その間も、部屋の中の電燈をつけず、無言のままだった。冷たい氷水で拭かれると、喜久治の熱くなった体の芯《しん》まで涼しさを取り戻せた。ほっと一息つくと、喜久治は、

「ほんまに大丈夫か？うちへの挨拶は」

　確かめるように云った。

「へえ、任しといておくれやす、大事おまへんさかい」

「何日《いつ》にする？」

「へえ、ちょうど明後日が、月始の八の日の吉日でっさかい、その日にさして貰《もら》います」

「そうしてくれるか」

「へえ、その日に――」

落ち着いた静かな声で答えた。先程のような強がりも、無理もなかった。

丁稚《でっち》や手代たちは、平常と同じように甲斐甲斐しく店商いしていたが、大番頭の和助はやや気になる様子で店先に眼をやり、中番頭の秀助は、わざと気附かぬ振りをしていて、急ぎもせぬ荷出し帳を繰っていた。

喜久治は、今日の本宅伺いのことを、安易に、ぽん太に任せてしまったことが、取り返しのつかないことのように思えて来た。小心なぼんぼん上がりの旦那と侮《あなど》られるのがいやさに、こと細かな相談もせず、鷹揚《おうよう》に任せてしまったのだった。

しかし、朝から、きのと勢以が髪結いを呼び、着替えをして、引出物の用意までしているのを見ると、自分とぽん太の構え方が、あまりに甘すぎるようにも思えた。かといって、今さら、どうにもならない。約束の午前十時に、あと、五分程であった。古びた柱時計の大きな振子が、定まった間隔に揺れていた。

「おいでやす」

お客を迎え入れる手代の角七の声がした。店先に人影がして、日傘《ひがさ》をおろした。ぽん太であった。白っぽい明石《あかし》の飛《と》び矢絣《やがすり》に、平絽《ひらろ》の黒紋附を重ね、畳表の草履を履いている。喜久治は、舌うちした。（ぞべぞべ単衣《ひとえ》羽織を着て、草履を履いて来る阿呆《あほ》があるかいな、あない任しておくなはれいうといて、着るものからして間違うてる）、いきなり、怒鳴りつけてやりたいのを抑えて、憤《いきどお》った視線をぽん太に向けた。ぽん太は、ちらっとも喜久治の方を見ず、日傘をちゃんと折り畳んでしまうと、

「ごめんやす、お暑うござります、ちょっとお店先をお借り致します」

と断わってから、店先の床几《しょうぎ》の端を借り、羽織って来た羽織を脱ぎ、足もとの草履も脱いで、風呂敷から利休下駄《りきゅうげた》を出して履き替え、羽織と草履を風呂敷の中へ包み込んだ。そして、白粉気《おしろいけ》のない抜《ぬ》き衣紋《えもん》の襟もとを詰め気味にし、揚巻に結った前髪を整えてから、

「越後町の小はる本の者でおますけど、奥内《おくうち》のお家《え》はん、御寮人《ごりょうん》はんにお取次ぎお頼み申します」

角七は、見馴れぬ奥内の客で、

「へえ、あの越後町の小はる本の——」

問い返しかけると、秀助が、

「角七どん、早よ奥内へお取次ぎしなはれ」

と口を出した。角七に入れ代って、上女中のお時が、顔を出し、

「どうぞ、お通りやす」

通庭《とおりにわ》の小格子を開けて、ぽん太をうちらへ案内した。通庭を伝って、控えの間の次の、中の間の前まで来ると、

「ここで、お待ちやしておくれやす」

と云った。ぽん太は、通庭に面した中の間の上《あが》り框《がまち》に腰をかけて、暫《しばら》く待った。通庭の隅に植えた棕櫚竹《しゅろちく》が、小庇《こびさし》の間から洩《も》れる僅《わず》かな陽の光の下で、青くすけていた。柔らかい絹ずれの音がして、襖《ふすま》が開いた。

「お待たせしまして――」

お時が、そう断わり、お家はんと御寮人はんは、黙ったまま、座蒲団の上へ坐った。仕立おろしの越後上布《えちごじょうふ》を涼しげに着ていた。

「本日は始めてお伺い申し上げます、お暑うございります」

ぽん太は、上り框に手をついて、腰を屈めた。

「あ、ご苦労はん、まあ、上がって、お座蒲団《ざぶ》をあてなはれ」

きのは、じろりとぽん太を観《み》ながら、お時に座蒲団を出させた。

ぽん太は、利休下駄を脱いで、中の間の端へ上がったが、差し出された座蒲団はあてずに、二つ折にしてわきへ置いた。座蒲団なしで、形を改め、膝前へ手をつきかけると、

「あ、ちょっと待っておくれやす、お時どん、喜久ぼんを呼んでおいなはれ」

こう云いつけておき、きのは、帯の間から裂地《きれじ》の煙草《たばこ》入れを取り出し、細い指先で刻み煙草をつまみあげ、煙管《きせる》の先へつめかけた。

「あ、お家《え》はん、お煙草の用意はわてが」

ぽん太の膝が、つっつっと前へにじり寄り、きのの煙管を受け取って、刻み煙草をつめ、軽く口にくわえて火を点《つ》け、真っ白なハンカチを出して、喫い口を拭《ぬぐ》い、

「へえ、どうぞ、不調法でっけど」

と、きのの手もとへ渡した。この間、きのと勢以は、にこりともせず、ぽん太の顔を見詰めたが、芝居の桟敷《さじき》の時の芸者とは気附かない。店の間から戻って来たお時が、

「お家はん、あのう、旦那はんは、今、お店お忙しゅうて、手ぇ離されへん云うてはりますけど」

はばかり気味に云った。

「ふうん、忙しゅうて来られへんて？」

きのは、不機嫌な顔になった。勢以は、そんなきのの機嫌を取るように、

「お母はん、かましまへんがな、もともと、今日の挨拶《あいさつ》は、わてら二人に、しに来てくれはったんやおまへんか、喜久ぼんは、しょっちゅう会うてはりまんがな」

「そやな、そういうわけやな」

ときのが、納得する機会《しお》をはずさず、

「小はる本のぽん太でございます、この度は、ご本宅さんのご繁昌のおかげを蒙《こうむ》りまして、不束《ふつつか》なわてにまでおかげを頂戴《ちょうだい》致しとります、この上は、ご本宅さんの奥内、お店のご迷惑になりませぬよう、陰のお勤めをさせていただきます」

ぽん太は、落ち着いたつつましい調子で云った。

「あんた、齢《とし》なんぼでんねん」

きのは、なおも、にこりともせず云った。

「へえ、二十二でおます」

ぽん太は、四つ齢を加えて云った。

「体は、達者でっか」

「おかげさんで、風邪で三日と寝たことがおまへん」

「ほう、えらい丈夫でんなあ、そいで、あれは、何齢《いくつ》からでしてん」

「え？」

「ほら、あの月のもの、十二から？　十三からでっか」

きのは、瞬《まばた》き一つせずに、聞いた。さすがに、ぽん太もやや口ごもり、

「あの、十二からだす」

「へえ、――なかなかお早熟《ませ》だすなぁ」

勢以が、妙なふくみ笑いをした。きのは急に、難しい顔になり、

「うちには、久次郎という四つになるぼんぼんがいまっさかいな」

と権高《けんだか》に云ったが、ぽん太は、とっさに呑《の》み込めなかった。

「ちゃんと跡取りおまっさかいに、よろしおまんなぁ」

重ねて、きのが云った。ぽん太は、はっと思いあたった。

「へえ、それはもう心得ております」

妾腹《しょうふく》の子供は、産むなということであった。平手打ちを食わされたような痛さが、ぽん太の体に鳴った。

「出姓《でしょう》は、どこだすねん」

きのは、何の痛痒《つうよう》もないつるりとした表情で云った。

「神戸の新開地だす」

乱れがちになる気持を抑えて、ぽん太は努めて平静に答えた。

「親御はんらは、どないしてはります？」

「お父はんは、小さい時に死にまして、お母はんは、つい三年前に――」

「お母はんも、花街《いろまち》の人でっか」

「へえ、親子二代の芸者だす」

ぽん太は、言葉の先を取るように、こう云ってのけた。きのは、じろりと、ぽん太の顔を見た。思わず、撥《は》ね返しそうになるのを辛うじて耐え、ぽん太はにこやかに表情を崩した。それが、きのと勢以の眼に、親子二代の芸者の悪びれない態度に見えた。

「さよか、芸者も二代続いたら、それだけの暖簾《のれん》、張ったことになりまんなぁ」

きのの口から、軽い冗談が出た。

「そいで、お手当は、なんぼお払いしてまっか」

思いがけない問《とい》であった。ぽん太は、かすかに身じろぎしたようだったが、

「おかげさんでたんと戴《いただ》いておりまして、一カ月百円戴いとります」

実際は百五十円貰っていたが、ぬけぬけと、五十円差し引いて答えた。

「ああ、百円でっか、まあ、精々、喜久ぼんに、あんじょう勤めておくなはれ、そのうち、追々《おいおい》、お手当も増やしまひょ」

と鷹揚に構え、きのはうしろを振り返り、

「お時どん、お為《ため》を持っておいなはれ」

と云った。敷居際に控えていたお時が、席をたち、縦長の桐《きり》の箱を持って来た。勢以が受け取り、

「暑いところご苦労はん、これ本日のお為だす」

紅白の水引がかかり、『おんため、白絹一疋《ぴき》』と流麗な女文字でしるされた桐箱が、畳の上にじかに置かれた。無盆のお為は、下目《したため》な者に遣《つか》わす駄賃代りの品という意味であった。ぽん太は襟もとから懐紙を出して、膝前へ置いた。

「重ね重ねのお心づけ、喜んで頂戴さしていただきます」

左手の掌に懐紙をそえて、桐箱を受け取った。作法にかなった受取り方であった。

「粗相のないご挨拶でおました」

と犒《ねぎら》い、きのと勢以は、席をたった。

「お疲れさんだす、どうぞ、お送りさせていただきます」

お時が、そう云った時、中の間と控えの間の境の襖が、がらりと開いた。

「ぽん太、しんどかったやろ、わい、ここでみな聞いてた」

喜久治の手が、ぽん太の肩に載った。べったり、掌《て》が滲《にじ》むほど肩先が汗に濡《ぬ》れていた。

「あ、汗が――」

喜久治が云いかけると、ぽん太は、

「本日は、ご無礼致しました」

何事もなかったように頭を下げ、そのまま、喜久治の顔も見ず、お時のうしろに従って、通庭を出て行った。

急いで表へ出ると、喜久治の半丁ほど先を、ぽん太が日傘をかざして歩いて行く。白っぽい飛び矢絣の上に、黒い平絽の単衣羽織をひらひらさせ、爪先《つまさき》だったように急いでいる。右手に日傘、左手に風呂敷包みを抱え、内股《うちわ》に歩く度に、薄物を通してまるいお尻《しり》の動きが露《あら》わになる。よほど怒っているのか、喜久治が足早に追いついて行っても、一向に気附かぬようだった。

普段履きの下駄をつっかけ、勝手用のくぐり戸から表へ出た喜久治は、あたりの家に遠慮して、二間ほどの間隔をおいていたが、新町橋の橋詰まで来ると、

「わいや、えらい急《せ》いてるなぁ」

うしろから声をかけて、ぽん太と並んだ。ぽん太は、日傘の陰から、ちらっと喜久治の顔を見たが、口はきかない。

「どないしてん、まだ怒ってるのんか」

傘の中を覗《のぞ》き込みかけると、

「知りまへん、あんさんみたいな男はん」

ぽん太は、つんと鼻筋を前へ向けた。

「わいが部屋へ入っていけへんのが、悪かったんか」

「お家はんと御寮人はんが、えらい苦手ですねんなぁ」

橋を渡りながら、ぽん太がぶっつけるような調子で云った。

「苦手？　そうかも知れへん、あの席へわいが出て、一体、どんな顔して坐っておられるねん」

「そいで、襖の陰で、たち聞きしてはったと、いうわけでっか」

「そうや、何くわん顔して、店で商いしてるほどの気甲斐性《きがいしょう》もあらへんさかい、襖の陰で懐手《ふところで》して聞いてたというわけや」

「結構なぼんぼん旦那はんやこと」

と云うなり、ぽん太は、急に足を停《と》めた。日傘をおろして、左手に抱えていた風呂敷包みを、平たい欄杆《らんかん》の上へ置くと、くるりと喜久治の方へ振り向いた。

「こんなもん、抛《ほ》ったろかしらん」

さっき、お為に貰《もら》ったばかりの桐箱が、風呂敷包みの中に入っている。

「ふん、抛ったりぃ！」

喜久治は、けしかけるように云った。

「よっしゃ、抛ったるわ、なんや、えらそうにご大家ぶって！」

水引のかかった桐箱を風呂敷包みの中から引っ張り出し、欄杆から体を乗り出した。

「ほんまに、このどぶ川へ抛りまっせぇ」

ぽん太は、もう一度、念を押した。

「早よ、抛りんかいな」

「よっしゃ」

勢《はずみ》をつけて両手を振りあげたが、そのまま、川中へ抛らず、ふと手を停めた。

「どんな品物か、ちょっと柄だけ見といたろ」

欄杆の上に箱を置き、手早く水引をゆるめ、蓋《ふた》を開けた。畝《うね》の高い山繭《やままゆ》の白生地であった。

「あ、えらい上等やわ」

と呟《つぶや》き、ぽん太は、蓋をしめ、水引をかけ直し、もと通り、風呂敷へ包み込んだ。

「どないしてん、なんで、抛れへんねん」

「どうせ、しょうむないものしかくれはれへん思うたら、えらい上物《じょうもん》で、もったないさかい、止《や》めときまっさ」

けろりとして云った。

「もっと、ええのん買うたるさかい、抛ってしまい」

「買うてくれはる？」

ぽん太は、やや思案顔をしたが、

「やっぱり、抛らんとこ」

風呂敷包みの結び目を、きちんと結び直すと、袂《たもと》で、バタ、バタと、顔を煽《あお》いだ。

「ああ、暑う、咽喉《のど》乾《かわ》いてしもうたわ」

「なんぞ、冷たいものでも飲もうか、四つ橋まで行ったら、冷《ひ》やし飴屋《あめや》あるなぁ」

喜久治は、妙に潤《うるお》いのあるふくみ声であった。こんな時の喜久治は、切れ上がった眼尻が、ふと湿り気を帯びて柔らいだ。

「かなわん、その眼で、うまいこと女《おなご》を蕩《たら》しはる気でっしゃろ、さあ、早よ、行きまひょ」

日傘をかざすなり、ぽん太は、先にたって歩き出した。

四つ橋の橋詰まで来ると、葦簀《よしず》張《ば》りの冷やし飴屋があった。

「おばはん、冷やし飴二本や」

喜久治は、奥の川に面した床几《しょうぎ》に腰をかけた。ぽん太もそばへ、ぺたりと腰をおろし、瓶ぐち一息に冷やし飴を飲み干した。もう一本注文し、

「ああ、美味《おい》しい、なんし、二号の本宅伺いときたら、お茶一杯、出して貰われへんことになってまっさかいな」

と皮肉を云ったが、ぴちゃぴちゃ、猫のように舌を鳴らして、咽喉を潤した。

「そない暑かったら、そんな単衣《ひとえ》羽織を脱いでしまいいな、挨拶の時、脱がんならんのに、なんでわざわざ羽織姿で来て、また羽織着て帰るのや」

「羽織でっか、これは、わざと着てますねん、本宅伺いの装束は、夏冬とも羽織なし、履物は歯の入替えのきく実用な利休下駄と定《き》まってまっしゃろ、そんなこと、ちゃあんと心得てまっせぇと、云いたいさかい、わざとお店先の床几を借りて、入る時は羽織を脱いで、草履を利休下駄に替え――」

「帰りは、またわざわざ羽織を着て、草履にはき替えて、店中の者にも目だつように乙《めり》張《はり》したというわけか」

「まあ、そうでんなぁ」

軽く云い、ぽん太は涼しい顔をした。

「誰に教えてもろうてん？　そんなこと」

「そら、出入りのお茶屋の女将《おかみ》さんや、姐《ねえ》さんらに聞いたら解《わか》るし、死んだわてのお母はんかて、こんな目にあいはったらしゅうて、時々、話してくれはったことおますわ」

「ふうん、お母はんは、誰の——」

「詳しいことは、知りまへん」

ぽん太はつるりと逃げた。深入りして聞かれたくないらしい。喜久治にしても、顔も見たことのないぽん太の死んだ母親のことを、ことさらに聞き出すこともなかった。

「ほんなら、行こか」

勘定をして、たちかけると、ぽん太は、

「行こて？　わてとこへ来てくれはるのん？」

「何いうてるねん、まだ朝のうちやないか、わいはすぐ店へ帰らんならん」

「近いから、ちょっと寄っておいきやしたら——」

「ぽん太に要る分だけ、仰山儲《もう》けないかんやないか、今晩は、金柳《きんりゅう》でぱあっと、散財したろな、六時になったら来《き》ぃや、それまでは、商い、商い」

と冗談めかして云い、喜久治は、陽ざかりの中を、足ばやに戻って行った。角刈にした首筋の刈あとが青々しく、上背のある着流しの、帯下から裾《すそ》へかけての線が美しかった。ぽん太は葦簀の陰で、ふうっと熱っぽい吐息をつき、

「おばはん、いま何時だす」

「へえ、ちょうど、十一時を過ぎたとこだす」

夕方の六時までは、まだ七時間もあった。ぽん太は、じれるような眼で、遠ざかって行く喜久治の広い背中を眺めていた。


その晩、喜久治は、ぽん太の朋輩《ほうばい》芸者たちを、新町の金柳へあげた。正面の席に喜久治が坐り、そばにぽん太が随《つ》ききり、芸者たちは輪になって喜久治を取り囲んだ。
二、三人がかたまって、平絽《ひらろ》のお座敷着をひくと、蚊帳《かや》裾《すそ》のような涼しげな音がした。衣《きぬ》ずれの音ではなく、畳の上を歩く足袋裏のせいらしかった。喜久治は、思わず、その足もとに眼をやった。
「わいとこの足袋やな」

「へえ、ぽん太はんのお披露《ひろめ》の時、戴いたのんだす」

六人の芸者の中で、一番姐さん株の〆吉《しめきち》が、足袋を示した。

「どや、履きごこちは」

「さらさらして、簾《すだれ》みたいな気持のよさだす、足が蒸せしまへんよって、水虫除《よ》けにもなりまっせぇ、なぁ、皆、そうでっしゃろ」

〆吉が念を押すように云うと、あとの五人は、そうや、そうやと大袈裟《おおげさ》に相槌《あいづち》を打ち、群がるように喜久治にお酌した。

仲居が料理を運んで来た。やはり、河内屋の絹寒冷紗《きぬかんれいしゃ》裏の足袋を履いている。喜久治の唇が綻《ほころ》んだ。口を開きかけると、横合いから、

「どうだす、履きごこちは？」

とぽん太が、喜久治の口真似《くちまね》をし、懐手《ふところで》しておどけた。芸者たちが、わっと笑いこけた。仲居は、とっさのことで、笑いの意味が解らず、

「わてみたいなおばはんが、こんな粋《いき》な夏足袋履いてたら、可笑《おか》しおますのやろ、うちの女将《おかみ》さんが、この間、これ戴いて涼しいと云うて履いてはったさかい、わても真似しましてん」

と真面目《まじめ》な顔つきで説明した。

「それは、それは、えらい御贔屓《ごひいき》おおきに、有難うはん」

ぽん太は、番頭のように揉《も》み手《で》をして、算盤《そろばん》を弾《はじ》く恰好《かっこう》をした。仲居は、狐《きつね》につままれたように、きょとんとした。それが可笑しくて、芸者たちは、また噴き出した。喜久治《じ》も同じように声をあげたが、腹の中では、ぴたりと笑いを止め、やはり、ぽん太の自前披露《まえひろめ》を二カ月延ばしてよかったと思った。

ぽん太を落籍《ひか》す約束をしたのは、四月中旬であったが、自前披露はそれから二カ月もしてからだった。その間、ぽん太は、会えば耐《こら》え性《しょう》もなく、催促をしたが、喜久治は曖《あい》昧《まい》に日を延ばしていた。自前披露の土産物に、足袋問屋の旦那らしい風変りなものを出したいと思案していたからだった。迷ったあげく考えついたのが、足袋裏に絹寒冷紗を使うことだった。最初は、道楽半分に職人に縫わせていたが、作らせているうちに商い気が出て、どうせ変ったものを作るのなら、商品になるものにして、まずお茶屋女将や芸者たちに無料《ただ》で履いてもらい、無料《ただ》のマネキンになってもらおうと考えた。

しかし、仕上がったのが六月では、夏ものの商いとしては、遅過ぎる懸念《けねん》があった。値段は、原布高から小売値一足一円。一般の物価が値下がりし、百貨店で、白キャラコ足袋一足、六十五銭で売り出されていたから、絹寒冷紗裏の新足袋は高級品であった。

芸者の引祝にまで、商い勘定を合わそうなどというケチくさい根性はなかったが、せっかく引祝の土産物として変った足袋を出すからには、商品としてもいけるものと、つい商いのことが頭に即《つ》いて離れなかっただけのことであった。

それが、自前披露の日から、まだ二十日あまりしか経《た》っていないのに、もう評判になっているらしかった。

現に、二、三日前から、取引が活溌になり、この座敷中の女も、河内屋の絹寒冷紗裏の足袋を履いている。花街でぱっと評判になれば、花街出入りの呉服屋や小間物屋の口から、街方へ広まるのも早い。喜久治は、思わず、商い気が昂《たかぶ》り、すぐにも席をたって、縫製場へ足を向けたくなるのを抑えた。

芸者たちは、喜久治の思惑に構わず、勝手に喋《しゃべ》って遊んでいた。喜久治の席は、勧めるより、かえって遊ばせてもらって、花代をつけてもらうような気易《きやす》さがあったので、たまに喜久治が黙り込んでも、気を遣わない。陽気で派手なぽん太を芯《しん》にして、自分たちの世間話や温習会《おさらい》の噂《うわさ》をしている。気の張った席では、勧められても、口にもの一切入れないのに、この席では、気をおかずに、冷たい玉子豆腐や鱸《すずき》の洗いを口にしている。

「ぽん太はん、また、えらい気張った指輪やな」

朋輩芸者の一人が阿《おもね》るように云った。ぽん太の白い中指に、大豆粒ほどの翡翠《ひすい》が、ぼってり載っている。一カ月ほど前に喜久治が買ってやったものだった。朝の本宅伺いの時は、ぬけ目なく指から抜き取っておき、夜にはちゃんと指先に飾りたてている。

「これ、心斎橋の天賞堂で買うてもらいましてん」

「ふうん、天賞堂やったら、高かったでっしゃろ」

「ふ、ふ、ふ、そら、値ぇ張りまっせぇ」

ぽん太は、ひけらかすように、大粒の翡翠を振りかざした。そんなぽん太に、喜久治は、窘《たしな》めるような眼を遣り、

「さ、今から、みんなで、米田屋へ行って、蛍狩《ほたるがり》せぇへんか」

「蛍狩――、ひやっ、風流やわ」

嬌声《きょうせい》をあげて喜んだ。六人のうち、二人は次の貰《もら》いがかかっていたが、あとの四人は、喜久治について、金柳から、一筋、西へ寄った米田屋へあがった。

米田屋の離れ座敷は、庭木と築山《つきやま》に囲まれ、母屋《おもや》からは下駄を履いて、庭石伝いに渡らねばならなかった。それだけにこの一角だけが、気儘《きまま》に隔てられた部屋であった。

喜久治は、八畳の間に明々と点《つ》いた電燈を消させ、三基の庭燈籠《にわどうろう》の灯も消させて、真っ暗な庭に蛍を放たせた。蛍は、光の尾を曳《ひ》いて飛んだ。

「さあ、宇治の蛍狩やと思うて、遊んでや」

喜久治は先にたって、着物の裾を端折《はしょ》り、団扇《うちわ》をはたいた。ぽん太やほかの芸者たちも、団扇と蛍籠《ほたるかご》をさげて、素足になって庭へ下りた。

暗い庭木の間に青い火が明滅し、それを追って女たちが団扇を振った。その度に、蛍火が砕け散るように、入り乱れて飛び交うた。

喜久治は、すいすいと低い弧を描いて飛ぶ蛍火と、五人の女たちの間を縫うようにして歩いた。女たちは蛍火に眼を奪われ、庭石に躓《つまず》きかけたり、池へはまりかけたりした。そこ、ここに、キャア、キャアと嬌声があがり、喜久治は、暗闇《くらやみ》の中で顔も解らぬままに、女たちの体を触ったり、手荒に抱いたりした。

円《まる》いしなやかな肩もあったし、こりっとしまった胸も、むっちりしたお尻《しり》もあった。

汗ばむ夜気の中で、青い蛍火と女の体が交錯し、喜久治はいつにない快感に溺《おぼ》れた。

二時を過ぎると、夏の夜もさすがにひやりとして来る。喜久治もぽん太も、芸者たちも、足裏の泥を拭《ぬぐ》って、風呂に入り、軽い夜食をすませた。喜久治は、このまま気ばらしに雑魚寝《ざこね》をしたかった。気がかりになっていた本宅伺いをすませ、商いもうまく運ぶ気配になった昂りが、まだ醒《さ》めぬようだった。

「今晩は、みなで、一緒に寝よか」

ぽん太は、ちょっと、いやな顔をしたが、〆吉は、それに気附かないのか、

「そや、そや、面白いわ、そないしまひょ」

とはしゃいだ。あとの三人も、今頃から屋形へ帰って気を遣うより、気楽に雑魚寝して、昼夜花をつけて貰おうと思ったらしく、ぽん太の思惑に頓着《とんちゃく》せず、喜んで賛成した。

女中が糊《のり》のきいた敷布を敷き、麻の夏蒲団をかけると、銘々で朱房《しゅぶさ》のついた箱枕を持ち、子供のように不作法に寝転んだ。喜久治とぽん太を真ン中にして、二人ずつ両側に寝た。八畳の間に六人で、体が触れ合いそうだった。蚊帳は吊《つ》らずに、蚊取線香を部屋の隅に燻《くす》べた。

蛍狩遊びに疲れたのか、雑魚寝して三十分も経《た》たぬうちに、微《かす》かな寝息が聞え出した。

ぽん太は、部屋の隅の蚊取線香の赤い火先を見詰めながら、喜久治の気配に神経を傾けていた。

喜久治も、宵からの長遊びに疲れたらしく、大きな体を横にしたままである。ぽん太は、そっと首を擡《もた》げ、暗がりの中で眼を凝らした。廊下の明かりも、部屋の電燈も消されていたが、窓から入って来る月明かりで、ほのかに部屋の様子がわかった。八畳の間の床《とこ》にそって、白っぽい浴衣が浮びあがり、それぞれ勝手な恰好で寝込んでいる。喜久治は、ぽん太と反対側の、〆吉の方に体を向けている。その陰に〆吉が、俯《うつぶ》すような曖《あい》昧《まい》な形で臥《ふ》せていた。

〆吉は、四人の中で、金柳にいる時から、喜久治の横にべったり坐り、時々、ぽん太の眼を盗むようにして媚《こ》びた笑いを、喜久治に見せていた。蛍狩遊びの時も、わざと嬌声をあげては、暗闇で喜久治に抱きついた様子だった。むっちりと小肥《こぶと》りした体つきが、女にも見め好きした。

ぽん太は手探りするように、喜久治と〆吉の間へ手を延ばした。雑魚寝を利用して、どちらからともなく手を出し合わないかと、確かめるためだった。喜久治の分厚な脇腹《わきばら》に添って、喜久治の毛深い腕があった。ぽん太は、もう一度、喜久治の手を、そっと触った。

ぽん太の手が、ぎゅっと摑《つか》み取られた。思わず、身じろぐと、くるりと喜久治の体が反転し、掬《すく》い取るようにぽん太の体を抱きかかえた。

息詰りそうな、喜久治の大胆さであった。ぽん太は、ひしがれたように息を殺していた。時々、両側で、寝返りをうつ気配がした。喜久治の厚い胸もとから汗が滴《したた》り、ぽん太の首筋へ流れた。

「いやらしい人、こんなんやったら、二人きりで……」

かすれた声で云いかけると、喜久治は、

「これがええのや、今夜はこのままにしとこ」

囁《ささや》くように云い、ぽん太の耳朶《みみたぶ》へ唇を捺《お》しつけた。

第四章

出来上がったばかりの足袋を底合わせにし、和紙の紐《ひも》でくくり合わせ、結び目に(河)《まるかわ》印《じるし》のレッテルをはさむ。それをぷうっとふくらませた紙袋へすべり込ませると、新しい足袋の包装が終る。十二月に入ると、喜久治自身も、厚司《あつし》に前垂《まえだ》れがけで、包装を手伝った。

奥内《おくうち》では、俄《にわ》かに呉服屋の出入りが激しくなり、きのと勢以は、一日に何度もお針部屋へ、足を運んだ。六人の針女《おはり》は、きのと勢以の重ね紋附、喜久治と五つになる久次郎の紋服をはじめ、店の者、女中たちのそうぶつ用（盆、正月の賞与）の着物に追われた。

喜久治は、ぽん太の正月衣裳《いしょう》もこしらえてやった。元旦《がんたん》の黒紋附のお座敷着から、下着、長襦袢《ながじゅばん》、帯はもちろんのこと、二日着《ふつかぎ》、三日着《みっかぎ》とも替衣裳できるよう、三日揃《みっかぞろ》えにしてやった。

ぽん太とは、ここ十日ほど会っていなかったが、師走《しわす》の大事な売前時《うりまえどき》であったから、何時《いつ》ものようにこまめに遊びに出かけられなかった。しかし、師走も二十日を過ぎると、問屋筋は、やや一服をつく。

喜久治は、僅《わず》かな時間を見計らって、新町へ出かけた。電話をしておいたから、金柳へあがると、先にぽん太が来て待っていた。喜久治が、襖《ふすま》の手を引こうとすると、内側から勢いよく開《あ》き、

「きついお人！　十三日ぶりだっせぇ」

ぽん太は、剝《は》ぎ取るように喜久治の衿巻《えりまき》とあずまコートを脱がし、自分の体を押しつけた。喜久治はぽん太に押されながら、座蒲団《ざぶとん》のところまで運ばれた。

「電話かけたら、船場のお店では、旦那の店へ電話してくるような女《おなご》に、ろくな女あれへん云うて、怒られまっしゃろ――、そいで、電話も出来んと、きつう、きつう心配でおましたわ」

火鉢の炭加減を見ながら、すねたように云った。喜久治は、そんなムキになった様子が面白く、黙って笑っていた。

「人が怒ってるのに、にたっと笑うてはるだけで、いやらしいわ、今晩は、ごゆっくりでっしゃろ」

「それがな、三、四時間遊んだら、また帰らんならん、店の者が二時過ぎまで夜業《よなべ》やってるのに、泊って帰るわけにはいかへん」

「ほんなら、御飯たべて、ちょっと……」

熱っぽい眼をして、ぽん太の方から、寝《やす》んで帰るのかと聞いた。喜久治は、火鉢の上にかざしたぽん太の手を、やんわり自分の掌《て》の間にはさみ込んだ。

仲居は、お銚子と料理を運んで来ると敷居内《うち》へ置き、

「ぽん太はん、ほんなら、よろしゅうお頼みしまっせぇ」

と気をきかせた。ぽん太は、まめに座敷卓の上を取りしきった。

「ええ着物《べべ》でけたか」

喜久治は、正月衣裳のことを聞いた。

「へえ、お正月の三日間、上から下まで総替えでけるのん、この新町にも、そう数おまへん、お世話になって、最初のお正月やのに、こない仰山してもろうて、すんまへん」

「始めてやよって、あんじょうしたるのやないか、ほら、わいらの商いかって、初荷は大事にするやろ」

「ほんなら、わては、あんさんの女《おなご》の初荷というわけでっか」

「そうや、そやさかい、たんと銭かけんならんのや」

喜久治は、景気附いた声で笑ったが、廊下を隔てたあたりの部屋は、ひっそり静まりかえっていた。

「えらい、しんとしてるのやな」

喜久治は、気ぬけしたように云った。

「へえ、北の新地と違《ちご》うて、新町《ここ》の御贔屓《ごひいき》は、お店の商人《あきんど》はんが多いでっさかい、暮の売前時は、かえって、ひっそりですねん」

「ほんなら、〆吉《しめきち》や豆千代や、何時も座敷へ来る妓《こ》ら呼んで年越しの花代つけたろか」

「そないしてくれはりまっか、そしたら、わても、ええ顔でけますわ」

ぽん太は、すぐ手をたたいて仲居を呼び、朋輩《ほうばい》芸者たちに座敷をかけさした。

その間に喜久治は、風呂に入った。ぽん太は、長襦袢一枚になって裾《すそ》を端折《はしょ》り、襷《たすき》がけで背中を流した。

お召の丹前に着替え、喜久治が座敷へ戻って来ると、もう、〆吉、豆千代、君しげ、駒子の四人が来ていた。

「今晩は、わいが景気直しに、遊んだるわな」

喜久治が気易《きやす》に云うと、齢若《としわか》な豆千代が、

「〆吉姐《ねえ》さんに三味線弾いて貰《もろ》うて、わてが派手に踊りまっさ」

と、陽気にはしゃいだ。

「いや、皆で好きなもの食べて、面白い世間話でもしようやないか、商人が売前時に、派手に遊んでたら、阿呆《あほ》にされるさかい、今晩はひっそり裏遊びにしとこ、どんなもの食べたいねん？」

「そうでんな、何が一番、美味《おいし》おまっしゃろ」

豆千代は真剣に首をかしげた。〆吉がくつくつ、笑い、

「豆千代ちゃん、えらい思案顔やけど、ふぐのお刺身とてっちりがええやないのん、今晩、冷えるさかい、よう温《ぬく》もるし」

と計らった。

薄造りのふぐの刺身と鍋《なべ》をつつきながら、他愛《たわい》もない世間話をし、食事が終ると、順番に歌を唄い、詰った者は、罰に盃《さかずき》を三つ重ねる廻し歌をはじめた。

最初が喜久治で、端唄《はうた》の「待ちわびて」、次は駒子であった。豆千代の次に齢若で、無口でおとなしく、何時も喜久治の席へはお相伴役で坐っていた。お正月のお座敷唄「日本一」を唄ったが、まろ味のあるころりとした美声であった。続いてぽん太が「御所のお庭」を唄った。自前になってから稽古《けいこ》が足りたのか、僅かな間にうんと巧《うま》くなっていた。

「お月謝通り！」

と、〆吉が半畳《はんじょう》を入れると、ぽん太は、きゅっと、くくり顎《あご》をひいて照れた。喜久治は、そんなぽん太を愛《いと》しいと思った。はっさい（お転婆）で、ちゃっかりして、欲張りで早熟な一面、素直な可愛《かわい》げがあった。

二時間程すると、誰からともなく、

「わてらは、この辺であとのお座敷へ、旦那はんらは、ごゆっくり」

四人が気をきかせて、席をたちかけると、喜久治は、にやにやしながら、

「なんぞ、忘れものあれへんか」

と云った。芸者たちは顔を見合わせたが、すぐそれと解《わか》り、

「忘れもん、おます、おます！」

慌《あわ》てて懐《ふところ》から小さな日柄帳《ひがらちょう》（正月祝儀《しゅうぎ》の奉賀帳）を取り出し、座敷卓の上へ置いた。

「よっしゃ、皆、張り込んでつけたるでぇ」

日柄花一つは、線香三本に相当し、普通は、日柄約束だけで、本人は聘《よ》ばずに、ただ花をつけてやることになっている。元旦から九日〆で計算し、芸者の人気を計る物差にしたから、お正月が近附くと芸者たちは、旦那や馴染客《なじみきゃく》に頼んで日柄をつけてもらうが、旦那でもなく、深い馴染客でもない喜久治から、日柄をつけてもらえるとは思っていなかった。

喜久治は、他の芸者に見えぬよう、それぞれの日柄帳を細く開いて見た。不景気のせいか、余白が多かった。床の間の硯箱《すずりばこ》を持って来させ、一番上の日柄帳からつけた。

豆千代　ひがら三つ（この妓は、踊りが出来て、座持ちが上手）。

駒子　ひがら二つ（やらせば芸は出来るが、おとなしいだけが取得のお相伴役）。

君しげ　ひがら二つ（駒子と似たり寄ったりの芸妓《げいこ》）。

喜久治は、一々、胸うちで芸代《げいしろ》を定《き》めながら、三人の日柄をつけた。最後の日柄帳は

〆吉のであった。喜久治は、蛍狩《ほたるがり》の時の、〆吉のねっとりした姿態《しな》を思い出し、ひがら五つと記した。

「さあ、福引みたいに帰ってからのお楽しみや」

と喜久治は、四冊の日柄帳を、もと通りに折り畳んで渡した。

「おおきに、お陰でええお正月でけますわ」

「ぽん太はん、お相伴有難うはん」

それぞれ、口喧《くちやかま》しく、何度も礼を云い、日柄帳をいそいそと懐へしまい込み、座敷を出て行った。

襖が閉まると、ぽん太は、すぐもの惜しそうな顔をした。

「わてにたんと物要りする時に、なんで、ほかの妓《こ》の日柄まで、つけてあげはんのん？　今晩の花代だけで、ええやおまへんか」

「かまへんやないか、朋輩らにも喜ばしたりぃな」

「そんでも、何も理由《わけ》ないのに、人にものやったら、損やもん」

「損？　わいが儲《もう》けて、わいが費《つこ》うてるだけや、ぽん太は、なかなかのせちべん（吝《け》嗇《ち》）やな」

喜久治は、まだもの惜しそうに膨れ面しているぽん太に取り合わず、席をたって隣室を開けた。四畳半の控えの間の次に、赤い綸子《りんず》の蒲団がのべられ、枕《まくら》が二つ並んでいた。

ぽん太は、はじめのうち、すねたように体をそらしていたが、喜久治が、早よ帰らんならんと云うと、手のひらを返したように優しい仕種《しぐさ》になった。さっき、火鉢の上のぽん太の手が、ふっくら肉附いていると思ったが、手の甲だけでなく、僅か十日ほどの間に、むっちり肉附きしたような気がした。そんな阿呆なことがと思ってみたが、やはり喜久治の体に触れるぽん太は、すべすべと餅肌《もちはだ》づいていた。そっと撫《な》でると、こそばがり（くすぐったがり）、喜久治の腕を逃《のが》れた。それでも、何度もそうしているうちに、馴れておとなしくなった。

喜久治は、ぽん太をそのままにしておいて、丹前の前を合わせて、厠《かわや》へたった。用を足しながら、小窓をあけると、植込みの向うに、ちらっと豆千代の姿が見えた。前屈《まえかが》みになってよく見ると、がらんとした化粧部屋に、さっきの四人が坐って、懐から日柄帳を出している。喜久治につけて貰ったところを見せ合っているらしく、細長く折り畳んで、そこだけを見せている。

喜久治は、長々と用を足しながら、これはわや（失敗）やと、独り笑いをした。急に厠の戸が開いた。

「どないしはりました？　気分でも悪おますか」

「阿呆、便所の恰好《かっこう》を見られたら、業平《なりひら》旦那も色気無しやないか」

喜久治は、便器に跨《またが》ったまま、腰を浮かせた。

「いやぁ、けったいな恰好！」

ぽん太は、ぱたんと戸を閉め、ペタペタと素足の音をたてた。部屋へ帰って、喜久治の着替えを手伝いながらも、ぽん太は、何度も思い出し笑いをした。男の用便中の恰好を見たのは、芸者になってからも初めてであった。喜久治は、間の悪い苦笑いをしていたが、ぽん太は、帰り際《ぎわ》まで笑いこけていた。

正月のお祝い膳をすますと、喜久治は丁稚《でっち》を伴《とも》に連れて顧客先《とくいさき》へ年始廻りをした。昼過ぎまでに年始廻りをすませ、丁稚を帰らせ、その足で新町の米田屋へ上がった。

五分も経《た》たぬうちに、ぽん太が入って来た。黒紋附の裾模様を裾長にひいて、濡《ぬ》れ羽《ば》のような結いたての島田に祝儀の稲穂と、鳩目《はとめ》の前挿《まえざ》しをさしていた。敷居内に入るなり、両手をついて、

「新年おめでとうございます、旧年中は仰山なお世話を戴《いただ》き有難うはんでおました。今年もお気変りなく宜《よろ》しくお願い致します」

と挨拶《あいさつ》するなり、鳩の形をした平打ちの前挿しを抜き、帯の間から紅筆を出して、片一方の鳩の目に朱を入れた。

「それ、なんの呪《まじな》いや」

「へえ、昔から松の内に好きなお人に会えたら、この鳩の目に朱を入れることになってますねん、そやさかい、鳩目の前挿しは、最初から片一方の目しかついてまへん」

と、朱を入れたばかりの平打ちの鳩目をかざすようにしながら、喜久治の傍《そば》へ寄った。一反三百匁《もんめ》位の貫目づいた黒紋附が、ぼってりした光沢を見せた。重ねの下着は鶯《うぐいす》色友禅《いろゆうぜん》、袖口からこぼれる長襦袢《ながじゅばん》は、紋綸子の別染、帯は紋織袋帯であった。

「足りたんか、あれで」

「へえ、二日着《ふつかぎ》は本紫、三日着《みつかぎ》は群青《ぐんじょう》と、みな結構なもんばっかりだす」

ぽん太は、はんなりした声で云い、三段重ねの屠《と》蘇盃《そさかずき》をさした。

他の座敷にも初通いの客があり、年末と異なり、三味線や新年のお座敷唄が聞えた。

「やっぱり、商人は元旦の昼過ぎから、ゆっくり座敷で遊ぶ人が多いねんなぁ」

「へぇ、元旦のお茶屋で遊びながら、一年の計をたてはる旦那衆が多うおます」

「ふうん、遊びながら、一年の計か、ぽん太の一年の計は何やねん」

「わての――」

ぽん太は、云いにくそうに口ごもった。

「あの――、新年早々、無理聞いておくれやす」

「どんなことやねん」

「宝恵《ほえ》籠《かご》に乗しておくなはれ」

「十日戎《とおかえびす》の宝恵籠か」

「へえ、大阪の芸者は、一回は派手にあれに乗り廻してみたいもんだす」

「あれにな――」

　喜久治は、ちょっと思案したが、

「よっしゃ、戎さんは、商売の守り神さんや、張り込んだろ」

　宝恵籠は、一月十日の今宮戎《いまみやえびす》の祭礼に新しい年の商運を念《ねが》って、芸妓が美しく飾りたてた駕籠《かご》に乗って、今宮戎神社へ詣《もう》でる縁起の駕籠行列であった。

「それにも、駕籠料と別に衣裳がいりまんねんけど」

　さすがに、ぽん太も、遠慮がちに云った。

「早速、作りぃな、出るからには、ええのを誂《あつら》えや、そやけど、今からで間に合うのんか」

「へぇ、無理を云うたら、一週間で間に合わしてくれますわ、それに、今年は不景気で乗りはる人も少のうおますねん」

「なんで、暮から云えへんかってん」

「お正月衣裳の三日着まで作ってもろうて、一ぺんに宝恵籠のことまで、よう云いまへんでしてん」

　ぽん太は、媚《こ》びるように小さな口もとをつぼめた。

十日戎の日は、朝のうちは薄ら寒い雪催《ゆきもよ》いであったが、昼過ぎからは雪の気配もなくなり、冷え込みもうすらいだ。

宝恵籠に乗って、五時頃、米田屋の前を通るぽん太のために、喜久治は四時過ぎに米田屋の表通りに面した二階座敷へあがった。同じように通り筋のお茶屋の表座敷は、宝恵籠に乗って通る芸者の旦那衆が陣取っているらしく、華やいだ灯が入っていたが、まだ時間があるので、どの座敷も硝子戸《ガラスど》を閉めていた。喜久治も女将《おかみ》を相手に盃を重ねていると、階下《した》から仲居が、

「いま検番を出はりましたでぇ」

と伝えて来た。女将がたって、さっと硝子戸を引き開けた。筋向いの表座敷も、内側から開いた。喜久治は、はっと眼を瞬《しばた》いた。芝居の桟敷《さじき》と、富乃家の廊下で出会った雑《ざ》魚場《こば》大尽であった。脇息《きょうそく》にもたれ、両側に年増芸者と幇間《たいこもち》をはべらせていた。賑《にぎ》やかな座敷の中で年寄らしい気難しい表情をして、むっつり、盃を口に運んでいた。

遠くから宝恵籠を運ぶかけ声が聞えて来た。芸名入りの高張提燈《たかはりぢょうちん》が夕闇《ゆうやみ》の中で、勢いよく躍った。道の両側は、見物の人々で、ぎっしり埋められている。

十梃《ちょう》駕籠の三梃目がぽん太であった。紅白の縮緬《ちりめん》を巻きつけた宝恵籠の屋根に桜造花の銀短冊《ぎんたんざく》をおき、白えり黒紋附の三枚重ねを片脱ぎして、緋縮緬《ひぢりめん》の二帖《じょうがさ》重ねの座蒲団

の上に坐っている。髪は島田に鼈甲《べっこう》の笄《こうがい》と桜の花ぐし。駕籠に附き添う幇間は三人、これも片肌脱ぎで尻《しり》を端折《はしょ》り、鬱金木綿《うこんもめん》の鉢巻をし、駕籠《かご》舁《かき》の横に随《つ》いて引綱を握っている。米田屋の前まで来ると、

「宝恵籠、ホイ、宝恵籠ホイ、ホイ！　ホイ！　ホイ！」

と縁起祝いのかけ声を掛け、ぽん太の駕籠を高く差し上げて、ぐるぐる、輪を描いた。ぽん太は力綱を両手で握って、二階を振り仰いだ。提燈に照らされ、紅《あか》く上気した顔の上で、桜の花ぐしが、激しく揺れた。

喜久治は、二階の手摺《てすり》越しに、駕籠舁の牽頭《ひきがしら》に向かって祝儀袋を投げた。牽頭は、片手で器用に受け止め、懐へ納めると、もう一度、大きく輪になって廻り、

「エイヤ、ホイ！　エイヤ、ホイ！」

と叫びながら、ぽん太の駕籠を頭上に高く差し上げた。紅白の宝恵籠の中で、ぽん太の体が揺さぶられ、片肌脱ぎにした花模様の長襦袢が、喜久治の眼に染めつくようだった。最後の高いかけ声が終ると、また十挺の駕籠の列に加わった。

金をつかうことの痛快さが、喜久治の体に灼《や》けつくようだった。持金をバラ撒《ま》いて、好きな女を着飾らせ、喜ばせて、自分がその可愛い生きものを見て楽しむ。ついでに、その色彩《いろど》りの取巻き共も潤して、一緒になって喜ばせば、さらに楽しみが大きく派手になる。喜久治は費《つか》うために、喜ぶために働こうと思った。商いして、儲けては費い、費

うては、また商いして儲ける。女房なしの独り身で、爺《じじい》ではのうて、金があって、これで遊ばんのは嘘《うそ》や——、喜久治は自分の独白に酩酊《めいてい》し、生甲斐を感じた。

十梃目の駕籠が、筋向いのお茶屋の前で停《と》まった。面長の淋《さび》しい顔の芸者が乗っていた。同じようにかけ声をかけて、大きく輪を描きかけると、雑魚場大尽は、傍《かたわ》らの幇間に祝儀袋をばらばらと、下へ投げさせた。駕籠舁の手が上下に激しく動き、引綱が渦になって廻り、芸者や仲居たちが嬌声をあげた。真っ暗に暮れた夜の街中を、紅白縮緬の宝恵籠が、かけ声に牽かれて、人混みの間を縫って行った。

＊

三月の中旬であったが、夜の十時を過ぎても昼間の陽気が去らず、しっとりと肌を湿らすような暖かさであった。川筋の道を歩きながら、ぽん太は何時《いつ》になく口数が少ない。さっき、金柳の座敷にいる時から、考え込みがちで、今晩に限って、店のあたりまで送らせてほしいと云った。喜久治は素知らぬ風をして、銜《くわ》え楊枝《ようじ》をしていたが、心のうちでは変った気配を、見て取っていた。

何時ものように新町橋を渡らず、そのまま西横堀川に沿って、北へ向かって歩いた。人通りのない道に、二人の影が細長く尾を曳《ひ》いた。川岸の街燈の下の柳は、新芽をふき出し、細く撓垂《しなだ》れている。

「どないしてん、えらいしんみりしてるやないか」

喜久治は、わざとのんびりした口調で、傍《かたわ》らを見た。ぽん太は、まる味のある二重瞼《ふたえまぶた》を上目遣いにし、ややはにかむと、

「わて、赤子《やや》がでけますねん」

いきなり、告げた。前から考えないこともなかったが、歩きながら、切り出され、突然、足もとが掬《すく》われたようだった。しかし、そんな様子は見せず、

「産みたいのんか」

何気ない調子で聞いた。ぽん太は、足を停め、

「産んだら、困りはりまっか」

刺し通すように云った。喜久治も、一瞬、足を停めたが、すぐまた、歩き出しながら、

「いいや、ちっとも」

と首を振った。ぽん太は、気抜けしたように喜久治の肩を見た。喜久治は、銜えていた爪楊枝《つまようじ》を、ぽいと川中へ捨てると、

「産んだらええ、そのかわり、芸者は廃《や》めや」

「え、芸者を廃める？」

「そうや、子持ちの芸者はみっともない」

「なんでですねん、ちゃんと定《き》まった旦那があって、赤子が生まれるのやおまへんか、

ほかにもたんと……」

「あると云いたいのやろ、そら、あるけど、わいは嫌《きら》いや、すぐ廃めてんか」

「ほんで、わてはどないしますねん？」

「千年町あたりへ、ちゃんと一軒、家持たしたるわ」

「ほんなら、正真正銘の妾《てかけ》（関西ではめかけと云わず、てかけ）ということだすな」

ぽん太は、歩きながら気色ばんだ。

「何も、今と変れへんやないか、わいが面倒を見てるという意味では……」

喜久治は、ぽん太の剣幕に呆《あき》れた。ぽん太は、下駄で地面を蹴《け》りつけるようにして、

「いいえ、違います、同じ世話をして貰《もろ》うてても、自前芸者というわての甲斐性でする商売がおます、人さんの前へ出て、わては芸者でおますとは云えても、まさか、妾だすとは云えまへん」

「まあ、そない昂奮《こうふん》せんときぃな」

と喜久治が、なだめかかっても、

「わてに、囲い者で、遊んで暮す妾になれ云いはりますのんでっか、わては、そこらの年中まる抱《かか》えの抱え妾《てかけ》や、その月、その月契約《きめ》てもらう月極め妾並《てかけなみ》になるのは、ご免蒙《こうむ》りまっさ」

一息に云い、ふっと息をつくと、さらに気色ばみ、

「妾《てかけ》は、俗に手をかけ、足をかけられた女《おなご》やさかい、てかけと云うやおまへんか」

「ほう、えらいえげつないこと云うねんなあ」

喜久治が、笑いにごそうとすると、ぽん太は、涙声になり、

「宝恵《ほえ》籠《かご》に乗った時が、二ヵ月でしてん」

「え、ほんなら、あの時もう……、なんで、云えへんかってん」

「云うたら、宝恵籠に乗られしまへん、子持ちになっても、ええ芸者になりたい一心で
……」

急にぽん太の顔が、子供じみた生真面目《きまじめ》さになった。

「そない、芸者が好きか」

「へえ、好きだす」

「なんでやねん」

「自分の持ってる器量と芸代《げいしろ》次第で、どんな上等なお座敷へでも出られるし、ええ旦那はんも、持てるやおまへんか」

ツンと撥《は》ね返すように云った。喜久治は、腹の中で、なかなか芸者根性のある女《おなご》と思ったが、顔に出さず、

「そない云うのやったら、芸者してもええわ」

「え、かましまへん？」

ぽん太は、道の真ン中で、ぱっと両袖を振って、喜久治の胸にはたきつけた。

「阿呆、人が見てはるやないか」

と軽く窘《たしな》め、急にまともに、

「そのかわり、腹帯がすんだら、一切、座敷へ出たらいかん、子供は、小学校へ行くまで里子に出して育てることや、屋形で、子供の声がピイ、ピイするのは、貧相《ひんそ》やないか、そんなとこは、わい、よう寄りつかんでぇ」

素気《そっけ》なく云い、喜久治は、さっさと、先に歩いた。ぽん太は、黙り込んだまま、のろ、のろ歩き、忽《たちま》ち、二人の間隔が広がった。急に、ぽん太は小走りに追いかけ、追い附くと、

「よろしおます、そないしまっさ」

諦《あきら》めるように云った。

「ほんなら、みな、承知やな」

喜久治は、もう一度、念を押した。ぽん太は、眼を伏せて頷《うなず》いた。助右衛門橋が、すぐそこに見えた。喜久治は、歩幅をゆるめ、

「もう帰りぃ、体に気ぃつけや」

そこからは、橋一つ向うが船場で、河内屋まで、二丁程しか隔たっていなかった。

突然、ぽん太は、お家《え》はんのきのの言葉を思い出した。六十を越えても紅味の残った

口もとで、うちには、ちゃんと跡取りおまっさかい、よろしおまんなぁと、ねっちり云ったその声が、今もぽん太の心に分厚く粘りつくようだった。

ぽん太は、ふと、気弱になりかけたが、

「よう、お寝《やす》みやす、さいなら」

わざと華やかに、喜久治を見送った。


約束通り、五カ月の腹帯をしめると、ぽん太はお座敷を休んだ。喜久治は、晒木綿《さらしもめん》一巻と金一封を腹祝（妊娠祝）にした。家へ知れると面倒だったから、晒木綿は金柳《きんりゅう》の女将に調えさせた。

簀子格子《すのこごうし》を引き開けると、中年の女中が飛び出して来て、馴れ馴れしい挨拶《あいさつ》をした。喜久治は、むうっと不機嫌な顔をして、無言で、表口にたっている金柳の男衆《おとこし》を顎《あご》で指した。女中は、慌てて男衆から、風呂敷包みを受け取った。

「まあ、お早うおますなぁ」

ぽん太は、驚いたように上《あが》り框《がまち》に膝《ひざ》をついた。縞《しま》お召《めし》にぞろりとした錦紗《きんしゃ》の羽織をひっかけ、頭も日本髪に結いあげて、一向、妊婦らしい装《なり》をしていなかった。

「今日はな、腹祝いに来たんや」

「まあ、律儀《りちぎ》に……、おおきに、すんまへん」

二階へ上がると、ぽん太は早速、風呂敷包みを解き、晒木綿一巻と金一封を、床の間に飾った。床の上には、まだ腹帯をしめたばかりというのに、産衣《うぶぎ》やおくるみが並べてあった。

「まだ、先のことやないか、それに男か女かの気《け》ぇさえ、解《わか》れへんのに」

喜久治が、可笑《おか》しがると、

「どっちでもええように、産衣もおくるみも黄色にしてますねん、黄色やったら、どっちでもいけますやろ」

「何も今ごろから、そない用意し蓄《た》めんでも、ええやないか」

「わては、何でもたんと、十分にし蓄めとかんと気がすまん性分だす、産衣やおくるみだけやおまへん、赤子《やや》のために、ほかにも、ちゃんとし蓄めてまんねん」

「何を、し蓄めてるねん?」

「見せまひょか、ちょっとご免やす」

ぽん太は、喜久治が肘《ひじ》をついている座敷卓を横へ寄せ、畳の縁《へり》をトントンと、軽く叩《たた》き、頭の簪《かんざし》を抜いて、畳の縁をこじ上げた。縁が少し浮くと、両手で畳を持ち上げた。何度も、そうしているらしく、手際《てぎわ》よく、三寸ほど持ち上げた。ぷーんと、埃《ほこり》臭い匂《にお》いがし、畳の下に、紙幣が列《なら》んでいた。

「どうだす、たんとし蓄めましたやろ」

喜久治は、畳の下をのぞき込んだ。床《ゆか》に古新聞紙を敷き、その上へ千代紙を張り合わすように、五円札、十円札、百円札をぎっしり敷き詰めている。

「どないしはりましたん？」

ぽん太は、押し黙っている喜久治に聞いた。

「なんで、こんな阿呆《あほ》なことするねん」

「わて、何でも、し蓄めることが好きだすねん、芸者いうたら、飲み食いと見栄張りの祝儀《ぽち》に無駄銭使うてしまうもんだすけど、わてはそれを節約《しまつ》して、こないお金蓄めるのが楽しみだす」

「銀行へ、なんで預けへんねん」

「畳の下へ、一枚ずつ並べ、その上へわてが蒲団敷いて寝るのが楽しみだす、体まで温《ぬく》もって来るみたいやわ」

「わいが、十分したってるはずやのに、なんで、そない銭欲が強いねん？」

詰《なじ》るように云うと、

「お金いうもんは、あるが上に欲しいもんだす」

ぽん太は、解りきったことを聞く喜久治に呆《あき》れ、畳をまたもと通りにはめ、縁をトントンと、軽く叩いた。

酒を運んで来ると、ぽん太は陽気にお茶屋のお座敷のことを話した。毎晩の様子を克明に知っていて、まるで、その席に自分が居合わせたように実感を籠《こ》め、身振りまで入れて喋《しゃべ》った。

「休んでるのに、なんで、そないよう知ってるねん」

「うちの抱《かか》え妓《こ》が、お座敷から帰って来て話してくれますねん、毎晩、わてがひつこう聞くさかい、この頃は、ちょい、ちょい、つくり話も入れますけどな」

「そない、お座敷が好きか」

「へえ、わての生甲斐みたいなもんだす」

「ほんなら、子供産まんと、お座敷を勤めたら――」

と云いかけると、ぽん太は、すぐ喜久治の言葉を取った。

「そやけど、やっぱり、齢《とし》取ってからのことがおますさかいな、若いうちに産んどきまへんと、芸者は三十になったらあきまへん」

「二十前で、えらい分別くさいことを云うやないか」

「芸者も親子二代になったら、こない身につきますねん」

ぽん太は、妙に生真面目な改まった表情で、そう云った。

銚子を四、五本空けると、喜久治は席をたちかけた。

「もう、帰りはりますのん？」

「今日は、祝いだけのつもりで来たんや」

「ほんなら、あと、わて独りにしときはりますのん」

うらむように、手を伸ばし、喜久治の単衣羽織《ひとえばおり》の紐《ひも》をいじった。喜久治は、ちらっと、ぽん太の帯下の膨らみに眼をあてた。

「体に障《さわ》るやないか」

宥《なだ》めるように云い、さらりとうまく席をたった。喜久治は身籠《みごも》った女と同衾《どうきん》するのを好まなかった。帰《い》なした妻の弘子の場合でも、そうであった。外で用をすましてでも、夫婦の営みは避けていた。

喜久治は、ぽん太の屋形から、まっすぐ新町の電車通りまで出たが、横断せず、左へ曲って一つ目の筋を九軒町の方へ入って行った。

米田屋へあがると、〆吉や豆千代の四、五人の顔馴染《かおなじみ》を呼んで貰うことにした。まっ先に来たのが、豆千代であった。

「えらい早かったなぁ」

「富乃家はんのお座敷が、お客さんの都合で取消しになりましてん」

と云ってから、豆千代は、はっとしたように口を噤《つぐ》んだ。喜久治が、急に富乃家へ行かなくなったことを知っていたし、富乃家の娘の幾子と何かあったような噂《うわさ》も聞いていたからだった。

「かまへん、そない気にせんかて、富乃家はみんな、達者か」

喜久治は磊落《らいらく》に聞いた。豆千代は、ほっと気軽になり、

「それが、嬢《とう》さんの幾子はんが富乃家はんを出て、芸者になりはりましてん」

「え、芸者？ 何時《いつ》からや」

「もう、半歳《はんとし》も前から、宗《そう》右《え》衛門町《もんちょう》で出てはります」

「ふうん、宗右衛門町からな」

唐突で、容易に信じられなかった。喜久治のそんな気配を察し、

「嘘《うそ》やおまへん、幾子はんはおとなしいお人だすけど、芯《しん》の強いご性分でっさかい、女《おか》将《み》さんとそりが合わず、養女の籍を脱けはりましてん、そやけど、まさか芸者になりはるとは思いまへんでしたわ、幾代はんいう源氏名だす」

と、豆千代は説明するように云った。

廊下に気忙《きぜわ》しい足音がし、襖《ふすま》を開けるなり、三人が揃《そろ》って挨拶した。〆吉に駒子、君しげであった。

「これやったら、ちょうど、暮の座敷と同じ顔ぶれやないか」

「へえ、肝心のぽん太はんが居はれへんだけだす、赤子《やや》産まれはりますそうで、おめでとうはんだす」

年嵩《としかさ》らしく、〆吉は改まって、祝いの言葉を述べた。何時もは口数の少ない君しげも、

「ぽん太はん、ほんまに結構なお人やわ、十日戎《とおかえびす》には宝恵籠に出して貰いはるし、今度は、ちゃんと赤子産みはるそうで、次々と芸者冥利《みようり》が重なりはりますなぁ、わてらは——」

ふっと淋《さび》しげな顔をした。

「男はん運いうものは、その人に随《つ》いて廻ってるみたいなもんだす、とやかく思うてみても、どないも仕様おまへんわ」

〆吉は、自ら慰め急に気分を引きたてるように、

「旦那はん、今日は、ぱあっと、面白う遊んでおくれやすな」

と、明るい声で云った。

「よっしゃ、何が面白いやろな」

喜久治は、やや思案したが、ふと座敷の青畳が眼についた。

「そうや、宿替屋《やどがえや》（引っ越し屋）がええ」

「宿替屋——」

思わず、四人とも顔を見合わせた。宿替屋遊びは、お座敷の畳から襖、建具などをはずして、勝手な模様替えをするふざけた遊びで、もちろんその破損料は遊んだ方で支払うから、うんと金がかかり、しかも女将に顔がきいていないと出来なかった。

「ちょっと、仲居さんに云うときまひょか」

〆吉が、それとなく気を遣うと、

「かまへん、かまへん、今から米田屋の宿替や」

と喜久治は、裾《すそ》を端折《はしょ》って、懐《ふところ》手拭《てぬぐい》を向う鉢巻にした。芸者たちも、手早く長いおひきずりの裾をお尻《いど》からげにし、手拭を姉さんかぶりにして、六本の腰紐《こしひも》のうち、抜きやすいのを一本取って襷《たすき》がけにした。

「さ、畳や建具、床の間の置物、何でも片っ端から、庭へ運び出しや、一番働きのええのに、花代張り込んだるでぇ」

喜久治が、派手に景気附けると、嬌声《きょうせい》をあげて争うように襖や障子をはずしにかかった。日ごろ馴れない大きな建具を動かすので、あっちに突き当り、こっちに突き当りして、やっと庭先へ運び出す。その度に、襖や障子が破れた。突然の騒ぎに仲居頭が飛んで来たが、宿替屋遊びと知って、黙って引き込んだ。

喜久治は、畳をはずしにかかった。きちんとはまった畳は、ぽん太がやったように、畳の縁《へり》をトントン叩《たた》いて、火箸《ひばし》でこじ上げてみても上がらない。四、五回、そうすると、やっと二寸ほど上がった。そこへ両手をかけて思いきり押し上げると、ぱっと湿気臭い塵芥《ごみ》が鼻の中へ舞い込んだ。畳の下をのぞくと、汚点《しみ》になった古い新聞があるだけで、札一枚、春画一枚、敷いてなかった。喜久治は、フフフと乾いた笑いをし、わいは、よっぽど、さっきのぽん太に、ど肝を抜かれたのやなぁと、呟《つぶや》いた。

背後で、笑いこける声がした。豆千代がどこから探し出して来たのか、大きな藁箒《わらぼうき》を持ち、畳の上を掃く度に腰を振って、体をくねくね、くねらした。笑われると、さらに調子附いて、口三味線を入れ、露骨に激しくお尻《いど》を振った。その度に、赤い長襦袢《ながじゅばん》の裾が旗のように勇ましく翻《ひるがえ》った。ほかの芸者たちは建具を運ぶ手を休め、げらげら、声をあげて笑っている。

喜久治も、畳の縁《へり》をはなして、大声で笑った。笑いながら、ふと、幾代のことを思い出した。

亡父の墓供養《くよう》の帰りに富乃家へ寄り、女将から幾子の世話を頼まれ、いかにも父の死を待っていたような云われ方が気に障《さわ》り、腹だちまぎれに、幾子まで振り切ってしまった。しかし、それもよく考えてみれば、養母の女将の一存であったかも知れない。喜久治のあとを追って、わては何も知らんことだすと、幾子が取り縋《すが》るように云ったのは、ほんとかも知れない。あの場のやりきれない不快さから、その声にも耳を傾けなかったが、もともと幾子は嫌いではなかった。部屋住の身分でお茶屋遊びをはじめていた喜久治を目だたぬようにかまい、ほかの座敷の花代の間引きまでして節約《しまつ》に取りしきった女だった。それが、富乃家の養女から、宗右衛門町で芸者になって出ている。喜久治は、不憫《ふびん》を覚えた。

急に騒がしい嬌声が、跡絶《とだ》えた。振り向くと、喜久治のうしろに米田屋の女将がたっていた。金縁の眼鏡の下の形のいい眼が、油断なく柔和に笑っている。

「まあ、お珍しいこと、今日は宿替屋遊びでっか」

「何時も同じ部屋やさかい、ちょっと模様替えして、気分替えたろ思うてな」

「へえ、さよでっか、それは結構なことでおます」

と丁寧に頭を下げながら、素早く部屋の模様、建具の傷《いた》みに眼を配った。

「女将、宿替屋遊びのついでや、この座敷の畳、建具はごっそり、新《さら》に仕替えてしまいな、勘定《つけ》は全部、わいの払いや」

女将の胸のうちを見すかすように云った。


川べりの座敷から、手の届きそうな近さに道頓堀川《どうとんぼりがわ》が流れている。微《かす》かに動いているような緩い流れであったが、川の両側にたち並んだ料亭やお茶屋の明かりに照らされ、川面が美しく揺れている。喜久治は、川沿いの宗右衛門町の美濃家《みのや》の座敷で、もう半時間ほど、口の重い仲居を相手に酒を飲んでいた。

宗右衛門町は、新町の花街とはまた異なった情緒を持っている。新町は、船場と隣接した大阪の最も旧《ふる》い花街で、大屋根が低く垂れ、細目格子《ごうし》が長く列《つら》なり、どっしりした構えであったが、薄暗い重さがあった。その点、宗右衛門町は、新しい花街らしく、家の造りに明るい広さがあり、心斎橋筋と繋《つな》がった繁華さがここにあった。向い側の石垣造《づく》りの上のお茶屋からも、宴席らしい騒《ざわ》めきが聞えて来る。

仲居は、手持ち無沙汰に座敷卓の上を拭《ふ》き、

「すんまへん、いま、先のお座敷へ幾代はんの貰《もら》いをかけてまっさかい――」

落ち着かぬ風に断わりを云った。

「かまへん、急やってんさかい、それよか、あんまりかまわんといてや」

と云うと、仲居はほっとしたように、冷たくなったお銚子を替えに席をたった。

喜久治は、なぜ幾代に会いに美濃家へあがったのか解《わか》らなかった。一年半ほど近く、別に思い出しもしなかった幾子を、『幾代』という芸者になったと聞いた途端、不憫になり、すぐ座敷をかけるのは勝手な興味とも思えたし、淡い気持の繋がりとも思った。

廊下に聞き覚えのある声がし、襖《ふすま》が静かに開いた。

「今晩は、おおきに、お久しぶりでおます」

薄紫のお座敷着の裾を引いた幾代が、敷居際《ぎわ》に手をついたが、気持を整えているらしく、すぐ眼をあげない。襟白粉《おしろい》を真っ白に塗り、京紅を濃くさしていたが、きりっとしまった鼻筋と口もとに、娘仲居時代の甲斐甲斐しい幾子の感じがあった。喜久治の傍へそっと寄り、お銚子を取った。

「まさか、芸者とは、びっくりさすなぁ――」

盃《さかずき》を手にして、喜久治は、始めて口を開いた。

「どなたに、お聞きやしたんでっか」

幾代は、伏目がちに云った。

「一昨日《おとつい》、米田屋で、豆千代から聞いたんや」

「そいで、すぐに――」

幾代の眼が、きらりと光った。

「なんで、急に芸者になんかなってん」

「あれから、お養母《かあ》はんとうまいこといけしまへんようになって……」

「やっぱり、わいのことから、もめが出来たんか」

「いいえ、お養母はんは、前々からこれはと思うお方に、わての世話を頼みたがっては りましたけど、わてが逃げてましてん、ところが、あんさんのお席へは、何時《いつ》もわてが出てましたさかい、つい独り合点で、あんな恥ずかしいことを云いはって……」

「それは、もう、わいにもよう解ってる、そやけど、なんで、芸者に」

「去年の春、富乃家から山科《やましな》の実家へ帰ったんだすけど、七人姉妹の一番上だすし、長居もでけしまへん」

「富乃家は、養女分やったさかい、別に借金は無かったんやろ」

「へえ、養女に行く時、支度金みたいなものは戴《いただ》きましたけど、それは、十六から六年働きましたさかい、帳消しにしてくれはりました」

「ほんなら、芸者にならんかて、もっと体の縛られへん自由な商売もあるやないか」

　野暮なほど生真面目な幾代が、差し迫った理由もないのに、なぜ芸者になったのか、喜久治には呑《の》み込めなかった。

「新町にいました時、常々、芸者には、女の戸籍があるけど、カフェーやダンスホールにはそれがないと聞いてましたさかい、わては、やっぱりきちんとした女の戸籍が欲しおましてん」

「女の戸籍――、芸者の出生地や抱え主や看板、芸代《げいしろ》なんかをいうのんか」

　喜久治は、幾代らしい考え方だと思った。同じ接客業でも、きちんと折目だって、辻《つじ》褄《つま》が合っていなければ気のすまない女だった。

「今晩は、あとの座敷があるのんか」

「へえ、このあと九時から一つお約束が」

「それまで、一時間ほどあるなぁ」

　時計を見ながら、云った。幾代は、手を叩いて仲居を呼び、お銚子を注文しかけると、喜久治は、

「今晩は、ちょっと蒸せるなあ、ビールにしてんか」

と云い、衿《えり》もとを蒸し暑そうにはだけた。赤味がかった鉄色お召の着物の下に、青磁

色の粋《いき》な合わせ着がちらりと見えた。

「相変らず、お召物には、凝っておいやすな」

「そら、昼間は、旦那はんでもお客さんの前へ出たら、木綿の厚司《あつし》で働かんならんよって、これが、わいの夜のお楽しみ着や」

「新町は、毎晩のようでっしゃろけど、こっちの方も、よう、おいでやすか」

「いいや、たまに取引先の関係で来るぐらいや、新町は、やっぱり、稚《ちい》さい時から、川一つ向うに隔てて見たとこやさかい、縁も情も深うなりよるわ」

「そら、二十三、四のお齢《とし》から遊んではりまっさかい、もう、五、六年におなりやすな」

幾代はしんみりした口調で云った。喜久治は寛《くつろ》いだ気持になった。幾代は、ぽん太ほど美人ではなく、座持ちも面白くはなかったが、向かい合って話していると、自然な気《き》易《やす》さと安心感があった。

さっきの仲居が、気兼ねそうに顔を出し、

「あのう、幾代はん、次のお座敷から、催促のお電話が――」

「へえ、ただいま――」

と云ったが、幾代は、ぐずぐずと席をたたなかった。

「前からの約束やろ」

「へえ、三日ほど前からの」

「わいは急に呼んだんや、行っといで、また近いうちに来るさかい」

「今晩は、もうこれで、お帰り……」

縋《すが》るような激しい視線で、聞き返した。喜久治は、ふっと引きずられ、

「ほんなら、ここへ帰って来るか」

幾代は、すぐその言葉を捉《とら》え、

「ほんまに待っておくれやす、一時間ほどで、すぐ引っ返して来まっさかい」

と念を押し、いそいそと起《た》ち上がった。

喜久治は、仲居にビールを注《つ》がせ、ぼんやり道頓堀川を眺めていた。太左衛門橋の方から、舳先《さき》に大きな提燈《ちょうちん》をつけたボートが漕《こ》ぎ上って来た。喜久治の坐っている座敷の前あたりに来ると、急にオールを置き、二十歳ぐらいの男が伸び上がって、座敷の中を覗《のぞ》き込んだ。喜久治は退屈しのぎに、ビール瓶を振って相手になった。急にボートが窓下まで近寄って来た。

「一本、ビール、奢《おご》ってんか」

下から声をかけた。喜久治はたち上がって、手すり越しにビールを投げてやった。若い男は、両手で器用にひょいと受け取り、

「おおきに、ええ気前やなぁ、よう、もてまっせぇ」

ひねた挨拶《あいさつ》をして、また漕ぎ上って行った。喜久治は大きな欠伸《あくび》をした。

幾代は、きっちり一時間で、引っ返して来た。

「お待ちどおさん、よう、待っておくれやした」

よほど急いで来たのか、肩で小息をついている。

「何も、そない慌《あわ》てて帰って来んかて、ええのに」

「そいでも、もし、帰ってしまいはったらと思うて――」

お座敷で酒を飲まされたのか、幾代は眼もとを染めている。娘仲居の頃は酒をたしなまなかった筈《はず》であった。

「飲むようになったんか」

「へえ、いろいろ辛《つら》いことがおまして、つい飲むように」

こう云いながら、体を傾けるようにして、喜久治にお酌をした。抜《ぬ》き衣紋《えもん》にした首筋の襟白粉の上に、小粒の脂汗《あぶらあせ》が浮いている。四月中旬というのに、じっとり蒸し暑く、喜久治も袷《あわせ》の背中を汗ばましていた。

「どうや、ここ出よか」

幾代は、ちょっと怪訝《けげん》な顔をしたが、美濃家を出て、どこか静かで涼しい処《ところ》を散歩しようという意味が、すぐ解った。

タクシーで南の繁華街を通り抜け、天王寺の茶臼山《ちゃうすやま》で降りた。暗い木立の中の道は、案外、歩きやすかった。幾代は、お座敷着の裾をからげ、畳表の下駄を爪先《つまさき》だてるようにして、美術館の方へ通じる石段を上がった。高い樹が黒々と枝を重ね、ところどころ、ぼうっと白く滲《にじ》み出ているのは、散り残りの桜の花らしかった。

「静かやな、京都の円山《まるやま》公園みたい」

喜久治は、闇《やみ》の中で、ぽつりと云った。

「朝まででも、歩きとうおますわ」

幾代は、不意に足を止め、自分の背中を、ぴたりと喜久治の胸に重ね合わせた。小柄な幾代の首筋に、喜久治の分厚な胸があった。

「喜久ぼん！」

前向きのまま、喘《あえ》ぐように云った。若旦那の頃の呼び名だった。喜久治は、うしろから、幾代の首筋に屈《かが》み込んだ。女の強い肌の匂《にお》いがした。

背中向きになっている幾代を、向き直させると、喜久治は、

「どないする？　帰《い》のうか」

と聞いた。幾代は、闇の中で激しく靠《もた》れ込んで来た。

茶臼山の高台にある音羽荘の二階座敷から、道頓堀の方を眺めると、ネオンサインが、チカチカと明滅していた。喜久治は乾いた咽喉《のど》を潤《うるお》し、窓際に肘《ひじ》をつき、硝子《ガラス》障子越しにそれを見ていた。

「どないしやはりました？」

幾代は、乱れた敷布を直し、ずり落ちた掛蒲団《ぶとん》を胸まで引き上げながら、聞いた。

「ネオンサインが、きれいに点《つ》いてる――」

喜久治は、疲れた声で云ったが、頭の中では、別のことを考えていた。

一年半ぶりに会ったばかりの幾代と交わってしまったが、美濃家の座敷で会った時から、別に泊まろうとは思っていなかった。幾代は新町の富乃家の娘時代から、節約《しまつ》で生真面目で、どちらかといえば世帯くさい女であった。それだけに喜久治は、いくら馴合っても、色気は感じなかった。それが、さっき、幾代の首筋に屈み込んだ時、ふと強い肌の匂いを嗅《か》ぎ取り、そのまま、引きずり込まれるように泊まってしまった。幾代の体は、これまで喜久治の知らなかった意外なものを捺《お》しつけた。襟白粉を落したやや浅黒い肌は、なめし皮のような生々しい感触と匂いがした。

そのことがあってから、喜久治は、宗右衛門町の美濃家で、毎晩のように幾代と会っていたが、六月の節季が近附くと、そうもしておれない。大番頭の和助と中番頭の秀助を相手に、取引関係の売上帳と買上帳を整理し、それがすむと、お茶屋、料理屋の支払い、奥内の呉服屋から米屋、八百屋などの支払いに至るまで細かく仕分けなければならない。

喜久治の読上げで、和助と秀助が算盤《そろばん》を入れていたが、お茶屋の大きな払いになって来ると、小心な大番頭の和助は時々、うろたえて入れ玉を一桁《ひとけた》間違ったりしたが、秀助は、顔色一つ変えず、縁なし眼鏡の底のよく光る眼で、間違いなく算用した。支払い方の締めくくりが終りかけた時、上女中のお時が、

「奥でお家《え》はんと御寮人《ごりょうん》はんが、お茶をお待ちでござりまっけど」

と伝えて来た。もう少しで締めくくりがつくところで、面倒だったが、断わるとまたことが煩《わずら》わしくなる。

離れの隠居部屋へ行くと、お三時のお茶であるのに、いつになく炉に釜《かま》をかけ、本式の茶席にしている。母の勢以が茶をたて、祖母のきのが客になっている。喜久治は、相伴役に前垂れをはずし、きのの下座へ坐った。勢以が、袱紗《ふくさ》をさばきながら、

「節季の段取りで、お疲れでっしゃろ」

と犒《ねぎら》った。

「いや別に、定《き》まったことでっさかい」

喜久治は、お茶菓子を懐紙の上へ取った。上座のきのは、一服、お茶を啜《すす》ると、

「商い高は結構らしいけど、お払いも大分あるらしいでんなぁ」

と云った。喜久治はすぐ返事せず、きのから廻って来たお茶碗を作法通りに受け、一服、戴いてから、

「そら儲《もう》けるばかりが商いやおまへん、費《つか》うところは、ちゃんと費わんと、儲けが利《き》きまへん」

「商い勘定はそういくやろけど、女《おなご》のためのお茶屋払いは、そんな損得勘定でいきまっか？」

きのが、皮肉るように云った。喜久治は、むうっとして、表の商いには口出ししなはんなと云いたかったが、話は喜久治の女のことであった。喜久治はできるだけ穏やかな口調で、

「男と女のことは、商いの損得勘定みたいに簡単にはいきまへん、女のことで苦労して損したことが得になり、得したことが損になることもおます、つまり、普通の簡単な勘定科目には入らんものだす」

と云った。きのは、じろりと喜久治の横顔を見て、

「えらい難しい理屈を云いはるねんなぁ、わての云いたいのは、女に苦労して、要《い》らんお金をたんと使いなはんなと云うてるのだす」

「女のことで苦労して、たんと銭使うたかて、騙《だま》され放しで無《の》うて、それでわいと云う人間が大きなったら、そいでよろしおますやないか」

「喜久ぼん、そんな勝手は通りまへん、河内屋の財産は、わてと勢以から、あんたが継いだものだす」

ぴしりと止《とど》めを刺すように云い、急に声を柔らげると、

「この頃、えらい宗右衛門町の美濃家にお払いが多いそうやけど、急にそっちにええ女《おなご》はんがでけたんか、それとも、新町のぽん太に赤子《やや》でもでけて、その間のお慰めの浮気でっか」

喜久治は、一瞬、ぎくりとしたが、平気に構え、膝先《ひざさき》の二服目のお茶を啜った。きのと勢以は、喜久治の手もとを、じっと見詰めていた。喜久治は、少しの乱れもなく、茶を喫し、

「誰が、そんなわやくちゃ（嘘《うそ》八百）云いましてん」

落ち着いた声で、聞き返した。

幾代のことはともかく、ぽん太が妊娠したことは知れる筈がなかった。五カ月目からはお座敷に出ていないし、旦那と芸者の噂《うわさ》をすることは、花街の厳しい法度《はっと》になっている。そのうえ、ぽん太の毎月の入費《かかり》も、喜久治自身が屋形へ届けに行っている。

母の勢以が、喜久治ときの間をとりなすように、

「それやったら、宜しおますけどな、女遊びの上に、要らん赤子《やや》までひっ附けられたら、それこそ、えらい損だすさかいにな」

と念を押すように云った。

翌日、節季勘定をすますと、喜久治は宗右衛門町の美濃家へ上がった。

幾代は、喜久治と顔を合わせると、

「五日ぶりだす――」

とだけ云って、もう涙ぐんだ。

「六月の節季で、えらい忙しいて――」

「そのうえ、お家はんや御寮人はんがお難しゅうおますのでっしゃろ」

「なんで、そんなこと聞くねん」

「新町にいる時から、お店の噂はよう伺うてます、きっと、宗右衛門町の節季払いが多過ぎると、お云いやすのでっしゃろ」

幾代は控え目に云ったが、喜久治は、不機嫌に黙り込んだ。

「これから、わてにお金のかからんようにしておくれやす」

幾代は思い詰めたように云った。

「と云うて、わいは、なんぼ旦那になっても、お茶屋ぬきで、よそで会うたりするのん嫌いや、この間の茶臼山の時も、ちゃんと美濃家を通して屋形へ断わらせたやろ」

「そんなことを、云うてるのやおまへん、いっそ、わてに芸者を廃《や》めさせておくなはれ」

「ほんなら、家を持ってくれるか」

「へえ、わては、ぽん太はんと違うて、芸者らしい芸者やおまへん」

「ぽん太のこと、知ってたんか」

この二カ月半の間に、幾代の口から、ぽん太という名が一度も出なかったから、喜久治の方からも話し出さなかった。

「赤子《やや》のことも、知ってます」

喜久治は、幾代のつつましい辛抱強さに驚いた。

「それでも、かまへんか」

「どうぞ、わてに合うたひっそりしたとこおましたら」

「ほんなら、来月中に家を探して、落籍《ひい》てもらうよってな」

喜久治は、いたわるように云った。幾代は、俯《うつむ》いて深々と頭を下げたが、形を改めると、

「勝手な云い分だすけど、一つ、わてのお願いがおます……」

「なんや、引祝のことか」

「いいえ、一軒の家を持たせて戴いたら、その日から、わてに丸髷《まるまげ》を結わせておくなはれ」

喜久治は、当惑した。船場の商家のしきたりでは、正妻だけが髷を結えることになっている。母の勢以も、父が死んだ一周忌の間だけは忌髷（服喪中の髪）を結っていたが、一周忌がすむと、正妻の座にいた者のしるしとして丸髷を結っている。したがって、妾《てかけ》

は、どんな自由と贅沢《ぜいたく》が許される第一級の妾でも、丸髷の結髪は許されなかった。喜久治は黙って女の顔を見た。

「たった、半歳《はんとし》の間でも、芸者はやっぱり、売りもの、買いものにされる商売だす、芸者を廃めて、家を持たせて戴いたら、あんさんがちゃんと結婚しはるまで結構だす、わてに丸髷を結わしておくれやす」

喜久治は、言葉に詰った。

幾代を落籍《ひか》したのは、七月の下旬だった。喜久治は、引祝を派手にするように云ったが、幾代は、屋形持ちの自前芸者になるのでもなく、幾代という源氏名を返し、芸者を廃めてしまうのだからと、万事、地味に仕切った。それでも世話になったお茶屋の女将から、姐《ねえ》さん芸者、朋輩《ほうばい》芸者まで引祝を配ると、三千円の費用がかかった。

引祝をすまして三日目に、幾子は鰻谷《うなぎだに》筋の小路奥《しょうじおく》に引っ越した。このあたりは、船板《ふないた》塀《べい》で囲った家や、櫺子窓《れんじまど》を切った粋造《いきづく》りのこぢんまりした構えが多く、表札は厳《いかめ》しい男文字をしたためていたが、その殆《ほと》んどは妾宅《しょうたく》であった。

喜久治は、小路の敷石を踏んで、磨き込んだ小夜格子《さよごうし》を開けた。玄関代りの上《あが》り框《がまち》を入れて階下《した》が四間、二階が二間の仕舞屋《しもたや》であった。階下《した》は昼間も電燈を点《つ》け放しという薄暗さであったが、そんな陰気な湿っぽさが、妾宅らしい落着きになった。

幾子は、みずみずしく丸髷を結い、縁側の簾《すだれ》を巻き上げて、風を入れた。喜久治は、扇風機の前へ両脚を投げ出して坐り、

「そない、丸髷ばっかし結うてたら、頭のてっぺんが禿《はげ》になるでぇ」

とひやかすと、

「良家《ええし》からお嫁はん来はったら、すぐつぶさんなりまへんよって、禿になっても、今の間にたんと結わしてもらいますわ」

と云い、眉《まゆ》を曇らしかけたが、すぐ明るい笑顔《えがお》をして、

「お湯《ぶう》、どないしはります」

「じきに入るよって、用意してんか」

「ほんなら、お湯加減して来まっさ」

結いたての丸髷を湯気でくずさぬよう、日本手拭《てぬぐい》を姉さんかぶりにし、大事に被《おお》った。

喜久治は、重苦しい気分になった。本妻が来るまで丸髷を結わしてくれという幾子を不憫《ふびん》に思って許したが、案外、幾子は、何時《いつ》かは後妻になおして貰《もら》えるという、微《かす》かな望みを持っているのかも知れなかった。

そう云えば、引祝の翌日の本宅伺いの時も、祖母のきのと母の勢以が、びっくりするほど地味な素人《しろうと》くさい装《なり》をして来た。もちろん髪は、丸髷ではなく、洗い髪をひっつめ

の束髪にして、細い鼈甲《べっこう》の簪《かんざし》を一本、挿《さ》していただけであった。本宅伺いの作法は、もの静かで一分の隙《すき》もなく、白絹一疋《ぴき》のお為《ため》を戴くと、さらに型を改め、

「あのう、奥の女稲荷《おんないなり》さんにもお詣《まい》りさして戴きとうおますけど——」

と控え目に云った。

「なんで、うちの梅千代大明神さんのことまで知ってはるのや」

きのが怪訝《けげん》な顔をすると、

「旦那はんは、お茶屋で遊んでおいやす時でも、何時もお家はんや御寮人はんのことをお話しはり、そいで女稲荷さんのことも伺うとります」

と云った。それでもきのは疑い深い眼をして、奥前栽《おくせんざい》の女稲荷のお社へ案内すると、風呂敷包みの中からお供《そな》え物まで出して拝んだ。きのと勢以は、幾子の帰ったあとで、

「ひっそ（質素）で世帯くそうおますなあ、そやけど、あんなんが、入費《かかり》が少のうて、為のええ女や」

と、喜久治に云った。

喜久治は扇風機をゆるくし、仰向けに転がった。湯殿では、まだ湯加減を見ているらしい水の音がする。喜久治は、もう一度、祖母と母の云った「為のええ女」と云う言葉を嚙《か》みしめてみた。節約《しまつ》で世帯の為によい女という意味であった。きのと勢以が、ぽん太の時のように、月極めの手当をいくら貰っているかと、殊更《ことさら》に

幾子に聞かなかったのも、一目でその地道さに安心したからであるらしい。事実、幾子は節約《しまつ》で、家を買っても、女中の給金が安いからと、わざわざ自分の出姓《でしょう》の山科から十七歳の小婢《こおんな》を呼び、小婢が間に合わなければ、自分が襷《たすき》がけして手伝った。丸髷を結って、まめにたち働き出すと、離縁した弘子にどこか似ているようだった。

帰《い》んだ弘子は、平凡な顔だちであったが、透けるほど白い肌をし、産後窶《さんごやつれ》に肉落ちしても、肌のきめだけは細かく真っ白に冴《さ》えていた。幾子は、やや浅黒い小麦色の肌をしていたが、鼻筋が通り、一重瞼《ひとえまぶた》がきりっと張って、小作りな顔だちが、弘子に似ていた。ぽん太は、丸顔に大きな二重瞼を見開き、鬢《びん》の生《は》え下《さ》がりから顎《あご》へかけての線が艶《なま》めかしい。三人の中ではぽん太が飛びぬけて美人で齢若《としわか》だった。

湯殿の戸が開き、幾子は濡《ぬ》れ手を拭《ふ》いて、

「お待ちどおさん、やっと、按配《あんばい》なお湯加減になりましたわ」

喜久治のうしろへ廻って、着物を脱がせにかかった。

風呂へ入っても、喜久治は何もしない。湯槽《ゆぶね》へ入ったり、出たりするだけで、背中から前まで、みな幾子が洗い流し、湯殿から出ると、喜久治は素っ裸で仁王だち、幾子に体を拭かせた。

ここへ来る日だけは、家で上女中のお時にさせている入浴と着替えの世話を、幾子にさせた。幾子は、男にしては白過ぎる喜久治の大きな体を、湯上がりタオルで包むように拭い、一雫《ひとしずく》の湿り気もなくしてから、天花粉《てんかふん》を体中にはたき、はたいてから、さっとタオルで余分な粉を拭った。その間、喜久治は気持よさそうに大きな欠伸《あくび》をした。一番下は毎日はき捨てる新《さら》の猿又《さるまた》、次にすててこを履かせ、その上からじかに縮《ちぢみ》の浴衣《ゆかた》を着せつけた。

食卓は二の膳附きの賄《まかな》いであった。喜久治は三日目ごとに来たが、何時も料理は精選されて、珍しいものが多かった。富乃家の娘仲居をしていた経験が生き、喜久治は、その食卓が楽しみで、つい足を運ぶことがあるぐらいだった。今日は、車海老《くるまえび》の生き造りに、卵豆腐、鮎《あゆ》の塩焼、むし蛤《はまぐり》、小茄子《こなす》のたき合わせであった。車海老の生き造りは、つい少し前に、幾子自身が調理したらしく、まだ生身がピクピク生きている。箸《はし》をつけながら、喜久治は、それが一皿しかないのに気がついた。

「もう一皿は？」

「わては、結構だす」

「なんでやねん？」

「三日にあげず、お相伴で御馳走食べてたら、もったいのうおます、三度に一度は、わては塩焼と野菜の煮つけぐらいで戴かして貰います」

笑いながらそう云い、幾子は、喜久治にビールを注《つ》いだ。ビールも家を持ってからは、相伴程度で、宗右衛門町にいた時のように飲まなかった。

「それよか、ぽん太はん、どないしてはります、この暑い時に、産み月に近うなりはって、えろうおますやろな」

「もう、来月やよって、ちょっと、えらいらしい」

「ぽん太はんは、別嬪《べっぴん》さんやさかい、一つも面変りしはれしまへんでっしゃろ」

「うん」

と答えたが、つい四、五日前、喜久治が金を届けかたがた、屋形へ寄ると、大きな二重瞼が吊《つ》り上がり気味になり、常はくっきりと長い生え際が、眉と一緒に薄くなっていた。

「わてのこと、まだ、ご存じおまへんでっしゃろ」

「そうらしい、久しぶりに行ってやったら、大きな腹して、陽気に喋《しゃべ》ってたわ」

「新町と宗右衛門町と花街が別れてますさかい、すぐには解れしまへんやろけど、そのうち、きっと――」

「念のために、金柳と米田屋の女将には、ぽん太の耳に入らんように、そこらの口止め方を頼んで来てあるねん」

「何とか、ぽん太はんのお産がすむまで、安穏《あんのん》にすましたいものですなぁ」

「人のことまで気にして、幾子は苦労性やなぁ」

喜久治は、安心させるように云ったが、それでもまだ、幾子は心配そうな表情をしていた。

外が暗くなると、急に蚊が部屋の中へ舞い込んで来た。幾子はそっとたち上がって、部屋の隅に蚊遣《かやり》をした。もとの席へ坐りかけて、

「あの、もう、階上《うえ》、ご用意しときまひょか」

と聞いた。喜久治は眼で頷《うなず》いた。幾子の静かな足音が階段にして、喜久治の真上の座敷で蒲団を敷く気配がした。台所の方で、ものの割れる音がした。給金の安い愚鈍な小婢の仕業らしかった。

二階の奥座敷には、西風が入った。幾子は喜久治の背中に廻って、寝巻用の浴衣をふわりとかけた。竜脳《りゅうのう》の香りが、ぱっと部屋中にたち籠《こ》めた。寝巻用の浴衣は、一旦、糊《のり》をきかして干し、生乾きで取り入れて花莚《はなむしろ》に巻き、その上に幾子が小一時間ほど坐って敷伸《しきのし》する。それがすむと、竜脳の香袋を入れた簞笥《たんす》の引出しに納《しま》っておく。羽織ったばかりの時は、濃厚な匂いがつんと鼻に来たが、暫《しばら》くすると、艶《つや》めいた人肌のような柔らかい香りになった。

蚊帳の中にも、竜脳のかすかな香りが籠《こも》った。喜久治は、幾子の伊達巻《だてまき》の端に手をかけると、するりと解《ほど》け、浴衣の前がはだけた。幾子の手が助《す》けられていないのに、伊達巻の端を、軽く引っ張っただけで、するする解ける。

「手品みたいに解けるやないか」

喜久治は、不思議そうに云った。

「そないなるように結び方を、してますねん」

「え、そんな結び方あるのんか、起きてして見せてんか」

幾子は、狭い蚊帳の中にたち上がって、解けたばかりの伊達巻を手に取り、丈《たけ》を二つ折りにして腰に巻きつけ、ワサになった部分へ、反対側の端をくぐらせて一重にぱらりとはさみ込んだ。それで、一応、きちんと締っているが、結び目がないから、男の手が伊達巻にかかるだけで、自然にゆるんで解けるしかけになっている。

「ちょっと、引っ張っておみやす」

幾子は、恥じらうような低い声で云った。喜久治が、伊達巻の端をきゅうっと引っ張ると、衣摺《きぬず》れの音がして、するりと解けた。

「もう一回、やってみい」

喜久治は面白がって、幾子に伊達巻を巻かせた。巻けると、またきゅうっと引っ張って解いた。手品師が絹のハンカチを結んでは解き、解いては結ぶように、喜久治は何度も繰り返した。その度に、狭い蚊帳の中で、赤い伊達巻が、蛇のようにくねくね、とぐろを巻いた。

「なんで、こんなこと知ってるねん」

喜久治は、ふと手を止めると、怪訝《けげん》な顔をして聞いた。幾子は、くつくつと含み笑い

をし、床の上へ坐ると、

「わてが、考え出しましてん、喜んで戴こう思うて」

喜久治は手荒に幾子を抱えた。はだけた幾子の肌が、ぴたりと喜久治の胸に添った。生毛《うぶげ》が密生した幾子の肌は、生《なま》しい匂いがし、喜久治を深い欲望に誘った。ぽん太からは、得られないものであった。

第五章

越後町の角を曲って一丁ほど西へ行くと、仕舞屋《しもたや》風の屋形がたち並び、わずかな格子《こうし》構えの先にも、ちょっとした駒寄《こまよ》せをしつらえている。九月初めというのに、残暑が去らず、通り筋は打水したあとから、白く乾いた。

喜久治は、月初めの取引先廻りをすませた足でぽん太の屋形へ寄った。階下《した》の奥座敷で、白っぽいお召を着たぽん太が、膝《ひざ》の上に長唄の本を開け、口三味線で勧進帳の稽古《けいこ》をしていた。予定日が、十日前後というのに、襟白粉《おしろい》をして、手で口三味線の調子をとり、指先にダイヤと翡翠《ひすい》の指輪が光っている。

「産み月やいうのに、長唄の稽古なんかしてて、大丈夫か」

喜久治は、単帯《ひとえおび》の下に大きく膨《ふく》らんでいるぽん太のお腹《なか》のあたりを、ちらっと見て、そう云った。

「なんでも、体に障《さわ》る、障る云うて、寄せつけてもくれしまへんけど、あんさんの方では、変ったお楽しみでも出来はったのやおまへんか」

ぽん太は、探るような眼を喜久治にあてた。

「阿呆《あほ》、何云うてるねん、ぽん太の体を心配して云うてるのや、わいは帰《い》なした弘子との時も、そうやったんや」

「ほんまでっか、この頃みたいに、月に一回、お金を届けかたがたにだけ来て、さっと帰りはったら、えろう気になりますわ」

「お前も、なかなか悋気《りんき》者《もん》やなぁ」

喜久治は、ぽん太の二重になったくくり顎《あご》を、両手でつまんだ。ぽん太は、重い体を上半身だけ、甘くかしげて来ながら、

「ほんまに、わてだけでっせ」

と鼻を詰らせた。大袈裟《おおげさ》に喜久治が頷《うなず》くと、やっと安心したらしく、ぽん太は、女中に夕食の用意を云い附けた。

「いや、ビールだけでええ、取引先からの帰りやから、一時間ほどで、店へ帰らんならん」

「そいでも、もう、夕方やおまへんか」

「ところがな、今晩、金柳へ小売店の店主を招待してるよって、一旦、店へ帰って着物を着替え、土産物の用意もせんならんのや」

そう云われると、ぽん太は止めようもなく、気落ちした顔で、ビールとガラス皿に載

せた枝豆を出した。喜久治は冷えのきいたビールで咽喉《のど》を潤《うるお》し、

「もうあと、十日ほどやよって、お産の費用を別に置いとくわ」

懐《ふところ》から金包みを出して、ぽん太に渡した。

「おおきに、かさねがさねに、たんと戴《いただ》きまして、ちょっと触《さわ》ってみておくれやす、ほら、赤子《やや》が動いて——」

と、お腹を触らせようとすると、喜久治は、取られた手を、曖昧《あいまい》に逃がし、

「うん、触ってみんかて、わいの勘でよう解《わか》ってるわ、よう達者に育ちよったなぁ」

ビールをたて続けに三杯飲んで、手もとを塞《ふさ》いだ。ぽん太は、急に俯《うつむ》いて顔を歪《ゆが》めた。

「あんさんは、赤子《やや》いりまへんのんでっしゃろ」

「今ごろ、何云うてるねん」

「始めから、気ぃすすみはれへんとは知ってましたけど、こない赤子に薄情やとは……」

うっと咽《むせ》ぶなり、妊娠してから薄くなった眉《まゆ》を引き吊《つ》らせ、肩で激しく息をした。喜久治は、ややもてあまし気味になり、

「いらんのやったら、わいのことや、始めから産まさへん。赤子が産まれたら、金柳からうちへ連絡して貰《もら》うようにまで、ちゃんと頼んである」

「金柳はんから？」

「そうや、金柳の女将《おかみ》に、うちの大顧客《おおとくい》の十河屋《そがわや》はんが急に金柳へ来てお待ちやと、電話して貰うことになってるさかい、すぐ女中に金柳へ知らすようにしいや」

細かく気配りすると、ぽん太は平静を取り戻し、

「堪忍《かんにん》だっせぇ、つい気が昂《たかぶ》りまして」

と素直に謝った。

店へ帰ると、喜久治は取引先の書きつけをすませ、秀助に今晩の招待客への土産物の用意を云いつけてから、風呂へ入った。

上女中のお時が、襷《たすき》がけで裾《すそ》を端折《はしょ》り、喜久治の湯桶《ゆおけ》を汲《く》んだ。自分で前だけを洗い、お時が背中を流しにかかった時、湯殿の戸が、ガラリと開いた。

「喜久ぼん！」

と云うなり、祖母のきのは足袋のまま、ずぼずぼと、湯殿の中へ入って来た。

「あ、着物が濡《ぬ》れますでぇ」

喜久治は、驚いたように云った。それでも、きのは湯殿の流しの上を歩いて来て、湯槽《ゆぶね》の前まで来ると、いきなり湯桶に湯を汲んで、ざぶっと喜久治の頭からぶっかけた。

「何をしはりまんねん！　気ぃでも――」

突然で、喜久治は、口がきけなかった。

「気ぃでも狂うたんかと云いなはるのか、気違いはあんたや！」

と云うなり、きのは、また湯をぶっかけた。

「お祖母はん！」

きのの肩を引っ摑《つか》まえようとした途端、喜久治は石鹼《せっけん》に躓《つまず》いて、足もとを辷《すべ》らせた。その隙《すき》にきのはするりと、湯殿の戸口へ逃げ、振り向きざまに、

「ぽん太に、赤子が生まれたやないか」

と、叩《たた》きつけた。

「え？」

「今、向うの女中から電話があったわ」

「――――」

つい二時間前に、ぽん太と別れたばかりであった。

「まだ、胡麻化しはる気か、急に産気づいて、かかりつけの産婆《さんば》は留守でどうしたらええか解らへん云うて、女中が泣き込んで来たんや」

「そいで、どないしてくれはりました」

喜久治は、頭からぽた、ぽた、湯を滴《したた》らせたまま、せき込んで聞いた。きのは濛々《もうもう》とたち籠《こ》めた湯気の向うで、白い笑いを泛《うか》べた。

「まあ、その体を拭《ふ》きなはれ、それに、なんぼ、わてのまえやいうても、前ぐらいちゃ

んとおさえなはれ」

と、窘《たしな》めた。喜久治は、慌《あわ》てて、手拭《てぬぐい》で前を押え、

「向うは、大丈夫でっか」

「さあ、なあ、ともかく、旦那はんは、今お湯《ぶう》やよって、出はったら取次いたげまっさ、それまで、そっちで段取りしなはれ云うて、ビシャッと電話を切ってやったわ」

「そんな、可哀《かわい》そうな――」

「何が可哀そうやねん、あんたがお風呂へ入ってる時に電話がかかって来て、奥へつなぎかえたら、よりにもよって、わてが出る、隠しごとはでけんもんだすなぁ」

吐き出すように云うと、ガラス戸を手荒く閉めた。お時は、湯殿の隅に蹲《うずくま》って始終を聞いていたが、顔色に出さず、黙って手早く喜久治の体を拭いて、下ばきをはかせた。

座敷で着物を着附け、角帯を貝口に結んでいると、きのと勢以が顔を出した。勢以は青ざめて度を失っていたが、きのは落ち着き払い、さっき湯殿で濡らした着物を、もう着替えていた。喜久治の前へたつと、

「さ、これ持って行きなはれ」

きのは、紫色の風呂敷包みを出した。

「なんだすねん、これ？」

「中に、五万円と一万円の金包みが、二つ入っておます」

「二つも――」

喜久治は怪訝《けげん》な顔をした。

「知らんはずがおまへんやろ、妾腹《てかけばら》が出来たら、男の子なら五万円、女の子は一万円渡すのが、船場《せんば》の旦那のしきたりや、そないしたら、何《なん》にも云わんかて、子供との縁は、この金で切りや、という意味になりますねん」

喜久治は、腹の底から噴き出して来る怒りを押えていた。

「あの肉附きのええ達者な体や、あんたが向うへ着く頃には、犬の子か、猫の子産むみたいに、ころりと産んでますわ、さ、早よ、行きなはれ」

きのは、風呂敷包みを、喜久治の胸に突きつけた。

喜久治は、慌てた恰好《かっこう》を見られぬように、ぽん太の屋形から一丁ほど手前で車を降り、灯のついた軒下を、わざとゆっくり歩いた。屋形の表格子を開けかけると、中から突き上げるような赤ン坊の泣声がした。玄関から見通せる奥の台所の方で、大きな盥《たらい》をかつぎ出す女中と産婆のうしろ姿が見えた。祖母のきのと母の勢以が云った通り、かけつけて来てみると、もう無事にお産が終ってしまったらしい。

喜久治は、声をかけず、黙って二階の座敷へ上がった。襖《ふすま》を開くと、ぽん太が、疲れ果てたようにぐったり眼を閉じている。傍《かたわ》らの小蒲団《ぶとん》の中に、黄色の産衣《うぶぎ》にくるまれた

皺《しわ》だらけの赤子が、勢いよく産ぶ声をあげていた。喜久治は、つかつかと、ぽん太の枕《まくら》もとへ坐るなり、

「男か、女か、どっちゃや」

と聞いた。ぽん太は、驚いたように眼を見開いた。突然で、何を云われたのか解らなかったが、早速、駆けつけてくれた喜久治を見て、やや窪《くぼ》んだ眼を熱っぽく潤ませた。

「赤子は男か、女やったか、聞いてるねん」

喜久治は再びせき込んで云った。ぽん太は、にいっと羞《はじら》うように唇を綻《ほころ》ばせ、

「ぼんぼんだす」

「え、男の子……」

喜久治は、赤子をのぞき込んだ。そう云われれば、顔中を口にして泣く様子が、男の子らしく、髪の毛も黒くこわかった。喜久治は、どうせ里子《さとご》にやるのだから別に男の子でも女の子でもいいと思っていたが、いざ男の子だとなると、やはり何となく荷の重さを感じた。だが、そんな気配など噯《おくび》にも出さず、

「そうか、安産でよかったなぁ」

と云いながら、持って来た紫色の風呂敷を広げ、二つの金包みのうち、厚い方を取ってぽん太の枕もとへ置いた。

「これ、男《お》の子料《こりよう》や」

「へえ？　何だす」

水引のかかった金包みを、ぽん太は寝たまま手に取って、訝《いぶか》しげに裏返した。金五万円也と、楷書《かいしょ》の女文字でしたためられている。中身が軽いのは、一部分、小切手になっているらしい。

「五万円――」

ぽん太は、呆《あ》っ気《け》に取られた。

「それだけあったら、一生贅沢《ぜいたく》に暮せる金高や、その代り、この男の子料の意味は解ってくれてるやろな」

「男の赤子《ややこ》が生まれた産祝いみたいなもんでっしゃろ」

「違うねん」

と云い、やや口ごもったが、

「実はな、本妻以外に子供ができた時、男の子やったら五万円、女の子やったら一万円包むのが、船場のしきたりになってるのや」

と思い切って云った。

「ほんなら、この金包みで、子供との縁は切れるわけでっか」

仰向けのまま、ぽん太は、掛蒲団から身を乗り出すようにして、枕もとの金包みを指した。

「うん、まあ、それぐらいあったら、男の子でも、女の子でも何不自由無く、一生暮せるよってなぁ」

突然、ぽん太の顔が、箱枕の上で左右に激しく揺れた。

「何を云いはりますねん、あんさんら、船場の人の云うのは、何でもお金としきたりで、ことを片附けはりまんのんか、芸者や妾だけでことすまず、生まれたての赤子にまで、手切れ金出しはりまんのんでっか――」

と云うなり、右手で枕もとの金包みを手荒く払い退《の》け、掛蒲団で顔を掩《おお》った。喜久治は、はっと身じろいだが、平静をつくろい、煙草《たばこ》を一服吸ってから、蒲団に顔を埋めているぽん太の鬢《びん》のおくれ毛をかき上げてやりながら、

「何も、そんなえげつない意味やあらへん、もともと赤子が生まれたらすぐ里子に出す約束やったやないか、それにしきたり通り、男の子料をつけただけやさかい、まあ、同じことや」

やんわり、女の気を変えるように云ったが、ぽん太は、

「同じやおまへん、里子に出すだけと、男の子料五万円で、父子《おやこ》の縁切れになるのとは、えらい違いがおますやないか、札束で子供の一生まで、勝手気儘《きまま》に買いなはんのか、そんなお金は要りまへん！」

と云うなり、顔を振って、嗚咽《おえつ》した。

「まあ、そない昂奮《こうふん》せんと、よう考えてみい、わいかて生身の体や、まだ若いいうたかて、いつ大病してお父はんみたいにぽくっと死ぬかも解れへん、その時、五万円有るのと無いのと、子供の立場になって、よう勘定してみい」

そう云われると、急に、ぽん太は黙り込んだ。

「な、これで得心してくれたやろ」

納得させるように喜久治が云うと、ぽん太は、気折れしたように、ふうっと大きな溜《ため》息《いき》をついた。

「ぽん太、堪忍やでぇ」

喜久治は、上半身を屈《かが》めて、優しくぽん太の肩を抱き、熟れたような唇を吸った。産《さん》褥《じょく》のせいか、熱っぽかった。そうしながら、喜久治は片手で、ぽん太が払い退けた金包みを、もと通り枕もとに引き寄せた。ぽん太は、眼を閉じて、されるままになっていた。

赤子が、泣き出した。喜久治は、ぽん太に合わせていた顔を離した。

「びっくりさせよるな、赤子のくせにどえらい泣き方や」

と苦笑し、赤子のまだ開かない握りこぶしを面白そうにいじり、

「初めの約束通り、もうちょっとしたら、里子に出しや」

ぽん太は、諦《あきら》めたように頷《うなず》き、どうせこうなら男の子でよかった。女の子なら一万円やったと、ちらっと四万円の差が胸内をかすめた。ぽん太は、赤子の方を見やりながら、

「せめて、ええ名前をつけてやっておくれやす」

母親らしい、しんみりした口調で云った。

「名前か――、難しいな」

とっさに思いつかぬらしく、喜久治は首をかしげ、眼をしばたたかせた。

「喜久治という名前の中の、どれか一字を分けてやっておくれやす」

「そら、あかん、ご先祖から戴《いただ》いた名前は、本宅以外の子供には、分けられへんことになってるねん」

「子供の名前にまで、本宅と妾宅《しょうたく》の隔てがおますのんか――」

皮肉に云い返したが、今度は、もう、怒りもせず、投げ出すような口調で、

「さよでっか、ほんなら、何なりと――」

「そうやな――」

やや思案していたが、

「ええのがある、ぽん太の太を取って、太郎にしようやないか」

「太郎――」

ぽん太は、明らかに不満な顔をした。

「あかんか」

「太郎やて、あんまり簡単過ぎるやおまへんか、なんぞ、もうちょっと、変りばえのあ

る名前あらしまへんか」

「丈夫そうで、ええ名前やないか、これにしときぃ」

そう云うと、喜久治は、懐中時計を帯の間から出した。七時過ぎであった。

「ほんなら、さっき話してたみたいに今晩は、金柳へ小売店の店主をご招待してるさかい、行ってくるわな」

「え、今からすぐ？」

「和助と秀助が、先に行っておもてなししてるけど、もう三十分も席に遅れてるのや」

喜久治は、気忙《きぜわ》しく座を立った。襖を開けた途端、そこにビールを盆の上に載せた中年の女中がたっていた。うちらの諍《いさかい》も、睦《むつ》みごともたち聞きしていたらしい。

「女中は、ど聾をおきや」

喜久治は、そう云い、手荒に襖を閉めた。

表へ出て、越後町を東へ一丁ほど行くと、新町通筋に折れる角で、子供が四、五人遊んでいた。喜久治は、足を止めた。餓鬼大将らしい男の子が、棒切れを持って、向うから歩いて来た芸者のお尻《いど》をひょいとめくった。若い芸者は、キャッと悲鳴をあげて、走り過ぎた。ほかの子供たちは、喚声をあげて喜んだ。

七つぐらいの餓鬼大将は、手足を泥で汚していたが、ほかの男の子は銘仙《めいせん》の着物に兵《へ》児《こ》帯《おび》を締め、色白で眼もとも涼しい。一緒の女の子も、おしゃまな顔をした器量よしであった。しかし、どこか芸者屋の子らしい大人びたひね方であった。一瞬、喜久治の胸が疼《うず》き、あと味の悪いうしろめたさを感じた。

　金柳の座敷へあがると、三十人の招待客が全部揃《そろ》っていた。芸者も、豆千代や〆吉《しめきち》、君しげなど馴染《なじみ》の妓《こ》のほかに、十五、六人が揃っていた。

　喜久治は、敷居際《ぎわ》に坐るなり、

「お招き致しました手前が、余儀ないことで、遅参致しまして申しわけおまへん、皆さん方のおかげで、今年のお盆も、河内屋足袋をよう売って戴きまして有難うはんだす、さ、今晩は、どうぞお気軽にお寛《くつろ》ぎしておくれやす」

　丁寧に挨拶《あいさつ》すると、正面の上座《かみざ》から、

「河内屋はん、そんな堅苦しい挨拶、もう、よろしおますがな、さあ、こっちへおいでやす」

　とすすめた。

　大阪市内で一番大きな足袋小売店である佐野屋六右衛門であった。こうした席の順番は、招待側でくよくよ気を揉《も》まなくても、商人の間では、その店の暖簾《のれん》と商い高によって自然と席が定まった。

　喜久治は、下座《しもざ》の方を、大番頭の和助と中番頭の秀助に任せて、正面の佐野屋に最初

の献盃《けんぱい》をした。佐野屋は一献《いっこん》をあけると、六十を過ぎても艶《つや》のある赭《あか》ら顔《がお》で、

「河内屋はんは、お若いけどなかなかのぼんち旦那や、そこらのぼんぼん旦那と違うて、女を蕩《たら》しながら、ちゃんと商いの帳尻《ちょうじり》は合わしてはる、ほれ、絹寒冷紗《きぬかんれいしゃ》裏の夏足袋は、今年で二夏、よう売りまくりはったやおまへんか」

　と、喜久治に盃《さかずき》を返した。

「へえ、おかげさんで、またそろそろ、何か考え出さんと、あとが続きまへんわ」

「まあ、せいぜい女道楽しながら、ええ商い考えなはれ、小面《こづら》にくいぼんちや、アハハハハハ」

　と豪放な笑い方をした。それをきりに、喜久治は、正面から左廻りに献盃して廻った。一人、一人の客の名前とその店の商い高が、喜久治の頭の中で整理されていた。荷出し帳を繰り、足袋の足数改めをしているような調子で、喜久治はせっせと酒を注《つ》いで廻り、盃を受けて廻った。何人目かに献盃している時、喜久治は、ふと腹の底から笑いが、こみあげて来た。

　つい一時間ほど前は、ぽん太の屋形で生まれたばかりの赤子のことで、深刻にもめていたが、今はもう、そんなことは頭の片隅にもない。まるで、さっきのことは茶話のような軽さにしか残っていない。何時《いつ》か、幾子が哀しそうな眼をして、

「喜久ぼんは、お座敷でさんざん阿呆な遊びをしはっても、一足《ひとあし》、お茶屋の玄関口を出

はるなり、さっと遊びの醒《さ》める男はんだす」

と語ったことがあったが、案外、云いあてている言葉かも知れなかった。喜久治は、反芻《はんすう》するように、幾子の言葉を噛《か》みしめた。

上座の方で、派手な嬌声《きょうせい》が聞えた。喜久治が何時も贔屓《ひいき》にしている豆千代とメ吉が、佐野屋六右衛門を真ン中にはさんで、拳《けん》を打っている。喜久治も仲間入りするために豆千代の隣へ坐ると、囁《ささや》くように、

「旦《だん》那はん、赤子でけはって、おめでとうおます」

と云った。喜久治は素知らぬ顔をして、返事をしなかった。佐野屋とメ吉が拳を打っている時、また豆千代が囁きかけたので、喜久治は、

「お座敷で、赤子のことなど云う芸妓《げいこ》は、売れへんでぇ」

と冗談めかしに窘《たしな》めた。豆千代は、ぱっと袖《そで》を口もとにあて、小さな声で、

「かんにん」

と謝った。喜久治は軽く頷《うなず》いて、メ吉に代って、佐野屋と拳を打ち出した。

十時過ぎに招待客を送り出し、乱れた座敷へ戻って来てほっとしていると、秀助が、

「今、お家《え》はんから、こちらへ電話がおまして、急用があるさかい鰻谷《うなぎだに》へ寄らんと、まっすぐお帰りやす、とこない云うてはります」

遠慮がちに取り次いだ。

「よっしゃ、そんなことわざわざ云うて来《こ》んかて、今晩はそのつもりでおったんや」

喜久治は怒ったように云った。

車が門口へ停《とま》り、秀助が先に降りてくぐり戸を開けようとすると、内側からコトリと開いた。上女中のお時が、大分前から立ち番していたらしく、十二時を過ぎているのに湯も使わず、昼間のお為着《しきせ》を着たままであった。それで、祖母のきのと母の勢以の不機嫌さが、喜久治にも推し測られた。

平常は十時を過ぎると、明かりが消えている奥の御寮人《ごりょうん》部屋に、明々と電燈が点《つ》いている。

「今、帰って来ましてん」

喜久治は、ややふらつく足で部屋の中へ入ると、何時もは子供部屋で独り寝かされている五歳の久次郎が、今日に限って二間続きの御寮人部屋の奥に寝かされ安らかな寝息をたてていた。襖《ふすま》を開け放した次の間に、きのと勢以が坐っていて、そこに何となく、意地の悪いわざとらしさがある。

「赤子は、どっちだすねん？」

きのが、こらえ性のない声で聞いた。喜久治は、酒臭い息を吐きながら、

「五万円の方だす」

「え！」

きのと勢以は、上ずった顔を見合わせた。喜久治は残った一万円の方の金包みを、ばさりと勢以の膝前《ひざまえ》へ投げ出した。勢以は、金包みの裏を返して見た。金一万円也と自らしたためた女《め》の子《と》料の金包みであった。勢以は、

「そいで、しきたり通り、ちゃんと赤子と縁切れにしといたやろな」

念を押すように云った。

「船場のしきたり通りに、さしてもらいましたわ」

喜久治は、皮肉るように云った。

「何時、里子に出すのや」

「首据わりがして、抱けるようになったらじきに」

「名前は、どないつけましてん」

「桃太郎はんの、太郎だすわ」

喜久治は笑いながら云ったが、二人とも、にこりともせず、

「そいで、臍《へそ》の緒は？」

きのが、待ち構えたように切り出した。

「え？　臍の緒――」

「五万円と引替えに、赤子の臍の緒を貰《もら》う約束にしとかんとあかへん、生まれて一週間ぐらいに除《と》れる臍の緒は、奉書紙に包んで一生、残しておくもんや、ところが、その奉

書紙に、赤子の名前と生年月日、両親の名を書いておくさかい、それをこっちへ取っておかんと、あとで揉《もめ》の因《もと》になるやないか」

「つまり、男の子料五万円の領収証になると、云いはるわけだすな」

「まあ、そうだす、あんたが家を出る時に、わて、臍の緒のことも云いましたやろ」

「いいや、そこまでは聞いてまへん」

と開き直ると、きのは気振り一つ変えず、

「わてが云わんかっても、一財産にもなるお金を、妾腹《てかけばら》に出したら、それぐらいのこと思い当りなはれ、明日にでも、早速、臍の緒を貰う約束に行って来なはれ」

声高に、きのが云いきった。

喜久治は起《た》ち上がって、寝ている久次郎を起さぬよう奥の間の襖をぴたりと閉《し》めた。それから、くるりと向き直り、

「もう、いい加減にしなはれ、男の子料のことから、名前のことから、相当えげつないこと云うて来たわいに、まだこの上、臍の緒を取りに行かしなはる気でっか、なんぼ芸者や妾やいうたかて、そこまでむごうせんなりまへんか」

喜久治は、不幸な同性にいささかの思いやりも持たず、ぬくぬくと富裕の中に生きている女に憎しみを感じた。六十四歳のきのも、四十六歳の勢以も、その齢《とし》になるまで、指先一つ傷つけられずに育って来た女だった。

「わいは、何でもしきたり通りにやって来ましたけど、それは、しきたり通りに割り切るのが、一番、楽で簡単やさかいだす、わいは、お祖母はんやお母はんはもちろん、外の女とも、煩《わずらわ》しい揉ごとに巻き込まれるのが、何より嫌いだす、それで、二度目の女房を貰わず、外の女も家へ入れず、そのうえ、外に出来た子供までちゃんと始末して煩わしい係累《けいるい》を作らんようにしてますのや、独り身で、銭甲斐性《ぜにがいしょう》と男甲斐性で、勝手気儘《きまま》に暮さしてもらいまっさかい、もうこれ以上、二人でねちねち云わんといておくれやす」

慇懃《いんぎん》であったが、突っぱねるような冷やかな口調で云うなり、座敷を出た。

「喜久ぼん！」

きのの呼び止める声がしたが、喜久治は足早に廊下を折れ、旦那部屋へ入って、固く襖を閉めた。

きのが臍の緒のことを云い出してから三カ月経《た》ったが、喜久治は一向、臍の緒を受け取って来なかった。それでも、きのは重ねて催促せず、薄気味の悪いほど根よく黙っていた。

喜久治は、ぽん太と顔を合わせる度に、軽く云おうと思いながら、男の子料のことがあった上に、さらに臍の緒のことまでは、さすがに酷で切り出し兼ねていた。しかし、そのままにして置こうとは、思っていなかった。第一、祖母のきのと母の勢以が、それで引っ退《さが》るような女ではなく、喜久治もまた、子供のことで煩わしい悶着《もんちゃく》など抱え込むのは真っ平であった。男の子の一生扶持《いっしょうぶち》になる金五万円也を附けてやり、籍は入れずに、ぽん太の本姓である岡村みよの私生児として、里子に出す約束であった。

赤子《やや》の首据わりがしたら里子に出すという約束であったから、喜久治はぽん太の屋形へ出かけて行くと、赤子の首の据わり加減ばかりを気にしていた。そんな喜久治の様子を見て、ぽん太は、産後百日目に赤子の首が据わると、すぐ里子に出すことにした。

その日、里親が夕方四時過ぎに来るというので、喜久治は四時になると店を出て、ぽん太の屋形へ行くと、もう岸和田の百姓夫婦である里親が来ていた。既に事情を聞き知っていたのか、喜久治の姿を見ると、膝を直し、硬くなって挨拶した。

喜久治は、実直そうな夫婦の顔をちらっと見て、

「詳しいことは母親から聞いてくれたやろけど、あんじょう育てたってや」

と云い、子育て祝儀《しゅうぎ》料として、千円包んで渡した。里子料は、先にぽん太に手渡した男の子料の中から多額に支払ってある。その上、祝儀まで別に出したので、里親の小田夫婦は、

「へえ、もう、これで沢山で、十分で……、大事なぼんぼんは達者にお育てして、毎月、ご様子をお報《し》らせに参上しますで……」

よく眠っている太郎を、腫《は》れものにさわるような手つきで、おくるみへ包みかけた。ぽん太は、腰を浮かして、何か云いかけたが、もう諦《あきら》めがついているのか、そのまま黙って坐った。小田夫婦はこんな場に馴れているのか、無駄なことは一切、云わず、女房の方が、太郎を抱きかかえると、亭主の方は八端織《はったんおり》の大風呂敷へ太郎の産衣《うぶぎ》や、おしめから乳豆《ちまめ》のついた牛乳瓶まで包んで、手に提げた。喜久治は、思いついたように、

「臍の緒は、置いといてや」

と云った。

「え？　臍……」

夫婦はきょとんと、顔を見合わせた。ぽん太が、

「臍の緒は、家へちゃんと置いてますけど、何だす？」

「それ、わいに渡してんか」

「あんさんに？　一体、どないしはりますねん」

喜久治はやや口ごもったが、

「要《い》るねん」

と一言、突慳貪《つっけんどん》に云った。ぽん太の顔が、さっと蒼《あお》ざめた。

「妾腹《てかけばら》に後くされのないように、そこまで、えげつのうしはりまんのんか」

「阿呆、人前で何を云うねん」

なだめるように窘《たしな》め、喜久治は小田夫婦を眼で促した。敷居際《ぎわ》で戸惑っていた夫婦は、太郎を抱き直して、早々に出て行った。それを見すますと、ぽん太は喜久治ににじり寄り、

「あんさんという人は、臍の緒のことまで、お家《え》はんと御寮人《ごりょうん》はんの云いなりになる男はんでっか」

じいっと喜久治の顔を舐《な》め廻し、急に小鼻に皺《しわ》を寄せたかと思うと、嘲《あざけ》るような粘《ねば》い笑いをした。

喜久治は、女の嘲り顔というのは、どれもよく似たものだと思った。祖母のきのも、母の勢以も、ここ三カ月余りの間、臍の緒を持って帰らぬ喜久治をそんな顔で見ていた。一言も催促しない代りに、形のいい小鼻に皮肉な皺を寄せて、ねっちりあしらうような笑いを泛《うか》べていた。女でなければ出来ぬような粘っこい薄ら笑いであった。喜久治はわざと図太く構えて、

「赤子の臍の緒ぐらい、どっちへ行ったかて同じことや、是が非でも欲しいと云う方へやっといたらええやないか」

投げやりに云うと、

「何でもお金としきたりで、きりをつけはるつもりだすか」

と云うなり、ぽん太は起《た》ち上がり、うしろの桐簞笥《きりだんす》の小引出しを開け、白い紙包みを

喜久治の膝へ投げつけた。喜久治は膝前へ転がった紙包みを拾い上げて、開いた。『岡村太郎、大正十五年九月一日生、ちち河内喜久治（襲名名《しゅうめいな》、河内喜兵衛）はは岡村みよ』と、ぽん太の手で記した奉書紙の中に、干し柿の蔕《へた》のようにカチカチに干乾《ひから》びた臍の緒が入っていた。喜久治は、稚拙なぽん太の筆跡をもう一度読み直してから、もと通り包んで、懐《ふところ》へ入れた。

「ところで、ぽん太は、何時からお座敷へ出るのや」

気を直すように云うと、ぽん太は、頬《ほお》を硬《こわば》らせたまま、眼を逸《そら》せた。

「来月からか、それとも、いっそ一カ月先にして来年からにするか？」

重ねて云うと、急にぽん太の姿勢が崩れ、畳の上に涙が落ちた。喜久治は口を噤《つぐ》んで起ち上がった。

電車道へ出て、喜久治はすぐ車を拾った。六時半から佐野屋に宗右衛門町の『浜ゆう』へ招《よ》ばれていたが、まだ五時半を廻ったばかりであったから、途中でちょっと、鰻《うなぎ》谷《だに》の幾子の家へ寄ることにした。

車を小路《しょうじ》の入口のところへ待たしておき、敷石づたいに入って、表格子《ごうし》をガラリと開けると、小婢《こおんな》がびっくりするほど大きな声で内へ取り次いだ。

幾子は、何時《いつ》ものように丸髷《まるまげ》を結っていたが、今日は喜久治の来ぬ日であったから、黄八丈を裾《すそ》短かに着て白い前掛をしていた。

「何してるねん、そんな恰好《かっこう》して――」

「ええ天気でっさかい、洗い張りして、今、取入れがすんだばっかり」

右手に束ねた籡張《しんしば》りをパチパチ鳴らしながら、喜久治を迎えた。喜久治は、座蒲団《ざぶとん》の上に坐らず、脇息《きょうそく》に腰をかけ、

「これからまた、宗右衛門町へ行かんならん、この間、新町へご招待した佐野屋はんや市河屋はんらが、お返しに『浜ゆう』で一席、設ける云うてくれてはるねん」

落着きなく云った。幾子は拍子抜けしたが、

「ほんなら、お帰りに――」

お泊りやすかと口に含みながら、湿った眼を二階に向けた。喜久治は黙って、脇息からずり下り、手を伸ばして、幾子の懐の間へ入れた。幾子はうしろへ倒れそうになりながら、じっと体を支えていた。

表の方で、男の声がした。小路の表へ待たしている運転手の催促であった。時計を見ると、二十分経っていた。喜久治は、慌《あわ》てて幾子の懐から両方の掌《て》を抜いた。女の強い肌の匂《にお》いがした。幾子は急いでお絞りを持って来て喜久治の手を拭《ぬぐ》った。表格子の外まで送り出し、

「お帰りは、何時ごろにおなりやすか？」

控え目に聞いた。喜久治は、優しい眼をして、

「できるだけ早よ来る、十時過ぎにな」

そそくさと小路の敷石を踏んで、待たせておいた車に乗った。約束の時間きっちりであったが、もう佐野屋六右衛門と市河屋藤太郎が先に来て、若い芸者を五人呼んで遊んでいた。

喜久治の顔を見ると、佐野屋は挨拶など抜きにして、

「さあ、これが、お待ちかねの河内屋のぼんち旦那や」

と赭《あか》ら顔を光らして、笑った。芸者たちは、銘々華やかに馴《な》れ馴れしく挨拶したが、喜久治は、宗右衛門町に馴染《なじ》みがなかった。その中で、一番齢嵩《としかさ》な芸者が、

「新町から、さあっと宗右衛門町へ遊びに来はって、たった二、三カ月で幾代はんを落《ひ》籍《か》しはった旦那はんでっしゃろ」

と素っ破ぬいた。市河屋は驚いたように盃の手を止め、

「へえ――、新町のぽん太はんのことは知ってまっけど、宗右衛門町にもおましたんか、箸《はし》まめでんなぁ」

大げさに感心すると、佐野屋も、

「ほんまに河内屋はんと来たら、夜店で植木鉢買うように、女つくりはるさかいな」

と云ったので、芸者たちは、

「わてらは、しゃぼてんや松竹梅の植木鉢並でっか」

げらげら笑い出し、座敷が賑《にぎ》やかになった。六十過ぎの佐野屋は酒が入ると、白髪に包まれた赭ら顔をさらに紅《あか》く染め、芸者たちをあやすように遊んでいたが、

「お福はどないしてるねん、さっきから、ちっとも顔見せへんやないか」

と云った。下座の若い妓が、呼びに起ちかけた時、襖《ふすま》がすうっと開いた。

「よう、お越しやす、おおきに」

背丈五尺四寸、十五貫余りの雪のように白い肌をした大柄な女だった。甲に窪《くぼ》みのあるむっちりした手を、敷居際につき、やや間をおくように腰を落して、次に頭を低くさげた。一つ、一つの動作に、一息入れているようなゆっくりしたもの腰であった。

「お福、どないしててん、こちらが河内屋はんや」

佐野屋がひき合せた。

「仲居のお福でおます、どうぞ御贔屓《ごひいき》にしておくれやす」

口調も、ゆっくりしたもの云いであった。

「河内屋はん、お福は、ここの仲居頭《なかいがしら》でっさかい、何でも無理を云いなはれや、それに酒の飲み振りがええさかい、飲み相手に持って来いだす」

と云い、佐野屋はお福に盃を渡した。お福は静かに口もとまで運び、唇に盃をあてたかと思うと、ふうっと酒を吸い上げた。まるで盃と薄い唇が解け合い、その瞬間、盃に虹《にじ》がたつような見事さであった。佐野屋は、たて続けに酒を満たした。

「へえ、おおきに」

お福はふっくらした顔を柔らかく綻《ほころ》ばせ、何度も盃を受けた。

喜久治は、芸者と馬鹿話をしながら、お福を、観察していた。衿《えり》もとをざっくりかき合わせ、腰骨の上あたりに帯を無造作に巻きつけ、黒い豊かな髪を頭のてっぺんに束ね、齢は喜久治より二つ、三つは老《ふ》けて見えた。仲居にありがちなお世辞《べんちゃら》や卑《いや》しさがない。遊び始めの成金はともかく、花柳界の饐《す》えた臭《にお》いの一つも嗅《か》ぎ取っている遊び客は、お福のさらりとした淡白さに魅《ひ》かれそうだった。

仲居頭として顔がきくのか、芸者たちが気を兼ねている様子がありありと解《わか》ったが、お福は小まめにたって、料理を運んだり、お酌をした。

喜久治も、お福に盃をやった。お福の薄くくびれた唇に盃の縁が触れると、満たされている酒が揺れもなく、一瞬にすうっと唇の中へ消えた。喜久治があっと眼を凝らした時は、もう盃の底が空になっていた。

「へえ、おおきに、有難うさんだす」

盃洗《はいせん》でさぶさぶ盃をゆすぐと、むっちりした白い手を伸ばして、喜久治に盃を返した。

何時の間にか、喜久治の方が、手もとがあやしくなり、あらぬところへ酒を注いで、こぼしたりした。佐野屋と市河屋がひやかすように笑うと、

「一体、なんぼ、飲んだら廻るのや」

喜久治は怒るように、お福に聞いた。

「そうでんなあ、わてのお酒は鯨が潮吹くようなもんだす、飲んでは小便《しし》しい、小便《しし》しいで、一向に酔いまへん、まあ、佐野の旦那はんとおつかつでっしゃろ」

と云った。

若い仲居が入って来て、お福に何か耳うちした。お福は、頷《うなず》いてから、喜久治の方へそっとすり寄り、佐野屋や市河屋へは聞えぬような低い声で、

「あのう、鰻谷からというお電話がかかってますけど――」

と取り次いだ。

喜久治は、ややふらつく足もとで、廊下にある電話口へ出た。

「わいや」

と云うと、電話の向うで幾子の細い声がした。

「すんまへん、お遊びの席へなんかかけまして、さいぜんからお待ちしてますねんけど……」

「寄るさかい、待ってたらええのや、なんで野暮《やぼ》な電話なんか、かけるねん」

「十二時過ぎたら、女二人世帯《ふたりじょたい》で用心が悪うおまっさかい、もしお越しやなかったら、戸締りしよう思うておかけしまして、堪忍《かんにん》しておくれやす……」

と云い、ぷつんと電話を切った。

座敷へ戻って来ると、佐野屋は女たちに囲まれて、

「河内屋はん、もう遅なったさかい、今晩は、ここで雑魚寝《ざこね》しまひょ、お福も相伴してや」

と云った。喜久治は当惑したが、市河屋が賛成しているし、招待を受けておいて、自分だけ帰るという不粋なことも出来兼ねた。五人の芸者たちも、楽寝して、昼夜花《ちゅうやばな》がつくから、嬌声《きょうせい》をあげた。

お福の指図で、次の間の十畳の座敷に、頭合わせに五つと四つの床が敷かれた。揃《そろ》いの縦枠模様の浴衣《ゆかた》が調えられ、寝巻に着替える段になると、さっき、喜久治に、幾子のことを素っ破ぬいた年増芸者が、

「どうだす、せっかく揃うて寝巻に着替えるのやったら、着替えごっこして、一等になった者に猪《いのしし》(十円札)一枚の賞金附けて貰《もら》いまひょか」

と云い出した。思わぬ座興に喜久治はぽんと手を打ち、

「そらええ、猪は、わいが張りこんだる、さあ、床の間の前へ一列に並びや」

と云った。帯を解《ほど》きかけた若い妓たちは互いに顔を見合わせたが、いやとも云えず、もと通りにきちんと締め直して、床の間の前へ並んだ。

「あんたも中へ入りぃ」

喜久治は、部屋の隅にいたお福に云った。ちょっと戸惑い顔をしたが、お福も五人の

芸者の右端へ加わった。喜久治は、蒲団の上へ起ち上がり、

「さあ、始まるでぇ、ヨーイ、ドンや！」

かけ声をかけると、一斉に着物を脱ぎはじめた。帯揚げ、帯、伊達巻《だてまき》、腰紐《こしひも》という順に解き、部屋中にしゅっ、しゅっと高い絹ずれの音が鳴った。六人の女のうち、三人の若い芸者が目だって手早く、分厚な帯を解き、伊達巻をとり出した。お福は例のゆっくりした調子で一番ビリであった。ところが、腰紐にかかった時、どうしたことか、一番動作の鈍いはずのお福が、急に、ぱさりと諸肌《もろはだ》を落し、湯文字（腰巻）一枚の仁王だちになって、

「一等賞」

と叫ぶなり、そのまま廊下へ飛び出した。あっ気に取られていると、五分と経たぬうちに、仲居部屋から糊《のり》のたった浴衣をひっかけて座敷へ帰って来た。

「さあ、猪はわてが戴《いただ》きまっせぇ、おかげでわての飲《の》み代《しろ》が出来ましたわ」

けろりとして、喜久治の手から十円札をつまみ取ると、床の間の上に置き、

「さあ、寝まひょ、もうすぐ二時だす」

と促した。

床の間に向かって右側の、四つに並んだ床は、佐野屋をはさんで両側に若い芸者が寝た。左側の五つ並んだ床は、上《かみ》から齢嵩《としかさ》の芸者、市河屋、若い芸者、喜久治、お福とい

う順に寝た。床順など別にきめなかったが、何となくそんな具合になってしまった。

　喜久治は、仰向きになって寝ながら、お福がパサリと諸肌脱いで、仁王だちした時の雪肌が眼について離れなかった。細雪《ささめゆき》のように白く細かく詰んだ肌目《きめ》が酒に染まって、桜色に匂っていた。赤い腰巻一つになっても、卑猥《ひわい》にならず、たっぷりした色気を見せる女は始めてであった。

　暗がりの中で、喜久治は、自分の左側に臥《ふ》せっているお福の方を、うかがった。かすかな寝息をたてて、白い豊かな体が、静かに起伏していた。そっと二の腕のあたりを触《さわ》ってみた。羽二重《はぶたえ》餅《もち》に似たすべすべとぬめりのある肌であった。その肌触りのように、その性格も、すべすべと滑《なめ》らかで、男の負担にならず、即《つ》かず離れずの妙を心得た女のように思えた。

　喜久治は、思わず、体をにじらせた。お福の豊かな体が、柔軟に喜久治にそった。されるままになりそうだった。喜久治は、大胆になり、力を籠《こ》めて、お福を引き寄せようとした。その途端、暗闇《くらやみ》の中で、白いお福の顔が近附いた。

「せっかくの酔いが惜しおます、旦那はんもお楽にお休みやす」

耳もとに囁《ささや》くなり、するりと喜久治の腕から逃《のが》れて、背中を向けた。

　喜久治は、始めて女から剣突《けんつく》を食った。ぐったり両腕の力が脱け、寝返りを打ってうつ伏せた。晒《さらし》の腹巻の中で、ごわごわと妙な紙音がした。ぽん太から受け取った臍《へそ》の緒であった。急に掩《おお》いかぶさるようにぽん太の恨みがましい顔が眼にうかび、一晩中、待ちわびている幾子の姿が胸に来たが、それも束《つか》の間《ま》で、すぐお福の雪肌が、分厚く喜久治の心をおし包んだ。

＊

正月二日は、商人の縁起を祝う初荷の日柄である。午前六時になると、紅白の布で飾りたてた大八車に初荷の足袋を積み上げ、丁稚《でっち》や手代が、揃いの法被《はっぴ》に赤鉢巻を締めて車の曳綱《ひきづな》を握った。喜久治も正月の紋附の上から、(河)印《まるかわじるし》の法被を羽織って、大八車のうしろに従う人力車《じんりきしゃ》に乗った。

手代の角七が梶棒《かじぼう》を上げると、先頭に立った中番頭の秀助が、ぱっと扇子を開いて、合図した。

〃ヨイヨイ、ヨイヨイトマカショ、初売りしょうとて、このしんどう〃

威勢のいい遣声《やりごえ》があがり、三台の初荷車が、軋《きし》みをたてて動き出した。真っ先に、大口の取引先である佐野屋六右衛門の店へ初荷を着ける。

西横堀川沿いに、新町橋の橋詰まで行き、東へ折れて、佐野屋の店先まで来ると、一段と賑やかな、初荷の囃子《はやし》を入れ、喜久治が俥《くるま》から降りて、

「おめでとうさんです、河内屋足袋でございますが、初荷宜《よろ》しゅうお頼《たの》申しまっせぇ」

と年頭の荷届けの挨拶《あいさつ》をする。佐野屋六右衛門は、店の間に待ち構えていて、

「早々の初荷、御入来、これはおめでとうさん」

と、店内へ迎え入れて、初荷を祝い、奉書紙に『初荷注文、百足』としたため品書を渡す。喜久治は、

「早速のお取引、おおきに有難うはんだす、今年もたんと御引きたてを――」

型通りの挨拶をして、品書を受け取った。

佐野屋は、羽二重の紋附に仙台平《せんだいひら》の袴《はかま》をつけて、金屏風《きんびょうぶ》の前に坐り、喜久治から車を曳いて来た若い者達にまで、屠蘇《とそ》を振舞ったが、ゆっくり受けているわけにはゆかない。

「次の初荷廻りがおますさかい、商いだちさしてもらいます、お店ご繁昌におめでとうさん」

と挨拶して、喜久治は、上《あが》り框《がまち》を起《た》った。

正月の初荷は、問屋筋が、小売店に御《ご》祝儀仕《しゅうぎし》入《いれ》をしてもらう商人の古いしきたりであったから、初荷を着ける方も、着けられる方も、毎年の習慣通り初荷を取引し、普通、一店、五十足から百足の、祝儀注文をする。

賑《にぎ》やかなかけ声をかけて走る初荷車のうしろに随《つ》いて、喜久治は、市内の取引先へ初荷の挨拶をして廻った。その度に、屠蘇やお煮《に》〆《しめ》を振舞われ、曳手の手代や丁稚達は、景気附いて車を曳っぱった。

三台分の初荷をすませると、もう正午をまわっていた。十一時から河内屋の別家衆《べっけし》や出入りの職人達が賀に来ることになっている。

喜久治は法被を紋附羽織に着替えて、奥座敷へ行った。床の間の前に、祖母のきのと母の勢以が、三つ紋羽二重の紋附を着た六歳の久次郎を、真ン中にして坐っていた。喜久治の姿を見ると、勢以は起って、自分の席を空けた。その席へ坐りかけて、喜久治は、戸惑った。

十畳と八畳の間を埋めている男たちの中へ混って、ぽん太と幾子の姿が見えた。別家衆の年賀と入れ違いの時間を見計らって来たが、喜久治の帰りが手間取ったため、一緒になってしまったらしい。敷居際《ぎわ》に目だたぬように坐っている。

喜久治は、狼狽《ろうばい》したが、本宅伺いをすました表向きの妾《てかけ》であったから、すぐ落着きを取り戻した。

別家衆の頭だった者から順番に、喜久治の前へ膝《ひざ》でにじり出て、

「お店繁昌で、おめでとうございます、今年も商い大切に働かして戴きます」

と屠蘇の盃《さかずき》を受けた。喜久治は初荷廻りで大分、酒が入っているから、型ばかりの屠蘇盃にしながら、それとなく、ぽん太と幾子の方へ眼を向けていた。

二人の女は、別家衆や出入りの職人達の微妙な視線に曝《さら》されていた。喜久治の妾という軽侮と遠慮と微《かす》かな卑猥さが入り混っていた。ぽん太は、あとすぐ、お座敷へ出られ

るように髪を結いあげ、襟白粉《おしろい》も薄く刷《は》き、形のよい小鼻をつんと横向けて、別家衆の好奇心を撥《は》ね返していた。幾子は、普段の丸髷《まるまげ》をつぶし、耳かくしの洋髪に結い、俯《うつむ》き加減《かげん》にしていたが、時々、探るように周囲を見廻した。二人の眼がぱったり合うと、幾子は眼を伏せたが、ぽん太は大きな二重瞼《ふたえまぶた》をキラリと光らせ、軽蔑《みくび》るような冷たい視線を幾子に投げつけた。

やっと、別家衆と職人達の年賀が終ったようだった。ぽん太は、待ち構えたように起ち上がり、床の間の前に坐りかけると、きのが、

「ちょっと待っておくなはれ、まだ、もう一人うちの職人が残ってまっせぇ」

と部屋の一隅を指した。そこに、貧相《ひんそ》に瘦《や》せた職人が、背をまるめて坐っていた。ぽん太は、顔色を変えたが、きのの声の険しさに勝てなかった。職人が喜久治から屠蘇を受けている間、ぽん太はうしろの席へ退《さが》って、じいっと唇を嚙《か》みしめていた。貧相な男が退ると、きのは猫撫《ねこな》で声に似た優しさで、

「幾子はん、お待っとおさん」

と云った。ぽん太は、射るような眼を幾子に放った。幾子はぽん太の方を見ず、俯いたまま席を起ち、喜久治の前へ坐って、型通りの挨拶をした。

喜久治は、糊《のり》で貼《は》り固めたような硬い白っぽい表情をして頷《うなず》いた。幾子は、きのと勢以の方へ向き直って、

「新年おめでとうございます、今年もご本宅の御繁昌の、おかげを蒙《こうむ》らして戴きます」

と慎《つつま》しく云った。きのは、

「おおきに、あんたは、喜久治の御用専一にしておくれやすや」

と労《ねぎら》った。幾子は、言葉につかえた。屋形持ち芸者の、ぽん太に対する皮肉に聞えたからだった。

「その着物、喜久ぼんのおそうぶつ（盆、正月の与え物）でっか」

勢以が、幾子の新調の訪問着に、眼をあてた。

「へえ、さよでおます」

と頭を重く下げた幾子に、勢以の白い手が伸び、

「お年始、ご苦労はん」

と云うなり、幾子の衿《えり》もとへ祝儀袋をはさみ込んだ。

幾子は、はっとして、自分の衿もとを見た。熨斗《のし》のかかった大きな祝儀袋が、矢立のように、衿の間へ刺さっている。真一文字にべったり、紙幣が貼りついたようだった。

幾子は、気弱く肩先をすぼめ、喜久治の方を見た。喜久治は、突き放したような眼をして、だらりとした手を脇息《きょうそく》の上に置いていた。それは、煩《わずら》わしさを避ける時、喜久治がよくする怠惰な態度だった。幾子は、黙って辞して行った。

ぽん太は、幾子のように喜久治の前に坐らず、六歳の久次郎の前へ坐った。そうする

と、きの、喜久治、勢以が並んだちょうど中ほどの位置になるから、一度に三人に向かって挨拶《あいさつ》することが出来た。

喜久治は、その要領のよさに苦笑したが、きのと勢以は不機嫌な顔をした。しかし、ぽん太は、素知らぬ振りをして、

「まあ、ぼんぼんも大きゅうおなりやしたこと、おめでとうちゃん」

抑揚をつけて云うと、どうしたことか、久次郎はわっと火のついたように泣き出した。ぽん太は驚いて、手をさし伸べると、さらに癇虫《かんのむし》でも出たように激しく泣いた。きのの頰に意地の悪い笑いが泛《うか》んだ。

「うちの久ぼんは、奥内《おくうち》の者にしか、なつけしまへんねん」

と云い、久次郎を膝の上に抱きかかえるようにした。ぽん太の姿勢がつと、崩れそうになったが、

「さよでっしゃろ、里子などと違うて、ずうっと家内《いえうち》でお育ちやして……」

と云い返しかけた時、喜久治が、

「男の子のくせに泣きみそや、だいたい女みたいに色が白うて、あかんたれや」

叱《しか》るように云い、ぽん太の言葉を遮《さえぎ》った。久次郎は怯《おび》えたようにさらに泣き喚《わめ》いた。白けかえった部屋の中で、ぽん太がゆっくり席を起った。追うように勢以の体が前へ泳ぎ、うしろから肩越しにぽん太の衿もとへ祝儀袋をはさみかけたが、ぽん太はするり

と身をかわし、向き直ってから、両手で祝儀袋を受け取った。

早い目に夕方の入浴をすますと、喜久治は遊びに出かける用意をした。新調の遊び着は、一段二百四十亀甲《きっこう》の大島に、羽二重の無双羽織《むそうばおり》、無双の肩裏は積雪の比叡《ひえい》を手描《てがき》染めにしている。袷《あわせ》というのに蟬羽《せみのは》のような軽さであった。別注で心斎橋の葵屋《あおいや》に組ませた羽織紐をきちんと結ぶと、喜久治は先程の煩わしさなど、忘れ果てたように浮足だった。

越後町の角を曲ると、晴着を着た子供たちが、小路奥にかたまって遊んでいた。喜久治は、急に足を止めた。里子にやった子供のことを持ち出されるかも解《わか》らないと思うと、気が重くなった。半丁ほど先に、ぽん太の屋形の表格子《ごうし》が見えていたが、くるりと背を向け、タクシーを止めて、鰻谷《うなぎだに》の家へ行くことにした。

さっき、幾子の訪問着の袖口《そでぐち》からのぞいていた緋鹿子《ひがのこ》の長襦袢《ながじゅばん》が、喜久治の眼先にちらついた。そして、長襦袢の上に締めた伊達巻が、するするとぐろを巻いて解《ほど》けて行くのが眼に映るようだった。虫も殺さぬようなつつましい幾子が、ねっとりと纏《まと》わりつく閨《ねや》さばきをし、それらしく見える色っぽいぽん太が、案外、そうでなく、女というものは、触ってみなければ解らぬ生きものだと思った。

喜久治は、ふやけた笑いをかみ殺しながら、二人の女を比べ合わせて娯《たの》しんでいたが、ふと、もう一人の女を触ってみたいと思った。

真っ白な雪肌をし、たっぷりと肉附いたお福であった。去年の十二月、佐野屋や芸者達と雑魚寝《ざこね》した時、お福にからんで行って剣突《けんつく》されてから、一度も会っていない。惹《ひ》かれていたが、年末の忙しい売前時《うりまえどき》であったし、一方、佐野屋とお福とのいきさつも、はっきり解らなかったから、うっかり手の出しようがなかった。

今からお福のいる浜ゆうへ行き、そこから佐野屋を招《よ》び出して遊ぶのが、好都合だと思いついた。ちょうど、今日の初荷を、佐野屋に景気づけて貰《もら》っているから、お返しの意味にも恰好《かっこう》だった。

宗右衛門町の浜ゆうへあがると、すぐお福が顔を見せた。この間のことなど、気振りにも見せず、最初に出会った時と同じようなゆっくりしたもの腰で、

「まあ、ようおいでやす、今日はお一人でっか?」

と、炭加減を見ながら云った。

「ふん、佐野屋はんに電話して、出かけてもらうように頼んでんか」

「へえ、よろしおます」

お福は、相変らず、一つ一つの動作に間をおくような悠長《ゆうちょう》な構えで起《た》ち上がりかけた。

「この間のこと怒ってんのか」

喜久治は、いきなり、お福の心を探り出すように云った。お福は、ちょっと動作を止

めて、喜久治の方を見たが、柔和な眼をゆっくり細めた。

「何のことお云いやすか、わてに解れしまへん」

「胡麻化したらあかん、わいに、やんわり剣突したやないか」

それでも、お福はとぼけた顔をした。喜久治は、その時云ったお福の言葉を思い出した。

「せっかくの酔いが惜しおます、お楽にお休みやすと、こない云うてわいを振ったやないか」

白い顔に微かな血の気がさしたが、表情は変えずに、例の気怠《けだる》そうな口調で、

「ちょっと待っておくれやす、すぐ佐野屋はんにお電話して参じまっさかい」

階下《した》へ降りて行った。お銚子とお通しものを運んで来て、

「佐野屋はんは、ご親戚《しんせき》へお出かけやそうだすさかい、お帰りになったらおいでやすよう、お願いしときましたけど——」

「急やけど、芸者揃《そろ》うやろか」

「へえ、それが、いま検番へ電話したんだすけど、みなお正月のお約束へ出てしもうて、箱切れだすねん……」

お福は、困った顔をした。

「いや、お正月に不意の座敷をかける方が無理や、ほんなら、手の空いてる仲居を相手

に飲んでるわ」

「そうでっか」

と云ったが、お福は気が済まぬらしく、やや思案していたが、急に手を打ち、

「そうそう、こんな時は、小便《しし》たれ芸者に来て貰うより、幇間《たいこもち》はんをよびまひょ、一人、面白い幇間がおりますねん」

喜久治は、お福に任せた。

仲居を相手に三、四十分酒を飲んでいると、賑《にぎ》やかな声が襖《ふすま》を開けた。

「ええー、今晩はおおきに、扇屋つる八と申します、そそっかしおますよって、あっちゃ、こっちゃのお座敷をうろちょろして、やっと旦《だん》那はんにお目見えさして戴《いただ》きました、ほんまにわやくちゃ（散々）だすわ、へい、へい」

とたて続けに喋《しゃべ》りながら、扁《ひら》たいでぼちん（額）を扇で、ぴしゃりと叩《たた》いた。扇に仕掛があるのか、びっくりするほど大きな音がし、つる八の金壺眼《かなつぼまなこ》が、きょろりとした。

「正月早々から、張り扇とは、末広がりで縁起がええ」

と喜久治が迎えてやると、つる八は、すいと膝をすすめ、顔に似合わず女のようなきれいな仕種《しぐさ》でお酌をした。ちらっと袖口からのぞく羽二重の長襦袢と合わせ着は、年期ものだが、粋《いき》がかっている。

「さんざん、女蕩《おなごたら》ししたんやろ」

「へえ、幇間使うた金に使われてと、いう諺《ことわざ》がおますさかいな、ご多分に洩《も》れずだすわ」

と云い、つる八は、けっけっけっと奇妙な声を出して笑った。

「なんや、その家鴨《あひる》の首絞めたみたいな声」

「へえ、調子に乗って喋りまくって、咽喉《のど》をいかれましてん、お座敷で喋りづめ四昼夜いうのが、つる八の最高記録だす」

「なんで、そんな阿呆《あほ》なことするねん」

「お客さんの無理から、駄々から、阿呆から、何でもお勧めするのが幇間の役だす、一流どこの姐《ねえ》さんも、ここまで旦那のご機嫌とり結べまへん」

「そうすると、阿呆でいかず、賢《かしこ》で出来ずというのが、幇間やな」

「そない云うて戴いたら、幇間冥利《みょうり》につきますがな、けっけっけっ」

つる八は、また奇妙な声をたてた。

「わいも道楽しておちぶれたら、幇間になったろか、大分、資本《もと》がかかってるさかいな」

冗談めかして云うと、つる八は、

「めっそうもない、道楽いうもんは、幇間になり下がるまでやるもんやおまへん、女の道で散々苦労して、なんぞ人にものを考えさせるような人間にならんとあきまへん、手前みたいなんは、道楽の尻《しり》べただす」

と云い、光ったでぼちんを、日本手拭《てぬぐい》でつるりと拭《ふ》いた。

お福がお銚子を持って、入って来た。

「どうだす、つる八はんは、面白いお人でっしゃろ」

と笑いながら、喜久治の傍《かたわ》らに坐ってお酌をした。喜久治の方から、盃をやると、お福はふうっと盃の縁に吸いつくような美しい飲み方をした。ぽっちり肉附いた唇が、酒を含んで艶《つや》やかに光った。喜久治は、たて続けに酒を注ぎ、お福に熱っぽい眼をあてた。

廊下に慌《あわただ》しい気配がして、若い仲居が、お福を呼びに来た。お福は、

「すんまへん、今日はたて込んでますので……、つる八はん、あと頼んまっせぇ」

と云い、また席をたって行った。つる八はお福に代って、お酌をし、

「ここはお福はんでもってますねん、まあ、大きなお茶屋は、仲居頭の差配一つで座敷の割振りから、お通しもの、芸者の顔ぶれまできめるものだすけど、お福はんは、ちょっと忙し過ぎますわ」

「もう、ここで長いのんか」

「いいえ、まだ六、七年だすけど、あのたっぷりとした大きな感じで、僅《わず》かな間に仲居頭になりはったんだす、それにこれという旦那も無しで」

「ふうん、てっきり、佐野屋はんやないかと思うてたんやけど——」

「そら、あてずっぽ（あて推量）だす、佐野屋はんには、手前も、ちょく、ちょくよんで戴いとりまっけど、お福はんを贔屓《ひいき》にしてはるだけだす、なんし、お福はんに頼んどいたら、どんな難しい宴会でも、黙って、和《なご》やかに運んでくれはりまっさかい、重宝にしてはりますわ」

「ほんまに、旦那無しか？」

「へえ、嘘《うそ》みたいやけど、ほんまだす」

つる八は、むきになって云った。喜久治は露《あら》わに浮きたって来る気持を抑え兼ねた。

「つる八、なんぞ唄うてんか」

体中から漲《みなぎ》るような声でいった。

仲居に三味線を持って来させ、つる八は弾き語りで、『三十三間堂』を語った。太棹《ふとざお》の三味線が、びんびん、喜久治の腹に沁《し》み渡り、さっき、つる八の云った道楽の極意が、思い返された。

女の道で苦労して、何かものを人に考えさせるような人間にならんとあかんと、云ったその一言が、喜久治のこれからの放蕩《ほうとう》に思いがけない暗示を与えるようだった。

第六章

緩やかな速度で、琵琶湖《びわこ》を漕《こ》ぎ進んで行った。遥《はる》かな湖面に何艘《そう》かの船が浮んでいるが、動く気配もなく、そこに貼絵《はりえ》のように静止している。漕ぎ進む度《たび》に、鏡のような湖面に碧《あお》い水脈《みお》が二筋に割れた。二艘の網船の、先の船には佐野屋と芸者二人、幇間《たいこもち》のつる八が乗り、後の船には、喜久治とお福、若い妓《こ》が一人乗り込んでいた。

頃合いの沖まで来ると、船頭は櫓《ろ》をやすめ、艫《とも》に寄って投網《とあみ》を投げた。佐野屋と喜久治は、船べりに肘《ひじ》をついて、ビールを飲むばかりで網打ちなどしない。船頭の手もとが逞《たくま》しく伸び、引き加減を見て、ぐいと引綱をたぐり寄せると、小魚が純白の飛沫《しぶき》を散らせて、船の胴間へはねた。女たちが悲鳴をあげて、新《さら》の絽縮緬《ろちりめん》の着物をかまった。

網にかかった小魚は、手早く水気をぬいて、船に用意した七輪の上の油鍋《あぶらなべ》へ入れると、じゅっと油の炒《い》り音《おと》がし、たちまち、狐色《きつねいろ》に芳《こう》ばしく揚がる。たいていが、諸子《もろこ》や鮒《ふな》などであったが、たまに小鮎《こあゆ》が当ることがある。先の船の中から、派手な声がし、

「うわっ、わてに鮎が当りましたでぇ」

食べさしの小鮎の天ぷらを、箸先《はしさき》につまんで振りかざした。三尺ほどしか隔たっていないから、喜久治の船からも、白い小鮎の身が見える。

「船頭はん、わてにも鮎とっておくれやすな」

喜久治の向いに坐った若い妓が、羨《うらや》ましそうに、船頭をせつくと、向うの船の中でも、しきりに鮎を催促している。双肌脱《もろはだぬ》ぎになって、引綱を手伝っているつる八は、

「よっしゃ、とったげまっせぇ、その代り、男女《ふたり》一緒に鮎を食べ当てたら、相思相愛のアイ（愛）縁奇縁ということで、そのお男女《ふたり》は、否応《いやおう》なしに今晩寝ることにしまひょやないか」

幇間らしい駄じゃれを云った。

「いやらしい、助平やわ」

芸者たちは、つる八を軽く睨《にら》みつけた。

「それやったら、わいが、真っ先に鮎にありつきたいなぁ」

白髪頭の佐野屋が云うと、

「口ばっかしで、お小遣だけくれはるくせに、何をお云いやすか」

芸者たちが、げらげら笑った。

「ほんなら、わいと食べ当てたらどうや」

喜久治が悪戯《いたずら》っぽく云った。

「それやったら、もう一回でも、二回でも、食べ当てとうおますわ」

さっき、小鮎を食べ当てた芸者が、向うの船から大げさに掌《て》を合わせた。七輪をはさんで、喜久治の斜め向いに坐っているお福は、始終、にこやかに笑いながら、何時《いつ》もののゆっくりした動作で、即席天ぷらの衣つけや、揚げ方を取り仕切り、ビールがなくなると、船べりに吊《つる》した竹籠《たけかご》をあげて、冷えたビールを一本ずつ、取り出した。

時折、他の網船が、こちらの船のわきを漕ぎぬけて行き、すれ違いざまに、芸者連れの船の中へ露骨な視線を投げた。

東海道線の長い鉄橋近くまで漕ぎ上って来て、船を停《と》めさせた。この辺《あた》りは、琵琶湖の中でも、特に深く、湖面が青黝《あおぐろ》い。船べりを叩《たた》く水音が、ピタ、ピタと耳につき、水面に顔を近附けると、何十尺という湖底が、透けて見えるほど澄んでいる。湖上をわたる風が、音もなく吹きつけ、腰をおろして青い煙をふかしている船頭の煙草《たばこ》の火まで、ふうっと消えかけになる。女たちも、一時《いっとき》、声をひそめて、肌へ涼しい風を入れた。

暫《しば》くすると、鉄橋の上を、長い客車を列《つら》ねた汽車が通り過ぎた。船から見上げる列車は、乗客の影も見えず、黒い塊《かたまり》のようであった。喜久治は眼を細めて、その黒い塊が見えなくなるまで、見詰めていた。

耳もとで、女の声がした。

「はい、ええ按配に揚がりましたわ、おあがりやす」

若い妓が、小皿に取った天ぷらをすすめた。喜久治は、皿を持たせておいて、箸で舌の上へのせた。衣の中でさくっと柔らかい舌ざわりがした。

「あ、鮎——」

口に出かかると、お福も、ふと箸を止めて、戸惑い気味に笑っている。

「いやあっ、旦那《だん》はんとお福姐《ねえ》ちゃんが一緒に鮎を食べはったわ」

若い妓が眼敏《めざと》く見附けた。

「こら、えらい食べ当りやおまへんか、たまりまへんわ」

向うの船から、つる八が体を乗り出し、船べりを叩いて、はやしたてた。

「そない喧《やかま》しゅう云わんときぃな、今晩は、おおっぴらやでぇ、アハハハ」

喜久治は、冗談めかしに笑い濁しながら、お福の方を見た。お福は、例のゆったりとした気疎《けうと》い表情をしている。

ざざざざと、船底を擦《す》る鈍い音がし、浅瀬に着いた。女たちは、賑《にぎ》やかに喋《しゃべ》りながら、着物の裾《すそ》を端折《はしょ》り、長襦袢《ながじゅばん》の裾を脛《すね》までまくし上げて、浅瀬へ降りた。少し歩くと、葦《あし》の茂った砂州《さす》になる。背丈ほどに伸びた葦の間を、女たちが面白そうにかき分けて行った。佐野屋と喜久治は降りもせず、船の胴間に寝そべっていた。

喜久治は、扇子を広げて顔を掩《おお》い、寝た振りをしながら、さっき見たお福の白い脛を、もう一度、思い返していた。三人の若い芸者に交って、お福の脛が透き通るほど白かった。生毛《うぶげ》一つ見られぬつるりとした肌目の脚が、浅瀬の水の中へ漬かると、藻《も》のように青くゆらめいた。今晩、その滑《なめ》らかな脚を捉《とら》えられそうであった。

正月からこの半年程の間、喜久治は、頻繁《ひんぱん》に『浜ゆう』へ通っていたが、お福を捉える機会がなかった。宵のうちから、ぶらりと座敷へ上がり、二、三人の芸者にお福を交えて遅くまで遊び呆《ほう》けたが、十二時になると、お福はそれとなく、喜久治をたたせるように仕向け、もの静かに送り出した。

いっそ、売りもの、買いものの芸者なら金を積んで落籍《ひか》すという手もあったが、仲居頭では、それが出来ない。下手に踏み込んで、前の雑魚寝《ざこね》の時のように、やんわり剣突《けんつく》されたのでは、喜久治の顔がたたない。捉えられそうで、捉えられないもどかしさが、喜久治を苛立《いらだ》たせ、はじめて女にふられた劣等感のようなものが、逆に強い執着になっていた。

佐野屋を誘って、今日、琵琶湖へ遠出したのも、泊りがけの船遊びのうちに、そのきっかけを捉えたいと思ったからだった。そんなこととは知らずに、佐野屋は、船の中で太平楽にぐっすり昼寝している。

突然、鈍い響音が聞えて来た。顔の上の扇子を取ると、汽車がまた鉄橋を通って行くのが見えた。今度は客車の窓から、疎《まば》らな人影が見えた。砂州の方からも、甲高い声がして、女たちが船へ帰って来た。戻り船は、来た時とは反対に、佐野屋の方へお福と若い妓が、喜久治の方へ姐さん芸者二人とつる八が乗り込んだ。さすがに半日の船遊びに疲れたのか、船の中は、無口になった。

湖をめぐる山々に夕焼が流れ、間近な比叡山《ひえいざん》が染めつくような残照に映えている。逢《おう》坂山《さかやま》の山陰は、くろぐろと暮色に塗りつぶされていたが、船が岸に近附くにつれ、淡い光の残っている山襞《やまひだ》もあった。

湖岸で船を捨て、高台にある湖月荘の方へ上がり始めた時は、高い夏の陽も、殆《ほと》んど暮れ落ちかけていた。薄暗い夕闇《ゆうやみ》の中を、つる八が先頭になって、爪先上《つまさきあ》がりの坂を登って行った。一番うしろから歩いていた喜久治が、ふと前を見ると、お福が若い妓の腕に寄りかかり、左右の足を乱れがちに運んでいる。

喜久治は急ぎ足で、追いつき、

「どないしてん、船酔いでもしたんか」

「へえ、山家育ちでっさかい、つい」

青ざめた顔を、弱々しく綻《ほころ》ばせた。

湖月荘の別館へ着くと、お福は横にもならず、芸者たちと一緒に入浴し、浴衣《ゆかた》姿になって、夕食の膳《ぜん》に出た。浴衣の衿《えり》もとから白い肌がこぼれ、湯上がりのせいか、乳上のあたりだけが朱刷毛《しゅばけ》をはいたようにぽうっと紅《あか》く匂《にお》いたっている。

佐野屋は、床の間の前に坐り、芸者とつる八に囲まれて、風呂上がりの顔を、艶々《つやつや》と光らせていた。

「今晩は、ぱあっと騒いだろな、つる八、土地《ここ》の芸者も呼んでんか」

つる八は、ちょっと困った風をしたが、

「ほんなら、姐さん方も今日はお疲れでっしゃろから、楽遊《らくあそ》びになるよう、土地《ここ》の妓《こ》を呼びまひょか」

姐さん芸者たちの顔を、たてておいて、帳場へたった。

土地の芸者が五人連れだって座敷へ入って来た。揃《そろ》って若い器量よしであったが、衣裳《いしょう》がひどく見劣りした。大阪の姐さん芸者たちは、じろりと軽蔑《みくび》るような視線を投げた。土地の妓たちは撥《は》ね返しもせず、気弱に硬くなり、俄《にわ》かに座が白けかける。つる八は、慌《あわ》てて扇子を持ち、扁《ひら》たいでぼちんを、ぴしゃ、ぴしゃ叩きつけて、春団治《はるだんじ》の落語を真《ま》似《ね》た。

醜男《ぶおとこ》のつる八が、得々と春団治の艶噺《つやばなし》をやるから、芸者たちは、たしなみもなく口を開けて、笑いこけた。お福も顔を綻ばせていたが、喜久治は妙につる八の声が煩わしかった。その上、昼間、男女《ふたり》の鮎の食べ当りは、アイ（愛）縁などと駄じゃれたことなど、けろりと忘れているのが、小面《こづら》憎かった。

「さあ、土地《ここ》の妓に、近江八景《おうみはっけい》でも踊って貰《もら》おうやないか」

と喜久治が催促した。土地の妓たちは、もの怖《お》じたが、つる八が三味線の糸を合わせると、素直にたち上がった。

次の十畳の間の襖《ふすま》を、両側へ押し開き、そこを踊り場にして、五人が並んだ。つる八の地に乗って、踊り始めたが、上手とか下手とかいうものではなかった。師匠に教えられた通りをなぞるような踊り方であった。それだけに稚《おさな》いが、五人の手が型通りにきちんと揃っていた。喜久治は、軽く首を頷《うなず》かせていたが、その実、一つも踊りなど見ていなかった。

　高台に張り出した部屋の外に、黝《くろ》い巨《おお》きな湖が水音を鎮《しず》め、対岸の街の灯が、夜光虫のように妖《あや》しくきらめいていた。喜久治は、絶え間なく明滅する灯を見詰めながら、やりきれないもどかしさを感じた。

　今夜こそはと、計画したお福とのきっかけも、対岸の灯のように隔てられた頼りない期待かもしれないと思った。ぽん太はもちろん、幾子よりも齢嵩《としかさ》で、取りたてて美人でもない女に、こうして手間をかけて惹《ひ》かれる自分が歯がゆく、咽喉《のど》の奥で苦い唾《つば》をぬるりと呑《の》み下した。

ちらっと、お福の方を見た。佐野屋から盃を戴《いただ》いている。悪酔いして来たのか、湯上がりの時、紅みを取り戻していた顔が、蒼《そう》けて見える。ふくよかな手で盃を受け、口もとまでゆっくり運び、盃の縁を唇にあてたかと思うと、ふうっと一息に吸い込むように酒を含んだ。佐野屋は、たて続けに盃をさした。お福はまた、ゆったりした仕種《しぐさ》で受けた。

一向に、宴が終えそうもなかった。佐野屋は白髪の生え際《ぎわ》まで紅く染めながら、また、お銚子を注《い》った。土地の妓たちは、佐野屋と喜久治に気を遣《つか》い、その上、大阪の一流芸者やお福に神経を尖《とが》らせ、十二時近くになると、気疲れを見せた。喜久治もお福のことが気がかりになり、厠《かわや》へたちながら、

「そうや、もう、帰《い》にい、玄関まで送ったるさかい」

座をたちやすくしてやると、挨拶《あいさつ》もそこそこ、水際だつように喜久治について、玄関へ急いだ。

玄関横へ来てから、喜久治が、

「長座をよう勤めてくれたさかい、きまりの花代と別に、宿のツケにたんと祝儀《ぽち》をつけといたるわな」

と犒《ねぎら》い、帳場へ声を掛けると、

「祝儀やったら、ご用意しておます――」

背後《うしろ》から声がし、お福が祝儀袋を持ってたっていた。それを受け取り、芸者たちに渡してやると、口々に何度も礼を云い、帰って行った。

「すんまへん、出しゃばったことしまして……」

お福は済まなそうに頭を下げ、

「花代別の祝儀をお出しやすのやったら、紙祝儀《かみぽち》（伝票《つけ》の祝儀）にせんと、現金にした方が、祝儀が生きますし、芸者衆も日銭《ひぜに》を喜びまっさかい……」

とことわりを云い、すぐもとの座敷の方へ戻って行った。酔っている頼りない足もとであった。鉤《かぎ》の手に折れ曲る廊下の角で、急にお福の体が、ぐらりと傾き、すぐそばの襖へ手をかけたかと思うと、倒れ込むようにその部屋の中へ入ってしまった。

　喜久治は、厠横の柱の陰から、その小座敷を見ていた。暫く起って部屋の気配を見ていたが、ぴたりと襖が閉めきられたままだった。喜久治は人目にたたぬよう、部屋の前まで行き、襖を開けた。

　むうっと湿っぽい匂いがし、中は真っ暗であった。手さぐりでスイッチをひねると、五十燭光《しょっこう》の鈍い光が部屋を照らした。夜具が二列に積み上げられ、その奥にお福が崩れるように俯《う》っ伏していた。喜久治は、またスイッチをひねり、うしろ手で襖を閉めた。積み蒲団《ぶとん》の陰へしのび込み、お福の体を抱《かか》え起したが、悪酔いして貧血でも起しているのか、ぐったりとして妙に重い。ほのかな肌の匂いと髪に沁《し》んだ香油の匂いがする。顔を近附けて、そっと唇を合わせると、喜久治の唇にまで、酒の香が移った。

　蒲団の端に頭を支えるようにもたせかけ、両腕の中へお福の重い体を引き入れて、抱いた。厚い肩が、驚くほどしなやかであった。その柔らかさの中に、生き生きとした豊かな力がひそんでいるようだった。うしろめたい思いが、喜久治の胸内をかすめたが、異様な荒々しさが、喜久治を押し流した。すべすべした雪肌が、溶け込むように喜久治の体の隅々を浸し、湿っぽい蒲団部屋の匂いが、激しい昂《たかぶ》りになった。こうした場所で、突然、女に挑むのは、はじめてであった。何時も、待合か旅館の、用意された贅沢《ぜいたく》な蒲団の中であった。じかに伝わる畳の感触すら、新鮮な昂りであった。遠くの座敷から、つる八の胴間声がし、芸者たちの華やかな嬌声《きようせい》が聞えて来たが、蒲団部屋の一角は厚い闇の中に沈んでいた。

喜久治の背中が汗に濡《ぬ》れ、お福の前胸も、じっとり汗ばんだ。喜久治は、積蒲団から頭をずらし、渇いた熱い息をついた。女の体がゆっくり動いた。

「本気で、しておくれやしたの？」

闇の中で粘りつくような濃い声であった。喜久治が黙って体を離しかけると、せき切ったようにお福の体が、喜久治を押し包んだ。

＊

昼っぱらから、中座の桟敷《さじき》に入っていた。舞台に向かって左側の花道寄りであった。喜久治をはさんで、お福と若い妓《こ》二人、それに幇間《たいこもち》のつる八の五人連れである。成駒屋《なりこまや》とあって、両側の桟敷には筋の通った芝居茶屋の暖簾《のれん》がかかり、平場《ひらば》までぎっしり埋まっている。舞台は『仮名手本忠臣蔵《かなでほんちゆうしんぐら》』の七段目、祇園一力茶屋《ぎおんいちりきぢやや》の場。

成駒屋の由良助《ゆらのすけ》が、二階に梯子《はしご》をかけ、福助のおかるを抱きおろしかけると、

おかる「舟に乗ったようでこわいわいなア」

由良助「道理で舟玉《ふなだま》様が見える」

おかる「のぞかんすな」

由良助「洞庭《どうてい》の秋の月様を拝み奉《たてまつ》るじゃ」

際《きわ》どい台詞《せりふ》で由良助がたわむれると、遊女おかるは生娘のように恥ずかしがりつつ、由良助に抱きしめおろされる。

若い妓が顔を寄せ合って、くつくつ、しのび笑いした。喜久治は、つる八に酌をさせながら、舞台の上の大尽遊びに、でれりと眼を向けていたが、懐手《ふところで》にした左手を抜き、そっとお福の手を握った。喜久治の掌の中で、お福のむっちりした手の甲が柔らかかった。きゅっと締めつけると、餅肌《もちはだ》のような柔らかい肉附きの中へ、喜久治の掌がめり込んで行きそうだった。お福は右手を、喜久治に預けたまま、姿勢を崩さず、舞台を観《み》ている。暗がりのせいか、白い顔に、青味がかった黒い影が流れている。喜久治の眼には、それが、お福の心の奥深くに隠された影のようにも見えた。

琵琶湖《びわこ》へ網船に行ってから四カ月経《た》ち、その間に何度もお福と逢《あ》っていたが、何かしらしっくりしないものがある。ぽん太も幾子も、一旦、深い間柄になってしまうと、喜久治に溺《おぼ》れ込んで来た。そして、男女の間の靄《もや》のかからない透明な関係が出来上がって

しまったが、お福との間には、何か安心して、飛び込めないものがある。喜久治が誘い出せば、何時《いつ》もそれに応じて躊躇《ためら》うこともなかったが、きまって、遠出することを強いた。大阪では顔がさしますさかいと云うのであったが、遠くへ出かけなければならぬ理由《わけ》が、お福にあるようにも思えた。

それだけに、遠出してお福と逢っている時は、何かつまみ食いでもしているような気のさし方がした。それでいて、喜久治が誘い入れると、お福の体は、灰をかぶったいこり火のように、烈《はげ》しく燃えたが、すんでしまうと、さあっと憑《つ》きものが落ちたような素っ気なさで身繕いした。

あの最初の蒲団部屋の時も、身繕いをすますと、暗闇《くらやみ》の中で、お先ィごめんやすと低い声で云い、すうっと襖《ふすま》を開いて出て行き、あとへ尾を曳《ひ》くものがなかった。喜久治が座敷へ戻り、顔を見合わせても、毛筋一つ変えず、何事もなかったように平静に坐っていた。

そんなお福の心をごっそり、根引きしてみたかった。喜久治は、惜しまず、金を使い、遠出の度に、長襦袢《ながじゅばん》、着物から頭の飾り、履物まで一式、新調してやり、小遣も多額に与えたが、ぽん太のような執着も見せないし、幾子のように慎《つつま》しく有難がりもしなかった。曖昧《あいまい》に笑って、身につけるだけであった。

そんな手ごたえの無さが、お福の持前《もちまえ》であり、雰囲気にも取れたが、始末の悪いしこりになって、喜久治の胸に残った。

急に、場内が明るくなり、幕が下りた。朱塗りの棚物（手提げ式の三段の食器棚）を提げたお茶子が、気忙《きぜわ》しく桟敷へ出入りした。手あぶりの炭加減を見ては、燗瓶《かんびん》をその上にのせた。お福や若い妓達も、長台の上の料理に箸《はし》をつけかけると、舞台の袖《そで》から、するする、鴇色《ときいろ》の引幕が出て来た。

『成駒屋さん江《へ》、雀《すずめ》ずし、すし万より』白抜きの文字を、派手に大書している。客席が、がやがや騒がしくなり、酒を飲んだり、料理を食べながら、引幕を眺めた。この幕がひっ込むと、続いて緑色の引幕が出た。『中村福助さん江、橘屋《たちばなや》へそ饅頭《まんじゅう》より』客席で笑い声が起った。へそ饅頭の形まで染め出している飄逸味《ひょういつみ》が客席の笑いを誘った。三番目は、眼を射るような緋色《ひいろ》の引幕であった。成駒屋の井菱《いびし》の紋を大きく染め出し、『河内屋足袋』と金箔摺《きんぱくず》りで押し出していた。幕が揺れる度に、河内屋と記《しる》した金文字が、黄金色に波打った。

「金《きん》の小鉤《こはぜ》足袋、なんぼやねん！」

うしろの方から、景気のいい弥次《やじ》が飛んだ。喜久治は、すかさず、つる八に祝儀《しゅうぎ》を持たせ、舞台の袖へ走らせた。

そうすると、舞台の袖へ引っ込んだ河内屋の引幕が、もう一度、するすると、舞台へ現われた。あっ気に取られている客席の前を、裏方《うらかた》の親爺《おやじ》は、平気な顔をして、ゆっくり幕を引き廻した。

「おっさん、祝儀《ぼち》、なんぼや」

酔っぱらいの濁《だ》み声《ごえ》が舞台に飛び、平場の客がどっと笑った。

引幕料一本、二十円であったが、祝儀を十円張りこめば、二度、舞台へ幕を張ってくれたから、引幕料二本分の効果に近かった。引幕は、宣伝機関の少ないこの時代の広告合戦であったから、長い幕間《まくあい》時間に、各店が競争して引幕を出し合った。

道頓堀《どうとんぼり》五座（中座、角座《かどざ》、浪花座《なにわざ》、朝日座、弁天座）の芝居で、名優へ派手な引幕を出すことは、商品の宣伝とともに、その店の格式にもなった。今日、喜久治が昼っぱらから、桟敷へ入っていたのも、一つは、この引幕のことが気がかりだったからである。

次の舞台は、九段目の山科《やましな》閑居の場。喜久治はこの持って廻ったくどい因果場が、辛気くさかった。ろくに舞台の方を見ず、この芝居のあと、浜ゆうで接待することになっている銀行筋の宴会のことを考えていたが、ふと妙な気配に気がついた。

先ほどまで、上半身をゆったりと膝《ひざ》の上に据えていたお福が、豊かな肩を前のめりにし、小娘のように息をつめて、舞台を見詰めている。白い首筋のあたりが、上気したように紅《あか》らみ、美しい。喜久治は、座蒲団から体をずらせ、お福の背中に、自分の前胸を重ね合わすようにした。その途端、力弥《りきや》を演じている寿升《じゅしょう》の視線が、お福の肩越しに、喜久治の顔にまで入って来た。

若衆姿のしたたるような前髪の下で、切れ長の潤《うる》んだ眼を、俯《うつむ》き加減に瞬《しばたた》かせながら、寿升は、時々、大胆な視線をお福に投げつけた。お福は寿升の視線を吸って、激しく息づいているようだった。舞台と桟敷の間に、眼に見えない糸を吐き出し、たぐり寄せ合っているような妖《あや》しい縺《もつ》れがあった。

暗がりの中で喜久治は、いきなり、うしろからお福の肩を抱き、乳房をいじった。つる八と若い妓は、気が附いたらしかったが、素知らぬ風をした。お福は、隣桟敷に気取られぬよう、声を殺して体をよじらせた。喜久治は、羽交絞《はがいじ》めにしたまま、笑いながら舞台に眼を遣《や》った。寿升は、桟敷の様子に気附いたらしく、明るい舞台から、暗がりの桟敷へ眼を凝らすようにしていたが、喜久治に露骨に抱かれているお福の姿が見えたのか、微《かす》かに身じろぎ、台詞《せりふ》が浮いた。喜久治は、ぐいと首筋から覗《のぞ》き込むようにしてお福の顔を見た。お福の眼は寿升に吸いついたまま、深く濡れていた。

三十代で、金があり、独り身で旦那《だんな》甲斐性《がいしょう》が三拍子揃っている喜久治にとっては、想像もつかなかったことだった。舞台と桟敷の間の、眼に見えぬ繫《つな》がりであったし、これという確かなあかしもなかったが、あの異様な雰囲気は、体を寄せ合って来た男女の間にしかないものだった。喜久治は、平手打ちを食らわしたい思いを抑えた。二十代の小役者相手に取り乱したり、聞き糺《ただ》したりしては、ぼんち旦那の沽券《こけん》にかかわる。それに、こうなると、意地にもお福を手離したくなかった。喜久治はわざと、寿升のことなど気附かぬ振りをした。

芝居が終って、浜ゆうへ行くと、招待客の約束の時間まで、まだ間があった。芝居見物に相伴した妓達は、お座敷着を着替えに、一旦、屋形へ帰って行った。

喜久治は、二階の座敷へ上がるなり、羽織を脱いで、ごろりと横になったが、さっきのことが気に障《さわ》って、まどろめない。つる八は、部屋の隅に坐って、喜久治の羽織を畳んでいた。

廊下に足音がして、お福が顔を覗《のぞ》かせた。水仕事を手伝っているのか、二の腕から滴《しずく》を垂らしている。そのまま、喜久治のそばへ寄り、

「旦《だん》那はん、新湯《さらゆ》へお入りやすな」

喜久治は、返事をしなかった。

「檜槽《ひのきぶね》の新湯は、中風の呪《まじな》いによろしおますよって――」

喜久治の肩先がぴくっと動いた。

「中風の呪い？　阿呆くさ、爺《じじい》旦那やあるまいし、わいは、まだ若いのやでぇ」

と、鼻先で笑った。

「実は、明日、うちへ宮様《みやさん》がおしのびでお越しやすさかい、女将《おかみ》はんが、あわてて檜のお風呂を作りはりましてん、こっそり、先に入っておくれやす」

お福は、そっぽむいた喜久治の体を、自分の方へ向けようとした。喜久治は、邪慳《じゃけん》に振り払った。

「おっと、ちょい待ちや、旦那はん、中風の呪いより、宮様より先に新湯へ入ったるのが、面白《おもろ》おますやないか」

つる八がけしかけると、喜久治は、急にくるりと、向き直った。

「そやな、ほんなら、お屁《なら》でも、プープー、しといたろか」

「さよ、さよ、そない来んと、ことが面白おまへんわ、そやけど、お福はん、ほんまに大丈夫でっか」

つる八は、頭に角を生やした女将の恰好《かっこう》をした。

「それが、ちょうど今、出かけてはりますし、このお二階の端が新湯のお風呂場で、誰も気ぃつけしまへん、旦那はんがおあがりやすまで、誰も二階へ上げんようにしますさかい、安心しておくれやす」

と云い、お福は張番をしに、すぐ階下《した》へ降りて行った。

つる八は、うしろへ廻って、喜久治の着物を脱がした。座敷で素っ裸になって、廊下の端の湯殿へ入った。

檜の新材の香が、つーんと鼻に来た。湯槽《ゆぶね》に体を沈めると、頃合いの湯加減の中に、木の香が厚く沈んで来るようだった。この檜も、二カ月、湯使いすると、すっかり香が衰えてしまう。喜久治は檜の木肌へ体をこすりつけた。皮膚の毛穴が柔らかく開き、体全体が快くふやけて行くようだった。喜久治は、ふと、新湯に入れて、喜久治の気分を解きほぐすのが、お福の手ではないかと疑った。

座敷へ帰って来ると、番頭の秀助が、今夜の接待係で来ていた。湯上がりのビールを飲んでいると、山口銀行の幹部達の顔が、ぼつぼつ揃《そろ》った。

資金繰りの苦しさは無かったが、十五銀行から端を発した金融恐慌《きょうこう》の余波がまだ続き、金融不安な時であったから、銀行筋を時々招いて、何となく遊ぶことにしていた。十五銀行との取引の多い大阪の商社、個人商店は、殆《ほと》んど大きな被害を蒙《こうむ》ったが、河内屋は、不景気が深刻になりはじめた時、山口銀行を主にして、住友、三菱銀行へ預金を分散させておいたので、辛うじて、その災いより逃れた。それというのも、たまたま、山口銀行から大口の預金勧誘があったからだった。

招いたのは、植野支店長のほかに、貸附関係の四、五人であったが、みな顔見知りの人達であった。芸者は、さっき芝居に連れて行ってやった若い妓二人のほかに、芸のたつ年増を三人よんだが、つる八が、こまめに立って、座持ちに気を配っていた。

お膳が揃うと、お福は、藍色《あいいろ》の上代絣《じょうだいがすり》をふわりと着附けて、植野支店長の横へ坐った。お福がそこへ坐っただけで、急に座敷全体が、たっぷり膨らんでゆくようだった。そんな得体の知れぬ豊かな広がりが、お福の身の廻りにあった。喜久治は、芝居でのことを含みながらも、そうしたお福の見事さに眼を見張り、〝見事な女〟という言葉は、お福のような女のことをいうのだろうと思った。

日頃は飲めぬはずの植野支店長も、お福がすすめると、頑《かたく》なに固辞せず、ちびり、ちびり、盃《さかずき》をなめた。相伴の人達は、支店長の様子に気を許したのか、若い妓を相手に冗談口を叩き始めた。つる八も、気のきいたしゃれ噺《ばなし》をして勤めたが、金壺眼《かなつぼまなこ》の不細工な幇間《たいこもち》より、きれいな芸者の方に興味があるらしく、つる八の噺には、あまり耳を藉《か》さない。

商売のことを話さない気楽な座敷であったから、二時間も経つと席が乱れ、銘々、勝手気儘《きまま》に喋ったり、ふざけたりし始めた。植野支店長は、若い妓のお喋《しゃべ》りにとろりとした眼を向け、わけの解《わか》らぬ相槌《あいづち》を打っていた。喜久治は、秀助に眼配せし、用を足すような風をして、廊下へ出た。

もとの奥まった小座敷へ戻るなり、脇息《きょうそく》を枕《まくら》にして、ごろり仰向けに寝転んだ。暫《しばら》くすると、静かに襖《ふすま》が開いた。お福であった。強い酒の匂《にお》いがしたが、酔ってはいないらしく、きちんと喜久治の枕もとに坐って、水差しを置いた。

「お疲れやしたんでっか」

首だけ、振った。

「ほんなら、悪酔いでお気分でも——」

何気ない言葉であったが、喜久治の気に障った。気分を悪うさしたんは、そっちやないか、芝居で——と、口まで出かかるのを呑《の》んだ。それにしても、お福は、芝居でのことを気にしているのか、いないのか、それとも真実、何でもないのか、何時もと寸分違わぬ態度であった。悪びれるところも、弁解がましいところもない。不断の通りであった。喜久治は、やり場のない苛《いら》だたしさを感じた。

「ほんなら、お座敷の方は、ご心配無うお憩《やす》みやす」

と云い、押入から枕を出し、喜久治の頭へあてがいかけた。

「いらへん！」

喜久治は、突慳貪《つっけんどん》に枕を押しやった。

「すんまへん、出しゃばりまして……」

お福は謝って、部屋を出て行った。出て行かれると、捉《とら》え損ねた淋《さび》しさが、喜久治の胸に来た。自分が招待した宴席から聞える騒がしさまで、腹だたしくなった。いきなり起き上がると、仲居も呼ばず、部屋を出た。

「旦那《だん》はん、どちらへ」

階段のところで、つる八と出会った。

「先に帰《い》ぬでぇ」

「そんな無茶、云いはらんと……」

つる八も、慌《あわ》てて、喜久治のあとを追って出た。

喜久治は道頓堀橋を南へ渡った。道頓堀の広い道に、ネオンサインが染まりつくように流れ、カフェーやレストランの窓枠に目眩《まぶし》いほどの灯が埋まっていた。それは、つい今しがたまで喜久治が遊んでいた宗右衛門町《そうえもんちょう》の仄暗《ほのぐら》く落ち着いた雰囲気とは正反対の、明るく騒々しい活気に溢《あふ》れていた。喜久治は何時も、宗右衛門町まで足を延ばしても、川一つ隔てたネオンサインのきらめく道頓堀へは来なかった。芝居や食事へ出かけても、その辺りのカフェーへは遊びに行かなかったが、『赤玉』の前まで来ると、ふらりと吸い込まれるように中へ入って行った。

大阪一の大カフェーの中は、はじけかえるような人声に埋まり、道頓堀行進曲が鳴っていた。喜久治は、こうした安手な感じと、騒々しさが嫌いであったが、今夜に限って、無性にそんな雰囲気の中へ浸り込みたかった。

四、五人の女給に囲まれて、ビールを口に運んでいる横で、つる八は、調子附いたように喋りまくり、女給たちが、げらげら、笑う度に、金壺眼を、きょろりとさせて得意がった。

「面白いおっさんやわ、寄席《よせ》の十銭漫才より笑わしはる、お商売、何してはりまんの？」

「わてでっか、幇間《たいこもち》やっとりますねん」

「タイコモチ——、へえ、そやけど、太鼓持ってへんやないのん」

「けっけっけっ、太鼓ときよりましたなあ、やっぱりお若うおますな、幇間いうのは、芸者みたいにお茶屋のお座敷へ出て、唄うたり、踊ったり、喋ったりして旦那衆のご機嫌を取り結ぶ、まあ、男芸者でんなぁ」

「ふうん、その顔で、男芸者！」

というなり、あきれ返って、きゃあっと、笑いこけた。その中で、一人だけ、ぽつんと黙って、笑わない女給がいる。彫りの深い顔の中で、腫《は》れっぽたい大きな眼が印象的だった。

「どないしてん、どこぞ悪いのんか」

喜久治が声をかけてやっても、不愛想に首を振ったまま、喋らない。肥《ふと》った大柄な女給が、

「比沙子《ひさこ》はんは、自分の好きなことやないと、なんぼ云うても、喋りはれしまへんね ん」

「ふうん、好きなことて、ほんなら男はんの話でもやりまひょか」

つる八が、わざといやらしい口の恰好をして見せたが、比沙子は、すうっと薄く笑っただけだった。

「へえ、えらい、すうっとした嬢《とう》はんでござりまんなぁ」

つる八は、皮肉まじりにまぜ返した。

「この人の好きなことは、ちょっと高うつくことですねん」

肥った女が、また、お節介に口をはさんだ。

「まるで、むつかしいあてもんみたいでんなぁ」

わざと首をかしげかけると、

「ほんなら、宝石か？」

喜久治は、軽く聞いた。それでも比沙子は、首を振るだけで、一向に歯ごたえがない。客席に坐っていながら、お客の気持を忖度《そんたく》しない。喜久治は、ややむうっとし、

「一体、何やねん、マネキンみたいにだんまりでは、解らへんわ」

さすがに、座が白けかけると思ったのか、比沙子は、ちらっと喜久治の方を向くと、

「馬――」

と、一言だけ云った。

「え？　馬――」

喜久治は、からかわれたのかと思った。

「ええ、競馬ですわ」

真面目な顔をして云った。

「なんで、女のくせに、競馬になんか凝るのや」

喜久治の眼に露《あら》わな好奇心が現われた。

「大分、前からか？」

「二、三年前から——」

「ほんなら、麻雀《マージャン》も好きやろ」

「いいえ、麻雀みたいに顔見知りの人の懐《ふところ》から勝つのは、気ずつない（気苦しい）もんですわ、競馬なら、馬券を買うて、一旦、馬の鞍《くら》の上へ載せたお金から分奪《ぶんど》るのやから、あとくされが無《の》うてさっぱりしますわ」

と云い、遠いところへ投げるような美しい視線をした。

「おい、喜久ぼんやないか」

突然、うしろから太い濁《だ》み声《ごえ》がした。振り返ると、高商時代の友達の岸田広之であった。背広の前をはだけ、ビールの入ったコップを片手に持って、ボックスの背にもたれかかるようにして、起《た》っていた。

「どないしてるん、久しぶりやな」

喜久治が、岸田の手を引っ張ると、

「なに云うてるのや、ご無沙汰はそっちやないか、一向に同窓会にも出て来《き》えへんし、やっぱり、船場《せんば》の旦那衆ともなれば、おれたち勤め人とは世界が違《ちご》うて来るのか、云うてたんやぞオ」

いささか酩酊《めいてい》しているらしく、辺り憚《はばか》らぬ蛮声で喋り出した。

「相変らず、札束の嵩《かさ》だけ、女の数を増やしてるのんか」

「そんな、けったいな云い方をしなや」

喜久治は、軽く笑い濁した。岸田は手に持ったコップを机の上に置き、ぐいと腰を落ちつけると、

「三十になるやならずで、船場の古いしきたりとお茶屋の大尽遊びから抜け出さんと平気でおれるお前は、いい加減な奴や」

阪和紡績のスマートな襟章を光らせ、真っ向うから、絡《から》んで来た。

「久しぶりに顔を合わせるなり、そんなこと云わんと、まあ、飲もか」

ビールを注《つ》ぎかけると、

「いや、今晩は云うたる、船場という大阪の一種の貴族部落におったら、お前みたいな妙な神経になってしまうのんか」

「貴族？　阿呆なことというな、船場は商人の町やでぇ」

喜久治は、呆《あき》れるように岸田の顔を見た。

「そうや、商人でも、船場商人は、町人貴族やないか、豊臣時代から築いた富を、四つの堀川で囲んで、その四角い地帯に住む商人は、大名のような家族制度と経済組織をもっているやないか、そんな階級が何時《いつ》まで続くか知らんけど、現在、それが膨大な資本

を持って……」

学生時代から、書生っぽく議論をふっかける岸田は、酔いに任せ、調子附いてまくしたてた。

喜久治の脳裡《のうり》に、旦那部屋、御寮人《ごりょうん》部屋、奉公人部屋と厳《きび》しく間仕切りした河内屋の構えが、大きく掩《おお》いかぶさって来た。その中に三代の母系を重ねた祖母と母が、生き生きとして、昔通りのしきたりを守っている。確かに岸田の云う通り、船場という封建的な一種の特権階級は、財力と歳月としきたりによって根強く栄えている。そんな特異な世界と、女たちとの遊びに沈んでいる喜久治は、ふとやり場のない不安に襲われた。それは、同時代の友人の近代生活や、ものの考えからみれば、奇異で怠惰な世界であるかも知れなかったが、喜久治は、喜久治なりの徹底した生き方を終始するより仕方がなかった。

岸田の呂律《ろれつ》は、次第に怪しくなった。

「おい、河内屋、お前はなってへん、だいたいおれ達と付合いが悪い！」

岸田の腕がのびて、喜久治の胸座《むなぐら》を摑《つか》んだ。つる八が飛び上がるように二人の間へ割り込んだ。

「こんなところで、野暮用《やぼよう》の鞘当《さやあて》とは、一向に聞えまへん、ま、ま、ま、……ここはお静かに――」

手際《てぎわ》よく、笑い崩そうとすると、

「何や、お前は、妙なひょっとこ面《づら》は引っ込んどれ！」

と、つる八の手を振り放ったはずみに、岸田の手がテーブルの上に泳いだ。ビール瓶が音をたてて倒れ、喜久治の膝《ひざ》を濡《ぬ》らした。

「まあ、そない云わんと、わてとあっちへ帰りまひょな」

肥った女が、喜久治の胸から、岸田の腕を振りほどき、うしろから抱きかかえると、岸田は急にだらりと両手を下げ、背広の上衣《うわぎ》を脱ぎ落しそうにしながら、よろよろとボックスの間を縫って行った。

岸田がいなくなると、喜久治は、自分の周りを取り囲んでいる澱《よど》んだ厚味のある暗さが、途方もない深みに思えた。袷《あわせ》の着物にこぼれたビールが、じっとり膝に沁《し》み、不快な生温かい湿りが皮膚に伝わって来た。つる八が、懐から手拭《てぬぐい》を出し、喜久治の膝もとにしゃがみ込んだ。手拭でビールの汚点《しみ》を拭《ふ》いては、息を吐きかけ、何度もそうしながら、

「やっぱり、こんなとこへ来るもんやおまへん、学校友達か、何か知りまへんけど、あないえらそうに云われて――」

と不満そうに云ったが、喜久治は、膝の始末を手伝おうともせず、素知らぬ顔をしている比沙子の方を見詰めていた。

比沙子は、岸田が喜久治に絡んでいる時も、喜久治の胸座を摑んだ時も、終始、表情を変えずに傍観していた。一種異様な素っ気なさを持っている比沙子を、喜久治はぐいと小突いてみたかった。ぽん太にも幾子にも、お福にも見られない、得体の知れぬ新鮮なかかわりが、そこにあるようだった。

つる八が膝の上の始末をすますと、

「お飲みになりはります？」

比沙子は、ビールの瓶を傾けた。喜久治は、コップをつき出し、

「どや、何時《いつ》、行こか？」

不意に、そう云った。

「え？」

比沙子は、何のことか解らず、怪訝《けげん》な顔をした。

「競馬へ一緒に行こう云うてるのや」

比沙子は、やや思案していたが、ふと喜久治の顔へ軽蔑《みくび》るような視線をあてると、

「それじゃあ、土曜日の一時に天満《てんま》京阪《けいはん》で――」

事務的な口調で、云った。

朝のうち、どんより垂れ下がっていた薄雲も、昼過ぎになると、急に白い割れ目を見せ、馬場の中央を占める楕円形の池の面が、強い秋日の下で銀色に小波《さざなみ》だっている。

第五レースが始まったばかりであった。十頭の馬が、殆《ほと》んど半馬身ずつの等間隔で一列に並び、第二コーナーを曲っているのが、遠景に小さく見えた。水の上を走る水澄《みずすまし》のような静かな軽快さで、すいすいと土を蹴《け》って池の周りを走っている。水面に七頭の馬身が投影し、絵皿のような美しさであった。

第三コーナーに入ると、みるみる等間隔が崩れ出し、スタンドに喚声が沸き、わっと起《た》ち上がる人垣で、大柄な喜久治も押し倒されそうになった。両腕で比沙子をかまうようにして横を見ると、眼を血走らせて怒鳴っている男達の中で、比沙子は、敵意のような冷たい視線を、馬場に向かって投げつけていた。

それは、さっき、喜久治が、京都行きの電車の中で見た比沙子の視線と似たものであった。

天満京阪の構内で待ち合わせ、タクシーで行こうという喜久治に、比沙子は異様な頑固さで電車で行くことを主張して譲らなかった。電車に乗り込むと、比沙子はほっと寛《くつろ》いだように、「この電車に乗って行かんと、競馬行きの気分がでぇへんの」と云い、突然、競馬狂の父親の話をし出した。

比沙子の父親は、関東大震災後、大阪へ移り住んだ家具商人であったが、何時の間にか競馬に凝り始め、比沙子が女学校を卒業する年には、店を売って小さな借家へ移り、母親の亡《な》い比沙子を隣家の老夫婦に頼んで、自分は、中山、府中、小倉《こくら》、福岡の競馬について廻った。五年来の損をいっきに取り戻そうという魂胆であったが、そのあげくは、さらに不義理の金を作って大阪に舞い戻り、淋《さび》しがる比沙子を連れて競馬へ通った。最初のうちは、もの珍しそうに競馬を喜んでいた比沙子も、次第に空景気ばかりで、みじめな父親の姿を知るようになった。そして、或る薄ら寒い早春の日、すっからかんになった父親が、一人で二十円の馬券を買う甲斐性もなく、「五番、片脚乗らへんか」「片脚、五円でどうや」と、四人で片脚五円ずつ出す相手を血まなこになって探し、その晩、二百円の大穴を四等分した機嫌酒を飲み過ぎ、脳溢血《のういっけつ》で死んでしまった。

「馬の片脚で、死んだわけやわ」

比沙子は、他人《ひと》ごとを話すような突っぱねた表情で、そう云った。

急に大きなどよめきがしたかと思うと、すぐ、水の引くような静けさになり、比沙子の手から白い紙片が散り落ちた。

「あかんかったんか」

「今日は、ちっとも、ついてへんわ」

引き裂いた馬券を靴で踏みつけ、比沙子はハンドバッグの口を開いて、出馬表を取り出した。出走馬の名前の横に、その馬の血統、走り癖、調教タイムから騎手の経歴まで、自分でびっしり書き込んでいる。それを舐《な》めるように見ながら、比沙子は赤鉛筆で印をつけている。

「なんや、人間の血統でもアテになれへんのに、馬の血統に凝るのんか」

「お父さんみたいに古くさいヤマ勘買いは、あかんわ、私の競馬は理論派ですねん」

と云い、喜久治にも、

「次、サラ古馬の記念レースやから、買うてみはれしまへん？」

と誘った。喜久治は、出馬表を握って、血相を変えている人間の気が知れなかった。ちゃんと印をつけ、その馬の馬券売場へ走りながら、途中で違った厩舎《うまや》ニュースを耳にすると、忽《たちま》ち泡をくって、また違った馬券売場へ走り、そこでまた、あの馬は腹具合が悪いと聞くと、もう半泣きになってうろうろする。傍《はた》からみていると、馬より、その方がよほど面白かった。

「買いに行きはる？」

比沙子が、重ねて誘った。馬歴は知らなかったが、挽馬場《ひきばば》に挽き廻される馬を見て、その形次第、思いつきで買ってやることにした。

八頭の中で、首を絶えず振り上げて気負いたっている馬が眼についた。小柄で馬格は見劣りしたが、首の筋肉が漲《みなぎ》るように引き締って美しい。腹に巻いた番号と出馬表を見合わせると、3番のタチハヤであった。挽馬場に集まっている多くの人の眼は、タチハヤなどには眼もくれず、2番の栗毛色《くりげいろ》に輝いたマロンキングに集中していた。六レースの本命であった。

喜久治は3番のタチハヤを、複式で二枚買った。比沙子は、8番のトキミツを単式で二枚買い、

「へえ、複にしはりましたん？」

と、軽蔑《みくび》るような眼つきをした。単式は、自分の買い馬が一着にならなければ配当金を貰《もら》えなかったが複式は一着でなくとも、三着にまで入っておれば配当金が取れる。それだけ安全度が高いが配当金は少ない。

発馬機《バリヤー》の前に、八頭の馬が並んだが、いきりたって前脚をたてたり、横向きになったりし、うまく鼻面が揃《そろ》わない。観衆がいらいらし始めた時、ぱっと、発馬機がはね上がった。

スタートするなり、本命のマロンキングが鼻を切って飛び出した。続いて比沙子の買ったトキミツ、三番がヒサヨシ、四番が喜久治の買ったタチハヤ、あとの四頭はやや遅れて、一列になって続いている。第二コーナーへ入ると、マロンキングとトキミツだけが、他を引き離して疾走し、あとは七、八メートル離れてヒサヨシ、タチハヤ、さらに一団の塊《かたまり》になって他の四頭、観衆の眼は、先頭のマロンキングとトキミツにだけ集まった。両馬の間隔は三メートル程。喜久治も、四番目を走っている自分の買ったタチハヤ

には、あまり注意を向けなかった。

第三コーナーへ入るなり、急に外枠のトキミツのさし脚が冴《さ》え、じりじり先頭のマロンキングを追っているが、マロンキングも激しく逃げる。三番、四番の順位は変らず、あとの四頭は数珠《じゅず》玉のように一列になって続いている。

直線コースに入った時、突然、トキミツが先頭のマロンキングにぴったり、重なり合った。ゴールまであと百五十メートル。

「トキミツ！　頑張れ！」

「マロンキング！　逃げろ！　逃げきれ」

喚声と怒声が乱れ飛び、激しく競《せ》り合う両馬の脚から、土煙が濛々《もうもう》と舞い上がった。ゴールまであと百メートル余り、トキミツが必死の追込みをかけている。スタンドが総立ちになり、人壁がどよめくように揺れた。トキミツの鼻先が、前に出た。

「あ！　半馬身出た、トキミツ！」

喜久治は、思わず、比沙子の背中を叩《たた》いたが、手ごたえがない。総だちの人垣の中で、比沙子は、コンパクトの蓋《ふた》を開き、鼻先を叩いていた。

「トキミツが」

興奮した声で云うと、

「いいの、勝つのにきまってるわ、穴馬よ」

比沙子は、また粉白粉《おしろい》をはたきつけた。ゴールまで十メートル、トキミツは鼻を切って疾走している。もう、トキミツの優勝であった。本命のマロンキングを買った人も諦《あきら》めきっていた。その時、急にトキミツの姿勢が、ぐらりと不安定に宙に浮いたかと思うと、その姿がいやに小さく見えた。

着馬順が、掲示板にあがった。一着マロンキング、二着ヒサヨシ、三着タチハヤ。鼻を切っていたトキミツが、ゴール前で、嘘《うそ》のような他愛《たわい》なさで脚を折ったのだった。一瞬、スタンドは奇妙な放心状態に包まれたが、すぐ烈《はげ》しいどよめきに変った。

比沙子はコンパクトをしまった手で、口紅を出し、その先で馬券を赤く塗りつぶすと、そのまま唾《つば》を吐くように放り捨てた。

喜久治の馬券は、一枚につき四十五円、二枚で九十円の配当金がついた。喜久治は思わず、皮肉な笑いをした。

単一本で穴馬をねらった比沙子と、地味に複式を買った自分との対照が面白かった。コンパクトの白粉を鼻先にはたきながら、自分のねらう大穴に絶対の自信をもつ比沙子は、我の強い見栄坊な性格を現わしていた。その点、喜久治は、無意識のうちに利益を薄くして可能性を倍にする方法を取っていた。それは、足袋問屋という投機性の少ない商いの、日々の構えであった。

「もう、帰《い》のか？」

比沙子は、黙って頷《うなず》いた。馬券の屑《くず》が散乱したスタンド横をすりぬけて、表へ出た。馬場の方から、時々、どよめくような喚声が聞えて来たが、場外は妙に閑散として埃《ほこり》っぽい。道端で店開きしていた予想屋も、店仕舞して人影が疎《まば》らだった。喜久治は着流しでゆっくり歩いていたが、比沙子はハイヒールの踵《かかと》を蹴りつけるようにして、先にたって歩いていた。駅の方へ行きかけるのを呼び止め、そこに駐車していたタクシーに乗った。帰りは、我を張らず、素直に従った。

「これから、京都へ出て、木屋町《きやまち》で晩飯でも食べよか」

と誘うと、比沙子は鬱陶《うっとう》しそうな表情で、

「あきまへんわ、勝手にお店を休むとうるさいから」

と断わった。

山崎街道のあたりまで、比沙子は黙り込んでいた。はじめて競馬へ案内した喜久治の前で惨敗《ざんぱい》したのが、自尊心の高い比沙子の気持を損ねたらしい。

「競馬て、楽しみなもんやな、第一、馬が池の周りを走って行くとこは、ちょっと、ほかにないきれいさや」

喜久治が気さくに話しかけると、比沙子は、車の窓越しに、白く小波《さざなみ》だって見える淀《よど》の流れに眼を遣りながら、

「着物を着た生殖器のお化けばっかり、相手にしはらんと、たまには美しい生きものを

相手にしはったら――」

ぎくりとするような、どぎつい冷やかな言葉であった。

「美しい生きもので、あんたのことか？」

「馬のことやわ」

「馬か――、馬より――」

と云うなり、喜久治は、懐手《ふところで》を伸ばして、比沙子の二の腕を、大胆に内懐へ引き入れた。運転手が、バック・ミラーをのぞいたようだった。比沙子はそのまま腕を預けておき、

「あなたは単を狙《ねら》わず、複を買う人やわ」

と、やんわり、喜久治の手を振りほどいた。

戎橋《えびすばし》の『柴藤《しばとう》』で食事をすますと、比沙子は開店時間を気にしながら、席をたちかけた。喜久治も一緒に赤玉の方へ向かって、歩いて行った。土曜日のせいか、道頓堀は人混みで賑《にぎ》わっていた。

中座の前まで来た時、喜久治は、足を止めた。劇場横の楽屋《こや》口にお福らしい姿が見えた。人混みを隔てて、横顔とうしろ姿しか見えなかったが、薄暗い軒燈の下にたっていた白い豊かな体は、お福に似ている。やっぱり、寿升と――と、思うと喜久治は急に体

中がささくれだって来た。

この間の芝居のあと、浜ゆうへ行ってからも、寿升のことを噯《おくび》にも出さなかったのは、徹頭徹尾、見て見ん振りの旦那芸をするつもりではなかった。ここ暫《しばら》く、相手の様子をうかがってから、こっちの出方を決めるつもりだった。

喜久治は、人混みの中で、法善寺横丁の方へ曲って行くお福らしい女のうしろ姿に眼を凝らしていた。比沙子が、五、六歩先に立ち止まって、怪訝《けげん》な顔をした。喜久治は、慌てて何気ない風を装《よそお》い、比沙子と肩を並べて赤玉の前まで来たが、もう、カフェーに入って、比沙子や例の肥《ふと》ってよく喋る女給を相手にして、他愛なく遊ぶ気がしなくなった。

比沙子には、ちょっと思いたった用事があるからと云い、千日前からタクシーを拾って新町へ行った。

『米田屋』からぽん太を呼ばせると、すぐやって来て、座敷の襖《ふすま》を開けるなり、ぺたりと喜久治のそばに坐り、

「この頃、宗右衛門町《そうえもんちよう》にええ女《おなご》はん、お出来やしたんでっしゃろ」

と云い、二重瞼《ふたえまぶた》のよく光る眼で、喜久治を睨《にら》み据えた。

「阿呆なこと、そっちの屋形の建て増しする云うてたさかい、その方で忙しいやろと思うて」

「うまいこと云いはる、この間、建て増しのお金を届けに来てくれはった時も、おいでやしたかと思うたら、さあっと帰りはったやおまへんか、ほんまに、この頃、けったいやわ」

「どない、けったいやねん？」

わざと呆《とぼ》け面《づら》をすると、

「そんな呆けはらんかて、外囲いの女同士《おなごどうし》は、嫉妬《へんにし》でけへんきまりになってるやおまへんか、そうなら、そうと云うておくれやすな」

恨みがましく云いながら、眼が艶《つや》っぽく湿り、衿《えり》もとへきゅっと引いた顎《あご》が二重に可愛くくれてる。どう見ても、子供を産んだ女には見えない。やはり、美人でお俠《きゃん》ということになれば、ぽん太が一番であったが、喜久治の年齢と人間的な成長に応じて来れないもの足りなさがあった。その一瞬を愛撫《あいぶ》してしまえば、あとは喜久治の心の中から、すっぽり抜けてしまうようだったが、今晩のようなやり場のない気苦しい時は、ぽん太と賑やかに遊ぶことが救いになる。比沙子では、喜久治の気慰めを勤めてくれそうもない。

「ぽん太、お前は何が楽しみやねん」

「そら、毎日、はんなりした（華やかな）お座敷へ出て、面白可笑《おか》しゅう気儘《きまま》に勤めさして貰《もろ》うて、そのあげくにお金と指輪がたんと溜《たま》ったら、本望だすわ」

と云い、三本指輪の並んだ右手を振りかざした。中指と薬指と小指に、ダイヤ、猫目《ねこめ》石《いし》、エメラルドが並んでいる。

「また昔の、指輪芸者時代の癖が出て来たんか」

喜久治が、露骨にいやな顔をすると、

「指輪がわての、旦那以外の楽しみですねん、まあ、浮気するよりましや思うて、堪忍《かんにん》しておくれやすな」

喜久治は、ぐっと言葉に詰った。ついさっき、中座の楽屋口にお福らしい姿を見たあとだけに、ぽん太の言葉が胸に食い入った。

喜久治の女たちの中では、ぽん太に一番金がかかっている。月手当二百円のほかに、衣裳料八十円、指輪料五十円、白粉代五十円と三百八十円かかった。千円でちょっとした待合が一軒持てる頃であったから、新町の旦那持ちの自前芸者の中でも、三本指の中に入る手当であった。多額な入費《かかり》であったが毎月の奥内料《おくうちりょう》の中にちゃんと計上されているから、隠し金にするような苦労をしなくてすんだ。

船場の商家では本宅伺いをすませた公認の妾《てかけ》の入費は、女衆料《おなごしりょう》としたため項目の下に明確に書き込まれる。

祖母のきのと母の勢以も、公の妾となると、自分たち以上の栄耀《えいよう》栄華は許さなかったが、しみったれた妾囲いにならぬよう気にかけ、二言目に、「野村徳七さんが祇園《ぎおん》で、一千円で舞妓《まいと》を落籍《ひか》しはったら、その日中に知れ渡り、あんな子供みたいな妓《こ》に大金を出しはるのやったら、よっぽど商いに奥行《おくゆき》あるのやろいうことになり、野村銀行は祇園中のお金を吸い上げたいう話がおますのやでぇ」と、口癖のように云った。

それだけに喜久治が、月末の商いに忙しければ、番頭に妾宅へ女衆料を届けさせ、一日でも遅れさせるようなことがなかった。

特にぽん太は、船場商人の出入りの多い新町の芸者だったから、みっともない真似《まね》は出来ない。一晩にお座敷が四つ重なっても、時間さえ許せば、お茶屋の箱部屋で、長襦《ながじゅ》袢《ばん》から帯まですっぽり総替えする。

今晩も仕立おろしらしく、長く引いた裾袘《すそふき》が、ふっくらと厚い。喜久治は、厚目の裾袘は足もとを悪くし、野暮《やぼ》になって好まなかったが、ぽん太は舞衣裳のようにぽってり厚いのを好んだ。着物の柄合いも、派手目を選び、お座敷をぱあっと華やかに彩《いろど》った。

「まだ宵のうちでっさかい、二、三人ほど若い妓よんで遊びまひょか」

新調のお座敷着に浮きたつ気分も手伝って、ぽん太は陽気に云った。

「まあ、それはあとでもええやないか」

喜久治は飲みかけの盃《さかずき》を空けるなり、ぽん太の肩へ手をかけ、そこへ押し倒した。お座敷着の厚い袘が、蛇のように畳の上にくねり、ぽん太の桜色の脛《すね》が露《あら》わにむき出した。そのまま、ずるずる床の間の前へ引きずり、島田の髷《まげ》と帯代《おびしろ》を崩さぬよう床框《とこがまち》を枕にあてがい、お座敷着のままで抱いた。

「いやらしい、こんな恰好《かっこう》で……じかに……」

ぽん太は激しく抗《あらが》った。

「昆布巻や、おとなしいしとりぃ」

熱っぽい押し殺した声で云った。何時にない喜久治の乱痴気であった。昆布巻にされるなら早くすまさないと野暮だし、仲居に見られるおそれもある。ぽん太は諦めたように従った。

喜久治は異様な昂《たかぶ》りの中で、今日の午後観《み》た第六レースが、灼《や》けつくような鮮やかさで脳裡《のうり》に迫って来るのを感じた。

秋の陽が輝いている芝生と池の周りを、何頭もの馬が一列になって疾走している。その背の上に、色とりどりのユニフォームを着た騎手が、ぴったり体を伏せ、真っ白な房のような手綱を巧みに操っている。その度に、すんなりと張った美しい脚が、水澄《みずすまし》のように静かな軽快さで伸びた。明るい陽の下で、栗毛色の毛並が柔らかく輝き、みずみずしく滴《したた》った。突然、隊列が崩れ、一頭の駿馬《しゅんめ》が、土煙を上げながら、直線コースへまっしぐらに駈け込んで来る。ゴール前、二百メートルあたりの快調なトキミツであった。そうこの勢い込んだ烈しい穴馬は、喜久治の脳裡に、比沙子自身の姿を思い泛《うか》ばせた。そういえば、疾走する一頭、一頭の美しい生きものが、お福のように見えたり、ぽん太や幾子に見えたりもする。その背中に喜久治と金を積んで各々の方向へ走るこの美しい生きものたちを、巧みに操り馴《な》らして行くことが喜久治の新しい欲望であった。

かすかに抗うぽん太を羽《は》交絞《がいじ》めに巻き込みながら、喜久治は腥《なまぐさ》い酔いを感じた。

＊

喜久治は『てんぐ屋』の前まで来ると、履物の並んだ陳列棚の奥の方へ眼を遣《や》った。そこにまる取りらしい男ものの桐台《きりだい》が出ている。店の中へ入って行き、手に取ってみると、やはり、一本取りの桐台で、柾《まさ》が細目に通っている。喜久治は同じ桐台の履物でも、太い丸木の真ン中をくりぬいた台を選り好みした。蹠裏《あしうら》の添いがよく、寸分違《たが》わず、平行に減る歯具合がよいからだった。

喜久治の姿を見つけた店主は、自分で陳列棚から桐台を取り出し、

「今日、入ったばっかしだす、この台に鹿皮《しかがわ》をどないでっしゃろ」

平箱《ひらばこ》の中から鼻緒を出して見せた。鹿皮の白っぽい晒鼻緒《さらしはなお》が、喜久治の掌《て》の中で、柔らかくしなった。

「よっしゃ、これ、今すげてんか、履いて行きたいよって」

と云い、気忙《きぜわ》しそうに腕時計をみたが、節季明けの暇な体で、久し振りに浜ゆうへつる八を呼んでいるだけであった。

椅子《いす》に坐って煙草《たばこ》の火を点《つ》け、浜ゆうへ行くまでの一時間ほどの空き時間を、どうつぶそうかと、気迷い気味に表通りを見ていた。まだ薄ら日が残っているのに、向い側の店先には、軒燈が入り、急に夕方らしい騒《ざわ》めきを映し出している。

裏鋲《うらびょう》を打つ軽い音がして、左右の下駄が、きちんと注文台の上に揃《そろ》った。

「へえ、お待っとおさんだす」

喜久治は鼻緒のすげ具合を手触りで確かめてから、履いてみた。前緒が指の間にぴんとたち、そのくせ、履きごこちがやさしい。脱いだ方を家まで届けて貰うことにして、そのまま、てんぐ屋を出た。

足もとのよさが、喜久治の気持を浮きたたせた。心斎橋の人混みの中を、履き具合を楽しむようにして歩きながら、ふと三人の女たちのことを考えた。

足もとに凝る喜久治は、しょっちゅう、履物を替えていた。台形《だいがた》はもちろん、木質、柾目から鼻緒の絎《く》け具合まで気になった。ミシン縫いで縫い合わせているのは、甲触《こうざわ》りが悪く、手縫いで、ふっくら絎け合わせた麻芯《あさしん》のものでなければおさまらなかった。それだけに、自分の下駄扱いが気になったが、ぽん太はその点が気疎《けうと》かった。

喜久治が、履きおろしの新《さら》の下駄を履いて行っても、新調の衣裳ほど気にとめない。本天《ほんてん》のまる絎け鼻緒を、平気でつまみ上げるようにして持ち、鼻緒の下に手を通して扱うという気配りがない。喜久治が、露骨にいやな顔をすると、

「いやあ、堪忍だっせ、わてはお金と指輪のことしか解《わか》れしまへんねん」

と無邪気に謝った。

幾子は、喜久治の履物を大切にした。玄関の上《あが》り框《がまち》に何気なく脱ぎ捨てても、鼻緒にうっすらかぶった埃《ほこり》や、台先の汚れに気がつくと、袂《たもと》からハンカチを出して、そっと拭《ぬぐ》い取り、女中が躓《つまず》いて粗相などしない処《ところ》へ納《しま》い込んだ。雨の日などは、帰りがけまでに、爪掛《つまがけ》と台裏の泥をきれいに拭っておいてくれる。

お福も、履物を大切にした。浜ゆうへ行って帰りがけになると、玄関まで送って出て、下足番に任さず、自分で喜久治の足もとを揃えたが、履物棚から下駄をおろす時、ちらりと台裏へ眼を配った。鋲下に焼き込まれた印《しるし》と歯具合で、履物の筋が解り、それを履く人間の素姓も解るからだった。そんなところにも、名あるお茶屋の仲居らしい心得が見えた。

同じ新の下駄を履いて行っても、ぽん太、幾子、お福の三人の間に、これだけの相違があり、それぞれの性格がのぞいているようだった。

喜久治は、足もとのしなやかな鹿皮鼻緒に眼を遣り、ゆっくり歩きながら、浜ゆうへ行く前に赤玉へ寄ることにした。

映画館や食堂の前を通り、カフェーのたち並ぶ辺りへ来ると、喜久治は、何時《いつ》ものもの馴れぬ勝手の違った感じがした。しっとり打水をしたお茶屋の表口をくぐるのは、気軽で一向に気にならなかったが、カフェーの扉を押すのは妙に億劫《おっくう》でてれくさい。顔見知りのボーイが内側から、さっと扉を開けた。奥まったボックスへ案内し、比沙子を呼んでくれた。

比沙子はワンピースの襞《ひだ》を波打たせて、腰をかけ足を深く組んだ。新調の服であった。グリーンの玉虫色シャンタンで、裾《すそ》に細かい襞を沢山畳み、歩く度に、それがピラピラと花簪《はなかんざし》のように揺れた。ハイヒールも新であったが、靴より比沙子のストッキングに包まれた脚の方が美しい。脚を着物で掩《おお》った女ばかりを見馴れている喜久治には、すんなりと伸びた水茎のような脚が、いやに色っぽい。

「どないしてん、えらい、やつしてるやあらへんか」

この間から、喜久治と二、三回続けて競馬に出かけているが、穴場ねらいの比沙子は、すられ通しで、小遣銭にも困っていたはずであった。

「ふぅ　ふぅ　ふぅ」

比沙子は、歯のぬけたような笑い方をした。

「なんぞ、ええことでもあったんか」

「昨日のサラ障害レースで、大穴当てたわ、トキノオ、単で百五十円、二枚で三百円、バチンと当てましてん」

腫《は》れっぽたい大きな眼がキラリと光り、体全体で興奮しているようだった。平常は感情を表に出さず、素っ気ないのに、競馬のことになると、俄《にわ》かに活気づいて来る。

「そやけど、何時も、ようすられてるよって、これで差引勘定、トントンということになるな」

からかい気味に云うと、比沙子は、急に表情を変え、

「トントンとは、どういうことやの、穴がはずれたら、私の負け損で、当てたら、私の勝《か》ち儲《もう》けですわ、勝負ごとには差引勘定みたいなケチな算盤《そろばん》は、あれしまへんわ」

「まあ、そない怒らんときぃ、儲かりもせん競馬なんかに凝って、どないするねん」

「どないするて、死んだお父はんの負け損を、取り返してやるつもりやわ」

比沙子の眼が、熱っぽい執念に輝いた。

「競馬だけか？　ほかに何も、一生懸命になることあれへんのか？」

「ありますわ、もう一つ――」

ちょっと、言葉を切ってから、

「このカフェーで、ナンバー・ワンになること」

叩《たた》きつけるように云った。喜久治はかすかに笑った。どれも、これも、突飛で、脈絡がなく、高飛車な虚栄心に満ちていた。しかし、一か、八《ばち》かを勝負したり、順位を争わねば気のすまないところが一貫している。

「ナンバー・ワンというのは、なかなか、なられへんものか」

比沙子ぐらいの容貌《ようぼう》があれば、何でもないことのように思えた。

「難しいもんやわ、人をよう知って、何時も飛切りの衣裳着て、サービス満点やないと、顔だけではあかんわ」

　比沙子自身が、自分の欠点を知っていながら、持前の我の強さと競馬狂で、容貌の割に損をしているらしい。

「いま、何番ぐらいやねん」

「平均して、ナンバー・テンを危うく、出たり、入ったりのとこ――」

「ふうん、そんなとこかいな」

　喜久治は、意外そうに首を振り、ビールを注いでいる比沙子のきれいな鼻筋を見詰めていたが、突然、

「ナンバー・ワンぐらい簡単になれる、わいがしたるわ」

　と云うなり、近くにたっていたボーイを呼んだ。

「すまんけど、支配人に来てもろうてんか」

「何かご用でも――」

「うん、ちょっと話したいことがあるさかい」

　と云い、ボーイの手に、チップを握らせた。

蝶《ちょう》ネクタイをつけた支配人が、足早に低いもの腰でやってきた。

「お呼びやそうで、何か粗忽《そこつ》でもございましたんでは――」

　用心深く構えながら、素早く喜久治の凝った身なりを見て取っていた。

「いや、ちょっと聞きたいことがあってな、ここのナンバー・ワンいうたら、一カ月なんぼぐらい稼ぐねん」

「はい、それは、あのう……」

　中年の支配人は、表情を固くして、警戒した。

「そんなこと――」

　比沙子が制しかけると、

「ちょっと、話のタネに聞かしてもらうだけやがな」

　いかにも、ぼんちらしい鷹揚《おうよう》で、無頓着な云い方だった。支配人の顔から警戒の色が解けた。

「手前どもでは、まあ、一カ月百円ほどお名指し料を揚げたら、断然、ナンバー・ワンでございまして」

　もの柔らかに答えた。

「ほう、落語家《はなしか》の出演料並やぁ、よっしゃ、これから毎月、この娘《こ》の名指し料を百円払うよって、間違いのう、ナンバー・ワンにしたってや」

「え、お一人で百円？」

支配人は、自分の耳を疑った。

「あんたに金を預けとくよって、あんじょうしてや」

懐《ふところ》から百円札を出した。支配人は、慌《あわ》てて手を振った。

「ところが、ただ現金、頂いただけではあきまへん、ほんまにお客さんがお店へ来て、お名指しして戴《いただ》きませんと――」

「そうか、それやったら、わいもできるだけ詰めて来るけど、来られへん時は、平家蟹《へいけがに》みたいな顔した幇間《たいこもち》を寄《よ》こすよって、頼むでぇ、ほんで、これは、あんたの世話料」

と云い、別に十円札五枚を出した。支配人は、暗がりのボックスの中で、そっとあたりを見廻したうえで、ついと紙幣を掌の中へ握り隠し、

「今までこんな例はございませんが、まあ、按配《あんばい》にお計らい致します」

囁《ささや》くように云い、比沙子の方は見ず、喜久治に向かって、重々しく頭を下げた。

「どうや、すぐ、ナンバー・ワンになれたやろ」

喜久治は、面白そうに軽く笑ったが、比沙子はにこりともせず、

「ナンバー・ワンには、自由になれても、競馬の穴馬だけは、ままになれへんわ」

ふっかけるように冷たく云った。競馬で三百円儲けて得意になっている矢先に、ことなげに毎月、百円の名指し料を支払うと云われたことが、比沙子の気に障《さわ》ったらしい。

そういえば、喜久治にも、競馬でのぼせている比沙子の頭を少し冷やしてやろうという

つもりが無かったとはいえない。それにしても、名指し料を払って貰《もら》うことに、比沙子は格別の喜びも見せない。金で女を自由にして来た喜久治にとっては、それがまた新鮮な興味になった。

急に道頓堀行進曲が鳴り出し、ボックスの四方八方から万国旗の打出しが派手になった。喜久治は、ちらと時計を見た。

「もう帰りはりますの？」

比沙子は、やや驚いた顔をした。

「うん、さっき云うてた平家蟹を、宗右衛門町に待たしてあるねん」

「そしたら、また――」

強いて止めもせず、比沙子はグリーンのワンピースの裾をひらひらさせて、喜久治を送り出した。

浜ゆうへあがると、つる八が、箱部屋で待っていた。

「旦《だん》那はん、お久しぶりでおます」

昨年の十一月に、芝居へ相伴させてから、ここ半歳《はんとし》程は、宴会席へは四、五回呼んでいるが、小人数のひっそりした席へは呼んでいなかった。

「今晩のお連れさんは、どんなお人でおますか」

幇間らしく客筋や、芸者の顔ぶれを聞き、自分の勤め場を、思案しておく嗜《たしな》みであった。

「いや、今晩は、久しぶりで、二、三人若い妓《こ》呼んで、気楽に遊ぶだけや、芸妓《げいこ》らも、もう、おっつけ来るやろ」

と云い、喜久治は、座敷へ坐ると、いま遊んで来た赤玉のことを面白そうに話し出した。

「へえ、名指し料の月極め、それに先払いでっか、支配人は、びっくりしよりましたやろ」

「ところが、金だけでは細工が解ってしまうよって、ほんまに誰か行かんならん、つる八も、まめに行ってや」

「けっけっけっ、そら、結構なお役だす、わてかて、カフェーへ行ったら、れっきとしたお客さんで、勤めんでもよろしおますさかい、まめも、小芋も、団子もおまへん、ごちゃまぜで、行かしてもらいまっさ」

駄じゃれを飛ばして、また、けっけっけっと奇妙な笑い声をたてた。

若い妓が三人揃って来ると、喜久治は、きれいな顔を自分の前へ並べて、勝手に喋《しゃべ》らせておいた。何とはなしの気晴らしの座敷には、それが一番の恰好《かっこう》だった。遊び人の喜久治に、幇間のつる八が侍《はべ》る席であったから、芸者たちも別に気遣いせず、まる遊びさ

してもらっていた。お福が、座敷へ顔を出すと、

「姐《ねえ》ちゃん、今晩はおおきに、お花代、無料《ただ》戴きみたいだすわ」

と云ったが、言葉ほどには恐縮せず、また勝手なお喋りに夢中になった。

喜久治は、つる八を相手に、さっきの続きのカフェーの話をしている。お福は、そんなてんでに喧《やかま》しく喋っている席の中へ、静かにゆったり坐り、喜久治の盃《さかずき》があくと、気《き》敏《ざと》くお酌した。

急に若い妓たちが、華やかな嬌声《きょうせい》をあげたが、下ぶくれのまる顔の妓だけが、顔を真っ赤にして怒っている。

「なんやのん、あんたら、役者いうたら成駒屋《なりこまや》しかないみたいに思うて、そんなお有難うて、もったいないのやったら、成駒屋の歩いたあとの土でも舐《な》めときやす」

小面憎《こづらにく》げに云うと、相手の二人は、

「さいな、さいな、わてらも舐めさして貰うけど、寿升はんも成駒屋の足跡ぐらい舐めさして貰うたら、どないだすねん」

と云い返し、嫌がらせに、げらげら笑った。寿升と聞くなり、喜久治は、聞き耳をたてた。

「阿呆くさ、去年の秋頃からの寿升はんの出来が、解《わか》れへんようでは、桟敷《さじき》に坐って、一人前に芝居なんか見なはんな」

「おお、こわやの、えらい肩入れやこと、そやけど、あんなうしろだての無い役者は先が知れてまっせぇ」

寿升贔屓《びいき》の下ぶくれの顔が、引き歪《ゆが》んだ。

「旦《だん》那はん、わて一人、助けておくれやすな」

喜久治は、硬《こわ》ばり気味になって来る口もとを、無理に柔らげ、

「わいには芝居のことなぞ解れへん、お福に聞き」

素知らぬ風にそらすと、下ぶくれは、もう半泣きになって、

「お福姐ちゃんは、どない思いはります？　わてと一緒でっしゃろ」

「そうでんな、寿升はんは、門地も、ええうしろだても無いけど、若うて芸のたつ役者でおますなぁ、そら、成駒屋はんと比べて、もの云うのは、どだい間違いやけど——」

お福は、人ごとのように寿升の噂《うわさ》をした。

「それ、お見やす、やっぱり、寿升はんは——、お福姐ちゃん、あの寿升はんの眼のあたりの色気が、何ともいわれしまへんな」

「そうでんな、それにきれいな眼技《がんぎ》をしはりますしな」

喜久治は、腹の底から噴き上げるような怒りを感じた。お福と寿升とのことを知らずに他愛《たわい》なく喋っている芸者たちはともかく、月々の面倒を見ている喜久治の前で、平静を装《よそお》い、ぬけぬけと寿升を賞《ほ》めるお福に腹を据え兼ねた。お福は、まさか喜久治が寿升

のことなど知るまいと思っているらしい。気振り一つ変えず、若い妓たちの相手をし、喜久治の盃が空《から》になると、いささかの狼狽《ろうばい》もなく、落ち着いて酌をした。喜久治は、ぐいと盃を空けるなり、「お福！」と烈《はげ》しく口に出かかるのを抑え、

「つる八、疲れた」

と、脇息《きょうそく》に肘《ひじ》をついた。つる八は、慌てて、傍《そば》に寄り、

「さあ、さあ、旦《だん》那はんは、赤玉のお帰りでお疲れやさかい、あんたらは次のお座敷さしてもらい――」

若い妓たちは、顔を見合わせ、

「旦那はん、えらいお喧《やかま》しゅうてすんまへん、お先にご免やす、つる八はん、おあと頼むえ」

神妙に挨拶《あいさつ》して、席をたった。つる八は喜久治の背中へ廻って、介抱しかけた。

「つる八、お前も座をたってんか」

不機嫌な声で云った。つる八は、お福の方へ眼で挨拶して、そっと襖《ふすま》の外へ辷《すべ》り出た。

急に部屋の中が広くなった。十畳の座敷で、喜久治とお福が黙って坐っていた。喜久治は、脇息から体を起すと、まともにお福を見据えた。ざっくり単衣《ひとえ》お召をかき合わせた衿《えり》もとに、白い餅肌《もちはだ》が何の乱れもなく息づいている。

「お福、寿升とあったんか」

短く刺すように云った。お福は、かすかに身じろぐようだったが、

「へえ」

すうっとしみ通るような声だった。むきになって開き直った方が、拍子抜けするほど、静かに澄んだ声であった。お福の白い豊かな体に、寿升とのことが一点の汚点《しみ》にもなっていない。

喜久治は、落着きを取り戻すため、わざとゆっくりした手つきで、お福に盃をさした。盃に酒が満たされると、お福は静かに口もとまで運び、盃の縁に薄い唇を当てると、ふうっと一息に酒を吸った。いささかのこぼれもなく、盃の底が拭われたように空になった。男との触れ合いも、その一瞬だけが見事に息づき、あとは拭われたように形を残さないのかも知れなかった。盃が手もとに返ると、喜久治は、

「何時《いつ》からやねん」

粘りつくような声で云った。

「去年の春ごろから——」

お福は、ひっそり答えた。喜久治の顔に、乾いた笑いが泛《うか》んだ。喜久治とお福が一緒になったのが去年の七月、琵琶湖の網船の時であったから、寿升との方が三、四カ月ほど先だったということになる。出だしの若い役者を相手にしては、ぼんち旦那の沽券《こけん》にかかわると自制しながらも、

「好きなんか」

と聞いてしまった。

「時折、いとしいと思うて……」

好きというより、齢下《としした》で可愛《かわい》いという意味らしい。お福は、格別の羞《はじ》らいも見せず、もの憂《う》そうに答えた。

「よう、逢《お》うてるのんか」

「いいえ、ほんの時たま、それも夜中の一時が過ぎてから――」

はっきりした口調で云った。喜久治は、ぐうっと言葉に詰ってしまった。旦那は宵に行って十時まで、客色《きゃくいろ》は十時過ぎから十二時まで、間夫《まぶ》は夜中の一時以後と、だんだんお余りになり、出銭《でがね》がない代りに、女の疲れた足腰の一つも揉《も》むというのが、この世界の常識であった。旦那になるからには、それぐらいの粋な才量がなければ、野暮天《やぼてん》というものであった。お福が、はっきりした口調で、「夜中の一時を過ぎてから」と特に断わったのは、喜久治と寿升との立場を明白《あからさま》に区別し、暗に喜久治に旦那らしい才量を求めているのだった。

喜久治は、口腔《くちなか》に滓《かす》のようなしこりが溜《たま》って来るのを感じ取りながら、

「お福、一軒、家を持ってんか」

唐突に云った。お福は言葉に支《つか》えた。

「寿升については、これ以上、何も云えへんさかい、家を持っておさまってんか、わいは、もう、何時もお茶屋で会うて、たまに外出《そとで》して、月極めの金をやる通《つう》ぶったお座敷旦那がしんどなった」

喜久治は、気重に云った。お福は、その言葉の真意を探るように、まじまじと喜久治の顔を見詰めた。

「そろそろ、どこかへ落ち着きたいねん」

重ねて云うと、お福は、居ずまいをなおし、思い切った様子で口を開いた。

「勝手云いまっけど、わては、このまま、ずっと仲居頭《なかいがしら》をさしといておくれやす」

「なんでやねん」

不機嫌な、烈《はげ》しい語調だったが、お福は控え目な調子で、

「口はばたいこと云いまっけど、一流茶屋の仲居頭ほど結構なことはおまへん、世間で指を折って数えられるような男はんの、掛値のないお姿を見せて戴き……もったいないような勉強でおます」

「ふうん、男の出来、不出来の勉強か、わいの分も、よう勉強してくれたやろな」

皮肉るように云った。

「めっそうもない、あんさんほど旦那《だんな》甲斐性《がいしよう》のある方は、いはれしまへん」

「ほんなら、一体、どないせえというのや」

「あんさんは、お金に飽かせて、一人一人の女のええとこだけ、その時々にお食べやす、仲居頭のわては、河内屋のお顧客《ひいき》のお賄《まかな》いから、旦《だん》那はんのお守《も》り——」

「え、お守りぃ——」

喜久治が尖《とが》った声で聞き返した。お福は、深々と頷《うなず》いた。三つ齢上《としうえ》のお福が、急に四つ、五つも老《ふ》け、三十七、八にも見えた。しかし、いささかの醜さもなく、かえって、たっぷりした豊かさがそこにあった。喜久治は、ふと柔らかく靠《もた》れかかりそうな気持になりながら、わざと咎《とが》めだてるような表情で、

「それやったら、まるで、乳母《おんば》……」

あとを口ごもると、

「へえ、俗にいう乳母妾《おんばてかけ》みたいなもんと思うておくれやす」

お福は、深い眼《まな》ざしで、そう云った。

「お福、今晩は一緒に寝たい」

「へえ、あの——」

かすかな狼狽の色が見えた。

「それとも、一時から、寿升と約束か」

ぐいと図星を指すように云うと、お福は、さっと遮《さえぎ》るような調子で、

「何をお云いやすか、お伴《とも》さして戴きます」

と云い、襖を閉めて、階下《した》へ出かける用意をしに降りて行った。

何時もなら、京都か、奈良へ遠出したがるお福であったが、今晩は、黙って上本町《うえほんまち》九丁目の高台にある木幡屋《こはたや》へ行った。二人とも一見《いちげん》の旅館であったが、眼と鼻の近さに、延若《えんじゃく》の住いがあるので、何となく見知っていた旅館で、ひっそりした表の感じが入りよかった。

湯殿からあがると、お福は、揚巻に結った髪をばさりと解き、鏡台の前で静かに梳《す》き始めた。ぬき衣紋《えもん》にした宿の浴衣《ゆかた》の衿《えり》もとから、白い肌目が露《あら》わになり、湿り髪が黒い艶《つや》を含んでいる。喜久治は、湯上がりのビールで、咽喉《のど》を潤《うるお》しながら、お福の背後に坐って、それを眺めていた。

櫛《くし》をもった右手が動き、お福の体が弓なりに反《そ》りかえると、しゅっと、黄楊《つげ》の櫛音がし、豊かな髪束に櫛目が通った。櫛目が入ると、また右手が頭の頂に上がり、撓《しな》うような木擦りの櫛音がして一息に梳きおろされる。その度に、濡羽《ぬれば》色《いろ》の黒髪が美しく波打ち、喜久治の体を次第に昂《たかぶ》らせた。

喜久治は手を伸ばして、背後から、お福の髪束を握った。あっと、小さな悲鳴をあげ、反《の》けぞりかけるのをかまわず、そのまま、ぐるぐると手首に髪を巻きつけた。粘りつくような生温かさが手首を這《は》い、乱れながら執拗《しつよう》に絡《から》みつく髪束は、女の濃い生命《いのち》のようだった。喜久治は、不思議な酩酊《めいてい》を感じた。手首に巻いた髪束に力を加えながら、ずるずるとお福の体を引きずり込んだ。

何時の間にか喜久治の方が、深く導かれて陥《おちこ》んで行くようだった。果てしなく靠《もた》れかかって行ける憩《やす》らぎと快い甘えがあった。それは、ぽん太にも幾子にも感じられない体の営みであった。喜久治はさらに深く陥んで行きながら、ふと、激しい嫉妬《しっと》にかられた。

「寿升とも――」

嗄《かす》れた声で云った。お福は、そのままの姿勢で、

「あの人は、まだ子供、あんさんは……」

喘《あえ》ぐように云った。黒い髪が汗ばみ、じっとり蒸せていた。

口うつしの水が、喜久治の咽喉を通った。お福の膝《ひざ》にだらりと手を預けたまま、喜久治は、天井の杉板を見詰めていた。

「きつう、お疲れやしたんでっか」

お福は、そっと聞いた。

「うん」

頷いただけで、喜久治はまた吉野杉のきれいな木目《もくめ》に眼を遣《や》っていた。

遠くの方から、低く陰にこもったサイレンの音が聞えてきた。耳をすましていると、次第にその音が高くなって行った。

「火事らしゅうおますな」

不安げなお福の顔に、

「遠いとこらしいから、大丈夫や」

喜久治は気にかけず寝込みかけると、階下の戸障子が開き、宿屋の女中が廊下を走って、物干し台へ上がる気配がした。

「わてらも、ちょっと、見て来まひょうな」

気になるらしく、お福は喜久治を誘った。騒がしくて寝つけそうもなかったから、喜久治も起き出して、廊下の突きあたりの梯子《はしご》から、物干し台に出た。

暗い夜空の南の方角が、紅《あか》く染められていた。喜久治は、ぎくっとした。大屋根へかき上っている宿屋の男衆《おとこし》に、

「火事は、どこやねん」

「心斎橋あたりでっせぇ」

「え、心斎橋、川を越してるのんか、船場の方へ——」

心斎橋の下を流れる長堀川を北へ越しているなら、船場《せんば》内《うち》であった。

「そこまでは見えまへんけど、心斎橋あたりというのは、間違いおまへん」

そう聞くなり、喜久治は身を翻《ひるがえ》して階下へ降り、受話器を取って、河内屋の電話番号を怒鳴った。

受話器の向うに、聞き馴《な》れた丁稚《でっち》の声がした。

「久吉か、わいや、火事はどこや」

「あ、旦那はん、火事は、あの、割に近くらしいでっけど……それが……」

久吉は、もう、おろおろと、うろたえている。

「なに、お前はあかん、秀助と代れ！」

すぐ秀助の声と入れ代った。

「旦那はん！ 順慶町の、佐野屋はんの近くが」

「危ないのんか、よっしゃ、すぐ火事見舞や、装束はできてるか」

「へえ、いま、法被《はっぴ》を」

「すぐ駈《か》けつけるのや、他店《よそ》に負けたらあかんぞオ！ わいは上本町《うえ》九丁目《く》からタクシーでふっ飛ばすさかい、心斎橋まで、わいの火事装束を持って来るのや、解《わか》ったか」

電話を切ると、お福が廊下にたって、喜久治の着物を抱えていた。

慌《あわ》て気味の手もとになる喜久治に代って、お福は手早く、肌着を着せつけ、火事装束に便利なよう、わざと長襦袢《ながじゅばん》をはずし、単衣《ひとえ》の着物を素合せにして、角帯はずり落ちぬよう、きりっと貝口に結んだ。

その間、お福は、一言も口をきかず、何時ものようなもの静かさであったが、手と眼だけが間断なく、素早く動いた。それは、さっき、お福が云った一流茶屋の仲居頭でいて、はじめて心得られる気働きであった。玄関先に出ると、タクシーを待たしていた。

「火事見舞だす、心斎橋までしっかり走っておくなはれ」

お福は運転台へ祝儀袋《ぽちぶくろ》を放り込み、喜久治に向かって小腰を屈《かが》めた。どれもこれも、見事過ぎた。喜久治は、ちらっと腕時計を見た。夜中の一時前であった。

「あとは、お前の好きなように」

そう一言云って、喜久治は車を走らせた。

心斎橋の南詰まで来ると、丁稚の久吉が、火事提燈《かじぢょうちん》をかかげて起《た》っていた。喜久治の車を見るなり、提燈を振って駈け寄った。車の中で、単衣の着物の上から股《もも》引《ひき》をつけ、法被を重ねた。法被と提燈に、夜目にも明らかな河内屋の紋と屋号を印している。顧客や取引先に出火があったり、近火があると、揃《そろ》いの法被と股引に固め、提燈を振りかざして見舞うのが、商家のしきたりであった。

心斎橋の北詰からは、通行止めになっていた。縄張りのところに、弥次馬が黒山になり、女、子供まで交っている。

「へい、ご免やす、ご同業の火事見舞だす、通しておくれやっしゃ！」

提燈を振って叫ぶと、弥次馬たちは、さっと通り道を開け、

「あ、河内屋や、粋《いき》な法被着てても、どん尻《けつ》やったらあかんぞオ！」

「河内屋、早よ行かんと、丸亀屋に負けるでぇ！」

商売仇《しょうばいがたき》の名を上げて、口喧《やかま》しく弥次った。火事見物に加えて、派手な船場の火事見舞が、弥次馬たちの興味だった。

喜久治は、火の噴いている方向を目指して走った。何時の間にか、供の久吉ははぐれてしまった。焰《ほのお》の形が次第に大きくなり、家財を積んだ大八車と人波が、狭い道路に溢《あふ》れた。その間を、屋号を印した火事見舞の提燈が、飛ぶように縫い、燃えさかる火の海と一つになって、あたり一面を真っ昼間のように明るく照らし出した。

突然背後で、人波のなだれる気配がした。

「ワッショ！　ワッショ！　火事見舞、ワッショ！　ワッショ！　無事息災！」

掛声をかけながら、染市《そめいち》呉服店の火事見舞の組が、強引に人波をかき分けた。喜久治は、押し倒されそうになりながら、巧みにその組の中に割り込み、火事場へ走った。

佐野屋の軒庇《のきびさし》から、赤い炎の舌が舞い上がっていた。まだ家中に火が広がっていなかったが、二、三軒隣からの飛び火で、軒庇や看板から火を吐き出している。その火の中を、河内屋の屋号を印した法被が、敏捷《びんしょう》に出入りし、どんどん、荷物を運び出している。

喜久治は、消防夫の止めるのもきかず、佐野屋の前へ走り寄った。バリ、バリ、激しく燃える焰の音がし、顔が灼《や》けつくようになった。

「秀助、よかった、最初見舞《はなみまい》やったんやなぁ」

「旦《だん》那はん、一番だす、最初見舞だした」

河内屋の提燈を振りかざして云った。秀助の縁なしの眼鏡が、ふっ飛んでいた。喜久治は、法被の袖《そで》で、脂汗《あぶらあせ》を拭《ぬぐ》った。自分の留守にもかかわらず、佐野屋の火事見舞に、河内屋が最初《はな》を切った。喜久治の胸奥に熱い喜びが溜《たま》った。

丁稚や手代たちは、喜久治がそこにたっているとも知らず、火の粉を浴びながら佐野屋の商品や家財道具を運び出している。同業の丸亀屋と寺田屋の火事見舞衆は、河内屋の運び出す荷物をリレー式に受け取り、さらに安全な場所へ運んで用心に当り、その提燈も遠巻きに掲げている。

それは、商人の火事見舞の不文律の作法であった。それだけに、最初《はな》見舞を烈《はげ》しく競い、平素から火事装束は、丁稚や手代の枕《まくら》もとに揃えて寝るのが、商家の心得であった。

佐野屋の火の手が、やや弱まりかけると、消防のホースが一斉に大屋根へ集中し、消防夫が猿《ましら》のような素早さで大屋根へかき上った。喜久治は、滝水のような飛沫《しぶき》を浴びながら、秀助と一緒に、灯の消えた河内屋の提燈の柄を握っていた。

放水の中を、手代の角七が、ずぶ濡れになって走って来た。

「旦那はん、佐野屋はんが、横堀の瀬戸物屋はんへ避難して、火事見舞を受けてはりまっせぇ」

「そうか、ほんなら、あと頼むでぇ」

火事場を秀助に任せて、避難所へ走った。瀬戸物屋の前は、佐野屋の別家衆や火事見舞客でごった返していた。明らかに炊出《たきだ》し見舞と解る大風呂敷を抱えた御寮人《ごりょうん》はんや女中の姿も見えた。喜久治は、母の勢以と上女中のお時の姿を探したが、見当らない。

佐野屋六右衛門は、玄関から上がったとっつきの部屋に坐っていた。寝巻の上に単衣羽織を重ね、家族に囲まれてひっきりなしに火事見舞の礼を述べている、六十過ぎの赭《あか》ら顔《がお》で、盛んに喋《しゃべ》っていたが、言葉の切れ目に激しい疲れが見えた。

喜久治は、ふうっと気弱くなりながら、

「お見舞に参じました、ご一同さん、ご息災やそうで、何よりのことで――」

控え目に挨拶《あいさつ》すると、佐野屋の体が泳ぐように前へ出た。

「河内屋はん、おかげで大事な商品が、大方、助かりました、この商い限り、決して忘れ致しまへん」

声に重い湿りがあった。

「めっそうもない、それよか、余儀ないことで留守してまして、店主のわてが、遅参してすんまへん」

喜久治は、頭を深く垂れた。

「なんの、なんの、りっぱな最初見舞でおました、さぞかし、火事装束は、平素からお店衆の枕もとにおましたんやろ」

佐野屋は、感嘆するように云い、急に声を低めると、

「河内屋はん、女《おなご》と寝てても、商い忘れんようになったら、根性持ちのぼんちでおます」

喜久治の法被の下からのぞいている遊び着らしい素合せの藍微塵《あいみじん》の着物に、ちらっと眼をあてた。

挨拶して表へ出た途端、上女中のお時が、三人の下女中に炊出しの大風呂敷を背負わせて来た。

「遅いやないか、何をぐずぐずしててん」

「へえ、御寮人はんが、ご馳走作りぃと、お云いやしたもんでっさかい――」

「阿呆、火事場の炊き出しは、握り飯と梅干でも、早よ持って来ることや、ほんで、お母はんは？」

「御寮人はんは、わては家にいると云いはりましたんで……」

と詫《わ》びた。喜久治は、むうっと怒りがこみあげて来た。こんな火急の時にも、ご大家の御寮人はんの見識を構え、上女中を挨拶に寄こすきのと勢以の心が、情けなかった。

「お時、挨拶を大事にしてや……」

喜久治は、火事場へ足を戻した。

火の手は、佐野屋を半焼して、殆《ほと》んどおさまりかけていたが、焼け焦《こ》げた梁《はり》の間から、時々、思い出したように赤い焔がちょろちょろと舞い上がった。執拗な余焔《よえん》を目がけて、消防の放水が続けられ、半焼けの佐野屋の前を守る法被姿の男たちも、まだ緊張を続けていた。

最後の余焔が、白い煙を吐き出しながら、ぱあっと紅く燃え上がった時、喜久治は、はっと息を呑《の》んだ。その明るみに照らし出された人混みの中に、お福の白い顔があった。自分を送り出したあと、もしや寿升とでもと、思っていたお福が、そこに気遣わしげにたっている。きちんと身なりを整え、髪を揚巻に結い、まだ余焔を噴く佐野屋の大屋根を見上げている。焔の明かりで、お福の白い咽喉《のど》もとが、ほの紅く染められていた。

喜久治は、吸い寄せられるようにふらふらと、その方へ歩み寄り、ごった返す人混みの中で、背後からそっとお福の脇下《わきした》へ手を入れた。乳房が帯下で、じっとり汗ばんでいた。

「お福、もう一度——」

耳朶《みみたぶ》を嚙《か》むように囁《ささや》くと、桜色に染まった咽喉を、かすかに震わせて頷《うなず》いた。

火のおさまりを確かめてから、火事場をすりぬけた。

宿屋へ戻って焼穴のついた法被を除《と》り、長襦袢無しの単衣を脱いで裸になると、喜久治は、火事のあとの異様な興奮に駆られ、荒々しくお福を抱いた。お福は焼け焦げた梁の上を這う余焔の美しさに酔うたものか、それとも火事場の厳しい商人の姿にうたれたのか、自ら燃え、激しく喜久治を掩《おお》った。

「お福、もう浮気しなや」

低く喜久治が云うと、お福の白い首が脱け落ちそうなほど、がくりと深く頷いた。

第七章

奥前栽《おくせんざい》に白壁の土蔵が五蔵《いつぐら》並び、厚い扉《とびら》が重々しく閉ざされている。向かって左側から米蔵、金蔵《かねぐら》、商い蔵、衣裳《いしょう》蔵、道具蔵で、土蔵の裏側は石垣を積み上げた川筋になり、両脇《りょうわき》は高塀で隣家を仕切り、蔵扉は奥座敷から見通しのきく正面向き、一分の隙《すき》もない用心の深さである。喜久治は、五蔵の中央にある商い蔵の扉を大きく押し開き、蔵ざらえにかかっていた。

年に一度の誓文払《せいもんばら》いを明日に控えて、蔵ざらえ品の選び出しである。誓文払いは、商いの守り神である恵比須祭の日に限って、かけひきも嘘《うそ》もなく安価な値引品を売って、商いの慎《つつし》みを神仏に起請《きしょう》する商人の縁起の日であった。昔は、十月二十日の恵比須祭の当日に限られていたのが、昭和に入ってからは、何時《いつ》の間にか祭日を中心にして五日間の行事になり、節約《しまつ》な大阪人は、わざわざ誓文払いの日を待って、一年中の入用品を買い集めるぐらいである。それだけに売る方も、一年一回の大売出しという勤め気で、大《おお》童《わらわ》になる。

喜久治は、大番頭の和助、中番頭の秀助を相手に、蔵奥の積荷の下から、特級品、一等品、並等品の足袋を選り分け、各三割引の値札を入れ、各等品のはねは、三足一束にして二足分の値段にした。はねといっても足袋のことであるから、歪《いびつ》な代《しろ》ものではない。底地がちょっと薄汚れしている程度だから、進物にさえしなければ、洗濯して使える買徳品で、誓文払いにはこうした家族用の品物を求める客が多い。特に使用人の多い商家のお為着《しきせ》用《よう》は、殆《ほと》んど誓文払いの品で整えられる。そんな要求に合わせて格安の買徳品を数多く揃《そろ》えた店が、誓文払いの人気になる。

河内屋の売出し用の品揃えがすむと、佐野屋へ廻す荷の包装方に取りかかる。喜久治も、前垂れがけの膝《ひざ》の上に、足袋をおき、イソくくりを手伝った。佐野屋は、四カ月前の火事の時、店先の商品は助かったが、秋、冬もののぎっしり詰った商い蔵の商品を焼失してしまっている。火事見舞に駈《か》けつけた喜久治は、それが人ごとならぬ辛《つら》い思いになって残った。その時の火の廻りは、誰がみても、店先のものしか運び出せぬ状態だといったが、最初見舞《はなみまい》した河内屋の手代や丁稚《でっち》たちの働きにも幾分の責任があるような気がした。

誓文払いを迎える佐野屋は、まだ焼跡の新装がすっかり整わず、店横に板囲いの普請《ふしん》場《ば》が残り、第一、蔵ざらえして売り出す商品がないから今年は見送るというのを、喜久治は強引に参加させた。誓文払いの売出し商品は、河内屋の蔵ざらえの中から廻すというのである。はじめは、最初見舞をしてもらった上、そこまでは心苦しいと固辞する佐野屋に、「無料《ただ》やおまへん、出来高払いでうちも儲《もう》けさしてもらいます」と云い、半ば無理矢理に承諾させたのだった。それだけにいい加減な売出し商品は廻せない。

喜久治は、佐野屋送りの品入れや包装に根《こん》を詰めながら、ふと、疲れた眼を前栽の方へ遣《や》ると、植込み越しに、離れの隠居部屋から廊下伝いにこちらへやって来る祖母の姿が見える。

何を考えているのか、思案深げな足どりで歩いて来る。喜久治は、気附かぬ風を装《よそお》い、足袋のイソくくりをしていると、蔵扉の陰から、

「喜久ぼん、おいやすか」

「へえ、なんぞ、ご用でっか」

今、はじめて気附いたように振り向いた。和助と秀助は、何時になくきのが、商い蔵などに入って来るのに驚いて、居ずまいを直した。きのは、明るい陽溜《ひだま》りの縁先から、薄暗い蔵内を、眼を細めて見すかすようにしてから、丈長《たけなが》の着物の褄《つま》をつまみ上げて、高い蔵框《くらがまち》を跨《また》いだ。

「どないしはりましてん、こんなとこまで来はって――」

訝《いぶか》るように云うと、きのは、眼の前に仕分けられている積荷に眼を遣り、じろりと荷札を見てから、

「誓文払いまで、佐野屋はんを助けてあげなはんのか」

「せっかく火事の最初見舞をしたんでっさかい、とことん、つき合わしてもらうつもりだすねん」

「そら結構なことやけど、昔と違うて、当節のことやさかい、まあ、火事のあと仕舞三カ月ほどのつき合いでよろしおますやろ」

「まあ、当節は、そうでっしゃろけど、最初見舞のもともとは、火消しから商い起《だ》ちまで、助《す》け手《て》するもんだす、それが出来んようなら、最初見舞はせんものだす」

喜久治は、頑《かたく》なに昔からの火事見舞の作法をかまえた。

「へえー、そない、火事の最初見舞いうたら、たいそうにせんなりまへんか」

妙にいや味な云い方だった。

「長年の商いのつき合いで、火事に会《お》うたり、見舞うたりするのは、一生のうちで一回有る無しのことだす、それだけにあの時、お母はんにも炊《た》き出し見舞に来てほしおました、他店《よそ》さんは、お家《え》はんはともかく、ちゃんと御寮人《ごりょうん》はんは、来てはりましたがな」

「他店さんて、どこだすねん？」

「ご同業の寺田屋はんや、丸亀屋はんらが——」

「ああ、あすこやったら、うちとは一緒になりまへん、うちの奥内《おくうち》から炊き出し見舞を持って出るのは、鴻池《こうのいけ》か、住友はんの火事ぐらいだす、めったなことでは出られまへん」

眼の前に高い仕切りを立てるように、重々しく区別した。

「火事にまで、そんなけったいな格式がいりまっか、河内屋のお顧客《とくい》さんか、大事なお取引先やったら、どこでも炊き出し持って走ったら、ええやおまへんか」

「いいや、そこまで格式張るのが、老舗《しにせ》の格というもんだす」

と極めつけ、言葉を区切ってから、

「そんなぞろりとした気でいはるさかい、火事場から女と脱けるようなことをしはるのや」

小鼻のわきへ皺《しわ》を寄せ、皮肉に口もとを歪《ゆが》めた。和助と秀助は、眼の遣り場を失い、気まずく眼を伏せた。きのは、佐野屋の荷送りにこと寄せて、ほんとうはここのところを云いたかったらしい。

「和助、お前らは、もう表廻りの方をやってんか、ここはわいがする」

喜久治は、二人に座をたたせた。

急に蔵の中が重苦しい静けさに押し包まれた。きのの起っている斜めうしろの明かり窓から、外の陽ざしが淡い光の帯になって射し込んでいる。影絵のように黝《くろ》く縁取られたきのは、そこに起ったまま、身動きもせず、喜久治を見据えている。

喜久治は、足袋の包装を改める振りをしながら、きのが、火事場でのお福のことを知っていたことに驚いた。それにしても火事から、四カ月経《た》った今頃になって、切り出すことが腑《ふ》に落ちない。喜久治は用心深く身構え、じっと黙り込んだ。

「都合が悪なったら、急にだんまりでっか、わてらが、何も知らん思うたら、間違いでっせぇ、あの時、夜明けになって帰って来はったさかい、火事のあと始末で遅うなりはったんかと、気の毒がってたら、なんと、あんたは火事場から女と泊りに行ったそうやないか」

きのは、ぬるりと唾《つば》を呑《の》んでから、

「さっき、お稲荷《いなり》さんの祈禱師《せんせい》が来て、教えてくれはったわ、四カ月経っても、祈禱師《せんせい》の耳は胡麻化《ごまか》されへん、ちゃんと何処《どこ》からか聞いて来てくれはる、上本町《うえ》九丁目《く》あたりの小旅館やと？　ふうっ、不細工な、いやらしい話や」

吐いて捨てるように云った。喜久治は、蔵へ入る前、ちらっと中前栽《なかせんざい》で見かけた長髪の祈禱師の姿を思い泛《うか》べた。どうせ、言葉巧みに方々の家へ出入りしているうちに、たまたまあの旅館に行き当ったのか、それとも旅館に出入りの者から聞いた話を、神がかりめいた熱っぽさできのに吹き込んだらしい。あの晩、あの旅館に泊ったのが幸いして、最初見舞には間に合ったが、泊り直しに行ったのは明らかに失策《しくじり》だった。

泊り客が夜中に起き出し、船場《せんば》と聞くなり、火事見舞に走ったり、焼穴のついた着物で引っ返し、もう一度、女と寝直せば、噂《うわさ》になるのが当り前で、むしろ奥内住《おくうちずま》いのきのへの伝わり方が遅いぐらいであった。しかし、喜久治の身もとが知れても、お福のことまで解《わか》ってしまうとは思えない。うっかり、口を切るよりきのの出方を見ることだった。

「よりにもよって火事の晩に、一体、どんな素姓の女ですねん」

きのは、黙り込んでいる喜久治に苛《いら》だった。やはりお福の身もとまでは知れていない。

「ああ、あの女だすか、それは佐野屋はんのお座敷には何時も顔を出す女で、佐野屋はんの火事見舞に駈けつけて来て、ばったり顔を合わしたんだす、ちょうど火もおさまったんで、疲れやすめにと思うて、飲みに行ったつもりが、つい飲み過ぎて、火事あとの妙な気分も手伝うて泊ってしまいましてん」

喜久治は、巧みに嘘を云いしつらえた。

「なんで、ちゃんとしたお茶屋へ泊りはれへんのや、あんたらしゅうもない――」

きのは、油断のない眼を向けた。

「なにしろ、遅い時間だすし、お茶屋より――ふらっと眼にとまった旅館へ入りましてん」

苦しい云いわけをしながら、喜久治は、あの旅館が二人にとって、全く初めての旅館であったことが、まだしもの幸いだと思った。どこまでもお福の身もとが隠しおおせる。

「ほんなら、一晩だけの女でっか」

「へえ――、まあ、そんなわけで……」

喜久治は、わざと不様《ぶざま》にてれて見せた。

「それやったら、よろしおますけど、あんたが旅館で出会う月極めの出会妾《であいてかけ》をつくっているのやないかと心配しましてん、もし、そうやったら河内屋も三人目の妾は、銭惜しみして、家持ちにせんと、出会妾にしてるともの笑いになりまっさかいにな」

小意地の悪い云い方であった。喜久治は、むうっとなりかけるのを抑え、

「お祖母はん、わいも、もう三十を過ぎてまっさかい、わいの女の遊び方まで心配せんといておくれやす」

言葉柔らかに、突き放すように云った。

蔵扉の陰に、人の気配がした。母の勢以であった。青磁色の着物に茄子紺《なすこん》の帯を締め、七歳の久次郎の手をひいている。久次郎は銘仙《めいせん》の四つ身袷《よつみあわせ》に絞りの兵児帯《へこおび》を締め、ぬけるような白い肌につぶらな瞳《ひとみ》を見張り、女の子のような優しさであった。顔だちに似て性格も気弱で臆病《おくびょう》であったから、薄暗い蔵などに来ると、物怖《ものお》じて、足音もたてず、勢以の袖《そで》かげに添っている。

「久《ひさ》ぼん、こっちへおいで、足袋のお山の中で遊ぼか」

喜久治は、子供にこと寄せて、その場の気苦しさを脱けようとしたが、久次郎は、にいっと笑うだけで、勢以の袖かげから離れない。

「そらあかんわ、普段、わてらに任せきりで、ろくに遊んでもやらんと、たまにお愛想《あいそ》

いうてもききまへん」

勢以は、こう云って久次郎の頭を撫《な》でた。きのも、よく光る眼を細めた。久次郎が生まれた時、「お母はん似やな」と憎さげに云い、抱き取りもしなかったことなど、二人の記憶には無いらしい。今は溺愛《できあい》し、体の弱い久次郎のために、月始めには石切詣《いしきりまい》りを続けている。もう一度、喜久治が、

「さあ、たまにはお父はんと、蔵の中でチャンバラでもしようか」

荷丈計《にたけばか》りの物差を持たしにかかると、

「わい、チャンバラ嫌いや」

「なんでや、男の子やのに」

「ほんでも、大きな刀、こわいもん」

女の子のような口調で云った。

「そんなら、何が好きやねん」

「折紙、お祖母ちゃんに鶴《つる》や亀《かめ》、折ってもらうねん、きれいやわ」

紅《あか》い唇を、にゅっと綻《ほころ》ばせた。たった一人の男の子を、女の子のように育てて溺愛している祖母と母に対する云いようのない怒りが、喜久治の体の中で吐け口を求めて、ぐるぐる廻転した。しかし、吐け口は容易に見附からない。久次郎を女二人に任せて、自分で面倒を見なかった喜久治自身にも責任があったから——。

「こんな蔵の中で、何してはるのん、お話あるのやったら、お座敷でしなはったら」

勢以は、陽気にそう云った。

「それがな、喜久ぼんの女遊びのことで、ちょっと話があったのや」

きのが思わせぶりに云うと、

「へえ――、また新しい女でもでけましたんか、どんな……」

尻馬《しりうま》に乗って、面白そうに聞きかけた。

「その話は、お二人でしておくなはれ、わては明日の誓文払いの売前《うりまえ》で、忙しおますさかい」

　喜久治は、前掛を払うなり、さっと蔵を出て行った。

　誓文払いの日は、朝から店先が賑《にぎ》わいたつ。店々の表戸に紅白のだんだら幔幕《まんまく》が張りめぐらされ、道路にまで張り出された陳列台は、青竹を組んで、押しつぶされぬよう用心を構えている。

　昼過ぎになると、船場、島の内の老舗のたち並ぶあたりは、買物客でぎっしり埋まり、身動きもつかぬ賑わいになった。売手の店先の方では、紅白の幕前で、厚司《あつし》の上から赤い商《あきな》い襷《だすき》をかけた手代や丁稚《でっち》が、

「誓文払いや、買いなはれ！　一年、一回！　安うおまっせ、良うおまっせ、得《とく》だっせ

え！」

と商売繁昌を節附けて唄い、売出し商品を大きく振りかざした。その度に、買物客は、つられるように思いきりよく買い漁《あさ》った。不景気風の吹く時ほど、誓文払いが繁昌し、女中に大風呂敷の買物を背たら負《お》わせて行く御寮人《ごりょうん》はんの姿もあった。

喜久治は、夕方の商い盛りの時間が過ぎると、そっと店をぬけ出た。順慶町を東へ折れると、半焼した佐野屋の前が黒い人だかりになっている。少し火の入った焼残りの建物と普請中の板囲いの半分が、奇妙な対照を見せて、紅白の幔幕に掩《おお》われている。その前に積み上げられた売出し足袋の大半は、河内屋から蔵出ししたものであった。その足袋を振りかざし、佐野屋の手代や丁稚たちは、火事に遭ったことなど忘れたように商売繁昌を唄っている。喜久治は、噴き上がるような気広い心の高なりを感じた。

順慶町から心斎橋へ出ると、ここも人波に埋まり、『芝翫香《しかんこう》』の前は、女客でひしめいている。年に一度の大割引の日にだけ、芝翫香の大戸の内へ入って、指輪や簪《かんざし》、袋物を買物しようというのが節約《しまつ》な大阪女の楽しみだった。喜久治は面白半分に女客の間へ入り混った。赤札のついた宝石や袋物がぎっしり陳列台に並び、四方八方から女の手が伸びていた。突然、蜥蜴《とかげ》のハンドバッグが、喜久治の鼻先へ突きつけられた。

「はい、お勘定して！」

若い華やかな声が、背後《うしろ》からした。

振り向くと、大きな眼が悪戯《いたずら》っぽく笑った。比沙子が、一枚皮の蜥蜴のハンドバッグを眼の前にぶら下げている。まるで産婆《さんば》の手提げカバンのように馬鹿でっかい。

「なんぼやねん？」

比沙子は、裏向きになっている赤札を返した。三割引百円也。

「よっしゃ、買うたるわ」

懐《ふところ》から札入れを出しかけると、急に比沙子は、蜥蜴のバッグを陳列台へ放り出した。

「なんで買えへんのや」

「もう欲しいことあらへんわ」

比沙子は、投げやりな眼附きをした。

「どないしてん」

「別に理由《わけ》ないけど、いらんわ」

素っ気なく云った。

「ほかに何か、欲しいもん買いぃな」

「なんにも、あらへんわ」

こう云うなり、混み合う客の中で、くるりと背中を向けた。気まぐれな比沙子だった。人混みの中で、喜久治を見附けて、ふと火がついたように欲しくなり、買うてやると云われると、また急にいやになったらしい。

「ほんなら、出よか」

陳列台に群がっている人垣《ひとがき》の間をすりぬけるようにして、表へ出た。

心斎橋筋も、軒並に紅白の幔幕がかかり、この日だけ、通り筋へ五尺の突出しを許された売台が、奉仕品の山で埋まり、両側から、

「誓文払いや、買いなアれ、買いなアれ！」

「こんな安いのん、おまへんでぇ」

鈴入りの商い口上が、賑やかに飛び交《こ》うている。喜久治は、人波に押されながら、それぞれの店の奉仕品や売口を観《み》ていたが、比沙子は、誓文払いのお祭り騒ぎなど小馬鹿にしたように、脇目《わきめ》もくれず、つんと前向きに歩いている。

「誓文払いの買物に、出て来たんと違うのんか」

喜久治が、振り向いて聞くと、

「いいえ、誓文払いとは知らず、心斎橋へ出て来たら、この人出やわ」

「芝翫香へは、買物に行ったんやろ」

「ううん、あそこの前を通りかかったら、ふらっと粋《いき》な着物の男の人が入って行きはる、そいで、うしろから随《つ》けて入ったの」

「ハンドバッグ、買うてくれ云うといて、なんで急にいらんのや」

「二十円馬券五枚分、百円もするものを、あんまり、あっさり買うたる云いはったから、

欲しないようになったの」

やっぱりそうだったのかと、喜久治は比沙子の勝気な気まぐれ加減に苦笑した。

「それに――」

比沙子は、ややロごもった。

「それに、なにやねん」

「ねだるからには、一枚皮の蜥蜴なんか小さいこと云えへんわ、ほかの人に、買うて貰《もら》われへんようなものをねだるわ」

「ふうん、何やねん、家一軒か」

「家？　そんなん、ちっとも欲しないわ」

「ほんなら、家より高いもんか」

「う、ふう、ふう、ふ」

歯の抜けたような奇妙な笑い方をしたかと思うと、比沙子は、人波の中で生真面目《きまじめ》な顔になり、

「馬、競走馬、馬券や無うて、今度は、自分が馬主になってみたいわ」

憑《つ》かれたように云った。喜久治は、返事に戸惑った。女のために家なら気軽に買い馴《な》れていたが、馬の買物は始めてであった。

「馬主になんかなって、どないするねん」

「持馬がレースに勝ったら、穴場の馬券どころの話やあらへんわ、ものすごい賭《か》け——」

はずんだ声で云った。喜久治は埃《ほこり》っぽい喧噪《けんそう》と、馬一匹に賭ける熱っぽい真剣さなどは興味がなかった。虎《とら》の子《こ》のように馬券を握って、うろうろする恰好《かっこう》などおよそ滑稽《こっけい》なものだった。しかし、比沙子のために買い馴れない買物をしてみるのも面白いと思った。それに、お茶屋通しで、金のかかるぽん太や幾子、お福と異《ちが》って、比沙子にはこれまで殆《ほと》んど金がかかってない。赤玉のナンバーワン料の一カ月百円だけがかかりで、お茶屋の支払い一カ月平均、千円に比べると、小遣銭程度の出費だった。この小生意気で靴下くさい小娘に、馬の一匹ぐらい買ってやってもよかった。

「よっしゃ、ええのん探《さが》しときなはれ」

「え！　ほんとう」

比沙子は、ぱあっと、華やかに眼を光らせた。喜久治は、照れ気味に頷《うなず》き、

「今から、どこかへ行こうか？」

と誘った。

「赤玉《うち》へ来てほしいわ、ナンバーワン料、払って下さるだけで、あんまり、来てくれはれへんから」

「その代り、つる八に行かしてるやろ」

「しょっちゅう、代理では、支配人の手前が悪いわ」

「ふん、そやけど、わいは、どうもカフェーというのは落ち着かんのや」

最初のうちは、カフェーの手軽さと新鮮な解放感に惹《ひ》かれたが、二十歳《はたち》からお茶屋遊びをし続けた喜久治には、やはり、カフェーは真底から馴染めなかった。それに、岸田や学生時代の友人と出会うことが多く、その度に、彼らと異なった世界に住む焦《あせ》りや諦《あきら》めを感じることがやりきれなかった。そんなことも、喜久治に、お茶屋より、カフェーを馴染めないものにしている。

「そしたら、何処《どこ》にしましょ」

「そうやな――」

喜久治は、誓文払いの景気見をして来ると云って、店を出たままであった。もっとも、夕方の商い盛りを、ちゃんとすませて来ているから、今から遊びに出かけても別にはばかりなかったが、宵のくちから女遊びしてと、噂《うわさ》する口うるさい連中もありそうだった。

「どうや、タクシーで神戸へ出て、支那料理でも食べよか」

「神戸――」

比沙子は、ふと思案するような顔をしたが、

「かまへんわ」

と頷いた。

東明閣で食事をすませると、海岸通りへ出た。真っ暗な海から潮気を含んだ夜風が、足もとに吹きつけた。三番突堤《とって》の沖に、外国船の豪華な灯が煌《きらめ》き、中突堤《なかとって》の岸壁にかすかな灯を点《つ》けた内国航路の船影が見えた。

喜久治は程よく酔っていた。比沙子も上気した顔を海風になぶらせながら、先にたって歩いた。海岸沿いの舗道の上に、比沙子の靴音が、カッ、カッと固く鳴った。土埃の多い大阪の道には聞けない快い音であった。メリケン波止場のあたりには、腕を組んだ外人夫婦が、暗い沖を見詰めて、口笛を吹いている。

海岸通りから元町《もとまち》の電車通りへ抜け、南京町《ナンキンまち》に入ると、むうっと油臭い匂《にお》いがした。細い路地は焼豚屋や古道具屋、靴屋が、ごみごみとたち並び、油煙で黒ずんだ屋内に支那服を着た男が不愛想に坐っていた。案内を知らぬ喜久治に代って、比沙子は薄暗い路地を巧みに縫って歩いた。

元町通りへ出ると、ぱっと明るく開け、眩《まばゆ》いばかりの電燈に照らされたショー・ウインドーの中に、カットグラス、洋品雑貨、舶来の食器、家具類などが並べたてられていた。喜久治は、明るい港町を、洋装の比沙子と並んで歩くことに、快い解放感を感じた。腕を組んだ恋人らしい男女とすれ違う度に、何時《いつ》になく、面映ゆかった。比沙子は、生き生きとして、明るい港町をもの怖《お》じなく歩いている。

「よう、神戸に来るのんか」

「前、ダンサーになろう思って、ちょっとダンス習いに来たことがあるの」

「そいで、ダンスの方はどないしてん」

「ものにならずで、赤玉へ入ったの、あ、ちょっと待ってて」

と云うなり、左側の洋品雑貨店へ入った。店員と一言、二言、喋《しゃべ》ったかと思うと、ハンドバッグから五円札をつまみ出した。小さな紙包みを受け取ると、

「はい、これ私の贈りもの」

と喜久治の掌《て》の上に載せ、またさっさと表へ飛び出した。

「なんやねん？」

「鹿皮《しかがわ》のシガレットケース」

掌の中に入ってしまうほどの小ささであったが、喜久治は、無性に嬉《うれ》しかった。女からものを貰うのは、これが始めてであった。喜久治は、汗ばむほど五円の小さな箱を握りしめた。このことだけでも、比沙子という小娘を知り、ナンバーワンにしてやったり、持馬を買ってやる甲斐があると思った。

「シガレットケースなんて買うて、いかんかったのかしらん？」

比沙子は、考え込んでいる喜久治を訝《いぶか》しげに見た。

「いいや、ちょうど要る時やった、結構だす、おおきに」

喜久治は、妙な挨拶《あいさつ》をした。

元町二丁目から山手通りを廻って、トーアロードへ出ると、さすがに歩きくたびれた。

「しんどなったなぁ、どこかで憩《やす》もか」

喜久治は、比沙子をのぞき込むようにした。比沙子がぎごちなく笑うと、喜久治は、そこから二、三軒先の薄暗い建物の中へ入って行った。

その薄暗いカフェーで、二、三本ビールを飲むと、喜久治は、ボーイに車を呼ばせた。

タクシーは、神戸市内を出はずれると、まっすぐに大阪へ向かって走った。夜の阪神国道は、殆んど車の影も見当らず、窓から吹き込む風が息苦しいほど強い。西宮《にしのみや》あたりまで来ると、喜久治ははじめて口を開き、

「比沙子の家、この辺やなぁ、送って行くよって、道順云ぃや」

と云った。比沙子は、言葉少なに運転手に道順を告げた。郊外の住宅地の小道まで来ると、

「ここから先は、車が入らへんわ」

と云い、車を降り木立の道を歩いた。小さい門燈のついた家の離れの前で足を止めると、比沙子は躊躇《ためら》うように喜久治の顔を見上げた。

「ようお寝《やす》みぃや」

そう云うなり、喜久治は踵《きびす》を返した。

うしろから追いかけて来る比沙子の足音がした。喜久治は、そんな背後の気配を楽しみながら、ゆっくり懐手《ふところで》をして、もと来た道を引っ返した。今朝、おろしたての紺足袋に、草の夜露が湿った。木立の細い道が開けるところまで来た時、突然、黒い影が遮《さえぎ》った。驚いて身構えると、

「ふぅ、ふぅ、ふ……」

暗闇《くらやみ》の中で、含み笑いがした。

「阿呆、びっくりするやないか、どないしてん？」

「先廻りして、待ってたの」

低い声で云い、くるりと背を向け、またもとの小道を歩き出した。喜久治は、懐手のまま、牽《ひ》かれるように歩いた。比沙子は、離れの裏木戸を開けて、喜久治を招じ入れた。

比沙子は、引戸を開け、手さぐりで電燈を点《つ》けかけた。その途端、喜久治の腕が伸び、暗がりの中でうしろから抱いた。柔らかくカールした比沙子の前髪が、喜久治の衿《えり》もとに触れた。

「何番目？」

ぬるりとした生《なま》しい声だった。喜久治はふと、背番号を競う競走馬の四肢を思い出した。そして、駿馬《しゅんめ》のようにしなやかに伸びた比沙子の体を締めつけた。お福のような豊かな誘《いざな》いや、ぽん太や幾子のような磨き込まれた巧みさはなかったが、若い女の素直な

奔放さがあった。喜久治は、はじめて青くさい男女の間を知る思いがした。

比沙子は眠っているのかと思うほど、ひっそり臥《ふ》せていたが、喜久治が体を離すと、身繕いして、電燈をつけた。六畳に三畳の台所がついた間借りの離れ座敷であった。小さな鏡台とベッドを置いているが、高価な筋の通ったものではない。競馬好きで、あまり家内《いえうち》を大事にしない女の神経も見えた。天井の片隅に雨滴《あまだ》れの汚点《しみ》があり、縁側の樋《とい》もだらりと垂れ壊れている。

喜久治は、ぼんやり天井の汚点を見詰めながら、とうとう、四人目の女を抱え込んでしまったと思った。ぶらりと神戸へ気晴らしに行き、比沙子を送り届けるだけで、帰るつもりであったのに、それがかえって気まぐれで高慢な比沙子の心を衝《つ》いたらしかった。比沙子の住んでいる社会の常識からは、ナンバーワン料を四カ月も払い、馬を買う約束まですれば、当然求めるものと思ったらしいが、喜久治にしては、それが、簡単な愛情の表現であり、時には気晴らしに過ぎない場合もある。比沙子との関係は、いずれ出来るとは思っていたが、金で女の歓心を買ってまで欲情を得ようとは思っていなかった。むしろ、一人ぐらい金だけやって、触らぬ女があって欲しかった。

比沙子は、紅茶を沸かし、果物をむきかけた。喜久治は一口飲むと、天井を向いてふうっと息をついた。安宿のような汚点のある女の部屋に泊りたくなかった。

「比沙子、帰るでぇ」

そう云って、角帯を締めかけた。比沙子は、驚いたように喜久治を見上げたが、もう何時もの比沙子にかえっていて、素っ気ない冷たさで、

「そしたら、また――」

手際《てぎわ》よく帯を締める喜久治の手もとを見詰めていた。

さっき閉《し》めたばかりの引戸を繰り、比沙子は裏木戸まで喜久治を送り出した。

喜久治は、暗い小道を出て、国道のところで、折よく空《から》で走って来たタクシーをつかまえた。

まっすぐ家へ帰るつもりで、助右衛門橋と云ったが、急に幾子のところへ寄りたくなった。運転手に行先を変更し、鰻谷《うなぎだに》の小路《しょうじ》の前で降りると、もう十二時を過ぎていた。踏石をトントンと渡って行くと、車の音に耳敏《みみざと》く起きたのか、中からすうっと格子戸《こうしど》が開いた。丸髷頭《まるまげあたま》に、浴衣《ゆかた》の寝巻を着た幾子であった。

「お帰りやす」

一週に一度出かけて来る喜久治を、幾子は何時も、そう挨拶して迎え入れる。怠《だる》そうに頷く喜久治を見て、幾子は、疲れ具合を素早く感じ取った。二階に床を敷いたが、ご用の方は遠慮気味の素振りをして、喜久治の気を楽にした。

喜久治はさっぱりと寝巻に着替えると、すぐ横になって、疲れた吐息をついた。幾子は、枕《まくら》もとに水差しを運び、煙草《たばこ》の火を点けて、喜久治の口に銜《くわ》えさせた。喜久治は、

坊主枕の上で、唇をちょっと突き出し、煙を喫《す》い込むと、両手をだらりと遊ばし、横になったまま、ぷうっと、白い煙を吐いた。その間、幾子は、枕もとで、喜久治の煙草を指にはさんで坐っていた。

喜久治は、煙の行方に眼を遣《や》りながら、頽《くず》れるような空《うつ》ろさを感じた。別に女不足もしていないのに、ふとしたはずみに、次々と女をつくり、そのどの女にも惹《ひ》かれる自分を弱々しく笑った。しかし、何人かの女を養うことが商いの励みになり、一人一人の女によって喜久治の人間に場格《ばかく》を加えて行きそうだった。幇間《たいこもち》のつる八も、「女道楽して人に何か考えさすような味のある人間にならんとあきまへん」と、云ったことがあった。

「幾子——」

低く呼んだ。丸髷の鬢《びん》つけの匂いがし、幾子のこぢんまりした顔が屈《かが》み込んで来た。

「いいや、何でもあらへん」

そう云いながら、幾子の乱れのない丸髷を見詰めた。喜久治が結婚するまでだけ結わしてくれと懇願した丸髷であったが、あれから三年経《た》っている。一向にきちんとした正式の結婚もせず、今晩また一人、面倒をみる女をこしらえてしまった。

「幾子、おひや——」

枕もとの水差しを眼で指すと、幾子は、右手の指先にはさんだ喜久治の煙草を、煙草盆の上におき、水差しに手を伸ばした。そのはずみに、幾子の浴衣の膝《ひざ》もとが割れ、赤い紅絹《もみ》裏《うら》の袱紗《ふくさ》おいまき（腰巻）が、ちらりと見えた。喜久治は、眼を見張った。

「幾子、お前、袱紗……」

　羞《はじ》らうように幾子は、伏眼になり、

「へえ、袱紗おいまきでおます、今晩くらい、おいでやすかと思うて、その……つもりで……」

　と口ごもった。喜久治は手を伸ばして、赤と白の羽二重を袱紗状に絎《く》け合わせた袱紗おいまきに触れた。喜久治の掌の中で女の体温を吸った繭糸《まゆいと》がまとわりつくように撓《しな》った。

「ちっとも気がつけへんかった、何時からやねん？」

　喜久治は、横になったまま、眼を上げた。

「三カ月だす、今月で……」

　幾子は、膝もとを掩《おお》うようにした。ぽん太の時のように、産むのか、どうするつもりなのかと、改めて聞くまでもなかった。花街の女が袱紗おいまきを巻き、身籠《みごも》りを報《しら》すのは、子を望むしるしにほかならない。こうまともに、古い花街のしきたりを踏んで来られては、旦那の立場として無下に断われない。

「産むのは、かまへんけど、あと始末が辛《つら》いでぇ」

　喜久治は、いたわるように云った。

「袱紗おいまきを巻いて、赤子《やや》を産むわてでっさかい、臍《へそ》の緒のことも、里子やりも承知しておます」

「ふうん、嫌なあと始末のこと、何もかも承知のうえで、産むのんか」

念を押すように確かめると、幾子は、顎《あご》をひいて頷《うなず》いた。大阪の最も古い花街である新町で、娘仲居として育ち、僅《わず》かな間でも宗右衛門町から芸者に出た幾子にとっては、花街の古いしきたりを守ることが、自分を則《のり》する生き方であるのかも知れない。

「えらい古くさいねんなぁ、この時代に――」

揶揄《からか》い気味に云うと、

「これしかほかに、変った生き方を知りまへん、わては古くさい女だす」

と云い、ひっそり笑った。

喜久治は、もう一服、煙草に火を点けさせた。さっきのように、幾子に煙草を持たせ、自分は唇だけ突き出して、煙を吐き出した。二、三服、喫うと、

「もう寝よか」

疲れた声で云った。幾子は、音もなく起ち上がり、電燈を黒い布で掩った。薄灯《うすあか》りになった部屋の中で、幾子の体が静かに揺れ、遠慮気味に喜久治に添い臥《ふ》した。裾《すそ》の方から袱紗おいまきがまとわりつき、滑《なめ》らかな衣擦《きぬず》れがした。喜久治は、ゆるく眼を閉じ、

「幾子――」

「へえ」

従順な声が、部屋の中に沈んだ。突然、喜久治の胸が、熱い湿りに掩われた。今夜来るか、明日来るかも知れぬ男のために、袱紗おいまきを巻いて待ち、従うように添い寝する女がいじらしかった。その男は、つい二時間ほど前に、四人目の女をこしらえて来ている。そんな男に対《むか》い、正味《しょうみ》で寄り添う女のこころが憐《あわ》れだった。いっそ、旦那と妾《てかけ》という割り切った銭勘定だけで結ばれてくれる方が、よほど心安かった。一人、一人の女を、それぞれに愛しているとは云い条、所詮《しょせん》は、四人の女に四等分の一の自分しか与えていない。それが女道楽のきまった勘定書であると、いってしまえばそれまでだが、一人、一人の女の心にまで責任を持ってやらねばならぬとすれば、喜久治は奈落へ陥《お》ち込んで行くような暗い惑いを覚えた。

「どうおしやしたん？」

幾子は、顔を仰向けた。喜久治は、湿っぽくなった顔を、慌《あわ》て気味にそらし、

「わいは、また今晩、女《おなご》が――」

ぽそりと云った。

「別の女《おなご》はんができたと、お云いやすのでっか」

落ち着いた声だった。

「わいはあかん、なんぼ何でも、三人目で止《や》めとこ思《おも》てたのに……」

と口ごもると、

「三人目の女はんは、浜ゆうのお福さんでっしゃろ」

「知ってたんか、お福のこと」

幾子は、頷いた。

「何時から、知ってたんや」

「半歳《はんとし》ほど前から――」

細い声で答えた。お福のことを半歳も前から知っていながら、気振りにも見せず、早々と幾子の家から、お福のもとへ出かける喜久治を送り出していたのだった。騙《だま》しおおしているつもりの喜久治が、体《てい》よくばつを合わされていたわけだった。

「半歳前から知ってて、何も云えへんかったんか」

不快げに云うと、幾子は伏眼がちに、

「それが、わてらの嗜《たしな》みでおます」

感情を押し殺した抑揚のない声で云った。

「ふうん、よう出来過ぎた嗜みやなぁ」

喜久治の口もとが皮肉に歪《ゆが》み、急に幾子に顔を寄せ、「たった二時間前に、四人目の女とできたんや」

引き剝《は》ぐような冷たさで云った。幾子は、はっと拒むように眼を閉じたが、箱枕の上の顔の位置は、変えなかった。喜久治の眼に、粗暴な光が溢《あふ》れた。

「どんな女か云うたろか、赤玉で働いてる比沙子いう女や、洋装のハイカラな女で、競馬狂、齢《とし》は、幾子より五歳《いつつ》下の、二十二歳の小娘や」

薬の効能書のように喋《しゃべ》り、幾子の反応を確かめたが、幾子は能面のように表情を崩《くず》さない。

「今晩が初会《しょかい》や、疲れた――」

喜久治は、残忍な響きをこめて呟《つぶや》いた。幾子は、その言葉を待っていたように、

「さあ、お気楽にお寝《やす》みやす」

と云い、喜久治の肩先を、そっと掛蒲団《ぶとん》で掩った。喜久治は、押し黙っていたが、急に弱々しい声になり、

「幾子、わいはどないしたらええのやろ、お福のことも、比沙子のことも、あんじょう、きまりをつけへんままで、一緒になってるのや」

と云うなり、祖母に火事の夜のことを疑われたいきさつや、今晩の比沙子との出来ごとを話し出した。

幾子は、喜久治に添い臥し、半ば眼を閉じるようにして、驚きも、怨《うら》みがましさも見せず、終始、かすかに首を頷かせていた。話をしている喜久治の方が歯痒《はがゆ》げに苛《いら》だち、

「幾子、わいはしんどい、気苦しいのや、どないしょ――」

揺さぶるように返事を強いた。幾子は、瞼《まぶた》を重く開き、睫《まつげ》を瞬《しばた》かせたが、

「しきたり通り、おしやすよりほか、仕方ありまへん、昔からのしきたりほど、怪我《けが》が無うて、始末ぎれいなものはおまへん」

と用心深く云っただけであった。

始末ぎれいという言葉が、喜久治の胸に残った。四人の女を公平に、過不足無しに扱うとすれば、しきたりの型に押し塡《は》めて、始末ぎれいにするよりほかはなさそうだった。

＊

元日の夜明けから、お祝膳《いわいぜん》が始まり、氏神を初詣《はつもうで》した足で、お顧客先《とくいさき》と取引先の御年始廻りをし、翌二日は、早朝に初荷廻りをすませ、午後から別家衆《べっけし》の商い挨拶《あいさつ》を受けると、ぎっしり詰った商家の正月行事も、滞りなく終ったことになる。

三日の昼膳をすますと、喜久治は、ほっと肩の荷をおろし、女達のことを考えた。今年は去年より一人増えているから、一日で四人の女のところを廻らねばならない。時間の段取りが難しく、気忙《きぜわ》しかったが、去年の暮からの約束であるし、それに一日のうちに廻りきらねば、女達に不公平になる。

最初に新町の米田屋にあがって、ぽん太を呼んだ。白衿《しろえり》に五つ紋の本衣裳《いしょう》を着たぽん太が、敷居際に手をついた。何時《いつ》になくしずしずとして、改まっている。

「昨日は、ご苦労はんやった」

喜久治は、昨日、年頭の本宅伺いに来たぽん太を、犒《ねぎら》った。ぽん太は、俯《うつむ》き加減に頭を垂れた。

「どないしてん、敷居際で黙り込んでしもうて、早よ、こっちへおいで」

と促すと、つう、つうと膝をすすめて喜久治のそばへ寄り、お銚子を取って、お酌をしたが、口を噤《つぐ》んでいる。

「なんで、黙ってるのや」

顔を近附け覗《のぞ》き込んでも、首を左右に振って、口をきかない。しかし、怒っていない証拠に眼だけが、にんまり、笑っている。

「けったいな、正月早々から、啞《おし》の真似《まね》か」

喜久治が、手真似をすると、ぽん太は、袖《そで》を口もとにあてて、くすくす笑ったが、やはり口はきかない。

「阿呆、ええ加減にしときんかいな」

喜久治は両手を伸ばして、ぽん太の袖を力任せに引っ張った。

「あ！　着物《べべ》が――」

飛び上がるような悲鳴を上げ、口もとにあてた袖布がずれた。その途端、ぽん太の口《くち》中《なか》が、ピカリと光った。喜久治は、ぎょっと戸惑った。慌てて、口もとを掩《おお》いかけるぽん太の手を取り無理に口の中を覗くと、糸切歯の上部に、小粒のダイヤを塡込《はめこ》んでいる。

「ぽん太、お前、ダイヤが、歯に……」

二の句が継げなかった。最初に喜久治と出会った時、両手の指でこと足らず、足の小指にまで指輪を塡めていたぽん太であったが、歯にまでダイヤを入れるとは、思いも及ばなかった。

「昨日は、どうもなかったやないか」

喜久治は、半ば呆《あき》れたように聞いた。

「お家《え》はんや、御寮人《ごりょうん》はんに解《わか》ったら、えらいことだすわ、これ、差し歯にしてありまっさかい、自由自在に差し入れ出来ますねん」

器用にきゅっと抜いて見せた。ぷーんと饐《す》えた歯の臭《にお》いがし、喜久治の鼻先で、小粒のダイヤが、ピカリと光った。小粒だが、無疵《むきず》で光の冴《さ》えた代物《しろもの》であった。

「えげつない、悪趣味やないか」

喜久治が、不快げに窘《たしな》めると、

「ほんでも、指輪から、帯止め、髪飾りまでしてしもうたら、もう、つけるとこあれしまへん、歯医者はんへ行って相談したら、入歯にして塡めたらええ、云いはりましてん、これだけは、誰もしてはれしまへんやろ」

ぽん太は、得意げにまたピカリと光らせた。何時になく黙り込んだり、袖で口もとを掩い隠したりしたのは、これを驚かすためだった。

「わいの座敷はかまへんけど、よそへ、そんな歯、して行ったらあかんでぇ」

喜久治が釘を打つと、ぽん太は、やや思案する風だったが、膨《ふく》れ面《つら》をして、しぶしぶ頷《うなず》いた。

廊下に華やかな気配がして、若い芸者達が入って来た。

「旦那はん、おめでとうおます、今年もたんとご贔屓《ひいき》に――」

「ぽん太姐《ねえ》さん、お座敷おおきに、有難うはんだす」

銘々、賑《にぎ》やかに新年の挨拶をした。ぽん太は、姐さん芸者らしく鷹揚《おうよう》に犒《ねぎら》いの言葉をかけかけると、横から、喜久治がぐうっと睨《にら》み据えた。ぽん太は、慌てて唇をつぼめ、妙なおちょぼ口をして、口をもぐもぐさせた。一番齢若《としわか》で、はっさいな（お俠《きゃん》な）玉勇《たまゆう》は怪訝《けげん》そうにぽん太の口もとを見詰めていたが、

「ひゃあ！　口にダイヤが――」

と、頓狂に叫んだ。ぽん太が両手で口を隠すと、

「見せてぇ、見せておくれやす！」

五人が寄って、嬌声《きょうせい》をあげた。ぽん太は暫《しば》く身を揉《も》んで笑いをこらえていたが、突然、腕を振り解《ほど》いて、ぱあっと口を開いた。

「あ、ほんま！」

と云ったまま、五人とも、ぽかーんと、ぽん太の口を見入っていたが、ふと、一人が大きな溜息《ためいき》をつき、

「ダイヤの指輪も、なかなか買うて貰《もら》われへんのに……」

と喜久治の方を、羨《うらや》ましげに見た。

「阿呆な、そんな趣味の悪い真似したらあかん、今、ぽん太に怒ってたとこや」

と窘めたが、芸者たちは、喜久治の言葉など耳に入らぬほど興奮し、ぽん太の口の中を何度も覗き込んでは、夢中になって、ぴちゃくちゃ喋り出した。

喜久治は、冷たくなった盃《さかずき》の酒を含みながら、この調子なら、もう隠しごとにもならず、ぽん太のダイヤ入りの歯は、僅《わず》かな間に知れ渡るだろうと思うと、気重になった。

「さあ、そろそろ、座替りしぃや」

と、喜久治が大儀そうに云うと、

「すんまへん、勝手なお喋りばっかりしてまして、おおきに、お先へ」

口喧《くちやかま》しく挨拶し、次のお座敷へ移って行った。若い妓《こ》達がいなくなると、ぽん太は、

「怒ってはる？」

首をかしげて、聞いた。

「今さら怒ったかて、仕様があらへん」

喜久治は、不機嫌に云った。

「怒らんといて、おくれやすな、わてかて、変った楽しみが欲しおましてん、この頃、八日目ごとぐらいにしか、来てくれはれへんもの、幾子はんのほかに、お福はんという仲居はんが、出来はったそうだすな」

ぽん太の切れ長の眼が、鋭い光を持った。

「何時、聞いてん」

喜久治は、落ち着き払って聞いた。

「年末に、宗右衛門町から住み替えて来た妓に聞きましてん」

芸者の嗜《たしな》みで、取乱しは見せないが、眼に烈《はげ》しい嫉妬《しっと》が籠《こも》っている。

「お福のこと、知ったんなら、仕様がない、そやけど、八日目ごと云うのは、だいたい皆、そうやでぇ、商売が忙しいさかいな」

と商いの忙しさにこと寄せたが、事実は、一日おきに、ぽん太、幾子、お福、比沙子の四人の間を廻っているから、つい八日目ごとぐらいになるのであった。しかし、それを云うと、まだ知れていない比沙子のことまで、ぽん太に解ってしまうことになる。

「心配しいな、わいは依怙贔屓《えこひいき》はせぇへん」

なだめるように云い、喜久治はちらっと、時計を見た。

「これから、幾子はんとお福はんとこへお廻りやすのんでっか――」

「うん、今日中にぐるっと廻らんとな」

ぽん太は、ふと恨めし気になりかけたが、

「わてとこが、最初でおますなぁ」

と云い、糸切歯の上を、ピカリと光らせた。

宗右衛門町の浜ゆうへ上がると、大分前から、火桶《ひおけ》を置いていたのか、埋《うず》み火《び》になっているのに、部屋全体がこんもりと温かい。

お福は、普段の揚巻に、正月らしく毛髱《けたぼ》を入れて鬢《びん》を張らせ、古代紫の鮫小紋《さめこもん》に黒繻子《くろじゅす》の帯を締めている。格別の正月衣裳など要りまへんというのを、喜久治が四人とも公平にと無理に作らせた衣裳であるが、お福らしい渋い好みであった。座敷机の前にきちんと坐り、

「新年おめでとうさんでございます、本年もお陰を蒙《こうむ》らせていただきます」

と型通りの挨拶をすませると、三重《みつかさね》の屠蘇盃《とそさかずき》をさした。本宅へ年始に来ることもなく、また持家で会うこともない二人であったから、正月三日の、お茶屋の座敷で、はじめて新年の挨拶を交わすよりほか仕方がなかった。喜久治は、よそよそしい心さびしさを感じたが、お福は、別に気にする様子もなく、ゆっくりとしたもの云いで、

「さあ、お一つ、おいきやして――」

とお銚子を取り上げた。喜久治は最初の一杯を空けると、自分よりお福の方に酒を注

いだ。お福は、何時ものように、きれいな手つきで盃を受け、盃の縁へ唇をあてると、ふうっと一息に、酒を含んだ。

障子の外が暗くなり、誰か廊下で、電燈のスイッチを入れる音がした。部屋の中が、ぱあっと明るくなり、お福の姿がまばゆく照らし出された。酔いつぶしてやろうと思ったのに、お福はいささかの乱れもなく端坐し、首筋から胸にかけて、ぼたん刷毛《ばけ》で刷いたような朱が散り、白い透けるような肌に、朱の色が動きながら流れている。喜久治はふと、深い執着に駆られた。

「お福、やっぱりあかんか」

「え？　何でおます――」

「はじめからの約束通り、仲居頭《なかいがしら》はずっと続けてもええさかい、家を持って、何とか恰《かっ》好《こう》だけつけてんか」

お福は、重たげに首をかしげて、やや考え込んでいたが、ゆっくり視線を上げ、

「家持ちになれば、本宅伺いに参じんなりまへんなぁ」

「そら、ちょっと来てもらわんならん」

「わては、本宅伺いなど出来る人間やおまへん」

そんな芝居がかった大時代なことが出来ぬという意味か、たまたまお福の性分が、そうした妾《てかけ》らしい処世術にたけていないという意味か解らなかったが、はっきりそう云っ

た。喜久治の口もとに、妙な笑いが泛《うか》んだかと思うと、

「お福、保険にでも入っとこか」

「え――」

突然で、何のことか解らなかった。

「一軒、家を構えてなかったら、わいにもしものことがあっても、お福に始末料が出ぇへんさかい、生命保険にでも入っておこうかと思うのや」

「けったいなことお云いやすな、男はんのお骨《こつ》まで食べるほど、わては欲ぼけやおまへん」

お福は紅《あか》く染まった咽喉《のど》もとを仰向け、ころころと咽喉の奥を震わせて笑った。

喜久治は、座敷机を横へ押しやり、両手でお福の首筋をはさんだ。温かい火照《ほて》りがし、どく、どくと血の流れる音がした。手を離すと、一瞬、そこに喜久治の白い指型が残りかけたが、すぐまた、紅い血の色にかき消された。お福は、靠《もた》せかけるように、首筋を、喜久治の掌《て》の中に預けた。喜久治は、弄《もてあそ》ぶように首筋を触り、両手にはさんだまま、お福の体を徐々に、横に倒した。畳の上に桜色の体が、豊かに広がった。そっとお福の着物に手をかけると、

「消しておくれやす――」

電燈にじかに曝《さら》されるのを恥じ、低い声で訴えた。

暗がりの中で衣紋《えもん》を繕うと、喜久治は、冷たくなった酒で咽喉を湿した。お福も手早く身繕いをすませて電燈をつけ、今あったことなど、気振りにも見せぬもの腰で、静かに喜久治を送り出した。

タクシーで、谷町《たにまち》の比沙子のアパートへ行くと、もう八時を廻っていた。急いで階段を上り、二階の突当りの部屋をノックしたが、応答がない。二、三度、そうしてみても同じ気配だった。喜久治は、懐《ふところ》の財布を出し、その中から小さな鍵《かぎ》を取り出して、扉を開いた。

電気がつけっ放しで、部屋の中は、正月というのに、若松の生花一つなく、出前《でまえ》の食器が埃《ほこり》をかぶっている。二カ月前に引っ越させた六畳と四畳半に台所附きの新建ちのアパートも、比沙子にかかっては、無神経に取り扱われている。喜久治は、六畳の間の窓を開け、窓際の小机の前に坐った。白粉《おしろい》が吹きこぼれた机の上に、便箋《びんせん》を引き千切った伝言があった。

約束は六時です、お腹《なか》がへった。

真っ赤な口紅《ルージュ》で記してあった。何時《いつ》かの競馬の時も、負けた馬券を口紅で真っ赤に塗りつぶしたことがあった。その口紅の色が、二時間待たされた比沙子の腹だちを、鮮やかに示している。

喜久治は、苦笑しながら、ごろりとそこに寝転び、比沙子にアパートに住ませることにした時のことを思い出した。

比沙子は、赤玉のボックスの背に頭をもたせかけて、面倒そうに喜久治の話を聞いていたが、急に腫《は》れっぽたい大きな瞳《ひとみ》をキラリと光らせ、

「馬を買って貰《もら》えるのやから、おっしゃる通りのお金を戴《いただ》いて、おっしゃる処《ところ》へ引っ越しますわ、そやけど、二つの条件があるわ」

取りすまして云った。

「条件て、何やねん」

「まず第一は、ほかの花街上《いろまちあ》がりのお妾《てかけ》と同じ並に扱わんといて、私は、あんたの愛人やわ、それから二番目は、競馬で忙しなるから、家一軒などお断わり、掃除が大変やからアパートで勘弁してほしいわ」

高飛車に云ったが、喜久治が心づもりしていたことより簡単で、しやすい条件であった。カフェーなどとは、およそ縁遠い船場《せんば》のことであるから、比沙子のことが知れるような心配はまず無かった。したがって、無理に比沙子を家持ちにさせたり、世間体など構う必要がなかった。

持馬代千円、月手当百円が、比沙子の入費《かかり》であった。馬の入札につき合ってほしいと云ったが、喜久治は、「好きなんを勝手に買うとき」と云い置いた。比沙子の若い奔放

の代りに馬一匹を買ってやるだけのことであった。宝石類な体には惹《ひ》かれるが、馬の良し悪《あ》しなど、喜久治にとって、どうでもよかった。

喜久治は、六本目の煙草《たばこ》の火を消して、時計を見た。近くへ食事にでも出かけたのだろうと思っていたが、一時間待っても帰って来ない。左側の襖越《ふすまご》しに見える四畳半の壁には、新調してやったビロードのワンピースと毛皮の衿巻《えりまき》がかかっている。新調の正月衣裳《いしょう》を着て出ていない様子をみると、勤めに出かけたのではなさそうだった。赤玉の方は、何時の間にか、勝手勤めになっていたが、毎月きまって百円の名指し料がついているから、支配人も、比沙子には出勤ぶりを喧《やかま》しく云わなかった。

体の向きを変えると、足もとで、ごわごわと紙の音が鳴った。右足でひっかけるようにして、手に取ると、競馬の予想表であった。相変らず詰めて通っているのか、日附が揃《そろ》い、その一枚、一枚が鉛筆で克明にチェックされている。その中で、ワインレッドというアラブ四歳馬のところが、赤鉛筆で執拗《しつよう》に追われている。本命には入っていないが、中穴ぐらいのところを上下している馬だった。

ワインレッド――、喜久治は、声に出して云ってみた。いかにも比沙子好みの強烈な名前だった。おそらく、この馬を買い受ける算段だろう。そして、競馬通いには、自分もワインレッドの服装を着て乗り込んで行くつもりらしい。ともかくアラブ四歳馬の優良馬が一匹買えるだけの千円は、既に手渡してある。喜久治は、鏡台の引出しから口紅

を出し、ワインレッドと記した活字の横へ、

ぐずぐずせんと、早よ買いや

と書いて、起《た》ち上がった。

小路の踏石を渡って、幾子の家の前まで来ると、門松の水引き紙が夜目にも白く際《きわ》だち、門燈の下の注連縄《しめなわ》が、寸分違《たが》わず、真一文字に渡されている。

二階の表座敷の床の間に、若松と葉ぼたんを活《い》け、床の正面には、鏡餅《かがみもち》に白板昆布《しろいたこんぶ》をたらりと下げた三方《さんぼう》を飾り、部屋の隅々にまで、正月らしい改まった装《よそお》いが行き届いている。

幾子は、六カ月のやや眼にたつ腹部を幅広の丸帯で掩《おお》い隠し、三つ紋の紋附を着て喜久治を迎えた。結いたての丸髷《まるまげ》が、毛筋一つ乱れず、濡羽《ぬれば》色《いろ》に滴《したた》っている。型通りの挨《あい》拶《さつ》をすませると、

「すんまへん、例年の本宅への御年始、こんな体でっさかい、今年はご遠慮させて戴《いただ》いたんだすけど……」

と気懸りそうに詫《わ》びた。

「いや、その方がええ、新年早々から、ごたつくのんかなわん、それよか、体は達者か」

と優しくいたわったが、腹のあたりや眉《まゆ》のあたりには眼を向けない。酒の席で、佐野屋が、「若い時は、孕《はら》み女《おなご》に、妙な色気を感じるもんでっしゃろ」などと、卑猥《ひわい》なことを云ったが、喜久治は、女の寝汚《いぎた》なさを見るような思いがして、身籠《みご》り姿は嫌いであった。幾子は、そんな喜久治を気敏《きざと》く察し、何時もより脚高《あしだか》の座敷机を置き、その陰へ腹を隠すようにして坐った。

座敷机の上には、三十日《みそか》から下ごしらえにかかったらしいお煮《に》メ《しめ》が三重《みつがさね》の重箱に載り、新《さら》の屠蘇盃《とそかずき》も整えられているが、ぽん太とお福のところを廻って来たあとだけに、さすがに飲みづかえしそうだった。

「ほんの、お祝儀酒《しゅうぎ》にしといてや」

と断わり、幾子のさす屠蘇酒を空けた。

「どちらはんも、息災でおますか」

幾子は、喜久治の盃を受けながら、控え目に聞いた。こんな問い方も、幾子の場合は、少しも皮肉にならない。喜久治の立場にたって、ほかの女のことも気遣いしているのだった。

「うん、皆、それぞれ好みの衣裳をこしらえて、喜んでくれてたみたいやな」

と云い、幾子の青味がかった黒の紋附を見た。褄《つま》がけのおとなしい裾《すそ》模様で、縫取りも目だたぬ糸使いをし、三人の中で、一番地味な柄合いであった。

「幾子、なんで、もっと、はんなりした（華やか）もんに、せぇへんのや」

喜久治は、不足そうに云った。幾子は、やや戸惑い気味に、

「へえ、今年はこんな体ですし……、それに、わての厄年だす、厄年のお産は不吉やそうで、なんや恐《こお》うて……」

鼻を詰らせた。

「阿呆らしい、迷信やないか」

取り合わず、笑い濁しかけると、幾子は顔色を蒼《あお》ざめ、

「笑いごとやおまへん、ほんまに厄年のお産は、不吉ですさかい、この年越し（節分）に、わてに厄除《やくよ》けの七色の腰紐《こしひも》をおくれやす、もの入りで厄介なことはよう存じてまっけど、七色の腰紐さえおましたら……」

幾子が、ものねだりするのは、始めてのことであった。しかもそれが幾子らしく古めかしい迷信を担《かつ》いだものであった。大阪の花街《いろまち》では、何時の頃からか、女が厄を迎えるとその年の年越しに、七色の腰紐を調《ととの》えて、厄年の不浄を払う風習があり、その厄払いが派手なほど、厄落ちすると云い伝えられ、旦那持ちの厄女は、七色の腰紐を自分だけでなく、朋輩《ほうばい》や知合いの女にまで配って厄払いをしたがった。

「もの入りはかめへんけど、今時、そんな迷信を――」

喜久治が、再び笑い濁そうとすると、

「迷信やおまへん、もし、あの紐がなかったら、わての体に魔が入って、わても、お腹《なか》の中の赤子《やや》も黒い穴だらけになるみたい……そんな気がしますねん、昨夜も恐《こわ》い夢で……」

幾子は、引き吊《つ》るように瞳を凝らし、唇をわなわなと震わせた。喜久治は、狂気じみた幾子の表情から、得体の知れぬ不吉なものを感じた。

〆《しめ》の内が過ぎると、すぐ喜久治は、幾子の厄払いの支度にかかった。まさか自分で諸事を差配するわけにもゆかず、幇間《たいこもち》のつる八を呼んで、腰紐の誂《あつら》えから、厄除け膳《ぜん》のしつらえまで差配させることにした。

つる八は、喜久治の話を聞くと、

「よう、わてにご用掛りさしてくれはりました、不景気な当節、昔通りの七色の腰紐から、厄除け膳までしつらえるお方はおまへん、久しぶりに、景気ようやらして貰いまっさ」

と金壺眼《かなつぼまなこ》を光らせて喜び、早速、京都の『えり万』へ腰紐を誂えに行ったり、『丹青堂』へ七色の縁取りをした熨斗紙《のしがみ》を注文に走った。

年越しの日になると、喜久治は、昼過ぎから幾子の家へ出かけて行った。表格子《おもてごうし》を開けるなり、家の中がぱあっと明るく色づいた。七色の腰紐が、上《あが》り框《がまち》一杯に広がり、つる八が小間物屋のようにせっせと、熨斗紙をかけている。

「ご苦労はんやなぁ」

下駄を脱ぎながら、声をかけると、

「あ、旦那はんでっか、えらい取りちらかしてまして——、なんし、日日《ひにち》がないうえに、近ごろ少ない別染めでっさかい、今朝、染め上がって来ましてん、へい、これが女《おなご》はんの厄除けの呪《まじな》いでおます」

畳の上の腰紐を一本取って、喜久治の前へぶら下げた。白地の紋綸子《もんりんず》に、赤、桃色、本紫、肉色、空色、鼠色《ねずみいろ》を、だんだら縞《じま》のぼかし染めにした幅広の腰紐が喜久治の眼先で、ぴらぴらと華やかに撓《しな》った。

「たんとあるなあ、何本あるねん」

「手拭《てぬぐい》並に、百本、揃えましてん」

「そない配り先があるのんか、幾子は、つき合いの少ない女やけど……」

費用より、その配り先を心配した。

「いえ、姐《ねえ》さんの朋輩はんやお世話になった女将《おかみ》はんだけでは、百人の頭数になりまへんさかい、ちょっとでも縁のあるお茶屋や料亭の仲居はんから、女中の端々にまで配りまっさ」

「配り方の段取りは、ちゃんとついてあるのんか」

「へえ、検番の男衆《おとこし》に二、三人来て貰うて、わてが最初《はな》にたって、ぐるりと廻らして貰います、別嬪《べっぴん》さんのところを、七色のだんだら染めの腰紐を持って、ちゃら、ちゃら廻り歩く――、よろしおまんなぁ、こたえられまへんわ、けっ、けっ、けっ」

「ほんで、厄除け膳は、どこやねん」

「さ、それだすわ、そこ、ここと頭をひねったあげく、美濃家《みのや》にきめましてん、どないだす」

如才のないつる八のことであるから、幾子と相談の上で、芸者に出た幾子が、初めて喜久治と逢《あ》った『美濃家』を選んだらしい。その手廻しのよさに苦笑しかけると、

「旦那はんは、五時頃お越しやす、わては、それまでに腰紐配りをすませて、ちゃんとお膳の用意をしときまっさかい」

と云い、また気忙《きぜわ》しそうに、腰紐に熨斗紙をかけはじめた。

奥の間の襖《ふすま》を開くと、幾子が鏡台の前で、着物のお端折《はしより》をつけ、七色の腰紐を締めにかかっていた。六カ月の腹部に新《さら》の腰紐が、うまくおさまらないらしく、締めあぐねたように紐先をたらりと下に垂らし、ぼんやり鏡に向かっている。

喜久治が、ぬうっと首を出すと、幾子は鏡に映った男の姿に驚いて、振り返った。

「すんまへん、今朝から、人の出入りが多いもんでっさかい、ついうっかりして、お迎えにも出まへんと……」

前身《まえみ》を隠すようにして、詫びた。袖口《そでぐち》から七色ぼかしの長襦袢《ながじゅばん》がのぞき、帯も魔除け

の鱗紋様《うろこもよう》の織なしを締め、何時《いつ》も地味な幾子が、今日は、はんなりと色っぽい。

「どないおしやしたんでっか？」

幾子は、何時になく、まともに見詰める喜久治の眼を、まぶしそうに避け、

「こない、たいそうなことして戴こうとは思《おも》てしまへんでした、わては、ほんの内輪だけのつもりでおましたのに――」

気兼ねそうに云った。喜久治は、ふと、娘仲居時代の幾子を思い出した。部屋住みで、懐《ふところ》自由の利かぬ喜久治のために、頼まれもしないのに、他《よそ》の座敷の芸者を間引いて、花代ぬきの裏遊びを計り、かえって喜久治の気分を悪くしたことがあった。一軒家を持ってからも、節約《しまつ》な世帯構えで、初めてのものねだりにも、気兼ねばかりをしている。

「相変らず苦労性で、損な質《たち》やなぁ、はじめての無理は、きつうに云うもんや、それに、昔の旦那衆なら、頼まれんかて、ちゃんと女の厄払いぐらいしたやないか」

と気を楽にしてやると、幾子は、ほっと柔らいだ表情になり、

「昼中《ひるなか》でっけど、お湯《ぶう》、どないしはりまっか」

「用意、できてんのんか」

「へえ、今日は、ひょっとしたら、早うからおいでやすかと思うて――」

幾子らしい行き届いた気遣いであった。夕方まで、大分、時間があったが、出がけに湯を使うのも気忙しく思い、さっと湯を使って一服することにした。

幾子は、喜久治のうしろに廻って着物を脱がせたが、身重な体を遠慮して、湯殿には随《つ》いて入らない。代りに女中が、裾を端折って、喜久治の背中を流した。骨張った女中の手が、背中にあたる度に、喜久治は、神経を苛立《いらだ》たせた。幾子の真綿でかい撫《な》でるような柔らかな感触に馴れている喜久治には、皮膚が粗《あら》く擦りむけそうだった。

「もう、いらん、お湯《ぶう》だけ、かけとき」

と云うと、湯桶《ゆおけ》一杯の湯を、首筋から、ざっとぶっかけた。

「阿呆、耳痛《みみいた》になるやないか」

喜久治は、首を振って怒鳴った。

不機嫌になって湯殿を出ると、洗面器の下の洗濯物入《せんたくものい》れが眼についた。浴衣《ゆかた》の寝巻、敷布、枕掩《まくらおお》いにまじって、河内屋の小鉤《こはぜ》がついた白足袋が三足、放り込まれている。喜久治は、その中の一足に、じっと眼を止めた。底布の爪先《つまさき》の部分が、白い木綿糸で丁寧に綴《つづ》り合わされている。

硝子《ガラス》戸《ど》に人影がして、がらりと戸が開いた。

「もう、おあがりやすか」

湯上がりタオルで、うしろからくるみかけるのを、何時ものように拭《ふ》かせず、喜久治はタオルを引ったくり、自分で拭き終ると、まるめてぽいと、洗濯物入れへ投げ入れた。

「なんぞ、女中に粗相でもおましたんでっか」

幾子が、訝《いぶか》しげに聞くと、

「粗相？」

喜久治は、むうっと云い返した。そして、洗濯物籠《かご》へ手を突っ込むなり、例の綴くり足袋を取り出し、

「これが、粗相や」

と云うなり、幾子の膝《ひざ》もとへ投げつけた。

「大事に履かして戴《いただ》いたつもりでっけど、毎日、癇性《かんしょう》にお洗濯しまっさかい、一年も経《た》つと、つい爪先のところだけが……、ほいで、按配、繕いしましてんけど……」

と云いわけした。

「わいは、足袋の綴くり方を云うてるのやあらへん」

嶮《けわ》しい口調で云った。幾子は、戸惑うように喜久治を見上げた。

「解《わか》らへんのか、わいの云いたいことが」

幾子は、申しわけ無げに眼を伏せた。

「ほんなら、云うたるわ、足袋の底に綴くりまでして履く心がけは、よう出来てる、普通の商人なら、節約《しまつ》なええ女やと喜ぶやろ、ところが、わいは足袋屋の主人や、その女が、綴くり足袋を履いていると云われては、みっともない、履き料は、要るだけ届けた

るさかい、わいの猿股《さるまた》みたいに毎日、履き捨てにするのや」

幾子は、膝もとに投げつけられた綴くり足袋を、拾い上げ、

「すんまへん、つかんことを致しまして……」

低い声で詫びた。

美濃家へ行くと、つる八がコの字型に置いた膳部の真ン中に坐って、口喧《くちやかま》しく喋《しゃべ》っていた。膳部の前には、幾子が芸者に出ていた時に世話になった女将《おかみ》や、朋輩芸者たちが三十人、招《よ》ばれ客《きゃく》の形で、てーんとおさまっているが、いずれも年越しのお化け髪を結っている。年増芸者が十四、五の稚児《こども》風のおちょぼ髷《まげ》を結い、若い妓《こ》たちが逆に御守殿風の高髷を結って、化粧まで老けに変《ふ》えているから、喜久治には誰、彼の見境もつかなかったが、幾子は、一目で、女将と姐《ねえ》さん芸者を見分け、その前に坐って、

「今夕は、女将はん、姐さん方のお年運《としうん》を頂戴《ちょうだい》し、三十三の厄除《やくよ》け膳を、お配りさしておくれやす」

と、きまりの挨拶をして廻った。

厄除け膳は、厄を食って貰《もら》うという縁起を担ぎ、その年の年女に厄膳を食べて貰うのがほんとうであったが、花街では、三十三の厄払いを無事にすました女将や姐さんたちに、厄膳を食べて貰うことになっていた。

御膳は、二の膳附きの豪勢なものであったが、必ず、二の膳には、薬玉《くすだま》の形になぞらえた料理を一品添えて、不浄を払い、邪気を避けた。

つる八は、始終、小まめに立ち廻って、膳部の運びから、仲居のお酌にまで気を配り、二の膳が終りかけると、衣紋《えもん》をつくろって、狂言の『節分』を謡《うた》い出した。蓬萊《ほうらい》の鬼が、節分の夜、夫の留守居を守る女房を口説き、女房の智慧《ちえ》で口説かれると見せかけて鬼から隠笠《かくれがさ》、隠蓑《かくれみの》、打出の小槌《こづち》を取り上げて、「鬼は外、福は内」と囃《はや》したてながら、豆を撒《ま》いて鬼を退散させる狂言であった。

謡い終ると、つる八は、床の間に供えた大枡《おおます》を右手に抱《かか》え、

「へい、お厄除けお願いします」

枡の中の炒《い》り豆《まめ》を、ぱっと座敷へばら撒いた。

喜久治は、唐突で驚いたが、女たちは待ち構えていたように四《よ》つ這《ば》いになって、畳の上の炒り豆を拾い、三十三の数をよみながら、ポリポリ音をたてて噛《か》んだ。これも厄女に代って、厄を食い取ってやるという意味合いであった。喜久治の口もとに、笑いがこみあげて来た。

一流のお茶屋や料亭の女将が、生真面目《きまじめ》な顔で厄払いをし、芸達者な一流芸者たちも本気で、こんな花街の迷信ごとを信じているのが可笑《おか》しかった。所詮《しょせん》は、箸《はし》のこけたようなことまで、やれ迷信の、呪《まじな》いのと、云い伝え、年中大げさに騒いだり、無駄金を費《つか》

って明け暮れるのが事の始まりで、愚かで、迷信深い女たちが、何時の間にか、それを動かせない信仰にしてしまったのかも知れなかった。

この日の入費《かかり》は、七色の腰紐代《こしひもだい》二百円、美濃家の会席料三百円、それに会席に坐った芸者に年越しの紋日花四百五十円、つる八や仲居たちの祝儀《しゅうぎ》まで含めると、千円ばかりの金額になった。

幾子は、この不景気にもったいないと済まながったが、喜久治は、不景気なればこそ、これだけの散財が、河内屋の商いの奥行《おくゆき》を見せ、貴重に生きて来ると思った。

しかし、この年の春になると、さらに不況の底が深くなり、一にも、二にも緊縮、緊縮で、高級品が目だって売れなくなり、高級品を要《かなめ》にしている河内屋の商いは苦しくなって来た。

百貨店では、既に十銭足袋が売り出され、『十銭足袋大売出し』の日は、開店前から長蛇《ちょうだ》の列が並び、売場は青竹の柵《さく》を設けて整理にかかる有様であった。一般の小売店も、これに煽《あお》られて、安売りの赤札を掲げて、十銭足袋の売出しにかかったが、河内屋は十銭足袋の製造にとりかかっていなかった。

喜久治の考えでは、一等品の白キャラコ足袋が一足五十銭、二等品が四十銭、三等品が三十五銭、いくら格安の足袋でも二十五銭つく時に、どう思案しても、一足十銭の足袋の算盤《そろばん》は持てなかった。中番頭の秀助に業者関係を調べさせると、十銭足袋は、不景気に痛めつけられた小売業者が、一時の金融しのぎに、原価を無理して造った犠牲品であることが解った。これが百貨店の人気取りの売出し政策とぴったり結びつき、市場をかき廻しているのであった。

この報告を聞いてから、喜久治は、暫《しばら》く女のところへも出かけて行かず、奥まった旦那部屋に坐って河内屋の行き方を考えていた。理屈の上では、原価切りの無理な商売は永続きするはずがないから諦観《ていかん》しておればよかったが、一方、市内の取引小売店から、製造卸し元である河内屋へ十銭足袋の要請が激しくなって来ていた。河内屋の縫製場で使う生地と仕立では、どう仕切っても、小売価格、一足二十銭以下の採算はとれなかったが、頭から突っぱねてしまうと、大事な販売網を失ってしまうことにもなりかねない。喜久治は、その度に、「河内屋らしい十銭足袋を試作中」と云い構え、態度を保留しておいた。

一カ月経《た》っても、商いの腹が決まらぬと、喜久治は、いぶせく、不機嫌になった。十銭寿司、十銭漫才、十銭ストアまで誕生している時に、何時までも十銭足袋にこだわる自分が頑《かたく》なに思えたが、やはり、これだけはしたくないという老舗《しにせ》の依怙地《えこじ》みたいなものが、喜久治の頭から離れない。つまり、売れるからと云って、最初から生地と仕立を落してかかり、夜店の叩《たた》き売りのような安商品を作りたくなかったのだ。そんな依怙地も、毎日、考え詰めると、気しんどくなり、久しぶりに、女のところをぐるっと廻って気持をほぐしたかった。

内玄関へ出ると、上女中のお時が履物を揃《そろ》えて待っていた。籐表《とうおもて》に鞣皮《なめしがわ》の裏がつき、その踵《かかと》に鋲《びょう》打ちした草履で、昨日、てんぐ屋から届いたばかりであった。最近、流行しかけた履物で、歩く度に裏鋲が、チャラ、チャラと鳴った。それが銭音《ぜにおと》じみて景気よく、裏鋲が少しでも減ると、すぐ取り代えるのがはやりだった。男ものだけでなく、芸者や仲居たち、花街の女たちまで、履きにかかった。不景気になると、こんな大人なぶりの履物が流行するのかと、始めのうちは苦笑していた喜久治も、二カ月程前、ひやかし気分に履いてみたのがきっかけで、歩く度に足裏が、チャラ、チャラと鳴る小気味よさに気分を浮きたたせるようになった。

ここ暫く、引き籠《こも》りがちだった喜久治の外出に、お時が気を利《き》かして、裏鋲打ちの草履を揃えたらしい。新《さら》の鼻緒を小緩めるために、ちょっと爪先《つまさき》だっただけでも、チャラリンと、小気味のいい音をたてた。その音の快さで、喜久治は表通りへ出ても車を拾わず、四つ橋から長堀川沿いに東へ向かって歩いた。

昼下がりの眩《まば》ゆいほどの春陽が、突き刺さるように川面に流れ、川面から反射した銀色の光が川沿いの家の障子に陽溜《ひだま》りになって揺れた。喜久治は陽春らしい明るい風景に眼を細め、日向《ひなた》ぼっこをするように、ゆっくり鰻谷《うなぎだに》の幾子の家へ歩いて行った。

女中が塵芥《ごみ》を捨てに出て閉《し》め忘れたのか、小開きにあいた表格子《おもてごうし》を通って、いきなり、茶の間の上《あが》り框《がまち》へあがると、幾子が長火鉢の縁《へり》に肘《ひじ》をついて、顔を俯《うつむ》けていた。日頃、身だしなみのいい幾子が、衿《えり》もとをしどけなくはだけている。

「幾子、わいや」

と声をかけると、はっと衿もとをおさえて、腰を浮かせた。その勢《はずみ》に幾子の膝下から華やかな布地がはみ出た。三カ月前、厄払いに使った七色の腰紐であった。慌《あわ》てて座蒲《ざぶ》団《とん》の下へ押し隠そうとするのを、喜久治は、起《た》ったまま、足の指先で、ぐいと座蒲団の端をめくった。七、八本の腰紐が、縒縄《よりなわ》のように綯《な》い交わって、組み敷かれていた。長い間、そうしていたのか、絹の腰紐が、真綿のように温《ぬ》くもっている。

「なんやねん、これ、全部、配ったんと違うのんか」

喜久治は、不快な顔をした。

「すんまへん、配り先が少のうて、ちょうど十本残りましたさかい、わてが戴いときましてん」

「そら、かまへんけど、座蒲団の下になど敷いて、一体何の呪《まじな》いやねん、気色《きしょく》の悪い」

吐き捨てるように云った。幾子は、驚いたように喜久治の顔を見詰め、

「厄除けの呪いは、ご丁寧くさいほど効力《ききめ》があるそうでっさかい、毎日、七色の腰紐、三本使うて着附けをし、おあまり七本を、座蒲団の下へ敷いて、厄除けにしてますね

ん」

と云ったが、薄暗い茶の間の中で、幾子の顔が黄色く浮腫《むく》み、どこか病い気があるようだった。

「そんなことというて、お前、どこか悪いのんと違うか」

喜久治が心配すると、

「めっそうもない、厄除けの信心をして、病気になどかかるはずがおまへん、そんなこと云いはったら、罰《ばち》があたりまっせ」

厄の神を怖《おそ》れるように肩を震わせた。

「阿呆らし、迷信担《かつ》ぎもたいがいにしときぃな」

と叱《しか》りつけると、俄《にわ》かに狂気じみた眼を光らせ、

「厄年に初産《ういざん》を迎えるわては、七色の腰紐どころか、あったら、七色の足袋まで履きたいぐらいだす」

「え、七色の足袋――いろたび……」

区切るように云った。

「どない、おしやしたんでっか」

と聞くのにも答えず、喜久治は、上り框を降りた。

「あとで……また……ちょっと、し残しの商いが」

吃《ども》るように云い、今、入って来たばかりの表へ引っ返した。

店へ帰るなり、大番頭の和助と中番頭の秀助を、奥の旦那部屋へ呼んだ。旦那部屋に呼びつけられることなど、めったになかったから、和助は怪訝《けげん》そうに畏《かしこま》り、秀助は、用心深い眼つきで敷居際《ぎわ》に坐った。

「もっと、うちらへ入りんかいな」

喜久治の方から、気忙《きぜわ》しく膝《ひざ》を前に出し、

「明日《あした》から、色足袋の縫製に取りかかってんか」

ぶっつけに云った。

「え、いろたび？」

さっき、喜久治が、幾子に云ったのと同じように、区切って聞き返した。

「そうや、今まで、色足袋いうたら、紺の真岡木綿《もおかもめん》か、黒繻子《くろじゅす》の男足袋が常識やろ、ところが、赤や青の、女もんの色足袋も作るのや」

勢い込んで話したが、二人は顔を見合わして、黙り込んでいた。

「どないや、このわいの考えは――」

重ねて云うと、実直な和助は、

「へえ、それは面白い思いつきでおますけど、毎日、家庭で履く足袋のことでっさかい、従来通りの行き方が、無難でよろしおますと思いまっけど……」

小心そうに云い、曖昧《あいまい》に語尾を濁した。秀助は、縁なし眼鏡の下から、ちらっと、鋭い視線を和助の方へ走らせた。この秀助の冷たい鋭さが、喜久治の気に食わなかった。秀助の商い切れのする敏腕を認めて原品帳簿を任しているくせに、どうしても好きになれないのは、こうした油断ならぬ冷たさであった。

「秀助、お前には、なんぞ、思案があるらしいやないか」

と鉾先《ほこさき》を向けると、女のような滑《なめ》らかなもの云いで、

「もし、商いの方針をお変えやすのでしたら、河内屋の一枚看板になっている高級手縫足袋、または半分手縫い、半分ミシン縫いも止めて、型抜きから小鉤《こはぜ》附けまで、全部機械製の格安ものを作って、一時《いっとき》でも早う売り出すことが肝腎《かんじん》だす、なんし、足袋というものは、女《おなご》はんの気随な持物と違いまっさかい、うっかり変った色ものを作って、返品でも出たら、どないにもなりまへん」

言葉丁寧に、商いの理屈を通していたが、暗に、幾子にしてやった七色の腰紐のことを皮肉っているらしい。

「わいは、商い道楽で云うてるのやあらへん」

喜久治が、むうっとすると、

「いえ、別に、そんな意味で申し上げたんではございまへん、ただ、この十銭足袋の乱売時代には、危険率の多い色もんは、いかがなもんでっしゃろと、申し上げただけでお

まして……」

蜥蜴《とかげ》のような陰湿さで、ぬらりと云い逃れた。

「ああ、それなら結構や、わいは、どない思うても、あの人絹みたいにペロペロした十銭均一の足袋はよう作らん、と云うて、何時までも四十銭、五十銭の高級白キャラコの足袋では、商いがなりたてへん、ここで、思い切って、色足袋を出すのや、ちょうど、秋冬ものの製造に向かう時やから、別珍《べっちん》の色足袋が売り時や、別珍なら、もともと不断履きのものやさかい、全部機械縫いの格安仕立にしても恰好《かっこう》がつくというわけや」

喜久治は、早口で喋《しゃべ》りながら、四年前、絹寒冷紗《きぬかんれいしゃ》裏の夏足袋を作って、思わぬ儲《もう》けをした頃の自信が甦《よみがえ》って来た。河内屋の身代を実直に守るだけが取得の和助と、帳場の銭勘定が巧みで、何時《いつ》も喜久治の膨大なお茶屋払いに冷やかな眼を向けている秀助に、自分の商い甲斐を示してやりたかった。

「絹寒冷紗裏で、よう儲けたやないか」

突きつけるように云うと、和助は黙っていたが、秀助は、

「さよでおますけど、あれは、ぽん太はんの自前披露《ひろめ》のお土産代りに出しはったもので、たまたま、花街で評判になったんで、云うてみたら、偶然というので……」

言葉巧みに云い続けようとするのを、あとまで云わさず、

「偶然やない、お茶屋遊びしたり、女とねちねちしてても、心の端々で何時も商いのこ

とを忘れてへんからや、一日中、店先に坐ってても、心のど真ン中から、商い気の脱けてる奴もあるわい」

と怒鳴りつけると、二人は俄《にわ》かに黙り込んだ。

その翌日から、喜久治は、縫製場へ出かけ、職人の意見を聞いた上で、足袋の色数を、女ものは臙脂《えんじ》、薄紫、鶯色《うぐいすいろ》、納戸《なんど》の四色、男ものは、黒、焦茶《こげちゃ》、鉄色の三色に決め、仕立を全部機械縫いに切り替える準備を整えにかかった。色染めの原布を裁断機で型抜きし、指先、胛腹《こうばら》、小鉤の糸受け通しもミシン縫いでし、縫い上げの最後だけを竹筒で表へ返し、木《き》槌《づち》で足袋のぐるりをトントンと叩いて型をつくると、一足三十分で出来上がる。手縫足袋の六分の一の速度で出来上がるから、十銭の色足袋という口銭薄の価格も、生産量で十分補える計算である。

色足袋の見本を小売店へ廻せる見通しがつき、一段落すると、喜久治は、四、五日前の比沙子の電話を思い出した。

色足袋の品上がりに追われていた喜久治に、学生時代の岸田からという電話がかかって来た。電話口へ出てみると、ボーイらしい丁重で馴《な》れた口調で、喜久治を確かめてから、女の声と変った。

「私よ、比沙子、どうしてはりますの、昨日、ワインレッド、買いましたわ、きれいな馬、早速、近日中にレースに出馬しますから、一緒に行きはれしまへん？　今度は馬主席が取れますから、お楽やと思いますわ」

喜久治の様子など聞かず、頭から自分の用件だけを話した。喜久治はむうっとし、一言も口を利《き》かず、ぴしゃりと電話を切った。

ぽん太も、幾子も、お福も、「旦那の店へ電話をかけるような女にろくな女はない」という花街の躾《しつけ》を守り、本宅伺いをすませているぽん太と幾子ですら、店へ電話をかけるのは、生死に関する火急の時だけで、それも奥内を通して連絡するのが作法であった。それに、一言の機嫌伺いの挨拶《あいさつ》もなく、勝手な用件だけを喋る比沙子の態度が気に喰わなかったが、ワインレッドという気取った名前をつけた買い馬には、興味が湧《わ》いた。

谷町のアパートへ電話をすると、留守だった。もしやと思って、管理人に行先を確かめると、やはり、淀《よど》の競馬場だった。時計を見ると、二時過ぎであった。夜の七時から縫製場の職人達を、南の『いづもや』で慰労してやることになっていたが、タクシーで競馬場を往復すれば、十分、間にあった。

土曜日の競馬場は、埃《ほこり》っぽく混んでいた。人気レースが始まっているのか、スタンドは人のどよめきに包まれている。喜久治は、馬券を握って叫喚している人波の間をかきわけ、『馬主席』と示されている上段のスタンドの方へ上がって行った。通路にまで人が埋まり、わっと起《た》ち上がる人垣にぶつかり、容易に進まない。突然、どよめきが止まったかと思うと、レースが終ったらしく、人垣が疎《まば》らに崩れて、黒っぽい人影の間から、ぱっと燃えるような葡萄色《ぶどういろ》が眼に入った。比沙子であった。

ワインレッドのツーピースを着て、首から双眼鏡をぶら下げ、右手に出馬表を握っている。頭の薄くなった年配者の多い馬主席で、若い比沙子の姿が、華やかに際だった。よく見ると、化粧も競馬場にふさわしく、小麦色がかった変った化粧をしている。喜久治が、人垣の間から見詰めているのにも気附かず、比沙子は、気障《きざ》に取りすました表情をつくっていた。

わざとうしろ廻りをして、いきなり、

「わいや」

と背中を叩《たた》くと、驚いたように瞳《ひとみ》を凝らしたが、

「ちょうど、よかったわ、次のレースに、ワインレッドが出ますから、挽馬場《ひきばば》へ見に行きはれしません？」

わざと落ち着き払った口調で云った。四、五日前に、電話をぷっつり切られたことや、急に喜久治が現われたことなどには、比沙子らしい見栄と勝気で、強《し》いて無関心を装《よそお》っている。

挽馬場には、もう、第九レースの出走馬が挽き廻されていた。アラブ四歳馬の七頭が、馬丁の手綱に引かれ、馬場を取り囲んだ貪欲《どんよく》な観衆の前を、ゆっくり無心に歩き廻って

いる。

「あれよ、あの⑤の標《しるし》をつけているのが、うちのワインレッドですわ」

比沙子は興奮を押し殺した低い声で云った。⑤の胴番号をつけたワインレッドは、小柄な馬格であったが、筋肉の引き締まった肢体《したい》を持っていた。特に首筋から背中へかけての線が、長く逞《たくま》しく伸び、栗色の毛並が水筋のように濡《ぬ》れ光っていた。比沙子は、つかつかと挽馬場の出入口の方へ行き、そこへ来たワインレッドに手を伸ばし、犬の子にでもするように軽く首筋を撫《な》でた。そうされ馴れているのか、ワインレッドは、涼しげに眼を細めて、鬣《たてがみ》を振った。手綱を引いていた馬丁が、耳うちするように何か囁《ささや》くと、比沙子は、馬主らしく鷹揚《おうよう》に頷《うなず》いた。

発馬機《バリヤー》の前に、七頭のアラブ四歳馬が誘導された。ワインレッドは、発馬機を嫌って、なかなか鼻面《はなづら》を揃《そろ》えない。騎手が何度も手綱で誘導し、やっと鼻面を揃えた途端、ぱっと発馬機がはね上がった。

スタートから出遅れ、ワインレッドは後方の馬混みに包まれ、力のない走り方をしている。喜久治は、もうレースを見る興味を失い、煙草に火を点《つ》けた。比沙子は双眼鏡を眼にあてて、じっと馬場を見詰めていた。スタンドに腰をおろした喜久治の周囲に、激しい喚声や怒声が沸いたが、喜久治は、空《うつ》ろな気持になった。ついこの間まで、毎晩のようにお茶屋で豪遊し、四人の女にそれぞれ十分な与え物をし、やれ競走馬を買うの、厄払いの行事のと、不況の底の深さを見忘れて遊んでいた自分が、ひどく頼りない者に思えた。挽回策の色足袋見本は、思い通りに品上がりしたが、もしこれが、一ヵ月先の秋もの卸しの販売にうまくいかなかったら、四人の女たちの手当も、幾分かずつ、控えなければならない。

わっと喚声が沸き、スタンドが大きくどよめいた。喜久治は、馬場に眼を向けた。後方の馬混みに包まれていたワインレッドが、急に馬混みの中から抜け出して、ぐいぐいと伸びて行く。第四コーナーから直線コースにかかると、もう先頭の馬と並んで烈《はげ》しく競《せ》り合い出した。

「しめた、ワインレッドが！」

と叫び、比沙子から、双眼鏡をひったくり、眼に当てた途端、豆粒ほどの小ささの馬に見えた。

「あ、それ反対ですわ」

比沙子の取りすました声がした。

「わかってるわい」

慌てて持ち替えているうちに、ゴールへ入ってしまった。

ワインレッドは、一馬身の差で二着であった。優勝は出来なかったが、ムラ気のある穴馬らしい片鱗《へんりん》を見せた。比沙子はケースの中へ双眼鏡をおさめながら、

「来年は、きっと、賞金を取りますわ」

勝負師のような凄《すご》みのある口調で云い、馬主席を離れた。

厩廻《うまやまわ》りを誘われたが、喜久治は、七時から職人の慰労会があったから、比沙子を残して、タクシーで家へ帰った。

奥へ入るなり、お時が待ち構えていて、

「旦那はん、ついさっき、鰻谷《うなぎだに》の方から、お電話がおまして、赤子《やや》が――」

「生まれたんか、どっちや」

「へえ、ぼんぼんだす、おめでとうおます」

「ふうん、また男か」

子供に無関心な喜久治は、男でも、女の子でもよかったが、やはり男の子と聞くと何となく気晴れがした。

「ほんで、お祖母はんとお母はんは、知っていやはるか」

「へえ、わてから奥内へお取次しておくれやすという、あちらの女中はんの電話で、早速、お知らせしたばっかしだす」

幾子らしい計らいであった。いきなり喜久治に電話せず、上女中のお時を通すところなどは、ちゃんと商家の奥内の順を弁《わきま》えていた。

「ほんなら、わいは、ちょっと着替えて、行って来んならん」

喜久治は、砂埃で汚れた着物を脱ぎ、お時の手伝いで、着替えをはじめた。長男の久次郎が八歳、ぽん太の里子にやっている太郎が四歳、今度の幾子の子も男児——、喜久治は、今さらのように、三十一歳の自分が、三人の腹違いの子供を持つ心重たさを感じた。本宅の久次郎は蒲柳《ほりゅう》の質で小学校も欠席がちで、始終、女の子のような真綿入りの着物を着ているのが気に食わなかった。太郎の方は里子にやってから一度も会っていないが、ぽん太が毎月、岸和田まで写真屋をやって撮らせて来るのを見ると、まるまる肥《ふと》った頑丈そうな男の子で、切れ長の一皮目がぞっとするほど喜久治に似ていた。本宅の久次郎が喜久治に似ず、妾腹《しょうふく》に生まれた太郎が、喜久治に酷似しているのは皮肉であった。

襖《ふすま》が開いて、きのが入って来た。手に水引のかかった男《お》の子料《こりょう》を持っている。

「喜久ぼん、今度も男の子だすなぁ」

きのは、やや不機嫌に云った。

「へえ、今度もまた五万円の方だすねん」

喜久治が照れるように云うと、

「こう男の子が続くと、まるで、勢以やわてに面当てしてるみたいだすなぁ」

皮肉な口調で云った。喜久治はそれに取り合わず、

「いづもやへ行く前に、ちょっと寄ってやりまっさ」

と座をたちかけた時、廊下に慌《あわただ》しい足音がし、襖を引き開けるなり、母の勢以が、

「今、電話がかかって来て、幾子はんが……」

語尾が震えるように口ごもった。

「どないしましてん、幾子が――」

喜久治は、異様な気配を感じた。

「それが、急に子癇《しかん》を起して――」

勢以の言葉が、また跡切《とぎ》れた。

「え、子癇？」

「死にはったのや――」

喜久治は、自分の耳を疑った。つい二十分ほど前に、男の子の出産を聞いたばかりであった。

「腎臓《じんぞう》の浮腫《むくみ》があったところへ、子癇の発作で、産婆《さんば》はんが、すぐお医者はんを呼んだけど、あかんかったそうや」

勢以の声が、無慈悲に聞えた。部屋の中に起っている喜久治の足もとが、頼りなく揺れた。

「お時、電話――」

嗄《かす》れた声で云い、廊下へ出た。敷居際《ぎわ》のお時が、廻り廊下の端へ走り、受話器を取っ

て、幾子の家を呼び出した。喜久治は、たぐるような手つきで、受話器を受け取った。

電話の向うに、愚鈍な山出し女中の声がした。喜久治の声を聞くなり、裂くような泣声をあげ、言葉にならない。喜久治は、ぷつんと電話を切った。

幾子の死は確かであった。

ふうっと暗みかける眼先に、妙に明るい前栽《せんざい》の植込みが映った。葉陰に夕暮れの西陽が射《さ》し込み、庭石の上にも、夕陽が美しくかげろうていた。喜久治は放心したように、自分の心と無関係な華やいだ風景に眼を奪われていた。

「可哀《かわい》そうに——」

喜久治の背後で声がした。振り返ると、きのが薄暗い廊下の中ほどに起っている。喜久治は、確かめるように、きのの方を見あげた。

「一番、気優しゅうて、慎《つつま》しい女《おなご》やったのに——」

きのは、また独り言のように云った。何時《いつ》ものきのと人違いするほど、思いやりのある声だった。喜久治は、ふと倚《よ》りかかり気味になり、

「はじめて、女を死なしましたわ」

弱々しく云い、静かに足を玄関の方へ向けかけると、

「喜久ぼん！　行きなはんのか」

きのは、意外な表情をした。

「わいは……」

喜久治は、言葉に詰った。

「喜久ぼん、船場《せんば》のしきたりでは、旦那《だんな》は、妾《てかけ》の死顔を見たり、葬礼《そうれん》に出られまへん」

「――――」

「旦那が亡《な》くなった時、妾はお通夜《つや》にも、葬礼にも出られしまへんでっしゃろ、それと同じだす、それが旦那と妾の厳しい嗜《たしな》みというもんだす」

きのから云われるまでもなく、喜久治はこの船場のしきたりを承知していた。

五年前、父の四代目喜兵衛が死んだ夜、附添婦に身をやつして父の看病をしていた妾の君香を、父の臨終と同時に、船場のしきたりに従って、家を去らせたことを、まざまざと思い起した。今、その立場が逆になって、喜久治の身に振りかかっている。今さらのように、その時の君香の哀れさが、喜久治の胸に甦《よみがえ》って来た。

「ほんなら――、お祖母《ばあ》はん」

と、云いかける喜久治の言葉を先に取って、

「ほんなら、わての云うこと、聞いてくれはるのだすなぁ」

きのは、ほっと顔を柔らげた。

「いいや、お通夜にも、葬礼にも出ぇしまへんよって、人に知られんように、ちょっと死水だけでもやって来とうおます」

「そうは、いきまへん、死顔さえ見えへんというのが、旦那修身というもんだす、妾の葬礼は、その店の別家《べっけ》衆《し》か、番頭がすることになっておます、うちは秀助にやらせまっさかい、あんたは、じっと家内《いえうち》に居ておいやす、辛《つら》いやろけど、しきたりだす、守っておくなはれ」

きのは、かすかに身を屈《かが》め、頼み込むように云った。何時ものような居丈高さも、妾に対する血も涙もない冷酷さでもなく、船場のしきたりという道理を含めたものの云い方であった。

船場のしきたり――、聞き馴《な》れている言葉であるのに、錘《おもり》のような重たさで喜久治の心に沈んで行った。喜久治は、ふと部厚く塗り込められた土格子《つちごうし》の蔵の中にいるような暗さを感じた。中からは土格子の桟を通して外を見すかせたが、外からは、うちらを見通せないあの尊大で一方的なうしろめたさを感じた。喜久治は弱々しい笑いを泛《うか》べた。何時の間にか、それに馴らされ、今さら強引に撥《は》ね返そうとしても、どうにもなるものでもなかった。眼のふちが、生温かく滲《にじ》んで来たが、辛うじて耐えた。

「よろしおます、行けしまへん」

ぼそりとそう云い、縁側の柱に背を寄せたまま、ずるずると体をずらせ、そこへ踞《うずくま》った。庭石の上には、まだ夕陽の美しいかげろいが残っていた。

肩先に白いものが横切った。

「喜久ぼん、鰻谷へ行っておいなはれ」

きのが、背後《うしろ》から水引のかかった男の子料を出した。

「え――」

「幾子やない、赤子《やや》の顔を見に、それに、これを持って行ったげなはれ」

喜久治の膝《ひざ》の上に、祝儀《しゅうぎ》の金包みを置いた。振り向くと、きのは、廊下の隅に坐っているお時に、

「お前が、お供をして行きぃ、世間から、妾の死顔を見に行ったと誤解されへんように、ちゃんと取りしきるのだっせぇ、旦那はんが、赤子の顔を見はったら、すぐ抱き取って、本町《ほんまち》の別家へ預かって貰《もら》いなはれ」

「へえ、あの、本町へ――」

お時は、怪訝《けげん》な顔をした。

「本町へは、わてから、今、電話しとくさかいにな、まさか葬礼のある家へ、産まれたばっかしの赤子をおいとかれへんやないか、よろしおまんなぁ」

きのは、念を押すようにお時に云いつけた。

喜久治は、男の子料を包んだ風呂敷包みをお時に持たせ、店の間を通り抜けかけて、七時からの職人達の慰労会を忘れていたことに気付いた。平静を保っていたはずであるのに、やはり、正体もなく、心を取り乱していた。慌《あわ》てて、大番頭の和助を呼び、代理

を勤めさせる段取りをして店を出た。

夕暮れの街中は、商いに賑《にぎ》わい、丁稚車《でっちぐるま》が、自転車や、オートバイの間を忙しげに往来し、客の出入りが激しかった。街全体が不況の中で、力強く動いていた。その街中に出て、喜久治は、はじめて幾子を失った悲しみが、どっと胸に来た。うしろから来るお時のことも忘れて、足もとが乱れた。

四人の女の中で、一番女房のような辛抱強い慎しさで仕えてくれた女だった。厄払いの配り物から厄膳《やくぜん》までして大事を踏んだのに、迷信かつぎの甲斐もなく、産褥《さんじょく》で、突然、命を失ってしまった。そういえば、喜久治がこの間、訪ねた時、青くむくれていたのは、腎臓のせいだったのかと、今になって気が附いた。あの時、幾子が、厄払いの呪《まじな》いに座《ざ》蒲団《ぶとん》下へ組み敷いていた七色の腰紐《こしひも》がきっかけになって、色足袋を思いつき、その商いの苦労が、これから始まろうとしている矢先だった。七色の腰紐、色足袋、幾子の急死――、喜久治は、思わず、商い先に不吉なものを感じたが、すぐ、それを振り払うように大きく首を振った。

車で飛ばせば、五、六分の距離であるのに、喜久治は歩いて行った。一刻も早く死顔を見たいと心急《せ》く反面、人目に隠れて死顔を見に行く気重たさが、喜久治の心を占めていた。それに、車で駈けつけては、その辺りの人目にたつ心配があった。四つ橋から、長堀川沿いに鰻谷に向かった。うしろに随《つ》いて来るお時は、金包みの入った風呂敷を胸に抱え、相変らず、二間ほどの距離をおいている。

夕暮れの薄闇《うすやみ》の中で、長堀川が重く澱《よど》んでいた。それでも向う岸の家並から落ちこぼれる灯が、川面にゆらめくのを見ると、相当、速い水の流れであった。それは、今までに何度となく、幾子の家へ通う時に見た風景であった。その何の変哲もない川の流れが、今は大きな意味を持って、喜久治を阻《はば》んでいた。

長堀川の内側の船場の旦那である喜久治は、そのしきたりを守って、向い側の鰻谷へ渡り、しきたり通りの仕儀で、死んだ女に会いに行かねばならなかった。もう明日からは、真綿でかい撫《な》でるような手触《てざわ》りで背中を流してくれる人もなく、あのするすると蛇がとぐろを巻くような伊達《だて》巻《まき》の閨捌《ねやさば》きも、鼻梁《びりよう》にまとわりつくような竜脳《りゆうのう》の匂《にお》いも、喜久治から奪い去られてしまったのだった。それにしても、競馬になど出かけず、家にいて、出産の電話を聞くなり、すぐ出かけておれば、死に目に会えたかも知れない……と思うと、喜久治は、つんのめるほど口惜しかった。

三休橋を渡り、鰻谷へ入ると、もうすぐ、幾子の家のあるひっそりとした小路《しようじ》になる。うしろのお時の足が、止まり、

「旦那はん――」

訴えるように呼んだ。喜久治も足を止めて、振り返ると、

「すんまへんけど、旦那はんは、ここで、お待ちやしておくれやす、わてが、先にちょ

っと、ご様子を見て参じまっさかい、それからにしておくれやす」

お時は、きのの云い附け通り、用心深く構えて、小走りに先へ走って行った。

喜久治は、そこにあった太い電信柱の陰に佇《たたず》んでいた。二丁程先の小路に、お時の姿が消えて行ったかと思うと、すぐまた、小走りに引っ返して来た。

「ちょうど、よろしおました、つい今、お医者はんが帰りはりまして、女中はんと産婆はんだけだす、もうちょっとしたら、葬礼屋が来はりまっさかい、それまでに早う、お越しやす」

お時が、早口に促した。喜久治は、顔を隠すようにして仕舞屋《しもたや》の軒下をくぐり、小路の踏石を渡った。

表格子を入ると、中は真っ暗だった。うろたえた女中が、玄関廻りの電燈を点《つ》け忘れたらしい。中の間の方から、灯りが洩《も》れ、線香の煙が流れて来た。喜久治は、通庭《とおりにわ》を抜け、中の間の上《あが》り框《がまち》で履物を脱ぎかけ、ふと身を屈めた。そこに藤紫の鼻緒をすげた女下駄が脱ぎ揃《そろ》えられている。手に取って下駄裏を返して見た。履物を大事にした幾子らしく泥はね一つなく拭《ぬぐ》い取られ、柾目《まさめ》が美しく通っていた。喜久治は、その横へ自分の下駄を脱ぎ揃えた。台所から顔を出した女中は、喜久治の顔を見るなり、わっと何か云いかけたが、お時がするりと前へ廻ってものも云わせず、女中を二階へ引っぱり上げた。

幾子は、奥座敷へ北枕《きたまくら》に寝かされ、白布で顔を掩《おお》われていた。喜久治は、膝を折り、静かに白布を除《と》った。その瞬間、幾子の細い鼻筋がかすかに動いた。白布を握りしめたまま、喜久治は、息を殺した。錯覚であった。幾子の鼻筋にまだ生前の白粉《おしろい》が残り、丸《まる》髷《まげ》の根締めも真新しい。喜久治は、ぐゎっと嗚咽《おえつ》になるのを耐え、幾子の薄い唇に死水を湿《しめ》した。

閉ざされた唇の端から雫《しずく》が落ちこぼれ、櫛目《くしめ》の通った両鬢《りょうびん》を濡《ぬ》らした。喜久治は、そっと手を伸ばして雫をはじいてやった。顔の冷たさにくらべて、髪はねっとりと油じみ、妙に生温かい。

「あんさんに立派な御寮人《ごりょうん》はんが来はるまで丸髷を結わしておくれやす、ほかに何もして戴きたいことおまへん」と云った髪であった。その言葉通り、何一つ贅沢《ぜいたく》なものねだりをせず、お産の床にまで丸髷を結った幾子の執念が哀れだった。「御寮人はんが来はるまで——」と云いながら、本心は、何時か正妻になれる日を、丸髷を結って辛抱強く待ちあぐねていたのかも知れなかった。

枕《まくら》もとの経台が、ほの暗くなり、燈明が切れかかった。喜久治は、蠟燭《ろうそく》を取って、火を点けた。再び枕もとが明るくなった。

急に表の方で、人の気配がした。二階から、お時がかけ降りて来た。襖を開け、中腰になったまま、

「旦《だん》那はん、今、葬礼屋が、早うこっちからお帰りやして——」

「赤子《やや》は――」

喜久治は、二階を見上げた。

「赤子は、またの時に、わてがあとで本町の別家へお預けしまっさかい……」

と云うなり、お時は喜久治を台所へ導き、自分は上り框から跣《はだし》で飛び降り、喜久治の履物を台所の三和土《たたき》へ廻した。

喜久治は、台所の暗い流しもとを、泥棒猫のように足音をしのばせて、裏木戸の下水板を渡った。汚水が、喜久治の裾《すそ》へはねた。二階の表座敷の方から火のつくような赤子の泣声がし、愚鈍な女中の声と、産婆らしい女の声が聞えた。

葬礼は、翌日の午後三時から、鰻谷の家で行われることになった。中番頭の秀助が、一切を取りしきり、幾子の実家である京都の山科《やましな》から、年老いた父親を呼び、幾子の養い親であった新町の富乃家《とみのや》の女将《おかみ》も弔い方の差配に来てもらうことになっていた。

喜久治は、浜ゆうの二階座敷で、酒を飲み続けていた。幾子の通夜の日から、ずっとそこに居坐り、幾子の葬列の来るのを待っていた。お福の計らいで、阿倍野斎場《あべのさいじょう》へ行く道を、やや遠廻りして、浜ゆうの前を通るよう、葬礼屋に頼み込み、さらに念のために、幇間《たいこもち》のつる八を、葬儀手伝いの男衆《おとこし》として手伝わせていた。

脇息《きょうそく》の上の喜久治の手が、だらしなく前へすべった。それでも喜久治は、また盃《さかずき》を取り上げた。

と云いかけて、お福は口を噤《つぐ》み、盃に酒を充《み》たした。喜久治の眼が黄色によどみ、青《あお》黝《ぐろ》くむくんだ皮膚に、空《うつ》ろな心がはみ出ていた。何時《いつ》も飲みぎれいな喜久治が、鉄無地のお召の膝を点々と汚点《しみ》にしていた。葬礼の時間までは、もう間もなくであった。お福は、さっき着替えたばかりの三つ紋の紋附の衿《えり》もとを整え、表通りに面した硝子《ガラス》障子を、細く開いた。

「もう来るのんか」

「いいえ、もう十五分ほど――」

喜久治の手が、また盃に伸びた。いくら飲んでも酔い痴《し》れず、飲めば飲むほど、心の芯《しん》が凍《こご》え、硬《かた》く皹割《ひびわ》れて行くようだった。時々、お福の顔を見た。お福は、豊かな体を何時ものようにゆっくり動かし、美しい手捌《てさば》きで喜久治の盃を受けた。幾子の死を悲しんでいるのか、いないのか、白く詰んだ皮膚の下の心は、容易に捉《とら》えられなかった。喜久治独りが、酔い悲しみ、お福が、終夜、静かに見守っていたようだった。

表通りの方で、さわさわと人の動く気配がしたかと思うと、お福が、すうっと起《た》って、下を見た。

「幾子はんが、いま――」

お福は、硝子障子を広く開けた。喜久治は、硝子障子に身を寄せ、隠れるようにして、

「もう――」

その陰から表を見下ろした。

二丁ほど先の街角から、幾子を載せた霊柩車《れいきゅうしゃ》が、ゆるゆるとこちらへ向かって来ていた。黒塗りの葬礼車《そうれんしゃ》が、四、五台ひっそりと列《つら》なり、薄曇りの中を、影絵のような静かさで、近附いて来た。

喜久治は、ふと、三年前、同じようにお茶屋の二階から表通りを見下ろしていたことを思い出した。

それは、ぽん太を乗せた十日戎《とおかえびす》の宝恵《ほえ》籠《かご》の列であった。遠くから賑やかなかけ声が聞え、夕闇《ゆうやみ》の中に高張提燈《たかはりぢょうちん》が勢いよく躍り、紅白の縮緬《ちりめん》を巻いた宝恵籠に、白えり本衣裳《いしょう》のぽん太が、華やかに揺られて行ったのだった。

喜久治の胸に、虚《むな》しい悲しさがこみあげて来た。

「お福、わいは表だって葬式もようしてやらん男や――」

と云うなり、耐えていた涙がどっと噴き出し、そのまま畳の上へ倒れた。

葬列は、今、すぐ下を通っているらしく、軒下から見送る人の気配と、重く粘りつくようなタイヤの音が聞えたが、喜久治は体を起さなかった。

硝子障子が静かに閉ざされた。

「幾子はんは、もうお往《い》きやした――」

遠慮深くお福が告げると、喜久治は俯《うつぶ》せたまま、うっと呻《うめ》くように頷《うなず》いた。お福は、静かに喜久治の背中を撫でさすりはじめた。

「お泣きやすな、わてらは、旦那はんとその晩逢《お》うて、御機嫌よろしゅうにとお別れしたら、それが最後のご挨拶《あいさつ》になるかもと……、何時も、そない心得ておりまっさかい、お気やすに――」

喜久治のこころをかばい取るように云った。


初七日を迎えると、きのは、改まった気配で、喜久治を奥座敷へ招いた。

座敷の敷居際《ぎわ》には、中番頭の秀助が坐り、喜久治が入って行くと、視線をそらし気味にして会釈《えしやく》した。幾子の葬礼《そうれん》以来、秀助は、喜久治とまともに顔を合わせぬようにし、そうすることが、喜久治に対する一種の計らいのような雰囲気を持っている。それが、喜久治にとっては、気に食わなかった。自分の妾《てかけ》の葬礼を取り仕切ってくれたうえに、喜久治の立場にたって細かな気遣いまでされては、いたわられているようで、不愉快だった。

喜久治は、秀助の会釈を無視した。きのは、そんな様子を、見て取り、

「葬礼からずっと、お燈明一つ切らさず、秀助が、あんじょう、仏祀《ほとけまつ》りを勤めてくれましてん」

と云ったが、喜久治は無表情に頷《うなず》き、犒《ねぎら》いの言葉をかけなかった。きのは、やや気障《きざわ》りな顔をしたが、すぐもとの表情にかえり、

「喜久ぼん、今夜の初七日も、あんたに代って秀助が一切を取り仕切り、仏事をすましたら、鰻谷《うなぎだに》の家は明日にでもすぐ畳んで、死んだ幾子はんの衣裳、家具一切から家の売《うり》代《しろ》まで、山科《やましな》から来ている向うの父親に渡してやることになっておます、この始末も秀助にさせまっさかい、承知しといておくなはれ」

喜久治は、返事を控えた。本宅伺いをすませた妾の養い扶持や家の買代《かいしろ》など一切は、奥内料《おくうちりよう》の中から女衆料《おなごしりよう》という名目で支出されているから、始末する時も、奥内の意向通りでよかったが、そこまで秀助にさせるのが気に食わない。

「お祖母はん、鰻谷の家の始末ぐらいわてが、周旋屋に頼んで、させまっさ」

と話を引き取ると、

「阿呆なこと云いなはんな、せっかく、通夜から葬礼まで、旦那が一切、顔出しせずにすましたんだす、もうあと、家の売代金に、手切金をつけて渡したら、それで、ことがみな終るのやおまへんか」

「え、手切金？」

「外囲いの女と縁切れする時は、どんな時でも、手切金を払うのが当り前やおまへんか」

「死んでしもうた者にまで手切金——」

喜久治は、葬礼車の窓から見えた幾子に似た老人の顔を思いうかべた。急死の電報一本で呼び寄せられ、相手の男にも会えず、用意された借着の喪服を着て娘を弔う老人は、呆《ほう》けたような力無い横顔を見せていた。喜久治は詰《なじ》るように、きのの顔を見たが、

「死んだ人にも、手切金を払うて、きれいに仏縁を切るもんだす、まさか、あんたが、仏祀りから墓詣《はかまい》りまで、でけしまへんさかいにな、何ごともしきたり通り、始末ぎれいにということだす」

きのは、納得させるような口調で云った。始末ぎれいにという言葉は、幾子が、好んで使った言葉だった。皮肉にも、その同じ言葉が、幾子の霊前に向けられている。

「始末ぎれいにでっか——」

喜久治が独り言のように呟《つぶや》くと、

「そうだす、今晩限りで、鰻谷の家を始末さして貰《もら》いまっせ」

ことの始末をつけるように云った。幾子が死んだ時、思いがけぬ優しい仏心を見せたきのであったが、今は、もう寸分の隙《すき》も見せなかった。喜久治は黙って頷いた。しきたりを守って、葬礼にさえ出なかったのであるから、今さら、手切金という名目や言葉の内容について、云い争うことなどなかった。

「ほんなら、秀助、ご苦労やけど、今から行って来てや」

きのは、秀助に初七日のお勤めを云いつけた。秀助は、さっき、喜久治が座敷へ入って来た時と同じように、喜久治の方へは視線をそらし気味にして、引き下がった。

秀助がいなくなると、きのは、急に声をしのばせ、

「ところで、あんた、幾子の葬礼を宗右衛門町の浜ゆうの二階から見送ったというのは、ほんまでっか」

喜久治は、戸惑ったが、隠しだてするよりはと判断し、黙って頷いた。

「よりにもよって、なんでそんなとこから見送りはったんだす？　まさか、そこにもう次の女が出来たというのやおまへんやろな、まあ、わてとしたことが、まだ仏はんの始末もつかんうちに腥《なまぐさ》いこと云うて……、もう、止《や》めとこ、うふっ――」

妙な含み笑いをすると、今度は、俄《にわ》かに表情を柔らげ、

「喜久ぼん、あんたは、今から、本町へ赤子《やや》のお七夜《ななや》へ行っておいなはれ、今晩は、里親が引取りに来てるよって――」

「やっぱり、わいが行かんなりまへんか」

喜久治は、幾子の死顔を見に行った時、葬礼屋に出会いそうになり、赤子の顔は見そびれたままになっていたから、子供に対する父親らしい愛情がなかった。

赤子は、きのの指図通り、通夜の晩から本町の別家へ預けられていた。本町の別家は、祖父の代に大番頭を勤めて暖簾《のれん》分けした別家であるから気はおけなかったが、昔気質《むかしかたぎ》の

七十近い別家夫婦の前で、妾に産ました子供のお七夜祝いをし、里親にも会って、挨拶の一言も云わねばならぬことは、喜久治にとって気重であった。

「なんぼ、別家でも預けっぱなしは、いけまへん」

促すようにきのが云った。

「ほんなら、ちょっと行って来まっさ」

腰をあげた途端、軽い眩暈《めまい》がした。腰をもとへ下ろすと、激しい息切れがした。

「喜久ぼん、どないしはりましてん」

喜久治は、かすかに首を振ったが、幾子の葬礼以来、毎晩のように浜ゆうへ行き、お福の前で正体もなく酔い痴《し》れた飲み疲れのようだった。絶え間ない二日酔いが積み重なり、深い疲労が体の中に澱《よど》んでいた。息切れが納まり、ゆっくり腰を上げかけると、

「喜久ぼん、あんた、きつう疲れてはるようやけど、幾子はんのことで参ってるのやったらあきまへんでぇ、これから先、何人女を持つか知りまへんけど、もし、女運が悪うて、次々に先死《さきじに》されたら、そんな気弱なことで、どないしはりますねん」

きのの声が、ぬえのような不気味さで喜久治を押し包んだ。自分の皮膚の温度を知っている女が、次々に体温を失って死んで行き、その度に、死顔を確かめもせず、一つ一つ同じ葬礼を出す——、喜久治は背筋が凍えて行くような肌寒さを感じ、きのから逃《のが》れるように席をたった。

本町の別家へ行くと、お七夜の朱塗りのお祝い膳を床の間に供え、その前に赤子を寝かせて待っていた。

子供は、赤い皺《しわ》だらけの顔をし、産衣《うぶぎ》の袖口《そでぐち》から、驚くほど赤い大きな手が見えた。子供の裾際には、里親になる泉大津《いずみおおつ》で足袋も商うている雑貨屋の中年の主婦が顔を上げずに坐っていた。別家の老夫婦は、

「お達者で、お七夜を迎え、おめでとうさんでおます」

と揃《そろ》って挨拶すると、その主婦も、同じように深く頭を垂《た》れた。別家の内儀が、床の間からお七夜膳を取って喜久治の前に置いた。喜久治は、御膳の上に載った奉書紙を取り上げかけて、はっとした。膳の内外《うちそと》が、べったり朱に塗られた無紋の膳で、氏素姓のない者の膳であった。嫡出子《ちゃくしゅつし》の久次郎のお七夜膳には、金箔《きんぱく》で丸に片喰《かたばみ》の家紋が印されていた。

奉書紙を持った手が、頼りなく萎《な》えた。

「どうぞ、ええお名前を——」

別家の内儀が、硯箱《すずりばこ》をすすめた。摑《つか》み取るように筆を持ち、

幾郎

としたためたが、字画に力が入らず、ぬめぬめと締まりなく、喜久治の醜く、うしろめたい心を映し出していた。

別家の内儀は、それを居ずまいを正して受け取り、雑貨屋の主婦に向き直ると、

「お名前は幾郎はんとおつけやした、ほかの里子と違うて、良家《ええし》の坊《ぼん》やよって、按配《あんばい》、お育てしてや、ほいで、何かことがあったら、みなこっちへ云うて来ておくなはれ、うちから、本家の旦那《だん》はんへ申し上げるさかいにな」

と伝えた。主婦は、また頭を深く垂れて、赤子の名札を受け取った。その間、皺だらけの赤子は、すやすやと眠り、大きな手を力強く握りしめていた。

「旦那はん、ほんなら、早速、お連れしてもよろしおまっしゃろか」

別家の主《あるじ》がほっとしたような語調で云った。きのからの依頼を、滞りなく果した安心感が見えていた。喜久治が承知すると、小肥《こぶと》りの主婦は、赤子を、羽二重のおくるみに包み、立ち去り際に、ちらっと顔を上げて、喜久治に目礼した。不細工な顔であったが、正直そうな澄んだ眼をしていた。

別家の内儀は、何を思ったのか、かすかに涙ぐんだが、喜久治は、こうした風景が、二度目であったから、一つの手続を終えるような思いで見送っていた。

第八章

幾子の百カ日が過ぎると、もう十月の更衣《ころもがえ》が目の前に迫っていた。足袋の商いも、更衣とともに、冬ものに入り、小売店の店先には、一斉に新しい冬足袋が売り出され、一般の街方《まちかた》では、足もとを買うは、お銭《あし》を買うに通じると云い、必ず、新足袋を購《か》う習慣があった。

喜久治は、この十月を目標にして、ここ三カ月程の間、色足袋の大量生産と小売店への売込みにかかりきっていた。ちょうど、最初の色足袋見本が出来上がった六月の初めに、幾子に急死され、一時は気折れしたように渋滞したが、六月の末からまた色足袋を売り出す思案を重ね、九月中旬には、重《おも》な小売店への納品を終っていた。あとは、十月朔日《ついたち》から小売店で売り出される反響を待つばかりであった。

小売店への納品数は、最初の見本引合わせの時より、実際の納品数の方が下廻った。不況の矢先だけに、小売店にしてみれば、商い先の解《わか》らない色足袋より、現に市場で売れている十銭足袋の方に安全度を求めていた。

そんな中で、佐野屋だけが、冬もの足袋として、色足袋一本の注文を出し、河内屋の製造卸し数の六割までが、佐野屋への納品であった。昨年の火事の最初見舞《はなみまい》を、義理固く忘れず、河内屋の挽回策《ばんかいさく》に、積極的に協力してくれているようだった。

取引電話がかかって来る度に、喜久治は、それとなく礼を云いかけると、佐野屋六右衛門は、「何を云いはりますねん、お互いに儲《もう》けが大事な商人だす、儲けられると思えばこそ、買い一本に出てまんねん、製造販売元の河内屋はんが、そんな弱気を吐きなはったら困りまっせぇ、わては、色足袋の専売店にでもなろう思てまんねん、ハハハハ」

景気附いた笑い声を残して、電話を切った。

喜久治は、佐野屋の期待を裏切らないだけの自信はあったが、何といっても、初もの商品だけに、実際に皮を切ってみないことには、商いの正味が解らない。勝負は、明後日《あさって》の十月朔日だった。

喜久治は、ふと思いついたように電話器を取った。まだ夕暮れに大分、時間があったが、ぽん太の屋形を呼び出した。受話器の向うに明るい張《はり》のある声が聞えた。

「わいや、今晩、一流どこを金柳《きんりゅう》へ揃《そろ》えてんか、久しぶりで、ぱっと散財や、六時頃がええ」

「どないしはりましてん、急に一流どこやて――、幾子はんの百カ日がすんでも、まだ気辛《きづろ》うて、お弔いの散財でっか」

「そんなことといい加減にしとき」

「ほんなら、なんぞ、お難しいご招待でっか」

「いいや、気軽にぱっと遊ぶだけや」

「へえ――、ほんなら、六時に金柳で――」

ぽん太は、腑《ふ》に落ちぬ語調で電話を切った。

喜久治は、結城《ゆうき》の縞《しま》ものに献上の帯を締めて店を出た。金柳へ行くと、ぽん太が、玄関へ出迎えた。

「急でっさかい、一流どこは五人しか間に合えしまへんでした、あとは、いま逢《あ》い状《じょう》を出して呼んでまっさかい、ちょっと待っておくれやす」

と断わり、奥座敷へ案内した。

座敷には、ぽん太の朋輩《ほうばい》芸者で、それぞれ人気のある芸者が五人、顔を揃えていた。

喜久治の顔を見るなり、

「旦那《だん》さん、今晩は、おおきに――」

銘々、賑《にぎ》やかに挨拶《あいさつ》し、ぐるりと喜久治を取り囲んだ。はんなりとした快さが、広い畳の上を埋めた。不景気に加えて、色足袋の製造販売に追われ、ここ三カ月余り、散財を遠ざかっていた喜久治は、眼の周囲《まわり》が赤くほてって来るような心の華やぎを感じた。

「さ、今晩は、久しぶりで、大散財やでえ、派手に騒いでや」

と手を叩《たた》くと、芸者たちは、奪い合うようにお銚子を取って、喜久治の盃《さかずき》へお酌《しゃく》した。お銚子が、みるみる座敷机の上に林立し、喜久治は浴びるように飲んだが、ぽん太は浮かぬ顔をして、坐っていた。

ぽん太は、突然の喜久治の大散財を、百カ日をすましても、日を経《ふ》るほど想《おも》い出が深くなる幾子の気晴らしと思い込んでいるらしい。ぽん太は、幾子の死を喜久治から聞いた時、「丸髷《まるまげ》なんか結うて本妻になりたがるさかい死罰《しにばち》あたってんわ」と毒づいたが、毒づくほど喜久治の憐《あわ》れみが幾子にかかるのを知ると、口にしなくなった。それでも時折、思い出したように「まだ死んだ人のこと思うてはりまんのん」と聞いた。ぽん太にとっては、自分より器量が悪く齢上《としうえ》の幾子が丸髷を結うて、女房のようにひっそり暮していたことを知り、それが深い恨みになっているようだった。

「どないしてん、ピカリのぽん太が、一向に光り輝けへんやないか」

もうこの頃では、ピカリのぽん太と異名を取り、喜久治も見馴《みな》れているダイヤ入りの義歯を指して笑ったが、ぽん太は、つうんと恰好《かっこう》のいい鼻筋を上向きにして、

「ピカリどころか、この頃は悲観《ヒカン》でおますわ」

あてこすったが、喜久治は取り合わず、

「そうか、ほんなら、一つ、ぽん太の悲観見舞も兼ねて、みなでおんごくしようやないか」

と云うと、五人の中で鴨居《かもい》に髷が触るほどの背の高い玉勇が、さっと起《た》ち上がって自分の絞りの帯揚げを引き抜いた。ほかの四人も帯揚げを引き抜いて起ち上がり、五本の帯揚げを一本の帯につなぎ合わせた。
「ぽん太はんも、早うおつなぎやす」
玉勇に声をかけられて、ぽん太も自分の鹿《か》の子《こ》の帯揚げをつなぎ合わすと、玉勇はその長い帯を輪状に結び合わせて、
「へえ、旦那はん、どうぞお入りやす」
喜久治を輪の中へ入れ、芸者たちは、輪の外側から帯を握った。
「さあて、さてさて、始めまひょ」
玉勇の華やかな切出しで、
〽一置いてまわりゃ、コチャ市立てぬ、天満《てんま》なりゃこそ市立てまする
〽二置いてまわりゃ、コチャ庭掃《は》かぬ、丁稚《でっち》なりゃこそ庭掃きまする
〽三置いてまわりゃ、コチャ三味弾かぬ、芸者なりゃこそ三味弾きまする
と唄いながら、喜久治を囲んだ帯の輪を、押したり、広げたりして、座敷をぐるぐる廻りはじめた。喜久治は輪の中で、嬌声《きょうせい》と白粉《おしろい》の香に蒸されながら、次は『御輿《おみこし》』をしてもらおうと思案していた。
おんごく唄《うた》を十まで数えた時、ぱたぱたと賑やかな気配がして新顔が三人揃って入っ

て来た。喜久治は、これを機会《しお》に、

「さ、次は、御輿してんか」

と云うと、芸者たちは思わず顔を見合わせたが、誰からともなく、先の帯揚げの輪を解《ほど》き、それで襷《たすき》がけをし、九人の手で花弁のような座を組み、その上へ喜久治の大きな体を載せた。

〽御輿しようか、しんどいな、それでも御利益《ごりやく》おまっせぇ、神仏の、ほんなら担《かつ》ぎまひょ、ワッショ、ワッショ
とかけ声をかけて、広い座敷を担ぎ廻り、一巡して畳の上に喜久治を下ろすと、芸者たちの手は、喜久治の重味で赤く充血していた。

「しんどかったやろ、ご苦労はん」

喜久治は、懐《ふところ》から花代と別に、祝儀袋を取り出し、

「御輿して、縁起をつけてくれたさかい、みんなにお賽銭払《さいせんはろ》うとくわ」

と銘々に配ると、玉勇が、思い惑うような気配で、

「旦那はん、縁起て、何の御縁起だす？　新しいお店開きでっか」

「いいや店開きやないけど、うちで造った色足袋を、順慶町の佐野屋はんで、明後日《あさって》の朝の九時から売り出すねん、みな朝起きしてや」

そう云うなり、喜久治は、ややふらつく足で、ぽん太に附き添われて金柳を出た。

新町の電車通りまで来ると、ぽん太は、足を止め、

「なんで、最初から、色足袋の商い披露《ひろめ》の散財やと、云うてくれはれしまへんねん」

と詰《なじ》った。喜久治は酒気に満ちた眼を柔らかく見開き、

「そんなこと始めから云えるかいな、飲んで、ぱあっと散財してるうちに、自然にでるもんや」

と笑い濁した。

翌々日、喜久治は何時《いつ》もより早い時間に眼を醒《さ》まし、目だたぬように店の間を通り抜け、表へ出た。横堀川沿いに南へ下り、順慶町の角を東へ折れた。そこから佐野屋の店先までは、二丁程の距離であった。喜久治は、足早に歩き、薬屋の袖《そで》看板のところまで来た時、あっと、かすかな声をあげた。

一丁先の佐野屋の大戸の前に万国旗のような華やかな彩《いろど》りが列《つら》なっていた。一昨夜、金柳へよんだ芸者たちが、朋輩や妹分の若い妓《こ》を引き連れ、今朝、初商《はつあきな》いの色足袋を買うために列《なら》んでいた。玉勇の大柄な体が先頭に見え、ぽん太も加わっていたが、さすがに気恥ずかしいのか、一番殿《しんがり》に随《つ》いていた。

「朝起きしてや」と喜久治が一言、頼んだ言葉の意味を汲《く》んで、夜の遅い商売にもかかわらず、朝列《あさなら》びしてくれたのだった。昔の花街なら、御《ご》贔屓客《ひいききゃく》から「朝起きしてや」と云われれば、初商いに朝列びするのがあたり前の礼儀であったが、今はそんな義理固い

作法が通じるかと、懸念《けねん》していた矢先だけに、喜久治は無性に嬉《うれ》しかった。

道行く人々は、花街の女たちが、時ならぬ時間に佐野屋の前に列んでいるのを、ざわざわと好奇な眼で見て行った。

そんな気配を知ったのか、佐野屋の大戸が、定刻より早く内側から、ぱっと大きく押し開けられた。みるみる女たちの列が華やかに崩れ、佐野屋の店内へ吸い込まれた。それにつれ、もの珍しげに佐野屋へ出入りする客の流れが、次第に多くなって行った。

年が明けると、色足袋の荷動きが目だって活潑《かっぱつ》になって来た。初商いに新町の芸者が朝列びして、華やかな話題になったことも一つの働きであったが、何よりも、相前後して百貨店から売り出された色ものの半衿《はんえり》が、色足袋の商いを有利にした。白衿に代って、淡い色ものの半衿が喜ばれるようになると、半衿と合わせた色足袋を履くことが流行になってきた。

思いがけぬ商機を得、やっと苦境をくぐりぬけると、喜久治は、久しぶりで、比沙子と競馬へ出かけ、爽快な気晴らしをしてみたかった。

三月はじめのうすら寒い日であったが、ワインレッドの出走するレースがあったから、喜久治は、約束通り朝から淀《よど》の競馬場へ出かけた。昼過ぎになると、鉛色に垂れ下がっていた雲が急に風を孕《はら》んで、黒い影のように競馬場を横切った。こんな日には、レースまで番狂わせになって来る。

さっきの障碍《しょうがい》レースでは、人気馬が二頭も同じ場所で折り重なって倒れ、草競馬並みの駄馬がぺたぺたとゴールインして大穴を出し、その次のレースでは、本命馬の騎手が、直線レースの追込みで、落馬し、瀕死《ひんし》の重傷を負った。スタンドの一般席はもちろん、情報通の馬主席にも、投げ出したような焦燥感が漂い、出馬表を四つに折って尻《しり》の下へ敷き、レースから下りる馬主もあった。

喜久治は、レースよりも馬場の真ン中を、黒く吹き抜けて行く風の行方に眼を遣《や》っていた。生温かい熱っぽさと不快な悪寒《おかん》が、大分前から、洋服を着た喜久治の背筋を濡《ぬ》らしている。一カ月程前に引き込み、ぐずぐずと癒《なお》りきらないでいる風邪のせいであった。そのうえ、気味の悪いレースの荒れ方が、よけいに喜久治の気分を重くした。比沙子は、傍に坐っている喜久治の様子に気附かず、憑《つ》かれたような表情で、荒れ続けているレースに視線を向けていた。

持ち馬のワインレッドの出馬は、まだ四番あとのレースであった。次第に肌寒さを加えて来るスタンドの中で、喜久治は、洋服など着て来た自分を後悔した。競馬へ行く時ぐらい洋服にした方がと、比沙子にすすめられ、心斎橋のロンドン屋で作ったフラノの三つ揃いであった。高商を卒業した当座は、時たま、洋服を着たこともあったが、足袋問屋が靴下を履く洋服では、恰好がつかず、そのうえ、きのと勢以が、体の形が露《あら》わになる洋服を下司《げす》な衣裳《いしよう》と嫌ったので、何時の間にか洋服とは縁切れになってしまっていたのだった。そのうち、もう一度着てみようと思いながら、お茶屋遊びが多くなり、和服の着流しが板についてしまったのだった。久しぶりにロンドン屋で作った服は、袖附けがゆったりと肩線にそい、着た時は快適だと思ったが、半日着ていると、やはり和服ほどの着ごこちのよさはない。何か身狭でゆとりがなく、上半身がすこすこと肌寒い。比沙子は、喜久治と揃いの生地で作ったブレザーコートを着ごこちよげに羽織っている。

「寒いことあれへんか、洋服など着ると、よけいに風邪引くみたいや」

と云うと、比沙子は、はじめて喜久治の方へ振り向き、

「あら、洋服の方が保温性があるはずよ、着馴れないから、そう思いはるだけやわ」

素っ気ない返事をして、またレースへ眼を向けた。さっきから番狂わせのレースで、狙《ねら》う穴、狙う穴が大きくはずれ、破り棄てる馬券の数が多くなると、比沙子は胃の腑《ふ》までざらざらと荒れて行くらしく、みるみるうちに皮膚の艶《つや》を失って行くのが、喜久治にもよく解《わか》った。比沙子はじりじりと買い進み、あと四番目のワインレッドのレースで一挙に優勝馬の賞金を取ろうと気負いたっているが、喜久治には、黒い不気味な風の吹き荒れる馬場に、そんな幸運が見舞って来そうに思われない。

「今日はあかん、もう帰《い》ぬわ」

喜久治は腋下《わきした》を伝う脂汗《あぶらあせ》の異様な熱さを感じた。比沙子は驚いたような眼をあげた。

「ぞくぞく寒気だつよって、わいは先へ帰《い》ぬわ、比沙子は、ワインレッドを観《み》て帰りい」

そう云うと、比沙子は、

「ええ、でも、何か悪いみたい――」

躊躇《ためら》うように云ったが、上げかけた腰をそのままおろした。ワインレッドに気残りしているのであった。

スタンドから起《た》ちあがり、階段を、五、六段降りかけると、軽い眩暈《めまい》がし、立ち止まった。突然、スタンドがどよめいたせいかと思ったが、そうではなく、額に脂汗が滲《にじ》み、胸苦しさが激しかった。とっさに引っ返しかけたが、通路の人混みがかき分けにくく、また、のろのろと用心深く階段を降りた。

馬券売場の横の広場へ出ると、さらに眩暈が激しくなり、吐気を催した。人気のないのを見すまし、喜久治は、そこへ踞《うずくま》った。眼の前を、通り魔のような黒い風が、砂埃《すなぼこり》を巻き上げて、吹き抜けて行った。

「どないしはりましたの」

うしろから比沙子の声がした。

「一緒に帰りますわ、今日みたいな妙な日は、うっかりしたら、ワインレッドまで足を折りそうやわ、今日のレースは放って、無理せんようにと、厩舎《うまや》へ云うて来ましたわ」

そう云うなり、喜久治の前へ廻り、腕を取って一等館の出入口まで歩き、そこに止まっていたタクシーを拾った。

車の振動が、何時もより大きく感じられた。比沙子の膝《ひざ》の上に頭をのせ、仰向けになっているせいかと思い、体を起しかけると、比沙子は、黙って、押し止め、ネクタイを緩め、喜久治の胸もとをゆるやかにはだけた。吐気はおさまったが、体の寒気は激しくなる一方だった。熱っぽい瞼《まぶた》を閉じて耐えていると、窓外が騒がしくなり、大阪市内へ入ったようだった。薄く眼を開くと、比沙子は、膝の上に喜久治を載せたまま、両手をだらりと垂れ、ものに憑《つ》かれたような視線を窓外に向けていた。

それは、一馬身、一馬身を離して疾走《しっそう》して行く穴馬を追う時の、青い光を帯びた比沙子の眼だった。さっき、喜久治に、今日のレースは放りましたと告げながら、その実、比沙子は、レースを放らずに、競馬協会の懇意な事務員にでも、馬券を買わし、厩舎へはワインレッドを勝利に導くように厳命して来たのかもしれなかった。比沙子は、喜久治から、幾子の死を聞いた時も、全く他人ごとのように、「一人減ったのね」と呟《つぶや》き、すぐ話題を人気馬になりつつあるワインレッドに転じた。そんな比沙子のことであるから、喜久治を膝の上に載せていることも忘れて、ちょうど今ごろ走っているワインレッドに、大きく賭《か》けているのかも知れなかった。むくれるように厚い唇の上で、二重瞼《ふたえまぶた》の黒い眼がさらに異様な青味を帯びていた。

比沙子は、急に停車を命じた。激しく振動して車が止まると、

「もっとお送りしたいけど、お店までもう少しやから、この辺で失礼しますわ、お風邪、私の責任みたいでつらいけど、お大事に——」

喜久治の胸もとをなおすと、運転手に道順を説明して車を降りた。

車は助右衛門橋を渡って、二丁程入った河内屋の前で止まった。喜久治は頼りない足もとで車を降り、肩で息をつきながら上《あが》り框《がまち》へあがった。出迎えたお時が、抱えるようにして旦那部屋へ運び、手早く床を敷き、洋服を脱がしにかかっていると、きのの声がした。

「なんだす、大げさな、こんな気違い天気に、洋服なんか着てのこのこ出て行くさかい、風邪を引きまんのや」

叱《しか》りつけるように云い、枕《まくら》もとに坐って、喜久治の額を触った。

「あ、えらい熱——、お時、すぐお医者はんや、ほいで、勢以を呼びぃ」

お時の足音と入れ違いに、母の勢以が入って来、同じように額に手を当てるなり、

「喜久ぼん、しっかりしぃや、お母はん、どないしまひょ、わて……」

おろおろと狼狽《うろた》える気配がした。

「今すぐお医者はんが来てくれはる、慌《あわ》てんと、片一方ひっ張りなはれ」

きのは、勢以に手伝わせて、脱ぎさしになっていた洋服を、剝《は》がすように脱がせ、タオルの寝巻に着替えさせた。喜久治は、ものを云う力もなく、ぐったりして、されるままになっていた。

聞き馴《な》れない男の声がし、消毒くさい臭《にお》いが近附いた。氷のような冷たい手が、何度も熱い体に触れた。

「肺炎です、風邪をこじらせて熱が高いですから、すぐ温湿布の用意をして下さい」

医者の低い声が聞え、喜久治の腕に注射の痛みがしたが、体中が灼《や》けるように息苦しい。身をよじらせると、そこから引き裂かれるような疼痛《とうつう》に襲われる。枕もとで医者が何か云ったが、聞き取れない。そのまま、意識の混濁して行くのが解った。喜久治は、それを振り切るように踠《もが》いた途端、暗い眼先に、六尺近い髭面《ひげづら》の男が起ちはだかっていた。軍服の上に白衣を着た男であった。まる裸になって、検査台の上にたった喜久治の白い大きな体を嘲《あざけ》るように見据えたあげく、「なんだ、図体ばかりぶよぶよ膨れ上がって丙種か、貴様、なっとらん！」と云うなり、力まかせに喜久治を突き飛ばした。不様によろよろとよろけながらも、やっと元通りの姿勢に支え直すと、「ついでに鍛えてやる！」と横合いから、ぐいと押し倒された。踠けば踠くほど、四方八方から手が伸び、突き飛ばされ、小突き倒され、急に冷たくなった。わっと大きな声をあげて眼を開くと、お時が額に氷嚢《ひょうのう》を載せていた。

高熱で魘《うな》されていたのだった。口を開きかけたが、唇が粘りついてものを云えない。諦《あきら》めて眼を閉じると、熱っぽい眠りに陥《おちこ》み、部厚な幕に掩《おお》われた。どれだけか経《た》った時、その厚い暗緑色の幕を一枚、一枚めくり取るようにして、お福、ぽん太、比沙子の美しく粧《よそお》いした顔が順次に映り、それぞれの掌《て》から白いものがだらりと垂れ下がっている。眼を凝らして見ると、長い巻紙であった。喜久治が何か云いかけると、向うからすり寄っと来て、銘々、長い巻紙を広げた。遺言状を書いてくれというのである。喜久治は、筆を取って書きはじめた。女たちの云う通りに、何度も、何度も書き記したが、書いたあとから巻紙が、するすると延びて行った。みるみる喜久治の手が激しく痺《しび》れ、鉛色に硬直して来た。うっと呻《うめ》いて、眼を醒《さ》ますと、今度もまた夢見であった。

びっしょり濡れた背中を、お時が乾いたタオルで拭《ふ》いた。反対側に人の気配がした。眩《まぶ》しそうに眼をその方へ向けると、夢に見た女たちではなく、きのと勢以であった。

「喜久ぼん、もう、大丈夫でっせ、二晩越したさかい、わてはまた、お父はんみたいになれへんかと思うて……」

母の勢以は、涙っぽく口ごもったが、きのは、何時ものように落ち着いた声で、

「あとはもう、気長に養生することだす、先生がそない云うてはるさかい、三カ月程、安静にせんなりまへん、それから、これを機会に洋服は止《や》めなはれ、あんな二本足の案山子《かかし》みたいなもの着て、どこへ行ったんか知らんけど、のこのこ出て行くさかいに、肺

炎なんかになりまんねん」

洋服と肺炎の関係は、妙なこじつけであったが、きのはこわい顔をして云った。喜久治は、二晩も高熱に魘されていたことが不思議だった。何時の間に、そんな長い時間が経ったのか、そう云えば、どの夢も妙に長い夢見のようだった。それにしても、白くするすると延びる巻紙の遺言状は、一体、何を暗示しているのだろうか、喜久治は云いようのない不気味さを感じた。

高熱がひき、一日中、じっと安静にしている日が続くと、家を空けていた時に気附かなかった、奥内《おくうち》の様子が手に取るように解った。きのと勢以は、毎朝六時になると、申し合わせたように御寮人《ごりようん》部屋と離れの御隠居部屋から起き出し、女中の整えた手水《ちようず》を使い、小一時間かかって化粧と結髪を終え、前栽《せんざい》の女稲荷様《おんないなりさん》に厚揚げを供えて祝詞《のりと》をあげ、小学校へ行く久次郎を起して朝食にする。九時過ぎから上女中のお時と、下女中頭のお清を呼んで部屋中に反物を広げ、お針部屋へ渡す縫物の段取りや、出入り商人への用などを云いつける。昼からはお稽古《けいこ》ごとや、芝居や三越へ出かけるのだったが、ここ暫《しばら》くは喜久治が寝込んでいるせいか、芝居や三越行きはなく、お稽古ごとも三味線と琴は取りやめにして、お茶とお花だけを隔日に稽古し、稽古ごとのない日は学校から帰って来た久次郎を相手に遊んでいる。こんな判で押したような他愛《たわい》ない一日であったが、きのと勢以は飽く風もなく、いそいそと毎日を楽しんでいる。たまに退屈になったり、不機嫌になったりすると、お時が四季のもの遊びを考えて、二人の気をまぎらわせるように勧めた。

奥内と表の連絡は、お時と秀助の役目で、中の間が取次ぎ場所であったが、つい多忙さにかまけて、通庭《とおりにわ》や廊下でたち話することがあると、きのと勢以は不機嫌になった。どんな場合にでも、しきたり通り、作法通りに行なうというのが、二人の信条であった。それだけに家の中は、家具道具類の整頓や掃除だけでなく、人のつながりや諸事作法にまで折目が通っていたが、喜久治は窮屈な息詰りを感じた。

少し体がよくなりかけると、忘れようと努めている女たちのことが、頻《しき》りに想《おも》い出された。お福と比沙子は、本宅伺いをすましていないから仕方のないものの、表だって囲われているぽん太ぐらいは、附添婦になって看護に来てくれるかと思ったが、時代の差か、君香が父を看取《みと》ったような尽しようは得られなかった。妾宅《しょうたく》からの電話は、病気や出産などの急用以外は、向うからかけて来られぬことになっているとは云い条、一カ月も姿を見せぬ喜久治を、諦めたように居待《いまち》している女たちが、辛抱強いというのか、無関心というのか、喜久治の気に障《さわ》った。

ぱっと気晴らしになることが欲しかった。喜久治は、思案したあげく幇間《たいこもち》のつる八を思いついた。

早速、きのと勢以に、つる八を呼んで落語でも語らせたいと云うと、寝てできるこ

となら と賛成した。

お時に電話をかけさせると、五時前であったのに、都合よく検番につる八がいて、すぐ参上しますと云ったが、小一時間経った頃、やって来た。何時《いつ》もは、座敷うちへ上る前から、賑《にぎ》やかな愛想笑いを振り撒《ま》くつる八であるのに、病気見舞というせいか、部屋の隅に引き廻した屛風《びょうぶ》の陰から、そっと顔を出し、膝行《いざ》るようにして、三枚重ねの敷蒲《ぶ》団《とん》のそばに寄り、

「幇間《たいこもち》がのこのこお店へ参上するというわけにもゆかず、お見舞のご挨拶《あいさつ》が遅うなりまして、御無礼でおました」

と神妙な構えで挨拶した。

「なんや、まるで通夜《つや》の客みたいな顔をしてるやないか、もっと景気よう来てんか」

「へえ、それは、ご用命次第でおまして、けっけっけっ」

お神楽獅子《かぐらじし》のように歯をむき出し、奇妙な声をたてた。お時は俯《うつむ》いて、笑いを嚙《か》み殺していたが、耐えられぬらしく、茶を運ぶ振りをして席をたった。つる八は得たりとばかり、膝を前にすすめ、

「旦《だん》那はん、ところで今日のご用は」

「うん、お福はどないしてるねん」

「そうやろと思いまして、いま浜ゆうへ寄って参じましたら、昔から旦那はんが、突然、

十日以上もお見えやなかったら病《わずら》いやと思うてお詣《まい》りしぃ云う諺《ことわざ》がありますやろと云いはり、これを、ことづかりましてん」

つる八は懐《ふところ》から小さな袱紗《ふくさ》包《づつ》みを出して、喜久治の枕もとへ置いた。掌《てのひら》に入ってしまうほどの小ささであった。開いてみると、懐紙に包まれた金襴《きんらん》の守り袋であった。懐紙に筆太な筆跡で、『ふく』としたためてあり、そのたっぷりした墨色にお福の深い女心が滲み出ていた。ふと、涙もろくなるのを耐え、

「つる八、退屈でかなわん、家で寝てて遊べる方法あれへんか」

「へえ――、家で寝てて遊べる方法――」

つる八は、しばらく首をかしげて考え込んでいたが、突然、ぽんと膝をたたいた。

「おまっせぇ、落語ばなしやないけど、枕もとへ電話をひいて、電話一本で散財おしやす」

「え、電話で散財――」

「けっけっけっ、まあ、わてに任しておくれやす、旦那はんは、明日の夕方までに、この向うの廊下におました電話を枕もとまで引き込んでおくれやす」

とだけ云い、あとは独り心得顔をして、その日は帰って行った。

翌日、約束の時間になると、つる八は、袷《あわせ》の着物に無双羽織を重ねたお座敷姿でやっ

て来た。座敷へ入るなり、

「旦那はん、準備は極上《ごくじょう》でおますなあ」

と云い、喜久治の枕もとの電話に眼を光らせた。つる八の提案通り、廊下の電話のコードを延ばし、枕もとへ引き込んだばかりであった。

「うん、奥内《おくうち》もな、電話一本で散財でけるのやったら体に障れへんと云うてくれたんや、それにしても、わいが、なんで、もっと早う思いつけんかったんやろ」

「けっ、けっ、けっ、こんなことまで思いつかれたら、幇間の出場がおまへんわ」

と得意がり、ふと気附いたように、

「旦那はん、御膳は？」

盃《さかずき》を傾ける手つきをした。

「そら、あかん、酒はまだ飲まれへん、そんなことしたら、お医者はんも奥内も、えらいこっちゃ」

「いや、そうやおまへん、お銚子の中へ、お茶《ぶぶ》を入れて、盃の真似ごとをしまんねん、ついでに、旦那はんのお口に合うおつまみものも、要りまんなあ」

喜久治は、つる八の云う意味が解った。敷居際に坐って、当惑しているお時に、

「お茶と御馳走《ごっとう》だけやったら、かまへんやないか、すぐ、持って来てんか」

気忙《きぜわ》しくせきたてると、お時は、躊躇気味《ためらいぎみ》に座をたったが、暫《しばら》くすると黒塗りの御膳

を運んで来た。

脚附きの御膳の上には、古九谷《こくたに》の銚子と盃、料理は急ごしらえの鰹《かつお》の刺身、海老《えび》と蕗《ふき》の煮合わせにうどの酢の物。毎日、贅沢《ぜいたく》な料理を食べ馴れていたが、一カ月振りにお銚子と盃の形を見ると、喜久治は、俄《にわ》かに病《やま》い気《け》を忘れかけた。

枕もとの電話器が、けたたましく鳴った。お時が取りかけるのを、横合いからつる八がさっと取り上げた。

「へえ、旦那はんはさっきからお待ちかねだす、へえ、御気分はよろしおます、ほんなら、昨日、打ち合わせましたように一つお賑やかに、へえ、今、旦那はんとお代りしまっさ」

つる八は、早口にぺらぺらと喋《しゃべ》り、受話器を置くと、うしろへ廻って喜久治の体を起し、背中に羽二重の掻巻《かいまき》をかけ、脇息《きょうそく》を置いて倚《よ》りかかりやすくしてから、喜久治に受話器を渡した。

「もしもし、わいや、喜久治や」

脇息に肘《ひじ》をつき、やや固い声で云うと、

「ぽん太だす、えらい御無沙汰してまして、辛うおますけど、そちらのお家《え》はんと御寮《ごりょう》人《ん》はんが恐《こお》うて、今日ようなりはるか、明日ようなりはるかと心待ちして、よう参じまへんねん、きつう、きつう、堪忍《かんにん》だっせぇ、お電話かて、奥内を通さんなりまへんし、旦那はんもご自分でかけられしまへんでっしゃろ、そいで、つい……」

急に涙声になったが、強いて気を引きたてるように、

「ほんなら、御注文通りの大散財をさしてもらいまっさ、米田屋のお座敷に、一流どこが、ずらっと十人揃《そろ》うてくれてはりますねん」

「一流どこて誰々やねん」

喜久治は、湿っぽいぽん太の謝りより、その方が気になった。

「唄が玉勇はん、梅弥《うめや》はん、小春はん、三味線が千代福はん、駒代はん、染葉はん、それに、踊りが福助はんと君しげはん……」

ぽん太が、一人一人の名前をあげる度に、背後で、「今日は、おおきに」という華やかな声が聞えた。

米田屋の広い二階座敷に裾《すそ》をひいて坐っている芸者たちの美しい姿が、鮮やかに喜久治の眼に泛《うか》んで来た。

「ほんなら、最初は玉勇はんの声で、小唄ぶりでいきまっせぇ、散財気分がお出やすように、旦那はんに見えしまへんけど、合い舞も入れまっさ」

「そうや、一カ月ぶりの散財やさかい、踊りも入れて、ぱあっとやってんか」

「へえ、ほんなら、チントン 〽伽羅《きゃら》のかおりとこの君さまは チンチンチンいく夜《よ》とめても チン わしゃ泊めあかぬ 寝てもさめても ツンテン 忘られぬ チリリンチ

リリントンツトン――」

玉勇の渋い粘りのある声が、爪弾《つまび》き三味線《いと》にのって受話器を震わせ、唄と地方に合わせて踊る合い舞の手が、眼に見るように感じ取られた。喜久治は、受話器を持った左手を耳にあてて口三味線をとりながら、右手の箸《はし》で膳の上の料理をつついた。

「次は、何やりまひょ」

調子附いたぽん太の声がした。

「そうやな、次はぽん太や、何でもええさかい歌い」

と云うと、電話の向うで、一瞬、恥じらうような躊躇《ためらい》をしたが、

チントンシャン

前弾きが入り、ぽん太のまろい張《はり》のある声が歌い出した。

〽ほととぎす　いつしか白《しら》む短夜《みじかよ》にチンチン　まだ寝もやらぬ手枕《たまくら》や――

色っぽい小唄ぶりに託して、女の恨みつらみを伝えているようだった。喜久治は、膳の上の盃を取った。すかさず、つる八がお銚子をとって、盃を満たした。中味は茶《ぶぶ》とはいえ、久しぶりに持つ盃であった。喜久治は思わず、きゅうと口をつぼめた。

〽男ごころはむごらしい　チンチン　女ごころは　そうじゃない――

身をすり寄せるような艶《つや》っぽい節まわしだった。ごくりと、盃の茶《ぶぶ》を空けかけると、

「へえ、毎度おおきに、何時《いつ》も御無礼さんで、いえ手前こそ」

突然、手代《てだい》の角七の声がした。

「阿呆、話中や、引っ込んどりぃ！」

と怒鳴ると、聞き馴れぬしゃがれ声で、

「何、どっちが阿呆や、女ごころがどないした云うのや、こっちは商売の話をしてるのやぞォ、馬鹿たれ！」

と怒鳴り返した。びっくりして、

「いや混線だす、すんまへん」

と詫《わ》びを云うと、

「いやらし、旦那はんが、番頭はん並に、すんまへんなんか云いはって」

お俠《きゃん》なぽん太の声がした。

「いや混線したんや、すぐ続けてんか、チチリテッツレト　ツンテン――」

今度は、喜久治の方から口三味線をとると、電話の向うが、さらに賑やかになり、『晴れ雲』『黒髪』『磯節《いそぶし》』と続けさまに出し芸し、受話器をもっている喜久治の手がだるくなって来た。

「ちょっと待ってや」

左手の受話器をつる八に持たせ変えていると、

「一ぺんにお遊びやしたら、お疲れが出まっさかい、また明日か、明後日《あさって》のことにでもしはったら――」

ぽん太が心配そうに云った。

「そうやな、ほんなら、今日はこの辺にしとこか、花代と別に、たんと祝儀《しゅうぎ》をつけといてや」

と犒《ねぎら》うと、電話口に人の代る気配がし、

「旦那はん、玉勇だす、電話で散財など、わてはじめてだすわ、面白う遊ばして戴《いただ》いたうえ、銘々にたんとお祝儀おおきに、お大事におしやす」

と挨拶をすると、ほかの芸者たちも、入れ代り電話口に出て、賑やかに挨拶した。その度に、お茶屋の起《た》ち際《ぎわ》のように座敷畳の上を、たったり、坐ったりする芸者たちの華やかな雰囲気が耳に入った。喜久治は、受話器を持って、一々、うん、うんと頷《うなず》きながら、茶屋遊びいうものは、するからには、金でできる遊びを全部買わんと嘘《うそ》やと思った。

「どないだす、旦那《だん》はん」

つる八は受話器を受け取りながら、得意そうに聞いた。

「ええ思いつきや、ついでにラジオの番組みたいに、電話散財の演《だ》しもんや出演の芸者番組も作っといてや」

と云い、病人らしくない機嫌のいい声を出して笑った。

この電話散財も一カ月ほど続くと、喜久治はまた、そろそろ、退屈になって来た。そのうえ、恢復期《かいふくき》に向かうと、急に女たちのことが強く思い出された。ぽん太とは、三日にあげず、電話散財をしていたが、お福と比沙子には、全然、連絡を取っていなかった。枕もとへ電話を引き込んだのだから、それで簡単に呼び出せたが、本宅伺いをすませていない陰の女に、家中《いえなか》から旦那自らじかに電話するのは、みっともなかった。取引先へかける時でも、最初から旦那が出ず、番頭が出て、「只今、手前どもの主《あるじ》と代りまっさかい」というしきたりであったから、電話散財のような遊びでなく、女へ呼びかけ電話をする時は、お茶屋か、料理屋へ行ってかけるのが、老舗《しにせ》の旦那の見識であった。

喜久治は、この旦那らしい見識にこだわり、枕もとに電話がありながら、電話をかけなかった。それでもお福とは、声を聞いて話し合わなくても、おふくと、口の中で呟《つぶや》いてみるだけで、お福の白い体が、はらりと喜久治の上に降り落ちて来るような心の火照《ほて》りを感じた。ところが、比沙子のことになると急にぼうっと輪郭がぼやけた。カフェー赤玉ではじめて出会った時の驕慢《きょうまん》な顔つき、競馬場でのものに憑《つ》かれたような青味を帯びた眼など、部分的には思い出せたが、喜久治と比沙子との結びつきになると、俄《にわ》かにぼやけてしまう。喜久治は、単に、競馬狂の女という面白さにだけ惹《ひ》かれて、持馬をぽんと一頭買ってやり、比沙子の方は、単に持馬一頭を買って貰いたさに結びついたのだろうか。喜久治は今さらのように、自分と比沙子の結びつきの曖昧《あいまい》さと底の浅さを感じた。しかし、それだけに、妙な新鮮さもそこに残されているようだった。

喜久治は、床の上に坐り、前栽《せんざい》の植込みの葉先へ眼をやりながら、とめどもなく女たちのことを考えていた。五月の明るい陽ざしに埋った庭先に比べて、家の中はひっそりと静まりかえっている。女の子のように甲高い久次郎の声も聞えず、きのと勢以のしゅるしゅると鳴らす衣《きぬ》ずれの音も耳に触れないのは、朝から芝居見物に出かけているのだった。ここ二カ月は喜久治の病気に気兼ねして遊びに出かけなかったが、床の上に起きられるようになると、待ち構えていたように久次郎を連れ、お時を伴《とも》にして、派手に出かけて行った。その現金さが気に障《さわ》ったが、死んだ父の病床中に、平気で芝居見物に出かけたきのと勢以を思えば、まだしも、一人息子で商い主である喜久治には、養子であった父より、いささかの遠慮を示しているのかもしれなかった。

植込みの向うに、襷《たすき》がけした女中の姿が見えた。そこだけが低い庭木になっているから、衣裳《いしょう》蔵の重い扉を開き、衣裳櫃《びつ》を取り出して衣類の手入れにかかるのが見通せた。何時もは、日曜日ごとにお時がする仕事であったが、今日はお清が代ってしている。馴れないせいか、ひどくのろのろとした動作であった。急にお清が植込みの方を振り向いたかと思うと、植込み横の通庭《とおりにわ》からつる八が下女中に案内されて来た。つる八は床の上に坐っている喜久治の姿を見るなり、

「旦那はん、そんな無理しはって、よろしおますのんか」

「もう二カ月目で、そろそろ床上げするところや」

と云い、退屈そうな顔をした。つる八は、気敏《きざと》くそれを見て取り、

「またなんぞ変ったことを考えんなりまへんなぁ」

縁先に腰をかけたまま、頭をかしげた。平家蟹《へいけがに》のように赭《あか》い扁《ひら》たい顔の中で、金壺眼《かなつぼまなこ》が真剣に光ったが、すぐさま名案が思いつかぬらしい。

喜久治は、大きな欠伸《あくび》を嚙《か》み殺しながら、衣裳蔵の方を見た。蔵庇《くらびさし》の陰に色とりどりの衣類がぶら下がっている。たらりと袖《そで》を垂れた着物の中で、フラノの洋服が眼についた。仕立ておろしで淀《よど》の競馬場へ着て行った日に風邪をひき、それから肺炎になった曰《いわ》く附きの服だった。

「お清、お清」

前栽越しに二度呼んだが、気附かぬらしく、赤い襷をかけた肩を忙しく動かしている。三度目につる八が、

「お清はん、旦那はんが呼んではりまっせぇ」

馴れ馴れしく大きな声で呼ぶと、慌《あわ》てて襷をはずし、廊下を廻って来た。

「庇へ吊《つる》してるわいの服、ここへ持っといで」

お清は、もじもじと躊躇《ためら》った。つる八も驚いたように喜久治の顔を見た。

「着て出ぇへん、見るだけやさかい、持って来《き》ぃ」

と云うと、やっと安心したらしく、フラノの三つ揃いを抱えて来た。

「つる八、これお前にやるわ」

喜久治は、眼の前の服を顎《あご》で指した。

「え、わてに？」

「これ着て行った日に病気になったんや、こんな縁起の悪い服、要らんわ」

「そんでも、旦那さん、これは舶来で新《さら》やおまへんか」

「そうや、英国製で一回着たきりや、これやるさかい、すぐ着て、わいの代りに赤玉へ行って来てんか」

「へえ、そうすると、今度は、旦那さんの服を着て、身代り散財という新趣向でんなぁ」

素早く勘を働かせ、つる八は縁側へ上がって、廊下の隅で着替えはじめたかと思うと、襖越《ふすまご》しに喜久治の部屋へ首だけ出して、

「旦那さん、わてにお針箱を貸しておくなはれ」

「どないするねん、針箱なんか」

「へえ、ズボンが浅野内匠頭《あさのたくみのかみ》みたいでっさかい、みあげ（縫い上げ）せんなりまへんねん」

「よっしゃ、貸したるさかい、こっちへ出て来《き》ぃな」

と云うと、つる八は、わざと浅野内匠頭の長袴《ながばかま》のようにズボンの裾をひこずって、喜

久治の部屋の中へ入って来た。上衣《うわぎ》の袖口も三寸程だらりと垂れ下がり、その上に金壺眼の赭ら顔が載ると、まるで猿公《えてこう》の借衣裳のような珍妙さであった。

「ふふふふ、よう似合うわ、それで行って来てんか」

「そんな殺生《せっしょう》な、ちょこちょこっと、みあげさしておくなはれ」

「ほんなら、うちのお針《はり》女を呼んだるわ」

お清に呼びに行かせかけると、

「いえ、わては裁縫が上手だすねん」

と断わり、針箱を受け取ると、女のような器用さで、ズボンと洋服の袖を縫い上げして、ワイシャツ、ネクタイ、靴下も喜久治のを着用に及んだ。

「どないだす、これで恰好《かっこう》がつきましたやろ、ほんなら、行って参じまっさ、わての着《べ》物《べ》は預かっといておくなはれ」

風呂敷包みにして、お清に預けてから、

「ところで、旦那さんのおことづけの口上は」

「あのな、比沙子に会うたら神妙な顔して、この洋服に見覚えがおますやろ、一昨日、旦那さんの遺品《かたみ》に戴いたんだす、ほんまに人の命というものは……と、ほろりとやり、それがすんでから弔い酒やいうて散財するのや」

喜久治が、悪企《わるだく》みを楽しむようににたにたしながら云うと、

「けっけっけっ、途中で目薬買うて行きまっさ」

つる八は相好をくずして、いそいそと出て行った。

喜久治は、床の上にごろりと仰向けになり、独《ひと》り笑《わら》いした。縫い上げをした服に、文数の合わぬ靴ずれしそうな喜久治の靴を履《は》き、ひょこひょこと道頓堀の赤玉へ出かけたつる八が、どんな顔をして喜久治のことづけを伝えるかと思うと、何度も笑いがこみあげて来た。

お清の運んで来た夕食の膳をすませ、『浪花《なにわ》夜ばなし』をパラパラとめくっていると、玄関の方から慌ただしい人の気配がした。きのや勢以にしては、帰りが早過ぎるし、女中達の出迎える様子も無いと思っていると、つる八であった。三時間ほど前に着せてやった新調の服が、びっしょり、地図になって濡《ぬ》れ、頭の頂から滴《したた》る雫《しずく》で、薄い毛がみみずのように額へ貼《は》りついている。

「どないしてん、その恰好——」

「えらいことだす、この服見せて、旦那はんの遺品《かたみ》やというた途端、比沙子はんは、ライオンみたいにわっと吼《ほ》え泣きしはって、それからは、もう鯨みたいにがぶがぶ飲んで、へべれけになって、わいから他《ほか》のお客にまで、頭からビールをぶっかけて大騒ぎだす」

「ほんで、どないしてん」

「慌てて、今のは嘘《うそ》や、冗談やと云うたら、あんたがこの服着てるわけがない、馬と洋服だけ押しつけて、一言の連絡もなしに死にはるとは馬鹿にしてる、こっちも負けんと死ぬ死ぬと口走りはるさかい、ボーイさんに聞いて、今、一緒に谷町のアパートへ送り込んで来ましてんけど、何やほんまに死にはるのやないかと思うて、気色悪うなって、飛んで来ましてん」

つる八は、気懸りそうに告げた。

「まさか、そんな阿呆《あほ》な――」

「いや、ほんまだっせぇ、ボーイに十円もチップはずんで、カルモチンを買いに行かした云いまっさかいに――」

「え、カルモチン」

喜久治は、暫《しばら》く考え込んでいたが、

「お清、わいの着物《べべ》や」

「旦那さん、お家《え》はんが――」

「阿呆、人が死ぬかも解《わか》れへん時や、お家はんも、くそもあるかい、用意しんかいな！」

と怒鳴りつけ、次の間の簞笥《たんす》から、自分で着物を引っ張り出し、つる八が手早く着附けを手伝った。店の間を通らず、奥前栽の裏木戸から外へ出、通り合わせたタクシーを拾った。車の中へおさまってから、喜久治は、突然、不安に襲われた。

退屈しのぎの悪戯《いたずら》が過ぎたんやないやろか、あいつは何をしでかすか解れへん女や、もし警察沙汰にでもなったら――。

喜久治は、不吉な思いを祓《はら》い落すように頭を振った。

明るい商店街のすぐ向うは、急にひっそりした暗がりになり、車の両側に街路樹の繁《しげ》みがかぶさった。その暗がりを走り抜けると、また明るい街燈に照らされた。暗がりと明るみが交互に置かれている細い舗道を走りながら、喜久治は重苦しい思いに取り憑《つ》かれていた。驕慢で自我の強い比沙子が、まさか、つる八の一言を簡単に信じ込み、あっ気なく自殺などする筈《はず》がないと頭から否定してかかったかと思うと、すぐまた、その反対の強い不安が、舗道に置かれた明暗のように喜久治の心の中を交互に大きく占めた。

谷町筋を上り、毒々しいネオンサインをつけた喫茶店の角を折れると、アパートの前であった。つる八が停車を命じると、車は、霊柩車《れいきゅうしゃ》のような不気味な軋《きし》みをたてて停《と》まった。喜久治は、二階の比沙子の部屋を見上げた。電燈が消えて、真っ暗であった。両側の部屋から強い燭光《しょっこう》が輝き、そこだけ灯りを失っている比沙子の部屋は、生命を失ったような暗さに包まれている。

管理人室の前を通り抜け、二階へ上がった。扉のガラスも真っ暗である。ノックしてみたが、返事がない。つる八が腰を屈《かが》めて、鍵穴《かぎあな》へ眼をあてた。

「おかしいでんなぁ、さっき、送って来た時、電燈を点《つ》けて帰りましてんけどな、あの酔い方では、まだ酔いざめのしはる筈おまへんのに――」

喜久治は、思いきって扉を押した。かたっと内鍵《うちかぎ》のはずれる音がして、扉が開いた。中へ入ってみると、入口際の台所の板の間も、次の四畳半も真っ暗であったが、奥の六畳の細く開かれた襖の間から、薄明かりが洩《も》れている。

「比沙子、わいや」

喜久治は、救われたような思いで呼んでみた。しかし、返事はなく、人の動く気配さえない。

「つる八だす、旦那はんのお伴して参じました」

重ねて声をかけたが、薄明かりの中はしんと静まりかえっている。喜久治が先になって、躓《つまず》かぬように歩き、六畳の間の襖に手をかけた途端、喜久治は、あっと息を呑《の》んだ。豆電球の小さな光の輪の下に、比沙子の顔が蒼《あお》ざめている。枕《まくら》もとにカルモチンの空《あき》箱《ばこ》が散らばり、真っ白なシーツの上に、ワインレッドのガウンを着た比沙子が仰向きになったまま動かない。ガウンの赤さが、暗い光の下で死花《しにばな》のように紫じみ、形のいい鼻筋の両側が、青黯《あおぐろ》い陰に隈《くま》どられている。昏睡《こんすい》か、それとも死か――。

一瞬、喜久治の全身が凍りつき、そのまま影のようにそこへ踞《うずくま》った。服毒自殺、警察沙汰、店の信用、世間の嘲笑《ちょうしょう》、思いがけない現実が、どっと喜久治を取り巻いた。

「旦那さん、警察、いやお医者はんを――」

背後で度を失ったつる八の声がした。喜久治は、ぎょっとして首を振った。青白い比沙子の顔が、かすかに息づいたようだった。むくれ上がった肉附きのいい唇が、半開きになっている。突然、喜久治の手が伸び、唇に触れた。

指先に鋭い痛みを感じた。

「ふぅ　ふぅ　ふぅ　ふぅ」

喜久治の指先が、白い歯の間に銜《くわ》え込まれ、歯の奥から風音のような声が鳴った。

「比沙子、お前——、はあっ　はあっ　はあっ」

喜久治は、爆《は》ぜるように笑った。笑っても、笑っても、笑い足りなかった。激しい驚《きょう》愕《がく》と安堵《あんど》が入り混り、笑いこけながら、眼からも、鼻からも、汗が噴き出した。

「けっ　けっ　けっ　けっ」

つる八も、素っ頓狂《とんきょう》な声をあげて笑いこけ、

「わては、ちょっと気つけに、角のコーヒー屋へ行って来まっさ」

と云うなり、また奇妙な笑い声をたてながら、部屋を出て行った。

二人になると、喜久治は、ごろりと比沙子の横へ寝転び、

「なんで、死んだ真似《まね》なんかするねん」

疲れた声で云った。比沙子はちらっと喜久治の方を見、

「なんで、死んだ真似しはったの」

と云い返した。

「あとで、すぐ、つる八が今のは嘘やと云い直したはずや、それに人騒がせな――」

窘《たしな》めるように云うと、

「確かに聞きましたわ、頭がぐらぐらするような酔いの中で、嘘やと云うつる八さんの声が聞えたけど、その途端、口惜《くや》しいて、仕返ししてやれいう気になって、狂言用にカルモチンまで用意したのやわ」

「それにしても、芝居が過ぎる、あくど過ぎるやないか」

「でも、こうしたら、ここへかけつけて来はるのにきまってるから……」

急に比沙子の眼に涙が噴き溜《だま》り、つるつると頰をすべり、唇の端へ落ち込んだ。喜久治は、その花弁のようにそり返った唇を、閉じてやりたい衝動に駆られた。

ちらっと腕時計を見た。九時半であった。芝居に出かけている祖母と母は、芝居茶屋へ寄って十一時過ぎに帰宅するのが常であったから、時間の余裕は十分ある。喜久治は、二カ月跡絶《とだ》えていた生々しい欲望に襲われながら、躊躇《ためら》った。さっきから、背筋のあたりが熱っぽく、気だるい疲れを感じる。思い諦《あきら》めるように、比沙子から眼を逸《そら》しかけた時、比沙子のしなやかな手が喜久治の左手に伸び、腕時計をはずし取った。厚い唇が露を含んだように光った。喜久治は、その唇を封じた。

どの部屋からか、ざあっと水道を放流させる水音がした。喜久治は再び、激しい体の昂《たかぶ》りを感じた。腕に抱えた比沙子の顔を仰向けると、その上に青みがかった影が落ちた。はっと眼を凝らすと、天井からぶら下がっている青い豆電球のせいであった。さっき、比沙子の顔が死人のような蒼白《そうはく》さに見えたのも、このためであった。比沙子らしい作為に苦笑し、青い光の下へ照らし出された滑《なめ》らかな比沙子の体を抱いた。

　喜久治の耳もとで、比沙子が囁《ささや》くように云った。

「これを機会に、競馬を止《や》めるわ」

「なんでやねん」

「つる八さんから、いきなりあんたの遺品《かたみ》や云うて、一緒に競馬へ着て行った服を見せられた途端、あの日以来、もしやと気に病んでいた矢先だけに、やっぱり、競馬のせいと、取返しのつかない思いがして――」

「急に止めんかて、かまへん」

「やっぱり、止めときますわ、競馬も、赤玉のお勤めも――」

　思いきめたように云った。

　喜久治は、比沙子と初めて競馬へ行った日のことを思い出した。手堅く複式の馬券を買う喜久治をあざ笑うように、比沙子は単式一本買いで大きく賭《か》けた。その結果、比沙子の賭けた馬が、ゴール前で脚を折って番狂わせになり、比沙子は自分の手の中の負け札を、口紅で真っ赤に塗りつぶして捨ててしまったことがあった。ちょうど、その時のように比沙子は、自分の思い上がった驕慢《きょうまん》さを口紅で真っ赤に塗りつぶし、素直に喜久治に倚《よ》りかかるつもりかもしれない。しかし、気紛《きまぐ》れで利己的な比沙子のことであるから、一時の思いつきで云っているのかも知れなかった。

「そうきめるわ、私——」

比沙子は、また熱に浮かされたように云った。喜久治は、曖昧《あいまい》にうんうんと、頷《うなず》きながら、さっき比沙子が喜久治の腕からはずした時計を手に取った。

十時過ぎになっていた。きちんと身繕いして、アパートの表へ出ると、つる八がタクシーに乗って、待ち構えていた。

「なんや、角の喫茶店で待ってたのと違うのんか」

照れくさそうに云い、急いで車に乗ると、

「ちょっとコーヒー屋で待ってましてんけど、このビールをぶっかけられた洋服では、女の子にもてへんさかい、車の中で居眠りしてましてん」

つる八は部屋の中でのことを呑み込みながら、わざと呆《とぼ》け面《づら》をし、

「ところで、お家の方は大丈夫でっか」

「十一時までに帰ってたら、安穏《あんのん》や」

と云ったが、念のために車を急がして帰った。

頑丈な大戸が静かに閉ざされ、出迎えあとのさわさわした気配もないから、きのと勢以がまだであるのは明らかであった。

「どうや、つる八、うまいこと先に帰って来れたやないか」

喜久治は鍵《かぎ》のかかっていないくぐり戸をつる八に開けさせ、女中達に出会う廊下伝いを避け、鼻唄まじりに前栽《せんざい》を通り抜け、旦那部屋まで来て、はっとした。

明々と電燈がつき、ものものしい人の気配がする。とっさに足音をしのばせて、引っ返しかけると、

「喜久ぼん、お帰りやす」

内側から障子が開き、母の勢以が顔を出した。うしろに、きのと久次郎の姿が見えた。子供の前で逃げ腰も見せられず、

「あ、えらい早うおましたなあ」

わざと余裕をみせた挨拶《あいさつ》をし、縁側から座敷へ上がった。つる八は、濡《ぬ》れ汚した服の前を両手で隠すようにして縁側の端へ坐った。きのと勢以は、喜久治の服を着て、汚点《しみ》だらけにしているつる八を、じろりと睨《にら》み据《す》えた。敷居際《ぎわ》に、お時と下女中頭のお清が控え、お清は厳しく叱責《しっせき》されたのか、眼を赤く泣き腫《は》らし、肩を小刻みに震わせている。

喜久治は、自分の寝床の上へどさりと趺坐《あぐら》をかくなり、勢以の傍へよりかかっている久次郎に、

「久ぼん、今日のお芝居は面白かったか」

笑い顔をして聞くと、役者の子のような羽織袴《はおりはかま》をつけた久次郎は、

「ううん、子供が首切られて死んだ、あんなん嫌いやさかい、早よ帰って来てん」

と云い、急にもの怖《お》じて、神経質な顔をした。『菅原伝授手習鑑《すがわらでんじゅてならいかがみ》』のことであるが、体つきも、精神状態も、小学校三年とは思えぬほど、ひ弱な感じであった。

「男の子は、あれぐらいで怖がったらあかん」

喜久治が叱《しか》るように云うと、勢以は、

「さ、もう遅いさかい、久ぼんは先にお寝《やす》みぃ、お清、ぼんぼんのお床をしなはれ」

と甘やかすように庇《かば》った。お清が久次郎に従って部屋を出かけると、

「お清、奥内《おくうち》のことは、わてらの云い附け通りにするのやでぇ、誰が何と云うても、今日みたいに勝手に裁量してはなりまへん」

容赦のないきの声がお清に飛び、つと喜久治の方へ向き直った。

「床上げもすんでない病人はんが、夜分にどこへ出かけてはりましてん、まさか、女のところへなど、行けへんと思いまっけどな」

喜久治は一瞬、言葉に詰ったが、お清には、いきなり外出の着物の用意を云いつけただけであるから、ことのいきさつは知れるはずがない。

「女――。阿呆らしい、まだそんな元気がおまへんわ」

軽くはぐらかすように云った。

「ほんなら、どちらへお出かけでっか」

いやに丁寧な聞き方をした。

「つる八が来て、何時《いつ》ものように退屈しのぎの相手をしてくれてたら、高商時代の友達から電話がかかって来ましてん、カフェーでへべれけに酔うて、どないしても、出て来い云うてきけしまへんねん、ちょうどわいも退屈でしたさかい、ついふらふらと出かけてしまいましてん」

「ところが、お清の話では、誰かが死にそうや云うて慌《あわ》てふためいて出かけたそうやないか」

探りあてるような鋭い視線を向けた。

「あ、それでっか、実は、さっきの電話で、最初は病気やさかいと断わり、つる八にわいの洋服を着せて身代りに行かせましてん、ほんなら、ぐてんぐてんになって、喜久治を連れて来《こ》い、連れて来えへんかったら女やないけど、河内屋の前で首吊《つ》って死んだるとくだを巻き、つる八に頭からビールをぶっかけましてん、それを聞いて、とうとう、わても出かけて行ったわけだす」

「友達て、誰だすねん」

「ほら、ずっと前にカフェーで二、三回会うた岸田ですがな、お祖母はんにもお話したことがおますやろ」

きのは頷《うなず》いたが、すぐ切り返すように、

「ほいで、岸田はんの電話は誰が聞いて、喜久ぼんに取次ぎましてん」

喜久治は、どきりとしたが、

「ちょうど、電話散財でもしようか云うて、枕もとの電話へ切り替えたとこでしたさかい、じかにわいが聞きましてん」

すらりと申し開いた。

「そやけど、平常、学校友達とつき合いのないあんたが、よりにもよって、病気の時に無理して出かけんでも、よさそうなもんやのにな」

きのは、訝《いぶか》しげに首をかしげていたが、何を思ったのか、

「お時、何をぼんやりしてるのや、早よ、喜久ぼんのお召替えをせんかいな」

と促した。お時は、外出着のまま、床の上に坐っている喜久治のうしろへ廻り、浴衣《ゆかた》の寝巻に着替えさせ、脱ぎ捨ての喜久治の着物を畳みかけると、

「あ、それ、わてが畳みまっさ」

きのがひったくるように取り上げ、いきなり着物に鼻《の》を押しつけ、匂《にお》いを嗅《か》いだ。喜久治が、あっと手を泳がすと、はらりとその手を払い退け、満遍なく表側を嗅ぎ、ぱあっと裏へ返して、また丹念に嗅ぎ取ると、

「結構だす、鬢《びん》つけと襟白粉《おしろい》の匂いがおまへんなぁ」

と云い、きちんと本畳みにして、畳紙《たとうがみ》へ納めてから、はじめて縁先に坐っているつる八へ眼を遣《や》り、

「電話散財や落語ばなしのお守《も》りは頼んだけど、のこのこ喜久治の服を着て出歩くようなことまで頼めしまへん、明日からは、お出入り止めだす」

ぱっと、細蠅《こまばえ》を追い払うように云った。

「何を云いはりまんねん、わいが無理に着せたんだす」

喜久治がつる八を庇いかけると、

「旦那《だん》はん、御家《おえ》はんの云いはる通りだす、わてが不調法でおました」

と云い、つる八はすうっと足音もたてずに引き退《さが》って行った。

黙り込んでいた勢以が、急に口を開いた。

「ところで今日は芝居で、思いがけん珍しい人に会いましてん」

喜久治は、ぐったり疲れていたが、気楽に装《よそお》い、

「へえ——誰だす？」

「弘子はんや」

と云い、喜久治の表情をうかがった。八年前に離縁した弘子であった。

「あれから、東京の日本橋の食料品問屋へ嫁いだと聞いてまんのに」

強《し》いて、他人ごとのように云うと、

「そうや、その食料品問屋はんが、今度、大阪へ支店を出しはるので、その挨拶かたがた、夫婦連れで帰って来たんやそうだす」

「子供を六人もぞろぞろと引き連れ、女中三人をお伴《とも》につけ、わてらの向い側に二桝《ます》借りきって、お賑《にぎ》やかなことやったわ」

勢以が非難がましい口調で云った。

「ほんなら、幕間《まくあい》にでも話をしはったんでっか」

「いいや、ばったり、佐野屋はんに出会うて、あの旦那はんから聞いた消息や」

「向い側の桝なら、向うも、こっちに気がついてましたやろ」

「そら、気ぃ附いて、桝から会釈《えしやく》をしてよこしたけど、ぷうんとそっぽ向いてやってん」

きのは弾くような声で云った。

「なんでだすねん」

「そうやおまへんか、世話になったもとの大姑《おおじゆうと》と姑に挨拶するのに、桝中《ますなか》からとは何だすねん、ずうぃと廊下をコの字に廻って、こっちの桝の入口へ躙《にじ》り寄り、手をついて、挨拶するのがあたり前やおまへんか」

喜久治は、やはり、弘子と別れておいてよかったと思った。河内屋の若御寮人《わかごりようん》はんとは名ばかりで、この二人の家附き女のもとに、いじいじと苛《いじ》め抜かれ、墓花のように陰湿な生涯を過すより、後妻でも、親子連れで賑やかに芝居見物の出来る家へ嫁いだ方が、弘子の幸福であったようだ。

「久次郎の方を、よう見てましたか」

「いいや別に――」

きのは、曖昧《あいまい》に言葉を濁し、

「そう、そう、佐野屋はんがな、もうおよろしのやったら床上げのお祝い席をさしてほしいと、こない云うてくれはりましたわ」

佐野屋六右衛門らしい言葉であった。病気見舞に来ても、喜久治の気疲れにならぬようにと、必ず玄関先から帰り、よくなったと聞くと、すぐ床上げの祝い席をしようというのであった。

「よろしおますやろ、佐野屋はんやったら、わてらも気兼ねあれへんし」

きのは乗気であった。

「ほんで、席はどこでんねん」

「宗右衛門町の浜ゆうだす」

「え、浜ゆう――」

「連れの女《おなご》はんらを振り返りながら、そない云いはったわ」

「四人連れてやったけど、その中の色の白い大柄な女の方を向いて、云いはったわ、いけまへんか？」

「連れの女——」

「いいや、佐野屋はんのお席やさかい、向うさんのお計らい通りで結構だす」

狼狽《ろうばい》を押し隠し、やっとそう返事したが、なぜ佐野屋がわざわざお福のいる浜ゆうを選んだのか、しかもお福らしい女を連れながらそう決めたのか、喜久治の心に激しい胸騒ぎがした。

「ほんなら、浜ゆうでよろしおますな」

きのは、お福のことを知ってか、知らずか、さり気ない様子で云った。

＊

四枚の小鉤《こはぜ》が、何時《いつ》ものように縁揃《へりぞろ》いしてきれいにかからない。新足袋《さらたび》のせいか、それとも受糸仕立の具合かと思ってみたが、喜久治の手もとが慌てているためであった。体を前屈《まえかが》みにし、右足首の小鉤をかけながら、喜久治は苦い舌打ちをした。

廊下一つ隔てた御寮人部屋から、衣裳《いしょう》を着替えるきのと勢以の騒《ざわ》めいた声が聞える。浜ゆうへ出かける用意をしているのだった。それが喜久治を苛《いら》だたせた。こんなことなら、片意地など張らず、この一週間のうちに佐野屋へ電話をかけて様子を聞いておけばよかったと、自分の頑《かたく》なさが腹だたしかった。しかし、お福と喜久治の関係を知りながら、きのと勢以が同席するのを承知の上で、喜久治の床上げのお祝い席を浜ゆうでしようと云い出すからには、云い出した佐野屋に、何か深い考えがありそうだった。それを、こそこそと前もって聞き合わせたりするのはみっともなかったし、また佐野屋がお福を連れて芝居見物をしていたことに対する妙な気の廻りと、取られる恐れもあった。

お時がうしろへ廻って単衣羽織《ひとえばおり》を着せかけた。たらりと前へ下がった羽織の紐《ひも》を結びかけていると、襖《ふすま》が開いて、きのと勢以が顔を覗《のぞ》かせた。

「喜久ぼん、早よしなはれ、向うさんにお祝い席して戴《いただ》くのに、遅参したらご無礼やおまへんか」

結いたての髪に翡翠《ひすい》の根止めを挿《さ》し、薄化粧を刷《は》いた顔をにんまり綻《ほころ》ばせた。こうした二人の機嫌のよさも喜久治の気になる。中座でばったり、佐野屋と出会い、浜ゆうで床上げのお祝い席をする話をきめて帰って来た時から、この二人は、お福のことを知っているのか、知らないのか、喜久治には判断がつかなかった。

一年前の幾子の葬礼《そうれん》の日、ひそかに浜ゆうの二階から霊柩車《れいきゅうしゃ》を見送ったことが、きのの耳に入って咎《とが》められたが、その時のことをまだきのが根に持ち、葬礼を見送ったそのことよりも、そうした隠しごとの出来る浜ゆうにこだわっているのかもしれなかった。

そこへたまたま、佐野屋から浜ゆうと切り出され、素知らぬ風を装いながら、心のうちでは雀躍《こおど》りして喜んでいるかも知れなかった。

出入りのハイヤーの中でも、きのと勢以は陽気に喋《しゃべ》り続けていたが、喜久治は、浜ゆうで何が起るかと思えば、顳顬《こめかみ》のあたりに不快な強《こわ》ばりがした。

車が浜ゆうの前へ停《と》まると、男衆《おとこし》がさあっと駈《か》け寄り、扉口へ蓑笠《みのかさ》をさしかけた。一人がそうすると、次々に蓑笠を五つ六つ連ねて、トンネルのような笠の連なりになった。雨がぱらつき始めているのだった。先に降りたったきのは、驚いたように蓑笠の連なりを見上げたが、雨被《あまおお》いと解《わか》ると、着物の褄《つま》を小づまみにし、体を屈めるようにして通った。

「おいでやす、お濡《ぬ》れやおまへんでしたか」

式台のところでお福の声がした。雨傘《あまがさ》を使わず、蓑笠を連ねたのはお福の趣向らしかった。

「あ、あんたはこの間、佐野屋はんと一緒やった女《おなご》はんだすなあ」

何気ないきのの云い方であったが、喜久治には、じわりと、もの確かめするような口調に聞えた。

「へえ、先日はご挨拶《あいさつ》をさせて戴けず、ご無礼申し上げましたが、仲居頭《なかいがしら》のお福でおます」

敷居に手をついて挨拶してから、お福はゆっくり起《た》ち上がり、きのの先にたって歩いた。喜久治はきのと勢以を隔てて、自分の前をいささかの心乱れもなく、静かに奥へ案内して行くお福の背を食い入るように見詰めた。二カ月ぶりに見るお福は、やや痩《や》せ気《ぎ》味《み》であったが、肌に白味が詰み、﨟《ろう》たけた豊かさが背筋のあたりに滲《にじ》み出ていた。

渡り廊下を伝い、奥座敷の前まで来ると、お福は襖の外に坐り、

「河内屋はんがお揃いで、お越しでおます」

と声をかけ、襖を両開きに開いた。上座の方に佐野屋の赭《あか》ら顔《がお》が見え、二十人程の同業者が集まって、芸者がその前へ坐っていた。喜久治の顔を見ると、佐野屋は、席をたって来て、

「やっと達者になりはったか、あんたが寝てはると、商いも遊びも、気淋《きさび》しゅうてかなわん」

と云い、きのと勢以にも本復の祝いを述べながら、三人を上座に案内した。

「ほんの内輪だけやと思うたら、こないたいそうにして戴いて――」

喜久治が改まって礼を云うと、

「いや、床上げのお祝い席は、できるだけわっと派手にして、陰気な疫病神《やくびょうがみ》を祓《はら》わんといけまへん、それに――」

急に佐野屋の声が低くなって、聞き取れない。

「え？」

「それに、お福はんにせがまれてな」

「え、お福に——」

驚いて問い返しかけると、きのが、

「まあ、喜久ぼん、見なはれ、床上げの縁起に、ちゃんと神農様《しんのうさん》の虎《とら》まで祀《まつ》ってくれてはります」

大仰な声をあげて、床の間を指《さ》した。五枚笹《ごまいざさ》に疫病除《よ》けの張子の虎を吊《つる》し、祀神《まつりがみ》の少彦名命《すくなひこなのみこと》の魔除け札をべったり床柱に貼《は》りつけている。きのと勢以は、床の間に向かい柏手《かしわで》を打ってうやうやしく拝み、喜久治の方へ振り返り、

「あんたも、二度と病《わずら》わんように、よう拝んでから御膳につきなはれ」

と云った。喜久治も型通りに柏手を打って、席へつきかけた。床の間を背にした正面の席を三つあけてあったが、きのと勢以は、佐野屋の真横へ坐り込み、喜久治と佐野屋の間を隔ててしまった。喜久治は、さっき聞きさしになった佐野屋の言葉の続きを聞きたかった。

「お祖母はん、そっちの席と代りまひょか、佐野屋はんはよう飲みはるさかい、わてと飲み手同士、並んだ方がよろしおますやろ」

やんわり持ちかけると、

「いや、あんたはまだ、たんと飲んだらあかんさかい、これでよろしおます、それに、わてらかて、ちょっとぐらいいけるよって、たまに佐野屋はんのお相手さしてもらいまっさ」

きのは、御膳の上に伏せられていた盃《さかずき》を表へ返した。

「はあっ　はあっ　はあっ、こら結構だす、お家はんからお酒のお相手など、めったにして戴けまへん、ほんなら、早速――」

と云い、佐野屋は急に改まった口調で、

「みなさん、お揃いで河内屋はんのお床上げのお祝い膳を差しあげまひょ、まず疫病、万病除けの神農様の大虎に一杯差し上げまして」

床の間の張子の虎に最初の一杯を献じ、

「へい、では、みなさんのお盃でご本復おめでとうさんということに」

と皮切りすると、芸者が一斉に銚子をとって酒を充《み》たした。方々から盃をあけながら、

「無病息災、長寿万年」

「ともに商いご繁昌――」

などという祝いの言葉が賑やかに飛んだ。喜久治は盃を持ったまま、一々、丁寧に頭を下げて挨拶を返したが、きのと勢以の前に坐っているお福が気になった。お福は、例の一つ一つの動作に間《ま》をおくようなゆっくりした仕種《しぐさ》で、お銚子をとったり、膳部の世

話をし、きのが何か云うと、言葉少なに返事をしている。

「旦那《だん》はん、どうおしやすか」

喜久治の前に坐っている年増芸者が、きのと勢以へ気を兼ねるように聞いた。喜久治は、酒を注《つ》がせ、軽い冗談口をたたいたが、神経は、きのと勢以の方へ集中させていた。

「うちの喜久ぼん、この頃はずっと宗右衛門町らしいでんなぁ」

きのがお福に云った。

「へえ、おかげさんでうちの方も、格別の御贔屓《ごひいき》を――」

お福は、隠す様子もなく、そう云った。

「あ、さよか、格別にでっか、それ聞いて安心しましたわ、一人前のお茶屋遊びができんような男はあきまへんよってな、ところが、あの子も、面倒をみてた二番目の女を亡《な》くしましてな、心淋しゅうしてますねん」

きのが探るような眼つきでお福を見た。お福は、瞬《まばた》き一つせず、きのの御膳の上の鮎《あゆ》に手を伸ばし、食べやすいように箸《はし》で軽く押し、すうっと骨を抜いた。

きのは、かすかに気抜けしたような顔をしたが、すぐ言葉を継いだ。

「男ざかりでっさかい、次を考えてやらんなりまへんけど、なんしうちには女稲荷《おんないなり》さんを祀ってまっさかい、きちんと本宅伺いをすまし、女稲荷さんへも詣《まい》るような行き届いた女やないと外《そと》へもおけまへんねん、難しおまっしゃろ、ほぅほぅほぅ」

あてつけがましい笑い方をしたが、お福は、白い肌目の首筋をたっぷりと据《す》え、気振りほどの動揺も見せない。きのはその手ごたえのなさを訝《いぶか》るように、

「この頃は、うちの喜久ぼんも、ちょいちょい妙な隠しごとをしはるようになったらしゅうて――」

と云いかけると、佐野屋が横合いから、

「孫というのはそない何時までも気になって、可愛《かわい》いもんでっか、これでは河内屋はんも、めったに隠しごとをできまへんなぁ、ハハハ……」

と笑い濁した。話の腰を折られたきのは、むうっと口を噤《つぐ》んだ。一瞬、座が白けかけた時、襖が開いて舞妓《まいこ》が顔をのぞかせた。三人揃って、裾《すそ》をひき、帯をたらりと文庫に結んで入って来ると急に座敷が華やぎ、宴席が賑やかになった。その中の一人がするすると、目だたぬようにお福のそばへ寄り、

「お福姐《ねえ》ちゃん、遅れてすんまへん」

下ぶくれの頬《ほお》を、前へ突き出すようにして謝り、すぐ喜久治の前に坐り、

「旦那はん、堪忍《かんにん》だっせぇ、えらい遅うなりまして」

馴染《なじ》みでもないのに、妙に馴《な》れ馴れしい挨拶をして、お銚子をとった。あっ気に取られている喜久治に、

「すんまへん、ちょっと学校で復習《おさらい》が残ってましたさかい」

子供っぽいきんきんした声で云った。

「へえ――、あんた、高小へでも行ってなはんのん」

勢以が横から驚いたように口を挟んだ。

「いいえ、わてらの学校いうのは、芸妓学校ですねん」

「え、芸妓学校？」

「へえ、お三味線から、唄《うた》、踊り、お客さんへのご挨拶から、お座敷入りの作法まで習う学校ですねん」

生真面目《きまじめ》な顔をして説明した。

「この大和屋の小りんは、芸妓学校の優等生だすねん」

佐野屋が太鼓判を押すように附け加えた。

「へえ、芸妓の優等生」

勢以は噴き出すように笑い出したが、小りんは優等生らしいきれいな作法で、喜久治にお酌をした。喜久治の盃が空くと、お銚子を捧《ささ》げ持つようにし、一滴の注《つ》ぎこぼしもなく、なみなみと酒を充たした。

「小りんちゃんも飲みぃ」

喜久治が盃をやると、雛祭《ひなまつり》の白酒を舐《な》めるように、小さなおちょぼ口をして、ちろりと盃の縁《ふち》を吸った。

喜久治は、小りんに酒を注がせながら、急に胸苦しい吐気を催した。あわてたち上がると、足もとがぐらりとよろめいた。その途端、小りんの小さな体が、喜久治を支えた。

「悪酔いでっか、ちょっとお憩《やす》みやす」

と云い、すぐうしろの硝子《ガラス》障子を開き、厠《かわや》へ案内するような目だたぬ振りで喜久治を廊下へ連れ出した。

縁側へ出るなり、どっと酒くさい汚物を吐き出した。小りんは、裾曳《すそひ》きの褄先《つまさき》を蹴《け》るようにして、冷たい塩水を持って来、嗽《うがい》をすませると、喜久治の大きな体を離れ座敷へ運んだ。

喜久治は、ごろりと横になった。表座敷から聞えて来る芸者の嬌声《きようせい》や三味線の音が、やりきれないほど煩《わずら》わしい。

「旦那はん、まだお苦しおますか」

小りんが水差しを枕《まくら》もとへ置き、冷たい濡れ手拭《てぬぐい》を額の上に載せた。電燈の下で京紅をつけたおちょぼ口が、玉虫色にぽっちり光った。今晩、はじめて出会ったばかりであるのに、妙に手馴れてまめまめしい。

突然、うしろの襖が音もなく開いた。

「小りんちゃん、もうよろしおます、あんたは箱部屋へ行ってお憩みやす」

と犒《ねぎら》い、お福は喜久治のそばへ坐った。

「ほんならお福姐《ねえ》ちゃん、あては、遊ばしてもらうわ」

小りんは、嬉《うれ》しそうに小さな足音を立てて出て行った。

「お福、お前――」

喜久治が、咎《とが》めるように云うと、

「かめしまへん、最初からそのつもりで、小りんちゃんに、あんさんのお守《も》りをしてもらいましてん」

「え？」

「こないでもせんことには、河内屋のお家はんと御寮人《ごりょうん》はんの眼を騙《だま》せまへん」

お福の眼に、ふと残忍な光がさした。さっき、「お福はんにせがまれてな」と云った佐野屋の言葉が、喜久治の胸に来た。

「ほんなら、今日のことは、みなお福の考えやったんか」

「へえ、わてが佐野屋の旦那はんにお願いしたんだす」

「なんで、こんな曲りくねった気しんどいことをせんならんねん」

喜久治は不機嫌に云った。

「堪忍しておくれやす、二カ月余りも病気で寝《やす》んではるのに、本宅伺いをすましてないばっかりに、お見舞の電話一本かけられず、ほんまに心細うおました、それにつる八はんの話では、ぽん太はんは毎日のように電話散財おしやしたそうで――それに、赤玉の比沙子はんとも――、それで、わては、せめて、ようなりはったら最初にお会いしたいと思うて、そんなことを佐野屋の旦那はんにお話してました矢先に、お家はんと御寮人はんにばったり芝居でお会いし、つい今日のようなことになったんだす」

「そやけど、もし、お福のことが奥内《おくうち》へでも知れたらどないするつもりやってん」

「佐野屋の旦那はんも、それを懸念《けねん》しはりましたけど、無理なことをお願いするからには、奥内のご機嫌は、わての手で間違いなく取り結びますさかいと、申し上げたんだす、それに、こうして堂々とお目にかかっておいた方が、かえって疑われずにすむと思案しまして――」

ゆっくりした口調で云ったが、お福は、何時《いつ》になく、多くの言葉を費やした。喜久治は寝転んで、小降りになった雨音に耳を傾けていたが、ふと憑《つ》かれたようにお福の顔へ視線を当てると、

「お福でも、ほかの女と同じようなことを考えるのんか」

確かめるように聞いた。

お福は、暫《しばら》く黙り込んでいたが、

「女の愚かさには、変りがおまへん」

ぽとりと滴《したた》るような声で云った。

「お福、水──」

お福は、手を伸ばして、枕もとの水差しを取りかけた。衿先《えりさき》がかすかにはだけ、胸もとの白さが目にしみた。喜久治の手が、お福の胸へ泳いだ。白い豊かな体が、降り落ちるように喜久治の上へ掩《おお》いかぶさり、しなやかな女の手が、喜久治の首筋に触れた。柔らかく締めつけるように、何度も、何度も喜久治の首筋をかい撫《な》でた。なめらかな指肌が、酒気で火照《ほて》った喜久治の皮膚に、鮮明な冷たさを捺《お》した。

「お福、辛《つら》かったやろ」

女の激しさをいたわるように云い、喜久治は、お福の体を仰向けにやさしく抱きかえた。

廊下を渡ってくる足音がした。さっと身繕いして、こちらから襖《ふすま》を開けると、

「みなさんがお帰りだす、お玄関へ──」

小りんが、息せくように報《しら》せて来た。

「ほんなら、小りんちゃん、あんたが旦那さんのお伴してお玄関へ出ておくれやす、わては前栽《せんざい》から──」

と云うなり、お福は雨に濡《ぬ》れながら、庭石伝いに玄関へ廻った。

玄関先へ出ると、きのと勢以が、佐野屋をはじめ本日の床上げを祝ってもらった同業者の人たちに、帰りの挨拶《あいさつ》をしていた。喜久治の顔を見ると、佐野屋は何もかも知りぬ

いていながら、大げさに心配そうな顔をして、体の具合を聞いた。喜久治は、他《ほか》の人にも布《ふ》れるように、悪酔いしてしまった無礼を詫《わ》びた。

お福は、玄関に坐って、一人一人の客を丁寧に送り出した。つい今、情事があったなどというささかの気配もなく、きちんとした居ずまいであった。喜久治の番になると、さっと三和土《たたき》へ降り、三人の履物を揃《そろ》え、喜久治の下駄だけは、履いて来た下駄を出さずに、浜ゆうで買い整えた新《さら》の下駄を出し、一旦、裏へ返して火打ち石を切ってから、揃えた。床上げ祝いの帰りは、病魔の足を祓《はら》うという縁起を担《かつ》ぎ、新の下駄を出し、火打ちするのがその日の祝儀《しゅうぎ》であった。

きのと勢以は、念の入った送り出しに、

「おおきに、はばかりさん」

と犒《ねぎら》いの言葉をかけ、来た時と同じように蓑笠《みのかさ》で雨掩いされながら、浜ゆうの門口を出た。

車に乗るなり、きのは喜久治に向かい、

「おそろしいほど、ようでけた女やなぁ、わてが男やったら、子を産ましてみたいような女や」

と云い、じろりと横眼で、喜久治の顔を見た。

床上げのお祝い席がすんで、おおっぴらに遊びに出かけられるようになったが、喜久治は、妙に出そびれていた。

たまに比沙子やぽん太のところへ出かけても、長居したり、泊ったりなどせず、気忙《きぜわ》しく帰って来る。比沙子は、赤玉も競馬もやめると云った言葉どおり、勤めを止《や》めて、ひっそりとアパートにいることが多くなった。競馬の方も止めたと云っているが、これは、喜久治がしょっちゅう、そばにいるわけでないから保証の限りではない。喜久治が比沙子のところへ行く日は、前以て伝えてやることにしているから、騙《だま》そうとおもえばいくらでも騙せるわけであったが、ともかく喜久治が出かけた日には、いつも部屋の中をきちんと取り片附け、競馬の予想表など眼にもつかなかった。喜久治の方から、競馬の話へ水を向けても、比沙子は素知らぬ顔で、せっせと手料理をして、女らしい甘え方をした。

ぽん太は、電話散財以来、お囃子《はやし》が病みつきになり、太鼓を習いはじめ、喜久治が出かけて行くと、お茶屋の座敷であろうと屋形の中であろうと、おかまいなしに太鼓を打って賑《にぎ》やかに騒いだ。それにつられて、喜久治も太鼓を叩《たた》いたが、破れ太鼓のような音しか出ない。しまいに太鼓の下へ座蒲団《ざぶとん》を重ねて叩いてみたが、一向に音色《ねいろ》が冴《さ》えない。騒ぎ飽きると、床を取って憩《やす》んだが、そのまま泊り込んでしまわず、午前を廻っていても、喜久治は家へ帰って行った。

そんな喜久治を、ぽん太も比沙子も、病後の体を慎重にいたわっているものと思い込んだが、そうではなく、浜ゆうからの帰りに、きのがお福を指し、「わてが男やったら、子を産ましたいような女や」と云った言葉が、喜久治の胸に不気味にわだかまっていたからだった。

あれ以来、きのが一言もお福のことを切り出さないだけに、よけいに喜久治の心を不安にしていた。きのの言葉は、騙し終《おお》せたつもりでいる喜久治とお福の関係をずばりと見抜いているようでもあるし、それとも疑ってみたけれど、何も無さそうだったという安心感から出た一種の揶揄《やゆ》なのか、どちらにもとれる、微妙な言葉であった。いい気になって遊び呆《ほう》けていると、何を切り出されるか解《わか》らぬという不安が喜久治にあった。それだけに比沙子とぽん太のところへ行っても泊らずに帰り、まして、お福のいる浜ゆうへは、ここ暫《しばら》く、足を向けていなかった。

ちょうど床上げをしてから二カ月経《た》った日、きのは三時のお茶をすますと、お時を伴《とも》にし、妙に思案深げな顔をして出かけて行ったが、二時間程すると、もう帰って来た。

「お帰りやす、お早うございます」

と迎える丁稚《でっち》や手代の声が聞えたかと思うと、何時《いつ》の間にか、きのが結界《けっかい》（帳場格子《ごうし》）のうしろへ廻って来ていた。

「喜久ぼん、ちょっと用がおますさかい、内《うち》らへ入っておくなはれ」

「今でっか」

荷受帳を記入している最中だったから、あとにして欲しかった。

「忙しいやろけど、今すぐ来て欲しいねん」

押しつけるような口調で云った。喜久治は、むっつり席をたって、しぶしぶ奥座敷へ行くと、母の勢以もそこにいた。

「何ですねん、急に用事やて」

突っ立ったまま、喜久治が云うと、

「実はな、今、浜ゆうへ行ってきてん」

「え——」

喜久治は、自分の耳を疑った。

「お福に会うて来たのや」

「何をしに行きはりましてん」

喜久治の舌が、硬く引きつれた。

「まあ、恐《こわ》い顔して、お祖母はんは、あんたのため思うて行ってくれはったんだっせえ」

母の勢以がたしなめるように云った。喜久治は激しい怒りで咽喉《のど》が震えて来た。

「お祖母はん、妙な嫌がらせは、奥内《おくうち》だけのことにしておくなはれ、外まで行って、わての恥を曝《さら》したいのでっか」

気色ばんで詰め寄ると、急にきのがからりと、笑った。

「何を云うてはるのや、わては、幾子の死んだあとを、お福にと思うて、その話で行ったんや、あんたのことやさかい、抜け目無う、ちゃんとできてる思うてたら、一向にはっきりせんと、床上げ以来、とんと浜ゆうへ出かける気配もあれへんよって、痺《しび》れを切らして行って来ましてん」

「なんで、今度に限って、お祖母はんの方から女《おなご》の世話をしはりますねん」

喜久治は棘《とげ》のある云い方をした。

「喜久ぼん、解りまへんか、わては、今までも妾囲《てかけがこ》いを反対したことはおまへん、大きな商いしてて、妾をおいてへんようではかえって不恰好《ぶかっこう》や、大店《おおだな》なら番頭でも置いてるやないか、ところが、今までのあんたの女は、わての気に入りまへん、何やねそっとしておとなしいのや、小便《しし》たれみたいにはっさい（お俠《きゃん》）なのや、どれ一人みてもあの女やったらと、納得できるようなんがあれしまへんがな、妾というもんは、男の用を楽しむだけのものやおまへん、昔から妾腹はお家の小柱《こばしら》と云いまっしゃろ、根性のある女に、ええ子を産んで貰《もら》いたいのんや」

きのは、ここまで云うと、お時が運んで来た煎茶《せんちゃ》を飲んで、咽喉を潤《うるお》した。喜久治は、

用心深くきのを見詰めながら、

「お福は、どない云いましてん」

と聞くと、きのはちょっと考えあぐねるような顔をし、

「女にとって、のっけから子を産んでほしいと云われるほど冥加《みょうが》なことはおまへんけど、一軒家を持っておさまるのだけは堪忍《かんにん》しておくれやすと、頭を下げたわ」

やっぱり——と、喜久治は苦い唾《つば》を呑《の》んだ。それは、もう最初からお福が主張し続けていることだった。

「ところが、お福の云うことが、ええやないか、浜ゆうの仲居頭《なかいがしら》をして、思わぬお方のお相手をしておればこそ、何かと人間の場格が出来て、旦《だん》那はんのお相手が出来たり、お役にたつこともおますけど、もし家内《いえうち》へおさまってしもうたら、妾世帯《てかけじょたい》が染《し》みたつまらん女になってしまいます、仲居頭を勤めながらお世話を戴《いただ》き、赤子《やや》ができたら、おっしゃる通り家内へひっ込むことにさして戴きますと、こない云うのや」

「子供なら、うちにちゃんと久次郎という長男のほかに、二人もいるやおまへんか」

里子に出されているぼん太の産んだ五歳になる太郎と、幾子の産んだ二歳になる幾郎のことを云った。

「わては、お福に女の子を産んで欲しいのや、男の子は産まれた通りの出来具合だけが身上やけど、女の子やったら、あとは選《よ》りどり見どりで、番頭上がりの商い切れのする

のか、できのええ別家の次男坊を婿《むこ》養子に貰うという手がおます、河内屋が今日まで栄えたんも、ずっと三代女が続き、間違いのない養子を取ったさかいだす、久次郎を頭《かしら》にたてて、お福の産む女の子に、ええ養子でもつけたら、どない心丈夫かわかれしまへん」

「そんな思い通りに女の子はでけまへんでぇ、なんぼお祖母はんの云いはることでも――」

苦笑しながら、半ば呆《あき》れたように云うと、

「いや、うちの女稲荷《おんないなり》はんのお祀《まつ》りを盛大にして、よう頼んだら、きっと効験あらたかや、それにあの、むっちりした餅肌《もちはだ》は、昔から女筋《めすじ》というて、女の子を産む肌だす、ほら、わてらとよう似てまっしゃろ」

と云うなり、きのは自分の衿《えり》もとをこぽっとはだけた。七十近い老女の胸肌は、ぬめるような乳色に濡れ、一面の縮緬皺《ちりめんじわ》さえ、白いなめらかな艶《つや》に掩《おお》われていた。二筋、三筋と流れる青い静脈の中には、三代の濃い女の血が流れ、女だけが持つ冷酷な執念がたちのぼっているようだった。お福選びと云い、子供のことと云い、すべて、三代の女の血の深さが呼び起す異様な欲望に思えた。

夜になると、喜久治は浜ゆうへ行った。お福は、何時もと変らぬゆるやかな口調で、

「今日、お家《え》はんがおいでやした、ほんまに突然で――」

とロごもったが、別段、驚いている気配も見えない。

「ほんまに、お祖母はんの云う通りにするつもりか」

これまで頑《かたく》なに家持ちを断わり続けて来たお福であったから、喜久治の腑《ふ》に落ちなかった。

「お家はんみたいにお云いやしたら、お断わりのしようがおまへんわ、赤子《やや》がでけるまで、仲居頭をしててもかまへん、その代り、よそで逢《お》うてたら世間体があるさかい喜久治が行けるような家を持っておくなはれと、こうお云いやすのんだす、つまり、ちゃんとした家を一軒持ちながら、ほかの女《おなご》はんみたいに家内にじいっと居て、旦那さんのおいやすのを居待《いまち》せんと、好きなように仲居勤めしてもええと云うてくれてはりますねん」

「ほいで、本宅伺いはどないなるねん」

「子供がでけて、仲居頭を止めてから伺うようとお云いやした、仲居勤めの立場で本宅へ伺うのは、お店の方の手前がおありやそうだす」

「ほんなら、赤子さえでけたら、ほんまにおさまってくれるのんか」

念を押すように云うと、お福はふうっと躊躇《ためら》い気味になりながら、顎《あご》をひいて頷《うなず》いた。

それから、十日目に、花街を離れた大阪の名刹《めいさつ》が櫛比《しっぴ》する下寺町《したでらまち》に古びた仕舞屋《しもたや》を買い、お福は、日本橋の道具屋の離れからそこへ移った。この家は、お福の好みで見つけて来たもので、寺町にふさわしい奥行のある静かな構えであったが、どこか陰気くさかった。表格子だけでも粋《いき》な造りにしつらえようという喜久治に、お福は、この方がわての性《しょう》に合うて気楽だすと云い、五間の家に女中も置かず、浜ゆうへ出かける時は、隣家の主婦に留守を頼んだ。

喜久治は、ここ数カ月の気紛《きまぐ》れな運命の悪戯《いたずら》に苦笑した。比沙子に誘われて無理な競馬行きをしたのが因《もと》で二カ月も病床に臥《ふ》したが、その病気が幸いして、比沙子は自ら赤玉をやめて落ち着き、きの眼を隠しあぐねていたお福は、逆にきのの眼にとまって、思いもかけぬ場へ落ち着いた。

第九章

翌年になると、じわじわと吹きつけていた不景気風が深刻になった。満州事変勃発《ぼっぱつ》後二年経《た》ち、軍事費の増大による赤字財政に加えて、東北、北海道地方の大凶作で農村の不況が重なり、購買力が全面的に減少して行った。

大阪の商店もつい活気を失いがちで、商人の集まる花街は火の消えたようなさびれ方であったが、この不景気を挽回《ばんかい》するため、花街に『おまかせ』式のお座敷が考え出された。これは、今までのように芸者を名指しにせず、検番へまかせて呼ぶ仕方であった。一人、一時間九十銭の遊興税が加わって一時間一円の花代で、だいたい一座敷に三人ずつ組にして出す方法で、芸者の大衆化であった。その代り、その組の中に気に入った妓《こ》があっても、組芸妓《くみげいぎ》は一時間以上同じ座敷におれない。名指しでその座敷に残る時は、改めて普通座敷の倍額の料金になり、遊興の合理化を計った新しい商策であったから、忽《たちま》ちのうちに評判になった。

大阪足袋同業組合の集まりも、諸費節約の意味で、おまかせ式の座敷にしようという声が強くなった。

その日、喜久治は、地方からの来客があり、遅れての宗右衛門町《そうえもんちよう》『花幸《はなこう》』へ行くと、佐野屋は別家《べつけ》の店開きで欠席していたが、殆《ほと》んどの組合員が集まり、おまかせの若い妓が、四、五組入って賑《にぎ》わっていた。一時間毎《ごと》に、三人ずつ組になって、ぐるぐる出たり、入ったりして廻転して行くから、気忙《きぜわ》しい感じはしたが、まるで芸者の顔見世のような面白さがあった。

何番目かに入って来た舞妓《まいこ》の組の中に、床上げのお祝い席で、喜久治を介抱した小りんの顔が見えた。小りんの方も気がついて、喜久治の前へ来て挨拶《あいさつ》したが、そのままそこへ坐ってしまわず、すぐ下座の方へ退《ひ》き下がって、下座の客に酌をして廻った。遠くから見ていると、加賀人形のようにふっくり膨らんだ顔を小刻みに振り振り、満遍なく一生懸命に座敷を勧めている。おまかせ式の座敷といえば、組になっている気易《きやす》さから、つい怠《なま》けがちになる芸妓の多い中で、小りんは下座から座敷を勧め、唄《うた》えと云われれば、真っ先に声を張り上げ、踊れと云われれば、誰よりも先に扇を持って起《た》ち上がったから、見る間に、

「小りんちゃん、小りんちゃん」

と、下座の方から人気が湧《わ》いた。喜久治は浜ゆうで聞いた〝芸妓学校の優等生〟という言葉を思い出した。

下座を一わたりお酌して廻ってから、小りんは、喜久治の前へ坐って、お銚子を取った。

「よう気のつく勤め方やな、こんなんも芸妓学校で習うのんか」

「へえ、三味線、唄、踊りのお稽古《けいこ》ごとから、お座敷への入り方、勤め方、退《ひ》け際《ぎわ》から屋形入りまで、ちゃんと教えてくれはります」

「ほんなら、去年、わいにしてくれた芝居も、学校で習うたんか」

「いえ、あれは、お福姐《ねえ》ちゃんのお云いやした通りにしただけですねん」

生真面目《きまじめ》な顔をして、まじまじと喜久治を見詰めた。喜久治の方が眼の遣《や》り場がなく、

「小りん、ここのおまかせすんだら、誰ぞ二、三人で、どこかへ座替りしようか」

と、お座敷をかけてやると、小りんの両側に坐っていた妓が、

「ああ嬉《うれ》し、わても一緒に連れて行って欲しおますわ」

と喜んだが、小りんは、

「座替りするのやったら、お茶屋はんと検番のお許しを貰《もら》わんとあきまへんわ、ほいで、お代りの人が、ちゃんと来はってからやないと、組をぬけられしまへんわ」

教えられたことを、棒暗記に復誦《ふくしょう》するように云った。

「よう解《わか》ってまっせぇ、小りんちゃんの優等生は――」

二、三人が小意地の悪いひやかし方をしたが、

「お座敷出入りに、きちんとけじめをつけとかんと、末にええ名妓になられしまへん」

小りんは、つぶらな瞳《ひとみ》を光らせた。その云い方があまりむきだったので、どっと辺《あた》りの哄笑《こうしょう》を買った。芸妓学校を出たばかりで、名妓になろうと力んでいる小りんの子供っぽさが、喜久治にひどく切実に感じられた。

仲居が、家からの電話を伝えて来た。喜久治は席をたって、廊下の突きあたりにある電話口へ出た。さっき別れた地方の小売店主が、もう一度、明朝早々に会いたいという言伝《ことづて》であるが、どうお返事しましょうかという、秀助からの電話であった。明朝、こちらから宿へ伺うと返事をさせて、電話を切り、喜久治は、酔いざましに、座敷へ帰らず、廊下の端の縁側から、庭下駄を履いて中庭へ出て、煙草《たばこ》に火を点《つ》けた。

早春の湿りを帯びた夜気の中で、煙草の吸口までしっとり潤《うる》おうような気がした。座敷の騒ぎが、やや間遠く聞え、植込みに囲まれたところだけが思いがけない静けさであった。突然、植込みの向うで、きんきんした甲高い声が聞えた。葉末の間からのぞくと、箱部屋の前の電話器に、小りんがかきつくように背伸びして喋《しゃべ》っている。首を振って喋るたびに、文庫帯がゆらゆらと揺れて舞妓らしい風情《ふぜい》があった。電話を切ると、懐《ふところ》をまさぐり、次に長い袂《たもと》をまさぐり、裏返しにして、ぱっぱっと振り払っている。植込みの間をぬけて、喜久治が近附いて行っても、気附かない。

「どないしてん、落しものしたんか」

声をかけると、驚いて顔をあげ、すぐ顔を紅《あか》くした。

「電話賃、十銭玉探してますねん、何時《いつ》も五銭玉だけ別の小袋へ入れて持ってまんのに、今日に限ってあれしませんねん」

「電話賃ぐらいかまへんやないか」

「いいえ、大事なお商売先のお茶屋はんで電話をお借りしたら、ちゃんとお払いするもんだす」

怒ったように云い、また袂を裏返した。喜久治は、懐からがま口を出し、

「さ、これを入れとき」

五銭玉を小りんの掌《てのひら》の上に載せ、別に五円札を出して、

「この間、よう介抱してくれたお駄賃や」

と赤い袂の中へ放り込んでやると、

「お客さんからじかにお祝儀《しゅうぎ》戴《いただ》いたらいけまへんねん、お茶屋はんを通してやないと」

と云い、袂から五円札を取り出した。

「芸妓学校の教科書みたいなこと云わんと、半衿《はんえり》でも買いぃな」

「いいや、いけまへん」

肩を固くした。喜久治は苦笑いし、

「ほんなら、小りんの欲しいもの、何か云うてみぃ、浜ゆうでお福からやるわ」

と云うと、暫《しばら》く思案していたが、急に口もとをまるくし、

「お福姐ちゃんと、どこかへ遊びに行きはる時、一ぺんわてもお伴《とも》さしておくれやす」

「どこかへ行くて……、よう知ってるなぁ」

「へえ、壁に耳あり、柱に眼ありだっせぇ」

こましゃくれた云い方をした。喜久治は、ぷうっと吹き出しながら、

「あてられるでぇ、かめへんか」

「かましまへん、何ごとも勉強でっさかい」

ちろりと赤い舌を出してから、急に真顔になり、

「田舎から出て来て芸妓学校へ入って、卒業したと思たらすぐお座敷でっしゃろ、修学旅行にも行ってしまへんねん」

「なんや、修学旅行に行くつもりかいな」

呆《あき》れたように小りんの顔を見ると、

「あ、お座敷や、お先ぃご免やす」

と云うなり、長い裾《すそ》をひきずり、ぱたぱたと小走りにもとの座敷の方へかけ出して行った。

喜久治は植込みの間を縫い、中庭伝いにもとの座敷へ引っ返しかけた。暗い植込みの陰から出た途端、出合《であ》い頭《がしら》に人とぶつかった。

「あ、えらいご無礼さんでございまして――」

聞き馴《な》れた声で謝った。

「なんや、つる八やないか――」

と声をかけてやると、のっけから平謝りに下げている頭を上げ、

「あ、河内屋の旦《だん》那はんでっか、えらい粗相を致しまして、今、旦那はん方のお座敷へ伺うとこだす」

「へえ――、あのおまかせ座敷へ――」

喜久治が驚いたように聞き返すと、

「へえ、この節、不景気でっさかい、わてら幇間《たいこもち》も、ええ旦那はんのお座敷だけというわけにはいきまへん、わてらかて男衆並《おとこしなみ》になって、おまかせ座敷で芸妓《げいこ》の下働きから、使い走りまでせんと、あきまへん、あ、これはえらいたち話になりまして――、ほんなら、旦那はん、一足、お先にお座敷を勤めさして戴きとうおます」

と挨拶し、喜久治のそばを腰を屈《かが》めて、すり抜けた。

せかせかと歩いて行くつる八のうしろ姿を見、喜久治は、世智辛い世の中になったものとうそ寒い気持になったが、すぐそんな思いを払い落すように肩を振り、ついさっき華やかに裾をひいて駈《か》けて行った小りんのうしろ姿を思いうかべた。

*

車中の視線が、三人に集まりがちであった。ほぼ埋まった二等車の中で、四十前の着流しの男が、舞妓《まいこ》らしい幼い妓と、洗い流されたような渋い粋《いき》がかりの女を連れていることは、十分、興味になるようだった。大阪を発《た》ってから、もう四時間ほど経《た》っているのに、飽きずに三人の方へ眼を向ける。

小りんは、窓にしがみつくようにして外を見詰め、白浜《しらはま》が近附くにつれ、線路寄りに海が見え始めると、興奮したようにしきりに喋り、時々、子供らしい喚声をあげた。友《ゆう》禅《ぜん》の着物におたいこを結び、髪は何時《いつ》もの割れしのぶをつぶし、手巻に輪櫛《わぐし》をさして町娘のような姿をしていたが、首筋から襟へかけて淡く刷《は》いた化粧は、やはり花街の妓の早熟な装《よそお》いであった。お福は、結城絣《ゆうきがすり》をしゃりっと着こなし、うつら、うつら、まどろむような眼を、窓外に投げていたが、小りんが話しかけると、気怠《けだ》るそうな笑いを見せて応答した。こんな遠出の時も、妙にはしゃいだり、生き生きとした表情を見せず、ゆっくりしたもの静かさを保つのが、お福であった。

喜久治は、ここ数カ月続いた多忙さから解放され、快い倦怠《けんたい》を味わっていた。春以来、考えあぐねていた別珍《べっちん》足袋《たび》の白底《しろぞこ》を、思いきって表地と同じ色の共底にしたのであった。このことは、大分前から喜久治の頭の中にあったが、そこまで踏みきれないでいるうちに、大衆の実用的なものへの要求が強くなり、慌《あわ》てて秋冬ものの新足袋として、別珍の共底足袋を造った。白底と異なり別珍の縫い合わせは、胛腹《こうばら》がごつくたく、なかなか薄く縫い上がらなかったが、やっと秋冬もの取引の、ぎりぎりの直前に出来上がったのであった。したがって、ここ数ヵ月は、遊びに出かける暇もなく、小りんを連れて遠出してやると云った約束も、つい延び延びになっていた。

白浜口から湯崎の旅館へ着くと、もう六時を廻っていた。お風呂の用意が出来ていますと云ったが、空腹であったから、浴衣《ゆかた》に着替えて、食事を先にすることにした。

食事が運ばれて来る間も、小りんは、二階の出窓の手摺《てすり》へまるい顎《あご》を載せ、薄暮に包まれた暗い海へ吸い込まれるような眼を向けていた。前に小りんが云った言葉通り、修学旅行のようなもの珍しさと熱心さで、白浜の夜景の一つ一つを、その小さな胸に折り畳んでいるようだった。

夕食の膳《ぜん》が運ばれて来ると、小りんは、夢から覚めたような表情で、細い胴に巻きつけた伊達巻《だてまき》の端をなおし、喜久治の御膳の前にきちんと坐り、宿屋の女中からお銚子を奪い取った。若い女中は、呆《あき》れたように小りんの顔を見た。

「今晩は、そんな勤め気出さんでもええ、ここの女中さんに任しときぃ」

喜久治が笑うと、

「いいえ、ちゃんとお花代つけてもろうてて、ただのお遊びではいけまへん、お座敷を勤めさして戴《いただ》かんと――」

生真面目な調子で云った。お福が、

「かめしまへん、遠出の時ぐらい、お銚子持たんと、ゆっくり遊ばしておもらいやす」

と云うと、やっと納得して、自分も御膳について箸《はし》を取ったが、その食べ方も、芸妓学校で教え込まれているらしく、蝦《えび》の天ぷらを食べる時も、口を開いて歯並びをみせず、おちょぼ口で、半口ずつ舌の上に載せ、鵜呑《うの》みするように音をたてずに食べ終る。むし蛤《はまぐり》が出ているのに、一つも手をつけない。

「なんでお食べやないのん、これが一番美味《おい》しおますのに――」

お福が不思議そうに聞くと、

「貝柱を上手によう取りまへんよって」

と口ごもらせた。喜久治が、

「それも芸妓学校か、遊びに来た時ぐらい、気楽にしぃ、まだ稚《ちい》さい舞妓やないか」

窘《たしな》め気味にひやかすと、

「名妓は、舞妓の時の心がけからして違いまっせぇ」

こましゃくれた熱っぽい云い方をしたので、宿の女中は声を殺して笑った。

廊下の椅子《いす》に坐って、食後の一服をしていると、さっきの女中がお風呂を案内しに来た。三人揃《そろ》って、海の見える長い階段式の廊下を渡って行った。女中は岩風呂の湯殿を開け、湯加減を確かめてから、出て行った。

　お福が喜久治のうしろへ廻って浴衣を脱がしかけると、小りんが落ち着かぬ声で、

「あのう、お風呂一つでっしゃろか」

「うん、家族風呂やさかい、三人だけや、小りんもおいで」

　喜久治がそう云い、下ばき一つになると、

「あの、わてだけ、あとにしますわ」

「何いうてるのや、けったいな気ぃ遣わんと、お福と一緒に入りぃ」

　と云うと、急に顔を真っ赤に染め、

「あの、わて……堪忍《かんにん》だっせぇ」

　と云うなり、ぱたぱた足音をたてて、出て行った。お福は裸になりながら、

「あの子は、まだ水揚げがすんでしまへんのだす」

　と、喜久治に告げるように云った。

　濛々《もうもう》と湯気がたちこめる岩風呂の中で、喜久治は、お福のなめらかな体を抱いた。白い肌が酒気で桜色に染まり、それが乳色の出湯《いでゆ》を通して、花弁を散らしたような美しさに広がった。腕の中に抱き入れると、その広がりが小さくなり、ふいと押しやると、湯の中で桜色の肌がゆらゆらと揺れ広がった。喜久治は、何度も同じことを繰り返した。お福は、湯気に湿った顔を仰向け、湯槽《ゆぶね》の中にたゆとうように揺れ動いた。何度目か、

そうした時、突然、お福が云った。

「わては赤子《やや》がでけしまへんねん」

「え――」

喜久治は、聞き間違えしたのかと思った。近くにいたお福の体が、すいと泳ぐように離れ、白くたちこめる湯気が二人を隔てた。

「お家《え》はんから、ええ赤子を産むように云われましてから一年余り、そない心がけて医《せん》者《せい》にも診《み》て戴きに廻りましたけど、一向その気《け》がおまへん」

喜久治の胸に、不意に大きな疑惑が拡《ひろ》がった。最初から子供に恵まれない体質と解《わか》っていながら、一時《いちじ》凌《しの》ぎに、きの云い出しを受けたのではなかったろうか。子供の産《こ》まれない限り、お福はずっと浜ゆうの仲居頭《なかいがしら》を続け、ほかの妾《てかけ》のように家の中に閉じ籠められなくてすむわけであった。

「お福、お前――それ、始めから解ってたんやないか」

見抜くような鋭さで云うと、

「いいえ、以前から冷え性でおましたけど、こない恵まれへんとは思うてしまへん――」

湯気の向うで、濁りのない声がし、それきり、黙った。上り湯の蛇口《じゃぐち》が、ぽとり、ぽとり、間だるい湯音をたてた。それが喜久治の気持を重苦しい苛《いら》だたしさに陥《おちこ》ませた。

喜久治は荒々しい湯飛沫《ゆしぶき》をたてて、洗い場へ上がった。お福も随《つ》いて上がり、背中へ廻ったが、喜久治は、長湯で赤くなった体を、流し台の上に据え、不機嫌に押し黙っていた。お福はタオルを取って、静かに背中を流し始めた。庭をはさんだ斜め向うの大衆風呂から、急に甲高い子供の声が聞えて来た。お福は、ふと手を止め、

「わての代りに、小りんちゃんに赤子《やや》を産ましておくれやす」

唐突に云った。振り向きかける喜久治の耳裏に、またお福の声が流れた。

「ぽん太はんも幾子はんも、旦那《だん》はんらしいお好みの芸者衆だすけど、まだ水揚げをしはったことはおまへんでっしゃろ、本気で粋筋《いきすじ》のお遊びをしはるのでしたら、一人は水揚げの女《おなご》はんをお持ちやす」

「今日のこれも、床上げの祝い席の時みたいに、小りんに教えて、仕組んだことか」

喜久治は、あしらうように云った。

「何を云いはります、小りんちゃんを誘うたんは、もともと、あんさんやおまへんか」

「ほんなら、なんでこんなこと云うのや」

「お家《え》はんのことでっさかい、わてに子供がでけへんとなったら、早晩また、お鑑識《めがね》の人をお探しやすやろ、そんなことなら、いっそ、気心がしれて優等生の小りんちゃんにええ赤子産んでもろうたら、わてもお守《も》りさしてもらいます、ほかの女《おなご》はんなら辛うおますけど、小りんちゃんなら……、解っておくれやす、わての気――」

微妙な陰影を持ったお福の言葉が、湯気に濡《ぬ》れた高い天井に籠《こも》るように響いて、乳色の湯面《ゆづら》へ落ちた。

「それが、乳母妾《おんばてかけ》というものか」

突き放すように云うなり、喜久治は、ざぶっと湯の中へ漬《つか》った。喜久治の胸に炎《ほむら》のように反感が充《み》ちた。ぐいと両手で湯をかき分けて、湯槽の縁《へり》へ近附き、

「よっしゃ、水揚げするわ」

と云い、お福の眼を探るように捉《とら》えた。

「そうしておくれやすか」

お福の眼に暗い幕が降りず、翳《かげ》りのない視線が、静かにお福の言葉を支えた。心試しに吐いた喜久治の言葉の方が脆《もろ》く弊《つい》えた。

二人の出たあと、小りんは髪を洗って梳《くしけず》り、長い地髪をお下げに編んで帰って来た、紅く膨らんだ童顔が、さらに子供っぽく見えた。

「小りんちゃん、幾つになったんや」

お福が、眼を見張るようにして云うと、

「わて、十六だす、七つ入学《いき》で十三で、小学校を出て、すぐ芸妓学校へ入ったんだす」

小りんは、小柄な自分が齢《とし》を偽っていると思われたと気を廻し、小学校のことまで云った。

「小りんちゃん、あんた、何時、旦那はんをお持ちやすのん」

何気なく聞くと、ぱっと顔を赧《あか》らめ、

「お婿《むこ》さんは、お女将《かあ》ちゃんが、ちゃんとおきめやすわ」

「え、お婿さん――」

喜久治が聞き返すと、

「へえ、旦那はんを持つのは、街方《まちかた》で云うたら、お嫁入りするみたいなものやと、お女将ちゃんがお云いやした」

勢い込んで云い、それでも足りないと思ったのか、

「そやさかい、ええ旦那はんがきまったら、お嫁入りみたいに、たんとお拵《こしら》えせんならんと、云うてはりましたわ」

と附け加えた。喜久治とお福は黙って、顔を見合わせた。

さわさわと、葉末を鳴らす風の音に眼を覚ました。喜久治は、そっと体を起して硝子《ガラス》障子越しに外を見たが、高い樹々の繁《しげ》みに遮《さえぎ》られて、外の灯《ひ》は見えない。真っ暗な部屋の中に、かすかに流れ込む光は、電燈を点《つ》けて寝た隣の小りんの部屋から洩《も》れて来るのであった。お福は、喜久治の目覚めに気附かないのか、静かな寝息をたてている。喜久治は、女の心の捉え難さを思った。現に自分と関係がありながら、平然と小りんをすすめるお福を、自分に対する一種の余裕と考えるべきか、それとも、お福の心に棲《す》む女の

嫉妬《しっと》と猜疑《さいぎ》の仮面と採るべきか測り知れなかった。その測り知れないまま、ずるずると女の棲む深淵《しんえん》へはまり込んで行く自分に、燃えきれない燈芯《とうしん》のようなしらじらしさを覚えた。

小りんの水揚げは、年明けの十五日ということに定《き》まった。水揚げ料、祝儀《しゅうぎ》、配りものは、お福が、小りんの姐芸者《あねげいしゃ》の小芳《こよし》を通して抱え主と話し合い、水揚げ料千円、このうち二割をお茶屋の女将《おかみ》、一割を姐芸者の取り分にして、あと一割を女中、男衆《おとこし》への祝儀分にし、朋輩衆《ほうばいしゅう》への配りものは半衿《はんえり》一枚ずつという取り定めにした。

お福は、きのと勢以への取りなし方も気にしたが、落籍《ひか》すというのでなく、高い金を払って、稚《おさな》い舞妓《まいこ》を一人前の女にするだけのことで、いわば一種の散財であるから、ことは改まって伝える必要もないというのが、喜久治の意見であった。伝えるのは、ちゃんと落籍せて、本宅伺いをする時期になってからでよかった。

その日、喜久治は、先に浜ゆうへ寄った。お福は、驚いたように喜久治を迎え、

「本日は、ええ御祝儀でおますように――」

と挨拶《あいさつ》した。喜久治は、お福の心を見定めるように、端正に緊《しま》った胸もとへ、突き刺すような視線を投げたが、乱れのない平らかな息づかいであった。広い座敷の真ン中へ、

対《むか》い合ったまま、暫《しばら》く黙っていた。ふいと、ほぐれそうになる空気を、お福の張り詰めた心で、硬く支えているようだった。

お茶だけ出すと、お福は、

「もうお時間だす、小りんちゃんの姐さんの小芳はんに万事お任せしてまっさかい、お気やすに――」

と云い、膝《ひざ》をすさらし、襖《ふすま》を開いた。喜久治は、無言で敷居を跨《また》ぎかけ、足を止めた。坐っているお福の首筋に髪がほつれていた。

「お福――」

喜久治の手が、首筋の髪に触れかけると、

「小りんちゃんは、きれいな体だす、あんさんも、おきれいにおいでやす」

かわすように肩を退《ひ》き、先に廊下へ出て、喜久治を送り出した。

大和屋へ行くと、佐野屋が来ていて、女将、姐芸者の小芳、それに四、五人の芸者とつる八を相手にして遊んでいた。喜久治の顔を見るなり、

「女正月の十五日に水揚げとは、ぼんちらしい趣向やおまへんか」

お福の計らいと知っていながら、大声でかきまぜるように笑った。

芸者たちも、〆《しめ》の内の水揚げは縁起ものと云われているだけに、年端《としは》のゆかぬ小りんの果報を羨《うらや》ましがったが、喜久治はうしろめたい気の重さを感じた。小りんは、可愛《かわい》い

妓《こ》とは思ったが、それ以上どうしようという気もなかったのに、お福に対する面あてのような、心試しのような片意地から、思いがけなく水揚げする羽目になった。三十七歳の自分が、十七歳の舞妓の水揚げ――、何となく爺《じじ》くさくいやらしい思いがしたが、座敷へ入って来た小りんの姿を見た瞬間、そのいやらしさが救われた。

小りんは黒地に総模様の裾《すそ》を長く曳《ひ》き、下着に純白を重ねていた。何時《いつ》もより大人びた姿に見えたが、前髪に挿《さ》した銀のびらびらと花かんざしの揺れ方は、やはり十七歳の頼りなさであった。入って来るなり、喜久治の方を見て、固くなったが、すぐ恥ずかしそうに俯《うつむ》いてお辞儀をした。花嫁らしく淑《しと》やかにと云いふくめられているのか、平常の小りんの無邪気さがない。

「さ、小りん、旦那はんとお盃《さかずき》を――」

姐芸者の小芳にすすめられ、小りんは、すり膝で喜久治の前へにじり寄り、三枚重ねの塗りの盃を取った。佐野屋が、蒔絵《まきえ》の大振りの酒器を持ち、

「ほんなら、わてが粋《いき》な縁結びをしまひょか」

と酒をさすと、喜久治と小りん、続いて女将、小芳と、千鳥がけに盃を廻した。

「さ、お盃がすんだら、縁起祝いに鶴亀《つるかめ》や」

女将が大きく手を打つと、二人の芸者がたって、『鶴亀』を合い舞した。小りんは、終始はにかむように俯いていたが、喜久治は、次第に居心地の悪い面映ゆさを感じた。

さり気なく賑《にぎ》やかに散財しながら、誰の胸にも一つのことが、いやらしいほどの鮮明さで思い浮べられていると思うと、やりきれなかった。そんな気配に気附いたのか、つる八が、頓狂《とんきよう》な声を上げ、

「ええ、この辺で一席うかがわせて戴《いただ》きます」

平家蟹《へいけがに》のような顔を突き出し、羽織を脱いで改まると、佐野屋が、

「また春団治《はるだんじ》の真似《まね》で後家殺しかいな、その顔では後家も娘も、女中も殺せんわ」

と弥次ったので、芸者たちが笑いこけたが、つる八は構わず、下手な落語を語り始めた。

喜久治は、ほっとした。妙なてれくささが薄くなり、急に気軽になった。座敷が賑やかに沸きたつと、姐芸者の小芳の眼合図で、小りんがそっと座を脱けて出た。暫くすると老《ふ》けた仲居が、

「旦那はん、そろそろ、お床入り――」

耳もとへ報《しら》せに来た。喜久治は、目だたぬように席をたった。一瞬、わざと気附かぬ振りをする空々しさが、座敷の中を流れたが、すぐつる八が騒々しくかき混ぜた。

仲居の世話で、別々に風呂へ入り、喜久治は、浴衣《ゆかた》にお召の通し裏丹前を重ねた。湯殿《す》から中前栽《なかせんざい》の廊下を渡ると、奥まった離れ座敷であった。三枚重ねの敷蒲団《ぶとん》の上に緞《どん》子の二枚重ねが載り、淡い雪洞《ぼんぼり》の光が、男枕《まくら》と並んだ舟底の箱枕の塗りを、艶《つや》やかに映

し出している。

丹前を脱いで浴衣一枚になり、作法通り、天井を仰いで向かって右側に寝る本勝手《ほんがって》に臥《ふ》せていると、ゆるゆると襖を開ける気配がした。姐芸者の小芳に続いて、小りんが入って来た。緋綸子《ひりんず》に青海波《せいがいは》の金箔《きんぱく》おしの長襦袢《ながじゅばん》を着ていた。挿《さ》しものを抜いた髪が妙に艶《なま》めかしい。喜久治の枕もとに坐って、

「ふつつかだすけど、よろしゅうにお頼《たの》申しとうおます」

と手をついたが、濃い睫毛《まつげ》が微《かす》かに震えている。小芳が小りんの前へ寄ったかと思うと、緋綸子の長襦袢の衿《えり》にかかった絹の仕附糸を、ぴいっと断ち切った。続いて、袖《そで》、身八《みや》つ口《くち》、褄《つま》と、ぴいっ、ぴいっと、仕附糸を切る絹を裂くような音が、静かな部屋の中に冴《さ》え渡った。中味が新《さら》の体であるということを証明する糸切りであった。小りんは、次々と切られる仕附糸の音を、眼を瞑《つぶ》って聞いていた。この糸切りの終った時が、稚《おさな》い体を失う時であった。

小芳は、最後の褄下の仕附糸を切った。指先に切り糸を巻きつけ、

「どうぞ、お滞り無う――」

と挨拶すると、部屋の灯《あか》りを消して、襖を閉めた。

枕もとの淡い雪洞の光の中で、小りんの顔が青白く透けて見えた。喜久治の耳に、さっき切り終ったばかりの仕附糸の音が、長く尾を曳《ひ》いていた。喜久治は、いたわるよう

に小りんの肩を抱いた。つるりと滑《すべ》り落ちた長襦袢の下は、小さなか細い体であった。わざと下着を着せつけられていない小りんが哀れだった。

「小りん、かまへんのか」

囁《ささや》くように云うと、蒲団の中で、こくりと頷《うなず》いた。哀れさが、突然、喜久治の心を酷薄にした。

体を離すと、それまで固《かた》頑く耐えていた小りんが、するりと喜久治の腕の中から抜け、三枚重ねの敷蒲団の上から辷《すべ》り下りて長襦袢を羽織ると、前をおさえ、

「只今は、取り乱しまして――」

と、坐り直して手をついた。

喜久治は、とっさに言葉をつげなかった。女遊びを重ねて来た喜久治であったが、事後の閨《ねや》挨拶を受けるのは、最初であった。猥褻《わいせつ》な可笑《おか》しみが、体中にこみあげて来たが、裾際《すそぎわ》に手をついて畏《かしこま》っている小りんを見ると、笑うこともならず、

「あとは、ゆっくり楽寝《らくね》しいや」

といたわるように云ってやると、

「ほんなら、旦那はんもお楽におやすみやす」

長襦袢の前を押えたまま、体を退《すさ》らせ、乱れ籠《かご》に入っている伊達巻《だてまき》を取り上げた。そのはずみに、ぱさっと乾《かわ》いた紙音がした。喜久治がその方を見ると、慌《あわ》てて、長襦袢の

下へ押し隠した。

「なんやねん、それ——」

小りんは、額まで赤くし、

「いいえ、何でもおまへん」

と答え、さらに長襦袢の下へ突っ込んだ。またぱさぱさと乾いた紙音がした。

喜久治は卑猥《ひわい》なものを連想した。

「まだ稚《ちいさ》いくせに、いやらしい妓や、見せてみぃ」

手荒に押し伏せて、無理に取り上げると、和綴《わとじ》の小冊子であった。やっぱりと思い、表へ返して見ると、表紙に、
芸妓読本
と、題名に似合わぬ几帳面な墨字で記されていた。

「へえ——、芸妓読本、こんなんがあるとは知らなんだ」

喜久治が、大げさに驚くと、

「見んといておくれやす」

消え入るような声をあげて、手を伸ばした。喜久治が、

「わいに恥ずかしいて、見せられへんようなもんか」

わざと強面《こわおもて》になってきめつけると、小りんは細い首を振った。

「ほんなら、かまへんやないか、恥ずかしかったら、あっち向いとりぃ」

と云い、小りんの背中を押し伏せるようにした。小りんは素直に頷いて、小さな背中を喜久治に向けて、掛蒲団を眼のあたりまで引きあげた。

喜久治は、枕もとの雪洞の光を近附け、『芸妓読本』を開いた。

一、芸妓は日々のおつとめを、厳しくすべし。
朝は午前十時までに起き、身の廻りの掃除、衣裳《いしよう》の手入れをして、入浴は三時までにすまし、何時お座敷がかかっても行けるよう出《で》を大事にすること。
二、髪結いと化粧は、定められたる見だしなみを致すべし。
髪結い賃は惜しまず日髪にし、遠出、芝居行き、その他、これに類する時以外には、一切女優髷《じよゆうまげ》、ハイカラ髪を結わぬこと。なお髪結いの待ち時間に、お客様、抱え主、朋輩の噂《うわさ》を慎《つつし》むこと。化粧も当世風を避け、京白粉《おしろい》、京紅を用い、耳朶《みみたぶ》や髪の生え際などに白粉が固まっているのは、素人《しろうと》くさく芸妓として恥ずべきこと。
三、お稽古《けいこ》ごとは、芸妓学校で定める諸芸を習得すべし。
舞、唄、三味線、鳴物、太鼓、笛の諸芸を一通り習得のうえ、一芸に励み、芸妓がお座敷にて私は立方《たちかた》（舞）だから地方は出来ないなどといわぬこと。それには髪結いの待ち時間にも、口三味線で唄の稽古をすることが肝要。

喜久治の想像した内容と全く異なり、芸妓学校の麗々しい教科書であった。

「なんや、これやったら、あない恥ずかしがって隠さんでもええやないか」

小りんの背中を軽く叩《たた》くと、

「そいでも、それ、わての大事な虎《とら》の巻《まき》でっさかい、返しておくれやす」

喜久治の方へ向き直り、また取返しにかかる手を避け、

「せっかく読みかけたんや、もうちょっと、おとなしいに寝ててや」

あやすように云い、喜久治は次を読み続けた。

四、お座敷への道すがらは、舞台の花道と心得るべし。

お座敷へ行く途中、朋輩と喋《しゃべ》りながら歩いたり、男衆《おとこし》（箱屋）と並んで歩かぬよう、往来にはどんな人が歩いているか解《わか》らず、将来、大切なお客様になる方もおられるから、一流の芸妓として後指《うしろゆび》を指されぬように品位を守ること。

五、お座敷入りは、作法正しく入るべし。

お茶屋へ入る時は、冬ならば襟巻、コートその他の被《かぶ》り物《もの》を取り、履物《はきもの》は邪魔にならぬよう片隅へ揃《そろ》えて脱ぎ、お座敷の前まで来ると、襖を開いて敷居の外にお尻《しり》を置き、両手を敷居際についてお客様に笑顔で挨拶し、応答あって後、はじめて内《うち》へ

入ること。
六、主客を見極め、取りなしを慎重にすべし。
お座敷へ入ると、まず主客を見極め、解らぬ時はお茶屋に聞き、お手前さま（招待側）よりお客人に気を配り、上座のお客人を大切にすることはもちろん、同時に下座のお客人も丁重にもてなすこと。
下座のお客人は、将来、大切なお客様になられる方で、時には床柱を背負っている上座のお客人より、花柳界のためになるお客人が多く、また芸妓の人気も下座のお客人から出る場合が多いことを忘れぬよう。

喜久治は、最後の行を読み返した。おまかせのお座敷で、小りんが下座の方からせっせと、小まめに勤めていたのは、この項目だったのかと、思い当り、苦笑した。

七、芸妓はみだりにものねだりをするべからず。
芝居行き、買物はもちろん、お座敷で袂《たもと》から会の切符を出して買取りをねだるのは、橋のたもとで物売りが押売りするのと同様のこと故《ゆえ》、固く慎むこと。なお食べ物のねだりが最もいやしく、お座敷で御馳走をねだったり、お客様の帰られた後、勝手に食べ物を注文するに至っては、芸妓の一番の恥辱と心得ること。

八、座替りは、必ず検番、お茶屋を通すべし。
御贔屓《ごひいき》のお客様が、他の座敷にいらっしゃるからとて、お茶屋の指図を待たずに、勝手に座替りして花代をつけてもらわぬよう、止《や》むなく座替りしたり、座敷をぬける時は、必ずお茶屋または検番の許しを得て、代りの人が来てからぬけること。
九、お座敷中は、みだりにお茶屋の電話を使うべからず。
勝手にお座敷をぬけ、お茶屋の電話で長話するは、おつとめを疎《おろそ》かにする因《もと》故、屋形、検番などへの商売の用の時のみ、断わって電話を借り、電話代は必ず支払うこと。僅《わず》かな電話代を胡麻化したり、惜しむ人がありますが、先の食べもの同様、その人の意地汚ない日常を物語ること故、ゆめゆめお支払いを忘れぬよう。


喜久治は、思わず声をたてて笑った。

「何をお笑いやすのん？」

小りんが、つぶらな眼を見開いて、くるりと、喜久治の方へ向き直った。

「なんや、まだ起きてたんか、早よ寝んかいな」

「ほいでも、横で本をめくったり、独り笑いしはったら、気になって眠られまへん、何が可笑《おか》しおますのん――」

「電話賃で笑うてるねん、小りんが花幸《はなこう》の電話の前で五銭玉が無うて、――泣きべそかいたことがあるやろ、懐《ふところ》から袂までひっくり返して、ハハハハ、それが芸妓読本第九条のせいとは、それこそ、ゆめゆめ知らなんだわ」

と云うなり、喜久治は、小りんのまるいでぼちん（額）を、人差指できゅっと小突いた。

「もう、堪忍《かんにん》しておくれやす、みんな読まれたら、芸妓の種あかしになってしまいまっさかいに――」

小りんが、懇願するように云うと、

「こんな珍本、読みさしとは殺生《せっしょう》や」

押し伏せるように小りんを向うむかせ、次の項を追った。

十、お客様の屋形入りは、厳禁なるべし。

お茶屋でお馴染をつけてもらったお客様を、お茶屋を通さず無断で屋形へ引き入れるのは芸妓稼業《かぎょう》を損う因《もと》で、お茶屋と芸妓は、持ちつ持たれつ、つまり、共存共栄の業《なりわい》であることを忘れぬよう。それに屋形入りするお客様に碌《ろく》な人はなく、意地汚ない遊びの末に、女は欲張り、男は己惚《うぬぼ》れで角突き合わし、とどのつまりは喧嘩《けんか》別《わか》れになることは間違いなし。

十一、旦那さんへのおつとめは、専一丁重に心がけるべし。

旦那さん持ちの芸妓は、自分の御主人と思い、専一におつとめすること。閨捌《ねやさば》きは巧みに滞りなく、しかも事後は慎しいご挨拶と身じまいを忘れぬこと。淫《いん》に乱れ、あと汚なきは、早々のお暇の因になり、どこまでも芸妓らしい技《わざ》でおつとめすること。

「小りん――」

呼んでみると、振り向き、まだ起きていた。

「あのな、ええとこわいが読んだるよって聞いてや」

と云い、もう一度、同じところを声をあげ、

「今のは、これか――」

覗《のぞ》き込むようにすると、

「いやや わ、そんな――」

小りんは、両袖で顔を掩《おお》うた。袖の下から、玉虫色に光ったおちょぼ口が、ぽちりと出ている。畳の上へ芸妓読本が落ち、喜久治の手が、おちょぼ口をつまんだ。ぼってりと温《ぬく》い厚味が伝わった。楽寝しぃやと云った言葉が、ちらっと喜久治の胸をかすめたが、そのまま、また小りんの細い体を折るように抱いた。

体の芯《しん》が脱け落ちそうに重く、何時《いつ》もよりひどい汗ばみ方だった。ついこの間まで、

一晩に二人の女のもとを廻れたのにと思うと、喜久治は四十歳という齢《とし》への間近さを感じた。

小りんは、あとの始末をすると、子供っぽい寝つきのよさで、寝息をたてて眠っている。喜久治は、枕もとへ投げ出した芸妓読本を取り上げて、続きを読みかけたが、急に体がばらばらに解《ほど》けて行くような睡魔《ねむけ》に襲われた。暗い眠気の中で、歯にダイヤをはめ込んだぽん太、今はおとなしくしているが何をしでかすか解らぬ比沙子、捉《とら》えようのない複雑な余裕をもつお福たちが、影絵のように交互に往《ゆ》き交《こ》うた。溶解するように影絵が消えると、芸妓読本の一節、一節が鮮明に浮びあがり、それに操られるように動く小りんのあどけない仕種《しぐさ》が、夢と現《うつつ》に綯混《ないまじ》わった。喜久治は、ふと、小りんが、自分の道楽の仕止めになるかもわからないと思った。

第十章

二年後の七月に、支那事変が勃発《ぼっぱつ》し、俄《にわ》かに世の中が慌《あわただ》しくなった。戦時経済体制が推し進められ、原綿の輸入制限によるスフ混用規則や加工制限規則が実施され、今までのように自由な製造販売が許されなくなった。昭和初年の金融恐慌《きょうこう》にも災いされず、満州事変による不況の波もかぶらずに来た河内屋であったが、次第に激しい時代の流れに巻き込まれ、商いが難しくなって来た。

喜久治は、四人の女たちに、今まで通りの月極めの手当を与えたが、余分な出費は慎しませた。奥内《おくうち》のきのと勢以にも、贅沢《ぜいたく》な買物を手控えるように云ったが、二人は、曖《あい》昧《まい》に頷《うなず》くだけで、一向に手控える様子がなかった。

その日も喜久治が取引先から帰って来ると、離れのきのの部屋に三越の店員が来ていた。むうっと気障《きざわ》りになるのを抑え、旦那部屋に入って、お茶を喫《の》んでいると、お時が憚《はばか》るような表情で、

「旦那はん、お家《え》はんがお呼びでおますけど――」

と伝えて来た。中前栽《なかせんざい》を隔てた廊下伝いに離れ座敷へ行くと、部屋一杯に着尺《きじやく》を広げている。

「なんだすねん、ご用は？」

敷居に突ったったまま、声をかけた。きのは、渋い浅葱《あさぎ》に金糸で縫い取りをした舞台衣裳《いしよう》のような総模様を肩にかけながら、

「喜久ぼん、三越はんの大売出しだすねん、この間まで三百円もしていた訪問着や絵羽織が、五十円ぐらいでっさかい、一ぺんに十枚ほど買い溜《だ》めしときたいねんけど——」

不時の金を出さす時の、やや阿《おもね》るような口甘い云い方をした。喜久治は、じろりと三越の店員の顔を見た。何時《いつ》も女のような内股《うちまた》で奥内に出入りし、巧みに季節ごとの新調を売り捌《さば》く店員であった。喜久治と眼を合わすと、慌《あわ》て気味に、

「いえ、大売出しというのやおまへんけど、奢侈《しやし》禁止令が出ましてからは、金糸銀糸の贅沢品はおおっぴらに着て歩かれしまへんし、買い手が無うて、うちでも、いっそ、蔵ざらえしてということになりまして——、その代り、お値段の方は、もう、全く投げ売りの大勉強でおまして……」

と説明した。喜久治は、明らかに不機嫌な顔をし、

「なんぼ安うても、今時《いまどき》、着て歩かれもせえへんものを、買い溜めしてどないしはりますねん」

「どないするて――、そう何時までも、こんな鬱陶《うっとう》しい戦争が続くわけやおまへんやろし、今に日露戦争や日清戦争みたいに勝ったら、すぐええ着物《べべ》がいるやおまへんか」

きのがそう云うと、勢以も、

「なんし、安おますやないか、金糸銀糸の縫い取りがあるさかい、着られへんでも、衝《つい》立《たて》に仕立てたかて安いもんやおまへんか」

と陽気な声で云い、二人にとっては、支那事変の勃発は、まだ身遠いことであるらしかった。

「なんぼ安い云うたかて、今要りもせんものを買い溜めるような贅沢は止《や》めておくなはれ、今までは何かと悪い波をくぐらずにやって来れましたけど、これからは、河内屋の暖簾《のれん》に頼って、商いの出来ん時代になりまっさかい、三越さんの毎月のお買物も、ほどほどにしておくれやす」

三越の店員にも云い伝えるような口調で云うなり、喜久治は気短かに席をたった。

この年の暮になると、河内屋の丁稚《でっち》や手代たちの応召が激しくなった。その度に、きのと勢以は、前栽に祀《まつ》った梅千代大明神に武運を祈り、白い木綿の袋へ、餞別《せんべつ》、千人針、晒《さらし》の褌《ふんどし》まで入れて、賑《にぎ》やかに送り出したが、小番頭にまで召集が来るようになると、二人は急に不機嫌になり、やがてそれが身近な不安へと変って行った。

ノモンハン事件が起った五月、中番頭の秀助にも召集令が来た。秀助の女房が店へ報《し》らせに来ると、きのと勢以は、はっと顔色を変え、さすがに今度の戦争の容易なさを感じ取ったようだった。

喜久治は、四十を過ぎて出征する秀助のために、その夜、きの、勢以、久次郎、大番頭の和助、お時に、秀助の女房と二人の女の子を招《よ》んで、内輪の歓送会を開いた。秀助の女房と子供たちは、手に入りにくい牛肉のすき焼に喜び、賑やかに箸《はし》を動かしていたが、秀助は、始終、縁なし眼鏡の底に光る鋭い眼を、陰気に曇らせていた。喜久治が、あとの家族の世帯は、そのまま、大阪に置いても、郷里《くに》もとの四国へ連れて帰っても、いずれにしても秀助が無事で帰還してくるまで面倒を見ると云ったが、妙に落着かぬ風に頷《うなず》き、暗い眼を光らせていた。

そんな秀助の姿を見ると、母の勢以は、

「喜久ぼん、あんたは大丈夫やろか」

と怯《おび》えるように云った。十九歳の久次郎も、眼もとの涼しい白い顔を神経質に歪《ゆが》めて、不安げに喜久治の顔を見た。

「心配しなはんな、わいは丙種合格でっさかい、まず大丈夫だすわ」

笑い飛ばした。

「そやけど、もし、あんたが征《ゆ》くようなことがあったら、久次郎と女ばっかり残されて、わてらは……」

気細く、涙ぐんだ。秀助の女房が、

「御寮人《ごりようん》はん、そんなご心配おまへん、なんぼ軍隊でも、丙種のお方を、それに旦那《だん》はんは銃後奉公会の役員をしてはりまっさかい――」

と慰めたが、勢以は、そのまま、箸を措《お》いて、ふさぎ込んでしまった。きのは、黙って箸を動かしていたが、喜久治には、きのの心の内が、手に取るように解《わか》った。河内屋から人手が無くなるにつれ、勢以が何かにつけて涙脆《もろ》くなり、七十を過ぎたきのの方が、勢以を慰めて奥内《おくうち》を取り仕切って行かねばならなくなったが、そのきの自身も、寄る年波で、隠居部屋に閉じ籠《こも》って、溜息《ためいき》をつく日が多くなっていたのだった。

秀助が出征した翌月の節季に喜久治は、妙なことに気がついた。売掛勘定と買掛勘定の帳簿の中に、時々、腑《ふ》に落ちないまとまった数字が記帳されている。慌てて、分厚く綴《と》じた伝票や書類の束を丹念に繰って行くと、三万円程の疑問の数字を発見した。すぐ銀行へも連絡して、預金の出し入れと照合した結果、会計係の秀助の帳簿のからくりが隠せないものになって、算盤《そろばん》に弾き出されて来た。

三万四千二百円、喜久治は、五桁《けた》に並んだ黒い珠《たま》を見て、唇を嚙《か》んだ。中番頭の秀助の給料が二百六十円、手代の給料が五十五円であった。妾宅《しようたく》やお茶屋通いをしていても、病気以外は、ずっと店に詰めていた喜久治の眼を騙《だま》して、かすめとった金額がこれであった。応召して行く前夜、秀助が妙に落ち着かぬ暗い眼をしていたのは、このためであった。おそらく、四十四歳の秀助は、召集が来るなどとは夢にも思わず、まる二日の猶《ゆう》予《よ》しかない応召で、しかも、一旦、帰郷して、征かねばならなかったから、帳簿を巧みに処理する余裕がなかったのだった。

それにしても、喜久治は、秀助が応召するまで知らず、気附いた時には、喜久治の手の届かない軍隊の中へ入っていた。出征している兵隊を相手取って、金銭関係の訴訟を起せば、時が時だけに、うっかりすると、一人前の柄《がら》をして丙種で居残っている喜久治の方が、非国民呼ばわりされそうだった。秀助は、喜久治が若旦那として店商いをするようになった時、二十六歳という異例の若さで中番頭になり、その時から、二つ齢下《としした》のぼんぼん育ちの喜久治を侮《あなど》るように縁なし眼鏡の底から冷たい眼を光らせたが、今その眼が、遠くから嘲《あざけ》り笑っているようだった。喜久治は、父の喜兵衛が死ぬ時に云った言葉を思い出した。

――男に騙されても、女に騙されたらあかんでぇ――、あれは一体、何を云おうとしていたのだろうか、きのと勢以に苦しめ続けられていた養子旦那の心の底に籠った鬱憤《うつぷん》だろうか。それとも男が商いで騙されるのは、取引上の真剣勝負の結果だから諦《あきら》めがつくが、女のいやらしい嘘《うそ》と欲には騙されたらあかんという意味だろうか、臨終前に、とぎれ、とぎれに云った父の言葉の意味は曖昧で容易に捉《とら》えられなかったが、皮肉にも喜久治は、次々と女をつくりながら、女に騙されず、たった一人の男、それも自家の中番頭に騙されたわけだった。

嶮《けわ》しい喜久治の様子を見て、大番頭の和助は老眼を臆病《おくびょう》に瞬《しばた》かせたが、喜久治は自分の不様を知られるだけのことであったから、話さなかった。しかし、きのと勢以には、三万円という大金であるし、諸事節約《しまつ》にして行かねばならぬ時であったから、真相を話した。母の勢以は話半ばから、もう度を失っていたが、きのは齢老《とし》いても、なお肌目の艶《つや》を失わぬ顔をまっすぐにして聞き終り、

「喜久ぼん、わてにも、家内《いえうち》のことで見損いということがおますねんなぁ」

あきらめ兼ねるように云い、このことがあってから、きのと勢以は喜久治に遠慮気味になった。

翌年の十二月、足袋は統制品になり、事変前の生産高の実績、設備の大小、販売高などによって、各店への原布が割り当てられることになった。こうなると、この割当高が、その店の死活を左右するから、大阪足袋同業組合を創《つく》って、割当配給量の適正を計ることになり、喜久治も五人の理事のうちに選ばれた。

この日、喜久治は、朝から平野町《ひらのまち》の同業組合に行き、配給機構の整備を折衝した。配給量の割当で特に論議の的になったのは、河内屋のような製造兼、卸業者の立場であった。機構の簡略化から、卸業者のような中間存在を失くし、生産者から直接小売業者へ

という声があったが、喜久治は、今、早急に卸業者の存在を失くすと、生産から小売への流通が混乱すると強硬に主張し、卸業者の立場を堅持した。

会合が終った時は、もう夕方であったから、喜久治は、朝から七時間程、ぶっ通しで懇談していたことになる。椅子《いす》から起《た》ち上がると、腰に鈍い痛みを感じるほど疲れていた。今夜は、ぽん太のところで食事をする約束になっていたが、組合からすぐ出かけて行くのが億劫《おっくう》だった。組合から道程《みちのり》の近い店へ一旦、帰って、入浴をすませてから出かけることにした。

家へ帰ると、湯の用意が出来ていた。着物を脱いで籠《かご》へ入れかけて、はっとした。脱衣籠の横のお払い箱に、キャラコの白足袋が放《ほう》り込まれている。お払い箱は、きのや勢以や喜久治たちの使い捨てにしたものを入れる木箱で、その中からお時が、使用人が使えるものと、お払い屋に下げるものとを仕分けした。以前、喜久治も、毎日履き捨てにする猿股《さるまた》をそこへ放り込んだが、衣料が窮屈になってからは、そんなことは許されず、ここ暫《しばら》くは、木箱のお払い箱も、無用のものになっていた。

喜久治は、着物を脱ぐのを止め、木箱の中から白足袋を拾い上げて見た。やはり、祖母の九文の足袋であった。内側の胛腹《こうばら》のところが、かすかに薄くなっているが、擦り切れてはいない。配給時代の足袋としてはお茶席にも履いて行けるほど十分な足袋であった。喜久治は、焚《た》き口《ぐち》の仕切り戸を開け、石炭の燃え加減を見ていたお時に、

「離れに行って、お家《え》はんに、ちょっと湯殿までお越し願えまへんか云うて、来てもろうてんか」

と云い附けた。きのは、火桶《ひおけ》の炭火にあたっていたらしく、首から上を火照《ほて》らせ、湯殿の戸を開け、

「何だす、お風呂《ふろ》から上がってからでもええことですやろ」

と訝《いぶか》しげな顔をした。喜久治は、いきなり、白足袋を突きつけた。

「これ、どないしはりましてん」

「あ、それでっか、もう大分、傷《いた》んでるさかい、今朝、お払い箱へ入れたとこだす」

きのは、ごく自然にそう云った。

「傷んでるて、ちょっと胛腹が薄うなってるだけで、どこも破れてしまへんでぇ」

「ほいでも、足袋問屋のお家はんが、擦り切れかけた足袋では、みっともない思うてな」

同意を求める風に云った。

「お祖母はん、なんぼ足袋問屋でも、原布の配給が、こない窮屈になってる時勢やおまへんか、この間も、お祖母はんとお母はんは一カ月に四足、外の女《おなご》たちには二足半の割合にしか渡されへんと云ったばっかしやおまへんか」

「そら解ってるけど、つい、今までの癖が出てな」

笑いにごすようにやんわり云った。喜久治は俄《にわ》かに厳しい表情になり、

「家内《いえうち》で他家《よそ》より贅沢《ぜいたく》なものを食べられるのも、蔵の中の取っておきの足袋を小出しにして、お米やお酒と替えてるからやおまへんか、もう、今は、なんぼ昔からの財産があっても、勝手な贅沢はできまへん、何回云うても解ってくれはれへんのやったら、もう勝手にしてもらうより仕様がおまへん、わいは――」

と云いかけ、喜久治は、握りしめていた足袋を床の上へ、ぱさりと投げ出した。きのは、やや慌てた口調で、

「喜久ぼん、怒らんといて、これから気ぃ附けるさかい――」

すまんかったとは云わなかったが、黙って体を屈《かが》めて、床の上の足袋を拾い上げた。

喜久治は十年前にも、同じように湯殿で、死んだ幾子を叱《しか》ったことがあった。その時は、洗濯籠《せんたくかご》の中へ入っていた繕い足袋を見附け、足袋問屋の女が繕い足袋とはみっともないと、幾子を叱りつけておきながら、今は祖母のきのに向かって、履き捨てにせず、繕うて履くようにと叱っている。しかも、咎《とが》められたきのは、以前の傲慢《ごうまん》な気強さを失い、黙って喜久治の前に身を屈めて、足袋を拾った。

きの憐《あわ》れさが、喜久治の胸に来た。戦況が緊迫して来るにつれ、喜久治自身は、じわじわと順応して行ったが、きのと勢以は、男性がより以上尊重される時代のさ中にたって、気折れしたように以前の傲慢さを失い、三代を女の血で重ねた河内屋の母系家族

も、他家《よそ》と同じような男性中心の家に変りつつあった。

「解ってくれはったら、そいで結構だす」

いたわるように云い、喜久治は、風呂に入るのを止めて、出かけて行きかけると、

「喜久ぼん、どこへ出て行きはるのだす？」

きのは、不安げに聞いた。

「今夜は、ぽん太とこへ行ってやる約束に、前からなってますねん」

と云うと、ほっと安心したように表情を和らげ、

「わても勢以も、この不自由な時をどないして生きて行ったらええのや解れへん、あんただけ頼りや」

気弱い笑いを泛《うか》べた。上《あが》り框《がまち》で履物を履いていると、大番頭の和助が、

「旦那はん、越後町からお電話が――」

今から出かけるぽん太からの電話であった。喜久治は、受話器を受け取るなり、

「なんや、出かけの催促の電話なんか、掛けるものやない――」

と叱りつけると、電話の向うで、

「あんさん、太郎が、太郎が……」

といい、言葉が跡切《とぎ》れた。

「それが、どないしてん」

岸和田に里子に出している太郎のことであった。

「学校の帰りに喧嘩《けんか》して……妾《てかけ》の子やと云われて……、そいで、口惜《くや》しまぎれに相手をカバンで殴りつけたら……相手が多過ぎて、袋叩《だた》きになって、えらい傷《けが》に……」

また、ぽん太の声が跡切れた。

「大分、やられたんか」

思わず、喜久治は昂《たかぶ》った声で聞いた。

「左の額から瞼《まぶた》にかけて五針縫うたそうで……」

「医者は、大丈夫なんか」

「へえ、校医さんの先生でっさかい――、あんさん、わてと一緒に行っておくれやす」

縋《すが》りつくように云った。喜久治は言葉に詰った。生まれるとすぐ里子にやり、籍はぽん太の岡村姓で私生児として届け、一切の恩愛の絆《きずな》になるものを絶ち切っていたのに、今さらと思った。しかし、妾の子と云われたことが原因だと知ると、じっとしていられなかった。

出入りのハイヤーに無理を云い、岸和田まで飛ばした。ぽん太は、車の中で、つい半月前の日曜に出かけて行った時は、元気で一緒に写真を撮ったばかりであるのにと泣いた。その写真は喜久治も見せられ知っていた。中学二年の帽子を被《かぶ》った太郎は、ぽん太に似て小肥《こぶと》りで可愛《かわい》く見えた。その子供が、妾という言葉に血を流して怒る心を持っていたかと思うと、喜久治は、息が塞《ふさ》がれるように苦しかった。

里親の家へ着くと、人のいい老夫婦は、もう自分の粗相のように詫《わ》びた。太郎は、左の頭から顔にかけて、白い繃帯《ほうたい》を巻いて寝ていたが、ぽん太の声を聞きつけ、

「お母はん、来てくれたんか」

傷人《けがにん》とは思えぬほど、しっかりした大きな声をだした。ぽん太は、太郎の枕《まくら》もとへ坐るなり、

「今日は、お父はんも来てくれはったんやでぇ」

と云い、ダイヤの歯を光らすと、太郎は、繃帯の下から、片一方だけ出ている眼を喜久治の方へ向け、じっと見詰めていたが、

「あんたが、わいのお父さんか」

丹下《たんげ》左《さ》膳《ぜん》のように片眼をむいた。

子供と思えぬほど鋭い眼力のある眼で、喜久治の方が気圧《けお》され気味になった。

「そうや、弱いくせに、喧嘩しなや」

窘《たしな》めるように云うと、ふふふと笑い、

「今日は、ちょっと人数が多過ぎたんや、七、八人おったさかいな」

うそぶくように云い、また喜久治の方を見て、

「わい、大きなったら、足袋屋になるでぇ、ここらの土百姓《どんびやくしよう》の子とは違うのや」

と云った。喜久治が黙っていると、

「わいは、妾の子でも、大阪の大商人になる子やからな、ここらの奴とは、ちょっと違うねん、なぁ、そうやろ」

と念をした。喜久治が思わず、

「そうや、違うでぇ」

と云ってやると、安心したように眼を閉じて寝た。そんな太郎を、ぽん太は、不憫《ふびん》がって泣いたが、喜久治は、恐ろしいほど頼もしい子だと思った。

看病のために泊るというぽん太に、太郎の見舞金を置いて、喜久治は、独りで先に帰ることにした。待たせてあったハイヤーに乗り、岸和田の駅前まで来た時、一つ向うの駅が泉大津であることに気附いた。そこに死んだ幾子の子供の幾郎が里子に出されていた。

泉大津の駅前で、丸野雑貨店と聞くと、あの足袋を配給する店やと指さして、教えてくれた。表通りから少し横へ折れ、車の入らない細い道の片側にある間口一間ほどの小さな田舎の雑貨屋であったが、足袋の配給所であったせいか、すぐ解った。丸野夫婦は、突然の喜久治の来訪に驚いた。幾子の三回忌の時、三歳の幾郎を抱いた丸野夫婦と京都で会ったきり、ここ九年間は、全然、会っていなかった。

「こんな夜分に、突然、来まして——」

喜久治は、十時過ぎになっていることを詫び、太郎の事故を話し、その帰りだというと、丸野夫婦は、もう寝てしまっている幾郎を起しかけた。喜久治は、

「いや起さんかて、結構だす、ちょっと達者な様子だけ見たら——」

と云って、寝部屋を開けさせた。

幾郎は子供らしく、枕もとへ漫画の本を重ねて、向う側へ俯《うつぶ》せ気味に寝ていた。喜久治が、向う側へ廻って覗《のぞ》き込んだ途端、眼を見張った。死んだ幾子の面ざしが、そこに小さくなって生きていた。眠っている瞼の下に、細い線を持った鼻筋と口もとが、きゅっと小つまみに締っている。喜久治はそっと寝ている子の手に触れてみた。生毛《うぶげ》の密生した、やや浅黒い小麦色の肌まで幾子のものであった。里親の丸野夫婦を世話してくれた本町の別家《べっけ》が、よく面倒を見てくれるのか、幾郎の着ている寝巻も蒲団《ふとん》も、この家に不似合な贅沢なものだった。

喜久治は田舎道を引っ返した。十二月初旬というのに、夜が更《ふ》けると、急に冷え込み、カタカタと音をたてて走る車の扉《ドア》の隙間《すきま》から、冷たい風が膝《ひざ》にしみ通った。喜久治は、疲れた空《うつ》ろな眼を窓外に向けたが、外は暗い闇《やみ》に包まれていた。ところどころ道端に、黝《くろ》い木立のむらがりがあった。その枝葉と枝葉の間から、無数の生き物の眼が、喜久治の方を窺《うかが》っているような気がした。そして、喜久治が少しでも逃げようとすると、それらが一時《いっとき》に喋《しゃべ》り出し、争って動き出すようだった。

家にきの、勢以、久次郎を抱え、外に四人の女を持ち、その上、妾の子と云われて頭を割って怒る太郎と、幾子の面影を写した幾郎の九人が、喜久治の最後まで背負って行かねばならぬ生きものたちだった。喜久治には、背中に氷柱《つらら》が貼《は》りつき、体の中の骨が、固く軋《きし》むような思いがした。

＊

太平洋戦争が緊迫して来ると、俄《にわ》かに徴用が激しくなった。男だけでなく、一般家庭の家事手伝いはもちろん、無職の女は徴用されるということであった。それを伝えに来た町内会長の金田弥太平が帰ると、喜久治は四人の女の身の始末が心配になった。

喜久治自身は、足袋の統制組合の理事をしているから徴用の心配はないというものの、女も徴用されるほど戦局が迫って来ると、何時《いつ》召集が来るかも知れない。そうなると、なおのこと、女たちの始末をつけておかねばならなかった。

ぽん太は、自前芸者で屋形を経営し、抱《かか》え妓《こ》を三人置いて軍の慰問会に参加し、お福も、浜ゆうの女将《おかみ》の目先が利《き》いて、いち早く軍需会社用の寮に看板を塗り替えていたから、一応、非常時に即して働いているが、比沙子と小りんは、無職で家にいるから、いつ徴用されるか解《わか》らなかった。

小りんは、派手なお茶屋遊びが許されなくなった去年のはじめに落籍《ひか》し、千年町のこぢんまりした家に置いていた。小りんは、芸者を止めて一軒の家に納まると、その日から、日髪を止めて髪結賃を節約し、八百屋が来ると、青物に指あとが残るほどいじり廻したあげくに買物し、近所から芸者あがりは世帯ぎたないと噂《うわさ》された。噂を耳にした喜久治が、みっともないと窘《たしな》めると、小りんは芸妓読本を持ち出し、

二十一、日々の暮らしは、収入以内に致すべし。
むやみに衣裳《いしょう》、持物に入費《かかり》をかけず、百円の収入ある人ならば、月々少なくとも三十円貯金すること。入用のものはきれいに出し、不用のものは僅《わず》かでも節約《しまっ》するよう、節約《しまつ》とはもったいないことを知って無駄使いせぬことで、吝嗇《りんしょく》はわけもなくもの惜しみすること、この弁《わきま》えは派手な芸者稼業《かぎょう》はもとより、家持ちになる場合にも重宝にすること。

と声に出して読み、落籍《ひか》されてからも、芸妓読本を金科玉条にした。そんな小りんであるから、本宅伺いの時もつつましい心得でお目見《めみえ》し、きのと勢以の好感を得たのだったが、肝腎《かんじん》の赤子《やや》は一向、その気《け》がなかった。それを目的に小りんをすすめたお福は、はじめのうちは自分の責任のように気を揉《も》み、すまながったが、近頃ではもう諦《あきら》めて、口に出して云わなくなった。

喜久治は、さっき帰って行った金田弥太平のいや味な顔を思い出した。五十を過ぎた在郷軍人で、町内会長である金田弥太平は、羅紗《らしゃ》問屋の主であったが、一代で築き上げた人だけに、五代も代を重ねている喜久治には、以前から妙に小意地の悪い卑屈な態度でつき合っていたが、町内会が出来て会長に納まると、以前にもまして、小意地の悪い卑屈さをむき出しにした。さっきも、徴用令の実施方を話したあとで、

「お家《え》はんや御寮人《ごりょうん》はんはお齢柄《としがら》で、ご心配はおまへんけど、お宅のような老舗《しにせ》には、奥内《おくうち》以外の女《おなご》はんもたんとおありやと思いましてな、早いとこお耳に入れて、具合のええ始末を――」

と云い、細い眼尻《めじり》に卑猥《ひわい》な笑いを寄せた。

金田弥太平は、喜久治が四人の妾《てかけ》を持っていることをちゃんと知った上で、お為《ため》ごかしな親切を云っているのだった。その証拠に卑猥な笑いを寄せた眼の端に、戦争のさ中になっても、四人の妾を手放さずに抱えている喜久治をじろりと敵視する白眼が光り、むしろ、四人の妾に徴用が来るのを待ち構えている物見高さがあった。

喜久治は金田弥太平から、こんなことを云われる前から、女たちの身の廻りのことを考え、それぞれ郷里《くに》もとへ帰るなり、田舎へ疎開《そかい》するなり、自由にするように勧めていたが、四人とも喜久治の傍《そば》を離れたがらなかった。三日前の節季の日に、組合の仕事と重なり身動きのつかぬ喜久治に代って、大番頭の和助に、ぽん太とお福と小りんのもと

へ月極めの手当を持って行かせた。その時も、疎開を勧めさせたが、三人の返事は同じであった。

比沙子とは、ここ一カ月ほど連絡が取れていなかった。比沙子と喜久治のことは、ぽん太、お福、小りんの間では周知のことであったが、奥内のきのと勢以は、いまだに知らなかった。九年間も隠し通せて——と、喜久治自身、不思議に思うほどであったが、考えてみれば、比沙子の働いていたカフェー赤玉は、花柳界と異なり、老舗の主達が殆《ほと》んど出入りしなかった。そのうえ、赤玉を止《や》めてからはアパートに引っ込んだきりで、出歩くところといえば、競馬場で、ここも賭博《とばく》を固く禁じられている船場《せんば》商人の出入りする場所ではなかったから、自然、きのと勢以の耳に入る機会がなかったらしい。いずれそのうちに奥内へ話そうと思いながら、ずるずるとそのままになってしまい、今になると、気弱くなったきのと勢以につけ込んだようで、また切り出しにくかった。したがって、ぽん太たち三人のところへは、大番頭の和助にことづけを持って行かせたり、月極めの手当を届けさせたりしたが、比沙子のところだけは、何につけ喜久治自身が足を運ばねばならなかった。今月の手当も、比沙子だけがまだであった。

喜久治は、金田弥太平が敷いていた座蒲団を裏返しにすると、大儀そうに起《た》ち上がり、お時に外出用の裁着袴《たつつけばかま》を持って来させた。喜久治は、国民服を嫌い、家に居る時は和服の着流しであったが、外出する時は、着物の上から野袴のような裁着袴を履いた。形が良すぎるので、町内会の役員から白い眼を向けられたが、ちょうど男モンペの用を果しているので、文句はつけられなかった。

木炭車のハイヤーを呼んで、上本町九丁目まで行き、そこで降りて、女のアパートへ行くのを気附かれぬように人通りの少ない路《みち》を選《よ》って、上町《うえまち》台地へ上って行った。ここに先月、谷町から移って来た比沙子のアパートがあった。石畳の細い路は、ひっそりと静まりかえり、ところどころ、毀《こぼ》れた窪《くぼ》みに、早春の陽《ひ》が、暖かく陽溜《ひだま》りになっていた。喜久治は、背中を汗ばませながら、爪先上《つまさきあ》がりに石畳を踏んだ。

比沙子は、自殺狂言して以来、赤玉の勤めも、競馬も止めて、アパートにおとなしく引っ込んでいると云ったが、それから三カ月も経《た》たぬうちに、案の定、競馬の方は止めきれず、また競馬通いをはじめていた。持馬のワインレッドは、比沙子の予想に反して、どのレースにも二、三着馬に入って、手堅く賞金を稼いだが、ついに一度も優勝しなかった。それでも、比沙子は、ワインレッドを諦めきれず、ワインレッドの出るレースには、地方の草競馬までも欠かさず随《つ》いて行った。その度に喜久治も誘われたが、若い時から道楽をし続けたせいか、四十を越してから急に体の衰えを感じ、一度も競馬の遠出をしなかった。

上町台地を上り詰めて北へ折れたところに、比沙子の住む閑静なアパートがあった。部屋の扉をノックしたが、何時もはすぐ顔を見せる比沙子が、姿を見せない。扉を軽く押してみると、すうっと内側へ開いた。

「比沙子、わいや」

と声をかけると、驚いたように起ち上がる気配がし、比沙子が顔を覗《のぞ》かせた。大きな黒い瞳《め》を、真っ赤に泣き腫《は》らしている。

「どないしてん、一体——」

喜久治が呆《あき》れたように比沙子の顔を見た。

「徴用が来ましたわ」

「え！　やっぱり——」

と云ったまま、喜久治は、言葉を継げなかった。喜久治の異様な驚き方に、比沙子の方が慌《あわ》てた。

「私やなしに、ワインレッドに来ましてん」

「なんや、軍馬徴発か——」

思わず、喜久治が噴き出すと、比沙子の顔が歪《ゆが》んだ。

「ワインレッドが行ってしまったら、どうしたらええのかしらん、いくら、私だけは、ほかのお妾と違って、愛人だと思っていても、ワインレッドがいなかったら、こんなに超然として嫉妬《しっと》もせずにおれたかしら——、競馬場を土煙を上げて走るワインレッドに憑《つ》かれていたのかも解れへんわ、その憑きものが無くなったら——」

と云うなり、比沙子は、ふらふらと起ち上がり、押入の襖《ふすま》を引き開けた。その途端、大きな紙箱が畳の上に落ち、バラバラと写真がはみ出した。ワインレッドのスナップであった。比沙子は、一枚、一枚、拾い上げては、揉《も》みくしゃにして泣いた。

突然、喜久治の方へ向き直ると、

「お願い、ワインレッドを奪《と》られへんように、なんとかしてぇ」

比沙子は、体を搾るようにして哀願した。

「そんなことを云うたかて、相手が軍隊では、金銭ずくで、どないにもなれへんやないか、もう諦めるより仕様あれへん」

肩を抱き、慰めるように云うと、比沙子は肩を怒らせて泣いた。

それから、二週間目に、当の比沙子に徴用令が来た。夕方に令状が来て、支障ある場合はその理由を、三日目の午後四時までに当該区役所へ届けることと記されてあった。喜久治は、比沙子からその電話を受けるなり、しまった、遅かったという後悔と、贅沢《ぜいたく》で怠け者の比沙子が、被服廠《ひふくしょう》で軍衣の縫製をさせられるのかと思うと、不憫《ふびん》さが胸に来た。その晩、大柄な比沙子の体を抱えて、徹夜で思案したあげく、高商時代の友人の岸田に頼むことに決めた。

二年前の昭和十五年の秋、喜久治が、同業者の出征を見送るため大阪駅構内の人混みをかき分けていると、構内を埋めた幟《のぼり》の中に『祝出征、岸田広之君』と大書した派手な幟が眼についた。思わずその方に近寄って行くと、やはり、同級生の岸田であった。岸田は、喜久治の姿を見るなり、報《しら》せもしないのに聞きつけて歓送しに来てくれたのかと感激し、傍にいた女房と子供を紹介して、何かと宜《よろ》しく頼むと云った。喜久治も、同じ列車で発《た》つ同業者の見送りを不義理にして、岸田の顔が列車の窓から見えなくなるまで見送った。一カ月程経った頃、岸田の女房が、喜久治を訪ねて来て、配給品の子供の綿足袋をわけて欲しいと頼んで来た。喜久治は、子供の分だけでなく、女房の分もわけてやり、何でも困ったら来て下さいと云ったが、それっきり姿を見せないと思っていると、今年の始めに、北支で戦傷を受けた岸田が内地送還され、除隊して塚口《つかぐち》の航空機会社の厚生課へ勤めるようになったという便りを貰《もら》ったばかりであった。

そんなちょっとした出合いを縁に、比沙子のことを頼みに行くのは辛《つら》かったが、今はそれをかまってなどおれなかった。

岸田は、喜久治の話を聞き終ると、跛《びっこ》になった右足をぎごちなく組み直し、

「大分前、俺《おれ》は赤玉で、君にビールをぶっかけたことがあったなぁ、お前みたいなぐうたらで女蕩《おんなたら》しの奴には、ほんまの人生が解れへん、いい加減な生き方しかでけへんやろ、と云うたことがあったけど、今になったら、お前の方が自分の生き方に徹してる、このご時勢になっても、自分流の生き方をし、女の徴用逃れに奔走して、最後まで女との生活を大事にしてるやないか、それに比べたら、俺は紡績会社があかんようになったら、

軍需会社に乗り替え、この眼で頼りない戦争を見て来ておきながら、木工飛行機を造ってるのや」

と干乾《ひから》びた笑い方をし、

「よっしゃ、比沙べえやったら、俺も赤玉で知ってる仲やさかい、按配《あんばい》計らうよって心配しなや」

と云った。喜久治がすまながると、

「困った時はお互いやないか、それよりほかにも女があるのやろ」

「うん、三人——」

と云い、ぽん太、お福、小りんの話をすると、急に声をひそめ、

「実はな、まだ極秘やけど、今年の暮ぐらいに花街営業停止令が出て、芸者も徴用されるらしいから、今のうちに軍需会社の寮へ入っているお福という女《ひと》以外は、始末をつけといた方が安全や」

と情報を教えてくれた。

翌日から喜久治は、小りんとぽん太の徴用逃れに奔走した。まず、無職で家に居る小りんが心配であったから、佐野屋六右衛門に頼みに行った。佐野屋は、疲労した喜久治の顔を見、

「女いうたら、土壇場へ来るほど、しがみついて離れへんもんだっさかい、今更、田舎

へ帰らそう思うてもあきまへんやろ、まあ、小りんちゃんのことは、わてが関係してる小売店ばっかしの販売協同組合の事務員に入れるよう、段取りしまっさ」

気軽に引き受けてくれたが、

「そやけど、あの妓《こ》は、字や算盤《そろばん》など、何一つでけしまへんけど――」

と不安がると、佐野屋は、

「そら、任しといておくなはれ、事務員とは名ばかりで、お客さんのお茶や食事の接待に廻って貰うことになりますやろけど、くれぐれも化粧や身装《みなり》は地味につくろうておくれやす」

と細かい神経を行き届かせた。あとは、ぽん太の始末だけであったが、佐野屋や岸田のように、女のことを打ち明けて世話を頼めるような相手は、ほかに見当らない。

喜久治は思案しぬいたあげくに、ふと幇間《たいこもち》のつる八のことを思い出した。つる八は二年前から尼崎《あまがさき》の鉄工所へ徴用されていた。喜久治は、お福からつる八へ連絡を取らせて、闇《やみ》で牛肉を食べさす料理屋の二階へ招《よ》んだ。つる八は、不意の喜久治の呼出しを怪訝《けげん》がっていたが、喜久治が、

「女《おなご》のことで頼みがあるねん」

と一言、口を切ると、

「へえ、女《おなご》はんらの徴用逃れでっしゃろ、やっぱり、旦那はんらしおますわ、けっけっ

けっ」

薄汚れただぶだぶの工員服を着て、面窶《おもやつ》れしていたが、はじめて、幇間らしい奇矯な声で笑い、

「小りんちゃんのことでっしゃろ」

とつる八が、先に廻ると、

「いや、小りんは、佐野屋はんの伝《つて》で、もう行くとこ定《きま》ってるねん、頼みたいのは越後町のぽん太のことやねん、あれとは別に馴染《なじ》みがないやろけど、一つわいのことやと思うて、計ろうてんか」

と頼むと、つる八は、

「めっそうもおまへん、昔、ご贔屓《ひいき》になった旦那はんのことだす、早速、そこへ当ってみまっさ」

と云ったが、それから半月目に、つる八は自分の働いている鉄工所の慰問係の話を持って来た。工員の慰安に、漫才や浪花節《なにわぶし》、手品師などを呼んで来る係で、芸能方面に詳しい世話人が必要であった。しかも、そうした特殊な仕事であるから、嘱託という気楽な立場で、別に素姓が知れても気辛いこともないという話であった。喜久治は、ぽん太という女はどこまで運のいい奴だろうと、腹の中で苦笑しながら、ほっと安堵《あんど》した。

ここ一カ月半ほどの間、喜久治は、統制組合の方も、自分の店の方も殆んど放《ほう》り出し

て、三人の女の徴用逃れに奔走していた。人から見れば馬鹿げたことのようであるが、喜久治にとっては、悲壮な求めであった。今まで自分のものにし、贅沢に育って来た女たちを、たった一枚の徴用令で、駆り出され、無神経に働かされることは、我慢ならなかった。

この年の暮になると、岸田が云った通り、花街営業停止令が出、花街の芸妓《げいぎ》達が落下傘造りや軍衣縫製に駆り出され、次いで重要物資買上実施令が出て、各家庭の貴金属が回収されることになった。

町内から河内屋へ、再三、貴金属供出の要請があった。きのと勢以は、金時計、金銀の盃《さかずき》やメダルなどは出したが、白金とダイヤモンドを入れた手文庫の蓋《ふた》は栄螺《さざえ》のように固く閉じて、承知しなかった。三度目の供出の時、町内会長の金田弥太平が、喜久治を訪《たず》ねて来た。店の間の上《あが》り框《がまち》に腰を下ろすと、

「河内屋はん、お宅の奥内から外の女はんの分まで寄せたら、おそらく船場《せんば》でも一、二の供出高になりまっしゃろ、一つ、うちの町会のために気張って出しておくなはれ」

と云い、細い眼を油断なく光らせた。喜久治が黙っていると、

「お宅のように筋の通ったものばかし持ってはると、何年経《た》っても宝石商の売台帳にちゃんと残っていて、全部、表へ出てますねん、それに、河内屋はんは銃後奉公部長でっ

さかい、この際、率先垂範しておくなはれ」

と、皮肉な言葉尻で云った。

喜久治は、女たちの徴用逃れに狂奔したあとだけにうしろめたく、強いことも云えず、

「ほんなら、何とか供出させまひょ」

と折れ合うように云った。

あとで、きのと勢以にはなすと、

「昔から火事になったら男は位牌《いはい》、女は宝石を持ち出すものやと云うぐらいやおまへんか、女の命から二番目ぐらいのものを無理強いに奪《と》って行きなはる気か」

と、この時ばかりは、以前のように居丈高になって気色ばんだ。

しかし、それから四日目に、警察署長の名で、白金、ダイヤは、航空機材料の一部分で、これを隠匿《いんとく》した者は、非国民であることを声明した回覧板が廻って来た。このものものしさにさすがのきのも顔色を変え、しぶしぶ金蔵《かねぐら》の手文庫の中からダイヤと白金を供出した。

お福、比沙子、小りんの三人も、喜久治から与えられた指輪や帯止めの貴金属を出したが、ぽん太だけは、聞き入れなかった。

喜久治が膝詰《ひざづ》め談判に行くと、平常の饒舌《じょうぜつ》とは打って変り、唖《おし》のようにしぶとく押し黙っている。喜久治の方が根負けし、

「ほんなら、非国民や云うて警察へ引っ張られても知らんでぇ」

すげなく云い起《た》ち上がりかけると、

「ほんまに、警察へ引っ張られまっしゃろか」

と不安気に聞いた。喜久治は、もっともらしく頷《うなず》き、

「そのうえ、徴用のがれに、会社の慰問係に勤めてることも解《わか》って、ほんまの徴用に、ひっ張られても、わいは知らんでぇ」

と突っ放すと、ぽん太は急にへたへたと気弱くなり、

「ほんなら出しまっさかい、また替えを買うてくれはりまっか」

「戦争に勝ったら、三倍にして返したる」

と約束すると、台所の漬物樽《つけものだる》のなかから糠《ぬか》だらけになった茶壺《ちゃつぼ》を引き上げ、白金台にすわったダイヤや、その他の指輪も出したが、ダイヤをはめた差し歯がない。

「あの、ピカリの差し歯はどないしてん」

咎《とが》めるように聞くと、

「あれは、貴金属やおまへん、わての口の中の歯だす」

ぽん太は、けろりと答えた。

「そんな屁理屈《へりくつ》云うてもあかん、ダイヤがちゃんとはまってるやないか」

「そんなこと云いはっても、白金台の入れ歯まで出す人はおまへんやろ、それと同じこと

とだす、白金の代りにダイヤがひっついてるだけやおまへんか、これからあれを使わんと、大事になおしときまっさかい、あれだけは堪忍《かんにん》しておくれやすな」

と云ってのけた。ぽん太の云うことも一理であった。政府は金歯まで出せと云っているのではなかった。

「ほんなら、絶対、そとへして行ったらあかんでぇ」

と念を押し、ダイヤの差し歯だけは見逃してやった。

＊

きのと勢以が疎開《そかい》を決心したのは、敵機の飛来が頻繁《ひんぱん》になり始めた昭和十九年の始めだった。

それまで、何度、喜久治が疎開を勧めても、物見遊山《ゆさん》以外に、一度も大阪を離れたことのない二人は、まるで島流しにでもされるように怯《おび》えて嫌がったが、夜半、奥前栽《おくせんざい》の防空壕《ぼうくうごう》へもぐり込まねばならぬ事態が度重《たび》なると、さすがに大阪を離れる決心がついたらしかった。それに、病弱で大学も欠席しがちである久次郎の病気保養のためという意味もあった。

喜久治は、河内屋の出生地《しゅっしょうち》である河内長野へ行くようにと勧めた。ここには河内屋の菩提寺《ぼだいじ》である恵明寺《けいめいじ》があり、先々代の歿《ぼっ》した時に、寄進した御講部屋の建物が空き部屋になっていたから、申し分のない疎開先と考えたが、きのと勢以は、あんな田舎はわびしすぎると云い、有馬を望んだ。有馬は、二人がしょっちゅう湯治に行っていた温泉場で、古い馴染みの旅館もあった。物資の窮屈な時だけに、そうした馴染みのある方が、何かと便宜だし、淋《さび》しがってすぐ舞い戻って来る心配も少ないだろうと考え直し、喜久治はそれに賛成した。

早速、大番頭の和助を有馬へ行かせ、適当な家を物色させると、ちょうど、主人と息子を戦地に取られ、温泉場の商いもさびれて来たから店をたたみたいという小旅館の出ものがあったので、それを買い取り、一月早々に移ることにきめた。

三人の疎開荷物はトラック二台におさまらず、別に荷車を一台頼んだが、その殆《ほと》んどは、きのと勢以の煌《きらび》やかな衣裳葛籠《いしょうつづら》であった。しかも、葛籠の上に、河内屋の定紋入りの幔幕《まんまく》を掩《おお》ったから、まるで嫁入り荷物のような華やかさであった。

有馬へ行く前夜、奥内だけで、ひっそりと会席をした。黒塗りの脚附《あしつ》き台《だい》の上には、お時が闇《やみ》で手に入れて来た明石《あかし》鯛《だい》の浜造り、あら炊《だ》き、蒸《む》し蛤《はまぐり》、魬《はまち》の塩焼、吸物の五品が並んだ。きのと勢以は、まるで料理屋の会席に坐るように、小紋御召を着飾って坐った。モンペを履かねばならぬようになっても、二人は不恰好《ぶかっこう》なモンペ姿を嫌い、モンペを履くぐらいなら好きな外出をぴたりと止《や》め、家内《いえうち》で、袘《ふき》の厚い着物の裾《すそ》を引きずるようにぞべぞべと着ていたが、今晩は、さらに着飾り、うっすらと白粉《おしろい》さえ刷《は》いている。

きのは八十二歳、勢以は六十歳を越えているのに、白粉を刷いた二人の顔は、ここ十年ほど前から、齢《とし》をとることをぴたりと忘れ果てたような艶《つや》やかな皮膚を保っている。二人揃《そろ》って御膳の前に並ぶと、親子というより、姉妹のような睦《むつま》じい甘さがあった。久しぶりに整った贅沢《ぜいたく》な料理に箸《はし》を運びながら、時々、眼を見合わせて、二人でくっくっと小娘のように笑った。その度に、喜久治は箸を止めて、二人の方を見た。齢をとるにつれ若くなり、妙に華やいで来るきのと勢以の異様な女臭さが、ぬるりと喜久治の咽喉《のど》の奥《おく》へ落ち込むような思いがしたが、喜久治の隣に坐っている久次郎は、二人に溶け込むように喋《しゃべ》り、時々、華奢《きゃしゃ》な手を振り、役者のような仕種《しぐさ》で笑った。久次郎は、ゲートルを巻いて学校へ行っても、帰宅すると、すぐ絣《かすり》の和服に着換えて、きのや勢以の部屋に入り浸っていることが多かったから、そんな二人の雰囲気に馴れているらしかった。

明日、大阪を離れることを忘れたように、機嫌よく喋っていたきのが、急に黙り込んだ。

「お祖母《ばあ》はん、どないしはりましてん」

気分をとりなおすように喜久治が盃《さかずき》をすすめると、大きく頭を振り、

「喜久ぼん、とうとうわてらが、この家を空けるのやなぁ」

と云い、食い入るように喜久治の顔を見据えた。

「戦争がすむまでのちょっとの間だけだすがな」

労《いたわ》るように云うと、

「女のいえへん河内屋なんか、考えてみたこともなかったわ、三代も女の血筋が続いて栄えて来たのに、これでもう女は、絶えてしまいそうやなぁ、お福に女の子が出来たら、別家さしてでも女の血筋を残しておこうと思うてたのに、それもあかんかった、そのうえ、何でも男やないと通らん世の中になってしもうて……、河内屋の血筋のわてらが、家を空けて出て行かんならん――」

きのは、こみあげるように肩を震わせた。

「お母はん、何もかも戦争のせいだす、なにも、わてらが敗《ま》けたのやおまへん」

勢以が、きのの肩を激しく揺すぶったが、

「そうやろか、ほんまに戦争のせいだけやろか、戦争が無《の》うても、時勢がそないなって来たんやないやろか……、わては、もう何もかも失《の》うなって消えて行くみたい……」

というなり、ふらふらと起《た》ち上がった。瞳《ひとみ》がもの狂いのように、空《うつ》ろに見開いている。

「お祖母はん！」

喜久治が、抱き止めかけると、その手をつるりとくぐり脱《ぬ》け、きのは、両手で正面の床柱を抱いた。喘《あえ》ぐように頭を仰向け、首から下を床柱に添わせながら、かい撫《な》でるように丹念に床柱を撫でさすった。何かを確かめるように、何ものかを探り出すように、きのの白い指先が百八十年を経た柱の上を這《は》った。勢以もまたたぐり寄せられるように

床柱に寄り、崩れ折れるように柱にまつわりつき、低い嗄《かすれ》た声で、

「わてらが居《い》えへんようになっても、ここに残ってるわてらのしみが……、三代前からの女の血が生きてる……誰もここへは入られへん……」

吸いつくように柱に顔を寄せたかと思うと、きのと相抱いて嗚咽《おえつ》した。久次郎は怯えるように身を退《すさ》らせた。

絶え絶えに高くなり、低くなる二人のすすり泣きが、奥深い家の中に、家鳴りのように不気味に伝わった。喜久治は、身じろぎもせず、酷薄な心の眼を見開いて、百八十年間、河内屋を支配した母系家族が、眼の前で崩れ去って行くのを見詰めていた。

翌朝、木炭車のハイヤーが来てからも、きのと勢以は、躊躇《ためら》うように家を出たがらなかったが、久次郎が腹だたしげにせかせると、やっと諦《あきら》めたように車に乗った。喜久治が扉を閉《し》めかけて、もう一度、お時を連れて行ったらどうかと勧めたが、二人は頑《かたく》なに首を振った。

喜久治の身の廻りの世話にお時が必要だという二人の意見であったが、その実、妾《てかけ》たちを家に入れぬ用心のためにお時を家へ残してゆくのが、本心らしかった。車が動き出すと、喜久治は、

「向うへ行ったら、二人のことを頼むでぇ」

と久次郎に念を押した。責任の重さを感じたのか、久次郎は、緊張した顔つきで頷《うなず》い

た。

きのと勢以がいなくなると、奥内が急にひっそりとし、喜久治は快い解放感を得た。戦争が激しくなり、世間があわただしくなってからは、きのも勢以も、人が変ったように喜久治をたてていたが、それでも二人が家にいると、何となく重苦しい思いがしていた。それが、なくなると、今まで非常時だと慎《つつし》んでいた喜久治の気持も、急に図太くなり、また四人の女たちの家を廻りはじめた。

お福は、軍需会社の寮になった浜ゆうで働いていたが、早退《はやび》けして喜久治を迎えた。ぽん太、比沙子、小りんの三人も、昼間は徴用逃れに勤めに出ていたが、夜になれば、それぞれの家へ帰るから、夜の生活は以前と変りなく続けられた。変ったことといえば、喜久治が国民服を着て、片手に肉や魚などの食糧をぶら提げて行くことであった。

その日も、喜久治が出かける用意をしかけると、お時は、黙って台所で妾宅《しょうたく》へ運んで行く食べ物の包装をした。それを受け取り、外の陽がすっかり暮れ落ち、人目につかぬことを確かめてから、喜久治は家を出た。

先に浜ゆうへ電話をしておいたから、喜久治が下寺町《したでらまち》のお福の家へ着くと、とっくにお福が帰っていて、酒と肴《さかな》の用意をしていた。喜久治が食べ物を提げて行くことが解っていても、それをあてにせず、自分の方で何か用意するのが、お福の常だった。喜久治が四人の女に分ける衣料や純綿の足袋も、喜久治が気をきかせて持って行かぬ限りは、自分の方からは欲しいと云わず、ものに恬淡《てんたん》であった。

しかし、好きな酒だけは眼がなく、自分の着物や喜久治の持って行った足袋と交換して、闇《やみ》で手に入れたり、浜ゆうから無理をして来た。

長火鉢を真ン中にすると、お福は、待ち兼ねたように銅壺《どうこ》の中から湯婆《たんぽ》を出して、お酌した。喜久治もお福に注《つ》いでやると、例のふうっと酒を吸い上げるような美しい飲み方で、盃《さかずき》を空けた。喜久治は興に乗って盃を重ねた。花街が閉ざされてからは、女の家でこっそり寛《くつろ》ぐしか仕方のない時代であったが、お福と一緒に飲んでいると、急にそこが広々とした昔の浜ゆうの座敷になり、快い錯覚にとらえられた。

お福は四十を過ぎてからも一向に衰えを見せぬ白い肌を桜色に染め、豊かな体をゆったり動かしていた。戦争が激しくなっても、面変りはもちろん、気分まで変らないのは、お福だけだった。ぽん太、比沙子、小りんは、当然のように物資の無理を云い、云う度に顔つきが貧相になって行くようだった。喜久治さえも、やりにくい商いに疲れ果てている。

「こない世の中が窮屈になっても、お福だけは、ちっとも変れへんのやなぁ」

喜久治が深い吐息をつくと、

「わては、好きなお酒を戴《いただ》いて、命の洗濯《せんたく》さえ出来たら、ほかに何にも大きな欲がおまへんよって――」

と云い、盃の縁に唇を当て、ふうっと酒を吸い上げた。白い咽喉《のど》もとがこくりと動き、薄い皮膚の下を、黄金の酒がなみなみと流れて行くのが眼に見えるようだった。

喜久治は、突然、両手を伸ばして、掌《て》の間にお福の白い咽喉もとをはさみ込み、静かに引き寄せた。

「お久しぶりでおますこと――」

ねっとりとしたお福の声が、咽喉から流れ出た。ほんとうにその方は、お久しぶりであった。お福だけでなく、他《ほか》の三人ともそうであった。次第に押し詰る商いの難しさや奥内の変化が、喜久治の齢《とし》に加えて、欲望を衰えさせ、今晩のように積極的になったのは、久しぶりのことであった。

お福の肌が露《あら》わに湿り、暖かい体温が喜久治を包んだ。柔らかく引き入れられながら、喜久治は、はっと聞き耳をたてた。

「警戒警報、警戒警報!」

警防団員の声がし、表が急に慌《あわただ》しくなった。喜久治が体を離しかけると、

「このままで、およろしおます」

熱っぽく、そのくせ妙に落ち着いた声で云い、お福は電燈を消した。暗闇の中で、お福の体がするすると這《は》うように巻きついた。

「敵機来襲、敵機来襲！」

大声で叫ぶ声がした。喜久治が飛び起きかけると、再び暗闇の中で、

「せっかくの酔いが惜しいやおまへんか、鼹鼠《もぐらもち》みたいに、あんな土の中へもぐり込まんと、ほろ酔いで、ぱあっと、死ぬのもよろしおます——」

と囁《ささや》いた。酒の酔いと云うのか、それとも体の酔いと云うのか、男の欲情を、そそるような気怠《けだ》るい声だった。遠くの方から鈍い爆音がした。喜久治は本能的な恐怖感と、力が脱《ぬ》け落ちるような疲労感の中でそれを聞いていた。不思議な快感であった。やがて敵機は、何事もなく、頭上を過ぎて行った。

喜久治は、警報の解除された街を、風呂敷包みをぶら提げて、北へ向いて歩いていた。千年町の小りんのところへ寄るためである。お福は、小りんのところと聞くと、すぐ電話器を取って、小りんを呼び出し、

「小りんちゃん、今から、旦《だん》那はん、そちらへお行きやすから、あんじょうに——」

と云い、喜久治の持って来た食べ物を二分せず、小りんの方へ余計に分けた。

喜久治は、舗装された道を歩きながら、やや悦に入っていた。女たちの家が全部、歩いて行こうと思えば、歩ける近さに斜め一直線に在《あ》ったからである。一人だけ飛び離れて遠かった比沙子も、上町台地のアパートへ替っているから、もし交通上の支障があっても、一時間あれば四人の家を歩いて廻れるように集めてあった。特に今晩のように警

戒警報の出る夜は、こうした便宜さがなければ、とても女たちを廻ってやれない。

小りんは、案の定、食卓の上に食器を並べたまま待っていて、喜久治から食べ物を受け取ってから調理にとりかかった。鳥肉であったから、土鍋《どなべ》に出し汁をつくり、お膳の上で、ぐつぐつ煮たが、煮たつまでが、辛気くさい。

「どうやねん、小売商組合の方の按配は」

喜久治は欠伸《あくび》をかみ殺しながら、頬を炭火で火照《ほて》らせている小りんに聞いた。小りんは顔を上げると、小さなおちょぼ口をにいっと開き、

「面白おますわ、お客さんにお茶運んだり、ごはん運んだりして――、もし、帳面つけでもさせられたら、一ぺんであきまへんけど――」

生き生きした調子で云った。組合から帰って来たばかりという着物は、紫の矢絣銘仙《やがすりめいせん》に紺絣のモンペで、地味な固い装《よそお》いをしているが、首筋のあたりがどこか色っぽく、玄《くろ》人《うと》じみている。

「ほんで、大丈夫なんか」

小りんの素姓を見ぬかれていないか懸念《けねん》すると、くっくっと笑い出し、

「そら、みな知ってはりまっしゃろ」

けろりとしていた。

「困るがな、ちゃんと気ぃつけんと、佐野屋はんに迷惑がかかるやないか」

叱《しか》るように云うと、

「そんなこと云いはっても、十三から芸妓学校で仕込まれたわてが、そないうまいこと他のものに化けられしまへんわ」

生真面目な顔をして云った。それには、喜久治も二の句がつげず、黙って煮だちはじめた鍋に箸をつけたが、お福のところで少し食べて来ているから、食欲がない。小りんが、独りで忙しく箸を動かした。

また、警戒警報が鳴り出した。小りんは、兎《うさぎ》のようにぴくりと耳を動かし、すぐ炭火に灰をかぶせ、防空頭巾を取るなり、

「防空壕《ぼうくうごう》は、裏の空地《あきち》だす」

と、せき込んだ。

「まだ、警戒警報やさかい、暗うするだけでええやないか」

喜久治が暗幕だけを引きかけると、小りんは激しく首を振り、

「あきまへん、わてはお昼でもまっ先に組合の防空壕に入りまんねん、夜はなおさら危のうおます」

血相を変え、先にたって玄関へ出た途端、空襲警報が鳴り響いた。防空壕の入口に、五、六人が押し合うように犇《ひしめ》いている。喜久治が、あと退《ずさ》りしかけると、小りんが力まかせにうしろから押した。湿気くさい臭《にお》いがし、急にこもった人い

きれで狭い壕内がむうっと蒸せた。

空襲警報というのに、一向、敵機来襲の気配がない。時間が長びくほど真っ暗な壕の中でいらだたしい不安に襲われた。隣組長らしい男が、そんな不安をかき消すように、懐中電燈の淡い光を点《つ》け、

「みんな揃《そろ》うてはりまっか、ちょっと賑《にぎ》やかに頭数でも読ましてもらいまっさ」

と云うなり、右手を振って、

「ええ――、御破算で願いましては、お一人、お二人、三人《みたり》、四人《よたり》、五人《いつたり》……」

剽軽《ひょうきん》な声で読み出した。喜久治は戸惑うた。この非常時に妾宅へ来ている男の姿など数のうちに読まれたくなかった。壕の隅へ守宮《やもり》のように貼《は》りついたが、狭い壕の中では避けるべくもない。うしろ向きになった喜久治の頭の上に淡い懐中電燈の光が落ちた。

「ええーと十八人、一人多うおますな」

不審そうに云うと、小りんが、

「へえ、うちの旦那はんだす」

と、まともに答えた。壕の中に失笑が沸いた。可笑《おか》しみと軽侮が入りまじった、きな臭い笑いであった。喜久治の国民服の背中が、脂汗《あぶらあせ》でじっとり汗ばんだ。早くそこを逃れたかったが、一向、敵機の来襲する気配がなく、じりじりと、時間が経《た》った。やがて、警戒警報解除のサイレンが鳴った。ほっと安堵《あんど》する溜息《ためいき》にまじって、阿呆《あほ》らしいとぼや

く声もした。喜久治は、一番うしろから外へ出ると、小りんのところへは戻らず、そのまま家へ帰ることにした。

小りんは、不満そうな顔をしたが、防空壕での自分の言葉が失笑をかい、それで喜久治が不機嫌になっていると察し、防空頭巾をかぶったまま、東清水町の角まで喜久治を送った。

一晩に二度もサイレンが鳴ったせいか、警報が解除されているのに、街は暗幕に掩《おお》われたまま暗闇の中に沈んでいる。末吉橋通りの暗い道まで来た時、喜久治は、マンホールの蓋《ふた》が金属回収で取りはずされて、それきりになっているのを思い出した。ポケットをまさぐり、小型の懐中電燈を取り出し、足もとを照らしながら歩いた。

塩町の角まで来た時、出合いがしらに人とぶつかった。妙な金属音がしたなと思い、その方へ懐中電燈を照らすと、腰に長剣を吊《つ》り、腕に憲兵の白い腕章を巻いていた。

「馬鹿野郎！　気をつけて歩かんか」

一喝して、じろりと喜久治の手もとを見た。

「なんだ、この燈火管制下に懐中電燈などつけて、貴様は何者だ」

と食ってかかった。喜久治が足袋屋だと答えると、

「足袋屋が、今ごろ、何をうろちょろしとるのか、働き盛りの大きな柄して兵種は何だ」

「へえ、第二国民兵だす」

「何？　第二国民兵、その体で、うどの大木か」

大声で嘲笑したうえ、

「ところで、懐中電燈など持って、どこへ行ってたんだ」

喜久治は、ぐっと返事に詰った。

「この非常時に、人に云えんような処《ところ》とは、可笑《おか》しいじゃないか、はっきり答えないと、スパイ容疑も考えられるからな」

「いえ、ちょっと人を見舞に行ってまして――」

「何、見舞、病名は」

矢継ばやに尋問した。

「いえ、別にたいした病気やおまへんけど――」

「たいした病気でもないのに、警報の出ている時に見舞とはどういうわけだ」

「それが身寄りのない者でっさかい、このぶっそうな時にどないしてるかと思いまして――」

「身寄りのない病人は、男か、それとも女か――」

畳み込むように聞いた。喜久治が頷《うなず》くと、

「訪問先は――」

「千年町だす」

「千年町といえば、たしか、あの辺は芸妓屋形か、妾宅ばっかりだな」

と云い、憲兵の眼がぎらりと光ったかと思うと、

「女だな、貴様の妾だろう」

ずばりと突き刺すように云った。思わず、喜久治が返答に詰ると、

「貴様、この非常時に妾を囲うとるとは何ごとだ！　ちょっと交番まで来い」

と云うなり、喜久治の腕を乱暴にひっ摑《つか》んだ。

喜久治は肘《ひじ》を突いて、強く振り払いかけたが、夜目にも明らかな憲兵の白い腕章が喜久治の心を威圧した。こんなことぐらいで連行されるのは、いまいましかったが、下手に抗《あらが》うのは不利だと判断して、最寄《もより》の塩町の交番まで大人しく従った。

交番の奥へ入ってからも、相手の憲兵上等兵は居丈高になって、挙動不審を取り調べた。喜久治は、吐気の催しそうな不快さに耐え、世話をしている女のもとへ行って来た帰りであることを話した。憲兵上等兵の顔に、何度も卑猥《ひわい》な薄笑いが泛《うか》び、暗幕を張りめぐらした狭い部屋の中で、その笑いが残忍なほど生き生きとしていた。話を聞き終ると、

「それだけか、貴様の懐中電燈は、マンホールの蓋の有り無しを照らすだけのためか――」

と云い、また卑猥な笑いをし、股《また》火鉢にしている炭火をかきたてて、煙草《たばこ》に火を点《つ》けた。喜久治は、黙って頷き、火を点けている相手の顔を見た。四十前後の色の黒い貧相な顔の中に、小狷《こずる》い下卑た鼻が趺坐《あぐら》をかいていた。正規の憲兵以外に、この頃、急に幅を利《き》かしはじめた召集兵あがりの質《たち》の悪い補助憲兵らしかった。択《よ》りに択って悪い奴にひっかかったと、喜久治は半ば投げ出したいような嫌悪《けんお》が突き上げて来た。相手は、ぷうっと喜久治の顔に吹っかけるように煙を吐き、背広式に仕立てた喜久治の形のいい国民服の衿《えり》もとに眼を遣《や》り、何か云いかけた時、うしろの扉が開いた。巡邏《じゅんら》していた巡査が帰って来たらしい。

喜久治の背後で、威儀を正して憲兵に敬礼する気配がした。

「何か、事故でもあったんですか」

「うん、燈火管制下に、懐中電燈を持って、うろちょろしていたから、挙動不審でひっ捕えて来たんだ」

憲兵が横柄《おうへい》に云うと、巡査は椅子《いす》に坐っている喜久治の背中に近附き、うしろから覗《のぞ》き込んだ。

「あ、河内屋さん、西横堀の河内屋さんではないですか」

驚いたように声をかけた。振り向くと、つい、二、三カ月前まで、西横堀の交番にいた中年の近藤巡査であった。

「なんだ、知っている者か」

「はあ、前に巡邏していました西横堀管内の、足袋問屋の河内屋の主《あるじ》です」

「なに、河内屋足袋——、そう云えば、さっきそう云っていたなぁ」

思い出したように頷いたが、さっきから、出かけ先の様子ばかり執拗《しつよう》に聞いて、まだ喜久治の住所氏名、職業を尋問していなかった。しかし、河内屋足袋と聞いて、俄《にわ》かに憲兵上等兵の態度が変った。

「何しろ、非常時下のことであるから、ことの内容にたいしたことがなくても、妙な容疑を持たれないようにして貰《もら》わんと困る、そうでないと、やはり一応、非国民という扱いになるからなぁ」

乱暴な連行を言訳するように云いながら、近藤巡査に対する体面を保ち、

「では、確かな身許《みもと》引受人に連絡して、早速、引き取ってよろしい」

と云った。近藤巡査は、身許のはっきりしている喜久治に、

「規則ですから、やはり身許引受人がいりますが、どなたに——」

とすまなそうに云った。喜久治は、一瞬、戸惑ったが、こんな時には、やはり佐野屋六右衛門に頼むしか仕方がなかった。

三十分程すると、佐野屋が国民服の上にラクダのオーバーを着、襟巻をぐるぐる巻きつけ、うそ寒い顔をしてやって来た。憲兵は、豪商らしい佐野屋の恰幅《かっぷく》にやや怯《ひる》みがち

になりながら、今晩の事情を説明し、

「ともかく、船場《せんば》商人は、軍用機献納をはじめ、戦争の多大な協力者だと云われている矢先だけに、今晩のような誤解が起らんように身を慎《つつし》んでもらいたい」

と、もっともらしい説諭をした。佐野屋は、

「へえ、ごもっともさまで、以後、慎むよう手前どもからも、とくと注意致しまっさ」

慇懃《いんぎん》無礼な調子で挨拶《あいさつ》するなり、喜久治を促して交番を出た。

表へ出ると、急に二月初旬の寒さが身に沁《し》みた。

「こんな夜分に、とんだご迷惑をおかけして、すんまへん」

喜久治が、恐縮して頭を垂《た》れると、

「なんの、なんの、それよか、あんたにも、似合わんへまだしたなぁ」

可笑しそうに笑ったが、ふと、笑いを止《と》め、

「やれ、警防団の、非常時だのと、うるさい鬼千匹がはびこるようになりましたなぁ、もう、わてらの遊べるええ時代は、過ぎてしまいそうだす――もう、あきまへん――」

地面に落ちるような重い声で云った。そのまま、言葉が跡絶《とだ》え、二人は、夜の更《ふ》けた大阪の街を、黙々と西船場へ向かって、歩いて帰った。平時なら、十二時を過ぎても夜業《よなべ》の灯《あか》りが洩《も》れている船場の家並も、統制経済に規制され、暗い無気力さの中に沈んでいた。

憲兵の一件があってからは、さすがの喜久治も、夜の妾宅廻《しょうたくまわ》りを慎み、夜は家に閉じ籠《こも》ることが多くなった。四人の女たちも、その一件を知ると、そんなところから、自分たちのことも咎《とが》められることを怖《おそ》れ、喜久治の足が遠退《とおの》いても不満を云わなかった。

喜久治は、昼間、大阪足袋同業組合へ出て、卸部門の原布の配給割当業務をし、仕事をすますと、さっさと家へ帰り、大番頭の和助を相手に、河内屋から小売業者へ配給する仕分方《しわけかた》に精を出した。それを終えると、風呂に入って、お時の給仕で夕食を摂《と》るのが、喜久治のきまった日課のようになったが、家の中は、がらんとして味気がなかった。

五十人近くいた丁稚《でっち》や手代たちは、とっくに出征し、若い女中たちも徴用を怖れて故郷《くに》へ帰ってしまい、丁稚部屋、手代部屋、番頭部屋などの男衆《おとこし》部屋と、上下《かみしも》の女中部屋、針女《おはり》部屋などの女衆《おなごし》部屋は、大分前から雨戸が閉まり、明かりが消えていた。きの、勢以、久次郎の部屋も、疎開《そかい》以後、障子を閉ざしたままになっている。灯《とも》の点る部屋といえば、喜久治の住む旦那部屋と、店の間、客間、それにお時の使っている女中部屋だけであった。大番頭の和助は、玉出《たまで》から通って来ているから、八時を過ぎると、自宅へ帰ってしまう。そうなると、広い家の中に喜久治とお時の二人きりになり、喜久治は、急に空《うつ》ろなわびしさを感じた。木枯の吹く夜などは、奥前栽《おくせんざい》の古木が、不気味な音をたてて軋《きし》み、裏を流れる横堀川の水音が、耳に凍りつくようだった。

この日も、朝から木枯が吹いていた。昼過ぎから始めた小売店への配給を手早くすませ、夕方になると、店じまいして大番頭の和助も、何時《いつ》もより早目に帰宅した。

喜久治は、お時に火の用心と外廻りの戸締りを固くさせ、宵のうちから寝床へ入ったが、妙に寝つかれない。木枯のせいかと思ったが、風の音は昼間より衰えて、吹き止《や》みかけている。四人の女たちのところへ、暫《しばら》く行かぬ体のせいかとも思い、気を鎮《しず》めて寝つこうと努めたが、かえって眼が冴《さ》えた。

枕《まくら》もとの雑誌をとって、ぱらぱら、拾い読みしていると、奥前栽の方でおかしなもの音がする。風が弱まっているから、庭木の葉末の音にしては、不審であった。頭を擡《もた》げて、耳をすますと、川べりの商い蔵の方から、もの音が聞える。

喜久治は、寝巻の上から縕袍《どてら》を重ね、懐中電燈を取って、廊下へ出た。明かりのない前栽は、闇《やみ》の中でかすかな風音をたて、懐中電燈に照らされた部分だけ、淡く光りながら、木の葉を揺るがせた。鉤《かぎ》の手《て》に折れた廊下を廻り、商い蔵の近くまで来た時、喜久治は、ぎくっと足を止めた。植込みの陰に、寝巻姿のお時が髪を乱して突ったっている。

「お時」

声をしのばせて云うと、はっと振り向き、

「旦《だん》那はんも、お気ぃつきはりましたか」

と云い、お時も懐中電燈を持って、蔵の方を照らしかけた。

「わいが見るさかい、退《の》きぃ」

喜久治は、お時を押し退け、用心深く明かりを照らしながら蔵扉へ近づくと、鍵《かぎ》がはずれ、五寸ほど扉が開いている。息を殺して、じっと中を窺《うかが》ったが、人の気配がない。明かりの位置を替えると、扉の前の床上に、泥のついた地下足袋の跡が残っている。喜久治は、ふと昼間、商い蔵へ、配給の足袋を運んできた人相の険しい荷車曳《にぐるまひ》きの顔を思い出した。

思いきって、蔵の中へ踏み込み、ぱっと奥を照らした。やはり人影は見附からず、入口近くにある足袋の菰包《こもづつ》みが引き裂かれていた。調べてみると三十足ほどの足袋が裂け口から抜き取られている。せっかく、蔵の鍵をこじあけながら、喜久治とお時の足音に驚いたのか、こそ泥に終っている。

「お時、こそ泥やったわ」

と振り返ると、よほど緊張していたのか、お時は手の中の懐中電燈を取り落し、ふらふらともつれるような足どりで、蔵へ入って来た。

寝巻の胸もとがかすかにはだけ、頼りない足もとが、驚くほど華奢《きやしや》であった。上女中は、四季を通じて白足袋履用であったから、喜久治は、始めてお時の素足を見た。何時も足袋で包まれているせいか、首筋より白い足であった。それが、ぴたぴたと吸いつくように、暗い床の上を這《は》った。

喜久治は、明かりを消した。真っ暗になった蔵の中で、お時を積荷の間へ引きずり込んだ。抗《あらが》うかと思ったお時は、そのまま、喜久治の体へ添い臥《ふ》した。一言も言葉を交わさず、荒々しくお時を扱うと、喜久治は黙って蔵を出た。冷えていた体が、お時のかた肥《ぶと》りの暖かい体温を吸って、ぬくぬくと快かった。喜久治は、ふと、死んだ幾子の肌触りを思い出した。

このことがあってから、喜久治は毎晩のようにお時を旦那部屋へ呼んだ。お時は、そうした関係になっても、以前と寸分違《たが》わぬ態度で仕え、むしろ今までよりさらに女中らしく、まめまめしく働いた。次第に乏しくなって来る食糧を確保するために、足袋を持って遠くまで買出しに行き、喜久治の口贅沢《くちぜいたく》を絶やさぬように心を配った。

夜の食膳をすまし、喜久治が、

「お時、あとで――」

と云うと、お時は御膳を下げながら眼を上げずに、へえと口の中で答え、台所へ退《さが》って自分の食事をすませ、しまいごとをきちんと片附けてから旦那部屋へ通った。ほかに誰もいないのに、はばかるように足音をしのばせ、するすると旦那部屋の前まで来て、踞《うずくま》るように坐って襖《ふすま》を開ける。

「かまへん、入りぃ」

喜久治から声がかかってから、はじめて着物を除《と》り、そっと蒲団《ふとん》の裾際《すそぎわ》から足を入れる。あとは、喜久治の自儘《じまま》にお時を扱う。扱い飽きると、蒲団の中の猫を出すように追い払う。それでも、お時は扱われるままになっていた。こうなることを、二十余年間、喜久治の身の廻りの世話をしながら、辛抱強く待ち受けていたようであった。

そんなお時の姿を見ると、喜久治は救いのない暗さに包まれた。旦那と女中――、誰に知られなくても喜久治の心の中が赤く腫《は》れ上がるようだった。奉公人同士でも、不義はお家の法度《はっと》と戒められ、見附かれば、男女ともに跣《はだし》でその店を追われるしきたりであった。したがって、一《ひと》つ家《や》から夜陰に紛れて跣の男女が出て来たら不義と思え、という諺《ことわざ》があるほどであった。

その商家の破廉恥《はれんち》を自ら破り、毎夜、女中を寝床の中に引き入れている辱《は》ずかしさが喜久治の胸に来たが、時節柄、夜の妾宅廻りもままにならず、商売も今までのように自由にならず、家内《いえうち》で逼塞《ひっそく》している喜久治は、その破廉恥の中に身をおくしか仕様がなかった。

時たま、やりきれぬ悍《おぞま》しさに襲われた喜久治が、

「お時、お前、こんな扱い方をされてるのに――わいを――」

お時の心のうちを覗《のぞ》き込むように云うと、

「二十年もお風呂のお世話から、お身廻りのことをして来て、わては、旦那はんのことはお気持からお体の隅々まで知っておます――」

と云い、何時ものように顔を上げず、喜久治に添い臥した。床の中でも、お時は女中の法《のり》を越えなかった。喜久治の体の命じるままに従い、自らの昂《たかぶ》りを抑え、喜久治が満足すると、あとの始末をして、長い廊下を音もなく女中部屋へ退って行った。その忍従と汚辱にまみれた女のうしろ姿が、喜久治の残忍な心の昂りになった。四人の女たちからは得られない異様な快感であった。

しかし、それも一年近く経《た》つと、喜久治は急に疎《うと》ましくなり、空《うつ》ろな心で、がらんとした家の中に、なすこともなく、坐り込んでいる日が多くなった。

たまに四人の女のもとへ出かけても、非常時に妾宅へ忍んで来ているという、うしろめたさで、今までのように心が満たない。始終、何者かに窺《うかが》い見られているような恐怖感に襲われる。

力なく家へ帰って来て、広い旦那部屋の真ン中へどさりと身を横たえると、急にそこが深い孤独の場になる。もし、妻の弘子と離縁しなかったら、人目を盗みながら、うろうろと妾宅廻りをしたり、女中をなぐさみにしなかったろうにと思うと、喜久治は、考えてもみなかった自分の身貧《みまず》しさを知り、云いようのないわびしさを感じた。

三月の女節句がすんだ翌日、有馬からきのと勢以が揃《そろ》って風邪《かぜ》を引き込んだから、お時を寄こしてくれと云って来た。喜久治は、お時とのことを疎ましく、心重たく思っている矢先であったから、すぐ有馬へ発《た》たせることにした。せきたてるような喜久治の言葉を聞くと、お時は、一瞬、顔を土気色《つちけいろ》にし、言葉を失ったように黙り込んでいたが、やがて静かに頭を垂れて、その日のうちに発って行った。

喜久治の世話は、つい一ヵ月程前に、家族を故郷《くに》もとの新潟へ疎開させて独り身《ひとみ》になっている大番頭の和助が、店へ住み込んで勤めることになった。男世帯の殺風景な日を、一週間ほど過していると、ひょっくり、佐野屋六右衛門が訪ねて来た。人手のなくなった店内へ、案内も乞《こ》わずに、ぶらりと気軽に入って来て、

「お互いに暇だすなぁ、片意地張って軍需品に手を出せへん報いで、商いはさっぱりになりましたなぁ」

と云い、履物を脱いで、喜久治の傍《そば》へ坐り込んだ。喜久治が力のない笑い方をすると、

「それで、軍需成金になり損ねた者ばっかし集まって、一つ気晴らしに派手に騒ごうという段取りですねん」

「え、派手に騒ぐ？　この非常時に——」

喜久治は、あの憲兵の事件以来、非常時に抗《さから》うことは、極度に臆病《おくびよう》になっていた。

「非常時の一億総決起いうたかて、こない押し詰って来たら心細いやおまへんか、戦争に征《ゆ》かんかて何時、御陀仏《おだぶつ》になるかも解れへんよって、わてらの仲間で集まって、御陀仏会をしようというわけだす」

「そんなこと云うて、佐野屋はん――」

喜久治が、窘《たしな》めるように声を低めると、

「ところが、絶対、大丈夫の仕掛けをしてきますさかい、一張羅《いっちょうら》の着物を持って行って、それに着替えて久しぶりに散財しまひょ、ともかく、明日、わてらと一緒に行きなはれ、集まるのは、あんたとわてのほかに、十河屋《そがわや》、染市、近江屋《おうみや》はんの五人だす」

と誘った。いずれも船場《せんば》の老舗《しにせ》の主《あるじ》で、喜久治もよく知り合っている間柄であった。

翌日、約束の時間に、木炭のハイヤーが喜久治を誘いに来た。車の中には、既に同行の四人が乗り込んでいて、喜久治は前の助手席へ坐った。行先は十河屋だけが知っているらしく、運転手に道順を説明した。

阪神国道を走り、神戸から車はさらに西へ向かった。車の左側に海が見えはじめると、暖かい春の陽ざしが車内に満ち、和《なご》やかな笑いに包まれた。喜久治も、引き籠《こも》っていた暗い家の中から、久しぶりに明るいところへ解き放されたような心のふくらみを感じた。

舞子《まいこ》から車は山手へ折れ、海を一望のもとに見晴らし、淡路島さえ見える高台のところまで来ると、停《と》まった。そして、ここから先は徒歩であった。

爪先上《つまさきあ》がりの急坂を上ると、鬱蒼《うっそう》とした木立が茂り、その中に数寄屋《すきや》風の屋根が見えたが、急に激しい犬の唸《うな》り声《ごえ》がした。十河屋が先に小走りに走って行き、犬の吠《ほ》える方へ声をかけたかと思うと、唸り声がやみ、五、六頭の秋田犬が十河屋の廻りに集まり、鼻先をこすりつけた。

家の中には贅沢《ぜいたく》な魚すきの用意が整えられ、どこから呼んで来たのか、和服を着た芸者風の女が三人、給仕に坐っている。

「どないだす、派手な御陀仏会でっしゃろ」

佐野屋が得意そうに喜久治に云うと、そばから十河屋が、

「いや、たいしたおもてなしはできまへんけど、疎開用に買うた一軒家だすし、そのうえ、獰猛《どうもう》な秋田犬を放しときまっさかい、まず、警察や憲兵の心配はおまへん、妙な奴が来たら、こいつらが吠えてくれまっさかいな」

と云い、愉快そうに笑った。

一行は、女の世話で最初に風呂へ入り、持参した風呂敷包みを開いて、国民服を和服に着替えた。招待主の十河屋は紬《つむぎ》の着物に対《つい》の茶羽織、佐野屋は唐桟縞《とうざんじま》、呉服屋の染市は大島の対、木綿問屋の近江屋は結城絣《ゆうきがすり》、喜久治は縞お召の対と、各々の好みで寛《くつろ》ぎ、海に面した二十畳の座敷に坐ると、久しぶりにお茶屋にあがったような華やいだ気分になった。

佐野屋が真っ先に酩酊《めいてい》し、女の爪弾《つまび》きで小唄を歌い出した。高台の上の一軒家からは、人に聞えそうな心配もなく、一座は次第に大胆になった。順番に十八番《おはこ》を歌い終った時、十河屋が、

「さ、ここらで、御陀仏会の念仏踊りをやりまひょか」

と云うなり、起《た》ち上がって、裾を端折《はしょ》った。他の四人も同じように裾を端折り、豆絞りの日本手拭《てぬぐい》で頰冠《ほおかぶ》りし、三味線と鉦《かね》の音に合わせ、御詠歌を上げながら踊り出した。手振りを入れて輪になって廻りかけると、男物の派手な羽二重の長襦袢《ながじゅばん》が、女の裾のようにくねくねとひるがえり、地方《じかた》の女たちが嬌声を上げて笑いこけた。酒気と汗くさい人熅《ひといきれ》で蒸せかえりながら、なおも五人は気違いじみた騒々しさで、あやしげな踊りを踊り続けた。

何時《いつ》の間にか、夜になっていた。さすがに遊び疲れた五人は、ぐったりと脇息《きょうそく》に倚《よ》りかかり、御膳の上に林立した銚子を懶《もの》うげに眺めやりながら、盃《さかずき》を口に運んでいたが、九時を廻りかけると、急いで帰り支度を始めた。十河屋は、しきりに泊って行くようにと勧めたが、四人とも、夜は警報が出て物騒だから店を空けられないと断わり、乗って来た車で、大阪へ引っ返した。

喜久治は、何年ぶりかの豪勢な遊びに、体中の血管が甦《よみがえ》り、筋肉に紅《あか》い血がさすような思いがした。車を降りるなり、迎えに出た和助に、

「まだ船場のぼんちが、生き残ってたでぇ、たった五人やけどなぁ」

と叫ぶような大声で云い、抱えられるようにして奥の間へ入ると、着物を脱がせかかる和助の手を振り払って、そのまま寝てしまった。

突然、頭上に異様な響きがし、空襲警報が鳴った。飛び起きた時には、既に敵機は頭上を過ぎ、大阪港の上空が真っ赤に焼けていた。一瞬、喜久治は信じられなかったが、焼夷弾《しょういだん》が花火のように降り落ち、次々と地上に燃え広がった。

忽《たちま》ちのうちに警報もラジオも混乱し、深夜の街に人が溢《あふ》れた。大声で喚《わめ》きながら防空壕《ぼうくう ごう》へ荷物を運び入れたり、リヤカーや大八車に家財道具を積み込み、人と物とが暗闇《くらやみ》の中で、騒然とぶつかり合い、その間を必死で防火配置を叫ぶ警防団員の声が流れた。喜久治は、四人の女のことを気遣い、狼狽《ろうばい》したが、今となってはどうする術《すべ》もなかった。

停電し、ラジオが止まった。遠くの方から爆音が聞えて来たかと思うと、第二陣の爆撃が始まった。地上から撃ち出す烈《はげ》しい砲音がし、火の手がぐっと近くなった。前栽《せんざい》の防空壕から首を出して見ると、工場地帯が密集する大正地区に猛火が浴びせかけられているが、船場地区までは、まだ一里程の距離が残されている。

「旦那《だん》はん、大丈夫でっしゃろか」

敵機が頭上を過ぎてから、大番頭の和助が壕の奥から聞いた。

「横堀川があるさかい、この辺は大丈夫や」

と答えたが、喜久治は、もう殆《ほと》んど諦《あきら》めていた。次の編隊が襲ったら、船場地区である。喜久治は、横堀川を背にして並んだ河内屋の五蔵《いつぐら》を見上げた。右から道具蔵、衣裳《いしょう》蔵、商い蔵、金蔵、米蔵の五蔵が並んでいるが、真ン中の商い蔵の両脇《わき》が一番広い空地になり、正面は奥前栽である。喜久治は、いきなり、防空壕から這《は》い上がった。

「和助、商い蔵には、これだけの空地があるのや、蔵の中へ水桶《みずおけ》を入れたら、きっと助かりよる」

納屋《なや》から一斗入りの水桶を引き出し、水道の栓《せん》をひねった。蛇口一杯に水を出したが、水道の故障か、容易に水が満たない。水道と井戸の手押しポンプで水を満たし、和助と二人で、一つ、一つ、商い蔵へ運び込んだ。

警防団の鐘が鳴り出した。家の中から持ち出した非常用の手文庫を商い蔵へほうり込み、部厚な蔵扉を閉ざした。その途端、ざっと屋根を搏《う》つ音がし、前栽に焼夷弾が降り落ちた。庭木に燃えついたかと思うと、瞬《また》くうちに縁側や、低く垂れ下がった軒庇《のきびさし》に燃え移った。

防空壕へ入る暇がなかった。喜久治は、和助の手をひっ摑《つか》み、裏の西横堀川へ飛び込んだ。辛うじて背のたつ岸際の太い棒杭《ぼうくい》に摑まった。みるみるうちに燃え広がり、川中まで火の粉が飛び、川水が不気味に温《ぬく》もった。和助は小声で何か唱えながら、棒杭に顔を俯《うつぶ》せていたが、喜久治は、顎《あご》まで漬かりながら、燃えさかる河内屋を見詰めていた。赤い焔《ほのお》の中で、外郭の骨組がむき出しになり、烈風にあおられるたびに、さらに太い柱や梁《はり》が、赤黝《あかぐろ》い火を吐いて燃えた。再び、ざっと屋根を搏つ音がし、焼夷弾が霰《あられ》のように落ちて来た。米蔵と衣裳蔵の屋根を突き破り、火を噴き出した。蔵から燃え出す火勢は、強い旋風を巻き起し、忽《たちま》ち、河内屋を火焔《かえん》の渦に巻き込んだ。めりめりと、もの凄《すご》い音響をたてながら、河内屋の屋根が崩れ落ち、家を支える重柱《おもばしら》が最期の白い焔を吐きはじめた。這い舐《な》めるように柱の上を這い、目眩《めくるめ》くように舞い上がりながら、一瞬、明るい焔を吹き上げたかと思うと、百八十年間、河内屋を支えて来た重柱が、紙細工のような脆《もろ》さで焔の中へ消えて行った。

喜久治は、思わず眼を俯せた。激しい嗚咽《おえつ》になるのを耐《こら》え、和助を助け起すようにして、岸へ這い上がった。空地に囲まれた商い蔵だけが焼け残っていた。辺り一面は、まだ余燼《よじん》が燻《くすぶ》り、白い煙を吹き上げていた。喜久治は、無惨《むざん》に焼け崩れた河内屋の前栽を踏み分け、商い蔵の土壁に触ってみた。四隅に水桶をはって置いたせいか、壁にぬくもりもない。完全に焼け残ったのだった。それでも、喜久治は、用心深く、少しずつ部厚な蔵扉を開いた。

大きな蔵の中に、足袋の原布と、未配給の白足袋が、何の損傷もなく納まっている。背後でうめくような和助の嗚咽がした。喜久治は、どさりと蔵の中へ体を投げ出して、仰向けになった。

体の奥がごつごつと鳴り、一瞬のうちに五代続いた河内屋を失った憤《いきどお》りがこみあげてきたが、喜久治はその怒りに似た哀《かな》しみに身をゆだねることすら出来ない。同じように焼け出されている筈《はず》の四人の女の身の上を心配しなければならなかった。きの、勢以、久次郎の三人が既に疎開しており、たまたま、お時もそこへ見舞に出かけていたことは、まだしもの幸いであったが、この一挙に焼き払われた空襲の夜にも、喜久治は、四人の女に、旦那として責任を持たねばならなかった。

「和助、すまんけど、防空壕の中から米を出して、焼跡の火で、炊出《たきだ》しをしといてんか」

「へえ？　炊出し――」

呆《ぼ》けたように、蔵前に踞《うずくま》っていた和助は、怪訝《けげん》な顔をした。

「焼け出されたら、ぽん太や、小りんらも、ここを頼って来るのにきまってるさかい、おにぎりでも、しといてやりぃ」

疲れた声で云い、喜久治は湯のようになった前栽の井戸水を汲《く》みあげ、泥まみれになった体を洗った。急に体がばらばらに解《ほど》けて行くような深い疲れを感じた。蔵奥の三畳敷ほどの畳の上にぐったり横になったが、四人の女のことが気懸りになって、なかなか眠れない。万一の時はここに集まって来るようにとは云ってあるが、何か事故でもと思い煩《わずら》いかけると、いいようのない不安が重なった。

「旦那はん、来はりました、ぽん太はんが――」

表で和助の声がし、焼け毀《こぼた》れた庭石づたいに、ばさばさとしまりのない足音がした。着物の胸をはだけ、顔を煤《すす》けさせたぽん太が、肩からずり落ちそうに布嚢《ずのう》を掛けて、蔵の前まで来ていた。

「旦那はん、ご無事で――」

と云うなり、喜久治に倚《よ》りかかった。喜久治はぽん太の肩を抱き取り、肩から布嚢をはずしてやった。ぽん太は、肩を預けたまま、眼を上げ、

「あの、ほかの女《おなご》はんは――」

探るように聞いた。喜久治が頭《かぶり》を振ると、

「ほんなら、わてが一番でっか、誰よりも真っ先に旦那はんの安否をと、急《せ》いて来た甲斐がおました、そない思うて、持つものも持たんと、ほんまに、身一つで走って参じましてん」

と、特に『持つものも持たんと』というところと、『身一つで』という言葉に力を入れた。その度に、煤けた顔の中で、口もとがピカリと光った。例のダイヤの差し歯である。

「身一つ云うたかて、口の中に、一財産がピカリと光ってるやないか」

喜久治は、はじめて、かすかに笑った。

「やっと、これだけ、持ち出せましてん、なんし、あの家のたて込んだ越後町のことでっさかい、逃げるのにえらい苦労だす、初めは防空壕へ入ってましてんけど、だんだん蒸し熱うなって這い出した時は、もう両側が火の海で、背たろうてた袋に火がつきそう

だすさかい、放《ほう》り出して、この布嚢を肩へ掛けて、懐《ふところ》のがま口へ入れてたダイヤの差し歯だけは、金輪際、落したらあかん思うて、走り、走り、歯に差し替えましてん、ほんまにこれ一つだけで、あとは何もおまへん」

と云い、また口の中をピカリと光らせた。喜久治は、欲張りで、抜け目のないぽん太のことであるから、そう云いながらも、金目の衣裳や持物はちゃんとしかるべきところへ疎開し、貯金通帳か小さな貴金属袋ぐらいは肌身につけている筈と睨《にら》んだが、わざと気附かぬ振りをし、

「よっしゃ、持ちもののことはまたあとで考えたるさかい、まあ、おにぎりでも食べぇ、わいも腹が空《す》いたわ」

向かい合って、和助が炊きあげたばかりのおにぎりを食べていると、表の方から引きずるような重い下駄の足音がした。

顔をのぞかすと、小柄な体に、木綿縞の大きな背負い袋を背たら負《お》うた小りんであった。両手にも、何かぶら提げている。喜久治の顔を見るなり、前へつんのめりそうになって走り寄ったが、ぽん太の姿を見ると、はっと立ち止まった。

「小りんも無事やったか、さあ、中へ入りぃ、ぽん太は今来たとこや」

喜久治は、わざと無頓着に云った。小りんは遠慮気味に蔵框《くらがまち》の端に下駄を脱ぎ、黙ってぽん太の方へお辞儀した。ぽん太は、じろりと、意地の悪い視線をくれながら、ダイ

ヤの入った口もとを、ひけらかすようにぎらりと綻《ほころ》ばせた。噂《うわさ》で聞き知っていても、さすがに驚いたらしく、小りんはあっ気に取られたように、暫《しばら》くぽん太の口中《くちなか》を見詰めていた。

「何をぼんやりしてるねん、早よ、そんな大きい荷物を降ろしぃ、小さい柄にして、どえらい荷物やな」

可笑《おか》しそうに喜久治が云うと、

「旦那はんにご迷惑かけんようにと、お米に肌着、着物から、缶詰《かんづめ》まで、防空壕へ入れてたもの全部、持ってるだけ、持って来ましてん」

と云い、大きな背負い袋を降ろしかけた時、小りんの右脇に隠すようにしていた包みが、前へはみ出た。普通の手提げ袋でなく、赤い鹿《か》の子《こ》の布を、底籠《そこかご》に綴《と》じつけた艶《なま》めかしい布袋であった。

「なんやねん、これは――」

「へえ、お約束袋だす」

芸妓《げいこ》がお座敷へ行く時に、提げて出るお約束袋だった。

「そんなもん、いま――、一体、何を入れてるのや」

怪訝そうに喜久治が聞くと、小りんは、お約束袋の口紐《くちひも》をひろげ、中のものを一つずつ、取り出して、喜久治の前へ並べた。黄楊《つげ》の鬢《びん》なおし、鬘《かずら》なおし、挿《さ》しもの、根締め、化粧道具から踊り用の扇子、手拭、はき替えの足袋、それに綴《と》じ紐《ひも》の切れかけになっている芸妓読本で、そのまま、お座敷に使えるものであった。

「そんなもの持って、どないするつもりやねん」

喜久治は、呆《あき》れたように云った。

「へえ、いざ云うた時は、やっぱりこれだす、これさえあったら気丈夫だす」

生真面目《きまじめ》に答えた。焼け出されの身を、さして不安に思わず、お約束袋を後生大事に抱えている小りんは、芸妓読本だけを人生の指針にして疑わない。芸妓としては一流だが、世間の常識からは、どこか一本釘《くぎ》が抜けているようだった。ぽん太は、そんな小りんを露骨に侮《あなど》ったが、喜久治は、何時《いつ》までも世間疎《うと》い小りんが不憫《ふびん》に思えた。

「そのうち、お約束袋のいる時が来るやろ、まあ、それまで大事に仕舞うときぃ」

いたわるように云うと、小りんは、また、いそいそと芸妓の七つ道具を、お約束袋へしまい込んだ。腕時計を見ると、もう二時を廻っていた。喜久治は、四人の女のうち、二人までが、無事に早くやって来たのにほっとしたのか、俄《にわ》かに眠気を催した。

「さあ、ちょっと一憩《ひとやす》みしようか、そのうち、あとの二人もやって来るやろ、わいと和助が階下《した》で横になるさかい、ぽん太と小りんは、階上《うえ》へあがって寝ぇ」

商い蔵の二階は、六畳ほどの畳敷になり、不時の災いに備えて、五、六組の蒲団《ふとん》が置いてあった。

しかし、ぽん太と小りんは、探り合うように相手を見、容易に起《た》ち上がらなかった。

「こんな晩や、お互いに辛抱して貰《もら》うより仕様があれへんやないか」

喜久治が咎《とが》めるように云うと、小りんが先に挨拶《あいさつ》して、素直に階上《うえ》へ上がって行った。ぽん太も、しぶしぶ、座を起ち、急な蔵段梯子《くらだんばしご》を上がって行った。

暫く耳をすましていたが、蒲団を敷く音がしたあとは、ことりともせず、互いに口も利《き》かずに、横になってしまったらしい。喜久治は、ふうっと自嘲《じちょう》するような干乾《ひから》びた笑いを泛《うか》べた。川べりの焼け残った蔵の中で、蠟燭《ろうそく》を点《とも》して、四人の女を、一人ずつ蔵の中へ迎え入れる自分の姿が、途方もなく愚かしい道化役に思えたが、そうして女を看取《みと》ってやらぬと気のすまぬ思いが、喜久治の心の中にあった。

少しまどろみかけた時、カッカッ、敷石を踏む靴音がした。足袋の荷積みのそばに毛布をかぶって寝ていた和助が驚いて起きかけたが、それを制して喜久治が起きた。案内も乞《こ》わずに、いきなり、蔵扉を開け、比沙子がぬうっと顔をのぞかせた。ズボンを履き、リュックサックを背負っていた。

「どないしててん、遅かったやないか」

叱《しか》るように云うと、黒い眼をキラリと光らせ、

「ほんとは、もっと早く来られたけど、途中で忘れものを思い出して、取りに帰りましてん」

「空襲の最中に――、一体、何やねん」

比沙子は、例の煙のように得体の知れぬ曖昧《あいまい》な笑いを撒《ま》くと、

「この中のもの」

背中のリュックサックを指し、床の上に降ろした。書籍のような重い紙音がした。

「株券やわ」

「え、株券――」

「ええ、繊維株ばっかし、競馬が出来なくなってから、仕方がないから、こっそり株をやってましてん」

「そんな紙屑《かみくず》みたいなボロ株持ってても、どないも仕様あれへんでぇ」

馬鹿らしげに喜久治が云うと、

「そうでしょう、私もそう思って、最初は放《ほっ》たらかして出て来たわ、ところが松屋町筋まで来た時、ふと、株屋の云ったことを思い出したの、戦争がすんだら平和株だすと耳うちしてくれたのを思い出した途端、命がけで取りに帰るのも、一つの賭《か》けやと、思い切って引っ返したのやわ」

そう云い、また得体の知れぬ笑いを泛べると、急に疲れた顔をした。

「今晩は、ぽん太や小りんと雑魚寝《ざこね》やけど、辛抱してんか」

喜久治は、うむを云わせぬ調子で云った。比沙子は、はっと顔色を変え、身動きもせ

ず考え込んでいたが、焼け果てた大阪に、行くところもないと観念したのか、

「こうなると、私だけ別というわけにいかんらしいわ」

投げるように云い、硬い表情で階上へあがって行った。

夜明けになっても、お福は姿を現わさなかった。三人の女が上がって行った階上は、咳《しわぶき》一つ聞えず、異様に静まりかえっている。その静けさが、かえって喜久治を苛立《いらだ》たせた。お福のことだから、空襲のさ中にも防空壕へ入らず、ゆっくり構えて事故でもあったのではなかろうか——。喜久治は、いつかの夜、鼹鼠《もぐらもち》みたいに防空壕へ入らず、いっそ、ほろ酔いでぱっと死んだ方がよろしおますと、囁《ささや》いたお福のぬめるような声を想《おも》い出した。喜久治は、そんな不吉な想いを払い捨てるように頭を振り、防空壕から酒を出して、独酌で飲みはじめた。

「旦那はん、わてだす」

低いお福の声がした。蔵扉を開いて表を透かすと、暗闇の庭を、白っぽい着物を着たお福がふらふらと、よろめくように歩いて来た。

「お福、傷《けが》か——」

思わず、喜久治の声が上ずった。

「すんまへん、えろう遅うなりまして」

おっとりした何時もの声で詫《わ》び、近寄ると、ぷーんと酒の匂《にお》いがした。

「なんや、飲んでるのか、こんな時に、誰と飲んでてん」

喜久治は、むうっと語気を荒げた。

「まあ、そんなこわいお顔せんといておくれやす、この節は、何時も黒い防空幕を引き廻し、まるで毎日がお葬式みたいに陰気でっさかい、今晩は一つ気晴らしに飲もういうことになって、お向いの正徳寺の坊さんと、何時も揉《も》んで貰うてる按摩《あんま》はんと三人で、わてとこで飲んでたんでおます、お酒を飲むだけが、身上で、もう欲のない人間ばっかしの寄り集まりだす、ええ気になって按摩はんの世間話や、坊さんの生ぐさ話に身を入れてましたら、空襲、空襲云うて警防団が怒鳴り出し、近所のお人は防空壕へ走りはりましたけど、わてら酔うてしもうて面倒でっさかい、退避せんと横着に飲んでましてん、ほんなら、カアッと西向きの窓の外が赤うなって、按摩はんが、なんぞおましたかなぁ云いはるので、防空幕をはね上げて見たら、もう、えらい燃えておました、急に恐《こお》なって、あとはへべれけに飲んで——、ほんまに今晩は、堪能《たんのう》して、ええ気分でおます——」

ひどく酩酊《めいてい》しているのか、それとも、燃えさかる焔《ほのお》が酔ったお福の心を昂《たかぶ》らせたのか、何時になく饒舌《じょうぜつ》であった。

「お福、そない酒て、ええもんか」

「へえ、お酒は、わての生命《いのち》の洗濯だす」

ふうっと眼を細めるように云った。喜久治が、飲みさしにしていた酒を注《つ》いでやると、お福はこくこくと飲み干し、

「へえ、おおきに、ほんなら、お寝《やす》みやす」

と挨拶するなり、ふらりと起き上がり、よろめきながら蔵段梯子を上がって行った。

喜久治は、暫く、そのままで坐っていた。静まりかえった戸外の焼跡にかすかな風音が鳴り、時々、川沿いの家の焼け毀れた木が、バサリ、バサリ、川中へ落ちて行く不気味な水音が響いた。重苦しい静けさの中で、喜久治独りが、奇妙に空《うつ》ろな想いに取り憑《つ》かれているようだった。

焼跡の蔵の中に四人の女を収容し、これから、一体、どうしようというのだろうか。まさか、一つの蔵中に四人の女と暮そうというのでもなかった。それにしても、一瞬のうちに家を焼かれ、家財を失いながら、四人が四人とも、取り乱しもせず、平然としているのが不思議であった。それは、営々として自分で築いたものではなく、すべて喜久治によってあてがわれたものだからという安易な執着心であったからだろう。失えば、また喜久治があてがってくれるという安易な考えが、四人の女の心を占めている。空襲の夜、好きな酒を飲み続け、正真正銘、何一つ持たず酔体だけ運んで来たお福ですら、そうでないとは云いきれるだろうか。金で女を自由にする以上は、それが当然のこととはいいながら、喜久治は云いようのないわびしさと自嘲に似た空ろさを感じた。

喜久治は、影のように起ち上がった。足音をしのばせ、四人の女が寝ている二階へ上がって行った。暗い蠟燭《ろうそく》の光の中で、四人の女が、それぞれの姿で眠っていた。一番奥の端に、ぽん太が白粉《おしろい》やけのした青白い顔をのけぞらせ、半開きの口の奥からダイヤを光らせている。その隣に酩酊したお福が割り込み、軽い快さそうな寝息をたてている。小りんは、お約束袋をきちんと枕《まくら》もとへ置き、背負い袋の中から取り出したのか、箱枕を頭にあてがっている。比沙子は、ほかの女たちに触れるのを厭《いと》い、左側の壁に貼《は》りつくように身を寄せていた。

喜久治は、暫くそこに起っていた。蠟燭の火が細くなり、じりじりと燃え尽きながら、白い炎が揺れた。蠟の灼《や》ける臭《にお》いがし、かすかな燈芯《とうしん》の光の中で、眠りこけた四人の女の身体《からだ》が腐肉のように青ずみ、獣のように生《なま》しい臭いがした。それは、突然の感覚であった。一つ一つの生活の中では、あれほど喜久治を愉楽の底に沈めた女たちであるのに、一ところにかたまって眠る女たちは、堕《お》ちた胡蝶《こちょう》のように色褪《いろあ》せ、羽搏《はばた》きを失っていた。喜久治は二十数年間の放蕩《ほうとう》の影を、そこに見出《みいだ》す思いがした。いきなり、喜久治は叫ぶように云った。

「起きぃ、起きてんか！」

床を踏み鳴らし、身を揉むようにして女たちを起すなり、脱兎《だつと》のように階下へ駈《か》け降り、非常用の手文庫をひっ提げて、再び駈け上がって来た。起き上がった女たちの前へ坐るなり、手文庫からあるだけの札束を出し、数えもせずに、畳の上に目分量で五つに仕分けた。

　女たちは、突然、自分たちを揺り起し、眼の前へ有金《ありがね》を並べる喜久治に、あっ気にとられていた。

「これが今のわいが持ってる有金や、十万円ほどある、目分量で五つに分けたけど、二万円ずつあるやろ、これだけあったら当分の生活には困れへんさかい、この金を持って、今から河内長野にあるうちの菩提寺《ぼだいじ》へ行ってんか、前から万一のことを思うて、お寺の一棟《ひとむね》を借りてある、それに尼寺やから、何かと好都合やろ、案内は番頭の和助がする」

　女たちの眼に激しい驚愕《きょうがく》の色が現われ、固唾《かたず》を呑《の》むような重苦しい息づかいが、喜久治を取り囲んだ。

「もう、わいの心に決めてしもうたことや、訳など聞かず、素直に黙って行ってほしいのや」

　喜久治は、押しやるようにそう云った。蔵の外にかすかな風が吹き、時々、引き千切れた電線が不気味な音をたてた。その度に、点《つ》けかえたばかりの蠟燭が隙間《すきま》風に大きく揺らぎ、消えかけては、ぱっと明るく四人の顔を映し出した。

　小りんは稚《おさな》いまでの堅苦しさで、瞬《まばた》きもせず、喜久治を見詰めていた。ぽん太は、俯《うつむ》き加減に坐っていたが、よく動く眼で、喜久治の表情を窺《うかが》いながら、眼の前の札嵩《さつがさ》を素早く確かめている。比沙子は、ズボンを履いた形のいい脚を横坐りに投げ出し、他の女たちを無視するようにそっぽを向いていた。壁際《ぎわ》に頭をもたせかけ、気怠《けだ》るそうにうつらうつらしているのはお福であった。まだすっかり酔いが醒《さ》めないのか、ややはだけた胸もとが酒気に染まっている。

突然、ひいっと絹を裂くような声がし、小りんが俯《うつぶ》せた。

「いきなり、そんなこと云いはって……わてらをそんな田舎の尼寺へ押し籠《こ》めて、一体、どないなりますねん、わては……」

泣きじゃくり、抗《あらが》うように肩を振った。部屋の中が冷え、重苦しい不安に埋まった。

「そのまま、放《ほ》っとくようなことはせえへん、今は泣いたり、入り訳を聞くだけ無駄や、それに、また続いて空襲されたら、市内から外へ出るのが難しなる、今のうちにすぐ発《た》ちぃ、金の心配はさせへん」

喜久治は、蒼《そう》けた顔で云い、女たちを促した。

部屋の隅にいた比沙子が、すうっとたち上った。大きなリュックサックを担《かつ》ぎ、畳の上の札束に眼もくれず、蔵段梯子を降りかけた。

「比沙子、どないするのや」

「どないするて――、出て行けと云いはるから出て行くのよ」

冷やかに撥《は》ね返すように云った。

「あてもなしに出て行ったかて、大阪の殆《ほと》んどが焼き払われてるのや、行くところも、食べものも、あれへん、皆と一緒に河内長野へ行きぃ、それにまとまった金も持たんとどないするつもりや」

比沙子は、躊躇《ためら》うように立ち止まり、思案する風だったが、やがて、肩からリュックサックを降ろし、力なくもとの場所へ戻ると、畳の上の札束を取った。

ぽん太の眼が素早く動き、口もとがピカリと光った。

「ほんなら、旦那はんのお云いやす通りに戴《いただ》いて、一まず先に、河内長野へ行ってお待ちしまひょうな」

這《は》うように大きく手を伸ばし、自分と反対側の右から二番目の札嵩を取った。それが、一枚でも多いと見て取っていたらしく、手に取るとそそくさと布嚢《ずのう》の中へしまい込んだ。

小りんも泣き伏していた顔を上げ、自分の前にある分を取った。

「お福、お前もや」

揺り起すように云うと、壁際にもたれて、うつらうつらしていたお福は、うっすら眼を見開いた。

「これが、お福の分や」

喜久治が、お福の方へ押しやると、うつつでいながらも、

「へえ、おおきに、頂戴《ちょうだい》しまっさ――」

戴くように頭を下げ、頼りない手つきで、帯の間へはさみかけた。

「お福、大金や、そんなとこへは入れへん」

叱るように云うと、小りんが立ち上がり、自分の背負い袋から木綿の風呂敷包みを出して、お福の分を包み、

「お福姐《ねえ》ちゃん、ここに置きまっせぇ」

お福の膝《ひざ》の上へ、きちんと置いた。

畳の上に、五つ目の札束だけが残った。

「有金を浚《さら》えたさかい、わいも、お前らと平等に貰うとくわ、この様子では、銀行かてあてになれへんからな」

喜久治は、ゆっくり手を伸ばしてそれを取った。女たちの顔にふうっと、かすかな笑いが泛《うか》んだ。

「さあ、発つ用意しぃや、和助に案内さすよって――」

先にたって、階下へ降りて行った。

和助は、先程からの二階の様子を聞き知っていたらしく、喜久治が降りて行くと、非常用のリュックサックへ、さっき炊いたにぎり飯の残りや、米、塩、缶詰《かんづめ》、それに食糧に代る純綿の足袋を詰めていた。

「和助、ほんなら、すまんけど、女たちを、恵明寺《けいめいじ》まで送り届けて、庵主《あんしゅ》はんには、く

れぐれもあんじょうに頼み込んで、女たちを預かってもろうてや」

さすがに喜久治が気懸りそうに云うと、

「旦那はん、ご心配はおまへん、恵明寺はお店の菩提寺だすし、それに今、女《おなご》はんらを預かってもらう御講部屋は、本堂横のこぢんまりした別棟で、先々代の亡《な》くなりはった時に、お店から寄進しはった建物だす、幸い、手前がお顔見知りしとります老庵主はんも、お達者でおます」

和助は、朴訥《ぼくとつ》な口調で云い、老庵主用の土産物を別にこしらえた。

女たちが、銘々の荷物を持って蔵二階から降りて来た。この蔵を訪ねて来た時と同じようにぽん太は、布嚢を肩に掛け、小りんは身丈に近い背負い袋を負い、右手に赤いお約束袋を提げている。比沙子は、適当な形にリュックサックを膨らませ、お福は酔い醒めの怠《だ》るそうな体で、小りんが包んでくれた金包みを、一つぶら提げている。

「ほんなら、旦那はん、お先に――」

誰からともなく、湿った声がし、あとは無言で腰を屈《かが》めた。焼け毀《こぼ》れた庭石の上を、背をまるめた和助に随《つ》いて、四つの人影が次々に渡って行った。

外は、夜明けというのに陽も射《さ》さず、空一面が黝《くろ》い煤煙《ばいえん》に掩われていた。焼跡のところどころに、まだ燃え燻《くすぶ》った白い煙がたち籠《こ》め、そこを通り抜けて行く女の姿を、消しては映し出し、映し出しては消した。その度に、それぞれの形で振り返る女の影が、細く淡くなっていった。

喜久治の体の中が、重く軋《きし》んだ。すべてのものが自分から遠ざかり、独り残されて行くわびしさが胸に来た。突然、大きく風が流れたかと思うと、四つの影は煤煙の向うにかき消されてしまった。

＊

蔵の入口を叩《たた》く音がした。部厚な壁に囲まれた蔵の中では、はっきりした時刻が解《わか》らない。腕時計も、止まっていたが、蔵格子《ごうし》から射す薄い光を見ると、夕方のようだった。和助にしては、帰りが早過ぎた。焼跡にぽつんと残った蔵であるから、ぶっそうな人間とも考えられる。喜久治は用心深く身構え、扉を開けずに、

「誰だす――」

声をかけると、女の声がした。急いで扉を引き開けた。

「あ！　お母はん――、お祖母《ばあ》はんも――」

勢以のうしろに、祖母のきのが、お時に手をとられて立っていた。三人とも、モンペの裾《すそ》を砂埃《すなぼこり》にして、髪を乱している。

「こんな時に、無茶な！」

驚愕《きょうがく》のあまり、喜久治は、思わず怒鳴りつけた。勢以とお時は、気弱に身じろいだが、

きのは怒りを籠《こ》めた表情で、

「無茶やおまへん、船場《せんば》が焼けたと聞くなり、久次郎に留守をさせ、取っておきの白足袋二十足と引替えに、トラックの荷台に乗せて貰うて、やっと帰って来たんだす、ほんなら、やっぱり——」

きのの細い首が、脱け落ちそうにがくがく揺れ、前屈みにしゃがみ込んだかと思うと、

「焼けてた——、わての家が……」

絶句するなり、慟哭《どうこく》した。八十を越した老女とは思えぬ怒りの迸《ほとばし》った声であった。

喜久治の胸に、きのの悲しい怒りが沁《し》みた。やがてきのの声が低く静まりかけた。

「お家《え》はん、お風邪を召しはれしまへんか」

お時がそっと抱え起そうとすると、きのの手が荒々しくそれを振り払った。

「喜久ぼん！　なんで焼けたのや、裏に横堀川があって、両側にこんな広い空地《あきち》があって、どないして焼けたのや、昔から何度、大火があっても、焼け残って来た河内屋だす、焼ける筈《はず》がない——あんたは、わてと勢以を有馬へ追い出すだけで、こと足らず、とうとう、この家を燃やしてしもうたんやな」

きのの眼が、妖《あや》しく光り、疑い深く喜久治に擦り寄ってきた。

「何を云いはりますねん、せめて、商い蔵だけでも残そうと、防空壕《ぼうくうごう》へも入らず、和助

と命がけで水桶《みずおけ》を運んで、やっと助かったんだす」

「ふぅ、ふぅ、ふぅ、うまいことお云いやるわ、商い蔵は男のもの、衣裳《いしよう》蔵や、家屋敷にはわてらの血が沁み込んでおますわ、空襲にこと寄せて、わてらに繋《つな》がるものは、みな灰にしてしもうたのやな、そうや、そうや、それに違いおまへんわ」

総毛だつような憎悪《ぞうお》と怨嗟《えんさ》に満ちた声が、喜久治に纏《まつわ》りついた。

「お母はん、何を云いはりますねん、なんぼ、何でも、喜久ぼんは――」

勢以が、きのの肩へ取り縋《すが》った。

「ふぅ、ふぅ、ふぅ、勢以は、いくつになっても独《ひと》りだちの出《で》けへん人や、黙って、わてのうしろへひっ附いていなはれ、喜久ぼんに騙《だま》されたらあかん、嘘《うそ》やと思うたら、女《おんな》稲荷《いなり》の梅千代大明神に聞いたら解る――」

と云うなり、ものに憑《つ》かれたように奥前栽《おくせんざい》の方へ歩いて行き、首のとれた狐《きつね》の石像の前へ踞《うずくま》った。祝詞《のりと》を上げ、暫《しばら》く口の中で、ぶつぶつ呟《つぶや》いていたかと思うと、

「やっぱり、燃やしたのや、さぞかしよう燃えたやろ、棟木《むなぎ》がちろちろ、赤い火を吐いて焼け落ち、屋根瓦《やねがわら》が苦しそうに呻吟《うめ》いて、まるで、わてらの火葬みたいに焼け焦《こ》げて――」

と喘《あえ》ぎ、空ろな眼に急に光を増したかと思うと、

「お妾《てかけ》たちは、何処《どこ》へ隠れてるのや、みんな生きてるのんか」

幽鬼のように迫った。喜久治が頷《うなず》くと、

「あんたには、女《おなご》が残ってる、わてらには、もう、何もかも失《の》うなってしもうた――」

あらぬ方角へ眼を向けながら、ふらふらと歩き出した。勢以とお時が支えるように両手を出した。きのは、また邪慳《じゃけん》に振り払い、焼け残った商い蔵の前まで行って、大きく振り仰いだかと思うと、のめるようにそこへ崩れ折れた。

抱き起すと、脳貧血を起したらしく、脈搏《みゃくはく》はしっかりしているが、顔が蒼《あお》ざめ、手足が冷たかった。喜久治は、狼狽《ろうばい》する勢以と、お時を叱《しか》りつけ、蔵の中へきのを運び込み、昨夜、飲み残した酒を口に含んで口移しすると、うっすら眼を見開いたが、すぐまた、力なく閉じた。

安らかな寝息をたてはじめてから、きのを畳敷の蔵二階へ移し、勢以とお時も、そこへ一緒に寝た。

喜久治は、その日の深夜になって帰って来た和助から、四人の女たちが無事に恵明寺《けいめいじ》へ着き、老庵主《ろうあんしゅ》が快く迎えてくれたことを聞いた。そのうえ、堺東《さかいひがし》から電車が通じていて、覚悟していたより、女たちの足を痛めずに行き着けたと聞き、ほっと安堵《あんど》したが、階上《うえ》できのと勢以に侍《はべ》るようにして寝ているお時のことを考えると、暗い思いになった。

つい半月ほど前まで、喜久治の部屋へしのばせ、自儘《じまま》に添《そ》い臥《ぶ》しさせた女であった。

そのことの、一つ一つが喜久治の胸に思い出された。陰湿で、破廉恥《はれんち》で、冷酷で、そのことのためにだけ娯《たの》しんだいやらしさとうしろめたさが、喜久治の心を重くし、容易に眠れなかったが、階上のお時は、寝返りの気配さえたてなかった。

翌日になると、きのは憑きものが降りたようにけろりと平静になり、勢以やお時と一緒になって、防空壕の片附けを手伝った。

奥前栽の防空壕は、警防団の再三の注意で、不承不承造ったものであった。川べりに五蔵《いつぐら》もあるから、防空壕など要らないと云うのが喜久治やきのたちの意見であったが、焼夷弾《しょういだん》には、土蔵より防空壕の方が強靭《きょうじん》だった。壕内には、蔵とは別に、寝具、衣類、食糧などを分散させてあったが、近くを通っている水道管が故障したのか、どこからともなく少しずつ水が滲透《しんとう》して来ている。喜久治と和助が壕内へ入って蒲団《ふとん》袋、衣裳箱、食糧を順次に運び出し、きの、勢以、お時が壕の外で、その整理にかかった。

勢以とお時は、蒲団袋や衣裳箱を一つ、一つ、改めてはせっせと、蔵の中へ運んだが、きのは壕の中から自分の標《しるし》の入った衣裳箱が出て来ると、待ち構えたように蓋《ふた》を取り、一枚、一枚広げて肩へかけた。時々、一枚の着物を長く肩にかけて見入ったが、やがて丁寧に本畳みしては、蔵の中へ運び込んだ。

壕内の水は、奥へ行くほど多くなり、豆電気を点《つ》けた配電盤のあたりまでしみていた。三月中旬というのに、排気孔の詰った壕内は蒸し暑く、喜久治も和助も、脂汗《あぶらあせ》になった。

突然、けたたましい叫び声が聞えた。

「旦那《だん》はん、お家《え》はんが！」

壕の入口でお時が叫んだ。

「川へ、川へ、はまりはりました！」

喜久治は、飛び上がるように驚いて這《は》い出し、裏の横堀川へ走った。岸際《ぎわ》で勢以が悲鳴を上げて、川中を指している。大きく渦巻いた水紋の真ン中に、白い着物がかすかに見えた。喜久治は、すぐ上衣を脱いで、飛び込んだが、もう白い着物は見えなかった。一瞬のうちに水面から沈んでしまった。人声がし、小さな船が喜久治に近附いて来た。泳ぎついて船べりに手をかけると、同じように焼け残った蔵に住んでいる横堀の材木屋の主人であった。和助も乗っていた。和助と材木屋の主人が、船の上から探し、喜久治は、船の廻りを泳ぎながら探した。岸際で、勢以がお時に支えられながら、放心したように川中を見詰めている。ほかに助けを求めるにも、焼跡には人通りがなかった。

水中の喜久治の体が、冷えて来た。そのうえ、焼け焦げた大きな材木やトタンが流れて来て、危険であった。材木屋の言葉に従い、喜久治も船へ上がったが、諦《あきら》めきれず、もう一度、川中を往復することにした。ゆるゆる櫓《ろ》を動かしながら、助右衛門橋のところまで来た時、喜久治は、眼を凝らした。暗い橋下の棒杭《ぼうくい》に白いものがからまり、異様な起伏で揺れている。

急いで船を漕《こ》ぎ寄せると、水面に顔を俯《うつぶ》せたきのであった。白縮緬《しろちりめん》に萩《はぎ》の墨絵を描いた小袖《こそで》の端が棒杭にからまり、きのの肩から脱げ落ちそうになりながら、押し流されるのを止めていた。船の上から引き上げず、喜久治は、自ら川へ入り、下から抱き上げるようにしてきのの体を、船の中へ納めた。軽い滑《なめ》らかな体であった。両方の袂《たもと》の中に石を入れていたが、小さ過ぎて体を沈める重石《おもし》にはならなかった。きのは、水に溺《おぼ》れる前に、ショック死したのか、水をのんで膨れ上がらず、水に拭《ぬぐ》われたような、きれいな死顔であった。

勢以は、船べりにしがみつき、子供のように泣き崩れ、お時は気をつけていなかった自分の不注意だと激しく苛責《かしやく》して泣き詫《わ》びたが、喜久治は、三代母系を重ねた家とともに栄え、また家とともに亡《ほろ》びて行った美しい老女の死顔を、飽かずに見詰めていた。八十を越えながら、皮膚に艶《つや》めきを失わず、眉毛《まゆげ》の下の無駄毛も残さず、きれいに剃《そ》り整えられている。中高な鼻筋の下に、形のいい唇がすべての倖《しあわ》せをのむように、半ば軽く開いていた。八十余年の生涯に、いささかの不幸も、汚れも、敗北も見知らずに育って来た顔であった。それは、河内屋の百八十年を刻む華麗な碑文のようであった。

きのの亡骸《なきがら》は、空襲下の大阪から河内長野まで運び出せなかった。中寺町の焼け残った光法寺の住職に頼んで、その翌日、蔵の中で弔うことにした。

急を聞いて駈けつけて来た別家《べっけ》衆《し》も、その殆《ほと》んどが焼け出され、喪服を持っていなかった。喜久治と勢以だけが焼け残った喪服を着、光法寺の住職の先導で読経《どきょう》し、空襲の合い間を見計らって、蔵の中からきのの柩《ひつぎ》を運び出した。豪奢《ごうしゃ》な生涯を送ったきのに似合わぬ弔問客の少ない、ひっそりとした葬儀であった。

金銀の飾り花すらない粗末な霊柩車《れいきゅうしゃ》を見た勢以は、思わず、失神しそうになり、

「喜久ぼん、お母はんに死なれたら、わては、あんたを頼るより仕様があれへん」

倒れかかるように喜久治に身を寄せた。優しく母を受け止めながら、喜久治は、昨日、通夜《つや》の席で、材木屋の主人から聞いた話を鮮やかに思い出した。

材木屋の主人が焼跡の整理をしていると、一丁半程離れた川沿いの道を、白い着物を着た人影がひらひらと舞うような軽さで歩いて行った。時々、地面にしゃがんでは何かを拾っている。焼跡に何が落ちているのか、飽かずにそれを繰り返し、橋のたもとまで来ると、手摺《てすり》に倚《よ》りかかって下をのぞき込んだ。川中に何があるのか、そこに貼《は》りついたように佇《たたず》んでいたが、突然、ふらふらと反対側の手摺へ歩いて行き、身を乗り出すように下を向いたかと思うと、白い影が、川中へ落ちて行った。

昨日、一瞬のうちに、きのの命を奪い取った横堀川は、今日は何事もなく、春陽に輝きながら、焼け残った蔵のうしろを、たゆとうように静かに流れていたが、その川中の深みからきのの声が聞えて来るようだった。

——あんたの女たちは、何処に隠れてるのや、わてらには、もう、何も失《の》うなってしもうたわ——、暗い陥《おちこ》むような声だった。

女たちのことが、気になりながら、喜久治は一年近くも訪《たず》ねて行かなかった。その代り、大番頭の和助に、月に一度、四人の女たちへの仕送りを、河内長野まで届けに行かせた。女たちからは、絶えず、早く大阪へ帰りたいという催促の手紙が来たが、喜久治はその度に、今、大阪へ舞い戻っても、住居《すまい》に困るから暫《しばら》く待つようにと、云い送った。

事実、大阪の焼跡は、一年経《た》っても活潑《かっぱつ》に立ち直らず、商人の街である船場も、ぽつぽつと軒庇《のきびさし》をならべる程度で、指折りされた老舗《しにせ》の佐野屋も、まだ姫路へ引っ込んだままであった。

＊

喜久治は、余分の不動産を現金に替え、焼け残った商い蔵を製造場に改造して、間口三間の店を建てた。同じ資本《もと》をかけるなら、もう足袋屋の時代ではなく、靴下の時代だと意見する人が多かったが、喜久治は頑《かたく》なに足袋問屋を始めた。それは、百八十年も続いて来た河内屋を、単なる受け継ぎでなく、自分自身の力でじかに商いし、得心して儲《もう》け、得心して損をしてみたかったのであった。ぼんちらしい気位の高さと頑なさだと、大番頭の和助は老いの眼を瞬《しばた》かせて、手放しで喜んだが、喜久治はただ伝来の商いを続けるだけではなく、そこにちゃんと時流に即した算盤《そろばん》を弾《はじ》いていた。

これまでのように足袋の縫製だけではなく、農村の購買力をねらった地下足袋の製造も始めるつもりであった。喜久治は、神戸から底ゴムを買い附け、蔵の中に焼附け機械を据え、帰還して来た縫製職人に地下足袋の胛腹《こうばら》と底ゴムを密着させた。最初のうちは、うまく行かず、損を重ねたが、神戸から普通の給料の三倍を支払い、焼附け技術の熟練工を三人引き抜くと、ほかの職人たちの腕も上がり、一級商品として通るようになった。地下足袋の払底《ふってい》している時であったから、小売商は、店先に待ち構えるようにして、商品を奪い合った。喜久治は、この地下足袋に、普通の足袋を抱き合わせて売ることを忘れなかったから、商いの伸びは、最初、喜久治が考えていたよりも早かった。

以前の豪商ぶりには及ばなかったが、商いの見通しがつくようになると、喜久治は気になっていた女たちのことを考えた。焼け残った蔵の中で有金を分け、大阪を去らせた時、もう女たちと別れることに決めていたが、つい哀れさが残り、一年も、ずるずると仕送りを続けていた。いくら心で思い決めていても、毎月の仕送りをしている限りは切れたことにならないのが、この世界の常識であった。はっきり形をつけねばと思い煩《わずら》いながら、その始末の難《むつか》しさに、一月延ばしに延びていた。

こんな時、祖母がいたらどう始末するだろうか——。喜久治は、死んだきのの容赦のなさを思い起した。母の勢以は、毎月、女たちのもとへ仕送りを届けに行く和助を見ても、意見がましいことを云わず、仕送り以外に女たちから湯殿を増築したいと、不時の入用《いりよう》を云って来ても、黙って聞き笑いしていた。きのが死んでからは、まるで憑《つ》きものが降りたように意地の悪い傲慢《ごうまん》さが失《な》くなり、息子《むすこ》を頼りにする平凡な女に変ってしまった。

お時は、きのの死をまるで自分の不注意であったかのように悔み、ことあるごとに暇をほしがった。僅《わず》か一年程の間に老《ふ》け込み、陰気くさくなったお時は、自分の醜い姿が、喜久治の眼につかぬように始終、気を配った。そんなお時を見るにつけ、喜久治は、たとえ僅かな間でも、自分の体に従わせていたことを恥じ、不憫《ふびん》に思い、すぐにも十分な暇料《ひまりよう》(退職金)をやって、故郷《くに》へ帰したかったが、気抜けしたような母の勢以と、病身で臥《ふ》しがちな久次郎のことを考えると、そうもならなかった。

大学を休学して、勢以たちと一緒に有馬へ疎開《そかい》していた久次郎は、戦争が終って大阪へ帰ってからも、病気がちで復学せず、家の中でぶらぶらしていた。店の手伝いもしない久次郎を、勢以は、胸が悪いのだからと庇《かば》ったが、喜久治は体質だけでなく、久次郎の性格の脆弱《ぜいじやく》さを見抜き、ひそかに将来のことを思案していた。岸和田には里子に出したぽん太の子供の太郎が二十一歳になり、泉大津にいる幾子の子供の幾郎は、十八歳になっていた。行く行くは、この二人を引き取って、久次郎を補《たす》けさせる心づもりをして、ここへも、毎月、和助をやって、仕送りを届けていた。

七月の節季が終った翌日、突然、四人の女から手紙が来た。表書は、比沙子一人の名前になっていたが、中は仰々しい連名状になっていた。

『何時《いつ》までもこのままでは、お寺の方にもご迷惑故、この辺で身の振り方をお考え戴《いただ》きたく、近日中にお目にかかりたく存じますが、私たちは帰阪を固く禁じられていますから、ご足労で恐縮でございますが、是非、一度、こちらまでお運び下さいまし』という意味のことを、比沙子の達者なペン字で、したためてあった。女たちの率直な云い分なのか、それとも皮肉な云い分なのか解《わか》らなかったが、喜久治は、とにかく、これが女たちの始末をつける機会時《しおどき》だと思い、一年四カ月目にやっと、女たちを訪れる決心をした。

河内長野駅で降りて、山道をバスで小一時間揺られ、それからまた二十分も歩いている。四人の女たちがいる恵明寺《けいめいじ》は、山の中腹の木立の向うに、銀色の屋根瓦《やねがわら》を見せながら、意外に遠かった。草叢《くさむら》の少ない山道は、歩く度に砂埃《すなぼこり》が濛々《もうもう》と舞い上がり、汗ばんだ喜久治の顔を粗《あら》くざらつかせた。

恵明寺の小さな山門が見えた。二丁ほど先であったが、喜久治は、そこに立ち止まった。空襲の夜、銘々に荷物と金を持たせ、追いやるように大阪を発《た》たせてから、はじめて、四人の女に会うのであった。女の始末をつけに来た喜久治であったが、心脆《もろ》く怯《ひる》みがちだった。気持を鎮《しず》めるために木陰に入り、額に吹き出た汗を拭い、衿《えり》もとをひろげて風を入れた。晒《さらし》の腹巻の中に入れた四人宛《あて》の小切手が、べっとり汗ばみ、晒布に貼《は》りついていた。

喜久治は、気持を整えながら、ゆっくり坂道を上り、山門をくぐった。女たちには、今日の訪れを報《しら》せていないから、出迎えはない。山門をくぐって、半丁ほど行き、本堂の手前を右側へ折れると、女たちのいる別棟《べつむね》の御講部屋になり、左へ折れると老庵主《ろうあんしゅ》の住居《すまい》であった。喜久治は、先に老庵主に会って礼を述べ、応分の寄進をしようと思った。杉木立に囲まれた細い小道を左へ入りかけた時、反対側の木立の中から、女の笑い声が聞えて来た。喜久治は、踵《きびす》を返し、右側の小道へ折れ、別棟の前まで来ると、そっと土塀のくぐり戸を押した。音もなく戸が開き、中は深い植込みであった。

突然、華やかな嬌声《きょうせい》が聞え、溢《あふ》れるような湯音がした。植込みの向うを窺《うかが》うと、そこから真新しい湯殿が見えた。訪れる人もないと安心しているのか、湯殿の戸が、一尺ほど開いている。

四人の女が、洗い場に輪になって坐っている。背をまるめて髪洗いしているのは、お福らしく、小りんが長く垂れたお福の髪へ石鹸《せっけん》をなすりつけ、白く泡だてると、子供のように口を寄せて、ふうっと息を吹きつけた。驚いたお福が、大きく首を振ると、毛先から銀色に膨らんだシャボン玉が飛び散り、ぽん太と比沙子の体にかかった。二人が手をあげて振り払うと、小りんは、よけいに面白がり、何度もシャボン玉を吹き散らせた。

喜久治は、足音を忍ばせ、湯殿のそばへ寄った。女たちは、いささかも気附かず、体を泡だらけにし、肌をつきあって戯《たわむ》れている。戦後の混乱も知らずに、喜久治からの仕送りで、暖衣飽食をしているせいか、脇下《わきした》から腰へかけて、ぼってりと贅肉《ぜいにく》がつき、艶《つや》やかに小肥《こぶと》りしている。喜久治は、視線をそらせて、植込みの陰にある庭石に腰をかけた。

湯殿の窓越しに、きんきんした小りんの声が聞えた。

「ほんで、ぽん太はん、あんたは、どないしはるつもり——」

「わてでっか、わては、また抱《かか》え妓《こ》の二、三人でも置いて、屋形の商いをしまっさ、小りんちゃんは？」

「わては、やっぱり、お約束袋提げて、芸妓《げいこ》に出るよりしようおまへん」

跡切《とぎ》れていた話の続きらしく、双方がのみ込んだ調子で喋《しゃべ》っている。

「手紙を出して十日も経《た》っているのに、何の返事もないのを見ると、向うでは、とっくに切れたつもりでいるかも解れへんわ」

投げやるような比沙子の声がした。

「それとも、あの意地悪《いけず》のお家《え》はんが、また、えげつない横車を押してはるのかわかれしまへんわ」

女たちには、きのの死を報せていないから、ぽん太がきのを譏《そし》った。

「そんなら、こんな田舎でぐずぐずしてるのは、阿呆《あほ》らしいわ、私は、ぼつぼつ、大阪へ出て、手持ちの株でも動かしてみるわ」

「気羨《けなる》いわ、比沙子はんは株、ぽん太はんは、口の中のダイヤと、指輪まであって……、そのうえ、ええ息子はんがいはるやおまへんか」

「あ、小りんちゃん、それは内証だっせぇ、二十《はたち》にもなる男の子があるいうたら、艶消しだすわ、剣呑《けんのん》、剣呑」

おどけるような口調で云い、

「ところで、お福はんは、どうおしやすつもりでっか」

ぽん太は、さっきから一言も口をはさまぬお福に声をかけた。

「わて――」

懶《ものう》げなお福の声がした。

「そうでんなぁ、わては、このまま、ここにおらして貰《もら》いまっさ」

「ええ、このまま――」

三人の声が重なった。

「へえ、大阪を出る時、分けて戴《いただ》いたお金で、まだまだ、のんびり暮せまっさかい、わてはここで気楽に晩酌でも楽しんでまっさ、ほんで、その後のことは、またその時になって考えたらよろしおます……」

ざぶっと、誰かが、湯に入る音がした。

「これで、とうとう、誰も本妻になられへんかったわ」

居直るような比沙子の声が、湯音の中で甲高く響いた。瞬時、硬張《こわば》るような沈黙が流れたかと思うと、静かに湯を分ける音がし、

「ええお湯加減でおます、みんなお入りやす」

透き徹《とお》るように澄んだお福の声がした。喜久治は、体の向きを変え、湯殿を覗《のぞ》き見た。一尺ほど開いた戸の間から、湯に漬かったお福の体が見えた。溢れるような湯面《ゆづら》がひたひたと、白い肩あたりに添い打ち、肩から首筋へかけて、紅葉を置き重ねたように紅《あか》らんでいる。

「いやあ、お福姐《ねえ》ちゃんの肌が、やっぱり、一番きれいで、つるつるしてはるわ」

小りんも続いて湯槽《ゆぶね》へ飛び込み、手を伸ばしてお福の胸を触った。お福がゆらりと体をかわすと、小りんはひらひらと尾鰭《おびれ》のように、お福の体へからまりついた。

「いやらしいわ、女同士やのに――」

さも、いやらしそうに云い、ぽん太は、前も押さえず、湯槽を跨《また》ぐなり、両手でお福と小りんに湯をかけた。比沙子も、断髪の頭を濡《ぬ》らし、ぽん太と一緒になって、二人に湯をぶっかけた。お福と小りんは、湯槽の中を逃げ惑いながら、かけ返した。

忽《たちま》ちのうちに、飛沫《しぶき》のように湯が跳ね散り、賑《にぎ》やかな声が湧《わ》いた。四人の女が、濛々とたち籠《こ》める湯気の中で、満ち足りた体をくねくねとくねらせ、からまり合い、笑いこ

けながら、飽きずに戯れた。

喜久治は、白昼の夢を見るように、女たちを見詰めていた。それぞれに齢《とし》を重ねながら、何時までも若い華やぎを失わない。それが異様な妖《あや》しさといやらしさにも思えた。脂《あぶら》がつぶつぶと、吹き出して行くようなぬめりが、そこにあった。喜久治はふと、空襲の夜のことを思い出した。蠟燭《ろうそく》の焼ける臭《にお》いがし、暗い灯《あか》りの下で堕《お》ちた胡蝶《こちよう》のように色褪《いろあ》せ、羽搏《はばた》きを失った女の群れを——。今、その胡蝶たちが、再び息づき豊満に艶めいているが、もう以前のそれとは異《ちが》っていた。

一度、喜久治の前から色褪せ、羽搏きを失った胡蝶は、再び喜久治の胸の中で甦《よみがえ》りそうもなかった。女という或《あ》る肉体の形を持った生きものでしかなかった。そこには、曾《かつ》て、幾夜か、喜久治を愉楽の底に沈めた秘薬のような匂《にお》いは嗅《か》ぎとれない。

喜久治は、そっと植込みの陰を離れ、くぐり戸のそばまで来て、足を止めた。屈み込んで、くぐり戸横の土塀の裾《すそ》に眼を向けると、異様な落書があった。

四つ足の生きものの上に、四人の女の顔を描き分け、それを矢来のような柵《さく》に囲み、『妾寺《めかけでら》』と記してあった。稚拙な描き方であったが、妙に生き生きとした動きがあった。悪童が書いたのか、大人が書いたのか解らないが、この辺に住む人の、四人の女たちに対する揶揄《やゆ》があった。卑猥《ひわい》さと腥《なまぐさ》さと機智に富んだ言葉であった。女たちは、それを知ってか、知らずか、喜久治の仕送りでのうのうと無為に過し、お寺の一棟《ひとむね》で、女を剝《む》き出した露《あら》わな生活をしている。

妾寺――、喜久治は、白墨で記された字を、一画、一画、なぞるように見詰めた。それは女たちに対する揶揄だけではなく、喜久治の二十年余の放蕩《ほうとう》をも揶揄しているようであった。喜久治は、自嘲《じちょう》するような干乾《ひから》びた笑いを眼の端に泛《うか》べると、そこを離れ、もう女たちに会うことを止《や》め、もと来た道を引っ返した。

バスの停留所まで来ると、一時間に一本のバスが、今、出たばかりであった。喜久治は、意を決して陽ざかりの田舎道を、独りで歩き出した。

歩きながら、喜久治は、腹巻の中の四人宛の小切手は、明日にでも、和助に手紙を添えて、届けさせようと思った。湯殿の中の女たちの話で、それぞれ、四人なりの将来を聞き届けることが出来た。女たちは、喜久治に対して恨みもしなければ、格別に感謝もしていない様子だった。そして、彼女たちの智慧《ちえ》で、自分たちが生きて行く方法を、明確に知っていた。ここで、女たちと会って、ことさら別れらしい言葉を告げるより、このまま別れる方がし易《やす》く、自然なおさまりようであった。

歩き馴れない足は、意外に時間がかかり、体中、汗になった。濃い山肌を見せていた和泉《いずみ》山脈は、先刻から急に淡くなり、空と山との境界線が、はっきり縁取られて来た。夕闇《ゆうやみ》の中へ融《と》け込むのに、まだ一時間ほどある。喜久治は、ふと、山へ上りたくなった。眼の前に見えた坂道を上って行くと、小さな雑木林が幾つも起伏し、これを通り過ぎたところから、細い山道へ出た。喜久治は、ものに憑《つ》かれたように、曲りくねった一本道を登って行った。

台地の上へ来ると、肩のあたりまで生い茂った雑草がさわさわと鳴り、遠くに瞬《まばた》くような淡い光が見えた。夜露に足袋が、じっとり湿ったが、喜久治は、暫くそこに起《た》っていた。焼け跡に残った大阪の疎《まば》らな灯《ともしび》が、水の底から輝くように冷たく濡れながら明滅した。

喜久治は、自分をとりまく一切のものが潮のひくような鮮やかさで、遠くへ去って行く思いに襲われた。

しかし、それは、孤独なものでも、わびしさに尽きるものでもなかった。妙にすがすがしい心の展《ひろ》がりであった。二十余年間、喜久治の心に重く掩《おお》いかぶさっていた三代の母系家族が亡《ほろ》び、喜久治を逸楽の中に置いた女たちも、今は喜久治と無縁になりつつある。

女道楽をしても、何かものを考える人間にならねばならぬというのが、喜久治の放蕩の倫理であったが、放蕩を重ねながらも、どこかで人生の帳尻《ちょうじり》を、ぴしりと合わさねばならぬ時機《とき》がある。思う存分、さまよい歩いて来た喜久治は、突如として、沈淪《ちんりん》の底からうかび上がるように、そこを脱け出た。

喜久治は、酔うほどの心の高鳴りを感じた。喜久治の胸の中で、大阪の灯が激しく明滅し、光の海のように溢れた。その無数に輝く光を分けながら、着流し姿のぼんちが、振り返りもせず、真っ四角な背中を見せて消えて行った。

あとがき

大阪では、良家の坊ちゃんのことを、ぼんぼんと言いますが、根性がすわり、地に足がついたスケールの大きなぼんぼん、たとえ放蕩《ほうとう》を重ねても、ぴしりと帳尻《ちょうじり》の合った遊び方をする奴には、〝ぼんち〟という敬愛を籠《こ》めた呼び方をします。

そんな大阪らしいニュアンスをもったぼんちは、現在の大阪から次第に姿を消しつつあるようです。それだけに、ぼんちという特異な人間像を、今、書き止めておきたいというのが、この小説を書いた私の大きな出発点です。

もちろん、ぼんちの誕生は、船場という数百年の歴史を持った街を母胎にして、産み出されたものです。そこにある厳しい家族制度や、特殊な風俗、風習を一つ、一つ掘り起し、探り出して行くことによって、ぼんちという一つの人間像に触れることが出来ました。

一千枚近く書き終えてみて、今さらのように私が、故郷である大阪に深い愛着を持っていることを思い知りました。それは愛するというような生やさしいものでなく、もう一種の執念のようなものかも解《わか》りません。考えてみれば、そうした激しい思いが、私をしてたゆみなく、大阪の空と河と人間を書き続けさせているのだと思います。

昭和三十四年十二月末日

解説

河盛好蔵

『ぼんち』は『暖簾《のれん》』『花のれん』に次ぐ、この作者の「大阪もの」の第三作で、しかも前二作をはるかに凌《しの》ぐ長編力作である。『週刊新潮』に連載されたものであるが、週刊誌の小説などは滅多に読まない私も、この小説だけは毎号待ち兼ねて愛読したものであった。

作者が単行本の「あとがき」のなかで書いているように、「根性がすわり、地に足がついたスケールの大きなぼんぼん、たとえ放蕩《ほうとう》を重ねても、ぴしりと帳尻《ちょうじり》の合った遊び方をする」いわゆる〝ぼんち〟は、「船場という数百年の歴史を持った街を母胎にして、産み出された」ものである。したがって、〝ぼんち〟を正確に描くためには、船場の「厳しい家族制度や、特殊な風俗、風習を一つ、一つ掘り起し、探り出して」行かなくてはならない。

そういう仕事にかけては、いまの文壇で、この作者に比肩《ひけん》するものは誰もないといっても過言ではないから、その点でまず、この小説はまことにユニークである。

読者は、大阪に生まれ育った人間にさえ、現在では殆《ほと》んど知られていない、この特殊な世界の、俄《にわ》かに信じることができないような倫理や習慣について、詳細に教えられる。私は主人公の父親の喜兵衛が、死を前にして、「喜久ぼん、わいの代にどれぐらい身上《しんしょう》増やしたんか、知りたいねん」と、息子《むすこ》にたずねる個所で、殆んど尊敬に近い驚きを感じた。喜兵衛は、姑《しゅうとめ》からも、妻からも一生涯、身分の卑《いや》しい、彼女たちよりは一段も二段も低い人間として取り扱われてきた。ただ彼女たちに奉仕して、身を粉にして働くだけが、彼の存在の理由であった。これほど侮辱され、踏みつけにされて生きてきた男が、死の直前に、自分が受け継いだ財産を、少しでもふやしたかどうかについて不安を持つこと、そして内心、少しはふやしたであろうことに誇りと慰めを見出《みいだ》しているということは、常識では理解のできないことであるが、このような精神が、船場の商家を支《ささ》えてきたのであろう。

この小説の第一の興味は、きのと勢以の二人の女性の生態にある。とくに、きのの狡《こう》智《ち》に長《た》けた、傲慢《ごうまん》で冷酷な生きかたは、むしろ見事だといってよい。喜久治は、この二人の女性に反抗することのなかに、彼の生甲斐《いきがい》を見出そうとするのであるが、果して彼は勝を制したといえるであろうか。ただ彼女たちの存在が、喜久治を鍛えたことは明瞭《めいりょう》であって、この〝ぼんち〟が生れるためには、彼女たちの存在が絶対に必要だったのである。

船場の商家のさまざまの風習については、この作者は、他の作品のなかでも、しばしば描いているが、船場の旦那《だんな》が外へ女を持った時に、その女のほうから本宅に対する折り目だった挨拶《あいさつ》や、またその女が子供を生んだ時の、本宅の態度などについて、これほど詳細な知識を与えてくれる小説はほかに見出し難い。そして、この種のしきたりのなかに現われている船場種族のものの考え方や、生き方がまたなかなか興味がある。

この小説の主人公は、言うまでもなく、喜久治である。彼は、父の喜兵衛が死際《しにぎわ》に云った「ぼんぼんになったらあかん、ぼんちになりや、そして、男に騙《だま》されても、女に騙されたらあかん」という言葉や、「女の道で苦労して、何かものを人に考えさせるような人間にならんとあかん」と云ったたつる八の言葉を金科玉条にして生きようと決意するのであるが、この現代の好色一代男が、果して色道《しきどう》で悟達したかどうか、その点については、この作品ではまだ十分に描かれてはいないが、彼をめぐる五人の女性、ぽん太、幾代、比沙子、お福、小りんの生態は、それぞれ鮮《あざ》やかに描き分けられていて、この小説の最も興味ある部分を形作っている。そして彼女たちが花街の女性であると同時に、浪速女《なにわおんな》の一面をもよく示しているところが面白い。したがって喜久治は、家の内外において、大阪の女性の感情教育を受けるわけであって、これほど、女臭い小説も稀《めず》らしいであろう。そして、そのことが、本書の大きな魅力になっているのはもちろんである。

またこのなかには、さまざまの花街風俗が描かれているが、十日戎《とおかえびす》の宝恵籠《ほえかご》や、おんごくについての記述などは、やがて貴重な資料として珍重される時代がくるかもしれない。

　この小説にはいろいろの読みかたがあろう。これを両世界大戦間の時代の船場風俗小説として見ても十分に読みごたえがあるし、また喜久治をめぐる五人の女の物語と見ることも可能である。その五人の女性のなかでは、お福がとくに魅力的で、この女性を深く掘り下げたら、別種の興味ある作品ができ上がるであろう。

　しかし作者が志したのは、もちろん、喜久治の人生修行であって、彼が母系家族の家に、男として生れたために辿《たど》らなければならなかった運命の幾変転が、執拗《しつよう》なまでの情熱をこめて、たっぷりと描かれている。この主人公が、果して〝ぼんち〟という名に値するのか、もしくは真の〝ぼんち〟とは、このような男を意味するのか、そのようなことは読者にとっては大した問題ではない。喜久治とは全く別な生きかたをする〝ぼんち〟もいくらも存在しうるからである。これは〝ぼんち〟の一つのタイプと考えるべきであって、〝ぼんち〟という名称にあまり捉《とら》われないことが必要であろう。

　しかし、「三代の濃い女の血が流れ、女だけが持つ冷酷な執念がたちのぼっている」大阪の旧家の奥深く育った男が、その呪縛《じゅばく》から解放されようとして、もがき苦しむ愛欲図としてこの作品を読むならば、なんぴとも、その異様な美しさと、強い迫力に打たれざるをえないであろう。

「一千枚近く書き終えてみて、今さらのように私が、故郷である大阪に深い愛着を持っていることを思い知りました。それは愛するというような生やさしいものでなく、もう一種の執念のようなものかも解《わか》りません」と作者は書いているが、読み終えて読者もまた、いつのまにか、同じ執念のとりこになっていることを感じるであろう。

大阪の旧家に育った作者には、身を以《も》って表現したい何かがある。『暖簾』『花のれん』はいずれも、その目的のために書かれた。しかしこれらの作品には、『ぼんち』に見られるような濃厚な味わいがない。これは作者の成長を物語るとともに、作者の表現せんとする世界が、一層に深まったことを示すものである。

嘗《かつ》て木下杢太郎《きのしたもくたろう》が、「大阪には特殊の——著しい特徴のある甚《はなは》だ発達した且《かつ》かなり美しい口語《ことば》があつた。そして商人の階級を主勢力とした、所謂《いはゆる》町人的の気分と心理と慣習とがあつた。また歴史の上、地理の上に、他地方に見られぬ特性がある。その言葉を以て、詩の形として、或《あるひ》は戯曲の形として、此《この》心理此世間を現はして渾然《こんぜん》たる芸術となす者はないであらうか」と書いたことがある。この作品は杢太郎の要望に答えるものであろう。

（昭和三十六年一月、仏文学者）

この作品は上下二巻本として昭和三十四年十一月、
同三十五年一月に新潮社より刊行された。

山崎豊子著

暖簾（のれん）

丁稚からたたき上げた老舗の主人吾平を中心に、親子二代〝のれん〟に全力を傾ける不屈の大阪商人の気骨と徹底した商業モラルを描く。

山崎豊子著

花のれん

直木賞受賞

大阪の街中へわての花のれんを幾つも幾つも仕掛けたいのや――細腕一本でみごとな寄席を作りあげた浪花女のど根性の生涯を描く。

山崎豊子著

しぶちん

〝しぶちん〟とさげすまれながらも初志を貫き、財を成した山田万治郎――船場を舞台に大阪商人のど根性を描く表題作ほか4編を収録。

山崎豊子著

女系家族

（上・下）

代々養子婿をとる大阪・船場の木綿問屋四代目嘉蔵の遺言をめぐってくりひろげられる遺産相続の醜い争い。欲に絡む女の正体を抉る。

山崎豊子著

花紋

大正歌壇に彗星のごとく登場し、突如消息を断った幻の歌人、御室みやじ――苛酷な因襲に抗い宿命の恋に全てを賭けた半生を描く。

山崎豊子著

沈まぬ太陽

(一)アフリカ篇・上

(二)アフリカ篇・下

人命をあずかる航空会社に巣食う非情。その不条理に、勇気と良心をもって闘いを挑んだ男の運命。人間の真実を問う壮大なドラマ。

山崎豊子著

仮装集団

すぐれた企画力で大阪勤音を牛耳る流郷正之は、内部の政治的な傾斜に気づき、調査を開始した……綿密な調査と豊かな筆で描く長編。

山崎豊子著

ムッシュ・クラタ

フランスかぶれと見られていた新聞人が戦場で示したダンディな強靭さを描いた表題作など、鋭い人間観察に裏打ちされた中・短編集。

山崎豊子著

白い巨塔（一〜五）

癌の検査・手術、泥沼の教授選、誤診裁判などを綿密にとらえ、尊厳であるべき医学界に渦巻く人間の欲望と打算を迫真の筆に描く。

山崎豊子著

華麗なる一族（上・中・下）

大衆から預金を獲得し、裏では冷酷に産業界を支配する権力機構〈銀行〉――野望に燃える万俵大介とその一族の熾烈な人間ドラマ。

山崎豊子著

不毛地帯（一〜五）

シベリアの収容所で十一年間の強制労働に耐え、帰還後、商社マンとして熾烈な商戦に巻き込まれてゆく元大本営参謀・壹岐正の運命。

山崎豊子著

二つの祖国（一〜四）

真珠湾、ヒロシマ、東京裁判――戦争の嵐に翻弄され、身を二つに裂かれながら、祖国を探し求めた日系移民一家の劇的運命を描く。

新潮文庫最新刊

今野敏著
転迷
―隠蔽捜査4―

外務省職員の殺害、悪質なひき逃げ事件、麻薬取締官との軋轢……同時発生した幾つもの難題が、大森署署長竜崎伸也の双肩に。

小池真理子著
無花果の森
芸術選奨文部科学大臣賞受賞

夫の暴力から逃れ、失踪した新谷泉。追いつめられ、過去を捨て、全てを失って絶望の中に生きる男と女の、愛と再生を描く傑作長編。

諸田玲子著
幽霊の涙
お鳥見女房

珠世の長男、久太郎に密命が下る。かつて矢島家一族に深い傷を残した陰働きだ。家族の情愛の深さと強さを謳う、シリーズ第六弾。

小川糸著
あつあつを召し上がれ

恋人との最後の食事、今は亡き母にならったみそ汁のつくり方……。ほろ苦くて温かな、忘れられない食卓をめぐる七つの物語。

藤原正彦著
ヒコベエ

貧しくても家族が支え合い、励まし合い、近隣が助け合い、生きていたあの頃。美しい信州諏訪の風景と共に描く、初の自伝的小説。

夢枕獏著
魔獣狩りII 暗黒編

邪教に仕える獣人への復讐に燃える拳鬼、文成仙吉は、奇僧・美空、天才精神ダイバー・九門と遂に邂逅する。疾風怒濤の第二章。

新潮文庫最新刊

黒川伊保子著
家族脳
―親心と子心は、なぜこうも厄介なのか―
性別&年齢の異なる親子も夫婦も、互いの違いを尊重すれば「家族」はもっと楽しくなる。脳の研究者が綴る愛情溢れる痛快エッセイ！

山下洋輔
茂木大輔
仙波清彦
徳丸吉彦 著
音楽㊙講座
オーケストラに絶対音感は要らない？ 邦楽と洋楽の違いって？ 伝説のジャズピアニストもぶったまげる、贅沢トークセッション。

佐藤健著
ホスピスという希望
―緩和ケアでがんと共に生きる―
「がん」は痛みに苦しむ怖い病ではありません。ホスピス医が感動的なエピソードを交え、緩和ケアを分かりやすく説くガイドブック。

田中奈保美著
枯れるように死にたい
―「老衰死」ができないわけ―
延命治療による長生きは幸せなのか？ 自然な死から遠ざけられる高齢者たち。「人間らしい最期」のあり方を探るノンフィクション。

「週刊新潮」編集部編
黒い報告書 エクスタシー
「週刊新潮」の人気連載が一冊に。男と女の欲望が引き起こした実際の事件を元に、官能シーンたっぷりに描かれるレポート全16編。

永松真紀著
私の夫はマサイ戦士
予想もしなかったマサイ族との結婚。しかも私は第二夫人。結婚祝いは牛？ 家は女が建てるもの？ 戸惑いながら見つけた幸せとは。

ぼんち

新潮文庫　や－5－2

昭和三十六年一月三十一日　発行
平成十七年八月二十五日　五十刷改版
平成二十六年四月二十日　六十三刷

著者　山《やま》崎《さき》豊《とよ》子《こ》

発行者　佐藤隆信
発行所　株式会社　新潮社
郵便番号　一六二―八七一一
東京都新宿区矢来町七一
電話　編集部(〇三)三二六六―五四四〇
読者係(〇三)三二六六―五一一一
http://www.shinchosha.co.jp

価格はカバーに表示してあります。

乱丁・落丁本は、ご面倒ですが小社読者係宛ご送付ください。送料小社負担にてお取替えいたします。

印刷・大日本印刷株式会社　製本・憲専堂製本株式会社

ISBN978-4-10-110402-7 C0193